Dan Brown
La conspiración

Traducción de M.ª José Díez

 Planeta

Título original: *Deception Point*

© 2001, Dan Brown
© 2011, Ma. José Díez, por la traducción
© 2011, Editorial Planeta, S. A. – Barcelona, España

Derechos reservados

© 2011, Editorial Planeta Mexicana, S.A. de C.V.
Bajo el sello editorial BOOKET M.R.
Avenida Presidente Masarik núm. 111, Piso 2
Colonia Polanco V Sección
Deleg. Miguel Hidalgo
C.P. 11560, Ciudad de México
www.planetadelibros.com.mx

Realización e ilustración de la portada: Opalworks
Fotografía del autor: © Erich Lessing

Primera edición impresa en España en colección booket: enero de 2011
ISBN: 978-84-08-09924-6

Primera edición impresa en México en booket: marzo de 2011
Novena reimpresión: octubre de 2016
ISBN: 978-607-07-0665-3

Impreso en los talleres de Encuadernación Domínguez
Progreso núm. 10, colonia Centro Ixtapaluca, Estado de México
C.P. 56530, México
Impreso y hecho en México – *Printed and made in Mexico*

Nota del autor

La Delta Force, la Oficina Nacional de Reconocimiento y la Fundación de la Frontera del Espacio son organizaciones reales. Asimismo, toda la tecnología que se menciona en esta novela existe.

«De confirmarse, este descubrimiento sin duda nos ofrecerá una de las oportunidades más increíbles de comprender nuestro universo jamás descubiertas por la ciencia. Sus repercusiones son tan trascendentes y formidables como cabría imaginar. Al tiempo que promete dar respuesta a algunas de nuestras preguntas más antiguas, plantea otros interrogantes más cruciales incluso.»

Rueda de prensa del presidente Bill Clinton tras efectuarse el descubrimiento conocido como ALH84001 el 7 de agosto de 1996.

Prólogo

La muerte podía sobrevenir adoptando infinidad de formas en ese lugar dejado de la mano de Dios. El geólogo Charles Brophy llevaba años soportando el agreste esplendor del terreno y, así y todo, nada podía prepararlo para una suerte tan bárbara y antinatural como la que estaba a punto de correr.

Cuando tiraban de su equipo de sensores geológicos por la tundra, las cuatro huskies aminoraron la marcha de repente y alzaron la vista al cielo.

—¿Qué ocurre, pequeñas? —preguntó Brophy bajando del trineo.

Más allá de unos nubarrones que presagiaban tormenta, un helicóptero de transporte de doble rotor volaba bajo en círculos, aproximándose a las cumbres glaciales con pericia militar.

«Qué extraño», pensó. Nunca veía helicópteros tan al norte. El aparato aterrizó a menos de cincuenta metros de distancia, levantando una hiriente ráfaga de nieve granulada. Los perros aullaron y se pusieron en guardia.

Las portezuelas del helicóptero se abrieron y de él bajaron dos hombres. Vestidos con prendas de abrigo blancas y armados con fusiles, avanzaron hacia Brophy con apremio.

—¿Doctor Brophy? —inquirió uno de ellos.

El geólogo se quedó perplejo.

—¿Cómo es que sabe mi nombre? ¿Quiénes son ustedes?

—La radio, por favor.

—¿Cómo dice?

—Obedezca.

Perplejo, Brophy se sacó la radio del anorak.

—Necesitamos que transmita un comunicado de emergencia. Baje la frecuencia a cien kilohercios.

«¿Cien kilohercios? —Brophy no entendía nada—. Es imposible recibir nada en una frecuencia tan baja.»

—¿Ha habido un accidente?

El segundo hombre levantó el fusil y le apuntó a la cabeza.

—No hay tiempo para explicaciones. Hágalo.

Tembloroso, el geólogo ajustó la frecuencia de transmisión.

A continuación el primer hombre le entregó una nota con unas líneas escritas.

—Transmita este mensaje. Ahora.

Brophy miró el papel.

—No entiendo. Esta información es incorrecta. Yo no he...

El hombre hundió el cañón del arma en la sien del geólogo.

La voz de éste era trémula cuando transmitió el extraño mensaje.

—Bien —dijo el primer hombre—. Ahora suba al helicóptero con los perros.

A punta de pistola, Brophy condujo a los reacios perros hasta el aparato y subió al compartimento de carga por una resbaladiza rampa. En cuanto se hubieron acomodado, el helicóptero levantó el vuelo y se dirigió al oeste.

—¿Quiénes son ustedes? —exigió saber un sudoroso Brophy. «Y ¿qué significará ese mensaje?»

Los hombres no respondieron.

Cuando el helicóptero cobró altura, el viento entró por

la portezuela abierta. Las cuatro huskies, aún unidas al trineo cargado, gañían.

—Al menos cierren la portezuela —pidió el geólogo—. ¿Es que no ven que los perros están asustados?

Los hombres no dijeron nada.

Cuando el aparato subió a más de mil doscientos metros, se ladeó vertiginosamente, sobrevolando una serie de simas y grietas en el hielo. De pronto, los hombres se pusieron de pie. Sin decir palabra agarraron el pesado trineo y lo arrojaron por la puerta. Brophy observó horrorizado cómo sus perros luchaban en vano contra el enorme peso. Los animales desaparecieron en un santiamén, aullando.

El geólogo ya estaba de pie, chillando, cuando los hombres lo cogieron y lo llevaron hasta la puerta. Paralizado de miedo, forcejeó para intentar librarse de las poderosas manos que lo empujaban hacia afuera.

De nada sirvió. Poco después caía en picado hacia las simas que se abrían más abajo.

Capítulo 1

El restaurante Toulos, contiguo a Capitol Hill, se jacta de ofrecer una carta políticamente incorrecta a base de platos como la ternera blanca o el *carpaccio* de caballo, lo que lo convierte en un lugar irónico donde los peces gordos de Washington se reúnen para celebrar desayunos de trabajo. Esa mañana Toulos estaba muy concurrido, una algarabía de cubiertos de plata, cafeteras exprés y conversaciones per teléfono.

El maître bebía a escondidas un sorbo de su bloody mary matutino cuando entró la mujer. Se volvió hacia ella con una sonrisa estudiada.

—Buenos días —saludó—. ¿En qué puedo ayudarla?

La mujer era atractiva, de unos treinta y tantos años, y vestía unos pantalones de pinzas de franela gris, zapatos planos de aire conservador y una blusa color marfil de Laura Ashley. Caminaba erguida, el mentón ligeramente levantado, no con arrogancia, sino con fuerza. Tenía el cabello castaño claro que llevaba al estilo que hacía furor en Washington, el de presentadora de televisión: una cuidada melena con las puntas hacia adentro a la altura de los hombros, lo bastante largo para resultar sexy pero lo suficientemente corto como para recordarle a uno que ella probablemente fuese más inteligente que él.

—Llego un poco tarde —contestó con sencillez—. Tengo una cita con el senador Sexton.

Un inesperado nerviosismo se apoderó del maître.

«Sedgewick Sexton.» El senador era un cliente asiduo y uno de los hombres más famosos del país. La semana anterior, tras arrasar con los republicanos en las doce primarias del supermartes, el senador tenía prácticamente garantizada la candidatura a presidente de Estados Unidos por parte de su bando. Eran muchos los que creían que al senador se le presentaba una oportunidad excepcional para arrebatarle la Casa Blanca al controvertido presidente en otoño. De un tiempo a esa parte, el rostro de Sexton parecía ocupar las páginas de todas las revistas nacionales, y el eslogan de su campaña estaba presente en toda América: «Dejar de gastar y empezar a mejorar.»

—El senador está en su reservado —informó el maître—. Y usted es...

—Rachel Sexton, su hija.

«Seré tonto», pensó él; el parecido resultaba bastante evidente. La mujer tenía los penetrantes ojos y el refinado porte del senador, ese aire elegante de nobleza imperecedera. A todas luces el atractivo clásico del político no se había perdido en la siguiente generación, aunque Rachel Sexton parecía lucirlo con una gracia y una humildad de las que su padre podría aprender.

—Es un placer tenerla con nosotros, señorita Sexton.

Cuando el hombre atravesó el restaurante con la hija del senador, lo abochornó percatarse de la avalancha de miradas masculinas que la seguían; unas, discretas, otras, menos. Eran pocas las mujeres que comían en Toulos, y menos aún las que se parecían a Rachel Sexton.

—Bonito cuerpo —observó un comensal—. ¿Sexton ya se ha agenciado una nueva esposa?

—Es su hija, idiota —repuso otro.

El primero soltó una risita.

—Conociendo a Sexton, probablemente se la tirará de todos modos.

Cuando Rachel llegó a la mesa de su padre, éste hablaba a voz en grito por el móvil de uno de sus éxitos más recientes. Alzó la vista sólo lo bastante para darse unos golpecitos en el Cartier con el objeto de recordarle a su hija que llegaba con retraso.

«Yo también te he echado de menos», pensó Rachel.

El primer nombre de su padre era Thomas, aunque había adoptado el segundo hacía tiempo. Rachel sospechaba que ello se debía a que le gustaba la aliteración: senador Sedgewick Sexton. El hombre era un político de cabello plateado y pico de oro que había sido ungido con la apariencia atildada de un médico de culebrón, lo que parecía apropiado, a tenor de su talento para la actuación.

—Rachel. —El hombre colgó y se levantó para darle a su hija un beso en la mejilla.

—Hola, papá.

Ella no le devolvió el beso.

—Pareces exhausta.

«Ya empezamos», pensó ella.

—Recibí tu mensaje, ¿qué sucede?

—¿Acaso no puedo pedirle a mi hija que desayune conmigo?

Rachel había aprendido hacía tiempo que su padre rara vez solicitaba su compañía a menos que tuviese segundas intenciones.

Sexton bebió un sorbo de café.

—Y dime, ¿cómo te va?

—Estoy ocupada. He visto que tu campaña va bien.

—No hablemos de negocios. —Sexton se inclinó sobre la mesa y bajó la voz—. ¿Qué tal el tipo del Departamento de Estado con el que te concerté la cita?

Rachel exhaló un suspiro y trató de contener las ganas que tenía ya de mirar el reloj.

—Papá, no he tenido tiempo de llamarlo. Y me gustaría que dejaras de...

—Tienes que sacar tiempo para dedicarlo a las cosas importantes, Rachel. Sin amor, todo lo demás carece de sentido.

A su hija le vinieron a la cabeza unas cuantas respuestas, pero optó por guardar silencio. Ser la más madura no resultaba difícil cuando la otra persona era su padre.

—Papá, querías verme, dijiste que era importante.

—Y así es. —Los ojos de Sexton la escrutaron con atención.

Rachel sintió que parte de sus defensas se desvanecían ante esa mirada y maldijo el poder de su padre. Los ojos del senador eran su punto fuerte, uno que Rachel intuía que probablemente lo llevaría a la Casa Blanca. En el momento justo se anegarían en lágrimas y, acto seguido, se despejarían, abriendo una ventana a una alma apasionada, estableciendo un lazo de confianza con todo el mundo. «La confianza lo es todo», solía decir su padre. El senador había perdido la de Rachel hacía años, pero se estaba ganando de prisa la del país.

—Tengo una propuesta que hacerte —afirmó Sexton.

—A ver si lo adivino —replicó su hija en un intento de hacerse fuerte de nuevo—. ¿Un divorciado prominente que busca una esposa joven?

—No te engañes, cariño. Tú ya no eres tan joven.

Rachel experimentó la familiar sensación de empequeñecimiento que tan a menudo la embargaba cuando se reunía con su padre.

—Quiero lanzarte un bote salvavidas —aseguró él.

—No sabía que me estuviera ahogando.

—Tú no, pero el presidente sí. Deberías abandonar el barco antes de que sea demasiado tarde.

—¿No hemos tenido ya esta conversación?

—Piensa en tu futuro, Rachel. Puedes venir a trabajar conmigo.

—Espero que no me hayas pedido que viniera por eso.

El barniz de calma del político se quebró ligeramente.

—Rachel, ¿es que no ves que el hecho de que trabajes para él daña mi imagen y la de mi campaña?

Ella suspiró. Ya habían discutido ese punto en otras ocasiones.

—Papá, no trabajo para el presidente, ni siquiera lo conozco. Trabajo en Fairfax, por el amor de Dios.

—La política se basa en las impresiones, Rachel, y da la impresión de que trabajas para el presidente.

Ella soltó un nuevo suspiro, procurando no perder la calma.

—He trabajado mucho para conseguir ese empleo, papá, y no tengo intención de dejarlo.

Sexton amusgó los ojos.

—¿Sabes qué? A veces esa actitud egoísta tuya...

—¿Senador Sexton?

Junto a la mesa apareció un periodista.

El semblante de Sexton se relajó en el acto. Rachel soltó un gruñido y cogió un cruasán del cestillo que había en la mesa.

—Ralph Sneeden —se presentó el periodista—. *Washington Post*. ¿Podría hacerle unas preguntas?

El senador sonrió y se limpió la boca delicadamente con una servilleta.

—Será un placer, Ralph. Pero que sea rápido, no quiero que se me enfríe el café.

El aludido rió en el momento oportuno.

—Desde luego, señor. —Sacó una minigrabadora y la encendió—. Senador, por televisión su propaganda electoral exige la igualdad de salarios para las mujeres en el terreno laboral, así como reducciones de impuestos para familias creadas recientemente. ¿Podría decirme en qué se basa para pedir eso?

—Cómo no. Sencillamente soy un defensor convencido de las mujeres fuertes y las familias fuertes.

Rachel estuvo a punto de atragantarse con el cruasán.

—Y, ya que estamos con las familias —continuó el periodista—, habla usted mucho de la educación y ha propuesto algunos recortes presupuestarios sumamente polémicos en un esfuerzo por asignar más fondos a los colegios de nuestro país.

—«Creo que los niños son nuestro futuro.»[1]

Rachel no podía creer que su padre hubiese caído tan bajo como para citar canciones pop.

—Finalmente, señor —dijo el periodista—, a lo largo de las últimas semanas su popularidad ha aumentado considerablemente en los sondeos. Sin duda, el presidente estará preocupado. ¿Algún comentario con respecto a ese reciente éxito?

—Creo que tiene que ver con la confianza. Los norteamericanos están empezando a entender que al presidente no se le pueden confiar las difíciles decisiones a las que se enfrenta esta nación. El desmedido gasto público está endeudando cada vez más a este país, y los norteamericanos están comenzando a darse cuenta de que ya es hora de dejar de gastar y empezar a mejorar.

A modo de indulto de la retórica de su padre, el busca de Rachel comenzó a sonar en su bolso. Por regla general, el estridente pitido electrónico constituía una interrupción inoportuna, pero en ese instante a ella casi se le antojó melodioso.

Al verse interrumpido, el senador fulminó con la mirada a su hija.

1. En el original, «*I believe that children are our future*», estrofa del tema *Greatest love of all* de Whitney Houston. (*N. de la t.*)

Rachel sacó el busca y pulsó la secuencia preseleccionada de cinco dígitos, confirmando así que el aparato estaba en su poder. El pitido cesó y la pantalla de LCD comenzó a parpadear. Al cabo de quince segundos recibiría un mensaje de texto seguro.

Sneeden sonrió al senador.

—Es evidente que su hija es una mujer ocupada. Da gusto ver que así y todo ustedes dos consiguen sacar tiempo para comer juntos.

—Como le he dicho, la familia es lo primero.

Sneeden asintió y, acto seguido, endureció la mirada.

—¿Podría preguntarle, señor, cómo resuelven usted y su hija sus conflictos de intereses?

—¿Conflictos? —El senador ladeó la cabeza y puso una inocente cara de perplejidad—. ¿A qué conflictos se refiere?

Rachel alzó la vista e hizo una mueca de disgusto al ver el número de su padre. Sabía exactamente cómo acabaría aquello. «Malditos periodistas», pensó. La mitad de ellos estaban en la nómina de los políticos. Se trataba de una pregunta trampa, una que daba la impresión de ser comprometida, pero en realidad era un favor preparado que se le hacía al senador, un lanzamiento alto y lento que su padre podía recoger y sacar del campo de juego, aclarando unas cuantas cuestiones.

—Bueno, señor... —El periodista tosió, fingiendo incomodidad—. El conflicto es que su hija trabaja para su rival.

El senador Sexton rompió a reír, quitándole hierro a la pregunta en el acto.

—Ralph, en primer lugar, el presidente y yo no somos rivales. Sólo somos dos patriotas que sostienen puntos de vista distintos en lo tocante a cómo gobernar el país que amamos.

El periodista esbozó una sonrisa radiante. Ya tenía una cita jugosa.

—¿Y en segundo lugar?

—En segundo lugar, mi hija no trabaja para el presidente, sino para los servicios de inteligencia. Recaba información de carácter confidencial y la envía a la Casa Blanca. Se trata de un cargo bastante modesto. —Hizo una pausa y miró a Rachel—. De hecho, cariño, creo que ni siquiera conoces al presidente, ¿no es así?

Rachel clavó la vista en él, los ojos al rojo.

El busca sonó y Rachel centró su atención en el mensaje que apareció en la pantalla: Prsnts dir NRO inmd.

Descifró las abreviaturas de inmediato y frunció el ceño. La noticia era inesperada y, casi con toda seguridad, mala. Al menos tenía la excusa adecuada para marcharse.

—Caballeros, sintiéndolo mucho, tengo que irme. Llego tarde al trabajo —anunció.

—Señorita Sexton —se apresuró a responder el periodista—, antes de que se vaya, me preguntaba si podría comentar algo con respecto al rumor que corre de que ha concertado usted esta cita para tratar la posibilidad de dejar su actual empleo y entrar a trabajar con su padre.

Fue como si le arrojaran café caliente en pleno rostro. La pregunta pilló totalmente desprevenida a Rachel, que miró a su padre y presintió al verlo sonreír que ésta estaba amañada. Le entraron ganas de abalanzarse sobre él y clavarle un tenedor.

El periodista le plantó la grabadora en la cara.

—¿Señorita Sexton?

Ella lo miró a los ojos.

—Ralph, o quienquiera que sea usted, a ver si le queda claro: no tengo la menor intención de dejar mi empleo para trabajar con el senador Sexton, y si escribe diciendo lo contrario tendrá que sacarse esa grabadora del culo con un calzador.

El periodista abrió los ojos de par en par, apagó la grabadora y reprimió una sonrisa.

—Gracias a los dos.

Y se esfumó.

Rachel lamentó en el acto haber perdido los estribos. Había heredado el carácter de su padre y se odiaba por ello. «Tranquila, Rachel, tranquila.»

El senador le dirigió una mirada reprobadora.

—No te vendría mal aprender a guardar la compostura.

Ella empezó a recoger sus cosas.

—Esta reunión ha terminado.

Al parecer, el senador ya le había dicho lo que tenía que decirle. Sacó el móvil para efectuar una llamada.

—Adiós, cariño. Pásate por el despacho un día de éstos a saludar. Y cásate, por el amor de Dios, que ya tienes treinta y tres años.

—Treinta y cuatro —corrigió ella—. Tu secretaria me envió una felicitación.

Él chasqueó la lengua compungido.

—Treinta y cuatro. Casi una solterona. A los treinta y cuatro años yo ya me...

—¿Tú ya te habías casado con mamá y te tirabas a la vecina? —Lo dijo más alto de lo que pretendía, la voz dejándose oír con claridad en medio de un inoportuno momento de silencio. Los que estaban cerca se volvieron para mirarlos.

La mirada del senador se tornó glacial de inmediato, dos carámbanos que la atravesaron.

—Cuidado con lo que dices, jovencita.

Rachel echó a andar hacia la puerta. «No, cuidado con lo que dice usted, senador.»

Capítulo 2

Los tres hombres estaban sentados en silencio dentro de su tienda de campaña con sistema antitormenta Therma-Tech. Fuera, un aire helado azotaba la lona amenazando con arrancarla de sus anclajes. No obstante, ninguno de los hombres reparaba en ello: todos habían vivido situaciones mucho más al límite que ésa.

La tienda era completamente blanca y la habían montado en una depresión llana, lejos de miradas curiosas. Los medios de comunicación y transporte y las armas eran punteros. El nombre en clave del líder del grupo era Delta Uno. Se trataba de un tipo musculoso y ágil con unos ojos tan desolados como el terreno en el que se hallaba.

El cronógrafo militar de Delta Uno emitió un intenso pitido, exactamente al mismo tiempo que los cronógrafos que llevaban los otros dos hombres.

Habían pasado otros treinta minutos.

Había llegado el momento. De nuevo.

Movido por un acto reflejo, Delta Uno dejó a sus compañeros y salió, dispuesto a enfrentarse a la oscuridad y al vendaval. Escudriñó el horizonte bañado por la luz de la luna con unos prismáticos de visión nocturna y, como siempre, se centró en la estructura. Se encontraba a un kilómetro de distancia, un edificio enorme e insólito que se erguía en el árido suelo. Su equipo y él llevaban ya diez días vigilándolo, desde que se construyó. A Delta Uno no le cabía la menor duda de que la información que había en su interior cambiaría el mundo. Su protección ya se había cobrado algunas vidas.

En ese momento parecía reinar la calma en el exterior del edificio.

La verdadera prueba, sin embargo, era lo que se estaba desarrollando dentro.

Delta Uno volvió a la tienda y se dirigió a los otros dos soldados:

—Es hora de echar un vistazo.

Ambos hombres asintieron. El más alto, Delta Dos, abrió un ordenador portátil y lo encendió. Tras situarse delante de la pantalla, apoyó la mano en el *joystick* mecánico y lo movió ligeramente. A un millar de metros, bien escondido en el edificio, un robot de exploración del tamaño de un mosquito recibió la transmisión y cobró vida.

Capítulo 3

Rachel Sexton estaba aún que echaba humo cuando conducía su Integra blanco por Leesburg Highway. Los desnudos arces de las estribaciones de Falls Church se recortaban austeros contra el despejado cielo de marzo, pero el apacible entorno no era capaz de aplacar su enfado. La reciente popularidad de su padre en los sondeos tendría que haberlo dotado de un mínimo de gentileza y buen talante, pero al parecer sólo había avivado su prepotencia.

Su falsedad resultaba doblemente dolorosa porque él era el único familiar directo que le quedaba a Rachel. La madre de ésta había fallecido hacía tres años, una pérdida tremenda cuyas cicatrices emocionales aún no se habían borrado. El único consuelo de Rachel era saber que la muerte, con irónica compasión, había liberado a su madre de la profunda desesperación ocasionada por un matrimonio infeliz con el senador.

El busca de Rachel volvió a emitir un pitido y ella se centró nuevamente en la carretera. El mensaje era el mismo: Prsnts dir NRO inmd.

«Preséntese ante el director de la NRO inmediatamente. —Suspiró—. Ya voy, por el amor de Dios.»

Con creciente incertidumbre, se dirigió hacia la salida habitual, se metió por el camino de entrada privado y detuvo el vehículo al llegar a la garita. El centinela iba armado hasta los dientes. Se hallaba en el número 14225 de

Leesburg Highway, una de las direcciones más secretas del país.

Mientras el soldado revisaba el coche en busca de escuchas, Rachel observó la descomunal estructura que se veía a lo lejos. El complejo, que medía unos cien mil metros cuadrados, se alzaba majestuoso en las casi treinta hectáreas de bosque de las afueras de Washington, en Fairfax, Virginia. La fachada del edificio era un bastión de cristal reflectante que devolvía la imagen de la multitud de parabólicas, antenas y radomos del terreno circundante, duplicando una cifra ya de por sí impresionante.

Dos minutos después, Rachel había aparcado el coche y cruzaba el cuidado jardín en dirección a la entrada principal, donde una placa de granito anunciaba:

OFICINA NACIONAL DE RECONOCIMIENTO (NRO)

Los dos marines que flanqueaban la blindada puerta giratoria miraban al frente cuando Rachel pasó entre ellos. Sintió lo que sentía siempre que empujaba esa puerta: que estaba entrando en la barriga de un gigante dormido.

Una vez en el interior del vestíbulo abovedado, Rachel reparó en el débil eco de conversaciones apagadas a su alrededor, como si las palabras se filtraran desde los despachos situados más arriba. Un enorme mosaico de azulejos proclamaba la máxima de la NRO:

EN PRO DE LA SUPERIORIDAD INFORMATIVA MUNDIAL DE ESTADOS UNIDOS, EN LA PAZ Y EN LA GUERRA

Los muros estaban cubiertos de fotografías inmensas —lanzamientos de cohetes, bautizos de submarinos, instalaciones de interceptación—, destacados logros que sólo podían celebrarse dentro de esas paredes.

Entonces, como de costumbre, Rachel sintió que los problemas del mundo exterior quedaban atrás. Se estaba adentrando en el mundo de las sombras, un mundo en el que los problemas llegaban estruendosamente, como trenes de mercancías, y las soluciones se imponían con apenas un susurro.

Cuando se aproximaba al último control, se preguntó qué problema habría hecho que su busca sonara dos veces en treinta minutos.

—Buenos días, señorita Sexton. —El vigilante sonrió al verla acercarse a las puertas de acero.

Rachel devolvió la sonrisa mientras el hombre le ofrecía un bastoncillo minúsculo.

—Ya conoce el procedimiento —afirmó él.

Rachel sacó el bastoncillo de algodón del plástico herméticamente sellado en el que estaba y a continuación se lo introdujo en la boca como si fuese un termómetro. Lo mantuvo bajo la lengua dos segundos y después, inclinándose hacia adelante, dejó que el hombre se lo sacara. Éste insertó el humedecido bastoncillo en la ranura de una máquina que tenía a su espalda. La máquina tardó cuatro segundos en confirmar las secuencias de ADN de la saliva de Rachel. Acto seguido, un monitor parpadeó y mostró la fotografía de Rachel y la necesaria autorización.

El guarda le guiñó un ojo.

—Se ve que sigue siendo usted. —Extrajo el bastoncillo usado de la máquina y lo tiró por una abertura, donde se incineró en el acto—. Que tenga un buen día. —Pulsó un botón y las enormes puertas de acero se abrieron.

Mientras avanzaba por el laberinto de animados corredores que se abría al otro lado, a Rachel le sorprendió que incluso al cabo de seis años aún le amedrentaran las dimensiones colosales de aquel engranaje. El organismo englobaba otras seis instalaciones norteamericanas, daba empleo a más de diez mil agentes y tenía unos gastos operacionales que superaban los diez mil millones de dólares al año.

En medio de un hermetismo absoluto, la NRO se ocupaba de la construcción y el mantenimiento de un increíble arsenal de tecnología de espionaje puntera: interceptores electrónicos mundiales, satélites espía, chips transmisores silenciosos incorporados a dispositivos de telecomunicaciones; hasta una red de reconocimiento naval universal conocida como Classic Wizard, un entramado secreto de 1.456 hidrófonos instalados en lechos marinos del mundo entero capaces de registrar los movimientos de embarcaciones en cualquier punto del planeta.

La tecnología de la NRO no sólo ayudaba a Estados Unidos a ganar conflictos militares, sino que además proporcionaba un interminable flujo de datos en tiempos de paz a agencias como la CIA, la NSA y el Departamento de Defensa, gracias a los cuales éstos podían luchar contra el terrorismo, localizar delitos contra el medio ambiente y facilitar a quienes formulaban las políticas los datos necesarios para tomar decisiones fundadas sobre un amplio abanico de temas.

Rachel trabajaba allí de *cribadora*. La criba, o reducción de datos, consistía en analizar complejos informes y destilar su esencia en documentos concisos de una sola página. Rachel había demostrado tener un talento natural para ello. «Todos esos años leyendo entre líneas las trolas de mi padre», pensó.

Ahora ocupaba el cargo principal dentro de su departamento: enlace de inteligencia con la Casa Blanca. Era la responsable de pasar por el tamiz los informes secretos diarios de la NRO, decidir qué era relevante para el presidente, resumir dichos informes en documentos de una sola página y pasar el material abreviado al asesor de Seguridad Nacional del presidente. En la jerga de la NRO,

Rachel Sexton «elaboraba un producto terminado y daba servicio al cliente».

Aunque el trabajo era complicado y exigía muchas horas, para ella era todo un honor, un modo de reafirmar la independencia de su padre. El senador Sexton le había ofrecido su respaldo infinidad de veces si dejaba el empleo, pero Rachel no tenía intención de endeudarse económicamente con un hombre como Sedgewick Sexton. Su madre era la prueba de lo que podía ocurrir cuando un hombre como él tenía demasiados ases en su poder.

El sonido del busca resonó en el vestíbulo de mármol.

«¿Otra vez?» Ni siquiera se molestó en leer el mensaje.

Preguntándose qué demonios pasaba, Rachel entró en el ascensor y, en lugar de subir a su planta, se dirigió a la última.

Capítulo 4

Decir que el director de la NRO era un hombre poco agraciado era sin duda una exageración. William Pickering era un tipo minúsculo, de tez blanca, rostro anodino, calvo y con unos ojos color avellana que a pesar de haber visto los mayores secretos del país parecían dos estanques poco profundos. Así y todo, para quienes trabajaban a sus órdenes descollaba. Su mansedumbre y su sencillez eran legendarias en la NRO. Su discreta diligencia, combinada con un guardarropa formado por sobrios trajes negros, le había valido el apodo de *el Cuáquero*. Brillante estratega y modelo de eficiencia, el Cuáquero gobernaba su mundo con una lucidez sin parangón. Su mantra era: «Averiguar la verdad y actuar en consonancia.»

Cuando Rachel llegó al despacho del director, éste estaba hablando por teléfono. A Rachel siempre le sorprendía verlo: William Pickering no parecía en modo alguno la clase de hombre con el poder suficiente para despertar al presidente a cualquier hora.

El director colgó y le indicó que pasara.

—Agente Sexton, tome asiento. —Su voz transmitía una lúcida crudeza.

—Gracias, señor.

Rachel se sentó.

A pesar de que a la mayoría de la gente le incomodaba la franqueza de William Pickering, a Rachel siempre le había caído bien el director. Era la antítesis de su padre:

físicamente nada del otro mundo, de todo menos carismático. Y cumplía con su obligación con un patriotismo desinteresado, evitando las candilejas, eso que tanto le gustaba al senador.

Se quitó las gafas y la miró.

—Agente Sexton, el presidente me ha llamado hace una media hora y se ha referido directamente a usted.

Rachel se remejió en su asiento. Pickering era famoso por ir al grano. «Menudo pistoletazo de salida», pensó.

—Espero que no haya habido ningún problema con alguno de mis informes.

—Al contrario. Dice que la Casa Blanca está impresionada con su trabajo.

Rachel exhaló un mudo suspiro.

—Entonces, ¿qué quería?

—Reunirse con usted. En persona. Inmediatamente.

La intranquilidad de Rachel aumentó.

—¿En persona? ¿Para qué?

—Una buena pregunta. No me lo ha dicho.

Ahora sí que estaba perdida: ocultarle información al director de la NRO era como ocultarle al papa secretos del Vaticano. En el mundillo de la inteligencia siempre se andaba con la broma de que si William Pickering no sabía algo es que no había ocurrido.

El director se puso de pie y empezó a caminar arriba y abajo ante la ventana.

—Ha pedido que me pusiera en contacto con usted inmediatamente y la enviase a su encuentro.

—¿Ahora?

—Ha enviado un transporte. Está esperando fuera.

Rachel frunció el ceño: la petición del presidente era desconcertante de por sí, pero lo que más la inquietó fue la cara de preocupación del director.

—Es evidente que tiene usted reservas.

—Vaya si las tengo. —Pickering dejó traslucir un poco

habitual arrebato de emoción—. El momento que ha elegido, de puro transparente, parece pueril: es usted la hija del hombre que en la actualidad está haciendo peligrar su posición en los sondeos, y exige una reunión privada con usted. Me resulta de lo más inapropiado, y sin duda su padre opinaría lo mismo.

Rachel sabía que Pickering tenía razón, aunque le importaba un comino lo que pensara su padre.

—¿Es que recela de los motivos del presidente?

—Juré proporcionar respaldo en materia de inteligencia a la administración que ocupara la Casa Blanca, no opinar sobre su política.

«Típica respuesta de Pickering», pensó ella. El director no vacilaba en expresar su punto de vista sobre los políticos, testaferros transitorios que se movían fugazmente por un tablero de ajedrez cuyos verdaderos jugadores eran hombres como el propio Pickering: profesionales avezados que tenían la suficiente experiencia para entender el juego con cierta perspectiva. Dos mandatos en la Casa Blanca, solía decir, no bastaban ni de cerca para comprender los verdaderos entresijos del panorama político internacional.

—Tal vez se trate de una petición inocente —aventuró Rachel con la esperanza de que el presidente estuviese por encima de esa clase de ardides y no intentara llevar a cabo una maniobra política barata—. Tal vez necesite un resumen de algunos datos delicados.

—No pretendo menospreciarla, agente Sexton, pero la Casa Blanca tiene acceso a gran cantidad de personal cualificado si lo necesita. Si se trata de un trabajo interno de la Casa Blanca, el presidente no debería haberla llamado a usted. En caso contrario, está más que claro que no debería solicitar a un activo de la NRO y negarse a decirme para qué lo quiere.

Pickering siempre llamaba activos a sus empleados,

una forma de hablar que a muchos les resultaba de una frialdad desconcertante.

—Su padre está ganando fuerza política —observó el director—. Mucha. La Casa Blanca sin duda se estará poniendo nerviosa. —Profirió un suspiro—. La política es un oficio desesperado. Cuando el presidente convoca una reunión secreta con la hija de su rival, yo diría que piensa en algo más que en resúmenes de inteligencia.

Rachel sintió un leve escalofrío: los pálpitos de Pickering tenían siempre la alarmante tendencia de dar en el clavo.

—Y ¿teme usted que la Casa Blanca esté lo bastante desesperada para involucrarme en el tinglado político?

Pickering se detuvo a reflexionar un instante.

—Usted no oculta precisamente los sentimientos que le inspira su padre, y no me cabe la menor duda de que los responsables de la campaña presidencial están al tanto de sus desavenencias. Se me ocurre que quizá quieran utilizarla a usted como arma arrojadiza contra él.

—¿Dónde tengo que firmar? —repuso Rachel medio en broma.

Pickering, imperturbable, la miró con gravedad.

—Permítame que le advierta de algo, agente Sexton: si cree que los asuntos personales con su padre van a ofuscarla a la hora de tratar con el presidente, le aconsejo encarecidamente que decline la petición que le ha hecho.

—¿Declinarla? —Rachel soltó una risita nerviosa—. Es evidente que no puedo decirle que no al presidente.

—Usted no, pero yo sí —replicó el director.

El eco de esas palabras persiguió un instante a Rachel, recordándole el otro motivo por el que llamaban Cuáquero al director. A pesar de ser un hombre menudo, William Pickering podía provocar terremotos políticos si lo hacían enfadar.

—Mis preocupaciones a este respecto son simples —prosiguió—. Tengo la responsabilidad de proteger a quienes trabajan para mí y no me hace ninguna gracia que se insinúe, aunque sea vagamente, que podrían utilizar a uno de los míos de peón en una partida política.

—¿Qué me recomienda?

Pickering profirió un suspiro.

—Le sugiero que vaya a verlo, pero no se comprometa a nada. Cuando el presidente le diga qué demonios tiene en mente, llámeme. Si creo que está siendo agresivo políticamente con usted, puede estar usted segura de que la sacaré de allí tan de prisa que el hombre ni sabrá qué ha pasado.

—Gracias, señor. —Rachel notó en el director un halo de protección que a menudo echaba en falta en su propio padre—. Y ¿ha dicho usted que el presidente ya ha enviado un coche?

—No exactamente. —Pickering frunció el ceño y señaló al otro lado de la ventana.

Vacilante, Rachel se acercó a echar un vistazo hacia donde apuntaba el dedo extendido de su jefe.

En el césped aguardaba un chato MH-60G Pavehawk. Uno de los helicópteros más rápidos del mundo, el Pavehawk estaba engalanado con el distintivo de la Casa Blanca. El piloto se hallaba no muy lejos, consultando su reloj.

Rachel se volvió hacia el director con incredulidad.

—¿La Casa Blanca ha enviado un Pavehawk para recorrer los veinticinco kilómetros que hay hasta Washington?

—Por lo visto, el presidente espera que se sienta usted impresionada o intimidada. —Pickering la observó—. Le sugiero que no se muestre ni lo uno ni lo otro.

Rachel asintió. Estaba tan impresionada como intimidada.

Cuatro minutos después, Rachel Sexton salía de la NRO y se subía al helicóptero. Antes siquiera de haberse abro-

chado el cinturón, el aparato ya había despegado y sobrevolaba los bosques de Virginia. Rachel miró los borrosos
árboles más abajo y sintió que su pulso se aceleraba. Y
más se habría acelerado de haber sabido que el helicóptero jamás llegaría a la Casa Blanca.

Capítulo 5

El viento glacial azotaba la lona de la tienda ThermaTech, pero Delta Uno apenas se daba cuenta. Él y Delta Tres centraban su atención en su compañero, que manejaba el *joystick* con la precisión de un cirujano. La pantalla que tenían delante mostraba una emisión de vídeo en directo de una precisa cámara instalada en el microrrobot.

«Lo último en vigilancia», pensó Delta Uno, que seguía sorprendiéndose cada vez que la conectaban. De un tiempo a esa parte, en el mundo de la micromecánica, la realidad parecía estar superando la ficción.

Los sistemas microelectromecánicos (MEMS), o microbots, eran la herramienta más novedosa dentro del campo de la exploración de alta tecnología. «Tecnología invisible», la llamaban.

Y casi era literal.

Aunque los robots microscópicos accionados por control remoto sonaban a ciencia ficción, lo cierto es que existían desde los años noventa. En mayo de 1997, la revista *Discovery* publicó en primera plana un reportaje sobre microbots, con modelos tanto *voladores* como *nadadores*. Los nadadores —nanosubmarinos del tamaño de un grano de sal— se podían inyectar en el torrente sanguíneo humano, como en la película *Viaje alucinante*, y en la actualidad los utilizaban avanzados centros médicos para que los médicos pudieran recorrer las arterias por control remoto, ver vídeos intravenosos en directo y localizar obstrucciones arteriales sin tener que coger un escalpelo.

A diferencia de lo que cabría pensar, construir un microbot volador era más sencillo incluso. La tecnología aerodinámica para conseguir que un aparato volase existía desde Kittyhawk, de manera que lo único que restaba hacer era reducir el tamaño. Los primeros microbots voladores, diseñados por la NASA como instrumentos de exploración no tripulados para futuras misiones en Marte, medían varios centímetros. En la actualidad, sin embargo, los avances en el campo de la nanotecnología, los materiales ligeros y absorbentes de energía y la micromecánica habían convertido los microbots en una realidad.

El auténtico avance se había producido en el ámbito de la biomímica, la ciencia basada en copiar a la naturaleza. Las minúsculas libélulas resultaron ser el prototipo ideal de los ágiles y eficientes microbots voladores. El modelo PH2 que Delta Dos estaba haciendo volar en ese momento tan sólo medía un centímetro —el tamaño de un mosquito—, y se servía de un doble par de alas transparentes de silicona con goznes que le proporcionaban una movilidad y una eficacia sin precedentes en el aire.

El mecanismo de repostaje del microbot había supuesto otro adelanto. Los primeros prototipos de microbot sólo podían recargar las células energéticas planeando directamente sobre una fuente de luz intensa, lo cual no resultaba precisamente sigiloso ni idóneo para utilizar en lugares oscuros. Sin embargo, los más recientes podían recargarse deteniéndose a escasos centímetros de un campo magnético. Por suerte, en la sociedad moderna los campos magnéticos eran omnipresentes y ocupaban lugares discretos —tomas de corriente, pantallas de ordenador, motores eléctricos, altavoces, teléfonos móviles—, con lo que nunca había falta de puntos de recarga recónditos. Una vez el microbot lograba introducirse en un lugar determinado, podía emitir señales de audio y vídeo casi indefinidamente. El PH2 de la Delta Force ya llevaba transmitiendo más de una semana sin problema alguno.

Ahora, cual insecto planeando en el interior de un cavernoso granero, el microbot volador pululaba en silencio por el aire en calma del ingente espacio central de la estructura. Con una vista aérea del lugar, el microbot giraba calladamente sobre sus confiados ocupantes: técnicos, científicos, especialistas en un sinfín de campos distintos. Mientras el PH2 daba vueltas, Delta Uno vio que dos rostros familiares conversaban. Constituirían una prueba reveladora. Pidió a Delta Dos que bajara para poder escuchar.

Manejando los controles, Delta Dos activó los sensores de sonido del robot, orientó el amplificador parabólico y redujo la elevación hasta situar el microbot a unos tres metros de la cabeza de los científicos. La transmisión era débil, pero se entendía.

—Es que todavía no me lo puedo creer —decía uno de ellos. Su entusiasmo no se había visto mermado desde que llegó, hacía cuarenta y ocho horas.

A todas luces el hombre con el que hablaba compartía su animación.

—¿Alguna vez pensaste que serías testigo de algo así?

—Jamás —repuso el primero, radiante—. Todo esto es un sueño increíble.

Delta Uno había oído bastante. Era evidente que allí todo iba según lo previsto. Delta Dos alejó el robot del lugar y lo devolvió a su escondite. Aparcó el diminuto dispositivo de manera inadvertida cerca del cilindro de un generador eléctrico. Las células energéticas del PH2 comenzaron a recargarse en el acto para la próxima misión.

Capítulo 6

Rachel Sexton reflexionaba sobre los extraños acontecimientos de la mañana mientras el Pavehawk hendía el cielo matutino, y hasta que el aparato salió de Chesapeake
Bay no se dio cuenta de que iban justo en la dirección
contraria. El instante de confusión inicial no tardó en dar
paso a la inquietud.

—¡Eh! —le gritó al piloto—. ¿Qué está haciendo?
—Su voz apenas se oía con el ruido de los rotores—. Se
supone que tiene que llevarme a la Casa Blanca.

El piloto sacudió la cabeza.

—Lo siento, señora. Esta mañana el presidente no se
encuentra en la Casa Blanca.

Rachel trató de recordar si Pickering había mencionado específicamente la Casa Blanca o si había sido ella
quien lo había supuesto sin más.

—Y ¿dónde está?

—Se reunirá con él en otra parte.

«Venga ya.»

—¿En qué otra parte?

—Ya no estamos muy lejos.

—Eso no es lo que le he preguntado.

—Sólo faltan unos veinticinco kilómetros.

Rachel lo miró ceñuda. «Este tipo debería ser político.»

—¿Esquiva usted las balas igual de bien que las preguntas?

El piloto no respondió.

El helicóptero tardó menos de siete minutos en cruzar la bahía. Cuando volvieron a avistar tierra, el piloto viró al norte y fue bordeando una estrecha península donde Rachel distinguió una serie de pistas de aterrizaje y edificios con aspecto militar. El hombre se dirigió hacia ellos, y entonces Rachel supo dónde estaban. Las seis rampas de lanzamiento y las carbonizadas torres lanzacohetes suponían una buena pista, pero, por si eso no fuera suficiente, en el tejado de una de las construcciones podían verse dos enormes palabras pintadas: WALLOPS ISLAND.

Wallops Island era una de las bases de lanzamiento más antiguas de la NASA. Todavía se utilizaba para lanzar satélites y poner a prueba naves experimentales, un emplazamiento de la agencia aeroespacial que no llamaba la atención.

«¿El presidente está en Wallops Island?» No tenía sentido.

El piloto alineó la trayectoria con una serie de tres pistas que discurrían a lo largo de la angosta península. Parecían dirigirse al punto más alejado de la pista central.

El hombre comenzó a aminorar la marcha.

—Se reunirá con el presidente en su despacho.

Rachel volvió la cabeza preguntándose si no sería una broma.

—¿El presidente de Estados Unidos tiene un despacho en Wallops Island?

El piloto estaba muy serio.

—El presidente de Estados Unidos tiene un despacho donde le place, señora.

Señaló el final de la pista, y cuando Rachel vio el gigantesco bulto que brillaba a lo lejos, casi le dio un ataque. Incluso a trescientos metros reconoció el casco azul celeste del 747 modificado.

—Voy a reunirme con él a bordo de...

—Sí, señora. Su segunda casa.

Rachel contempló la enorme aeronave. El críptico nombre que el ejército había asignado al prestigioso avión era VC-25-A, aunque el resto del mundo lo conocía por el de *Air Force One*.

—Se ve que esta mañana le ha tocado el nuevo —comentó el piloto mientras señalaba los números del estabilizador.

Rachel asintió con gesto inexpresivo. Pocos norteamericanos sabían que había dos *Air Force One* en funcionamiento: dos Boeing 747-200B idénticos, adaptados especialmente al cometido que desempeñaban. Uno tenía el número de cola 28000, y el otro, 29000. La velocidad de crucero de ambos aviones era de casi mil kilómetros por hora, y los aparatos habían sufrido modificaciones para poder repostar en pleno vuelo, lo que les proporcionaba una autonomía prácticamente ilimitada.

Cuando el Pavehawk aterrizó en la pista junto al avión del presidente, Rachel comprendió por qué se decía que el *Air Force One* era «el hogar portátil» del jefe. El aparato resultaba intimidatorio.

Cuando el presidente volaba a otros países para reunirse con jefes de Estado, a menudo solicitaba —por motivos de seguridad— que la reunión se celebrase a bordo de su avión. Aunque parte de la razón era la seguridad, sin duda otro aliciente residía en obtener ventaja en las negociaciones mediante la intimidación. Visitar el *Air Force One* resultaba mucho más intimidatorio que acudir a la Casa Blanca. Las letras del fuselaje, de casi dos metros de altura, anunciaban a bombo y platillo: ESTADOS UNIDOS DE AMÉRICA. En una ocasión, una integrante del gabinete británico acusó al presidente Nixon de «restregarle por las narices su masculinidad» cuando éste le pidió que se reuniera con él a bordo del *Air Force One*. Posteriormente, la tripulación le puso al aparato el jocoso mote de *Pollón*.

—¿Señorita Sexton? —Un agente del servicio secreto vestido con un blazer apareció ante el helicóptero y le abrió la puerta—. El presidente la está esperando.

Rachel bajó del aparato y observó la empinada escalerilla que conducía al voluminoso avión. «Voy a entrar en el falo volante.» Una vez había oído decir que el Despacho Oval volante tenía una superficie de casi cuatrocientos metros cuadrados, incluidos cuatro dormitorios independientes, literas para los veintiséis miembros de la tripulación y dos cocinas capaces de proporcionar alimento a cincuenta personas.

Mientras subía la escalerilla, Rachel sentía pegado a ella al agente metiéndole prisa. Una vez arriba, la puerta de la cabina estaba abierta como una minúscula punción en el costado de una colosal ballena plateada. Avanzó hacia la oscurecida entrada y notó que su confianza empezaba a flaquear.

«Tranquila, Rachel, no es más que un avión.»

En el rellano el agente del servicio secreto la cogió educadamente del brazo y la guió por un pasillo sorprendentemente estrecho. Giraron a la derecha, recorrieron una breve distancia y salieron a una cabina amplia y lujosa. Rachel la reconoció en el acto por las fotografías.

—Espere aquí —pidió el hombre, y desapareció.

Rachel permanecía a solas en la famosa cabina de proa del *Air Force One*, revestida en madera. Ésa era la estancia que se utilizaba para celebrar reuniones, recibir a dignatarios y, por lo visto, meterle el miedo en el cuerpo a quienes la visitaban por vez primera. La habitación ocupaba toda la anchura del aparato, al igual que la gruesa moqueta color canela. El mobiliario era impecable: sillones de cordobán en torno a una mesa de reuniones de arce, lámparas de pie de latón bruñido junto a un sofá de estilo europeo y cristalería grabada a mano en una pequeña barra de caoba.

Supuestamente, quienes diseñaron el Boeing dispusieron con sumo cuidado esa cabina de proa para proporcionar a los pasajeros «una sensación de orden y tranquilidad a un tiempo». Tranquilidad, no obstante, era lo último que sentía Rachel en ese momento. Lo único en lo que podía pensar era en la cantidad de líderes mundiales que se habían sentado en esa habitación y tomado decisiones que habían determinado el mundo.

Todo en esa estancia irradiaba poder, desde el leve aroma a delicado tabaco de pipa hasta el omnipresente sello presidencial. El águila con las flechas y las ramas de olivo se hallaba bordada en fundas de cojín, grabada en la cubitera e incluso impresa en los posavasos de corcho del bar. Rachel cogió uno y lo examinó.

—Conque robando souvenires, ¿eh? —dijo una voz grave a sus espaldas.

Sorprendida, Rachel se volvió y dejó caer el posavasos. Acto seguido se arrodilló torpemente para recogerlo. Cuando lo cogió, volvió la cabeza y vio que el presidente de Estados Unidos la miraba con una sonrisa divertida.

—No soy miembro de la realeza, señorita Sexton. No es preciso que se arrodille usted.

Capítulo 7

El senador Sedgewick Sexton saboreaba la privacidad de su gran limusina Lincoln mientras ésta serpenteaba por el tráfico matutino de Washington camino de su despacho. Frente a él, Gabrielle Ashe, su asistente personal, de veinticuatro años, le leía el programa del día. Sexton apenas escuchaba.

«Me encanta Washington —pensó mientras admiraba la perfecta silueta de la mujer bajo el jersey de cachemir—. El poder es el mayor afrodisíaco del mundo... y hace que mujeres como ésta acudan aquí en tropel.»

Gabrielle, una neoyorquina licenciada en una prestigiosa universidad, soñaba con ser senadora algún día. «Ella también lo conseguirá», pensó Sexton. La chica era un bombón y más lista que el hambre, pero, sobre todo, entendía las normas del juego.

Gabrielle Ashe era negra, pero su tono de piel se acercaba más al canela subido o al caoba, la clase de cómodo intermedio que, Sexton sabía, los blancos condescendientes podían aprobar sin sentirse estafados. Sexton describía a Gabrielle a sus amigotes como una Halle Berry con el cerebro y la ambición de Hillary Clinton, aunque a veces pensaba que hasta eso era quedarse corto.

Gabrielle había sido una gran baza en la campaña desde que la había ascendido a asistente personal hacía tres meses. Y, para colmo, trabajaba de balde. La compensación que recibía a cambio de una jornada laboral de dieciséis horas era aprender cómo se combatía en las trincheras con un político avezado.

«Naturalmente —se frotaba las manos Sexton— la he convencido de que haga algo más que trabajar.» Tras ascender a Gabrielle, Sexton la invitó a una «sesión orientativa» nocturna en su despacho privado. Tal y como cabía esperar, su joven asistente llegó deslumbrada y deseosa de complacer. Con una santa paciencia dominada a lo largo de décadas, Sexton se sirvió de su magia: se ganó la confianza de Gabrielle, la despojó con cautela de sus inhibiciones, hizo gala de un control tentador y finalmente la sedujo allí mismo, en su despacho.

A Sexton no le cabía la menor duda de que el encuentro había sido una de las experiencias sexuales más gratificantes en la vida de la joven y, así y todo, pensándolo en frío, era evidente que Gabrielle lamentaba el desliz. Avergonzada, presentó su dimisión, pero Sexton se negó a aceptarla. Ella se quedó, pero dejó muy claras sus intenciones. Desde entonces su relación era estrictamente profesional.

Los morritos de Gabrielle seguían moviéndose.

—...no queremos que se muestre displicente en el debate de esta tarde en la CNN. Todavía no sabemos a qué oponente enviará la Casa Blanca. Será mejor que lea detenidamente estas notas. —Le entregó una carpeta.

Sexton la cogió, disfrutando del aroma del perfume de la mujer mezclado con los lujosos asientos de piel.

—No está escuchando —observó ella.

—Desde luego que sí. —El senador sonrió—. Olvídese del debate de la CNN. En el peor de los casos, la Casa Blanca me desairará enviando a algún rival de poca monta; en el mejor, enviarán a un pez gordo que me comeré con patatas.

Gabrielle frunció la frente.

—Bien. Junto con las notas he incluido un listado de los temas hostiles más probables.

—Los de siempre, sin duda.

—Con una novedad. Creo que podría enfrentarse a alguna reacción hostil por parte de la comunidad homosexual debido a sus comentarios de la otra noche en el programa de Larry King.

Sexton se encogió de hombros, apenas si escuchaba.

—Ya. Otra vez lo del matrimonio entre personas del mismo sexo.

Gabrielle le dirigió una mirada de desaprobación.

—Lo cierto es que fue bastante duro.

«Matrimonios entre personas del mismo sexo —pensó asqueado Sexton—. Si de mí dependiera, los maricones ni siquiera tendrían derecho a votar.»

—Muy bien, rebajaré un tanto el tono.

—Bien. Últimamente se ha pasado un poco con esos temas controvertidos. No se confíe: la gente puede cambiar en un santiamén. Ahora está ganando y tiene fuerza, así que capee el temporal. Hoy no es preciso sacar la bola del campo. Tan sólo manténgala en juego.

—¿Alguna noticia de la Casa Blanca?

Gabrielle compuso un gesto de grata perplejidad.

—Continúa el silencio. Es oficial: su rival se ha convertido en el hombre invisible.

Sexton apenas podía creer la suerte que tenía últimamente. El presidente se había pasado meses trabajando con ahínco en la campaña electoral y de pronto, hacía una semana, se había encerrado en el Despacho Oval y nadie había vuelto a verlo u oírlo. Era como si el hombre no pudiera enfrentarse a la oleada de apoyo que los votantes estaban prestando a Sexton.

Gabrielle se pasó una mano por el alisado cabello negro.

—He oído que los responsables de la campaña de la Casa Blanca están tan confundidos como nosotros. El presidente no ha ofrecido explicación alguna de su desaparición y allí todo el mundo está hecho una furia.

—¿Alguna teoría? —quiso saber el senador.

Su asistente lo miró por encima de sus gafas de intelectual.

—Da la casualidad de que esta mañana recibí una interesante información de un contacto que tengo en la Casa Blanca.

Sexton reconoció la expresión de sus ojos: Gabrielle había vuelto a obtener información confidencial. El senador se preguntó si no estaría haciéndole mamadas a algún ayudante en el asiento de atrás de un coche a cambio de secretos relativos a la campaña. Aunque a él le daba lo mismo..., mientras la información siguiera llegando.

—Corre el rumor —empezó la mujer bajando la voz— de que el extraño comportamiento del presidente comenzó la semana pasada tras una reunión privada de emergencia con el administrador de la NASA. Por lo visto, el presidente salió de la reunión aturdido, a continuación canceló sus compromisos y se ha mantenido en estrecho contacto con la NASA desde entonces.

A Sexton le gustó cómo sonaba eso.

—¿Cree que es posible que la NASA le haya dado más malas noticias?

—Parece una explicación lógica —respondió la joven, esperanzada—. Aunque tendrían que ser muy graves para que el presidente lo deje todo.

Sexton sopesó sus palabras. A todas luces, sucediera lo que sucediese en la NASA, tenían que ser malas noticias. «De lo contrario, el presidente me las refregaría por las narices.» De un tiempo a esa parte, Sexton había estado machacando al presidente con la financiación de la NASA. La reciente sucesión de misiones fallidas y excesos presupuestarios de la agencia espacial había conferido a la NASA el dudoso honor de convertirse en el paradigma oficioso de Sexton contra el enorme déficit presupuestario y la ineficacia del gobierno. Había que admitir que atacar a la

NASA, uno de los principales símbolos del orgullo norteamericano, no era lo que harían la mayoría de los políticos para ganar votos, pero Sexton contaba con una arma que pocos otros políticos poseían: Gabrielle Ashe. Y su certera intuición.

La espabilada joven había llamado la atención de Sexton hacía varios meses, cuando trabajaba de coordinadora de campaña en la oficina de Sexton en Washington. Al conocer la desventaja del senador en los sondeos de las primarias y comprender que su mensaje de que el gobierno estaba gastando más de la cuenta caía en saco roto, Gabrielle Ashe le escribió una nota sugiriendo un enfoque nuevo y radical de la campaña. Le dijo al senador que debía atacar los tremendos excesos presupuestarios de la NASA y los continuos salvavidas que le lanzaba la Casa Blanca como máximos exponentes del despilfarro sin tino del presidente Herney.

«La NASA les está costando una fortuna a los estadounidenses», escribió Gabrielle, e incluyó una lista de cifras, fracasos y rescates económicos. «Los votantes no saben nada, se quedarían horrorizados. Creo que debería convertir la NASA en un punto de debate político.»

Sexton lamentó su ingenuidad. «Eso, y de paso pido que se deje de cantar el himno nacional en los partidos de béisbol.»

A lo largo de las semanas siguientes, Gabrielle continuó enviando información sobre la NASA al senador. Cuanto más leía éste, más cuenta se daba de que la joven Gabrielle Ashe tenía razón. Incluso según los criterios por los que se regían las agencias gubernamentales, la NASA era un increíble pozo sin fondo: costosa, ineficaz y, en los últimos años, extremadamente incompetente.

Una tarde Sexton estaba hablando de educación durante una entrevista en directo. El presentador presionaba al senador preguntando de dónde sacaría la financiación necesaria para su prometida reforma de los colegios públicos. A modo de respuesta medio en broma, Sexton decidió poner a prueba la teoría de la NASA de Gabrielle. «¿Dinero para la educación? —dijo—. Bueno, tal vez dividiera por la mitad el programa espacial. Me figuro que si la NASA puede gastar quince mil millones al año en el espacio, yo debería poder invertir siete mil quinientos millones en los chavales de aquí, de la Tierra.»

En la cabina, los directores de campaña de Sexton abrieron la boca horrorizados al oír el insensato comentario. Después de todo, campañas enteras se habían ido a pique por mucho menos que disparar al tuntún contra la NASA. En el acto, las líneas telefónicas de la emisora de radio se encendieron. Los directores de campaña se acobardaron: los defensores del espacio se movían en círculo dispuestos a matar.

Entonces sucedió algo inesperado.

—¿Quince mil millones al año? —preguntó el primer oyente, alarmado—. ¿De dólares? ¿Me está diciendo que la clase de matemáticas de mi hijo está saturada porque los colegios no pueden permitirse contratar a suficientes profesores y la NASA se gasta quince mil millones de dólares al año en sacar fotos de polvo espacial?

—Pues sí, en efecto —respondió Sexton con cautela.

—¡Qué absurdo! ¿Tiene poder el presidente para hacer algo al respecto?

—Sin duda —contestó un Sexton envalentonado—. El presidente puede vetar la solicitud de presupuesto de cualquier agencia que considere excesiva.

—En ese caso tiene usted mi voto, senador Sexton. Quince mil millones destinados a la investigación espacial y nuestros hijos sin profesores. ¡Es un escándalo! Buena suerte, señor. Espero que llegue hasta el final.

Entró una nueva llamada.

—Senador, acabo de leer que la Estación Espacial Internacional de la NASA ha sobrepasado con creces el presupuesto y el presidente se está planteando proporcionarle financiación de emergencia para que continúe el proyecto, ¿es eso cierto?

Al oír la pregunta, Sexton dio un respingo.

—Sí. —Pasó a explicar que en un principio dicha estación iba a ser una empresa conjunta, con doce países compartiendo los costes, pero cuando dio comienzo la construcción, el presupuesto se descontroló de mala manera y numerosos países se retiraron indignados. En lugar de recortar el proyecto, el presidente decidió cubrir los gastos de todos—. Los gastos del proyecto de la EEI —anunció Sexton— han pasado de los iniciales ocho mil millones propuestos a nada menos que cien mil millones de dólares.

El oyente parecía furioso.

—¿Por qué demonios no cierra el grifo el presidente?

Sexton le habría dado un beso de buena gana.

—Muy buena pregunta. Por desgracia, una tercera parte de los materiales de construcción ya se encuentran en órbita, y el presidente se ha gastado sus dólares llevándolos hasta allí, de manera que cerrar el grifo equivaldría a admitir una metedura de pata de miles de millones de dólares con su dinero.

Las llamadas no cesaron. Por primera vez daba la impresión de que los norteamericanos empezaban a hacerse a la idea de que la NASA era una opción, no una institución nacional inamovible.

Al término de la entrevista, a excepción de un puñado de partidarios acérrimos de la NASA que llamaron aduciendo patéticas defensas de la eterna búsqueda de conocimiento por parte del hombre, había consenso: la campaña de Sexton había tropezado con el santo grial de la política, un nuevo caballo de batalla, un controvertido punto aún sin explotar que tocaba la fibra sensible de los votantes.

En las semanas siguientes, Sexton aplastó a sus contrincantes en cinco primarias cruciales y anunció que Gabrielle Ashe era su nueva asistente personal, elogiándola por haber desvelado el tema de la NASA a los electores. Con un sencillo gesto el senador convirtió a la joven afroamericana en una estrella política en alza, y su historial de votos racistas y sexistas desapareció de la noche a la mañana.

Ahora, sentados juntos en la limusina, Sexton supo que Gabrielle había vuelto a demostrar su valía. La información sobre la reunión secreta de la semana anterior del administrador de la NASA y el presidente sin duda apuntaba a que se avecinaban más problemas con la agencia espacial; tal vez otro país fuese a retirar los fondos para la estación.

Cuando pasaban por delante del Monumento a Washington, el senador Sexton no pudo evitar sentir que había sido ungido por el destino.

Capítulo 8

Pese a ocupar el cargo político más poderoso del mundo, el presidente Zachary Herney era de estatura media, complexión delgada y espalda estrecha. Tenía un rostro pecoso, llevaba gafas bifocales y el negro cabello le empezaba a ralear. Su físico anodino, sin embargo, marcaba un fuerte contraste con el amor casi principesco que despertaba su persona en quienes lo conocían. Se decía que si uno conocía a Zach Herney, iría hasta el fin del mundo por él.

—Me alegro de que haya podido venir —dijo el presidente mientras le tendía la mano a Rachel. Su apretón fue cálido y sincero.

Por su parte, ella procuró dominar la carraspera.

—Cómo... no, señor presidente. Es un honor conocerlo.

El aludido le dirigió una sonrisa reconfortante, y Rachel comprobó de primera mano la legendaria afabilidad de Herney. El hombre poseía un semblante relajado que hacía las delicias de los dibujantes de viñetas políticas, ya que, por mucho que se desviaran del original, nadie confundía jamás su natural simpatía y su amable sonrisa. Sus ojos reflejaban sinceridad y dignidad en todo momento.

—Sígame, por favor —dijo con voz risueña—. Tengo una taza de café que lleva su nombre.

—Gracias, señor.

El presidente pulsó un botón del intercomunicador y pidió que le llevaran dos cafés a su despacho.

Mientras Rachel seguía al presidente por el avión no pudo evitar reparar en que parecía sumamente feliz y descansado para ser alguien que iba con desventaja en los sondeos. Y vestía de manera muy informal: pantalones vaqueros, un polo y unas botas de montaña de L. L. Bean.

Rachel trató de sacar conversación.

—¿Haciendo... senderismo, señor presidente?

—En absoluto. Mis asesores de campaña han decidido que ésta ha de ser mi nueva imagen. ¿Usted qué opina?

Rachel esperó por su propio bien que no estuviera hablando en serio.

—Es muy..., eh..., masculina, señor.

Con cara de póquer, Herney repuso:

—Bien. Estamos pensando que me ayudará a arrebatarle algunos votos femeninos a su padre. —Al cabo de un instante, el presidente esbozó una amplia sonrisa—. Señorita Sexton, era una broma. Creo que ambos sabemos que me hará falta algo más que un polo y unos vaqueros para ganar estas elecciones.

La franqueza y el buen humor del presidente estaban acabando de prisa con cualquier atisbo de tensión que pudiera sentir Rachel por hallarse allí. Lo que al presidente le faltaba de músculo lo compensaba con creces con talante diplomático. La diplomacia tenía que ver con el tacto, y Zach Herney tenía ese don.

Rachel lo siguió hacia la parte posterior del aparato y, cuanto más avanzaban, menos parecía aquello el interior de un avión: pasillos sinuosos, paredes empapeladas, hasta un pequeño gimnasio con varias StairMaster y una máquina de remo. Curiosamente, el avión parecía casi desierto.

—¿Viaja usted solo, señor presidente?

Él negó con la cabeza.

—Lo cierto es que acabamos de aterrizar.

Rachel se sorprendió.

«Aterrizar viniendo ¿de dónde?» Esa semana sus informes de inteligencia no decían que el presidente tuviera intención de viajar. Al parecer estaba utilizando Wallops Island para desplazarse sin llamar la atención.

—El personal desembarcó justo antes de que llegara usted —comentó el presidente—. En breve me reuniré con ellos en la Casa Blanca, pero quería verla a usted aquí en lugar de en el despacho.

—¿Intenta intimidarme?

—Al contrario, intento respetarla, señorita Sexton. La Casa Blanca es de todo menos privada, y si trascendiera la noticia de que usted y yo nos hemos reunido, ello la pondría en un compromiso con su padre.

—Se lo agradezco, señor.

—Da la impresión de que está logrando mantener un delicado equilibrio con gran elegancia, y no veo motivo alguno para dar al traste con ello.

A Rachel le vino a la cabeza el desayuno con su padre y dudó que pudiera calificarse de elegante. Así y todo, Zach Herney se estaba tomando muchas molestias para actuar discretamente, cosa que desde luego no tenía por qué hacer.

—¿Puedo llamarla Rachel? —le preguntó.

—Claro. —«¿Puedo llamarlo Zach?»

—Mi despacho —anunció el presidente al tiempo que le cedía el paso por una labrada puerta de madera de arce.

El despacho a bordo del *Air Force One* sin duda era más acogedor que el de la Casa Blanca, si bien el mobiliario seguía teniendo un aire de austeridad. La mesa estaba repleta de papeles, y tras ella colgaba un impresionante óleo de una goleta clásica de tres palos que navegaba a toda vela para intentar dejar atrás una tormenta furiosa. Parecía una metáfora perfecta del momento que estaba atravesando el mandato de Zach Herney.

El presidente le ofreció a Rachel una de las tres amplias sillas que había frente al escritorio, y ella tomó asiento. Rachel esperaba que él se sentase enfrente, pero acercó una silla y se acomodó a su lado.

«En igualdad de condiciones —pensó—. El rey de la diplomacia.»

—Bien, Rachel —comenzó Herney, que suspiró con cansancio al tomar asiento—. Me imagino que estará usted bastante perpleja por encontrarse aquí ahora mismo, ¿me equivoco?

La franqueza del presidente acabó con cualquier resquemor que aún pudiera sentir Rachel.

—La verdad, señor, es que estoy desconcertada.

Herney soltó una risotada.

—Estupendo. No todos los días puedo desconcertar a alguien de la NRO.

—No todos los días un presidente con botas de montaña invita a alguien de la NRO a subir a bordo del *Air Force One*.

El presidente volvió a reír.

Llamaron con suavidad a la puerta para anunciar que llegaba el café. Uno de los miembros de la tripulación entró con una cafetera de peltre humeante y dos tazas, asimismo de peltre, en una bandeja. A instancias del presidente, la mujer dejó la bandeja en la mesa y se fue.

—¿Leche y azúcar? —inquirió él mientras se levantaba para servir el café.

—Leche, por favor. —Rachel saboreó el delicioso aroma. «¿El presidente de Estados Unidos me está sirviendo café?»

Zach Herney le ofreció una de las pesadas tazas de peltre.

—Original de Paul Revere —informó—. Uno de esos pequeños lujos.

Rachel bebió un sorbo de café, el mejor que había tomado en su vida.

—Veamos —dijo el presidente al tiempo que se servía una taza y volvía a sentarse—, no tengo mucho tiempo, así que vayamos al grano. —Echó un terrón de azúcar en el café y alzó la cabeza—. Me figuro que Bill Pickering la habrá advertido de que el único motivo por el que querría verla sería utilizarla políticamente en mi favor, ¿no?

—A decir verdad, señor, eso es exactamente lo que dijo.

El presidente soltó una risita.

—Siempre tan cínico.

—Entonces, ¿se equivoca?

—¿Está de broma? —El presidente rió—. Pickering nunca se equivoca; ha dado en el clavo, como de costumbre.

Capítulo 9

Gabrielle Ashe miró distraídamente por la ventanilla de la limusina del senador mientras ésta avanzaba entre el tráfico matutino hacia el despacho de Sexton. Se preguntó cómo demonios había llegado a ese punto en su vida: asistente personal del senador Sedgewick Sexton, justo lo que quería, ¿no?

«Estoy sentada en una limusina con el futuro presidente de Estados Unidos.»

Gabrielle miró al senador, que iba sentado frente a ella en el lujoso vehículo y parecía sumido en sus pensamientos. Admiró sus atractivos rasgos y su perfecto atuendo. Tenía un aire presidencial.

La primera vez que Gabrielle había visto hablar a Sexton había sido cuando ella era una estudiante de ciencias políticas en la Universidad Cornell, hacía tres años. Jamás olvidaría cómo recorría con la mirada a la audiencia, como si le enviase un mensaje directamente a ella: «Confía en mí.» Tras el discurso, Gabrielle se puso a la cola para conocerlo.

—Gabrielle Ashe —dijo el senador, que había leído su nombre en la acreditación—. Bonito nombre para una bonita joven. —Sus ojos resultaban tranquilizadores.

—Gracias, señor —contestó ella, y percibió la fortaleza del hombre al estrecharle la mano—. Me ha impresionado mucho su mensaje.

—Me alegro. —Sexton le dio una tarjeta de visita—.

Siempre ando a la caza de jóvenes prometedores que compartan mi visión. Cuando termine sus estudios, venga a verme. Es posible que tengamos un empleo para usted.

Gabrielle abrió la boca para darle las gracias, pero el senador ya estaba con la próxima persona. Así y todo, en los meses que siguieron Gabrielle se sorprendió siguiendo la carrera del senador por televisión. Admirada, lo vio hablar en contra del elevado gasto público: encabezando recortes presupuestarios, racionalizando el Servicio de Rentas Internas (IRS) para que funcionara con mayor eficacia, introduciendo recortes en la DEA —el departamento estadounidense dedicado a la lucha antidroga—, e incluso suprimiendo programas superfluos de la administración pública. Después, cuando la esposa del senador murió de repente en un accidente de circulación, Gabrielle observó impresionada cómo él convertía lo negativo en algo positivo. Sexton se sobrepuso a su dolor personal y anunció al mundo que presentaría su candidatura a la presidencia y dedicaría el resto de su vida al servicio de la comunidad al recuerdo de su esposa. La joven decidió entonces que quería trabajar codo con codo en la campaña presidencial del senador Sexton.

Ahora no podía estar más codo con codo.

Gabrielle recordó la noche que pasó con Sexton en su lujoso despacho y sintió vergüenza mientras trataba de apartar de su cabeza las bochornosas imágenes. «¿En qué estaba pensando?» Sabía que debería haberse resistido, pero por alguna razón fue incapaz. Llevaba tanto tiempo idolatrando a Sedgewick Sexton..., y pensar que él quería estar con ella.

La limusina dio una sacudida, devolviéndola al presente.

—¿Se encuentra bien? —Sexton la observaba.

Gabrielle se apresuró a sonreír.

—Sí, sí.

—No estará pensando otra vez en aquel bombazo, ¿no?

Ella se encogió de hombros.

—La verdad es que aún me preocupa un tanto, sí.

—Olvídelo. Ese notición fue lo mejor que podía pasarle a mi campaña.

Un «bombazo», según aprendió Gabrielle a base de cometer errores, era el equivalente en política de filtrar la noticia de que el rival de uno utilizaba un alargador de pene o estaba suscrito a una revista de tíos cachas. Soltar bombazos no era una táctica elegante, pero cuando valía la pena daba muy buenos frutos.

Claro que cuando se volvía contra uno...

Y se había vuelto. En contra de la Casa Blanca. Hacía alrededor de un mes, los responsables de la campaña del presidente, intranquilos con los malos resultados de los sondeos, habían decidido ponerse agresivos y filtrar una noticia que creían auténtica: que el senador Sexton había tenido una aventura con su asistente personal, Gabrielle Ashe. Por desgracia para la Casa Blanca, no había pruebas sólidas. El senador, que creía firmemente que la mejor defensa era un buen ataque, aprovechó para atacar. Convocó una rueda de prensa a escala nacional para proclamar su inocencia y su indignación. «No puedo creer que el presidente pretenda mancillar la memoria de mi esposa con esas mentiras malintencionadas», dijo mirando a las cámaras con dolor en los ojos.

La actuación del senador Sexton en televisión fue tan convincente que la propia Gabrielle prácticamente acabó pensando que no se habían acostado. Al ver la facilidad con que mentía, cayó en la cuenta de que el senador Sexton era un hombre peligroso.

De un tiempo a esa parte, aunque estaba segura de que respaldaba al caballo ganador en esa carrera presidencial, Gabrielle había empezado a cuestionarse si respaldaba al mejor caballo. Trabajar junto a Sexton había sido una experiencia reveladora, similar a hacer un recorrido entre bastidores por los estudios de la Universal, donde el pasmo infantil que a uno le causaban las películas se veía ensombrecido por el hecho de que Hollywood, después de todo, no era un lugar mágico.

Aunque su fe en el mensaje de Sexton seguía intacta, Gabrielle empezaba a cuestionar al mensajero.

Capítulo 10

—Lo que estoy a punto de contarle es información clasificada UMBRA, máximo secreto —dijo Zach Herney—. Algo que sobrepasa sus actuales atribuciones.

Rachel sintió que las paredes del *Air Force One* se estrechaban. El presidente la había llevado a Wallops Island, la había invitado a subir a su avión, le había servido café y le había anunciado sin ambages que iba a utilizarla para sacar ventaja política a su propio padre. Y ahora le comunicaba que tenía intención de facilitarle información clasificada de manera antirreglamentaria. Por muy afable que Herney pudiera parecer, Rachel Sexton acababa de aprender algo importante de él: se hacía con el control en un santiamén.

—Hace dos semanas, la NASA efectuó un descubrimiento —contó el presidente mirándola a los ojos.

Las palabras permanecieron flotando un instante en el aire antes de que Rachel las asimilara. «¿Un descubrimiento de la NASA?» Los últimos informes del servicio de inteligencia no indicaban que hubiese sucedido nada extraordinario en la agencia espacial. Claro que últimamente «un descubrimiento de la NASA» solía equivaler a caer en la cuenta de que habían vuelto a quedarse cortos presupuestando algún proyecto nuevo.

—Antes de que continuemos hablando —prosiguió el presidente—, me gustaría saber si comparte el cinismo de su padre con respecto a la exploración del espacio.

A Rachel le molestó el comentario.

—Espero sinceramente que no me haya hecho venir hasta aquí para pedirme que controle los ataques de mi padre a la NASA.

Él rompió a reír.

—Cielo santo, no. Llevo lo bastante en el Senado para saber que nadie controla a Sedgewick Sexton.

—Mi padre es un oportunista, señor, como la mayor parte de los políticos de éxito. Y, por desgracia, la NASA se ha puesto a tiro ella sola. —Los recientes errores de la NASA habían sido tan intolerables que uno no podía por menos de echarse a reír o a llorar: satélites que se desintegraban en órbita, sondas espaciales que no regresaban, el presupuesto de la Estación Espacial Internacional multiplicado por diez y países miembros huyendo como ratas de un barco que se hundía. Se estaban perdiendo miles de millones de dólares y el senador Sexton se había subido al carro, un carro que parecía destinado a llevarlo hasta el número 1.600 de Pennsylvania Avenue.

—Admitiré que de un tiempo a esta parte la NASA ha sido un desastre —precisó el presidente—. Cada vez que me doy la vuelta me proporcionan otro motivo para recortarles los fondos.

Rachel vio que el comentario le daba pie para sentar una buena base y aprovechó la oportunidad.

—Y, sin embargo, señor, acabo de leer que la semana pasada los sacó del atolladero con otros tres millones en concepto de fondos de reserva para que sigan siendo solventes, ¿no es así?

El presidente soltó una risita.

—A su padre le gustó eso, ¿no?

—No hay nada como proporcionar una arma al verdugo de uno.

—¿Lo oyó en el programa «Nightline»? «Zach Herney es un yonqui del espacio, y los contribuyentes están financiando su adicción.»

—Pero usted no para de demostrar que tiene razón, señor.

Herney asintió.

—No es ningún secreto que soy un gran defensor de la NASA. Siempre lo he sido. Nací en plena carrera espacial (el *Sputnik*, John Glenn, el *Apolo 11*) y nunca he vacilado en expresar la admiración y el orgullo que me inspira nuestro programa espacial. A mi juicio, los hombres y las mujeres de la NASA son los pioneros modernos de la historia. Intentan lo imposible, aceptan el fracaso y vuelven a empezar de cero mientras el resto de nosotros permanece al margen y los critica.

Rachel guardaba silencio, presintiendo que bajo la serena apariencia del presidente bullían la ira y la indignación por la inagotable palabrería en contra de la NASA de su padre. Se sorprendió preguntándose qué demonios habría encontrado la agencia. Sin duda el presidente se estaba tomando con calma lo de ir al grano.

—Hoy tengo intención de hacer que cambie de opinión sobre la NASA —aseguró Herney con la voz más intensa.

Rachel le dirigió una mirada de incertidumbre.

—Mi voto ya lo tiene, señor. Tal vez sería mejor que se centrara en el resto del país.

—Eso pretendo. —Bebió un sorbo de café y sonrió—. Y le voy a pedir que me ayude. —Hizo una pausa y se inclinó hacia ella—. De una manera muy poco común.

Rachel notó que Zach Herney escudriñaba cada uno de sus movimientos, como el cazador que intenta calcular si su presa va a huir o presentar batalla. Por desgracia Rachel no tenía adónde huir.

—Me imagino —continuó el presidente mientras servía más café en ambas tazas— que está usted al tanto de un proyecto de la NASA llamado EOS.

Rachel asintió.

—El Sistema de Observación de la Tierra. Creo que mi padre lo ha mencionado una o dos veces.

El pobre intento de sarcasmo hizo que el presidente frunciera el ceño. Lo cierto era que el padre de Rachel sacaba a colación el Sistema de Observación de la Tierra siempre que podía. Se trataba de una de las empresas más polémicas e importantes de la NASA: una constelación de cinco satélites diseñados para vigilar desde el espacio y analizar el medio ambiente del planeta: la destrucción de la capa de ozono, el derretimiento de los casquetes polares, el calentamiento global, la deforestación. La intención era proporcionar a los ecologistas datos macroscópicos nunca vistos para que pudieran planificar mejor el futuro de la Tierra.

Por desgracia, el proyecto había sido un fracaso. Al igual que tantos otros proyectos recientes de la agencia aeroespacial, el EOS se había visto plagado de costosos excesos desde el principio mismo, y Zach Herney era quien estaba recibiendo los palos. Se había servido del respaldo de los verdes para que el Congreso aprobase los mil cuatrocientos millones de dólares que costaba el proyecto, pero en lugar de efectuar las prometidas contribuciones a la geociencia mundial, el EOS no había tardado en convertirse en una cara pesadilla de lanzamientos fallidos, errores informáticos y sombrías ruedas de prensa de la NASA. El único rostro risueño era el del senador Sexton, que recordaba con aires de suficiencia a los votantes la cantidad de dinero de ellos, los votantes, que el presidente se había gastado en el EOS y lo tibios que habían sido los resultados.

El presidente echó un terrón de azúcar en su taza.

—Por sorprendente que pueda sonar, el descubrimiento de la NASA al que me refiero lo efectuó el EOS.

Rachel estaba perdida. Si el EOS hubiese cosechado un éxito reciente, la NASA lo habría anunciado, ¿no? Su padre había estado ensañándose con el EOS en los medios, y a la agencia espacial le vendría de perlas cualquier buena noticia.

—No he oído nada de ningún descubrimiento efectuado por el EOS —contestó ella.

—Lo sé. La NASA prefiere no dar la buena noticia aún.

Rachel lo dudaba.

—Según mi experiencia, señor, en lo tocante a la NASA, la falta de noticias no suele ser una buena señal.

El comedimiento no era el fuerte del departamento de relaciones públicas de la NASA. En la NRO siempre bromeaban con el hecho de que la NASA daba una rueda de prensa cada vez que uno de sus científicos poco menos que se tiraba un pedo.

El presidente frunció el ceño.

—Ya, sí. Olvidaba que estoy hablando con uno de los discípulos expertos en seguridad de Pickering. ¿Aún se queja de lo sueltos de lengua que son en la NASA?

—Lo suyo es la seguridad, señor. Se lo toma muy en serio.

—Y más le vale que siga así. Es sólo que me cuesta creer que dos agencias que poseen tantas cosas en común no paren de dar con motivos de pelea.

A las órdenes de William Pickering, Rachel no había tardado mucho en aprender que, aunque tanto la NASA como la NRO tenían que ver con el espacio, su filosofía no podía ser más distinta. La NRO era un organismo de defensa y mantenía clasificadas todas las actividades relacionadas con el espacio, mientras que la NASA era una agencia académica ansiosa por hacer públicos todos sus avances en el mundo, lo que ponía en peligro la seguridad nacional, solía argüir William Pickering. Algunos de los mejores adelantos tecnológicos de la NASA —lentes de alta resolución para telescopios espaciales, sistemas de comunicación de largo alcance y dispositivos de imágenes radiológicas— tenían la desagradable costumbre de aparecer en el arsenal de inteligencia de países hostiles y ser utilizados para espiarnos. Bill Pickering se lamentaba a menudo de que los científicos de la NASA poseían una gran inteligencia... y una boca aún mayor.

No obstante, un asunto más candente entre ambas agencias era que, como la NASA gestionaba los lanzamientos de satélites de la NRO, muchos de los últimos fallos de la agencia espacial afectaban directamente a la NRO. Ningún fallo había sido más grave que el del 12 de agosto de 1998, cuando un cohete Titan 4 de la NASA y las Fuerzas Aéreas explotó a los cuarenta segundos de ser lanzado, destruyendo así su carga: un satélite de la NRO valorado en mil doscientos millones de dólares cuyo nombre en clave era Vortex 2. Pickering parecía especialmente poco dispuesto a olvidar ese fiasco en concreto.

—Entonces, ¿por qué no ha dado a conocer la NASA este éxito? —inquirió Rachel—. Está claro que en este momento no le vendría nada mal una buena noticia.

—La NASA guarda silencio porque yo se lo he ordenado —afirmó el presidente.

Rachel se preguntó si había oído bien. De ser así, el presidente estaba cometiendo un haraquiri político que ella no entendía.

—El descubrimiento es... digamos que... cuando menos asombroso por sus repercusiones —explicó.

Rachel sintió un incómodo escalofrío. En el mundo de la inteligencia, algo «asombroso por sus repercusiones» rara vez era algo bueno. Ahora se preguntó si el hermetismo que rodeaba al EOS se debería a que el sistema había descubierto algún desastre medioambiental inminente.

—¿Hay algún problema?

—Ninguno. Lo que ha descubierto el EOS es estupendo.

Rachel permaneció callada.

—Supongamos que le dijera que la NASA acaba de efectuar un descubrimiento tan importante para la comunidad científica..., tan significativo para el planeta... que justificase cada dólar que llevan gastado los norteamericanos en el espacio.

Rachel no se imaginaba qué podría ser.

El presidente se levantó.

—Demos un paseo, ¿quiere?

Capítulo 11

Rachel salió a la refulgente pasarela del *Air Force One* detrás del presidente Herney. Al bajar por la escalerilla, sintió que el crudo aire de marzo le despejaba la cabeza. Por desgracia esa lucidez sólo hacía que las afirmaciones del presidente pareciesen más descabelladas que antes.

«¿Que la NASA había efectuado un descubrimiento tan importante para la comunidad científica que justificaba cada dólar que llevaban gastado los norteamericanos en el espacio?»

Rachel sólo acertaba a imaginar que un descubrimiento de esas características únicamente podía tener que ver con una cosa —el santo grial de la NASA—: la vida extraterrestre. Desafortunadamente, Rachel estaba lo bastante al tanto de ese santo grial particular para saber que era absolutamente inverosímil.

Como analista de inteligencia, a menudo sorteaba preguntas de amigos que querían averiguar si era cierto que el gobierno ocultaba contactos con alienígenas. Ella siempre se quedaba consternada con las teorías que barajaban esos amigos *cultos*: platillos volantes accidentados escondidos en búnkeres secretos del gobierno, cadáveres de extraterrestres congelados, incluso civiles confiados que habían sido abducidos y estudiados quirúrgicamente.

Todo ello era absurdo, desde luego. No había alienígenas ni engaños.

Toda la comunidad dedicada a la inteligencia entendía

que la mayor parte de los avistamientos y abducciones extraterrestres no eran más que el producto de una imaginación desbordada o de patrañas rentables. Cuando aparecía material fotográfico auténtico de ovnis, éste tenía la curiosa costumbre de originarse cerca de bases aéreas del ejército norteamericano que estaban probando modernos aparatos secretos. Cuando Lockheed empezó a someter a prueba un jet absolutamente novedoso llamado Stealth Bomber —bombardero furtivo—, los avistamientos de ovnis alrededor de la base Edwards se multiplicaron por quince.

—Parece usted escéptica —observó Herney, mirándola con recelo.

La voz del presidente la sobresaltó. Lo miró sin saber qué decir.

—Es que... —vaciló—. ¿Cabría suponer, señor, que no estamos hablando de naves extraterrestres ni de hombrecillos verdes?

Satisfecho, el presidente parecía divertirse.

—Rachel, creo que este descubrimiento le resultará mucho más fascinante que la ciencia ficción.

La aludida sintió alivio al oír que la NASA no estaba tan desesperada como para tratar de venderle al presidente una historia de alienígenas. Así y todo, su observación no hizo sino aumentar el misterio.

—Bueno —repuso ella—, sea lo que fuere lo que ha encontrado la NASA, debo decir que resulta extremadamente oportuno.

Herney se detuvo en la escalerilla.

—¿Oportuno? ¿En qué sentido?

«¿En qué sentido?» Rachel también se paró y clavó la vista en él.

—Señor presidente, en la actualidad la NASA libra un combate a vida o muerte para justificar su existencia y usted es objeto de continuos ataques por financiarla. Un avance significativo de la agencia ahora mismo sería la panacea tanto para la NASA como para su campaña. Es evidente que sus críticos encontrarán el momento sumamente sospechoso.

—Entonces..., ¿me está llamando mentiroso o tonto?

A Rachel se le hizo un nudo en el estómago.

—No pretendía ofenderlo, señor, yo sólo...

—Tranquila. —Herney esbozó una leve sonrisa y reanudó la marcha—. La primera vez que el administrador de la NASA me habló de este descubrimiento lo rechacé de plano por absurdo y lo acusé a él de planear y organizar la farsa política más transparente de la historia.

Rachel notó que el nudo se deshacía un tanto.

Ya al final de la escalerilla, Herney se paró y la miró.

—Una de las razones por las que he pedido a la NASA que mantenga en secreto este descubrimiento es porque quiero protegerlos. La magnitud de este hallazgo supera todo cuanto ha anunciado nunca la agencia aeroespacial. Hará que la llegada del hombre a la Luna parezca insignificante. Dado que todo el mundo, yo incluido, tiene tanto que ganar (y que perder), creí que sería prudente que alguien volviera a comprobar los datos de la agencia antes de situarnos en el punto de mira del mundo con una declaración formal.

Rachel se asustó.

—No se referirá a mí, ¿verdad?

El presidente rompió a reír.

—No, ése no es su campo. Además, ya he obtenido confirmación por canales no gubernamentales.

El alivio de Rachel dio paso a una nueva perplejidad.

—¿No gubernamentales, señor? ¿Quiere decir que ha recurrido al sector privado? ¿Con algo clasificado?

El presidente asintió con convicción.

—Formé un equipo de confirmación externo compuesto por cuatro científicos civiles: personal ajeno a la NASA de renombre y con una reputación seria que proteger. Utilizaron su propio equipo para efectuar observaciones y extraer sus propias ideas. A lo largo de las últimas cuarenta y ocho horas, esos científicos civiles han confirmado el descubrimiento de la NASA sin ningún género de duda.

Ahora Rachel estaba impresionada. El presidente se había guardado las espaldas con el aplomo que lo caracterizaba. Al contratar al equipo de escépticos por antonomasia, personas independientes que no ganaban nada confirmando el descubrimiento de la NASA, Herney se había inmunizado contra las sospechas de que tal vez ésa fuese una estratagema de la agencia a la desesperada para justificar su presupuesto, reelegir a un presidente que era partidario de ella y rechazar los ataques del senador Sexton.

—Esta tarde a las ocho convocaré una rueda de prensa en la Casa Blanca para informar al mundo de ese descubrimiento —aseveró Herney.

Rachel se sentía frustrada. En suma, Herney no le había dicho nada.

—Y ese descubrimiento, ¿qué es exactamente?

El presidente sonrió.

—Hoy comprobará usted que la paciencia es una virtud. El hallazgo es algo que debe ver con sus propios ojos. Necesito que se haga cargo de la situación perfectamente antes de continuar. El administrador de la NASA la espera para ponerla al corriente. Él le contará todo lo que ha de saber. Después usted y yo hablaremos de su cometido.

Al ver el dramatismo que reflejaban los ojos de Herney, Rachel recordó la corazonada de Pickering de que la Casa Blanca se traía algo entre manos. Por lo visto su jefe tenía razón, como de costumbre.

El presidente le señaló un hangar cercano.

—Sígame —pidió al tiempo que echaba a andar hacia él.

Rachel obedeció, confusa. El edificio que tenían delante carecía de ventanas, y sus inmensas puertas principales estaban herméticamente cerradas. El único acceso parecía ser una pequeña entrada lateral cuya puerta se hallaba entreabierta. El presidente acompañó a Rachel hasta escasos centímetros de ésta y se detuvo.

—Yo me quedo aquí —anunció mientras le señalaba la puerta—. Entre por ahí.

Rachel titubeó.

—¿Usted no viene?

—Debo volver a la Casa Blanca. Hablaré con usted en breve. ¿Tiene móvil?

—Claro, señor.

—Pues démelo.

Rachel sacó el teléfono y se lo entregó, dando por sentado que Herney pretendía introducir un número privado. Sin embargo, lo que hizo fue guardarse el aparato en el bolsillo.

—Ahora está incomunicada —observó él—. Sus responsabilidades en su puesto de trabajo han sido cubiertas. Hoy no hablará con nadie sin mi permiso expreso o el del administrador de la NASA, ¿entendido?

Rachel lo miró fijamente. «¿Acaso no acaba de robarme el móvil el presidente?»

—Cuando el administrador la haya informado del descubrimiento, la pondrá en contacto conmigo por medio de un canal seguro. Hablaré con usted pronto. Buena suerte.

Al contemplar la puerta del hangar, a Rachel la invadió un creciente desasosiego.

Herney apoyó una mano tranquilizadora en su hombro y le señaló la puerta con el mentón.

—Le aseguro que no lamentará haberme ayudado con esto.

Sin decir más, el presidente se dirigió hacia el Pavehawk en el que había llegado Rachel, subió a bordo y el aparato despegó. No volvió la cabeza ni una sola vez.

Capítulo 12

Rachel Sexton, a solas ante la puerta del aislado hangar de Wallops, escrutó la negrura que envolvía el otro lado. Le dio la sensación de encontrarse en los confines de otro mundo. Un hálito frío y con olor a cerrado salió del cavernoso interior, como si el edificio respirase.

—¿Hola? —gritó con la voz ligeramente temblorosa.

Silencio.

Cruzó el umbral, cada vez más nerviosa. Su visión se nubló durante un instante, mientras sus ojos se adaptaban a la oscuridad.

—La señorita Sexton, supongo —dijo una voz de hombre a escasos metros.

Rachel dio un respingo y se volvió hacia la fuente del sonido.

—Sí, señor.

Distinguió la vaga silueta de un hombre que se aproximaba.

Cuando volvió a ver, Rachel se sorprendió ante un joven de mandíbula cuadrada ataviado con un mono de piloto de la NASA. Tenía un cuerpo atlético y musculoso y la pechera del mono llena de insignias.

—Comandante Wayne Loosigian —se presentó—. Siento haberla sobresaltado, señora. Esto está bastante oscuro, aún no he tenido ocasión de abrir las puertas. —Antes de que Rachel pudiera decir nada, él añadió—: Será un honor ser su piloto esta mañana.

—¿Mi piloto? —Rachel clavó la vista en el hombre. «Pero si ya tenía uno.»—. He venido a ver al administrador.

—Sí, señora. Tengo órdenes de llevarla hasta él de inmediato.

Rachel tardó un instante en asimilar las palabras. Cuando lo hizo, se llevó un chasco: por lo visto sus viajes no habían concluido.

—¿Dónde está el administrador? —preguntó, ahora recelosa.

—No dispongo de esa información —contestó el piloto—. Recibiré las coordenadas cuando estemos en el aire.

Rachel presintió que el hombre decía la verdad. Al parecer, ella y el director Pickering no eran los únicos a los que se ocultaba algo esa mañana. El presidente se estaba tomando muy en serio la seguridad, y a Rachel la abochornó la rapidez con la que Herney la había dejado incomunicada. «Media hora fuera y ya estoy aislada y sin que mi jefe tenga idea de dónde me encuentro.»

Ahora, ante el tieso piloto de la NASA, Rachel no tenía la menor duda de que esa mañana sus planes ya habían sido trazados. Esa atracción de feria iba a ponerse en movimiento con Rachel subida a ella tanto si lo quería como si no. La única pregunta era adónde se dirigía.

El piloto se acercó a la pared y pulsó un botón. Acto seguido el fondo del hangar comenzó a deslizarse ruidosamente hacia un lateral. La luz de fuera entró a raudales, haciendo que en el centro del espacio se perfilara un gran objeto.

Rachel se quedó boquiabierta. «Madre de Dios.»

Allí, en medio del hangar, había un caza negro de aspecto feroz, el avión más aerodinámico que había visto en su vida.

—Es una broma —observó.

—La primera reacción siempre es la misma, señora, pero el F-14 Tomcat con doble deriva es un aparato de lo más fiable.

«Es un misil con alas.»

El piloto llevó a Rachel hasta el aparato y señaló la cabina biplaza.

—Usted irá en la parte de atrás.

—¿De veras? —Esbozó una tensa sonrisa—. Y yo que pensaba que quería que pilotase.

Tras ponerse un mono térmico sobre su ropa, Rachel se sorprendió subiendo a la cabina e introduciendo torpemente la cadera en el angosto asiento.

—Es evidente que en la NASA no hay pilotos culones —observó.

El hombre sonrió mientras la ayudaba a afianzar los arneses y a continuación le puso un casco en la cabeza.

—Volaremos a una altura considerable —informó—. Necesitará oxígeno. —Sacó una mascarilla del salpicadero lateral y se dispuso a fijarla al casco.

—Ya lo hago yo —afirmó ella; levantó el brazo y se hizo cargo.

—Claro, señora.

Rachel palpó la mascarilla moldeada y finalmente la fijó al casco. La mascarilla resultaba increíblemente incómoda y molesta.

El comandante la miró largo rato con aire divertido.

—¿Ocurre algo? —preguntó ella.

—En absoluto, señora. —Pareció reprimir una sonrisa—. Bajo el asiento hay bolsas de papel. La mayoría de la gente vomita la primera vez que vuela en uno de éstos.

—No creo que me suceda —le aseguró ella con la voz amortiguada por la asfixiante mascarilla—. No suelo marearme.

El piloto se encogió de hombros.

—Muchos *hombres rana* de la Marina dicen lo mismo y luego me toca a mí limpiar sus vomitonas de la cabina.

Ella asintió débilmente. «Genial.»

—¿Alguna pregunta antes de salir?

Rachel vaciló un instante y se dio unos golpecitos en la mascarilla, que se le clavaba en el mentón.

—Me está cortando la circulación. ¿Cómo pueden llevar estos chismes en vuelos largos?

El piloto sonrió con paciencia.

—La verdad, señora, es que no solemos llevarlos del revés.

Con el aparato preparado al final de la pista, los motores vibrando, Rachel se sentía como una bala a la espera de que alguien apretara el gatillo. Cuando el piloto avanzó gases, los motores Lockheed 345 cobraron vida con un rugido y el mundo entero tembló. Los frenos se soltaron y la espalda de Rachel se fundió con el asiento. El caza avanzó por la pista y despegó en cuestión de segundos. Fuera la Tierra se fue alejando a una velocidad vertiginosa.

Rachel cerró los ojos mientras el avión subía disparado hacia el cielo. Se preguntó en qué se habría equivocado esa mañana: en lugar de estar sentada a su mesa redactando resúmenes, como debería, se hallaba a lomos de un torpedo impulsado por testosterona, respirando a través de una mascarilla.

Cuando el aparato se estabilizó a catorce mil metros de altitud, Rachel sentía náuseas. Se obligó a pensar en otra cosa. Al mirar el océano más abajo, de pronto se sintió lejos de casa.

Delante el piloto hablaba con alguien por radio. Cuando la conversación finalizó, el hombre colgó e inmediatamente viró con brusquedad a la izquierda. El Tomcat se inclinó hasta casi rozar la vertical y el estómago de Rachel dio un vuelco. Finalmente el aparato se estabilizó de nuevo.

Rachel refunfuñó.

—Gracias por avisar, figura.

—Lo siento, señora, pero acaban de darme las coordenadas clasificadas de su reunión con el administrador.

—A ver si lo adivino —probó ella—. ¿Al norte?

El piloto puso cara de perplejidad.

—¿Cómo lo ha sabido?

Rachel suspiró. «Pero qué majos son estos pilotos entrenados en simuladores.»

—Son las nueve de la mañana, amigo mío, y el sol está a la derecha, así que volamos hacia el norte.

En la cabina se produjo un instante de silencio.

—Sí, señora, esta mañana iremos al norte.

—Y ¿qué distancia vamos a recorrer?

El hombre comprobó las coordenadas.

—Aproximadamente cinco mil kilómetros.

Rachel se irguió en su asiento.

—¿Qué? —Trató de imaginar un mapa, incapaz siquiera de figurarse qué había tan al norte—. Eso son unas cuatro horas de vuelo.

—A la velocidad actual, sí —repuso el piloto—. Sujétese, por favor.

Antes de que ella pudiera contestar, el hombre aumentó la flecha de las alas de geometría variable del F-14 para reducir la resistencia, y al instante Rachel volvió a pegarse al asiento cuando el aparato salió disparado como si antes hubiese estado detenido. Al cabo de un minuto viajaban a casi dos mil quinientos kilómetros por hora.

Ahora Rachel estaba mareada. Mientras el cielo se abría a una velocidad cegadora, sintió unas náuseas incontrolables. En su cabeza resonó débilmente la voz del presidente Herney: «Le aseguro que no lamentará haberme ayudado con esto.»

Soltó un gruñido y cogió una bolsa de papel. «Nunca te fíes de un político.»

Capítulo 13

Aunque le desagradaba la suciedad humillante de los taxis, el senador Sedgewick Sexton había aprendido a soportar los momentos de degradación ocasional en su camino a la gloria. El cutre taxi de la compañía Mayflower que acababa de dejarlo en el aparcamiento del nivel inferior del Hotel Purdue le ofrecía algo que su limusina no le permitía: anonimato.

Lo satisfizo encontrar la planta desierta, tan sólo un puñado de vehículos cubiertos de polvo salpicaba el bosque de pilares de hormigón. Mientras cruzaba en diagonal el aparcamiento, Sexton consultó su reloj.

«Las 11.15. Perfecto.»

El hombre con el que iba a reunirse el senador siempre era picajoso con la puntualidad. Claro que, se recordó, teniendo en cuenta a quién representaba, podía mostrarse picajoso con lo que le diera la real gana.

Sexton vio el monovolumen Ford Windstar blanco aparcado en el mismo sitio de las otras reuniones: en el rincón oriental del garaje, tras una hilera de contenedores de basura. Habría preferido encontrarse con él en una suite del hotel, pero sin duda entendía las precauciones. Los amigos de ese hombre no habían llegado donde estaban siendo descuidados.

Mientras avanzaba hacia el vehículo notó la familiar crispación que solía asaltarlo antes de esos encuentros. Obligándose a relajar los hombros, se subió al asiento del acompañante y saludó risueño. El hombre de cabello oscuro que ocupaba el asiento del conductor no sonrió. Tenía setenta y tantos años, pero su curtida tez rezumaba una dureza adecuada a su cargo de testaferro de un ejército de osados visionarios y empresarios despiadados.

—Cierre la puerta —ordenó con aspereza.

Sexton obedeció, soportando con estoicismo su brusquedad. Después de todo, el anciano representaba a hombres que controlaban enormes sumas de dinero, gran parte del cual había pasado recientemente a un fondo destinado a situar a Sedgewick Sexton en el umbral del despacho más poderoso del mundo. El senador había acabado comprendiendo que esas reuniones eran menos debates de estrategias que recordatorios mensuales de la deuda que había contraído con sus benefactores. Esos hombres esperaban sacar pingües beneficios de su inversión. Sexton había de reconocer que esos beneficios constituían una exigencia tremendamente audaz y, sin embargo, casi más increíble era el hecho de que ello se hallara al alcance de la mano del senador una vez éste ocupara el Despacho Oval.

—Me figuro que se ha abonado otro plazo —dijo Sexton, que ya había aprendido que al hombre le gustaba ir al grano.

—Así es. Y, como de costumbre, utilizará esos fondos únicamente para su campaña. Nos ha complacido ver que la balanza de los sondeos se ha inclinado en su favor, y da la impresión de que sus directores de campaña han estado gastando nuestro dinero eficazmente.

—Vamos viento en popa.

—Tal y como le mencioné por teléfono —observó el anciano—, he convencido a otros seis de que se reúnan con usted esta noche.

—Excelente. —Sexton ya había hecho un hueco en su agenda.

El anciano le entregó una carpeta.

—Aquí tiene su información. Estúdiela. Quieren saber que entiende usted bien sus preocupaciones. Quieren saber que es usted comprensivo. Le sugiero que se reúna con ellos en su residencia.

—¿En mi casa? Pero es que suelo...

—Senador, estos seis hombres dirigen empresas con muchos más recursos que las demás personas a las que ya ha conocido. Son los peces gordos, y se muestran cautelosos. Tienen más que ganar y, por tanto, más que perder. He hecho lo imposible para convencerlos de que se reúnan con usted, y requerirán un trato especial, un toque personal.

Sexton se apresuró a asentir.

—Desde luego. Puedo organizar la reunión en mi casa.

—Naturalmente querrán que la privacidad sea absoluta.

—Igual que en mi caso.

—Buena suerte —le deseó el anciano—. Si esta noche va bien, podría ser la última reunión. Esos hombres por sí solos pueden proporcionarle todo lo necesario para impulsar su campaña hasta lo más alto.

A Sexton le gustó cómo sonaba aquello. Le dedicó al hombre una sonrisa rebosante de seguridad.

—Con suerte, amigo mío, saldremos victoriosos en las elecciones.

—¿Victoriosos? —repitió el anciano, ceñudo, mientras se inclinaba hacia Sexton con ojos siniestros—. Ponerlo a usted en la Casa Blanca no es más que el primer paso hacia la victoria, senador. Supongo que no lo habrá olvidado.

Capítulo 14

La Casa Blanca es una de las mansiones presidenciales más pequeñas del mundo: tan sólo mide unos cincuenta metros de largo por veinticinco de ancho, y se asienta en unos jardines de ocho hectáreas escasas. Los planos del arquitecto James Hoban de una estructura de piedra similar a una caja con el tejado a cuatro aguas, balaustrada y una entrada con columnata, aunque a todas luces no eran muy originales, resultaron seleccionados por los jueces del concurso público por ser «atractivos, solemnes y flexibles».

El presidente Zach Herney, incluso al cabo de tres años y medio en la Casa Blanca, rara vez se sentía en ella como en casa, entre el laberinto de arañas, antigüedades y marines armados. En ese momento, sin embargo, mientras se dirigía al Ala Oeste, estaba rebosante de energía y curiosamente relajado, los pies casi ingrávidos en la lujosa moqueta.

Varios miembros del personal de la Casa Blanca alzaron la cabeza al ver al presidente. Herney levantó una mano y los saludó a cada uno por su nombre. Las respuestas, aunque educadas, fueron contenidas y se vieron acompañadas de sonrisas forzadas.

—Buenos días, señor presidente.

—Me alegro de verlo, señor presidente.

—Que tenga un buen día, señor.

Cuando se dirigía a su despacho, el presidente intuyó que cuchicheaban. En el seno de la Casa Blanca se tramaba una insurrección. A lo largo de las dos últimas semanas? la desilusión que reinaba en el número 1.600 de Pennsylvania Avenue había llegado a un punto en que Herney empezaba a sentirse como el capitán Bligh: al mando de un barco en apuros cuya tripulación se preparaba para amotinarse.

El presidente no los culpaba. Su equipo había estado desempeñando un trabajo extenuante para respaldarlo en las elecciones que se avecinaban y ahora, de pronto, daba la impresión de que el presidente dejaba caer el balón.

«Pronto lo entenderán —se decía Herney—. Pronto volveré a ser el héroe.»

Lamentaba tener que mantenerlos en la inopia tanto tiempo, pero guardar el secreto era de vital importancia. Y cuando se trataba de guardar secretos, la Casa Blanca tenía fama de ser el barco que hacía más aguas de Washington.

Herney llegó a la sala de espera que antecedía al Despacho Oval y saludó alegremente a su secretaria.

—Está muy guapa esta mañana, Dolores.

—Usted también, señor —repuso ella al tiempo que miraba con abierta desaprobación su informal atuendo.

Herney bajó la voz.

—Me gustaría que me organizara una reunión.

—¿Con quién, señor?

—Con todo el personal de la Casa Blanca.

La mujer levantó la vista.

—¿Con *todo* el personal, señor? ¿Con las ciento cuarenta y cinco personas?

—Eso es.

Ella pareció incómoda.

—Muy bien. ¿Le gustaría celebrarla en... la Sala de Prensa?

Herney sacudió la cabeza.

—No, mejor en mi despacho.

81

La secretaria lo miró con fijeza.

—¿Quiere ver a todo el personal en su despacho?

—Eso es.

—¿A la vez, señor?

—¿Por qué no? Fíjela para las cuatro de la tarde.

La secretaria asintió como si complaciese a alguien que estuviera mal de la cabeza.

—Muy bien, señor. Y la reunión tiene que ver con...

—Esta noche he de comunicar algo importante al pueblo norteamericano. Quiero que el personal lo oiga primero.

Una repentina mirada de desaliento asomó al rostro de la secretaria, casi como si la mujer hubiese estado temiendo ese instante en secreto. Bajó la voz.

—¿Señor, se retira usted de la carrera?

Herney rompió a reír.

—Por Dios, no, Dolores. Me estoy preparando para luchar.

Ella pareció vacilar. Todos los medios habían estado diciendo que el presidente Herney estaba regalando las elecciones.

Él le guiñó un ojo con aire tranquilizador.

—Dolores, a lo largo de estos últimos años ha hecho usted un trabajo excelente, y seguirá haciéndolo durante otros cuatro. No vamos a dejar la Casa Blanca, se lo juro.

La secretaria puso cara de querer creérselo.

—Muy bien, señor. Avisaré al personal. A las cuatro de la tarde.

Cuando Zach Herney entró en el Despacho Oval no pudo evitar sonreír al imaginarse a todo el personal apretujado en una sala que no era tan pequeña como parecía.

Aunque el despacho había recibido numerosos motes a lo largo de los años —el «Retrete», la «Guarida de Dick», el «Dormitorio de Clinton»—, el preferido de Herney era el de «Trampa para Langostas», que parecía de lo más apropiado. Cada vez que un recién llegado entraba en el Despacho Oval, la desorientación era inmediata. La simetría de la estancia, las paredes ligeramente curvas, las puertas de entrada y salida discretamente disimuladas, todo ello daba a los visitantes la vertiginosa sensación de que les habían vendado los ojos y dado unas vueltas. Con frecuencia, tras una reunión en el Despacho Oval, los dignatarios de visita se ponían en pie, le estrechaban la mano al presidente e iban directos a un trastero. Dependiendo de cómo hubiese ido la reunión, Herney los detenía a tiempo o se divertía viendo la vergüenza que pasaban los visitantes.

Herney siempre había creído que el aspecto más dominante del despacho era la vistosa águila de la alfombra ovalada. La garra izquierda del ave sostenía una rama de olivo, y la derecha, unas flechas. Pocos eran los que sabían que en períodos de paz el águila miraba a la izquierda, hacia la rama de olivo, mientras que en tiempos de guerra miraba misteriosamente a la derecha, hacia las flechas. El mecanismo que sustentaba este pequeño truco de salón suscitaba calladas especulaciones entre el personal de la Casa Blanca, ya que la tradición mandaba que sólo lo conociesen el presidente y el jefe de mantenimiento. A Herney la verdad sobre la enigmática águila le había resultado de una trivialidad decepcionante: en un trastero ubicado en el sótano se guardaba la segunda alfombra oval, y mantenimiento no tenía más que cambiar las alfombras durante la noche.

Ahora, al contemplar la pacífica águila que miraba hacia la izquierda, Herney sonrió al pensar que tal vez debería cambiar la alfombra en honor a la pequeña guerra que estaba a punto de desatar contra el senador Sedgewick Sexton.

Capítulo 15

La Delta Force estadounidense es la única unidad de élite cuyas acciones cuentan con inmunidad presidencial absoluta y no están sujetas a la ley.

La Directiva de Decisión Presidencial 25 (PDD 25) otorga a los soldados de la Delta Force «exención de toda responsabilidad legal», incluida la Posse Comitatus Act de 1876, una ley federal que impone sanciones penales a todo el que utilice el ejército en beneficio propio, para una aplicación interna de la ley o en operaciones encubiertas no autorizadas. Los miembros de la Delta Force son escogidos cuidadosamente del Grupo de Aplicaciones de Combate, una organización secreta que forma parte del Mando de Operaciones Especiales, cuya base principal se encuentra en Fort Bragg, Carolina del Norte. Los soldados de la Delta Force son asesinos profesionales: expertos en operaciones SWAT, rescate de rehenes, ataques sorpresa y eliminación de fuerzas enemigas encubiertas.

Dado que las misiones de la Delta Force suelen ser de alto secreto, la tradicional cadena de mando jerarquizada a menudo se salva en favor de una gestión individual: un único mando con autoridad para controlar la unidad de la manera que le parezca apropiada. Dicha persona tiende a ser una figura relevante del ejército con el grado o la influencia suficientes para dirigir la misión. Con independencia de la identidad de ese mando, las misiones de la Delta Force son de máxima confidencialidad, y una vez finalizada una misión, sus integrantes no vuelven a hablar de ella: ni entre ellos ni con sus superiores de Operaciones Especiales.

«Volar. Luchar. Olvidar.»

El equipo de la Delta que estaba destacado por encima del paralelo 82 ni volaba ni luchaba. Se limitaba a observar.

Delta Uno tenía que admitir que hasta el momento la actual estaba siendo la misión más extraña de su vida, pero había aprendido hacía tiempo a no sorprenderse por lo que le pedían que hiciera. A lo largo de los últimos cinco años había participado en rescates de rehenes en Oriente Medio, en la localización y el exterminio de células terroristas que operaban en Estados Unidos e incluso en la eliminación discreta de varios hombres y mujeres peligrosos del mundo entero.

El mes anterior sin ir más lejos su equipo se había servido de un microbot volador para provocar un ataque al corazón letal a un señor de la droga sudamericano especialmente pernicioso. Por medio de un microbot provisto de una finísima aguja de titanio que contenía un potente vasoconstrictor. Delta Dos introdujo el dispositivo en la casa del hombre por una ventana abierta de la segunda planta y aquél dio con el dormitorio del narcotraficante y le clavó la aguja en un hombro mientras el tipo dormía. El robot salió por la misma ventana y se puso a salvo antes de que el hombre despertara sintiendo un dolor en el pecho. El equipo Delta ya iba de vuelta a casa cuando la mujer de la víctima llamaba a la ambulancia.

Sin allanar la morada.

Muerte por causa natural.

Fue un buen trabajo.

Más recientemente, otro microbot emplazado en el despacho de un destacado senador para controlar sus reuniones personales había captado imágenes de un morboso encuentro sexual. El equipo Delta se refería jocosamente

85

a esa misión como una «penetración en las líneas enemigas».

Ahora, tras haberse pasado los últimos diez días realizando labores de vigilancia dentro de una tienda de campaña, Delta Uno ya tenía ganas de que la misión terminase.

«Permanezcan escondidos.»

«Vigilen la estructura, tanto en el interior como en el exterior.»

«Informen al mando de cualquier cambio inesperado.»

Delta Uno había sido entrenado para no sentir emoción alguna con respecto a las misiones, pero ésta sin duda le había acelerado el pulso cuando su equipo y él recibieron la información pertinente. La reunión había sido anónima: todas las fases les habían sido explicadas por canales electrónicos seguros, y Delta Uno no sabía quién era el responsable de la misión.

Estaba preparando una comida proteica deshidratada cuando su reloj, al igual que el del resto, emitió un pitido. En cuestión de segundos el dispositivo de comunicación CrypTalk que tenía al lado comenzó a parpadear en señal de alerta. Dejó lo que estaba haciendo y cogió el comunicador de mano mientras los otros dos hombres miraban en silencio.

—Delta Uno —dijo al cogerlo.

Las dos palabras fueron identificadas en el acto por el programa de reconocimiento de voz del dispositivo y, a continuación, a cada palabra se le asignó un número de referencia codificado que fue enviado al receptor por vía satélite. En el otro extremo, mediante un dispositivo similar, los números fueron decodificados y traducidos a palabras por medio de un diccionario predeterminado y autoaleatorio. Después las palabras fueron pronunciadas en alto por una voz sintética. Todo ello en un total de ochenta milisegundos.

—Le habla el mando —afirmó quien supervisaba la

operación. El tono robótico del CrypTalk resultaba inquietante: inorgánico y andrógino—. ¿Cómo se desarrolla la operación?

—Según lo previsto —contestó Delta Uno.

—Excelente. Tengo una actualización relativa a la franja horaria. La información se hará pública esta tarde a las ocho. Costa Este.

Delta Uno consultó el cronógrafo. «Sólo quedan ocho horas.» Su trabajo allí acabaría pronto, una perspectiva halagüeña.

—Hay una novedad —anunció el mando—. Se ha incorporado un nuevo miembro.

—¿Qué nuevo miembro?

Delta Uno permanecía a la escucha. «Una apuesta interesante.» Allí había alguien que jugaba fuerte.

—¿Cree que se puede confiar en ella?

—Es preciso vigilarla estrechamente.

—¿Y si hay algún problema?

Al otro lado de la línea no hubo vacilación alguna.

—Ya sabe cuáles son las órdenes.

Capítulo 16

Rachel Sexton llevaba más de una hora volando en dirección norte y, aparte de vislumbrar fugazmente Terranova, no había visto más que agua bajo el F-14 durante todo el tiempo.

«¿Por qué tiene que ser agua?», pensó, haciendo una mueca de disgusto. A los siete años, Rachel se había hundido en un estanque helado cuando patinaba. Atrapada bajo la superficie, estaba segura de que iba a morir, aunque finalmente las fuertes manos de su madre consiguieron rescatarla, empapada, y ponerla a salvo. Desde aquella angustiosa experiencia Rachel pugnaba por superar su hidrofobia, un miedo cerval al agua, en particular a la fría. Ese día, con nada salvo el Atlántico Norte hasta donde alcanzaba la vista, sus antiguos temores habían regresado.

Cuando el piloto constató el rumbo con la base aérea de Thule, en el norte de Groenlandia, Rachel finalmente cayó en la cuenta de la distancia que habían recorrido. «¿Estoy sobrevolando el círculo polar ártico?» El descubrimiento incrementó su inquietud. «¿Adónde me llevan? ¿Qué habrá encontrado la NASA?» Pronto la extensión azul grisácea de debajo se vio moteada de miles de desolados puntos blancos.

«Icebergs.»

Rachel sólo había visto icebergs una vez en su vida, hacía seis años, cuando su madre la convenció para que hiciera un crucero por Alaska con ella. Rachel sugirió infinidad de alternativas terrestres, pero su madre insistió. «Rachel, cariño —le dijo—, las dos terceras partes de este planeta están cubiertas de agua, y más tarde o más temprano vas a tener que enfrentarte a ello.» La señora Sexton, una mujer firme oriunda de Nueva Inglaterra, estaba decidida a infundir fortaleza a su hija.

El crucero fue el último viaje que madre e hija emprendieron juntas.

«Katherine Wentworth Sexton.» Rachel sintió una punzada distante de soledad. Como el viento que aullaba fuera del avión, los recuerdos se abalanzaron sobre ella, arrastrándola como de costumbre. Su última conversación había sido telefónica. La mañana del día de Acción de Gracias.

—Lo siento mucho, mamá —dijo Rachel, que llamaba desde el aeropuerto O'Hare, bloqueado por la nieve—. Sé que siempre hemos pasado juntos el día de Acción de Gracias, pero me da que hoy no va a ser así.

Su madre parecía abatida.

—Tenía tantas ganas de verte.

—Y yo a ti, mamá. Acuérdate de mí, que estaré comiendo en el aeropuerto mientras tú y papá os dais un banquete con el pavo.

Al otro extremo se hizo el silencio.

—Rachel, no pensaba decírtelo hasta que llegases, pero tu padre dice que tiene mucho trabajo y no va a poder venir a casa este año. Se quedará en Washington durante el puente.

—¿Qué? —La sorpresa de Rachel dio paso de inmediato a la rabia—. Pero si es Acción de Gracias. ¡El Senado no se reúne! Y se encuentra a menos de dos horas de ahí. Debería estar contigo.

—Lo sé. Dice que está exhausto, demasiado cansado para conducir. Ha decidido que necesita pasar el fin de semana tranquilamente quitándose trabajo atrasado.

«¿Trabajo?» Rachel tenía sus dudas. Lo más probable era que el senador Sexton estuviese tranquilamente con otra mujer. Sus infidelidades, aunque discretas, eran cosa de años. La señora Sexton no era tonta, pero las aventuras de su marido siempre iban acompañadas de convincentes excusas y afligida indignación ante la mera sugerencia de adulterio. Y al final ella no tuvo más remedio que ocultar su dolor haciendo la vista gorda. Aunque Rachel había instado a su madre a que se planteara el divorcio, Katherine Wentworth Sexton era una mujer de palabra. «Hasta que la muerte nos separe —le dijo a Rachel—. Tu padre me bendijo contigo, una hermosa hija, y le doy las gracias por ello. Algún día tendrá que responder de sus actos ante un poder superior.»

Allí, en el aeropuerto, Rachel estaba que trinaba.

—Pero entonces pasarás sola Acción de Gracias. —El estómago se le revolvió. Que el senador abandonase a su familia ese día era una bajeza nueva, incluso para él.

—Qué se le va a hacer... —contestó su madre, decepcionada pero resuelta—. Está claro que no puedo tirar toda esta comida, así que me iré con la tía Ann. Siempre nos está invitando a que vayamos a pasar con ella Acción de Gracias. La llamaré ahora mismo.

Rachel apenas se sentía menos culpable.

—Vale. Iré para allá en cuanto pueda. Te quiero, mamá.

—Que tengas un buen viaje, cariño.

Eran las diez y media de la noche cuando el taxi de Rachel finalmente subía por el sinuoso camino que conducía hasta la lujosa propiedad de los Sexton. Rachel supo en el acto que algo iba mal: a la entrada había tres coches patrulla y varios equipos informativos. Todas las luces de la casa estaban encendidas. Rachel entró como una exhalación, con el corazón acelerado.

Un agente del estado de Virginia la recibió en la puerta

con el gesto adusto. No tuvo que decir nada. Rachel lo sabía. Se había producido un accidente.

—La carretera veinticinco estaba resbaladiza debido a la lluvia y al hielo —informó el policía—. Su madre se salió de la carretera y cayó por un barranco arbolado. Lo siento. Murió debido al impacto.

Rachel se quedó como atontada. Su padre, que había acudido nada más recibir la noticia, se hallaba en el salón celebrando una pequeña rueda de prensa para anunciar estoicamente al mundo que su esposa había fallecido en un accidente cuando volvía de celebrar Acción de Gracias en familia.

Rachel permaneció al margen, sollozando durante todo el tiempo que duró la conferencia.

—Ojalá hubiera estado en casa este fin de semana —dijo su padre a los medios con los ojos llorosos—. De ese modo esto no habría pasado.

«Eso deberías haberlo pensado hace años», se dijo Rachel. El odio que sentía hacia su padre iba aumentando cada instante que pasaba.

A partir de ese momento, a diferencia de su madre, Rachel se divorció de su padre, aunque éste apenas pareció darse cuenta. De pronto estaba muy ocupado utilizando la suerte que había corrido su difunta esposa para intentar conseguir que su partido lo nombrara candidato a la presidencia. Los votos por compasión tampoco le venían mal.

Resultaba cruel que ahora, tres años después, incluso desde la distancia, el senador fuera el responsable de la soledad de Rachel. La carrera de su padre para llegar a la Casa Blanca había aplazado indefinidamente los sueños de Rachel de conocer a un hombre y fundar una familia. A ella le resultaba mucho más fácil apartarse por completo del panorama social que enfrentarse al ininterrumpido flujo de pretendientes hambrientos de poder de Washington que esperaban pescar a una afligida *primera hija* en potencia cuando ésta todavía estaba a su nivel.

Fuera del F-14 la luz del día había empezado a desvanecerse. En el Ártico era finales de invierno, una época de oscuridad eterna. Rachel cayó en la cuenta de que se dirigía a una tierra donde siempre era de noche.

A medida que fueron pasando los minutos el sol se ocultó por completo, desapareciendo bajo el horizonte. Ellos seguían rumbo al norte, y apareció una resplandeciente luna blanca en tres cuartos, suspendida en el cristalino aire glacial. Mucho más abajo las olas del océano rielaban y los icebergs parecían diamantes cosidos en una oscura malla de lentejuelas.

Al cabo Rachel divisó el vago contorno de tierra firme, pero no era lo que se esperaba. Ante el avión, emergiendo del océano, se alzaba una enorme cordillera nevada.

—¿Montañas? —preguntó Rachel, confusa—. ¿Hay montañas al norte de Groenlandia?

—Por lo visto, sí —respondió el piloto, igualmente sorprendido.

Cuando el morro del F-14 bajó, Rachel experimentó una inquietante sensación de ingravidez. A través del zumbido de los oídos oía un constante pitido electrónico en la cabina. Al parecer el piloto había captado alguna señal de dirección y se guiaba por ella.

Al descender por debajo de los mil metros, Rachel clavó la vista en el dramático terreno iluminado por la luna. Al pie de las montañas se extendía una amplia llanura nevada. La meseta avanzaba elegantemente unos quince kilómetros hacia el mar para finalizar con brusquedad en un acantilado de hielo cortado a pico que caía al océano en vertical.

Fue entonces cuando Rachel lo vio, algo que no se parecía a nada de lo que había visto en su vida. En un principio creyó que la luna le estaba gastando una broma. Entornó los ojos hacia los campos de nieve, incapaz de comprender lo que estaba mirando. Cuanto más bajaba el avión, mayor nitidez cobraba la imagen.

«Pero... ¿qué demonios es eso?»

En la llanura que se extendía bajo ellos había franjas..., como si alguien hubiese pintado la nieve con tres inmensas listas de pintura plateada. Las resplandecientes rayas discurrían paralelas al acantilado. La ilusión óptica no desveló su secreto hasta que se situaron por debajo de los ciento cincuenta metros. Las tres franjas plateadas eran profundas depresiones de unos treinta metros de ancho cada una. Las depresiones se habían llenado de agua y se habían helado, convirtiéndose en amplios canales argénteos que se extendían en paralelo por la meseta. Los montículos que quedaban entre ellas eran diques de nieve.

A medida que se dirigían hacia la meseta, el avión comenzó a dar botes y sacudidas ocasionados por fuertes turbulencias. Rachel oyó el poderoso sonido metálico del tren de aterrizaje, pero seguía sin ver pista alguna. Mientras el piloto pugnaba por mantener el aparato bajo control, ella miró abajo y distinguió dos hileras de luces estroboscópicas parpadeantes que atravesaban la depresión de hielo más lejana. Horrorizada, comprendió lo que estaba a punto de hacer el piloto.

—¿Vamos a aterrizar sobre el hielo? —inquirió.

El hombre no contestó. Estaba concentrado en el fuerte viento. A Rachel se le revolvieron las tripas cuando el avión deceleró y se dirigió hacia el helado canal. A ambos lados del aparato se alzaban altas paredes de nieve, y ella contuvo la respiración, a sabiendas de que el más mínimo error de cálculo en el angosto canal equivaldría a una muerte segura. El tembloroso avión descendió entre los montículos y de pronto las turbulencias cesaron. Resguar-

93

dado del viento, el aparato efectuó un aterrizaje perfecto sobre el hielo.

Las reversas del Tomcat rugieron, frenando el avión. Rachel suspiró aliviada. El caza rodó por la pista alrededor de un centenar de metros más y se detuvo junto a una llamativa línea roja pintada en el hielo.

A la derecha no se veía nada salvo una pared de nieve iluminada por la luna, el lateral de uno de los montículos, y a la izquierda, otro tanto. Sólo se distinguía algo al frente: una extensión de hielo interminable. Era como si hubiesen aterrizado en un planeta muerto. Aparte de la raya en el hielo, no se veía señal de vida alguna.

Entonces Rachel lo oyó. A lo lejos se aproximaba otro motor, el sonido más agudo. El rugido fue cobrando intensidad hasta que apareció un vehículo. Se trataba de un gran quitanieves de orugas que avanzaba hacia ellos por la franja de hielo. Alargado y estrecho, parecía un gran insecto futurista que se aproximaba a ellos con sus voraces patas rotatorias. En la parte superior, sobre el chasis, había una cabina cerrada de plexiglás con unos focos que alumbraban el camino.

Cuando el tractor se detuvo junto al F-14, la portezuela de la cabina se abrió y una figura bajó al hielo por una escalerilla. Iba envuelta de la cabeza a los pies en un voluminoso mono blanco que daba la impresión de haber sido inflado.

«Mad Max y el hombrecillo de los pasteles Pillsbury», pensó Rachel, que se sintió aliviada al ver que al menos ese extraño planeta estaba habitado.

El hombre indicó al piloto del F-14 que abriera la carlinga, y éste obedeció.

Cuando la cabina se abrió, la ráfaga de aire que azotó el cuerpo de Rachel la dejó completamente helada.

«¡Cierre eso, maldita sea!»

—¿Señorita Sexton? —le dijo el hombre, cuyo acento

era norteamericano—. Le doy la bienvenida en nombre de la NASA.

Rachel tiritaba. «Muchas gracias.»

—Por favor, suéltese los arneses, deje el casco en el aparato y baje por la escalerilla del fuselaje. ¿Tiene alguna pregunta?

—Sí —contestó ella—. ¿Dónde demonios estoy?

Capítulo 17

Marjorie Tench, asesora principal del presidente, era un esqueleto zancudo andante. Su huesudo metro ochenta y dos parecía un mecano compuesto por articulaciones y extremidades. Del inestable cuerpo sobresalía un rostro amarillento cuya tez se asemejaba a un pergamino perforado por dos ojos impasibles. A sus cincuenta y un años parecía tener setenta.

En el panorama político de Washington, Tench era venerada como una diosa. Se decía que sus dotes analíticas rayaban en la clarividencia. Sus diez años al frente de la Oficina del Departamento de Estado de Inteligencia e Investigación habían contribuido a forjar una inteligencia extremadamente aguda y crítica. Por desgracia, la brillantez política de Tench iba unida a un temperamento glacial que pocos podían soportar más de unos minutos. Marjorie Tench tenía la suerte de poseer el cerebro de un superordenador... y también su calidez. Así y todo, al presidente Zach Herney no le causaba problema alguno soportar las rarezas de la mujer, ya que su intelecto y su capacidad de trabajo habían sido responsables casi por sí solos de que Herney alcanzara la presidencia.

—Marjorie —dijo el presidente al tiempo que se levantaba para darle la bienvenida al Despacho Oval—. ¿En qué puedo ayudarla? —No la invitó a tomar asiento. Las fórmulas sociales de rigor no iban con mujeres como Marjorie Tench. Si Tench quería sentarse, no vacilaría en hacerlo.

—Veo que ha convocado la reunión a las cuatro de la tarde —afirmó con su rasposa voz de fumadora—. Estupendo.

Tench caminó un instante arriba y abajo, y Herney casi pudo oír cómo giraba una y otra vez el intrincado engranaje de su cerebro. Estaba agradecido: Marjorie Tench era uno de los poquísimos miembros del equipo presidencial que se hallaba al tanto del descubrimiento de la NASA, y su visión política estaba ayudando al presidente a desarrollar su estrategia.

—En cuanto al debate de la CNN de hoy a la una, ¿a quién vamos a enviar para que lidie con Sexton? —inquirió la mujer carraspeando.

Herney sonrió.

—A un portavoz novato.

La táctica política de frustrar al cazador no proporcionándole una presa importante era tan antigua como los propios debates.

—Tengo una idea mejor —repuso ella, y sus áridos ojos se clavaron en los del presidente—. Deje que vaya yo.

Zach Herney alzó la cabeza de súbito.

—¿Usted? —«¿En qué demonios estará pensando?»—. Marjorie, usted no aparece en los medios, y además estamos hablando de un programa a mediodía de la televisión por cable. Si envío a mi asesor principal, ¿qué clase de mensaje estaré lanzando? Dará la impresión de que estamos aterrados.

—Ésa es la idea.

Herney la escudriñó. Fuera el que fuese el enrevesado plan que Tench estaba tramando, el presidente no estaba dispuesto a permitir que la asesora apareciera en la CNN. Todo el que había visto alguna vez a Marjorie Tench sabía que había un motivo para que trabajase entre bastidores: Tench tenía un aspecto amedrentador, no era la clase de rostro que un presidente quería para difundir el mensaje de la Casa Blanca.

—Me ocuparé de ese debate de la CNN —insistió. Ya no preguntaba.

—Marjorie —respondió el presidente, intranquilo—, es evidente que la campaña de Sexton afirmará que su presencia en la CNN es prueba de que la Casa Blanca tiene miedo. Sacar a nuestros pesos pesados demasiado pronto hace que parezcamos desesperados.

La mujer asintió tranquilamente y encendió un cigarrillo.

—Cuanto más desesperados parezcamos, mejor.

Durante los siguientes sesenta segundos, Tench esbozó por qué el presidente la enviaría a ella al debate de la CNN en lugar de a otro cualquiera. Cuando hubo terminado, Herney no pudo sino mirarla con pasmo.

Nuevamente, Marjorie Tench había demostrado ser un genio de la política.

Capítulo 18

La plataforma de hielo Milne es el mayor témpano sólido del hemisferio norte. Situada por encima del paralelo 82, en el extremo septentrional de la isla Ellesmere, en el alto Ártico, la plataforma Milne mide casi seis kilómetros y medio de ancho y alcanza grosores de unos cien metros.

Al subir a la cabina de plexiglás que coronaba el tractor, Rachel agradeció el anorak y los guantes que tenía a su disposición en el asiento, así como el calor que salía por los respiraderos del vehículo. Fuera, en la pista de hielo, los rotores del F-14 rugieron y el aparato comenzó a alejarse.

Rachel alzó la vista, alarmada.

—¿Se va?

Su nuevo anfitrión subió al quitanieves y asintió.

—En las instalaciones sólo pueden entrar personal científico y algunos miembros del equipo de apoyo de la NASA.

Cuando el F-14 partió a toda velocidad hacia el cielo sin sol, Rachel se sintió abandonada de súbito.

—A partir de aquí cogeremos el IceRover —explicó el hombre—. El administrador nos espera.

Rachel miró el argénteo camino de hielo que se abría ante ellos y trató de imaginar qué demonios estaría haciendo allí el administrador de la NASA.

—Agárrese —le aconsejó el hombre mientras accionaba unas palancas.

Chirriando, la máquina describió un giro de noventa grados en el sitio como un carro de combate provisto de orugas. Ahora se hallaba frente a una de las altas paredes de hielo.

Rachel observó la pronunciada inclinación y se estremeció. «No estará pensando en...»

—¡Rock and roll! —El conductor soltó el embrague y el vehículo aceleró en dirección a la pendiente. Rachel profirió un grito ahogado y se sujetó. Al llegar a la inclinación las púas de las bandas se hundieron en la nieve y el aparato inició el ascenso. Rachel estaba segura de que iban a volcar hacia atrás, pero, sorprendentemente, la cabina mantuvo la horizontal mientras las bandas se aferraban a la cuesta. Cuando el inmenso vehículo alcanzó la cima del montículo, el conductor paró y dijo a su aterrorizada pasajera con una sonrisa radiante—: Pruebe a hacer esto con un todoterreno. Adoptamos el diseño del sistema de amortiguación de la Mars Pathfinder y lo incorporamos a este pequeñín. Funcionó a las mil maravillas.

Rachel asintió con pocas ganas.

—Genial.

Acomodados en la cima del montículo de nieve, contemplaron la inconcebible vista. Ante ellos se alzaba otro gran montículo, y tras él las ondulaciones cesaban bruscamente. Al otro lado, el hielo se convertía en una brillante extensión lisa que presentaba una levísima inclinación. Iluminado por la luna, el hielo se perdía a lo lejos, donde acababa estrechándose y serpenteando montaña arriba.

—El glaciar Milne —informó el conductor mientras señalaba la parte alta de las montañas—. Nace ahí arriba y desciende hasta formar este ancho delta en el que nos encontramos.

El conductor volvió a arrancar, y Rachel se agarró mientras el vehículo descendía por la pronunciada ladera.

Una vez abajo atravesaron otro río de hielo y acometieron el siguiente montículo. Tras salvar la cumbre y bajar rápidamente por el otro extremo enfilaron una lisa llanura helada y a continuación el glaciar.

—¿Cuánto falta?

Rachel no veía más que hielo.

—Unos tres kilómetros.

A Rachel se le antojó mucho. Fuera, el viento aporreaba el IceRover con rachas implacables, sacudiendo el plexiglás como si intentase lanzarlos al mar.

—Es el viento catabático —gritó el conductor—. Más vale que se acostumbre a él. —Explicó que la zona era barrida permanentemente por un viento que soplaba de tierra llamado catabático, que en griego quería decir «colina abajo». Al parecer, el implacable viento era producto de un aire pesado y frío que descendía por el glaciar como un violento río—. Éste es el único lugar del planeta donde el infierno llega a congelarse —añadió el conductor entre risas.

Varios minutos después, Rachel comenzó a distinguir un bulto borroso en la distancia, ante ellos, la silueta de una enorme cúpula blanca que surgía del hielo. Se frotó los ojos. «¿Qué demonios...?»

—Aquí los esquimales son altos, ¿eh? —bromeó el hombre.

Ella intentó encontrarle algún sentido a la estructura, que parecía una versión reducida del estadio Astródomo de Houston.

—La NASA la levantó hace semana y media —aclaró él—. Plexipolisorbato hinchable multicapa. Se inflan las piezas, se unen entre sí y se afianza la estructura al hielo mediante pitones y cables. Parece una gran tienda de campaña cerrada, pero en realidad es el prototipo de la NASA del habitáculo portátil que esperamos poder llegar a utilizar en Marte algún día. Lo llamamos habisfera.

—¿Habisfera?

—Sí, un habitáculo con forma esférica.

Rachel sonrió y observó la extraña construcción, cada vez más próxima en la helada llanura.

—Y como la NASA aún no ha llegado a Marte decidieron pasar unas noches aquí, ¿no?

El hombre rompió a reír.

—La verdad es que yo habría preferido Tahití, pero fue el destino el que decidió la ubicación.

Rachel miró con aire indeciso el edificio. La blanquecina cubierta adquiría un aire espectral contra el oscuro cielo. Cuando el IceRover se hubo acercado a ella, se detuvo ante una portezuela situada en un lateral que se estaba abriendo. La luz del interior se derramó en la nieve. Salió una figura, un gigante corpulento ataviado con un jersey de lana negra que aumentaba su corpachón y lo hacía parecer un oso. Avanzó hacia el vehículo.

A Rachel no le cupo ninguna duda de quién era: Lawrence Ekstrom, el administrador de la NASA.

El conductor esbozó una sonrisa consoladora.

—No se deje amilanar por su físico: el tipo es un corderito.

«Yo más bien diría un tigre», pensó ella, que estaba familiarizada con la fama de Ekstrom de arrancarle la cabeza a todo el que se interponía en sus sueños.

Cuando Rachel se bajó del IceRover, el viento estuvo a punto de tumbarla. Se arrebujó en el anorak y avanzó hacia la cúpula.

El administrador de la NASA salió a mitad de camino y le tendió una manaza enguantada.

—Señorita Sexton. Gracias por venir.

La aludida asintió con timidez y gritó para hacerse oír con los aullidos del viento.

—Francamente, señor, no estoy segura de haber tenido elección.

Mil metros más arriba, en el glaciar, Delta Uno observó a través de los prismáticos de visión nocturna que el administrador de la NASA invitaba a entrar en la cúpula a Rachel Sexton.

Capítulo 19

Lawrence Ekstrom, el administrador de la NASA, era un gigante rubicundo y brusco, como un dios escandinavo enojado. El cabello, rubio y de punta, lucía un corte militar que enmarcaba una frente surcada de arrugas, y tenía la nariz bulbosa y cubierta por una telaraña de venas. En ese instante los fríos ojos se le cerraban bajo el peso de un sinfín de noches en vela. Influyente estratega aeroespacial y asesor de operaciones del Pentágono antes de entrar en la NASA, Ekstrom tenía una fama de hosco que sólo era equiparable a su incuestionable dedicación a la misión que tuviera entre manos.

Mientras seguía a Lawrence Ekstrom por la habisfera, Rachel Sexton reparó en que caminaba por un laberinto de pasillos inquietante y traslúcido. Aquella red laberíntica parecía haber sido creada suspendiendo láminas de plástico opaco sobre cables tensados. El suelo era inexistente: una capa de hielo sólido cubierta con tiras de caucho para facilitar la tracción. Dejaron atrás un rudimentario espacio lleno de catres y sanitarios químicos.

Por suerte el aire de la habisfera era caliente, aunque denso debido al popurrí de olores imposibles de distinguir característico de los seres humanos confinados en espacios reducidos. En alguna parte zumbaba un generador, por lo visto la fuente de electricidad que alimentaba las bombillas peladas que pendían de los alargadores que recorrían el pasillo.

—Señorita Sexton —gruñó Ekstrom al tiempo que la conducía con brío hacia un destino desconocido—. Seré sincero con usted desde el principio. —Su tono indicaba que estaba de todo menos encantado con la presencia de Rachel—. Está usted aquí porque el presidente así lo ha querido. Zach Herney es íntimo amigo mío y acérrimo defensor de la NASA. Lo respeto, estoy en deuda con él y confío en él. No cuestiono sus órdenes directas, aunque me molesten. Sólo para que no haya ninguna confusión, sepa que no comparto el entusiasmo del presidente con respecto a su implicación en este asunto.

Rachel no era capaz de apartar los ojos de él. «¿He recorrido casi cinco mil kilómetros para que me traten así?» El tipo no era Martha Stewart.

—Con el debido respeto —espetó—, yo también cumplo órdenes del presidente. No se me ha informado de cuál va a ser mi objetivo aquí, y he realizado este viaje de buena fe.

—Bien —respondió Ekstrom—. En ese caso seré directo.

—El comienzo no podría haber sido mejor.

La cortante respuesta de Rachel pareció afectar al administrador, que aminoró el paso un instante. Su mirada se volvió más transparente mientras la escrutaba. Luego, como una serpiente que se desenroscara, profirió un largo suspiro y reanudó la marcha.

—Debe entender que está usted aquí por un proyecto clasificado de la NASA a mi pesar —empezó el hombre—. No sólo es usted un representante de la NRO, cuyo director disfruta deshonrando al personal de la NASA tildándolo de bocazas, sino que además es la hija del hombre que ha puesto todo su empeño en acabar con mi agencia. Éste debería ser el momento de gloria de la NASA. Mis hombres y mujeres han soportado una avalancha de críticas últimamente y se merecen ese instante de gloria. Sin embargo, a causa del clima de escepticismo encabezado por su padre, la NASA se encuentra en una situación política debido a la cual un personal trabajador se ve obligado a compartir las candilejas con un puñado de científicos civiles seleccionados al azar y con la hija del hombre que intenta destruirnos.

«Yo no soy mi padre», le entraron ganas de gritar a Rachel, pero ése no era el momento de discutir de política con el director de la NASA.

—No he venido aquí buscando las candilejas, señor.

Ekstrom le dirigió una mirada feroz.

—Es posible que no tenga otra alternativa.

El comentario la cogió desprevenida. Aunque el presidente Herney no había dicho nada concreto al respecto de que ella le prestara su ayuda públicamente, William Pickering sí había manifestado sus sospechas de que Rachel pudiera convertirse en un peón político.

—Me gustaría saber qué estoy haciendo aquí —espetó ella.

—También a mí. No poseo esa información.

—¿Cómo dice?

—El presidente me pidió que la pusiera al tanto del descubrimiento que hemos realizado en cuanto llegase usted. Sea cual sea el papel que quiere que desempeñe usted en este circo, será algo entre usted y él.

—Me informó de que su Sistema de Observación de la Tierra había descubierto algo.

Ekstrom la miró de soslayo.

—¿Qué sabe usted del proyecto EOS?

—El EOS es una constelación de cinco satélites de la NASA que vigilan la Tierra de distintas formas: trazando mapas de los océanos, analizando fallas geológicas, observando el deshielo de los polos, localizando reservas de combustibles fósiles...

—Bien —replicó Ekstrom, sin que pareciera muy impresionado—. Entonces sabrá de la última incorporación a la constelación EOS. Se llama PODS.

Rachel asintió. El Escáner de Densidad Orbitante Polar (PODS) había sido diseñado para contribuir a las mediciones de los efectos del calentamiento global.

—Tengo entendido que el PODS mide el grosor y la dureza del casquete polar.

—Así es, sí. Utiliza tecnología de banda espectral para obtener imágenes de la densidad de los compuestos de grandes regiones y hallar anomalías en la dureza del hielo: puntos de nieve fundente, de deshielo interno, grandes fisuras. Todo ello indicativo del calentamiento global.

Rachel estaba familiarizada con el escaneado de la densidad de los compuestos. Era como un ultrasonido subterráneo. Los satélites de la NRO habían empleado una tecnología similar para buscar variantes de densidad en el subsuelo de Europa del Este y localizar fosas comunes, las cuales sirvieron para confirmar al presidente que se estaba llevando a cabo una limpieza étnica.

—Hace dos semanas —continuó Ekstrom—, el PODS pasó por encima de esta plataforma de hielo y descubrió una anomalía de densidad que no se parecía a nada de lo que esperábamos ver. A unos sesenta metros bajo la superficie, perfectamente encajado en una matriz de hielo sólido, el PODS vio lo que parecía un glóbulo amorfo de unos tres metros de diámetro.

—¿Una bolsa de agua? —quiso saber ella.

—No. No era líquido. Por extraño que pudiera parecer, esa anomalía era más dura que el hielo que la rodeaba.

Rachel se paró a pensar un instante.

—Entonces..., ¿se trata de una piedra o algo por el estilo?

El administrador de la NASA asintió.

—En cierto modo.

Rachel esperaba que Ekstrom siguiera hablando, pero no lo hizo. «¿Estoy aquí porque la NASA ha encontrado un pedrusco en el hielo?»

—El entusiasmo no llegó hasta que el PODS calculó la densidad de la roca. Entonces enviamos a un equipo aquí arriba inmediatamente para analizarla. Por lo visto, esa piedra de ahí es considerablemente más densa que todas las demás rocas de la isla Ellesmere. Más densa, a decir verdad, que cualquier roca hallada en un radio de unos seiscientos kilómetros.

Rachel bajó la vista al hielo que tenía bajo los pies e imaginó la enorme piedra en alguna parte.

—¿Está diciendo que alguien la puso ahí?

Ekstrom pareció un tanto divertido.

—La piedra pesa más de siete toneladas y está incrustada bajo sesenta metros de hielo sólido, lo que significa que nadie la ha tocado desde hace más de trescientos años.

Rachel se notó cansada mientras seguía al administrador hasta la boca de un pasillo largo y estrecho, pasando entre dos trabajadores de la NASA armados que montaban guardia. Miró de reojo a Ekstrom.

—Supongo que habrá una explicación lógica para que la piedra se encuentre en este lugar... y para todo este secretismo.

—La hay, sí —repuso un inexpresivo Ekstrom—. La piedra que encontró el PODS es un meteorito.

Rachel se detuvo en seco en el corredor y clavó los ojos en el hombre. «¿Un meteorito?» La asaltó una oleada de decepción. Un meteorito no parecía nada del otro jueves después de la tensión dramática creada por el presidente. «¿Y este descubrimiento va a justificar por sí solo todos los gastos y los errores del pasado de la NASA?» ¿En qué estaba pensando Herney? Cierto que los meteoritos eran unas de las piedras más extrañas del planeta, pero que la NASA descubriese meteoritos no era ninguna novedad.

—Éste es uno de los meteoritos más grandes que se han encontrado —puntualizó Ekstrom, muy tieso ante ella—. Creemos que es un fragmento de otro mayor que sabemos cayó en el océano Ártico en el siglo XVIII. Lo más probable es que dicha piedra saliera eyectada al producirse el impacto en el océano y fuera a parar al glaciar Milne, donde la nieve la fue cubriendo poco a poco, a lo largo de los últimos trescientos años.

Rachel frunció la frente. Ese descubrimiento no cambiaba nada. Abrigaba la creciente sospecha de que estaba siendo testigo de un pretencioso ardid publicitario tramado a la desesperada por la NASA y la Casa Blanca: dos entidades en apuros tratando de elevar un hallazgo propicio a la categoría de victoria aplastante de la NASA.

—No parece usted muy impresionada —comentó él.

—Imagino que me esperaba... algo más.

Ekstrom entornó los ojos.

—Un meteorito de este tamaño es un hallazgo excepcional, señorita Sexton. En el mundo sólo hay unos cuantos que lo superen.

—Soy consciente de...

—Sin embargo, el motivo de nuestro entusiasmo no es el tamaño del mismo.

Rachel levantó la vista.

—Si me permite que termine —prosiguió Ekstrom—, le diré que este meteorito presenta algunas características bastante peculiares, que no se han visto nunca antes en ningún otro, ni grande ni pequeño. —Apuntó al pasillo—. Y ahora, si tiene la amabilidad de seguirme, le presentaré a alguien más capacitado que yo para hablar del hallazgo.

Rachel estaba confusa.

—¿Alguien más capacitado que el administrador de la NASA?

Los escandinavos ojos de Ekstrom se clavaron en los suyos.

—Más capacitado, señorita Sexton, en la medida en que es un civil. Imaginé que, puesto que es usted analista profesional, preferiría obtener los datos de una fuente imparcial.

«¡Tocada!» Rachel reculó.

Siguió al administrador por el angosto pasillo hasta toparse con unas pesadas colgaduras negras. Al otro lado oyó el retumbar de un sinfín de voces, que resonaban como si se hallasen en un espacio abierto de grandes dimensiones.

Sin decir palabra, el administrador levantó el brazo y apartó la cortina. Un brillo deslumbrante cegó a Rachel, que echó a andar con paso vacilante, entornando los ojos. Cuando éstos se hubieron acostumbrado a la luz, contempló la inmensa estancia que tenía delante y exhaló un suspiro atemorizado.

—Dios mío —musitó. «Pero ¿qué es esto?»

Capítulo 20

Los estudios de la CNN a las afueras de Washington son uno de los doscientos doce que se hallan repartidos por el mundo entero y se comunican vía satélite con la sede mundial de Turner Broadcasting System, en Atlanta.

Eran las 13.45 cuando la limusina del senador Sedgewick Sexton entró en el aparcamiento. Sexton se sentía pagado de sí mismo cuando se bajó del vehículo y se dirigió a la entrada. Una vez en el interior, Gabrielle y él fueron recibidos por un barrigudo realizador de la cadena que hacía gala de una sonrisa efusiva.

—Senador Sexton —saludó el realizador—. Bienvenido. Tenemos una gran noticia: acabamos de enterarnos de quién es el contrincante enviado por la Casa Blanca. —El hombre esbozó una sonrisa premonitoria—. Espero que haya venido preparado. —Señaló el plató a través del cristal de control.

Sexton miró al otro lado y estuvo a punto de caerse. Devolviéndole la mirada entre el humo de su cigarrillo se hallaba el rostro menos agraciado del panorama político.

—¿Marjorie Tench? —soltó Gabrielle—. ¿Qué demonios está haciendo aquí?

Sexton no tenía ni idea, pero fuera cual fuese el motivo su presencia era una noticia increíble: una clara señal de que el presidente se hallaba desesperado. De otro modo, ¿por qué enviaría a su asesora principal a primera línea?

El presidente Zach Herney estaba sacando la artillería, y Sexton agradecía la oportunidad.

«Cuanto mayor es el enemigo, más dura es la caída.» El senador no tenía la menor duda de que Tench sería un rival astuto, pero al mirar a la mujer no pudo evitar pensar que el presidente había cometido un grave error. Marjorie Tench era horrorosa. En ese preciso instante estaba repantigada en la silla, fumando un cigarrillo, el brazo derecho acercándose y alejándose lánguidamente a los estrechos labios como una gigantesca mantis religiosa que se estuviera alimentando.

«Madre mía —pensó Sexton—, con esa cara debería limitarse a la radio.»

Las escasas ocasiones en que Sedgewick Sexton había visto la jeta amarillenta de la asesora principal de la Casa Blanca en una revista no podía creer que estuviera contemplando uno de los rostros más poderosos de Washington.

—No me gusta esto —susurró Gabrielle.

El senador apenas la oyó. Cuanto más sopesaba la oportunidad, más le gustaba. Más favorable incluso que el poco televisivo rostro de Tench era la fama que tenía la mujer con respecto a un punto clave: Marjorie Tench anunciaba a los cuatro vientos que el papel de líder de Estados Unidos en el futuro sólo podía garantizarse mediante la superioridad tecnológica. Era una ferviente partidaria de los programas de I+D gubernamentales de alta tecnología y, más importante aún, de la NASA. Muchos creían que la presión que ejercía Tench entre bastidores era la que hacía que el presidente ofreciera un apoyo tan firme a la desastrosa agencia espacial.

Sexton se preguntó si el presidente no estaría castigando a Tench por los malos consejos que había recibido con respecto a su respaldo a la NASA. «¿Estará arrojando a su asesora principal a los leones?»

Gabrielle Ashe miró a Marjorie Tench a través del cristal y sintió una creciente inquietud. Aquella mujer era un lince, y su presencia constituía un giro inesperado, dos hechos que su intuición le decía que no debía desoír. Teniendo en cuenta la postura que sostenía la mujer en relación con la NASA, que Herney la hubiese enviado a enfrentarse al senador Sexton parecía desacertado. Pero no cabía duda de que el presidente no era tonto. Algo le decía a Gabrielle que aquello no podía ser bueno.

La joven ya sentía al senador salivando al pensar en sus posibilidades, lo cual no ayudaba mucho a refrenar su preocupación. Sexton tenía la costumbre de pasarse cuando se envalentonaba. El tema de la NASA le había proporcionado un buen espaldarazo en los sondeos, pero, en opinión de Gabrielle, últimamente Sexton había estado excediéndose. Muchas campañas las habían perdido candidatos que buscaban noquear al contrario cuando lo único que necesitaban era finalizar el asalto.

El realizador se moría de ganas de que diera comienzo el inminente combate a muerte.

—Vamos a prepararlo, senador.

Cuando éste se dirigía al plató, Gabrielle lo agarró por la manga.

—Sé lo que está pensando —musitó—. Pero sea listo: no se pase de la raya.

—¿Pasarme de la raya? ¿Yo? —Sexton sonrió.

—Recuerde que esa mujer es muy buena en lo suyo.

El senador le lanzó una sonrisilla provocativa.

—Y yo también.

Capítulo 21

La cavernosa cámara principal de la habisfera de la NASA habría causado extrañeza en cualquier lugar del mundo, pero el hecho de que se hallara en una plataforma de hielo en el Ártico hacía que a Rachel Sexton le costara mucho más asimilarla.

Al levantar los ojos a la futurista cúpula de almohadillas triangulares entrelazadas, tuvo la impresión de haber entrado en un sanatorio colosal. Las paredes descendían hasta un suelo de hielo compacto en el que multitud de halógenos bordeaban el perímetro cual centinelas, arrojando una cruda luz hacia el cielo y proporcionando a la estancia una luminosidad efímera.

Serpenteando por el piso de hielo, unas alfombras alargadas de caucho negro recorrían a modo de camino el laberinto de puestos de trabajo portátiles de los científicos. Entre los aparatos electrónicos, treinta o cuarenta trabajadores de la NASA vestidos de blanco desempeñaban su cometido, pidiéndose parecer animadamente y hablando entusiasmados. Rachel percibió en el acto la electricidad que había en el ambiente.

Era la emoción del nuevo descubrimiento.

Mientras rodeaba con el administrador la cúpula por la parte exterior, notó las miradas de sorpresa y desagrado de quienes la reconocían. Sus susurros se oían con claridad en el reverberante espacio.

—¿No es ésa la hija del senador Sexton?

—¿Qué demonios está haciendo aquí?

—No me puedo creer que el administrador esté hablando con ella.

Rachel incluso esperaba ver por todas partes muñecos de vudú con la imagen de su padre. Sin embargo, la animosidad que la rodeaba no era la única emoción que flotaba en el aire. También presentía una clara petulancia, como si la NASA estuviese convencida de quién sería el que reiría el último.

El administrador la condujo hacia una serie de mesas donde un único hombre se hallaba sentado ante un ordenador. Llevaba puesto un jersey negro de cuello de cisne, pantalones de pana de pata ancha y unos pesados mocasines, en lugar de las homogéneas prendas de la NASA que parecían lucir todos los demás. Estaba de espaldas a ellos.

El administrador le pidió a Rachel que esperara mientras él se acercaba a hablar con el desconocido. Al cabo de un momento el del cuello de cisne asintió con la cabeza y comenzó a apagar el ordenador. El administrador volvió.

—El señor Tolland se ocupará a partir de ahora —anunció—. Es otro de los fichajes del presidente, así que seguro que se llevarán bien. Me reuniré con ustedes más tarde.

—Gracias.

—Supongo que habrá oído hablar de Michael Tolland, ¿no?

Ella se encogió de hombros, mientras su cerebro asimilaba aún el increíble lugar.

—El nombre no me suena.

El del cuello de cisne se unió a ellos, sonriendo.

—¿No le suena? —Su voz era grave y cordial—. Es lo mejor que he oído en todo el día. Por desgracia ya nunca puedo causar una primera impresión.

Cuando Rachel miró al recién llegado se quedó petrificada. Reconoció el atractivo rostro del hombre en el acto. Toda Norteamérica lo conocía.

—Ah —repuso, y se ruborizó cuando él le estrechó la mano—. Así que usted es Michael Tolland.

Cuando el presidente informó a Rachel de que había reclutado a científicos civiles de primera fila para autenticar el descubrimiento de la NASA, ella se imaginó a un grupo de paletos arrugados empuñando calculadoras con sus iniciales. Michael Tolland era justo lo contrario. El científico, toda una celebridad en Estados Unidos, presentaba un documental semanal llamado «El increíble mundo de los mares», en el cual acercaba a los espectadores fenómenos oceánicos fascinantes: volcanes submarinos, gusanos de tres metros, maremotos letales. Los medios de comunicación aclamaban a Tolland como una mezcla de Jacques Cousteau y Carl Sagan y elogiaban sus conocimientos, su entusiasmo sin pretensiones y sus ansias de aventura como la fórmula que había catapultado a «El increíble mundo de los mares» a los índices de máxima audiencia. Sin duda, admitían la mayoría de los críticos, el rudo atractivo y la humildad y el carisma de Tolland probablemente también tuvieran que ver con la popularidad de que gozaba entre el público femenino.

—Señor Tolland... —dijo Rachel con cierta vacilación—. Soy Rachel Sexton.

El científico esbozó una agradable sonrisilla.

—Hola, Rachel. Llámeme Mike.

La aludida notó que se le trababa la lengua, cosa rara en ella. Empezaba a acusar la sobrecarga sensorial..., la habisfera, el meteorito, los secretos, verse de repente cara a cara con una estrella de la televisión.

—Me sorprende encontrarlo aquí —comentó, tratando de reponerse—. Cuando el presidente me dijo que había buscado a científicos civiles para que autenticaran un hallazgo de la NASA, supongo que esperaba... —Vaciló.

—¿A científicos de verdad? —Sonrió.

Rachel se sonrojó, muerta de vergüenza.

—No quería decir eso.

—No se preocupe —respondió Tolland—. Llevo oyendo eso mismo desde que llegué.

El administrador se disculpó y prometió unirse a ellos más tarde. Tolland se volvió hacia Rachel con una mirada curiosa.

—El administrador me ha dicho que su padre es el senador Sexton.

Ella asintió. «Por desgracia.»

—¿Un espía de Sexton tras las líneas enemigas?

—Las líneas de combate no siempre se trazan donde uno cree.

Se hizo un silencio incómodo.

—Y, dígame —se apresuró a añadir ella—, ¿qué hace un oceanógrafo de fama internacional en un glaciar con un puñado de ingenieros de la NASA?

Tolland soltó una risilla.

—Lo cierto es que un tipo que se parecía un montón al presidente me pidió que le hiciera un favor. Yo abrí la boca para mandarlo a paseo pero, no sé cómo, me salió: «Sí, señor.»

Rachel rió por primera vez en toda la mañana.

—Bienvenido al club.

Aunque la mayoría de los famosos parecían empequeñecer en persona, Rachel pensó que Michael Tolland ganaba. Sus ojos marrones eran tan vivos y apasionados como en televisión, y su voz tenía la misma calidez y el mismo entusiasmo humildes. A sus cuarenta y cinco años, curtido y atlético, Michael Tolland tenía un cabello denso y negro con un mechón rebelde que siempre le caía sobre la frente, una mandíbula pronunciada y un gesto despreocupado que irradiaba seguridad. Cuando le estrechó la mano, la aspereza callosa de la palma le recordó a Rachel que Tolland no era la típica figura mediática blandengue, sino más bien un experto marinero y un investigador de campo.

—Para ser sincero —admitió él, y sonó avergonzado—, creo que se fijaron en mí más por mi valor como relaciones públicas que por mis conocimientos científicos. El presidente me pidió que viniera para hacer un documental.

—¿Un documental? ¿Sobre un meteorito? Pero si usted es oceanógrafo.

—Eso mismo le dije yo, pero me respondió que no sabía que hubiese documentalistas especializados en meteoritos. Añadió que mi implicación contribuiría a dotar de credibilidad su hallazgo desde una perspectiva algo más convencional. Por lo visto piensa emitir mi documental como parte de la gran rueda de prensa de esta noche, cuando anuncie el descubrimiento.

«Un portavoz famoso.» Rachel se olió las astutas maniobras políticas de Zach Herney. A la NASA a menudo se la acusaba de hablar en chino, pero esta vez no sería así. Habían captado al comunicador de temas científicos por excelencia, un rostro que los norteamericanos ya conocían y en el que confiaban en lo tocante a asuntos de ciencia.

Tolland señaló al otro lado de la cúpula, en diagonal, una pared donde se estaba habilitando una zona para la prensa. Sobre el hielo había una alfombra azul, cámaras de televisión, focos y una mesa alargada con varios micrófonos. Como telón de fondo alguien estaba colgando una enorme bandera estadounidense.

—Para esta noche —explicó—. El administrador de la NASA y algunos de sus principales científicos conectarán en directo vía satélite con la Casa Blanca para participar en la emisión de las ocho del presidente.

«Muy apropiado», pensó ella, satisfecha al saber que Zach Herney no iba a apartar a la NASA del anuncio por completo.

—¿Y bien? —dijo Rachel con un suspiro—, ¿va a contarme alguien qué tiene de especial ese meteorito?

Tolland enarcó las cejas y le dedicó una enigmática sonrisa.

—A decir verdad, lo que tiene de especial es mejor verlo que explicarlo. —Indicó a Rachel que lo siguiera hacia la zona de trabajo contigua—. El tipo que trabaja aquí tiene un montón de muestras que le puede enseñar.

—¿Muestras? ¿Tienen muestras del meteorito?

—Claro. Hemos extraído unas cuantas. De hecho fueron las muestras iniciales del sondeo las que alertaron a la NASA de la importancia del hallazgo.

Sin saber qué esperar, Rachel siguió a Tolland hasta la zona de trabajo, que parecía desierta. En una mesa se veía una taza de café entre muestras de piedras, calibradores y demás aparatos de diagnóstico. El café humeaba.

—¡Marlinson! —gritó Tolland mientras echaba un vistazo alrededor. Nada. Frustrado, exhaló un suspiro y se volvió hacia Rachel—. Probablemente se haya perdido mientras buscaba leche para el café. Lo que yo le diga: coincidí con él cuando hacía el posgrado en Princeton y solía perderse en su propia residencia. Ahora ha recibido la Medalla Nacional de las Ciencias en astrofísica. Quién lo habría dicho.

Rachel no daba crédito.

—¿Marlinson? No estará hablando del famoso Corky Marlinson, ¿no?

Tolland rompió a reír.

—Del mismo.

Rachel estaba atónita.

—¿Corky Marlinson está aquí?

Las opiniones de Marlinson sobre los campos gravitacionales eran legendarias entre los ingenieros de satélites de la NRO.

—¿Marlinson es uno de los fichajes civiles del presidente?

—Sí, uno de los científicos de verdad.

«Vaya que si de verdad», pensó ella. Corky Marlinson no podía ser más brillante ni respetado.

—La increíble paradoja sobre Corky es que puede decirle en milímetros la distancia que hay hasta Alfa Centauro, pero es incapaz de hacerse el nudo de la corbata —observó Tolland.

—Las uso con goma —repuso no muy lejos una voz nasal y afable—. La eficiencia antes que el estilo, Mike. Vosotros, la gente de Hollywood, no lo entendéis.

Rachel y Tolland se volvieron hacia el hombre que salía de detrás de un abultado montón de aparatos electrónicos. Era rechoncho, parecía un doguillo con los ojos redondos y el cabello ralo y emparrado. Cuando vio que a Tolland lo acompañaba Rachel se paró en seco.

—No me lo puedo creer, Mike. Estamos en el puñetero Polo Norte y aun así te las arreglas para conocer a bombones. Sabía que debería haberme metido en la tele.

A todas luces Michael Tolland estaba incómodo.

—Señorita Sexton, le ruego disculpe al señor Marlinson. Su falta de tacto la compensa con creces con conocimientos aleatorios completamente inútiles sobre el universo.

Corky se aproximó.

—Es todo un placer, señora. ¿Cómo dice que se llama?

—Rachel —replicó ella—. Rachel Sexton.

—¿Sexton? —Corky fingió asombrarse—. Espero que no tenga nada que ver con ese senador corto de vista y depravado.

Tolland hizo una mueca de disgusto.

—De hecho, el senador Sexton es el padre de Rachel.

Corky paró de reír y se quedó helado.

—¿Sabes qué, Mike? Que no me extraña nada que nunca se me hayan dado bien las mujeres.

Capítulo 22

El galardonado astrofísico Corky Marlinson hizo pasar a Rachel y a Tolland a su área de trabajo y comenzó a rebuscar entre sus herramientas y muestras de piedras. Parecía un muelle apretado a punto de explotar.

—Muy bien, señorita Sexton —dijo con emoción temblorosa—, está usted a punto de recibir el curso acelerado de meteoritos en treinta segundos de Corky Marlinson.

Tolland le guiñó un ojo a Rachel como para pedirle que tuviera paciencia.

—Aguante. Aquí donde lo ve, este tipo siempre quiso ser actor.

—Sí, y Mike siempre quiso ser un científico respetado. —Corky se puso a rebuscar en una caja de zapatos y sacó tres pequeñas muestras de piedras que colocó en fila sobre la mesa—. Éstas son las tres clases principales de meteoritos que existen en el mundo.

Rachel observó las muestras. Todas ellas parecían extraños esferoides del tamaño de una bola de golf. Cada una estaba partida por la mitad para poder ver la sección transversal.

—Todos los meteoritos están compuestos de distintas cantidades de aleaciones de níquel y hierro, silicatos y sulfuros. La clasificación la realizamos basándonos en las proporciones de metal y silicato.

Rachel tuvo la impresión de que el curso acelerado de Corky Marlinson iba a durar más de treinta segundos.

—Esta primera muestra de aquí —afirmó el científico al tiempo que apuntaba a una brillante piedra negro azabache— es un meteorito con el núcleo de hierro. Muy pesado. Nuestro amiguito aterrizó en la Antártida hace unos años.

Rachel lo estudió. Sin duda parecía de otro mundo: un pegote de pesado hierro grisáceo con la corteza quemada y ennegrecida.

—Esa capa exterior carbonizada se denomina corteza de fusión —aclaró Corky—. Y es el resultado del calentamiento extremo que se produce cuando el meteorito entra en la atmósfera. Todos los meteoritos presentan esa capa. —El hombre pasó de prisa a la siguiente muestra—. Esto es lo que llamamos un meteorito de hierro y roca.

Rachel lo examinó, reparando en que también estaba carbonizado por fuera. Sin embargo, esa muestra presentaba un tono verdoso claro, y el corte transversal parecía un *collage* de vistosos fragmentos angulares semejante a un rompecabezas caleidoscópico.

—Muy bonito —observó.

—¿Está de broma? ¡Es precioso!

Corky estuvo un minuto hablando de la elevada cantidad de olivino, responsable del color verde, y a continuación cogió con muchos aspavientos la tercera y última muestra y se la ofreció a Rachel.

Ella sostuvo el último meteorito en la mano. La piedra presentaba un tono pardo grisáceo y era similar al granito. Parecía más pesada que una piedra terrestre, pero no mucho más. Lo único que indicaba que no era una piedra normal y corriente era la corteza de fusión, la capa externa chamuscada.

—Esto es lo que se denomina un meteorito de roca, la clase más común. Más del noventa por ciento de los meteoritos que se han encontrado en la Tierra pertenecen a esta categoría.

Rachel se mostró sorprendida. Siempre se había imaginado los meteoritos más como la primera muestra: pedruscos metálicos con formas extrañas, pero lo que tenía en la mano no parecía en modo alguno extraterrestre. Aparte del exterior carbonizado, parecía algo con lo que uno podría toparse en la playa.

A Corky se le salían los ojos de las órbitas del entusiasmo.

—El que está sepultado en el hielo aquí, en Milne, es un meteorito de roca, muy parecido al que tiene usted. Los meteoritos de roca son casi idénticos a nuestras rocas ígneas, lo que hace que resulte difícil localizarlos. Suelen estar compuestos por una mezcla de silicatos ligeros: feldespato, olivino, piroxeno. Nada del otro mundo.

«Eso mismo opino yo», pensó ella al tiempo que le devolvía la muestra.

—Ésta parece una piedra que alguien dejó en la chimenea y se quemó.

Corky rompió a reír.

—¡Una chimenea de campeonato! El mejor alto horno del mundo es absolutamente incapaz de generar el calor que experimenta un meteorito cuando entra en contacto con la atmósfera. ¡Quedan destrozados!

Tolland sonrió comprensivo a Rachel.

—Ahora viene lo bueno.

—Imagine esto —continuó Corky mientras cogía la muestra que le ofrecía Rachel—. Imaginemos que este amiguito tiene el tamaño de una casa. —Sostuvo la muestra por encima de la cabeza—. Bien..., se encuentra en el espacio..., flotando por el sistema solar..., congelado debido a los menos cien grados centígrados del espacio.

Tolland reía para sí, pues al parecer ya había sido testigo de la reconstrucción de Corky de la llegada del meteorito a la isla Ellesmere.

El astrofísico comenzó a bajar la muestra.

—Nuestro meteorito avanza hacia la Tierra... y, dado que se está acercando mucho, nuestra gravedad lo atrapa... y empieza a acelerar... y a acelerar...

Rachel veía a Corky aumentar la velocidad de la trayectoria de la muestra, emulando la aceleración de la gravedad.

—Ahora se mueve de prisa —prosiguió él—. A más de quince kilómetros por segundo..., sesenta mil kilómetros por hora. A ciento treinta y cinco kilómetros de la superficie terrestre, el meteorito empieza a experimentar fricción con la atmósfera. —Corky sacudió violentamente la muestra mientras la hacía bajar hacia el hielo—. Al caer por debajo de los cien kilómetros comienza a ponerse al rojo. Ahora la densidad de la atmósfera va en aumento y la fricción es increíble. El aire que rodea al meteorito se vuelve incandescente a medida que la superficie se funde debido al calor. —El científico comenzó a sisear y a chisporrotear—. Ahora está sobrepasando los ochenta kilómetros y el exterior supera los mil ochocientos grados centígrados.

Rachel observaba sin dar crédito al astrofísico galardonado por el presidente, que sacudía con mayor fuerza el meteorito mientras reproducía efectos sonoros infantiles.

—¡Sesenta kilómetros! —exclamó Corky—. Nuestro meteorito entra en contacto con la pared de la atmósfera. El aire es demasiado denso. Decelera bruscamente a más de trescientas veces la fuerza de la gravedad. —El hombre imitó un chirrido de frenos y ralentizó considerablemente el descenso—. El meteorito se enfría en el acto y deja de estar incandescente. Nos adentramos en la oscuridad. La superficie del meteorito se endurece y pasa del estado líquido a una corteza de fusión carbonizada.

Rachel oyó quejarse a Tolland cuando Corky se arrodilló en el hielo para asestar el golpe de gracia: el impacto con la Tierra.

—Ahora nuestro enorme meteorito va dando saltos por la troposfera... —De rodillas, hizo que el meteorito describiera un arco en dirección al suelo con una leve inclinación—. Se dirige al océano Ártico... trazando un ángulo oblicuo..., está cayendo..., da la impresión de que va a salirse del océano..., sigue cayendo... y... —Hizo que la muestra tocara el hielo—. ¡Pum!

Rachel dio un respingo.

—El impacto es un cataclismo. El meteorito explota. Salen volando fragmentos, que rebotan y giran por el océano. —Corky ralentizó el movimiento, haciendo botar y dar vueltas la muestra por el invisible océano hacia los pies de Rachel—. Un pedazo continúa rebotando y rodando en el agua hacia la isla Ellesmere... —Lo llevó hasta la puntera del pie de ella—. Salva el océano y llega a tierra... —Lo hizo subir por la lengüeta del zapato hasta detenerlo cerca del tobillo—. Y acaba en el glaciar Milne, donde la nieve y el hielo no tardan en cubrirlo, protegiéndolo de la erosión atmosférica. —Corky se puso en pie sonriendo.

Rachel relajó la mandíbula y rió, impresionada.

—En fin, doctor Marlinson, una explicación de lo más...

—¿Lúcida? —propuso el aludido.

Ella sonrió.

—En una palabra.

Corky le dio la muestra.

—Mire la sección.

Rachel escudriñó el interior de la piedra un instante, sin ver nada.

—Póngala a la luz —apuntó Tolland, la voz cordial y afable—. Y mírela bien.

Rachel se acercó la roca a los ojos y la ladeó hacia los deslumbrantes halógenos que se reflejaban arriba. Ahora lo veía: en la piedra resplandecían minúsculos glóbulos metálicos. Había docenas salpicando la sección, cual diminutas gotas de mercurio de tan sólo un milímetro de diámetro.

—Estas burbujitas se llaman cóndrulos —explicó Corky—. Y sólo aparecen en los meteoritos.

Rachel miró las gotas entornando los ojos.

—La verdad es que nunca había visto nada así en una roca terrestre.

—Ni lo verá —aseguró el científico—. Los cóndrulos son una estructura geológica que sencillamente no existe en la Tierra. Algunos son muy antiguos, tal vez estén compuestos por los primeros materiales del universo; otros son mucho más jóvenes, como los que sostiene en la mano. Los cóndrulos de ese meteorito sólo tienen alrededor de ciento noventa millones de años de antigüedad.

—¿Ciento noventa millones de años es poco?

—Vaya que sí. En términos cosmológicos, eso es ayer. Sin embargo, la cuestión es que esta muestra contiene cóndrulos, y ello constituye una prueba concluyente de que la roca es un meteorito.

—Vale —repuso Rachel—. Los cóndrulos son concluyentes. Ahora lo pillo.

—Y, por último —dijo Corky, exhalando un suspiro—, si la corteza de fusión y los cóndrulos no bastan para convencerla, nosotros, los astrónomos, contamos con un método infalible para confirmar el origen meteórico.

—¿Que es...?

Corky se encogió de hombros con naturalidad.

—Sencillamente utilizamos un microscopio petrográfico, un espectrómetro de fluorescencia de rayos X, un analizador de neutrones o un espectrómetro de emisión con fuente de plasma acoplado por inducción para calcular las proporciones ferromagnéticas.

Tolland refunfuñó.

—Ahora está dándose pisto. Lo que Corky quiere decir es que podemos demostrar que una roca es un meteorito calculando las proporciones químicas.

—Eh, rey de los mares —lo reprendió Corky—, ¿y si dejamos la ciencia en manos de los científicos? —Acto seguido se dirigió de nuevo a Rachel—: En las rocas terrestres el mineral de níquel se da en porcentajes extremadamente elevados o extremadamente bajos, sin medias tintas. Pero en los meteoritos el contenido de níquel presenta unos valores medios. Por tanto, si analizamos una muestra y descubrimos que el contenido de níquel tiene un valor medio, podemos asegurar sin lugar a dudas que la muestra es de un meteorito.

Rachel empezaba a impacientarse.

—Muy bien, caballeros. Cortezas de fusión, cóndrulos, valores medios de níquel..., todo ello demuestra que la roca procede del espacio, me hago a la idea. —Dejó la muestra en la mesa de Corky—. Pero ¿qué pinto yo aquí?

Corky suspiró con solemnidad.

—¿Quiere ver una muestra del meteorito que encontró la NASA en el hielo de aquí debajo?

«Antes de que me caiga redonda, por favor.»

Esta vez Corky se metió la mano en el bolsillo del pecho y sacó una piedrecita con forma de disco. Era como un CD de menos de un centímetro y medio de grosor y su composición parecía similar a la del meteorito de roca que acababa de ver.

—Ésta es una parte de una muestra que sacamos ayer —Corky se la pasó a Rachel.

Ciertamente no parecía nada del otro mundo. Al igual que la muestra que había visto antes, se trataba de una piedra pesada de color blanco y anaranjado. Parte del borde estaba carbonizado y ennegrecido, por lo visto un segmento de la capa exterior del meteorito.

—Veo la corteza de fusión —afirmó ella.

Corky asintió.

—Sí, esta muestra se tomó de un punto próximo a la parte exterior del meteorito, así que aún conserva algo de corteza.

Rachel inclinó el disco a contraluz y distinguió los minúsculos glóbulos metálicos.

—Y también los cóndrulos.

—Bien —aprobó el científico, la voz tensa debido al entusiasmo—. Y, como la he visto a través de un microscopio petrográfico, puedo decirle que su contenido de níquel es medio, a diferencia del de una roca terrestre. Enhorabuena, acaba de confirmar que lo que tiene en la mano vino del espacio.

Rachel alzó la vista, confusa.

—Doctor Marlinson, es un meteorito. Se supone que procede del espacio. ¿Me estoy perdiendo algo?

Corky y Tolland intercambiaron una mirada de complicidad, y a continuación Tolland puso una mano en el hombro de Rachel y musitó:

—Dele la vuelta.

Rachel lo volvió para poder ver la otra cara. Su cerebro sólo tardó un instante en procesar lo que tenía delante.

Y cayó en la cuenta.

«Imposible», pensó, y sin embargo, con la mirada clavada en la piedra, supo que su definición de imposible acababa de cambiar para siempre. Incrustada en la roca había una forma que en un espécimen terrestre podría considerarse normal y corriente, pero que en un meteorito resultaba absolutamente inconcebible.

—Es... —balbució, casi incapaz de pronunciar la palabra—. Es... un bicho. Este meteorito tiene el fósil de un bicho.

Tanto Tolland como Corky estaban radiantes.

—Bienvenida al club —dijo el segundo.

El torrente de emociones que asaltó a Rachel la dejó sin palabras un instante, pero, a pesar de su desconcierto, veía claramente que el fósil, sin lugar a dudas, en su día había sido un organismo biológico vivo. La huella petrificada medía unos siete centímetros de largo y parecía la parte inferior de algún escarabajo o insecto de gran tamaño. Tenía siete pares de patas articuladas situadas bajo un caparazón protector que parecía estar segmentado en placas, como el de un armadillo.

Rachel estaba aturdida.

—Un insecto procedente del espacio...

—Es un isópodo —precisó Corky—. Los insectos tienen tres pares de patas, no siete.

Rachel ni siquiera lo oyó. La cabeza le daba vueltas mientras estudiaba el fósil que tenía delante.

—Se ve con claridad que el caparazón dorsal está segmentado en placas, como el de una cochinilla terrestre, y sin embargo esos dos apéndices prominentes, que parecen una cola, lo convierten en algo similar a un piojo.

Rachel había dejado de escuchar a Corky. La clasificación de la especie resultaba de lo más irrelevante. Ahora las piezas del rompecabezas empezaban a encajar de golpe: el secretismo del presidente, el entusiasmo de la NASA...

«¡Este meteorito tiene un fósil! No un resto de bacteria o microbios, sino una forma de vida avanzada: la prueba de que existe vida en otro lugar del universo.»

Capítulo 23

A los diez minutos de haber dado comienzo el debate de la CNN, el senador Sexton se preguntaba cómo había podido sentirse preocupado. Como rival, Marjorie Tench había sido sumamente sobrevalorada. A pesar de su fama de sagacidad implacable, la asesora estaba resultando ser más un chivo expiatorio que un oponente digno de recibir tal nombre.

Cierto que al empezar la conversación Tench le había ganado por la mano al triturar la plataforma pro vida del senador por ir en contra de las mujeres, pero después, justo cuando parecía que estaba afianzando su posición, Tench se descuidó y cometió un error. Cuando preguntaba cómo esperaba el senador financiar las reformas educativas sin aumentar los impuestos, Tench hizo una alusión maliciosa sobre la tendencia de Sexton de cargar siempre con el muerto a la NASA.

Aunque la NASA era un tema que ciertamente el senador pensaba sacar hacia el final del debate, Marjorie Tench había abierto la puerta antes de tiempo. «Idiota.»

—Hablando de la NASA —dijo Sexton como si tal cosa—. ¿Podría decirnos algo sobre los constantes rumores de que la agencia acaba de apuntarse un nuevo fracaso?

Su rival ni se inmutó.

—Me temo que no he oído esos rumores. —Su voz de fumadora era como el papel de lija.

—De modo que no tiene nada que decir.

—Me temo que no.

Sexton se relamió. En el mundillo de las declaraciones jugosas mediáticas no tener nada que decir equivalía a admitir la culpabilidad.

—Comprendo —respondió el senador—. Y ¿qué hay de los rumores que circulan sobre una reunión secreta urgente entre el presidente y el administrador de la NASA?

Esta vez, Tench pareció sorprendida.

—No estoy segura de a qué reunión se refiere usted. El presidente celebra numerosas reuniones.

—Naturalmente. —Sexton decidió ir derecho a ella—. Señorita Tench, usted es una gran defensora de la agencia espacial, ¿no es así?

Ella suspiró, daba la impresión de estar harta del tema preferido de Sexton.

—Creo en la importancia de que Estados Unidos continúe conservando el liderazgo tecnológico, ya sea dentro del ejército, la industria, la inteligencia o las telecomunicaciones. Sin duda la NASA forma parte de esa visión, sí.

En el control de realización, Sexton vio que Gabrielle le decía con la mirada que lo dejase estar, pero él ya saboreaba la sangre.

—Por curiosidad, señora, ¿tiene usted algo que ver en que el presidente siga apoyando una agencia a todas luces fallida?

Tench negó con la cabeza.

—No. El presidente también cree firmemente en la NASA y toma sus propias decisiones.

Sexton no daba crédito. Acababa de darle a Marjorie Tench la oportunidad de descargar en parte al presidente aceptando personalmente parte de la culpa en lo tocante a la financiación de la agencia, pero ella se la había atribuido sin pestañear a Herney. «Él toma sus propias decisiones.» Por lo visto, Tench ya estaba tratando de distanciarse de una campaña problemática. No era de extrañar.

Después de todo, cuando pasara la tempestad, Marjorie Tench estaría buscando empleo.

A lo largo de los minutos que siguieron, Sexton y Tench continuaron esquivando golpes. Ella hizo algunos intentos débiles por cambiar de tema, mientras que Sexton continuó presionándola con el presupuesto de la NASA.

—Senador —arguyó Tench—, quiere recortar el presupuesto de la NASA, pero ¿tiene alguna idea de cuántos empleos se perderán en el sector de la alta tecnología?

El aludido casi se rió en su cara. «¿Y a esta tipa se la considera el cerebro más brillante de Washington?» Era evidente que Tench tenía algo que aprender sobre las estadísticas del país. Los empleos en el sector de la alta tecnología carecían de importancia en comparación con el elevado número de abnegados obreros norteamericanos.

Sexton arremetió contra ella.

—Estamos hablando de un ahorro de miles de millones, Marjorie, y si el resultado es que un puñado de científicos de la NASA ha de subirse a su BMW e irse a otra parte con sus conocimientos, que así sea. Yo creo firmemente que hay que ser implacable con el gasto.

Marjorie Tench guardó silencio, como si se estuviera recuperando del último puñetazo.

El moderador de la CNN intervino.

—¿Señorita Tench? ¿Tiene algo que decir?

Al cabo la mujer se aclaró la garganta y respondió.

—Supongo que me sorprende escuchar que el señor Sexton desee ganarse la fama de firme detractor de la NASA.

Sexton entornó los ojos. «No está mal, señora.»

—Yo no soy un detractor de la NASA, y me ofende esa acusación. Lo único que digo es que el presupuesto de la agencia es un ejemplo del gasto desmedido que refrenda su presidente. La NASA aseguró que podía construir la lanzadera por cinco mil millones, pero costó doce mil; dijo que podía construir la estación espacial por ocho mil millones, pero ya vamos por los cien mil.

—Los norteamericanos somos líderes porque nos imponemos metas elevadas y las perseguimos en tiempos difíciles —replicó ella.

—El discurso sobre el orgullo nacional no me vale, Marge. La agencia ha sobrepasado su presupuesto tres veces en los últimos dos años y ha acudido al presidente con el rabo entre las piernas a pedir más dinero para subsanar sus errores. ¿Es eso orgullo nacional? Si quiere hablar del orgullo nacional, hable de colegios buenos, hable de una sanidad universal, hable de chicos listos que crecen en un país que brinda oportunidades. Eso es el orgullo nacional.

Tench le lanzó una mirada furibunda.

—¿Me permite que le haga una pregunta directa, senador?

Sexton no contestó, se limitó a esperar.

Las palabras de ella salieron pausadamente, con una repentina inyección de firmeza.

—Senador, si le dijera que no podríamos explorar el espacio por menos de lo que la NASA está gastando en la actualidad, ¿tomaría usted medidas para cerrar la agencia?

La pregunta fue como un jarro de agua fría. Tal vez Tench no fuera tan tonta después de todo. Acababa de atacar a Sexton poniéndolo contra las cuerdas, haciéndole una astuta pregunta que requería un sí o un no y había sido pensada para obligar a un rival que nadaba entre dos aguas a tomar partido y aclarar su posición de una vez por todas.

Sexton trató de esquivar la cuestión instintivamente.

—No me cabe la menor duda de que con una gestión adecuada la NASA podría explorar el espacio por mucho menos de lo que en la actualidad...

—Senador Sexton, responda a la pregunta. Explorar el espacio es una empresa peligrosa y cara. Algo así como construir un reactor de pasajeros: o se hace bien... o mejor no hacerlo. Los riesgos son demasiado altos. La pregunta es: si fuera usted presidente y hubiera de decidir si continuar financiando la NASA al nivel actual o suprimir por completo el programa espacial norteamericano, ¿cuál sería su decisión?

«Mierda.» Sexton miró a Gabrielle a través del cristal. Su expresión le dijo lo que el senador ya sabía. «No tiene más remedio. Sea directo. No se ande por las ramas.» Sexton alzó el mentón.

—Sí. Si me viera obligado a tomar esa decisión, destinaría el presupuesto actual de la NASA a nuestro sistema escolar. Votaría por nuestros hijos en detrimento del espacio.

Marjorie parecía estupefacta.

—Estoy anonadada. ¿He oído bien? Si fuese usted presidente, ¿tomaría medidas para suprimir el programa espacial de la nación?

Sexton se sentía a punto de estallar de ira: ahora Tench estaba hablando por su boca. Intentó responder, pero ella ya había empezado a hablar.

—De manera que, para que conste, está diciendo usted que acabaría con la agencia que llevó al hombre a la Luna.

—Lo que estoy diciendo es que la carrera espacial ha terminado, los tiempos han cambiado. La NASA ya no desempeña un papel primordial en la vida de los norteamericanos normales y corrientes y, sin embargo, seguimos financiándola como si fuera así.

—Entonces no cree que el espacio es el futuro, ¿es eso?

—Evidentemente, el espacio es el futuro, pero la NASA es un dinosaurio. Permitamos que el sector privado explore el espacio. Los contribuyentes no deberían tener que abrir la cartera cada vez que algún ingeniero de Washington quiere sacar una fotografía de Júpiter de miles de millones de dólares. Los estadounidenses están hartos de comprometer el futuro de sus hijos para financiar una agencia pasada de moda que apenas da nada a cambio de unos costes ingentes.

Tench suspiró con teatralidad.

—¿Que apenas da nada a cambio? A excepción tal vez del programa SETI, la NASA ha proporcionado importantes ganancias.

A Sexton le sorprendió que a Tench se le hubiese escapado la mención del SETI. Un gran error. «Gracias por recordármelo.» La Búsqueda de Inteligencia Extraterrestre era el mayor pozo sin fondo de la NASA de todos los tiempos. Aunque la agencia había intentado remozar el proyecto rebautizándolo con el nombre de Orígenes y cambiando algunos de sus objetivos, seguía siendo el mismo caballo perdedor.

—Marjorie —repuso Sexton, aprovechando la oportunidad—, abordaré el SETI ya que lo ha sacado usted a colación.

Curiosamente Tench casi pareció deseosa de oír aquello.

Sexton carraspeó.

—La mayoría de la gente no sabe que la NASA lleva ya treinta y cinco años buscando vida extraterrestre. Y esa búsqueda del tesoro es costosa: antenas parabólicas, enormes transceptores, millones en salarios de científicos sentados escondidos a la escucha de cintas en blanco. Un derroche de recursos vergonzoso.

—¿Está diciendo que ahí arriba no hay nada?

—Estoy diciendo que si cualquier otro organismo gubernamental hubiese gastado cuarenta y cinco millones a lo largo de treinta y cinco años y no hubiera dado ni un solo resultado, habría sido suprimido hace mucho tiempo. —Sexton hizo una pausa para que la gravedad de la afirmación calara—. Después de treinta y cinco años, creo que es bastante evidente que no vamos a encontrar vida en otro planeta.

—¿Y si se equivoca?

Sexton revolvió los ojos.

—Ah, por el amor de Dios, señorita Tench. Si me equivoco, me comeré mis palabras.

Marjorie Tench clavó sus amarillentos ojos en el senador Sexton.

—Recordaré esa afirmación, senador. —Sonrió por vez primera—. Creo que todos la recordaremos.

A unos diez kilómetros de allí, en el Despacho Oval, el presidente Zach Herney apagó el televisor y se sirvió una copa. Tal y como había prometido Marjorie Tench, el senador Sexton había mordido el anzuelo, y de qué manera.

Capítulo 24

Michael Tolland se sorprendió sonriendo con empatía al ver a Rachel contemplando boquiabierta y en silencio el meteorito fosilizado que sostenía en la mano. La refinada belleza del rostro de la mujer pareció mutar en una expresión de inocente asombro: una joven que acabara de ver a Santa Claus por primera vez.

«Sé perfectamente cómo te sientes», pensó.

Tolland se había sentido del mismo modo hacía tan sólo cuarenta y ocho horas. También él había enmudecido. Las repercusiones científicas y filosóficas del meteorito lo seguían dejando pasmado, lo obligaban a replantearse todo lo que siempre había creído de la naturaleza.

Entre los descubrimientos oceanográficos de Tolland se incluían varias especies de aguas profundas desconocidas hasta entonces, y sin embargo ese bichejo espacial suponía un adelanto de otro nivel. A pesar de la tendencia hollywoodiense a presentar a los extraterrestres como hombrecillos verdes, astrobiólogos y forofos de la ciencia coincidían en que, dadas las ingentes cantidades y la adaptabilidad de los insectos de la Tierra, era muy probable que, si llegaba a descubrirse, la vida extraterrestre se asemejara a los insectos.

Los insectos formaban parte del filo de los artrópodos: criaturas provistas de esqueleto exterior y patas articuladas. Con más de 1,25 millones de especies conocidas y aproximadamente medio millón por clasificar, estos in-

137

vertebrados terrestres superaban en número al resto de los demás animales. Constituían el 95 por ciento de todas las especies del planeta y nada menos que el 40 por ciento de la biomasa del planeta.

Lo impresionante no era tanto su abundancia como su resistencia. Del escarabajo del hielo de la Antártida al escorpión araña del valle de la Muerte, los artrópodos vivían felizmente a temperaturas, grados de sequedad e incluso presiones letales. Asimismo habían salido vencedores de la exposición a la fuerza más mortífera del universo: la radiación. Tras una prueba nuclear realizada en 1945, oficiales del Ejército del Aire ataviados con trajes especiales examinaron la zona cero y descubrieron que cucarachas y hormigas seguían a lo suyo como si nada hubiera pasado. Los astrónomos se dieron cuenta de que el exoesqueleto protector convertía al artrópodo en un candidato perfectamente viable para habitar la infinidad de planetas saturados de radiación en los que no podría vivir nada más.

«Por lo visto, los astrobiólogos no se equivocaban —pensó Tolland—. ET es un artrópodo.»

Rachel sintió que le flaqueaban las piernas.

—No... me lo puedo creer —dijo mientras le daba vueltas al fósil—. Jamás creí que...

—Tómese su tiempo para asimilarlo —aconsejó un risueño Tolland—. Yo tardé veinticuatro horas en hacerme a la idea.

—Veo que hay alguien nuevo —observó un hombre asiático inusitadamente alto al tiempo que se aproximaba a ellos.

Corky y Tolland parecieron desinflarse en el acto con su aparición. Por lo visto, la magia se había roto.

—Doctor Wailee Ming —se presentó el hombre—. Director del Departamento de Paleontología de UCLA.

Se conducía con la pomposa rigidez de la aristocracia renacentista, sin parar de tocarse la ridícula pajarita que lucía bajo el abrigo de pelo de camello, que le llegaba por la rodilla. Al parecer Wailee Ming no era de los que permitían que un destino apartado interfiriese en su atildada apariencia.

—Rachel Sexton. —Aún temblaba cuando estrechó la suave mano de Ming. Era evidente que éste era otro de los fichajes civiles del presidente.

—Será un placer desvelarle todo lo que quiera saber de estos fósiles, señorita Sexton —dijo el paleontólogo.

—Y también lo que no quiera saber —apuntó Corky.

Ming volvió a toquetearse la pajarita.

—Mi especialidad en paleontología son los artrópodos y los migalomorfos extintos. A todas luces, la característica más impresionante de este organismo es...

—...que procede de otro puñetero planeta —interrumpió Corky.

Ming frunció el ceño y carraspeó.

—La característica más importante de este organismo es que encaja a la perfección en nuestro sistema darwiniano de taxonomía y clasificación terrestre.

Rachel levantó la vista. «¿Pueden clasificar esto?»

—¿Se refiere al reino, filo, especie y demás?

—Eso es —contestó Ming—. Esta especie, si se encontrara en la Tierra, sería clasificada como perteneciente al orden de los isópodos y compartiría clase con alrededor de dos mil especies de piojos.

—¿Piojos? —repitió ella—. Pero si es enorme.

—La taxonomía no toma en consideración el tamaño. Los gatos domésticos y los tigres están emparentados. La clasificación tiene que ver con la fisiología, y es evidente que esta especie es un piojo: tiene el cuerpo deprimido, siete pares de patas y una bolsa reproductora idéntica en estructura a la de las cochinillas, la pulga de mar, la limnoria y otros crustáceos. Desde luego, los otros fósiles ponen de manifiesto una mayor especialización...

—¿Los otros fósiles?

Ming miró a Corky y a Tolland.

—¿Es que no lo sabe?

Tolland sacudió la cabeza, y el rostro del asiático se iluminó en el acto.

—Señorita Sexton, todavía no ha oído la mejor parte.

—Hay más fósiles —contó Corky, a todas luces tratando de quitarle protagonismo a Ming—. Muchos más. —El científico se apresuró a coger un gran sobre de papel manila del que sacó una hoja doblada de gran tamaño. La extendió sobre la mesa, ante Rachel—. Después de perforar algunos núcleos introdujimos una cámara de rayos X. Ésta es una imagen de la sección transversal.

Rachel miró la impresión que tenía delante y hubo de sentarse de inmediato. La sección tridimensional del meteorito estaba llena de bichejos.

—Los registros paleolíticos suelen hallarse en concentraciones densas —aclaró Ming—. Con frecuencia los corrimientos de tierra atrapan grandes cantidades de organismos, cubriendo nidos o comunidades enteras.

Corky sonrió.

—Creemos que la colección del meteorito es un nido. —Señaló uno de los artrópodos de la imagen—. Y ésa es la mamá.

Rachel observó el espécimen en cuestión y se quedó boquiabierta. El ejemplar parecía medir más de medio metro.

—Un piojo del carajo, ¿eh? —apuntó Corky.

Rachel asintió, muda de asombro, mientras imaginaba piojos del tamaño de barras de pan pululando por un planeta remoto.

—En la Tierra, nuestros artrópodos son relativamente pequeños porque la gravedad los mantiene a raya —expli-

140

có Ming—. No pueden crecer más de lo que puede aguantar su exoesqueleto. Pero en un planeta con menos gravedad los insectos podrían alcanzar dimensiones mucho mayores.

—Imagínese espantando mosquitos del tamaño de cóndores —bromeó Corky al tiempo que recuperaba la muestra del núcleo que sostenía Rachel y se la metía en el bolsillo.

Ming lo miró ceñudo.

—No irá a robarlo, ¿no?

—Relájese —repuso el aludido—. Tenemos siete toneladas más allí de donde salió éste.

El cerebro analítico de Rachel comenzó a barajar los datos de que disponía.

—Pero ¿cómo puede ser la vida del espacio tan parecida a la de la Tierra? Es decir, afirman que este artrópodo encaja en nuestra clasificación darwiniana, ¿no?

—Perfectamente —contestó Corky—. Y, tanto si lo cree como si no, muchos astrónomos han pronosticado que la vida extraterrestre sería muy similar a la de la Tierra.

—Pero ¿por qué? —quiso saber ella—. Esta especie procede de un entorno completamente distinto.

—Panspermia —replicó Corky con una ancha sonrisa.

—¿Cómo dice?

—La panspermia es una teoría según la cual la vida comenzó en la Tierra gracias a la llegada de semillas de otro planeta.

Rachel se levantó.

—Me estoy perdiendo.

Corky se volvió hacia Tolland.

—Mike, tú eres el experto en mares primigenios.

Éste pareció encantado de entrar en escena.

—En su día, la Tierra era un planeta sin vida, Rachel. Luego, de repente, como de la noche a la mañana, la vida explotó. Son muchos los biólogos que opinan que esa ex-

141

plosión de vida fue el mágico resultado de una mezcla ideal de elementos en los mares primigenios, pero nunca hemos sido capaces de reproducir eso en un laboratorio, de manera que los religiosos se han servido de ese fracaso para demostrar la existencia de Dios, afirmando que la vida no podría existir a menos que Dios tocara los mares primigenios y les infundiera vida.

—Sin embargo, nosotros, los astrónomos, dimos con otra explicación para esa repentina explosión de vida en la Tierra —intervino Corky.

—La panspermia —apuntó Rachel, que ahora entendía de qué estaban hablando. Ya había oído hablar de la teoría de la panspermia, pero no sabía que recibía ese nombre—. La hipótesis según la cual un meteorito cayó en el caldo primigenio y trajo a la Tierra las primeras semillas de vida microbiana.

—Bingo —aplaudió Corky—. Y esas semillas se propagaron y cobraron vida.

—Y, de ser eso cierto, el origen de las formas de vida terrestre y extraterrestre sería idéntico —razonó ella.

—Bingo de nuevo.

«La panspermia», pensó Rachel, aún incapaz de comprender las repercusiones.

—Así que este fósil no sólo confirma que existe vida en otros lugares del universo, sino que prácticamente viene a demostrar la teoría de la panspermia..., que la vida en la Tierra se originó en otro lugar del universo.

—Triple bingo —dijo Corky mientras asentía con entusiasmo—. Estrictamente hablando, todos podríamos ser extraterrestres. —Se llevó dos dedos a la cabeza a modo de antenas, se puso bizco y movió la lengua como si fuese un insecto.

Tolland miró a Rachel con una sonrisa conmovedora.

—Y pensar que este tipo es el pináculo de la evolución.

Capítulo 25

Rachel Sexton tenía la sensación de que la envolvía una neblina onírica mientras caminaba por la habisfera junto a Michael Tolland, seguidos de cerca por Corky y Ming.

—¿Se encuentra bien? —se interesó Tolland, observándola.

Ella lo miró y le dedicó una débil sonrisa.

—Gracias. Es sólo que... es demasiado.

Le vino a la cabeza el infame descubrimiento de la NASA de 1997, el ALH84001, un meteorito marciano que, según la NASA, contenía restos fósiles de vida bacteriana. Por desgracia, pocas semanas después de la triunfal rueda de prensa que celebró la NASA, varios científicos civiles presentaron pruebas de que los restos de vida de la roca en realidad no eran más que querógeno producido por la contaminación terrestre. La metedura de pata hizo que la credibilidad de la agencia sufriera un duro varapalo. El *New York Times* aprovechó la oportunidad para redefinir sarcásticamente el acrónimo de la NASA: *Not Always Scientifically Accurate* («no siempre precisa desde el punto de vista científico»).

En esa misma edición, el paleobiólogo Stephen Jay Gould resumió los problemas del ALH84001 señalando que los indicios que presentaba eran químicos y deductivos en lugar de sólidos, como en el caso de un hueso o una concha, donde no había margen de error.

Sin embargo, ahora Rachel comprendía que la NASA

había hallado una prueba irrefutable. Ningún científico escéptico podría dar un paso al frente para cuestionar esos fósiles. La NASA ya no ofrecía fotos borrosas ampliadas de supuestas bacterias microscópicas, sino muestras reales de un meteorito que contenían bioorganismos visibles a simple vista. «¡Piojos de medio metro!»

Rachel no pudo por menos de reír cuando cayó en la cuenta de que de pequeña le encantaba una canción de David Bowie que hablaba de arañas de Marte. Pocos habrían adivinado lo cerca que había estado la andrógina estrella británica del pop de prever el momento estelar de la astrobiología.

Mientras los lejanos compases de la canción resonaban en la cabeza de Rachel, Corky apretó el paso tras ella.

—¿Ya ha empezado Mike a presumir del documental?

—No, pero me encantaría que me hablara de él —contestó Rachel.

Corky le dio una palmadita en la espalda a Tolland.

—Adelante, muchachote. Cuéntale por qué el presidente decidió que el momento más importante de la historia de la ciencia debía estar en manos de una estrella televisiva con esnórquel.

—Corky, por favor —gruñó Tolland.

—Muy bien, se lo explicaré yo —replicó Marlinson al tiempo que se metía entre ellos dos—. Como probablemente sepa, señorita Sexton, el presidente celebrará una rueda de prensa esta noche para hablarle del meteorito a la nación. Dado que la mayoría de la gente es tonta, el presidente le pidió a Mike que subiera a bordo para que rebajara el tono de manera que todo resultara más comprensible.

—Gracias, Corky —replicó Tolland—. Está muy bien. —Miró a Rachel—. Lo que Corky intenta decir es que, como hay que dar tantos datos científicos, el presidente pensó que un documental corto sobre el meteorito podría hacer que la información resulte más accesible a los norteamericanos de a pie, muchos de los cuales, por extraño que pueda parecer, no son astrofísicos.

—¿Sabía usted que acabo de enterarme de que el presidente de nuestra nación sigue de tapadillo «El increíble mundo de los mares»? —le dijo Corky a Rachel, sacudiendo la cabeza con fingida indignación—. Zach Herney, el líder del mundo libre, le pide a su secretaria que le grabe el programa de Mike para relajarse tras una larga jornada de trabajo.

Tolland se encogió de hombros.

—Un hombre con gusto, ¿qué puedo decir?

Rachel empezaba a darse cuenta de lo magistral que era el plan del presidente. La política se jugaba en los medios, y Rachel podía imaginarse el entusiasmo y la credibilidad científica que aportaría a la rueda de prensa el rostro de Michael Tolland en pantalla. Zach Herney había reclutado al hombre ideal para respaldar su pequeño golpe maestro de la NASA. A los escépticos les costaría poner en duda los datos del presidente si salían de la boca de la máxima figura científica televisiva y de varios científicos civiles respetados.

—Mike ya ha grabado en vídeo declaraciones de todos nosotros, los civiles, para el documental, así como de la mayoría de los máximos especialistas de la NASA —contó Corky—. Y apuesto mi Medalla Nacional a que usted es la siguiente de la lista.

Rachel se volvió hacia él.

—¿Yo? ¿De qué está hablando? No tengo méritos, trabajo en inteligencia.

—Entonces, ¿para qué la ha hecho venir el presidente?

—Todavía no me lo ha dicho.

A los labios del científico afloró una sonrisa jocosa.

—Trabaja de enlace entre inteligencia y la Casa Blanca y se ocupa de esclarecer y autenticar datos, ¿no?

—Sí, pero no es nada científico.

—Y es la hija del hombre que ha basado su campaña en criticar el dinero que ha derrochado la NASA en el espacio, ¿no?

Rachel se lo veía venir.

—Ha de admitir, señorita Sexton, que una declaración suya aportaría al documental su buena dosis de credibilidad adicional —apuntó Ming—. Si el presidente la ha enviado aquí, seguro que quiere que tome parte.

Rachel volvió a recordar la preocupación de William Pickering de que fueran a utilizarla.

Tolland consultó su reloj.

—Deberíamos ponernos en marcha —dijo mientras echaba a andar hacia el centro de la habisfera—. No debe de faltar mucho.

—¿Para qué? —inquirió Rachel.

—Para la extracción. La NASA va a subir el meteorito a la superficie. Será de un momento a otro.

Rachel se quedó pasmada.

—¿Cómo?, ¿que van a sacar una roca de más de siete toneladas enterrada bajo sesenta metros de hielo?

Un exultante Corky repuso:

—No creería usted que la NASA iba a dejar un hallazgo como ése sepultado en el hielo, ¿verdad?

—No, pero... —Rachel no había visto ni rastro de equipos de excavación a gran escala en ningún lugar de la habisfera—. ¿Cómo rayos piensan sacarlo?

Corky se infló.

—Fácil. Está usted en una habitación llena de científicos punteros.

—Menudo disparate —se burló Ming, mirando a Rachel—. El doctor Marlinson disfruta alardeando del poderío de los demás. Lo cierto es que a nadie de aquí se le ocurría cómo sacar el meteorito. Fue Mangor quien propuso una solución viable.

—No conozco a Mangor.

—Es del Departamento de Glaciología de la Universidad de New Hampshire —explicó Tolland—. El cuarto y último científico civil reclutado por el presidente. Y lo que dice Ming es verdad, fue Mangor quien solucionó el problema.

—Muy bien —contestó ella—. Y ¿qué fue lo que propuso el tal Mangor?

—*La* tal Mangor —corrigió Ming con aire ofendido—. La doctora Mangor, una mujer.

—Eso es cuestionable —refunfuñó Corky, y miró a Rachel—. Por cierto, la doctora Mangor la va a odiar.

Tolland miró enfadado a su colega.

—¿Qué? Es verdad —se defendió éste—. Odiará la competencia.

Rachel estaba perdida.

—¿Cómo que competencia?

—No le haga caso —pidió Tolland—. Por desgracia se ve que el Comité Científico Nacional no se dio cuenta de que Corky es un idiota de tomo y lomo. Usted y la doctora Mangor se llevarán estupendamente. Es una profesional, se la considera uno de los mejores glaciólogos del mundo. Incluso estuvo unos años viviendo en la Antártida para estudiar el movimiento de los glaciares.

—Qué raro —contestó Corky—. Tengo entendido que la Universidad de New Hampshire aceptó un donativo y la mandó allí para que reinaran la paz y la tranquilidad en el campus.

—¿Sabe usted que la doctora Mangor estuvo a punto de perder la vida allí? —espetó Ming, que pareció tomarse el comentario como algo personal—. Se perdió en una tormenta y pasó cinco semanas alimentándose de grasa de foca, hasta que la encontraron.

—Tengo entendido que no la estaban buscando —le susurró Corky a Rachel.

Capítulo 26

A Gabrielle Ashe el trayecto en limusina del estudio de la CNN al despacho de Sexton se le hizo eterno. El senador iba sentado frente a ella, mirando por la ventanilla, a todas luces recreándose con el debate.

—Han enviado a Tench a un programa de tarde de la tele por cable —dijo él al tiempo que volvía la cabeza con una atractiva sonrisa—. La Casa Blanca está desesperada.

Gabrielle se limitó a asentir. Había presentido una mirada satisfecha, de suficiencia, en el rostro de Marjorie Tench cuando ésta se alejaba en el coche que la había puesto nerviosa.

Sonó el móvil personal de Sexton y éste metió la mano en el bolsillo para cogerlo. El senador, al igual que casi todos los políticos, disponía de distintos números de teléfono en los que podían localizarlo sus contactos dependiendo de lo importantes que fueran. Quienquiera que lo estuviese llamando en ese momento encabezaba la lista, pues la llamada estaba entrando por la línea privada del senador, un número al que ni siquiera Gabrielle podía llamar así como así.

—Senador Sedgewick Sexton —respondió, resaltando la musicalidad del nombre.

El ruido del vehículo impidió que Gabrielle pudiese oír al que llamaba, pero Sexton escuchaba atentamente y replicaba con entusiasmo.

—Perfecto. Me alegro de que haya llamado. ¿Qué le parece a las seis? Estupendo. Tengo un apartamento en Washington. Privado. Cómodo. Tiene la dirección, ¿no? De acuerdo. Estoy deseando conocerlo. Nos vemos esta tarde entonces.

Sexton colgó. Parecía satisfecho consigo mismo.

—¿Otro fan de Sexton? —inquirió Gabrielle.

—Se están multiplicando —contestó él—. Ese tipo es un peso pesado.

—Debe de serlo. ¿Ha quedado con él en su apartamento?

Sexton solía defender la sagrada privacidad de su apartamento como el león que protege la única guarida que le queda. Se encogió de hombros.

—Sí. Por darle un toque personal al asunto. Ese tipo podría ejercer cierta influencia en el tramo final. He de seguir haciendo estos contactos personales, ¿sabe? Cuestión de confianza.

Gabrielle asintió y sacó la agenda de su jefe.

—¿Quiere que lo apunte?

—No hace falta. De todas formas había pensado pasar la tarde en casa.

Gabrielle se situó en el día en cuestión y vio que allí, con la letra del senador, bien marcadas, ya constaban dos letras: «A. P.», las iniciales que utilizaba el senador para indicar «asuntos propios» o «arreglo privado» o «a la porra»; nadie lo sabía a ciencia cierta. De vez en cuando el senador se reservaba una tarde de «A. P.» para atrincherarse en su apartamento, desconectar los teléfonos y hacer lo que más le gustaba: beber brandy con viejos amigos y fingir que esa tarde no quería saber nada de política.

Gabrielle lo miró sorprendida.

—Así que va a permitir que los negocios interfieran en una tare de A. P. que ya estaba fijada. Impresionante.

—Resulta que ese tipo me ha pillado en un día que

tengo algo de tiempo. Hablaré un rato con él, a ver lo que tiene que decir.

Gabrielle quería preguntar por la identidad del misterioso personaje, pero era evidente que el senador estaba siendo vago a propósito, y a esas alturas ella ya sabía cuándo no debía husmear.

Cuando salían de la carretera de circunvalación y se dirigían al edificio de oficinas de Sexton, Gabrielle miró de nuevo el espacio que su jefe se había reservado en la agenda y tuvo la extraña sensación de que él sabía que iba a recibir esa llamada.

Capítulo 27

En el centro de la habisfera de la NASA, el hielo estaba dominado por un trípode de unos cinco metros y medio con un andamiaje escalonado que parecía un cruce entre una plataforma petrolífera y una peculiar maqueta de la torre Eiffel. Rachel escrutó el armazón y no acertó a imaginar cómo podía utilizarse para extraer el enorme meteorito.

Bajo la torre, atornillados a placas de acero fijadas al hielo mediante gruesos pernos, se habían situado varios cabrestantes en los que se distinguían unos cables de hierro que subían por la torre y quedaban suspendidos de una serie de poleas. Desde allí los cables se precipitaban en vertical hasta unos estrechos orificios practicados en el hielo. Varios hombretones de la NASA se turnaban para tensar los cabrestantes, y poco a poco los cables subían unos centímetros desde los orificios, como si los hombres estuviesen izando una ancla.

«Está claro que hay algo que se me escapa», pensó Rachel mientras se acercaba al lugar con el resto. Los hombres parecían estar elevando el meteorito directamente a través del hielo.

—¡Equilibren la tensión, maldita sea! —chilló no muy lejos una voz de mujer con la elegancia de una motosierra.

Rachel echó un vistazo y vio a una mujer menuda enfundada en un mono de esquí amarillo vivo embadurnado de grasa. Le daba la espalda, pero así y todo a Rachel no le costó adivinar que era quien dirigía la operación. La mujer, que efectuaba anotaciones en un portapapeles, caminaba arriba y abajo como un instructor furioso.

—Así que las señoritas están cansadas, ¿no?

—Eh, Norah, deja de mangonear a esos pobres muchachos de la NASA y ven a flirtear conmigo —le gritó Corky.

Ella ni siquiera se volvió.

—¿Eres tú, Marlinson? Reconocería esa voz de pito en cualquier parte. Vuelve cuando hayas alcanzado la pubertad.

—Norah nos hace sentir bien con su encanto —le dijo Corky a Rachel.

—Te he oído, muchachito del espacio —espetó la doctora Mangor sin dejar de escribir—. Y si me estás mirando el culo, que sepas que estos pantalones me engordan más de diez kilos.

—No te preocupes —respondió él—. Lo que me vuelve loco no es ese pedazo de pandero, sino tu arrolladora personalidad.

—Tú pínchame.

Corky volvió a reír.

—Tengo una noticia estupenda, Norah: por lo visto no eres la única mujer a la que ha llamado el presidente.

—No me digas... Te ha llamado a ti.

Tolland tomó el relevo.

—¿Norah? ¿Tienes un minuto? Quiero presentarte a alguien.

Al oír la voz de Tolland, la mujer dejó en el acto lo que estaba haciendo y dio media vuelta. La aspereza se esfumó de inmediato.

—¡Mike! —corrió hacia él con una sonrisa radiante—. No te veía desde hacía horas.

—He estado montando el documental.

—¿Qué tal ha quedado mi parte?

—Estás estupenda, genial.

—Ha usado efectos especiales —apuntó Corky.

Norah pasó por alto el comentario y miró a Rachel con una sonrisa cortés pero distante. Luego volvió a centrarse en Tolland.

—Espero que no me estés engañando, Mike.

El rudo rostro de éste enrojeció un tanto al hacer las presentaciones.

—Norah, ésta es Rachel Sexton. La señorita Sexton trabaja en inteligencia y ha venido a instancias del presidente. Su padre es el senador Sedgewick Sexton.

La presentación hizo que Norah pareciese confusa.

—Ni siquiera me voy a molestar en fingir que lo entiendo. —Sin quitarse los guantes, estrechó con desgana la mano de Rachel—. Bienvenida a la cima del mundo.

Rachel sonrió.

—Gracias.

Le sorprendió ver que Norah Mangor, a pesar de la dureza de su voz, tenía un rostro agradable y travieso. Su cabello, que lucía un corte a lo duendecillo, era castaño y con alguna que otra cana; los ojos, dos cristales de hielo con una mirada viva y penetrante. La mujer irradiaba una seguridad férrea que a Rachel le gustó.

—Norah, ¿tienes un minuto para contarle a Rachel lo que estás haciendo? —le pidió Tolland.

La glacióloga enarcó las cejas.

—Así que ya empleas su nombre de pila, ¿eh? Vaya, vaya.

Corky soltó un gruñido.

—Te lo dije, Mike.

Norah Mangor recorrió con Rachel la base de la torre; Tolland y el resto iban detrás, hablando entre sí.

—¿Ve esos orificios en el hielo, bajo el trípode? —preguntó Norah al tiempo que los señalaba y el inicial tono irritado iba suavizándose hasta tornarse de embelesado fervor por su trabajo.

Rachel asintió y miró las perforaciones practicadas en el hielo, todas ellas de unos treinta centímetros de diámetro y con un cable de acero dentro.

—Esos orificios están ahí de cuando extrajimos muestras e hicimos radiografías del meteorito, y ahora los hemos utilizado para bajar armellas industriales por los huecos y atornillarlas al meteorito. Después introdujimos unos sesenta metros de cable trenzado por cada uno de los orificios y lo enganchamos a las armellas con ganchos industriales, y ahora simplemente lo estamos izando. Estas nenazas llevan horas subiéndolo a la superficie, pero ya no falta mucho.

—No sé si lo he entendido —contestó Rachel—. El meteorito está bajo miles de toneladas de hielo. ¿Cómo lo están subiendo?

Norah señaló la parte superior del andamiaje, donde un estrecho haz de prístina luz roja apuntaba en vertical al hielo bajo el trípode. Rachel lo había visto antes y había supuesto que no era más que algún indicador visual, un puntero para marcar el punto donde se hallaba enterrado el objeto.

—Es un láser semiconductor de arseniuro de galio —explicó Norah.

Rachel miró con mayor atención el haz de luz y reparó en que había abierto un minúsculo orificio en el hielo y se perdía en las profundidades.

—Un haz que alcanza una temperatura muy elevada —añadió la mujer—. Estamos calentando el meteorito a medida que lo subimos.

Cuando Rachel comprendió la sencilla brillantez del plan, se quedó impresionada: Norah se había limitado a hacer que el haz apuntase hacia abajo para que derritiera el hielo hasta llegar al meteorito. La roca, al ser demasiado densa para que un láser la fundiera, comenzó a absorber el calor del láser hasta calentarse lo bastante para deshacer el hielo que la rodeaba. A medida que los hombres de la NASA subían el meteorito, el calor de la roca combinado con la presión ascendente iba fundiendo el hielo de alrededor, despejando un camino para izarlo hasta la superficie. El agua resultante que se acumulaba sobre el meteorito sencillamente se deslizaba por los bordes de la piedra y rellenaba el vacío.

«Como un cuchillo caliente atravesando una barra de mantequilla helada.»

Norah apuntó a los hombres de la NASA que manejaban los cabrestantes.

—Los generadores no pueden con esta tensión, así que estoy empleando mano de obra para subirlo.

—¡Y una mierda! —exclamó uno de ellos—. Está empleando mano de obra porque le gusta vernos sudar.

—Relájate —contestó ella—. Lleváis dos días quejándoos de que tenéis frío, niñas, y le he puesto remedio. Y ahora, a tirar.

Los trabajadores se echaron a reír.

—¿Para qué son los pilones? —preguntó Rachel, y señaló varias balizas de color naranja colocadas alrededor de la torre con aparente arbitrariedad. Había visto otras similares repartidas por la cúpula.

—Es una herramienta vital para los glaciólogos —replicó Norah—. Los llamamos PAPAS, que significa Pisa Ahí y te Partes Algo Seguro. —Cogió uno de los conos y dejó a la vista un agujero circular que se precipitaba en las profundidades del glaciar como un pozo sin fondo—. No es un buen sitio para poner el pie. —Devolvió el cono a su sitio—. Practicamos orificios por todo el glaciar para efectuar comprobaciones de continuidad estructural. Al igual que sucede en la arqueología, el número de años que lleva enterrado un objeto viene indicado por la profundidad a la que se encuentra. Cuanto más abajo, más tiempo. Así que cuando se descubre un objeto bajo el hielo podemos determinar cuándo fue a parar ahí mediante la cantidad de hielo que se ha acumulado encima. Con el objeto de asegurarnos de que las mediciones destinadas a datar el núcleo son precisas, comprobamos múltiples áreas de la capa de hielo para confirmar que la zona es un bloque sólido y no se ha visto afectado por terremotos, fisuras, avalanchas o lo que sea.

—Y ¿cómo está el glaciar?

—Impecable —contestó la científica—. Un bloque sólido, perfecto. Sin trazas de falla ni movimientos glaciares. Este meteorito es lo que denominamos una caída estática. Lleva en el hielo intacto e inmutable desde que aterrizó allí, en 1716.

Rachel no daba crédito.

—¿Sabe el año exacto en que cayó?

A Norah pareció sorprenderle la pregunta.

—Pues claro. Por eso me hicieron venir: sé leer el hielo. —Apuntó a un montón cercano de tubos cilíndricos con hielo que parecían postes de teléfono traslúcidos y estaban marcados con una etiqueta de un naranja vivo—. Esas muestras de hielo constituyen un registro geológico congelado. —Llevó a Rachel hasta los tubos—. Si mira bien, verá capas en el hielo.

Ella se agachó y vio que el tubo estaba compuesto por lo que parecían incontables estratos de hielo que presentaban sutiles diferencias en cuanto a luminosidad y transparencia. El grosor de las capas iba de la finura del papel a los seis milímetros aproximadamente.

—Cada invierno trae una fuerte nevada a la plataforma —explicó Norah—, y cada primavera un deshielo parcial. Así que con cada estación vemos una nueva capa de compresión. Basta con empezar por la parte superior (el invierno más reciente) e ir bajando.

—Como contar los anillos de un árbol.

—No es tan sencillo, señorita Sexton. No olvide que estamos midiendo centenares de metros de estratificación. Necesitamos interpretar indicadores climatológicos para establecer parámetros que nos sirvan de referencia para nuestro trabajo: registros de precipitaciones, contaminantes atmosféricos, esa clase de cosas.

Tolland y el resto se unieron a ellas, y el primero sonrió a Rachel.

—Sabe un montón de cosas del hielo, ¿no?

Rachel sintió una extraña alegría al verlo.

—Sí, es increíble.

—Y, para que conste —añadió él—, la fecha que cita la doctora Mangor, 1716, es correcta. La NASA propuso ese mismo año de impacto mucho antes de que nosotros llegásemos aquí. La doctora extrajo sus propias muestras, realizó sus propias pruebas y confirmó el trabajo de la NASA.

Rachel estaba impresionada.

—Y da la casualidad de que justo en 1716 los primeros exploradores afirmaron haber visto un brillante bólido en el cielo al norte de Canadá —intervino Norah—. Al meteorito lo llamaron *Jungersol Fall*, por el jefe de la expedición.

—De manera que el hecho de que las fechas de las muestras y el dato histórico coincidan viene a demostrar que estamos contemplando un fragmento del mismo meteorito que afirmó haber visto Jungersol en 1716 —agregó Corky.

—¡Doctora Mangor! —exclamó uno de los trabajadores—. Ya se ven las hembrillas guía.

—La visita ha terminado, señores —dijo Norah—. El momento de la verdad ha llegado. —Agarró una silla plegable, se subió a ella y gritó a pleno pulmón—: ¡Atención todo el mundo: salida a la superficie dentro de cinco minutos!

En la cúpula, como si fuesen perros de Pavlov que respondieran a la campanilla que anunciase la comida, los científicos dejaron lo que estaban haciendo y corrieron a la zona de extracción.

Norah Mangor apoyó las manos en las caderas e inspeccionó sus dominios.

—Muy bien, subamos al *Titanic*.

Capítulo 28

—¡Apartaos! —chilló Norah mientras se abría paso entre la creciente multitud.

Los trabajadores se hicieron a un lado y ella asumió el control, fingiendo comprobar la tensión y la alineación de los cables.

—¡Tirad! —exclamó uno de los hombres de la NASA, y el resto tensaron los cabrestantes y los cables asomaron otros quince centímetros por el orificio.

A medida que los cables continuaban subiendo, Rachel notó que el gentío se iba acercando, expectante. Corky y Tolland se hallaban al lado con el rostro como el de un niño el día de Navidad. Al otro extremo del orificio llegó el corpachón del administrador de la NASA, Lawrence Ekstrom, que se situó de forma que pudiera observar la extracción.

—¡Las hembrillas! —anunció uno de los hombres—. ¡Ya se ven las guías!

Los cables de acero que asomaban por los orificios ya no eran trenzas plateadas, sino cadenas guía amarillas.

—¡Faltan menos de dos metros! ¡Mantenedlo estable!

El grupo que rodeaba el andamiaje se sumió en un silencio absorto, como participantes en una sesión de espiritismo que aguardasen la aparición de un espectro divino: todos se esforzaban por ser los primeros en ver algo.

Entonces Rachel lo vio.

Emergiendo de la capa de hielo, cada vez más delgada,

empezó a distinguirse la vaga forma del meteorito: oblonga y oscura, borrosa en un principio, pero cobrando nitidez poco a poco, a medida que iba fundiendo el hielo en su ascenso.

—¡Más tirante! —ordenó un técnico. Y los hombres tensaron los cabrestantes y el andamiaje crujió.

—¡Sólo falta un metro y medio! ¡Nivelad la tensión!

Rachel vio que el hielo que cubría la roca comenzaba a abultarse hacia arriba como un animal preñado a punto de parir. En el punto más alto, rodeando el punto de entrada del láser, un pequeño círculo de hielo empezó a ceder y a derretirse, ensanchándose poco a poco.

—¡El cuello del útero se ha dilatado! —dijo alguien—. ¡Novecientos centímetros!

Una tensa carcajada rompió el silencio.

—Muy bien, apagad el láser.

Alguien accionó un interruptor y el haz desapareció.

Entonces sucedió.

Al igual que la feroz aparición de un dios del paleolítico, la ingente roca atravesó la superficie silbando y humeando. A través del remolino de bruma la mole surgió del hielo. Los hombres que manejaban los cabrestantes hicieron un último esfuerzo hasta liberar por completo la piedra de sus heladas ataduras, caliente y chorreando, sobre un pozo abierto de agua hirviendo.

Rachel estaba pasmada.

Allí, suspendido de los cables y pingando, la tosca superficie del meteorito brillaba a la luz de los fluorescentes, ennegrecida y ondulada, similar a una enorme ciruela seca petrificada. La roca era lisa y redondeada en un extremo, la zona aparentemente limada por la fricción al entrar el meteorito en la atmósfera.

Mientras miraba la corteza de fusión carbonizada, Rachel casi pudo ver cómo se precipitaba el meteorito hacia la Tierra envuelto en una furiosa bola de fuego. Aunque pareciese mentira, aquello había ocurrido hacía siglos, y ahora la bestia capturada estaba allí, colgando de unos cables, chorreando agua del cuerpo.

La cacería había terminado.

Hasta ese instante Rachel no fue realmente consciente del dramatismo del acontecimiento. El objeto que tenía delante procedía de otro mundo, un mundo que se hallaba a millones de kilómetros. Y en su interior encerraba los indicios —mejor dicho, las pruebas— de que el hombre no se encontraba solo en el universo.

La euforia del momento pareció apoderarse de todo el mundo a la vez, y la multitud prorrumpió en vítores y aplausos espontáneos. Hasta el administrador pareció verse arrastrado por ella. Felicitó a sus hombres y mujeres dándoles palmaditas en la espalda. Al verlo, Rachel se alegró de pronto por la NASA. En el pasado no le había ido demasiado bien, pero por fin las cosas estaban cambiando. Se merecían ese momento.

El boquete que se abrió en el hielo parecía una pequeña piscina en medio de la habisfera. La superficie de esa piscina de sesenta metros de hielo fundido estuvo un tiempo golpeando las congeladas paredes del pozo, hasta que finalmente se calmó. En el pozo la línea de flotación se hallaba a más de un metro por debajo de la superficie del glaciar, la discrepancia ocasionada tanto por la retirada del meteorito como por la propiedad del hielo de reducir su volumen al fundirse.

Norah Mangor colocó inmediatamente unos PAPAS alrededor del orificio. Aunque éste se veía a la perfección, cualquier alma curiosa que se acercara demasiado y resbalara sin querer se encontraría en un serio aprieto. Las paredes del pozo eran de hielo sólido, sin apoyaderos, y salir de allí sin ayuda resultaría imposible.

Lawrence Ekstrom se acercó a ellos por el hielo, fue directo a Norah Mangor y le estrechó la mano con firmeza.

—Bien hecho, doctora Mangor.

—Espero que se me colme de alabanzas por escrito —repuso ella.

—Así será. —A continuación el administrador se dirigió a Rachel. Parecía más feliz, aliviado—. ¿Y bien, señorita Sexton?, ¿está convencida la escéptica profesional?

Rachel no pudo evitar sonreír.

—Más bien pasmada.

—Bien. En ese caso, sígame.

Rachel siguió al administrador por la habisfera hasta llegar a una gran caja de metal parecida a un contenedor industrial. Estaba pintada de camuflaje y en ella se distinguían unas letras: «C-P-S.»

—Llamará al presidente desde ahí dentro —informó Ekstrom.

«Comunicaciones Portátiles Seguras», pensó Rachel. Esas cabinas móviles eran instalaciones de campaña habituales, aunque ella jamás habría esperado ver una en una misión de la NASA en tiempos de paz. Claro que Ekstrom venía del Pentágono, de modo que sin duda tenía acceso a juguetes como ése. A juzgar por el rostro adusto de los dos vigilantes armados que montaban guardia en el contenedor, Rachel intuyó que el contacto con el mundo exterior sólo se establecía con el consentimiento expreso del administrador Ekstrom.

«Me da que no soy la única que está incomunicada.»

Ekstrom habló un instante con uno de los hombres que vigilaban la unidad y volvió con Rachel.

—Buena suerte —le dijo. Y se fue.

Uno de los hombres llamó a la puerta del contenedor y ésta se abrió desde dentro. Un técnico salió y le indicó a Rachel que entrase. Ella obedeció.

El interior de la cabina era oscuro y estaba cargado. El

brillo azulado que desprendía la única pantalla de ordenador le permitió distinguir soportes con accesorios de telefonía, radios y aparatos de telecomunicaciones por vía satélite. Rachel no tardó en sentir claustrofobia. El aire era acre, como el de un sótano en invierno.

—Siéntese aquí, por favor, señorita Sexton.

El técnico sacó un taburete con ruedas y colocó a Rachel frente a un monitor plano. Después le puso un micrófono delante y unos voluminosos auriculares AKG en la cabeza. Tras comprobar un cuaderno de contraseñas de cifrado, el hombre introdujo una larga serie de claves en un dispositivo cercano. En la pantalla que tenía Rachel delante apareció un reloj.

«60 segundos.»

El técnico asintió satisfecho cuando comenzó la cuenta atrás.

—Falta un minuto para establecer la conexión.

Dio media vuelta y se fue, dando un portazo al salir. Rachel oyó que echaban un cerrojo por fuera.

«Estupendo.»

Mientras esperaba a oscuras, siguiendo la lenta cuenta atrás del reloj, reparó en que se trataba del primer momento de privacidad de que disfrutaba desde esa mañana. Ese día se había despertado sin tener la más mínima idea de lo que le aguardaba. «Vida extraterrestre.» A partir de ese día el mito moderno más popular de todos los tiempos ya no era un mito.

Y sólo entonces empezó a ser consciente de cuán devastador iba a ser el meteorito para la campaña de su padre. Aunque la financiación de la NASA no podía equipararse políticamente con el derecho al aborto, la asistencia social y la sanidad, su padre la había convertido en moneda de cambio electoral, y ahora le iba a salir el tiro por la culata.

En el plazo de unas horas, los norteamericanos volverían a vivir la emoción de un triunfo de la NASA. Se verían soñadores con ojos llorosos y científicos boquiabiertos. Imaginación infantil desatada. El derroche de dólares y centavos pasaría a un segundo plano, eclipsado por tan increíble momento. El presidente resurgiría cual ave fénix, convirtiéndose en un héroe, mientras que, en plena celebración, el eficiente senador de pronto parecería estrecho de miras, un avaro redomado sin el sentido aventurero que caracteriza a los norteamericanos.

El ordenador emitió un pitido, y Rachel levantó la vista.

«5 segundos.»

De repente el monitor parpadeó y en pantalla apareció una imagen borrosa del sello de la Casa Blanca. Poco después la imagen dio paso al rostro del presidente Herney.

—Hola, Rachel —saludó con un brillo pícaro en los ojos—. Confío en que haya pasado usted una tarde interesante.

Capítulo 29

El despacho del senador Sedgewick Sexton estaba en el edificio de oficinas Philip A. Hart, en C Street, al noreste del Capitolio. La construcción era una cuadrícula neomoderna de rectángulos blancos que según los críticos parecía más una cárcel que un edificio de oficinas. Muchos de los que trabajaban en él tenían esa misma sensación.

En la tercera planta, las largas piernas de Gabrielle Ashe caminaban enérgicamente arriba y abajo ante su ordenador. En la pantalla había un nuevo mensaje de correo electrónico, y no estaba segura de cómo interpretarlo.

Las primeras dos líneas decían:

SEDGEWICK HA ESTADO SOBERBIO EN LA CNN.
TENGO MÁS INFORMACIÓN PARA USTED

Gabrielle llevaba ya un par de semanas recibiendo mensajes como ése. La dirección del remitente era falsa, aunque ella había conseguido llegar hasta el dominio whitehouse.gov. Por lo visto, su misterioso informador era alguien de la Casa Blanca y, fuera quien fuese, últimamente se había convertido en la fuente de toda clase de valiosa información política de Gabrielle, incluida la noticia de la reunión secreta del administrador de la NASA con el presidente.

En un principio Gabrielle receló de los correos, pero al comprobar los datos le sorprendió descubrir que siempre eran precisos y útiles: información clasificada sobre los gastos excesivos de la NASA, sobre costosas misiones futuras, datos que reflejaban que la búsqueda por parte de la agencia de vida extraterrestre sobrepasaba con mucho la financiación y era patética e infructuosa. Incluso sondeos internos que advertían que el tema de la NASA estaba restando votos al presidente.

Con el objeto de aumentar su valía a ojos del senador, Gabrielle no le había informado de que estaba recibiendo una ayuda que no había pedido de la Casa Blanca. Había preferido transmitirle la información sin más como si procediera de «una de sus fuentes». Sexton siempre se mostraba agradecido y era lo bastante listo para no preguntar quién era esa fuente. Gabrielle intuía que su jefe sospechaba que estaba haciendo favores sexuales, y lo alarmante era que a él no parecía importarle lo más mínimo.

Gabrielle se detuvo y miró de nuevo el mensaje que acababa de entrar. Las connotaciones de todos los correos estaban claras: alguien de la Casa Blanca quería que el senador Sexton ganara esas elecciones y lo estaba ayudando al reforzar los ataques del político a la NASA.

Pero ¿quién? Y ¿por qué?

«Una rata que abandona un barco que se hunde», decidió Gabrielle. En Washington no era nada raro que un empleado de la Casa Blanca que temiera que su jefe estaba a punto de ser destituido ofreciera favores discretamente al posible sucesor con la esperanza de asegurarse el poder u otro cargo tras el relevo. Por lo visto alguien se olía la victoria de Sexton y estaba comprando acciones con tiempo.

El mensaje que ahora aparecía en pantalla puso nerviosa a Gabrielle. No era como ninguno de los que había recibido antes. Las dos primeras líneas no eran muy preocupantes, pero las dos últimas sí:

EAST APPOINTMENT GATE, 16.30 HORAS.
VENGA SOLA

Su informador nunca le había pedido reunirse con ella, y de haberlo hecho, Gabrielle habría esperado un punto de encuentro más sutil. «¿La East Appointment Gate?» Que ella supiera, en Washington sólo había una East Appointment Gate. «¿A la puerta de la Casa Blanca? ¿Será una broma?»

Gabrielle sabía que no podía responder por correo electrónico, pues sus mensajes siempre le eran devueltos; la cuenta del remitente era anónima, nada de extrañar.

«¿Y si lo consulto con Sexton?» No tardó en desechar la idea: el senador se hallaba reunido. Además, si le hablaba de ese correo, tendría que hablarle del resto. Resolvió que la propuesta de su informador de verse en un lugar público y a plena luz del día debía de tener por objeto que Gabrielle se sintiera segura. Al fin y al cabo, esa persona no había hecho sino ayudarla a lo largo de las dos últimas semanas. A todas luces era un amigo.

Tras leer el mensaje una última vez, Gabrielle consultó el reloj: disponía de una hora.

Capítulo 30

Ahora que habían conseguido sacar el meteorito del hielo, el administrador de la NASA se sentía menos crispado. «Todo empieza a encajar —se dijo mientras atravesaba la cúpula camino del puesto de trabajo de Michael Tolland—. Ya nada puede detenernos.»

—¿Cómo va? —preguntó cuando se hubo acercado al televisivo científico.

Éste apartó la vista del ordenador. Parecía cansado pero entusiasta.

—El montaje prácticamente ha terminado. Sólo estoy incorporando algunas de las imágenes que se han rodado de la extracción. No tardaré mucho.

—Bien.

El presidente le había pedido a Ekstrom que enviara el documental de Tolland a la Casa Blanca cuanto antes.

Aunque el administrador se había mostrado cínico con respecto al deseo del presidente de embarcar a Michael Tolland en el proyecto, al ver el montaje preliminar del documental cambió de opinión. La apasionada narrativa de la estrella y las entrevistas a los científicos civiles se habían fundido a la perfección en quince emocionantes y comprensibles minutos de programación científica. Tolland había logrado fácilmente algo de lo que la NASA no solía ser capaz: describir un descubrimiento científico de manera que resultase accesible al norteamericano medio sin ser condescendiente.

—Cuando haya acabado con el montaje, lleve el material a la zona de prensa —pidió Ekstrom—. Haré que alguien envíe una copia digital a la Casa Blanca.

—Sí, señor.

Tolland volvió a ponerse manos a la obra, y Ekstrom se alejó. Cuando llegó al muro norte le alegró comprobar que la «zona de prensa» de la habisfera había quedado bien. En el hielo habían desplegado una gran alfombra azul, en cuyo centro se veía una larga mesa de reuniones con varios micrófonos, una colgadura con un distintivo de la NASA y una gran bandera estadounidense a modo de telón de fondo. Para mayor impacto visual, el meteorito había sido transportado en un palé hasta su puesto de honor: justo delante de la mesa.

A Ekstrom le complació ver que el ambiente en dicha zona era festivo. Gran parte del personal se había apiñado alrededor del meteorito con los brazos extendidos hacia aquella masa aún caliente como campistas en torno a una hoguera.

El administrador decidió que había llegado el momento. Fue hasta unas cajas de cartón que descansaban en el hielo, tras la zona de prensa. Las había hecho llegar de Groenlandia esa mañana.

—¡La bebida la pongo yo! —exclamó mientras repartía latas de cerveza entre el dicharachero personal.

—Eh, jefe —dijo alguien—. Gracias. Hasta está fría.

Ekstrom esbozó una de sus poco habituales sonrisas.

—La tenía metida en hielo.

Todo el mundo rompió a reír.

—Un momento —dijo otro mientras miraba ceñudo la lata, bromeando—. ¡Pero si es canadiense! ¿Dónde está su patriotismo?

—Andamos cortos de presupuesto, muchachos. Fue lo más barato que pude encontrar.

Más risas.

—Atención, señores —anunció por megafonía uno de los miembros del equipo de televisión de la NASA—. Vamos a subir las luces de programa. Es posible que experimenten una ceguera temporal.

—Y nada de besarse en la oscuridad —comentó alguien—. Éste es un programa familiar.

Ekstrom soltó una risita, disfrutando de las bromas mientras el equipo efectuaba los últimos ajustes de los focos y la iluminación puntual.

—Subiendo las luces en cinco, cuatro, tres, dos...

El interior de la cúpula se oscureció rápidamente cuando se apagaron los halógenos. En cuestión de segundos todas las luces se habían apagado, y una oscuridad impenetrable se apoderó de la cúpula.

Alguien soltó un grito fingido.

—¿Quién me ha pellizcado el culo? —exclamó alguien más entre risas.

La negrura sólo duró un instante, rasgada de pronto por la deslumbrante luz de los proyectores. Todos entornaron los ojos. Ahora la transformación era completa: el cuadrante norte de la habisfera de la NASA se había convertido en un plató de televisión. El resto de la cúpula parecía un enorme granero de noche; la única luz en las demás zonas era el reflejo apagado de los proyectores televisivos, que rebotaba en el abovedado techo y proyectaba sombras alargadas por los desiertos puestos de trabajo.

Ekstrom se sumió en las sombras, satisfecho al ver a su equipo de jarana alrededor del iluminado meteorito. Se sentía como un padre el día de Navidad, viendo disfrutar a sus hijos en torno al árbol.

«Dios sabe que se lo merecen», pensó, sin sospechar siquiera por un momento el desastre que se avecinaba.

Capítulo 31

El tiempo estaba cambiando.

Como un lúgubre precursor del inminente conflicto, el viento catabático dejaba oír un aullido quejumbroso y golpeaba con fuerza el refugio de la Delta Force. Delta Uno terminó de afianzar las solapas antitormenta y se reunió en el interior de la tienda con sus dos compañeros. Ya habían vivido eso mismo antes. No tardaría en pasar.

Delta Dos miraba la transmisión de vídeo en directo del microbot.

—Será mejor que no os perdáis esto —advirtió.

Delta Uno se acercó. Todo el interior de la habisfera se hallaba a oscuras a excepción de la intensa luz que iluminaba la parte norte de la cúpula, cerca del escenario. El resto de la habisfera sólo se veía perfilado débilmente.

—No es nada —afirmó—. Sólo están probando la iluminación para el programa de esta noche.

—El problema no es la iluminación. —Delta Dos señaló el oscuro manchón que se abría en medio del hielo, el orificio lleno de agua del que habían extraído el meteorito—. Ése es el problema.

Delta Uno miró el orificio: seguía rodeado de conos, y la superficie parecía en calma.

—No veo nada.

—Vuelve a mirar. —Movió el *joystick*, haciendo que el microbot bajara hacia la superficie del orificio.

Al fijarse mejor en la oscura piscina de hielo derretido,

Delta Uno distinguió algo que lo hizo recular, impresionado.

—Pero ¿qué demonios...?

Delta Tres se unió a ellos y también él se quedó anonadado.

—Dios mío. ¿Es ése el pozo de extracción? Y ¿es normal que el agua haga eso?

—No —respondió Delta Uno—. No es en absoluto normal.

Capítulo 32

Aunque Rachel Sexton estaba sentada dentro de una gran caja de metal situada a cinco mil kilómetros de Washington, sentía la misma presión que si la hubiesen llamado a la Casa Blanca. El monitor del videoteléfono que tenía delante le ofrecía una imagen absolutamente nítida del presidente Zach Herney, acomodado en la Sala de Comunicaciones de la Casa Blanca ante el sello presidencial. La conexión digital de audio era impecable, y, a no ser por un retraso casi imperceptible, el presidente podría haber estado en la habitación contigua.

La conversación fue optimista y directa. El presidente parecía satisfecho, aunque en modo alguno sorprendido, con la favorable evaluación de Rachel del hallazgo de la NASA y con su decisión de utilizar de portavoz al cautivador Michael Tolland. Herney estaba simpático y divertido.

—Estoy seguro de que convendrá usted conmigo en que en un mundo perfecto las ramificaciones de este descubrimiento serían de naturaleza puramente científica —observó el presidente, ahora con voz más grave. Hizo una pausa y se inclinó hacia adelante. El rostro llenó la pantalla—. Por desgracia no vivimos en un mundo perfecto, y este triunfo de la NASA se convertirá en un instrumento político en cuanto lo dé a conocer.

—Teniendo en cuenta lo concluyente de las pruebas y las personas a las que ha llamado para corroborarlas, no acierto a imaginar que la gente o la oposición pueda hacer otra cosa más que aceptar el descubrimiento como un hecho confirmado.

Herney dejó escapar una risa casi triste.

—Mis rivales políticos creerán lo que vean, Rachel. Lo que me preocupa es que no les guste lo que vean.

Rachel reparó en el cuidado que estaba poniendo el presidente en no mencionar a su padre: sólo hablaba de «oposición» o «rivales políticos».

—Y ¿cree usted que la oposición hablará de complot sólo por motivos políticos? —inquirió ella.

—Así son las cosas. No hay más que sembrar la más leve duda, decir que el descubrimiento es un fraude político tramado por la NASA y la Casa Blanca, y me veré frente a una comisión de investigación en el acto. Los periódicos olvidarán que la NASA ha encontrado pruebas de la existencia de vida extraterrestre y los medios empezarán a centrarse en hallar indicios de una conspiración. Es triste, pero cualquier insinuación de complot con respecto a este descubrimiento será perjudicial para la ciencia, para la Casa Blanca, para la NASA y, sinceramente, para el país.

—Y por eso decidió aplazar usted la noticia hasta contar con la confirmación plena y el respaldo de algunos reputados civiles.

—Mi objetivo es presentar estos datos de una manera tan incontrovertible que todo cinismo quede cortado de raíz. Quiero que este descubrimiento sea celebrado con la dignidad y la solemnidad que merece. La NASA no es digna de menos.

El sexto sentido de Rachel entró en escena. «¿Qué quiere el presidente de mí?»

—Está claro que usted se encuentra en una posición ideal para ayudarme —prosiguió él—. Su experiencia como analista y los evidentes lazos que la unen a mi rival le otorgan una gran credibilidad de cara a este descubrimiento.

Rachel sentía un creciente desencanto. «Quiere utilizarme... tal y como vaticinó Pickering.»

—Dicho eso —continuó Herney—, me gustaría pedirle que confirme personalmente el descubrimiento, para que conste, como enlace de inteligencia con la Casa Blanca... y como hija de mi rival.

Allí estaba, sobre el tapete.

«El presidente pide mi confirmación.»

Lo cierto es que Rachel pensaba que Zach Herney estaba por encima de esa clase de política tortuosa. Una confirmación pública por parte de ella convertiría de inmediato el meteorito en una cuestión personal para su padre, incapacitando al senador para atacar la credibilidad del descubrimiento sin atacar la credibilidad de su propia hija: una sentencia de muerte para un candidato para el que «la familia era lo primero».

—Francamente, señor —respondió ella con la vista fija en el monitor—, me sorprende que me pida eso.

El presidente pareció desconcertado.

—Creía que le encantaría echar una mano.

—¿Que me encantaría? Señor, dejando a un lado mis diferencias con mi padre, esa petición me coloca en una situación insostenible. Ya tengo bastantes problemas con mi padre sin necesidad de enfrentarme a él en una especie de combate a muerte público. Aunque admito que me desagrada, es mi padre, y encararme con él en un foro público no parece digno de usted, la verdad.

—Un momento. —Herney agitó las manos en señal de rendición—. ¿Quién ha dicho nada de un foro público?

Rachel hizo una pausa.

—Supongo que quiere que suba al estrado con el administrador de la NASA para la rueda de prensa de las ocho.

La risotada de Herney resonó en los cascos.

—Rachel, ¿qué clase de hombre cree que soy? ¿De verdad piensa que le pediría a alguien que asestara una puñalada trapera a su padre en televisión?

—Pero usted ha dicho...

—Y ¿cree que obligaría al administrador de la NASA a compartir el protagonismo con la hija de su archienemigo? No pretendo desilusionarla, Rachel, pero esta rueda de prensa es una presentación científica. No estoy seguro de que sus conocimientos de meteoritos, fósiles o estructuras de hielo confirieran mucha credibilidad al evento.

Rachel se sonrojó.

—Pero entonces..., ¿qué clase de confirmación tiene en mente?

—Una más apropiada para su cargo.

—¿Señor?

—Es usted enlace de inteligencia con la Casa Blanca, informa a mi equipo de asuntos de importancia nacional.

—¿Quiere que confirme el descubrimiento a su equipo?

A Herney aún parecía divertirle el malentendido.

—Eso es. El escepticismo al que me enfrentaré fuera de la Casa Blanca no es nada en comparación con el que veo ahora mismo en mi personal. Nos hallamos en medio de un motín declarado. Mi credibilidad interna está hecha trizas. Mi equipo me ha suplicado que recorte la financiación de la NASA. Yo no le he hecho caso, y ha sido un suicidio político.

—Hasta ahora.

—Exacto. Tal y como hablamos esta mañana, el instante en que se ha realizado el descubrimiento despertará las sospechas de los cínicos políticos, y en este momento nadie hay más cínico que los míos. Por tanto, cuando escuchen esta información por vez primera me gustaría que fuera de boca...

—¿No le ha hablado a su equipo del meteorito?

—Sólo a unos cuantos asesores escogidos. Mantener en secreto el hallazgo ha sido prioritario.

Rachel estaba atónita. «No me extraña que se enfrente a un motín.»

—Pero éste no es mi campo. Difícilmente se puede decir que un meteorito sea información relacionada con la inteligencia.

—No en el sentido tradicional, pero sin duda posee todos los elementos que forman parte de su trabajo: datos complejos que hay que depurar, ramificaciones políticas importantes...

—No soy especialista en meteoritos, señor. ¿No sería mejor que el administrador de la NASA informara a su equipo?

—¿Está de broma? Aquí todo el mundo lo odia. En lo que respecta a mi equipo, Ekstrom es el charlatán que me ha endilgado descalabro tras descalabro.

Rachel lo entendía.

—¿Y Corky Marlinson? ¿Medalla Nacional en astrofísica? Tiene mucha más credibilidad que yo.

—Mi equipo está formado por políticos, Rachel, no por científicos. Ya conoce al doctor Marlinson. Yo creo que es genial, pero si dejo que un astrofísico trate con un puñado de intelectuales cuadriculados que sólo utilizan el lado izquierdo del cerebro acabaré con un equipo paralizado por el miedo. Necesito a alguien accesible, y esa persona es usted, Rachel. Mi equipo conoce su trabajo y, teniendo en cuenta su apellido, es usted el portavoz más imparcial del que podría recibir la noticia.

Rachel sentía que la afabilidad del presidente la estaba engatusando.

—Al menos admite que el hecho de que yo sea la hija de su oponente tiene algo que ver con su petición.

Herney soltó una risita avergonzada.

—Naturalmente que sí. Pero, como ya se imaginará,

mi equipo recibirá esa información de una manera o de otra, con independencia de lo que decida usted. Usted no es el pastel, Rachel, sino tan sólo la guinda. Es la persona más cualificada para dar esta noticia y, además, da la casualidad de ser un pariente cercano del hombre que quiere echar a mi equipo de la Casa Blanca el próximo mandato. Posee credibilidad por partida doble.

—Debería ser usted vendedor.

—Lo cierto es que lo soy. Al igual que su padre. Y, para serle sincero, me gustaría cerrar un trato, para variar. —Herney se quitó las gafas y miró a los ojos a Rachel, que intuyó en él un toque del poder de su padre—. Se lo estoy pidiendo como un favor, Rachel, y también porque creo que forma parte de su trabajo. Así que, ¿qué me dice? ¿Sí o no? ¿Informará de este asunto a mi equipo?

Rachel se sentía atrapada en el interior de la minúscula cabina. «No hay nada como la venta agresiva.» Incluso a cinco mil kilómetros de distancia notaba la firmeza de la voluntad del presidente presionando a través de la pantalla. También sabía que se trataba de una petición perfectamente razonable, tanto si le gustaba como si no.

—Con algunas condiciones —respondió ella.

Herney enarcó las cejas.

—¿Cuáles?

—Me reuniré con su equipo en privado, sin periodistas. Se trata de algo privado, no de una confirmación pública.

—Tiene usted mi palabra. La reunión se celebrará en un lugar absolutamente privado.

Ella suspiró.

—En tal caso, de acuerdo.

El presidente le dedicó una sonrisa radiante.

—Estupendo.

Rachel consultó el reloj y le sorprendió comprobar que ya eran más de las cuatro de la tarde.

—Un momento —dijo perpleja—. Si va a salir en directo a las ocho, no tenemos tiempo. Ni siquiera en ese cacharro horrible en el que me mandó usted aquí podría volver a la Casa Blanca hasta dentro de un par de horas, como pronto. Tendría que preparar unas notas y...

El presidente negó con la cabeza.

—Me temo que no me he expresado con claridad. Informará a mi equipo desde donde está, por videoconferencia.

—Ah. —Rachel vaciló—. ¿Qué hora tenía en mente?

—¿Qué le parece ahora mismo? —contestó un risueño Herney—. Todo el mundo está reunido, mirando un gran televisor con la pantalla en blanco. Esperándola a usted.

Rachel se puso tensa.

—Señor, no estoy preparada. No puedo...

—Dígales la verdad, sin más. ¿Tanto le costaría?

—Pero...

—Rachel —añadió el presidente al tiempo que se inclinaba hacia el monitor—, no olvide que se gana la vida recopilando y transmitiendo datos. Es su trabajo. Limítese a contar lo que está pasando ahí arriba. —Levantó un brazo para encender un interruptor en su aparato de transmisión de vídeo, pero se detuvo—. Y creo que le gustará saber que la he colocado en una posición de poder.

Rachel no entendió a qué se refería, pero era demasiado tarde para preguntar. El presidente accionó el interruptor.

La pantalla que Rachel tenía delante se quedó en blanco un instante. Cuando volvió a encenderse, Rachel se vio frente a una de las imágenes más desconcertantes que había visto en su vida: el Despacho Oval de la Casa Blanca. Abarrotado. Ni un solo asiento libre. Daba la impresión de que allí dentro se encontraba todo el personal de la Casa Blanca, y todos ellos la estaban mirando. Rachel se dio cuenta de que los veía desde la mesa del presidente.

«Conque una posición de poder...» Rachel ya había empezado a sudar.

A juzgar por las miradas de aquellas personas, el equipo de la Casa Blanca estaba tan sorprendido de ver a Rachel como lo estaba ella de verlos a ellos.

—¿Señorita Sexton? —dijo una voz ronca.

Rachel escrutó la multitud de rostros y descubrió a quién pertenecía: una mujer larguirucha que estaba tomando asiento en primera fila. Marjorie Tench. El particular físico de la mujer resultaba inconfundible, incluso entre una multitud.

—Gracias por unirse a nosotros, señorita Sexton —añadió Marjorie Tench con suficiencia—. El presidente nos ha dicho que tiene usted una noticia que darnos.

Capítulo 33

Disfrutando de la oscuridad, el paleontólogo Wailee Ming estaba sentado a solas en su puesto de trabajo, pensando tranquilamente. Sus sentidos se hallaban alertas, en actitud expectante, debido al acontecimiento de esa tarde. «Pronto seré el paleontólogo más famoso del mundo.» Esperaba que Michael Tolland hubiera sido generoso y hubiese incorporado sus comentarios al documental.

Mientras saboreaba su inminente fama, una leve vibración sacudió el hielo bajo sus pies e hizo que se levantara de un salto. Su olfato para los terremotos, agudizado tras vivir en Los Ángeles, hacía que fuese hipersensible al más sutil temblor del suelo. Sin embargo, en ese momento Ming se sintió ridículo al caer en la cuenta de que la vibración era de lo más normal. «No es más que el hielo separándose», se recordó, y exhaló un suspiro de alivio. Aún no se había acostumbrado. Cada dos o tres horas se oía en la noche una estruendosa explosión lejana cuando en algún lugar de la línea divisoria con el glaciar un enorme bloque de hielo se desprendía y caía al agua. Norah Mangor tenía una bonita forma de decirlo: «El nacimiento de nuevos icebergs...»

De pie, el paleontólogo estiró los brazos. Después miró al otro lado de la habisfera y allí, a lo lejos, bajo los potentes proyectores televisivos, vio que la gente se hallaba en plena celebración. A Ming no le iban mucho las fiestas, de manera que echó a andar en la dirección contraria.

El laberinto de puestos de trabajo desiertos parecía un pueblo fantasma, en la cúpula entera se respiraba un aire casi sepulcral. Hacía frío, y Ming se abrochó hasta el último botón del largo abrigo de pelo de camello.

Más adelante vio el pozo de extracción, el punto del cual había salido el fósil más magnífico de la historia de la humanidad. Ya habían retirado el gigantesco trípode metálico, y allí sólo quedaba la piscina, rodeada de balizas como una especie de bache en un vasto aparcamiento de hielo que había que evitar. Ming se acercó al hoyo, situándose a una distancia prudencial, y observó aquel pozo de aguas gélidas de sesenta metros de profundidad. No tardaría en volver a congelarse, borrando todo rastro de la presencia humana allí.

Era un bello espectáculo, pensó Ming. Incluso en la oscuridad.

«Sobre todo en la oscuridad.»

La idea lo dejó dubitativo. Y entonces cayó en la cuenta.

«Aquí pasa algo raro.»

Mientras miraba más atentamente el agua, Ming sintió que la satisfacción que había experimentado hacía tan sólo un instante daba paso a una repentina vorágine de confusión. Pestañeó, clavó la vista en el pozo de nuevo y acto seguido miró al otro lado de la cúpula, a unos cincuenta metros de distancia, donde el gentío celebraba el momento en la zona de prensa. Sabía que ellos no podrían verlo a él estando allí, a oscuras.

«Debería decírselo a alguien.»

Volvió a observar el agua, preguntándose qué les diría. ¿Acaso se trataba de una ilusión óptica? ¿Alguna especie de extraño reflejo?

Vacilante, franqueó los conos y se agachó al borde del pozo. El nivel del agua se situaba a más de un metro por debajo del hielo, de manera que se inclinó para ver aquello mejor. Sí, sin duda allí había algo raro. Era imposible no reparar en ello, y sin embargo no se había manifestado hasta que habían apagado las luces de la cúpula.

Ming se levantó. Tenía que avisar a alguien sin falta. Echó a andar a buen ritmo hacia la zona de prensa, pero tras unos pocos pasos frenó en seco. «¡Dios mío!» Dio media vuelta y volvió a acercarse al pozo con los ojos abiertos de par en par: acababa de caer en la cuenta.

—¡No es posible! —exclamó.

Y, sin embargo, sabía que era la única explicación. «Párate a pensar —se dijo—. Tiene que haber un motivo más lógico.» Pero cuanto más lo pensaba, tanto más se convencía de lo que estaba viendo. «No hay otra explicación.» No podía creer que a la NASA y a Corky Marlinson se les hubiera pasado por alto algo tan increíble, pero Ming no iba a quejarse por ello.

«Este descubrimiento será de Wailee Ming.»

Temblando de emoción, corrió hasta un puesto de trabajo cercano y cogió un vaso de precipitados. Sólo tenía que tomar una pequeña muestra de agua. ¡No se lo iba a creer nadie!

Capítulo 34

—Como enlace de inteligencia con la Casa Blanca —decía Rachel Sexton, tratando de evitar que le temblase la voz mientras se dirigía a la multitud que aparecía en la pantalla que tenía delante—, mi cometido incluye viajar a lugares del mundo entero conflictivos desde el punto de vista político, analizar situaciones inestables e informar al presidente y al equipo de la Casa Blanca. —Notó una gota de sudor justo bajo el nacimiento del cabello, que se enjugó al tiempo que maldecía para sí al presidente por haberle endosado esa labor sin advertencia previa—. Mis viajes nunca me habían llevado hasta un lugar tan exótico —señaló con rigidez la reducida cabina a su alrededor—. Tanto si lo creen como si no, ahora mismo les estoy hablando desde un punto situado por encima del círculo polar ártico, sobre un manto de hielo de casi cien metros de espesor.

Rachel intuyó una perpleja expectación en los rostros que tenía delante. Estaba claro que aquella gente sabía que se hallaba en el Despacho Oval por algún motivo, pero sin duda nadie imaginaba que aquello tuviese algo que ver con una novedad acaecida por encima del círculo polar ártico.

El sudor comenzó a formarse de nuevo. «Ordena las ideas, Rachel. Es tu trabajo.»

—Es para mí un honor, un orgullo y... sobre todo una satisfacción estar aquí esta tarde con ustedes.

Miradas de desconcierto.

«A la mierda —pensó mientras se limpiaba el sudor con furia—. No me contrataron para esto.» Rachel sabía lo que diría su madre si estuviera allí en ese momento: «En caso de duda, métete de cabeza.» El viejo dicho yanqui encarnaba una de las máximas de su madre: que todos los desafíos se pueden vencer diciendo la verdad, pase lo que pase después.

Rachel respiró profundamente, se irguió y miró directamente a la cámara.

—Lo siento, muchachos. Si os estáis preguntando cómo puedo estar sudando la gota gorda en el círculo polar... es porque estoy algo nerviosa.

Los rostros parecieron sufrir un leve sobresalto. Se oyó alguna risa inquieta.

—Además, vuestro jefe me ha anunciado que me vería cara a cara con todo su equipo con tan sólo diez segundos de antelación —continuó—. Este bautismo de fuego no es precisamente lo que tenía previsto para mi primera visita al Despacho Oval.

Más risas.

—Y desde luego no me imaginaba que estaría sentada a la mesa del presidente —añadió mirando hacia la parte inferior de la pantalla—. ¡Y mucho menos en ella!

El comentario provocó una efusiva carcajada y algunas amplias sonrisas. Rachel notó que empezaba a relajarse. «Díselo sin más.»

—Esto es lo que hay. —Ahora la voz volvía a ser la suya: tranquila y clara—. Esta última semana el presidente ha estado apartado de los medios no por falta de interés en la campaña, sino más bien porque ha estado volcado en otro asunto. Un asunto que sentía que era mucho más importante. —Hizo una pausa, los ojos fijos en su público—. En el Alto Ártico, en un lugar llamado plataforma de hielo Milne, se ha realizado un descubrimiento científico. El presidente lo dará a conocer al mundo entero en una rueda de prensa que se celebrará esta tarde a las ocho. El hallazgo lo llevó a cabo un grupo de tenaces norteamericanos que últimamente han soportado una racha de mala suerte y merecen un respiro. Me refiero a la NASA. Podéis estar orgullosos de saber que vuestro líder, con una confianza en apariencia clarividente, se propuso apoyar a la NASA pasara lo que pasase. Y ahora esa lealtad va a ser recompensada.

Hasta ese preciso instante, Rachel no había sido consciente de la trascendencia histórica del momento. Sintió un nudo en la garganta, pero se deshizo de él y siguió adelante.

—Como especialista en análisis y verificación de datos de los servicios de inteligencia, formo parte del grupo de personas a las que recurrió el presidente para estudiar los datos de la NASA. He estudiado estos datos personalmente y he hablado con varios expertos, tanto gubernamentales como civiles, hombres y mujeres cuyas referencias son irreprochables y cuya valía está por encima de toda influencia política. Mi opinión profesional es que los datos que estoy a punto de facilitaros son objetivos en su origen e imparciales en su presentación. Es más, mi opinión personal es que el presidente, obrando de buena fe con su equipo y con el pueblo norteamericano, se ha conducido con una prudencia y una circunspección admirables al retrasar un comunicado que sé que le habría encantado dar la pasada semana.

Rachel vio que el gentío intercambiaba miradas confusas. Después todos los ojos volvieron a clavarse en ella, y supo que tenía toda su atención.

—Señoras y caballeros, estoy segura de que convendrán conmigo en que lo que van a oír es una de las noticias más emocionantes jamás difundidas en ese despacho.

186

Capítulo 35

La vista aérea que estaba recibiendo la Delta Force gracias al microbot que recorría la habisfera parecía algo digno de ganar un festival de cine de vanguardia: la iluminación tenue, el espejeante pozo de extracción y el asiático bien vestido tumbado en el hielo, el abrigo de pelo de camello desplegado a los lados como dos enormes alas. A todas luces, el hombre intentaba tomar una muestra de agua.

—Tenemos que impedirlo —afirmó Delta Tres.

Delta Uno opinaba lo mismo. La plataforma de hielo Milne albergaba secretos que su equipo estaba autorizado a proteger empleando la fuerza.

—¿Cómo lo hacemos? —intervino Delta Dos, que aún manejaba el *joystick*—. Estos microbots no están equipados.

Delta Uno frunció la frente. El microbot que en ese instante se cernía sobre la habisfera era un modelo de reconocimiento, desprovisto de todo accesorio para que tuviese más horas de vuelo. Era tan mortal como una mosca.

—Deberíamos llamar al mando —propuso Delta Tres.

Delta Uno miraba atentamente la imagen del solitario Wailee Ming, situado precariamente al borde del orificio. Cerca no había nadie, y el agua helada poseía la capacidad de impedir que uno pudiera gritar.

—Déjame a los controles.

—¿Qué vas a hacer? —inquirió el soldado que manejaba el *joystick*.

—Aquello para lo que nos han adiestrado —espetó su compañero—: improvisar.

Capítulo 36

Wailee Ming estaba tumbado boca abajo junto al orificio, el brazo derecho extendido sobre el borde para intentar conseguir una muestra de agua. No cabía duda de que sus ojos no lo engañaban: ahora, a tan sólo un metro del agua, lo veía todo perfectamente.

«Esto es increíble.»

Haciendo un último esfuerzo, Ming movió el vaso tratando de llegar hasta la superficie. Sólo faltaban unos pocos centímetros.

Incapaz de estirar más el brazo, el científico se acercó más al pozo, clavó la puntera de las botas en el hielo y apoyó la mano izquierda firmemente en el borde. Después volvió a extender el brazo derecho cuanto pudo. «Ya casi está. —Se aproximó un poco más—. ¡Sí!» El reborde del vaso rozó la superficie del agua. Mientras el líquido llenaba el contenedor, Ming miraba con incredulidad.

Entonces, sin previo aviso, ocurrió algo absolutamente inexplicable. De la oscuridad, como la bala de una arma, salió volando una pequeña partícula de metal. Ming sólo la vio una décima de segundo antes de que le golpeara el ojo derecho.

El instinto humano de proteger los ojos se hallaba tan arraigado que, pese a que el cerebro de Ming le decía que cualquier movimiento repentino pondría en peligro su equilibrio, él retrocedió, una reacción más de sorpresa que de dolor. Su mano izquierda, la más próxima al rostro, se alzó en un acto reflejo para proteger el ojo agredido. Y mientras realizaba el movimiento, Ming supo que había cometido un error. Con todo su peso echado hacia adelante y privado de su único punto de apoyo, Wailee Ming vaciló. Y reaccionó demasiado tarde. Al soltar el vaso e intentar agarrarse al escurridizo hielo para no caer, resbaló y fue a parar de cabeza al oscurecido hoyo.

Se trataba de una caída de poco más de un metro, y sin embargo, cuando Ming chocó contra la gélida agua fue como si su rostro se hubiese estrellado contra el suelo a ochenta kilómetros por hora. El líquido que le cubrió el rostro estaba tan frío que lo abrasó como el ácido. Sintió un ataque instantáneo de pánico.

Boca abajo y a oscuras, durante un instante Ming se desorientó, no sabía cómo subir a la superficie. El pesado abrigo de pelo de camello mantuvo su cuerpo apartado del hielo, pero sólo durante un segundo o dos. Cuando por fin consiguió enderezarse, emergió jadeante, pero justo entonces el agua logró colársele por la espalda y el pecho, atenazándole el cuerpo y aplastándole los pulmones.

—¡So...corro! —balbució, pero apenas pudo aspirar suficiente aire para soltar un gemido. Era como si se hubiese quedado sin aliento de golpe.

—¡So...corroo!

Ni él mismo oía sus propios gritos. Ming se acercó hacia un lateral del pozo e intentó salir, pero la pared vertical que tenía delante era de hielo, no había nada a lo que agarrarse. Bajo el agua, sus botas golpeaban el lateral del muro en busca de asidero. Nada. Pugnó por impulsarse hacia arriba, extendiendo los brazos para alcanzar el borde, a menos de medio metro.

Sus músculos empezaban a no responder. Movió las piernas con más fuerza, tratando de darse suficiente impulso para llegar al borde. Era como si su cuerpo fuera de plomo, y sus pulmones parecían haber quedado reducidos a nada, como si tuviera enroscada una pitón. El abrigo, empapado de agua, pesaba más con cada segundo y tiraba de él hacia abajo. Ming trató de quitárselo, pero el pesado tejido se pegaba a él.

—¡Socorro!

Estaba aterrorizado.

En una ocasión había leído que la muerte por ahogamiento era la peor que cabía imaginar. Jamás pensó que fuera a sufrirla. Sus músculos se negaban a obedecer a su cerebro, y a esas alturas ya sólo luchaba por mantener la cabeza fuera del agua. La ropa lo empujaba hacia abajo mientras sus entumecidos dedos arañaban los laterales del pozo.

Ya sólo gritaba mentalmente.

Entonces sucedió.

Se hundió. El puro terror de ser consciente de una muerte inminente era algo que nunca imaginó que experimentaría. Y, sin embargo, allí estaba..., hundiéndose poco a poco por la pared de hielo de un orificio de sesenta metros de profundidad. Multitud de pensamientos pasaron por su cabeza. Momentos de su infancia. Su carrera. Se preguntó si alguien lo encontraría allí abajo o si simplemente se hundiría hasta el fondo y se congelaría..., sepultado en el glaciar para la eternidad.

Sus pulmones pedían oxígeno a gritos. Contuvo el aliento, aún tratando de impulsarse hacia la superficie. «¡Respira!» Combatió el acto reflejo apretando los insensibles labios. «¡Respira!» Intentó en vano subir a la superficie. «¡Respira!» En ese instante, en una lucha a muerte entre el acto reflejo y la razón, el instinto de respirar pudo con su capacidad de mantener la boca cerrada.

Wailee Ming tomó aire.

Cuando el agua entró en sus pulmones fue como si le hubieran vertido aceite hirviendo en el sensible tejido pulmonar. Se sintió arder por dentro. Lo cruel es que el agua no mata en el acto. Pasó varios segundos espeluznantes inhalando la helada agua, cada aspiración más dolorosa que la anterior, cada aspiración negándole lo que su cuerpo ansiaba tan desesperadamente.

Al cabo, cuando Ming se deslizaba hacia la glacial negrura, sintió que perdía el conocimiento. Una evasión que fue bienvenida. A su alrededor, en el agua, vio minúsculos puntos de luz brillante. Era la cosa más bella que había visto en su vida.

Capítulo 37

La East Appointment Gate es la puerta de la Casa Blanca que se encuentra en East Executive Avenue, entre el edificio del Departamento del Tesoro y los jardines East Lawn. La valla reforzada que recorre el perímetro y los bolardos de cemento que se instalaron tras el ataque que sufrió el cuartel de la Marina en Beirut hacen que esa entrada sea de todo menos cordial.

A la puerta, Gabrielle Ashe consultó su reloj, sintiendo un creciente nerviosismo: ya eran las 16.45 y nadie se había puesto en contacto con ella.

«East Appointment Gate, 16.30 horas. Venga sola.»

«Aquí estoy —pensó—. ¿Y tú?»

Gabrielle escudriñó el rostro de los turistas que deambulaban por el lugar con la esperanza de que alguien llamara su atención. Algunos hombres la miraron y pasaron de largo. La joven empezaba a preguntarse si aquello habría sido una buena idea. Ahora tenía la sensación de que el agente secreto que ocupaba la garita la miraba. Gabrielle decidió que su informador se había rajado. Tras echar un último vistazo a la Casa Blanca a través de la gruesa valla, profirió un suspiro y dio media vuelta para marcharse.

—¿Gabrielle Ashe? —oyó decir al agente secreto.

Ella se volvió con el corazón en un puño.

—¿Sí?

El de la garita le indicó que fuese hasta allí. Se trataba de un hombre enjuto y de rostro arisco.

—Su contacto está listo para verla ahora.

Abrió la puerta principal y la invitó a pasar.

Los pies de Gabrielle se negaron a moverse.

—¿Dentro?

El centinela asintió.

—Me han pedido que le pida disculpas por hacerla esperar.

Gabrielle miró la puerta, pero seguía sin moverse. «¿Qué pasa aquí?» Eso no era en modo alguno lo que esperaba.

—Es usted Gabrielle Ashe, ¿no? —preguntó el agente, impacientándose.

—Sí, señor, pero...

—En tal caso le sugiero encarecidamente que me siga.

Los pies de Gabrielle se pusieron en marcha. Cuando hubo cruzado tímidamente el umbral, la puerta se cerró de golpe tras ella.

Capítulo 38

Dos días sin ver la luz del sol habían alterado el reloj biológico de Michael Tolland. Aunque su cronómetro le decía que era por la tarde, su cuerpo insistía en que era plena noche. Tras dar los últimos toques al documental, el oceanógrafo había descargado todo el archivo de vídeo a un DVD y caminaba por la oscurecida cúpula. Al llegar a la iluminada zona de prensa, entregó el disco al técnico de la NASA encargado de supervisar la producción.

—Gracias, Mike —contestó éste, y le guiñó un ojo mientras sostenía el disco en alto—. Esto cambiará el concepto de «lo que hay que ver sí o sí», ¿eh?

Tolland le dedicó una risilla cansada.

—Espero que al presidente le guste.

—Seguro que sí. Sea como sea, tu trabajo está hecho. Ponte cómodo y disfruta del espectáculo.

—Gracias.

Tolland, en pie en medio de la zona de prensa, vivamente iluminada, observó al sociable personal de la NASA, que brindaba por el meteorito con latas de cerveza canadiense. Aunque tenía ganas de fiesta, se sentía agotado, emocionalmente exhausto. Miró en derredor en busca de Rachel Sexton, pero por lo visto ésta todavía estaba hablando con el presidente.

«Querrá que salga en directo», pensó Tolland. Y no lo culpaba: Rachel constituiría una incorporación perfecta al reparto de portavoces del meteorito. Además de su atractivo, irradiaba un aplomo y una seguridad accesibles que Tolland rara vez veía en las mujeres a las que conocía. Claro que la mayoría de las mujeres a las que conocía trabajaban en televisión, y ésas eran o bien poderosas y despiadadas, o bien bellezas que daban el pego en directo pero carecían de personalidad.

Tras alejarse discretamente de los animados trabajadores de la NASA, mientras recorría la red de caminos que atravesaban la cúpula, Tolland se preguntó dónde se habrían metido los otros científicos civiles. Si se sentían la mitad de destrozados que él, estarían en las literas, dando una cabezada antes del gran momento. Ante él, a lo lejos, Tolland vio el círculo de PAPAS alrededor del desierto pozo de extracción. Sobre su cabeza, la vacía cúpula parecía devolverle el eco de voces apagadas de recuerdos lejanos. Tolland intentó quitárselas de la cabeza.

«Olvida esos fantasmas», se dijo. Solían rondarle en momentos como ése, cuando estaba cansado o solo, momentos de triunfo personal o celebración. «Debería estar contigo ahora», susurró la voz. A solas en la oscuridad, Tolland sintió que volvía a caer en la nada.

Celia Birch había sido su novia en la universidad. Un día de San Valentín Tolland la llevó a su restaurante preferido. Cuando el camarero le sirvió el postre a Celia, éste iba acompañado de una única rosa y un anillo de diamantes. Celia lo comprendió en el acto. Con lágrimas en los ojos pronunció una sola palabra que hizo que Michael Tolland se sintiera más feliz que nunca: «Sí.»

Ilusionados, compraron una casita cerca de Pasadena, donde Celia consiguió empleo de profesora de ciencias. Aunque el sueldo era modesto, algo era algo, y además el lugar estaba cerca del Instituto de Oceanografía Scripps, en San Diego, donde Tolland desarrollaba el trabajo con el que siempre había soñado a bordo de un barco de investigación geológica. Dicho trabajo implicaba que él pasara fuera de casa tres o cuatro días seguidos, pero sus reencuentros con Celia siempre eran apasionados y excitantes.

Mientras estaba en el mar, Tolland empezó a grabar en vídeo algunas de sus aventuras para Celia, creando minidocumentales de su trabajo a bordo de la nave. De uno de los viajes regresó con un vídeo casero granulado que había rodado por la ventanilla de un sumergible a gran profundidad, las primeras secuencias jamás filmadas de una jibia quimiotrópica poco común cuya existencia se desconocía. Delante de la cámara, mientras ejercía de narrador, a Tolland le faltaba poco para no salir del submarino de puro entusiasmo.

«En estas profundidades viven literalmente miles de especies no descubiertas —decía—. Apenas hemos arañado la superficie. Ahí abajo hay misterios que no somos capaces de imaginar.»

Celia estaba embelesada con la vivacidad y la concisión científica de su marido. Obedeciendo a un capricho, puso la cinta en su clase de ciencias y la grabación fue todo un éxito. Otros profesores se la pidieron prestada, los padres querían hacer copias. Al parecer, todo el mundo aguardaba impaciente la próxima entrega de Michael. De repente Celia tuvo una idea: llamó a una amiga de la facultad que trabajaba en la NBC y le envió la cinta.

Dos meses después, Michael Tolland pidió a Celia que fuese a dar un paseo con él por Kingman Beach, por la playa, su lugar especial, allí donde siempre acudían a hablar de sus esperanzas y sus sueños.

—Hay algo que quiero decirte —afirmó él.

Celia se detuvo y tomó las manos de su marido mientras el agua les mojaba los pies.

—¿De qué se trata?

Tolland se sentía desbordado.

—La semana pasada me llamaron de la NBC. Creen que podría presentar una serie de documentales sobre los océanos. Es perfecto. Quieren rodar un programa piloto el año que viene. ¿Te lo puedes creer?

Ella, radiante, le dio un beso.

—Desde luego que sí. Vas a estar genial.

Seis meses después, Celia y Tolland navegaban cerca de Catalina cuando ella empezó a quejarse de un dolor en el costado. Lo pasaron por alto unas semanas, pero acabó siendo demasiado insoportable. Celia fue al médico para que se lo miraran.

En un instante la vida de ensueño de Tolland se tornó una pesadilla infernal: Celia estaba enferma. De gravedad.

—Un linfoma en estadio avanzado —explicaron los médicos—. No es frecuente en personas de su edad, aunque hay precedentes.

Celia y Tolland acudieron a infinidad de clínicas y hospitales, hablaron con especialistas, pero la respuesta fue siempre la misma: incurable.

«¡Me niego a aceptarlo!» Tolland dejó de inmediato su empleo en el instituto Scripps, se olvidó del documental de la NBC y concentró todas sus energías y su amor en contribuir a la recuperación de su mujer. Ella también peleó con furia, soportando el dolor con una elegancia que sólo hizo que él la amara más aún. La llevaba a dar largos paseos por Kingman Beach, le preparaba comidas saludables y le hablaba de las cosas que harían cuando ella estuviese mejor.

Pero no pudo ser.

Tan sólo siete meses después, Tolland se hallaba sentado junto a su agonizante mujer en una desnuda sala de hospital. Ya no reconocía su rostro. La ferocidad del cáncer sólo era equiparable a la brutalidad de la quimioterapia. Ella no era más que un esqueleto. Las últimas horas fueron las más duras.

—Michael —dijo ella con la voz rasposa—. Es hora de que me vaya.

—No. —Los ojos de Tolland se humedecieron.

—Eres un superviviente —afirmó su mujer—. Tienes que serlo. Prométeme que volverás a enamorarte.

—No quiero volver a enamorarme nunca. —Lo decía en serio.

—Tendrás que aprender a hacerlo.

Celia murió un cristalino domingo de junio, por la mañana. Michael Tolland se sintió como un barco al que hubiesen arrancado de sus amarras y arrojado a la deriva en un mar embravecido con la brújula hecha pedazos. Estuvo dando vueltas sin control durante semanas. Sus amigos intentaban ayudarlo, pero su orgullo hacía que su compasión se le antojara insoportable.

«Has de tomar una decisión —se dio cuenta al cabo—: trabajar o morir.»

Afianzándose en su propósito, Tolland se volcó en «El increíble mundo de los mares», y el programa prácticamente le salvó la vida. A lo largo de los cuatro años que siguieron se puso de moda. A pesar de los esfuerzos de sus amigos para buscarle pareja, Tolland sólo aguantó un puñado de citas. Todas ellas fueron un desastre o una decepción mutua, de manera que al final él se dio por vencido y culpó a su apretado calendario de viajes de su falta de vida social. Sin embargo, sus mejores amigos conocían el verdadero motivo: sencillamente, Michael Tolland no estaba listo.

Ante él surgió el pozo de extracción del meteorito, que lo apartó de su doloroso ensimismamiento. Se sacudió el pesimismo de sus recuerdos y se aproximó a la abertura. En la oscurecida cúpula, el agua del pozo había adquirido una belleza casi surrealista y mágica. La superficie de la piscina brillaba como un estanque iluminado por la luna. Sus ojos se fijaron en las motas de luz que rielaban en la capa superior del agua, como si alguien hubiese esparcido destellos verdes y azules. Estuvo contemplando largo tiempo el resplandor.

Algo en él se le antojaba peculiar.

A primera vista pensó que la centelleante agua reflejaba el brillo de los proyectores del otro lado de la cúpula, pero después comprendió que no era así. Las partículas poseían un tinte verdoso y parecían latir rítmicamente, como si la superficie del agua estuviese viva, se iluminara desde dentro.

Desconcertado, sobrepasó los pilones para echar un vistazo más de cerca.

Al otro lado de la habisfera, Rachel Sexton salió de la cabina de comunicaciones a la oscuridad. Se detuvo un instante, desorientada por la oscura bóveda que la rodeaba. La habisfera era ahora una enorme caverna, iluminada únicamente por un resplandor incidental producido por los potentes focos al chocar contra la pared norte. Incómoda con la oscuridad que la rodeaba, se dirigió instintivamente hacia la luz, hacia la zona de prensa.

Rachel estaba satisfecha con el resultado de su reunión informativa con el personal de la Casa Blanca. Una vez se hubo recuperado de la sorpresita del presidente, transmitió con soltura todo cuanto sabía del meteorito. Mientras hablaba fue viendo cómo cambiaban las expresiones en los rostros del equipo del presidente: de asombro e incredulidad a confianza y optimismo y, finalmente, reverencial aceptación.

—¿Vida extraterrestre? —oyó decir a alguien—. ¿Sabes lo que eso significa?

—Sí —respondió otro—. Significa que vamos a ganar estas elecciones.

Mientras Rachel se aproximaba a la aparatosa zona de

prensa imaginó el inminente comunicado y no pudo evitar preguntarse si su padre se merecía la apisonadora presidencial que estaba a punto de echársele encima, arrollando su campaña de golpe y porrazo.

La respuesta, naturalmente, era sí.

Cuando Rachel Sexton sentía alguna debilidad por su padre no tenía más que acordarse de su madre, Katherine Sexton. El dolor y la vergüenza instilados por Sedgewick Sexton eran más que reprobables..., volver a casa tarde todas las noches, con aire de suficiencia y oliendo a perfume. La fingida religiosidad tras la que se escudaba su padre, todo ello mientras mentía y engañaba, a sabiendas de que Katherine jamás lo abandonaría.

«Sí —decidió—, el senador Sexton está a punto de recibir su merecido.»

La multitud que abarrotaba la zona de prensa era jovial; todo el mundo tenía una cerveza en la mano. Rachel se abrió paso entre ella sintiéndose como una universitaria en la fiesta de una fraternidad. Se preguntó dónde se habría metido Michael Tolland.

A su lado apareció Corky Marlinson.

—¿Busca a Mike?

Ella se sobresaltó.

—Eh..., no..., bueno, sí.

Corky sacudió la cabeza disgustado.

—Lo sabía. Mike acaba de marcharse. Creo que ha ido a echar una cabezadita. —Entornó los ojos y miró al otro lado de la oscura cúpula—. Aunque me da que aún puede darle alcance. —Le dedicó una sonrisa perruna y lo señaló—. Mike siempre se queda hipnotizado con el agua.

Rachel siguió el dedo de Corky hasta el centro de la cúpula, donde se alzaba la silueta de Michael Tolland, que observaba el agua del pozo de extracción.

—¿Qué hace? —inquirió ella—. Acercarse ahí es peligroso.

Corky sonrió.

—Probablemente esté haciendo pis. Vamos a empujarlo.

Rachel y Corky atravesaron la sombría cúpula en dirección al pozo. Ya cerca de Michael Tolland, Corky exclamó:

—¡Eh, Aquaman! ¿Se te ha olvidado el bañador?

El aludido se volvió. Ni siquiera en la penumbra se le escapó a Rachel que su expresión era de una gravedad inusitada. Su rostro parecía bañado en una extraña luz, como si estuviese iluminado desde abajo.

—¿Va todo bien, Mike? —se interesó ella.

—No exactamente. —Tolland apuntó al agua.

Corky pasó por alto los pilones y se unió a Tolland al borde del pozo. Su humor pareció enfriarse en el acto al ver el agua. Rachel se sumó a ellos, dejando atrás los conos y situándose junto a la abertura. Tras echar un vistazo, le sorprendió ver partículas luminosas verdes y azules en la superficie. Como motas de polvo fluorescente que flotaran en el agua. De un verde vibrante. El efecto era bello.

Tolland cogió un pedazo de hielo del suelo y lo arrojó al agua, que fosforeció en el punto de choque, levantando un repentino destello verde.

—Mike —dijo Corky, inquieto—, por favor, dime que sabes qué es eso.

El aludido frunció el ceño.

—Sé exactamente lo que es. La pregunta es: ¿qué diablos está haciendo ahí?

Capítulo 39

—Son flagelados —dijo Tolland con la vista clavada en la luminiscente agua.

—¿Flatulencias? —soltó un Corky ceñudo—. Habla por ti.

Rachel presintió que Michael Tolland no estaba para bromas.

—No sé cómo ha podido pasar —respondió éste—, pero esta agua contiene dinoflagelados bioluminiscentes.

—¿Dino qué? —inquirió Rachel. «Habla en cristiano.»

—Plancton unicelular capaz de oxidar un catalizador luminiscente llamado luciferina.

«¿Es eso cristiano?»

Tolland suspiró y se dirigió a su amigo.

—Corky, ¿hay alguna posibilidad de que el meteorito que hemos sacado de ahí tuviera organismos vivos?

Corky rompió a reír.

—Mike, por favor.

—Lo digo en serio.

—No existe ninguna posibilidad. Créeme, si la NASA tuviera el menor presentimiento de que había organismos extraterrestres viviendo en esa roca, puedes estar completamente seguro de que jamás la habrían extraído al aire libre.

Tolland no se mostró completamente satisfecho. Su alivio estaba, al parecer, empañado por un misterio mayor.

—No puedo asegurarlo sin un microscopio —afirmó—, pero me da la impresión de que eso es plancton bioluminiscente del filo *Pyrrophyta*, que significa planta de fuego. El océano Ártico está lleno.

Corky se encogió de hombros.

—Entonces, ¿por qué preguntas si proceden del espacio?

—Porque el meteorito estaba sepultado en hielo glaciar, es decir, agua dulce procedente de nevadas —replicó Tolland—. El agua de ese pozo tiene un origen glaciar y ha estado congelada trescientos años. ¿Cómo han podido llegar hasta ahí criaturas oceánicas?

La pregunta provocó un largo silencio.

Rachel se hallaba al borde de la piscina, intentando darle algún sentido a lo que estaba mirando. «Plancton bioluminiscente en el pozo de extracción. ¿Qué significa eso?»

—Ahí abajo ha de haber alguna grieta —aventuró Tolland—. Es la única explicación. El plancton debe de haberse colado en el pozo por una fisura en el hielo que ha permitido que entre agua del océano.

Rachel no lo entendía.

—¿Que entre? ¿De dónde? —Recordó el largo trayecto en el IceRover desde el océano—. La costa está a más de tres kilómetros de aquí.

Tanto Corky como Tolland miraron a Rachel con cara rara.

—A decir verdad, el océano está justo debajo de nosotros —contestó Corky—. Esta placa de hielo flota.

Ella miró fijamente a ambos hombres, se sentía perpleja.

—¿Flota? Pero... estamos en un glaciar.

—Sí, estamos en un glaciar —confirmó Tolland—, pero no en tierra. A veces los glaciares se separan de una masa continental y se desplazan por el agua. Dado que el hielo es más ligero que el agua, el glaciar simplemente continúa desplazándose, flotando en el océano como una enorme balsa de hielo. Ésa es la definición de una plataforma..., la sección flotante de un glaciar. —Hizo una pausa—. De hecho, ahora mismo estamos a casi un kilómetro y medio de la costa.

Estupefacta, Rachel se puso en guardia en el acto. Al ajustar la imagen que se había hecho del entorno, la idea de hallarse sobre el océano Ártico trajo consigo una sensación de miedo.

Tolland pareció intuir su inquietud y estampó el pie en el hielo para tranquilizarla.

—No se preocupe. Este hielo tiene casi cien metros de grosor, sesenta de los cuales flotan bajo el agua como un cubito de hielo en un vaso. Eso hace que la plataforma sea muy estable. Aquí encima podría levantarse un rascacielos.

Rachel asintió débilmente, no muy convencida. Dudas aparte, ahora entendía la teoría del origen del plancton que había elaborado Tolland. «Cree que hay una grieta que desciende hasta el océano y permite que el plancton suba al pozo por ella.» Resultaba factible, decidió ella, y sin embargo implicaba una paradoja que se le antojaba preocupante. Norah Mangor había sido muy clara en lo tocante a la integridad del glaciar, ya que había efectuado multitud de pruebas para confirmar su solidez.

Rachel miró a Tolland.

—Creía que la perfección del glaciar era la piedra angular de los registros utilizados para fechar los estratos. ¿Acaso no dijo la doctora Mangor que el glaciar no presentaba grietas ni fisuras?

Corky frunció el entrecejo.

—Parece que la reina del hielo ha metido la pata.

«No lo digas muy alto —pensó ella— o acabarás con un picador de hielo clavado en la espalda.»

Tolland se acarició el mentón mientras observaba las fosforescentes criaturas.

—No hay otra explicación posible. Tiene que haber una grieta. El peso de la plataforma en el océano debe de estar haciendo que llegue agua del mar con plancton al pozo.

«Pues menuda grieta —pensó Rachel. Si el hielo medía casi cien metros de grosor y el pozo tenía unos sesenta de profundidad, la supuesta grieta tenía que atravesar treinta y tantos metros de hielo sólido—. Las muestras de Norah Mangor no indicaban que hubiese ninguna grieta.»

—Hazme un favor —pidió Tolland a Corky—. Ve a buscar a Norah. Esperemos que sepa algo de este glaciar que no nos haya contado. Y a Ming. Puede que él pueda decirnos qué son esos bichitos brillantes.

Corky se fue.

—Y date prisa —pidió Tolland, volviendo a mirar el orificio—. Juraría que la bioluminiscencia se está debilitando.

Rachel miró el pozo: sí, el verde había perdido intensidad.

Tolland se quitó el anorak y se tumbó en el hielo, junto a la abertura.

Rachel miraba, confusa.

—¿Mike?

—Quiero averiguar si está entrando agua salada.

—¿Tumbándose en el hielo sin abrigo?

—Ajá. —El científico gateó hasta el borde de la piscina y, mientras sujetaba una manga de la prenda sobre el borde, dejó que la otra quedara colgando hasta que el puño rozó el agua—. Ésta es una prueba de salinidad extremadamente precisa utilizada por oceanógrafos de primera. Se llama chupar una chaqueta mojada.

Fuera, en la plataforma de hielo, Delta Uno forcejeaba con los controles, tratando de que el dañado microbot siguiera sobrevolando el grupo que se había reunido en torno al pozo de excavación. A juzgar por los sonidos de las conversaciones que se estaban desarrollando allí abajo, las cosas se estaban desenredando de prisa.

—Llamad al mando —ordenó—. Tenemos un grave problema.

Capítulo 40

Gabrielle Ashe había efectuado el recorrido turístico de la Casa Blanca infinidad de veces de joven, soñando secretamente que algún día acabaría trabajando en la mansión presidencial y formaría parte del escogido equipo que decidía el futuro del país. Sin embargo, en ese instante habría preferido estar en cualquier otra parte del mundo.

Cuando el agente del servicio secreto de la East Gate la condujo a un ornado vestíbulo, Gabrielle se preguntó qué demonios intentaba demostrar su anónimo informador. Invitarla a la Casa Blanca era demencial. «¿Y si me ve alguien?» Siendo como era la mano derecha del senador Sexton, Gabrielle últimamente había aparecido bastante en los medios. Sin duda alguien la reconocería.

—¿Señorita Ashe?

Gabrielle levantó la cabeza. Allí, en el vestíbulo, un vigilante de rostro bondadoso le dirigió una amable sonrisa.

—Mire ahí, por favor —dijo señalando con el dedo.

Gabrielle miró a donde le indicaba y se vio cegada por un flash.

—Gracias, señora. —El hombre la condujo hasta una mesa y le ofreció un bolígrafo—. Por favor, firme en el libro de visitas. —Le puso delante un grueso tomo encuadernado en piel.

Gabrielle miró el libro: la página que tenía delante estaba en blanco. Recordó haber oído en una ocasión que todos los visitantes de la Casa Blanca firmaban en una página en blanco para preservar la privacidad de la visita. Estampó su firma.

«Adiós a una reunión secreta.»

Tras pasar por un detector de metales, Gabrielle se sometió al cacheo de rigor.

El guarda sonrió.

—Disfrute de la visita, señorita Ashe.

Gabrielle siguió al agente secreto unos quince metros por un pasillo embaldosado hasta un segundo mostrador de seguridad. Allí, otro vigilante se hallaba preparando un pase de invitado que estaba saliendo de una laminadora en ese preciso instante. Lo perforó, introdujo un cordón por el orificio y se lo colgó a Gabrielle del cuello. El plástico aún estaba caliente. La foto de la tarjeta era la instantánea que le habían tomado quince segundos antes.

Gabrielle estaba impresionada. «Para que luego digan que el gobierno no es eficiente.»

Siguieron adelante. El agente del servicio secreto la guiaba hacia las entrañas del complejo. Gabrielle se sentía más inquieta con cada paso que daba. A quienquiera que le hubiese ofrecido la misteriosa invitación no le preocupaba lo más mínimo que el encuentro se celebrara en privado: ella disponía de una acreditación oficial, había firmado en el libro y ahora caminaba a la vista de todo el mundo por la primera planta de la Casa Blanca, donde se reunían los visitantes del lugar.

—Y ésta es la Sala de la Porcelana —decía una guía a un grupo de turistas—, que alberga la porcelana de filo rojo de Nancy Reagan. Cada cubierto costó 952 dólares, lo que avivó la controversia sobre el consumo ostentoso en 1981.

El agente dejó atrás a los visitantes y enfiló hacia una gran escalera de mármol por la que subía otro grupo.

—Están a punto de entrar en la Sala Este, que mide

casi trescientos metros cuadrados —contaba la guía—, donde Abigail Adams tendía la colada de John Adams. A continuación pasaremos a la Sala Roja, donde Dolley Madison emborrachaba a los jefes de Estado invitados antes de que James Madison negociara con ellos.

Los turistas rieron.

Gabrielle salvó la escalera y, tras franquear una serie de cordones y barreras, llegó a una sección más privada del edificio, donde entraron en una estancia que sólo había visto en libros y en la televisión. Se quedó sin aliento.

«Dios mío, ¡si es la Sala de Mapas!»

Allí no llegaban los grupos de turistas. Los paneles de madera de las paredes se podían abrir hacia afuera para dejar a la vista un sinfín de mapas del mundo. Ése era el lugar donde Roosevelt había trazado el rumbo de la segunda guerra mundial y —un dato más inquietante— también la habitación desde la que Clinton admitió su aventura con Monica Lewinsky. Gabrielle apartó esa imagen de su cabeza. Lo más importante era que por la Sala de Mapas se accedía al Ala Oeste, la zona donde trabajaban quienes realmente ostentaban el poder. El último sitio al que Gabrielle Ashe habría esperado ir. Había supuesto que el correo era de algún empleado joven y emprendedor que trabajaba en alguno de los despachos más triviales, pero por lo visto no era así.

«Me dirijo al Ala Oeste...»

El agente del servicio secreto la llevó hasta el fondo de un pasillo alfombrado y se detuvo ante una puerta donde no había placa alguna. Llamó. Gabrielle sentía el corazón acelerado.

—Está abierta —afirmó alguien desde dentro.

El hombre abrió y le cedió el paso a Gabrielle.

Ella entró. Las persianas estaban bajadas, y la habitación se hallaba en penumbra. Distinguió la vaga silueta de alguien sentado a una mesa a oscuras.

—¿Señorita Ashe? —La voz llegó tras una bocanada de humo—. Bienvenida.

Cuando sus ojos se acostumbraron a la oscuridad, Gabrielle comenzó a reconocer un rostro alarmantemente familiar, y la sorpresa le puso el cuerpo en tensión. «¿*Ella* es quien ha estado enviándome los correos?»

—Gracias por venir —dijo Marjorie Tench con frialdad.

—¿Señorita... Tench? —balbució Gabrielle, de repente incapaz de respirar.

—Llámeme Marjorie. —El esperpento se levantó, expulsando humo por la nariz como si fuese un dragón—. Usted y yo vamos a ser buenas amigas.

Capítulo 41

Norah Mangor se hallaba al borde del pozo de extracción junto a Tolland, Rachel y Corky, con la vista clavada en el negrísimo agujero del que habían sacado el meteorito.

—Mike —observó—, eres muy mono, pero estás loco. Aquí no hay bioluminiscencia.

Tolland deseó que se le hubiera ocurrido haberlo grabado en vídeo, ya que, mientras Corky iba en busca de Norah y Ming, la bioluminiscencia había empezado a desvanecerse de prisa. En cuestión de minutos, el centelleo había cesado sin más.

Tolland arrojó otro pedazo de hielo al agua, pero no ocurrió nada. Ningún destello verde.

—¿Adónde han ido? —inquirió Corky.

Tolland tenía una hipótesis bastante buena. La bioluminiscencia —uno de los mecanismos de defensa más ingeniosos de la naturaleza— era una respuesta natural del plancton cuando se hallaba en peligro. Cuando el plancton presentía que estaba a punto de ser ingerido por organismos mayores, empezaba a lanzar destellos con la esperanza de atraer predadores superiores que espantasen a los primeros atacantes. En el caso que les ocupaba, el plancton, tras haberse introducido en el pozo por una grieta, se había visto de pronto en un entorno principalmente de agua dulce y se había iluminado presa del pánico a medida que esta agua lo iba matando poco a poco.

—Creo que han muerto.

—Los han asesinado —se burló Norah—. El conejito de Pascua se echó al agua y se los comió.

Corky la fulminó con la mirada.

—Yo también vi la luminiscencia, Norah.

—¿Y eso fue antes o después de tomar LSD?

—¿Por qué íbamos a mentir sobre esto? —planteó Corky.

—Los hombres mienten.

—Ya, sobre lo de acostarse con otras mujeres, pero no sobre el plancton bioluminiscente.

Tolland exhaló un suspiro.

—Norah, como sin duda sabrás, el plancton vive en los océanos, bajo el hielo.

—Mike —replicó ella, furiosa—, no seas condescendiente conmigo, por favor. Para que conste, hay más de doscientas especies de diatomeas que viven bajo las plataformas de hielo del Ártico; catorce especies de nanoflagelados autótrofos; veinte flagelados heterótrofos; cuarenta dinoflagelados heterótrofos, y varios metazoos, incluidos poliquetos, anfípodos, copépodos, eufáusidos y peces. ¿Alguna pregunta?

Tolland frunció el ceño.

—Está claro que sabes más de fauna ártica que yo y coincides conmigo en que debajo de nosotros hay mucha vida, así que ¿por qué dudas que hayamos visto plancton bioluminiscente?

—Porque este pozo está sellado, Mike. Es un medio cerrado de agua dulce. En él no podría colarse plancton oceánico.

—A mí el agua me supo salada —insistió Tolland—. Muy poco, pero me supo. No sé cómo, pero ahí está entrando agua salada.

—Vale —respondió ella con escepticismo—. El agua te supo a sal. Chupaste la manga de un anorak viejo y sudado y has decidido que las imágenes del PODS y quince muestras distintas son erróneas.

Tolland le ofreció la humedecida manga del anorak a modo de prueba.

—Mike, no voy a chupar tu puñetera chaqueta. —Miró al pozo—. ¿Podría preguntar por qué una multitud de supuesto plancton decidió introducirse en la supuesta grieta?

—¿Por el calor? —repuso él—. Un montón de animales marinos se sienten atraídos por el calor. Cuando sacamos el meteorito lo calentamos. Puede que el plancton se dirigiese instintivamente hacia el medio temporalmente más cálido del pozo.

Corky asintió.

—Suena lógico.

—¿Lógico? —Norah revolvió los ojos—. ¿Sabéis qué? Que para ser un físico galardonado y un oceanógrafo famoso sois dos especímenes bastante duros de mollera. ¿Se os ha ocurrido pensar que, aunque haya una grieta (que os aseguro que no la hay), es físicamente imposible que en este pozo entre agua del mar? —Los miró a ambos con patético desdén.

—Pero Norah... —empezó Corky.

—Caballeros, nos encontramos por encima del nivel del mar. —Estampó un pie en el hielo—. ¡Por favor! Esta plataforma se eleva unos treinta metros sobre el nivel del mar. ¿Os acordáis por casualidad del gran acantilado que hay al final de la plataforma? Estamos por encima del océano. Si en el pozo hubiera una fisura, el agua saldría, no entraría. Se llama gravedad.

Tolland y Corky se miraron.

—Mierda —exclamó el segundo—, no se me había ocurrido.

Norah señaló el agua de la piscina.

—Puede que también hayáis reparado en que el nivel de agua permanece estable.

Tolland se sentía estúpido: Norah tenía toda la razón. De haber habido una grieta, el agua escaparía por ella, no entraría. Guardó silencio largo rato, preguntándose qué hacer a continuación.

—Bien —suspiró—. Al parecer, la teoría de la fisura no tiene sentido. Pero vimos bioluminiscencia en el agua. La única conclusión es que éste no es un medio cerrado. Soy consciente de que gran parte de los datos que has barajado para fechar el hielo se basan en la premisa de que el glaciar es un bloque sólido, pero...

—¿Premisa? —A todas luces Norah empezaba a inquietarse—. No olvides que no son sólo mis datos, Mike. La NASA sacó las mismas conclusiones. Todos confirmamos que el glaciar es sólido. No hay grietas.

Tolland miró al otro lado de la cúpula, hacia la multitud que se congregaba en la zona donde se celebraría la rueda de prensa.

—No sé lo que está pasando, pero creo sinceramente que deberíamos informar al administrador y...

—¡Déjate de gilipolleces! —gritó Norah—. Te estoy diciendo que esta matriz es prístina. No estoy dispuesta a permitir que mis datos sean cuestionados por una manga salada y unas alucinaciones absurdas. —Corrió hacia un área de suministro cercana y comenzó a coger instrumentos—. Tomaré una muestra de agua como Dios manda y te demostraré que no contiene plancton marino, ni vivo ni muerto.

Rachel y el resto observaron cómo Norah utilizaba una pipeta estéril suspendida de una cuerda para coger una muestra de agua de la piscina. A continuación dispuso varias gotas en un aparato minúsculo parecido a un telescopio en miniatura y miró por el ocular, situando el aparato de cara a la luz que emanaba del otro extremo de cúpula. Al cabo de unos segundos soltó una imprecación.

—¡Madre mía! —Norah movió el aparato y volvió a mirar—. ¡Maldita sea! Seguro que a este refractómetro le pasa algo.

—¿Agua salada? —se regodeó Corky.

Norah frunció la frente.

—En parte. Un tres por ciento, lo cual es absolutamente imposible. Este glaciar es de nieve. Agua dulce pura. No debería haber sal. —Llevó la muestra hasta un microscopio cercano y la examinó. Soltó un gruñido.

—¿Plancton? —sugirió Tolland.

—G. *polyhedra* —repuso ella, con voz ahora calmada—. Es un plancton que los glaciólogos solemos ver en los océanos bajo plataformas de hielo. —Miró a Tolland—. Muerto. Es evidente que no sobrevivió mucho tiempo en un entorno con un tres por ciento de agua salada.

Los cuatro permanecieron en silencio un instante junto al profundo pozo.

Rachel se preguntó cómo repercutiría esa paradoja en el descubrimiento. El dilema parecía secundario en comparación con la magnitud del meteorito y, sin embargo, como analista de inteligencia, había presenciado el fracaso de teorías enteras por problemas más nimios que ése.

—¿Qué está pasando aquí? —inquirió una voz grave.

Todos levantaron la cabeza. De la oscuridad surgió el corpachón del administrador de la NASA.

—Un dilema menor con el agua del pozo —repuso Tolland—. Estamos tratando de solucionarlo.

Corky casi sonó jubiloso.

—Los datos de Norah son una mierda.

—Quién me mandará... —susurró la aludida.

El administrador se acercó, bajando las pobladas cejas.

—¿Qué les pasa a los datos?

Tolland profirió un suspiro vacilante.

—Hemos registrado un tres por ciento de agua salada en el pozo, lo que contradice el informe de glaciología según el cual el meteorito se hallaba incrustado en un glaciar prístino de agua dulce. —Hizo una pausa—. Y además hay plancton.

Ekstrom casi parecía enfadado.

—Está claro que es imposible: en este glaciar no hay fisuras. Las imágenes del PODS lo confirmaron. El meteorito se hallaba sellado en una matriz de hielo sólido.

Rachel sabía que Ekstrom tenía razón. Según los escáneres de densidad de la NASA, el manto de hielo era sólido como una roca. El meteorito estaba rodeado de metros y metros de glaciar congelado. Sin grietas. Y, sin embargo, al recordar cómo se realizaban los escáneres de densidad, Rachel tuvo una extraña idea...

—Además —decía Ekstrom—, las muestras de la doctora Mangor corroboraron la solidez del glaciar.

—Exacto —intervino ésta al tiempo que dejaba el refractómetro en una mesa—. Confirmación por partida doble. Ninguna traza de falla en el hielo. Con lo que no tenemos ninguna explicación para la sal y el plancton.

—A decir verdad existe otra posibilidad —apuntó Rachel. La fuerza de su voz la sorprendió incluso a ella misma.

La idea la había asaltado desde el más inverosímil de los recuerdos. Sonrió.

—Hay una explicación perfectamente sólida para la presencia de la sal y el plancton. —Lanzó a Tolland una mirada irónica—. Y, francamente, Mike, me extraña que no se le haya ocurrido a usted.

Capítulo 42

—¿Plancton congelado en el glaciar? —Corky Marlinson no parecía muy entusiasmado con la explicación de Rachel—. No pretendo aguarle la fiesta pero, por regla general, cuando las cosas se congelan, mueren. Y esos bichejos lanzaban destellos, ¿se acuerda?

—Lo cierto es que tal vez tenga razón —aseveró Tolland, que miró impresionado a Rachel—. Existen algunas especies que reducen al mínimo las constantes vitales cuando el medio lo exige. Una vez rodé un episodio sobre ese fenómeno.

Rachel asintió.

—Sacó lucios del norte que se congelaban en lagos y tenían que esperar al deshielo para salir nadando. También habló de unos microorganismos llamados osos de agua que se deshidrataron por completo en el desierto, permanecieron décadas así y, cuando las lluvias volvieron, se inflaron nuevamente.

Tolland soltó una risita.

—¿De verdad ve mi programa?

Rachel se encogió de hombros, un tanto avergonzada.

—¿Qué es lo que quiere decir, señorita Sexton? —quiso saber Norah.

—Lo que quiere decir —respondió Tolland—, que es algo en lo que yo debería haber caído antes, es que una de las especies que mencioné en ese programa era una especie de plancton que se congela en el casquete polar en invierno, hiberna en el hielo y se aleja nadando en verano, cuando el casquete polar merma. —Hizo una pausa—. Cierto que las especies que aparecían en el programa no eran las bioluminiscentes que vimos aquí, pero tal vez ocurriera lo mismo.

—El plancton congelado —prosiguió Rachel, entusiasmada con que a Michael Tolland le gustara tanto su idea— podría explicar todo lo que estamos viendo aquí. En algún punto del pasado pudieron abrirse fisuras en el glaciar, que se llenaron con agua salada rica en plancton y después volvieron a congelarse. ¿Y si hubiera bolsas de agua salada congelada en el glaciar? ¿Agua salada congelada que contuviese plancton congelado? Imagine que mientras subían por el hielo el meteorito calentado, éste atravesó una bolsa de agua salada congelada. El hielo con agua salada se habría fundido, liberando el plancton de la hibernación y aportando un pequeño porcentaje de sal al agua dulce.

—¡Por el amor de Dios! —exclamó Norah con un gruñido hostil—. De pronto todo el mundo es glaciólogo.

Corky también parecía escéptico.

—Pero ¿no habría detectado el PODS cualquier bolsa de agua marina en los escáneres de densidad? Al fin y al cabo, el hielo salado y el dulce presentan una densidad distinta.

—No muy distinta —apuntó Rachel.

—Un cuatro por ciento es una diferencia importante —espetó Norah.

—Sí, en un laboratorio —contestó Rachel—. Pero el PODS efectúa sus mediciones desde casi doscientos kilómetros en el espacio. Sus ordenadores fueron diseñados para establecer diferencias obvias: hielo y nieve, granito y caliza. —Se dirigió al administrador—: ¿Me equivoco al suponer que cuando el PODS mide densidades desde el espacio probablemente carece de la suficiente resolución para distinguir entre hielo salado y dulce?

El hombre cabeceó.

—No. Un cuatro por ciento se sitúa por debajo del umbral de tolerancia del PODS. El satélite considera idénticos el hielo salado y el dulce.

Tolland parecía intrigado.

—Esto también explicaría que el nivel de agua del pozo no se vea alterado. —Miró a Norah—. Dijiste que las especies de plancton que viste en el pozo de extracción se llamaban...

—*G. polyhedra* —repuso la científica—. Y si lo que te estás preguntando es si la *G. polyhedra* es capaz de hibernar en el hielo, te encantará saber que la respuesta es sí. Sin duda. La *G. polyhedra* se encuentra en grupos alrededor de plataformas de hielo, es bioluminiscente y puede hibernar en el hielo. ¿Alguna otra pregunta?

Todos se miraron. A juzgar por el tono de Norah, era evidente que había algún pero, y sin embargo parecía que acababa de confirmar la teoría de Rachel.

—Entonces estás diciendo que es posible, ¿no? —aventuró Tolland—. Que esta teoría tiene sentido.

—Claro —replicó ella—, si eres retrasado mental.

Rachel la miró iracunda.

—¿Cómo dice?

Norah Mangor clavó la vista en ella.

—Me figuro que en su trabajo tener ciertos conocimientos es peligroso, ¿no? Bueno, pues créame si le digo que eso mismo vale para la glaciología. —Norah apartó la mirada para posarla en cada una de las cuatro personas que la rodeaban—. A ver si les queda esto claro de una vez por todas. Las bolsas de agua salada de las que habla la señorita Sexton se dan, cierto. Son lo que los glaciólogos denominamos intersticios. Pero los intersticios no se forman como bolsas de agua salada, sino más bien como redes de hielo salado extremadamente ramificadas cuyos brazos tienen el grosor de un cabello humano. Ese meteorito tendría que haber atravesado una barbaridad de densos intersticios para liberar la suficiente agua salada como para proporcionar ese tres por ciento en una piscina de esa profundidad.

Ekstrom frunció el entrecejo.

—Entonces, ¿es posible o no?

—Ni hablar —dijo ella de manera terminante—. Es absolutamente imposible. Habría dado con bolsas de hielo salado en las muestras.

—En esencia, las muestras se toman en puntos aleatorios, ¿no? —inquirió Rachel—. ¿Existe alguna posibilidad de que, por simple mala suerte, el muestreo pasara por alto una bolsa de hielo salado?

—Perforé justo sobre el meteorito y después extraje múltiples muestras a escasos metros a ambos lados. Imposible acercarse más.

—Sólo era una pregunta.

—El punto es discutible —afirmó Norah—. Los intersticios de agua salada sólo se dan en el hielo estacional, el que se forma y se funde en cada estación. La plataforma Milne es hielo rápido, un hielo que se forma en las montañas y se mantiene firme hasta que migra a la zona de ablación y cae al mar. Aunque lo del plancton congelado vendría muy bien para explicar este misterioso fenómeno, os garantizo que no hay redes ocultas de plancton congelado en este glaciar.

El grupo guardó silencio de nuevo.

Pese a la tajante refutación de la teoría del plancton congelado, el sistemático análisis de datos de Rachel se negaba a aceptar el rechazo. Sabía instintivamente que la presencia de plancton congelado en el glaciar que tenían debajo era la solución más sencilla al enigma. «La navaja de Occam —pensó. Sus instructores en la NRO se la habían grabado a fuego en el subconsciente—. Cuando existen multitud de explicaciones, la más sencilla suele ser la correcta.»

Estaba claro que Norah Mangor tenía mucho que perder si sus datos eran erróneos, y Rachel se preguntó si la doctora no habría visto el plancton, se había dado cuenta de que había cometido un error al afirmar que el glaciar era sólido y ahora sólo intentaba borrar sus huellas.

—Yo sólo sé que acabo de informar a todo el personal de la Casa Blanca de que se ha descubierto un meteorito en una matriz de hielo prístina. Que la roca llevaba allí, protegida de cualquier influencia exterior, desde 1716, momento en que se desprendió de un famoso meteorito llamado *Jungersol*, un dato que ahora parece estar en duda.

El administrador de la NASA guardaba silencio con expresión grave.

Tolland se aclaró la garganta.

—Estoy de acuerdo con Rachel. Había agua salada y plancton en la piscina. Sea cual sea la explicación, está claro que ese pozo no es un entorno cerrado. No podemos afirmar semejante cosa.

Corky parecía incómodo.

—Eh..., chicos, no quiero ir de astrofísico, pero en mi campo, cuando cometemos errores, por lo general estamos hablando de miles de millones de años. ¿De verdad es tan importante este pequeño lío con el plancton y el agua salada? Es decir, la perfección del hielo que rodea el meteorito no afecta en modo alguno al meteorito en sí, ¿no? Y tenemos los fósiles. Nadie pone en duda su autenticidad. Si se demuestra que hemos cometido un error con los datos del hielo, a nadie le importará. Lo único importante será que hemos encontrado pruebas de vida en otro planeta.

—Lo siento, doctor Marlinson —apuntó Rachel—, pero me gano la vida analizando datos y no estoy de acuerdo. Cualquier error, por pequeño que sea, en los datos que la NASA ofrecerá esta tarde puede poner en duda la credibilidad de todo el descubrimiento. Incluida la autenticidad de los fósiles.

Corky se quedó boquiabierto.

—Pero ¿qué está diciendo? ¡Esos fósiles son irrefutables!

—Yo lo sé, y usted lo sabe. Pero si el público se entera de que la NASA presentó unos datos cuestionables a sabiendas, créame: se empezará a preguntar en el acto en qué más ha mentido la agencia.

Norah dio un paso adelante. Sus ojos echaban chispas.

—Mis datos no son cuestionables. —Se volvió hacia el administrador—. Puedo demostrarle de forma categórica que no hay hielo salado atrapado en esta plataforma de hielo.

El aludido la miró largo tiempo.

—¿Cómo?

Norah explicó resumidamente su plan y, cuando hubo terminado, Rachel tuvo que admitir que la idea parecía razonable.

El administrador no parecía tan seguro.

—Y ¿los resultados serán definitivos?

—La confirmación será del ciento por ciento —le aseguró Norah—. Si hay una puñetera pizca de agua salada congelada cerca del pozo del que extrajimos el meteorito, la verá. Hasta unas miserables gotas se iluminarán en mi equipo como si fuese Times Square.

La frente del administrador se arrugó bajo su corte de pelo militar.

—No disponemos de mucho tiempo. Faltan un par de horas para la rueda de prensa.

—Estaré de vuelta dentro de veinte minutos.

—¿Cuánto decía que tenía que adentrarse en el glaciar?

—No mucho. Unos doscientos metros bastarán.

Ekstrom asintió.

—¿Está segura de que no hay peligro?

—Me llevaré bengalas —respondió ella—. Y Mike vendrá conmigo.

Tolland levantó la cabeza de golpe.

—¿Qué?

—Lo que has oído, Mike. Iremos encordados. No me vendrán mal unos brazos fuertes si el viento arrecia.

—Pero...

—Tiene razón —terció el administrador dirigiéndose a Tolland—. Si va, no puede ir sola. Enviaría a algunos de mis hombres con ella pero, francamente, preferiría que este asunto del plancton quedara entre nosotros hasta que averigüemos si es un problema o no.

Tolland asintió a regañadientes.

—A mí también me gustaría ir —se ofreció Rachel.

Norah se revolvió como una cobra.

—Ni hablar.

—A decir verdad —habló el administrador, como si acabara de tener una idea—, creo que me sentiría mejor si utilizásemos el encordado cuádruple estándar. Si sólo van los dos y Mike resbala, usted no podrá con él. Con cuatro personas la seguridad es mucho mayor que con dos. —Hizo una pausa y miró a Corky—. Así que usted o el doctor Ming... —Ekstrom echó un vistazo a la habisfera—. Por cierto, ¿dónde está el doctor Ming?

—Llevo un buen rato sin verlo —repuso Tolland—. Se estará echando una siesta.

El administrador se dirigió a Corky.

—Doctor Marlinson, no puedo ordenarle que vaya con ellos, y sin embargo...

—¿Por qué no? —replicó Corky—. Ya que todo el mundo se lleva tan bien.

—¡No! —se opuso Norah—. Cuatro personas nos frenarán. Mike y yo iremos solos.

—No irán solos. —El tono del administrador era terminante—. Si las encordadas son de cuatro, por algo será. Haremos esto de la manera más segura posible. Sólo me faltaba que alguien sufriera un accidente dos horas antes de la mayor rueda de prensa de la historia de la NASA.

Capítulo 43

Gabrielle Ashe sintió una incertidumbre precaria al sentarse en el despacho de Marjorie Tench. El aire estaba cargado. «¿Qué puede querer esta mujer de mí?» Tras la única mesa de la estancia, Tench se reclinó en su silla. Los duros rasgos parecían irradiar satisfacción por la incomodidad de Gabrielle.

—¿Le molesta el humo? —preguntó Tench mientras sacaba un cigarrillo del paquete.

—No —mintió Gabrielle.

De todas formas, la otra ya lo estaba encendiendo.

—Usted y su candidato se han interesado mucho por la NASA en esta campaña.

—Es cierto —convino Gabrielle, sin esforzarse en ocultar su ira—, gracias a cierto empuje creativo. Me gustaría que me diera usted una explicación.

Tench hizo un inocente mohín.

—¿Quiere saber por qué he estado enviándole información que avivara su ataque a la NASA?

—Esa información perjudica a su presidente.

—A corto plazo, sí.

El tono agorero de Tench le resultó inquietante.

—¿Qué se supone que significa eso?

—Relájese, Gabrielle. Mis correos no supusieron una gran diferencia. El senador Sexton ya estaba machacando a la NASA mucho antes de que yo interviniera. Yo sólo lo ayudé a aclarar el mensaje, a reforzar su posición.

—¿A reforzar su posición?

—Exacto. —Tench sonrió, dejando al descubierto unos dientes manchados—. Lo que, debo admitir, hizo con gran convicción esta tarde en la CNN.

Gabrielle recordó la reacción del senador a la pregunta trampa de Tench. «Sí, tomaría medidas para suprimir la NASA.» Sexton se había dejado arrinconar, pero había salido airoso con un golpe directo. Era lo correcto, ¿no? A tenor de la cara de satisfacción de Tench, Gabrielle intuía que se estaba perdiendo algo.

De pronto la asesora se puso de pie. Su larguirucho cuerpo dominaba el abarrotado espacio. Con el cigarrillo colgándole de los labios, se dirigió a una caja fuerte empotrada en una pared, sacó un grueso sobre de papel manila, volvió al escritorio y se sentó.

Gabrielle miró el abultado sobre.

Tench sonrió, sosteniendo el sobre en el regazo igual que si de un jugador de póquer con una escalera real se tratara. Sus amarillentos dedos toqueteaban una esquina, haciendo un molesto ruido repetitivo, como si saboreara el momento por adelantado.

Gabrielle sabía que no era más que su mala conciencia, pero sus primeros temores fueron que el sobre contuviera pruebas de su indiscreción sexual con el senador. «Ridículo», pensó. El encuentro se había producido tras horas de encierro en el despacho de Sexton. Por no mencionar que si la Casa Blanca tuviese alguna prueba, ya la habría hecho pública.

«Puede que sospechen algo —se dijo—, pero carecen de pruebas.»

Tench aplastó el cigarrillo.

—Señorita Ashe, tanto si es consciente de ello como si no, está usted atrapada en una batalla que lleva luchándose en Washington entre bastidores desde 1996.

El gambito no era lo que esperaba Gabrielle.

—¿Cómo dice?

Tench encendió otro pitillo. Los delgados labios se aferraron a él, y la punta se puso al rojo.

—¿Qué sabe de un proyecto de ley llamado Ley de Fomento de la Comercialización del Espacio?

Gabrielle no había oído hablar de él. Se encogió de hombros, perdida.

—¿De veras? —dijo Tench—. Me sorprende, teniendo en cuenta la plataforma de su candidato. La Ley de Fomento de la Comercialización del Espacio fue propuesta en 1996 por el senador Walker. El proyecto, básicamente, menciona que la NASA no ha sido capaz de hacer nada que merezca la pena desde que llevó al hombre a la Luna, y pide la privatización de la agencia mediante la venta inmediata de acciones a compañías aeroespaciales privadas, lo que permitiría que el sistema de libre mercado explorara el espacio con mayor eficiencia y aliviaría la carga que pesa sobre los contribuyentes.

Gabrielle había oído sugerir a los críticos de la NASA la privatización como solución a los males que aquejaban a la agencia, pero no sabía que la idea hubiese adoptado la forma de proyecto de ley oficial.

—Ese proyecto de comercialización —continuó Tench— ya ha sido presentado al Congreso cuatro veces, es similar a otros que consiguieron privatizar industrias gubernamentales como la de la producción de uranio. El Congreso ha aprobado el proyecto de comercialización del espacio las cuatro veces que lo ha visto. Por suerte, la Casa Blanca lo ha vetado todas ellas. Zach Herney ha tenido que ponerle veto en dos ocasiones.

—¿Adónde quiere llegar?

—Quiero llegar a que éste es un proyecto que sin duda el senador Sexton respaldaría si se alzara con la presidencia. Tengo motivos para creer que Sexton no se andará con chiquitas en lo tocante a vender acciones de la NASA a postores comerciales a la menor ocasión. En suma, su candidato preferiría la privatización a que sean los dólares de los contribuyentes los que financien la exploración del espacio.

—Que yo sepa, el senador no ha hablado nunca públicamente de su postura con respecto a ninguna Ley de Fomento de la Comercialización del Espacio.

—Cierto. Y, sin embargo, conociendo su política, supongo que no le sorprendería a usted que la respaldase.

—Los sistemas de libre mercado tienden a generar eficiencia.

—Tomaré esa respuesta como un sí. —Tench clavó la vista en ella—. Lo triste es que la privatización de la NASA es una idea terrible, y hay un sinfín de razones por las cuales todas las administraciones de la Casa Blanca la han echado por tierra desde el principio.

—He oído los argumentos en contra de la privatización del espacio —respondió Gabrielle—, y entiendo su preocupación.

—¿Ah, sí? —Tench se inclinó hacia ella—. ¿Qué argumentos ha oído usted?

Gabrielle se revolvió en la silla con incomodidad.

—Bueno, temores puramente teóricos en su mayor parte; el más habitual, que si privatizamos la NASA, nuestro actual afán de conocimientos científicos sobre el espacio no tardará en ser abandonado en favor de empresas más lucrativas.

—Cierto. La ciencia espacial moriría en un abrir y cerrar de ojos. En lugar de destinar dinero al estudio del universo, las empresas espaciales privadas explotarían a cielo abierto los asteroides, construirían hoteles turísticos en el espacio, ofrecerían servicios de lanzamiento de satélites comerciales. ¿Por qué iban las empresas privadas a molestarse en estudiar los orígenes del universo si ello les costaría miles de millones de dólares y no obtendrían beneficios económicos?

—No se molestarían —respondió Gabrielle—. Pero también se podría crear una Fundación Nacional para la Ciencia Aeroespacial que financiase misiones académicas.

—Eso ya lo tenemos. Se llama NASA.

Gabrielle guardó silencio.

—El abandono de la ciencia en favor de los beneficios es algo secundario —aseveró Tench—. Apenas relevante en comparación con el profundo caos que se derivaría del hecho de que el sector privado campara por sus respetos en el espacio. Reviviríamos la época del lejano Oeste. Veríamos a pioneros reclamando territorios en la Luna y en asteroides y protegiendo sus reivindicaciones por la fuerza. Han llegado a mis oídos peticiones de empresas que quieren construir letreros de neón que lancen anuncios en el cielo por la noche. He visto peticiones de hoteles espaciales y atracciones turísticas entre cuyas operaciones se encuentran arrojar sus desechos al vacío y crear basureros orbitantes. Ayer, sin ir más lejos, leí una propuesta de una empresa que quiere convertir el espacio en un mausoleo poniendo en órbita a los difuntos. ¿Se imagina?, nuestros satélites de comunicaciones chocando contra cadáveres... La semana pasada vino al despacho un director general multimillonario que solicitaba la puesta en marcha de una misión a un asteroide cercano para aproximarlo a la Tierra y explotarlo en busca de metales preciosos. Tuve que recordarle que arrastrar asteroides para situarlos en una órbita cercana a la terrestre entrañaba el riesgo de provocar una catástrofe universal. Señorita Ashe, puedo asegurarle que si este proyecto de ley es aprobado, las hordas que correrán al espacio no serán de ingenieros aeronáuticos, sino de empresarios con los bolsillos anchos y las miras estrechas.

—Unos argumentos convincentes —admitió Gabrielle—. Y estoy segura de que el senador los sopesaría con atención si llegara a hallarse en situación de votar el proyecto de ley. ¿Me permite que le pregunte qué tiene todo esto que ver conmigo?

Tench entornó los ojos por encima del cigarrillo.

—Hay un montón de gente que espera ganar fortunas en el espacio, y el cabildeo político se prepara para eliminar las restricciones y abrir las compuertas. La capacidad de veto del despacho presidencial es la única barrera que queda contra la privatización..., contra la anarquía absoluta en el espacio.

—En tal caso elogio a Zach Herney por vetar el proyecto.

—Mi temor es que su candidato no vaya a ser tan prudente si resulta elegido.

—Como le decía, me figuro que el senador sopesaría el asunto con atención si llegara a tener que enjuiciar el proyecto.

Tench no parecía muy convencida.

—¿Sabe cuánto gasta el senador Sexton en propaganda en los medios?

La pregunta la pilló desprevenida.

—Esas cifras son de dominio público.

—Más de tres millones al mes.

Gabrielle se encogió de hombros.

—Si usted lo dice.

La cifra era bastante aproximada.

—Eso es mucho dinero.

—Es que tiene mucho dinero.

—Sí, las cosas le salieron bien. O, mejor dicho, se casó bien. —Tench hizo una pausa para expulsar una bocanada de humo—. Muy triste, lo de su esposa Katherine. Su muerte fue un duro golpe para él. —Al comentario siguió un suspiro trágico, claramente fingido—. No hace mucho de eso, ¿no?

—Vaya al grano o me marcho.

La asesora sufrió un repentino acceso de tos y, acto seguido, echó mano del abultado sobre, del que sacó un montoncito de papeles grapados que entregó a Gabrielle.

—El historial financiero de Sexton.

Ella examinó los documentos estupefacta: la información se remontaba varios años. Aunque Gabrielle no estaba al tanto de los movimientos internos de su jefe, intuyó que los datos eran auténticos: cuentas bancarias, tarjetas de crédito, préstamos, acciones, propiedades, deudas, plusvalías y pérdidas.

—Estos datos son privados. ¿De dónde los ha sacado?

—Mis fuentes no son de su incumbencia, pero si dedica algún tiempo a estudiar estas cifras verá claramente que el senador Sexton no tiene todo el dinero que se está gastando. Cuando Katherine murió, el senador dilapidó la mayor parte del legado de su esposa en inversiones desafortunadas, en lujos personales y en la compra de lo que parece ser una victoria segura en las primarias. Hace tan sólo seis meses su candidato estaba sin blanca.

Gabrielle presintió que debía de tratarse de un farol. Si Sexton estaba arruinado, sin duda no daba esa impresión, ya que, semana a semana, cada vez compraba más tiempo destinado a propaganda electoral.

—En la actualidad, su candidato está gastando cuatro veces más que el presidente —continuó Tench—. Y carece de dinero personal.

—Recibimos multitud de donaciones.

—Sí, algunas legales.

Gabrielle alzó la cabeza como un resorte.

—¿Cómo dice?

La asesora se inclinó sobre la mesa, y Gabrielle notó que el aliento le olía a nicotina.

—Gabrielle Ashe, voy a hacerle una pregunta, y le sugiero que lo piense muy bien antes de responder. De ello podría depender que se pase los próximos años en la cárcel. ¿Sabía usted que el senador Sexton está aceptando para su campaña cuantiosos sobornos ilegales de compañías aeroespaciales que ganarán miles de millones de dólares si la NASA se privatiza?

Gabrielle la miró fijamente.

—¡Esa acusación es absurda!

—¿Quiere decir que desconoce usted esa actividad?

—Creo que si el senador estuviese aceptando sobornos de la magnitud que usted sugiere, yo lo sabría.

Tench sonrió con frialdad.

—Gabrielle, comprendo que el senador ha compartido bastantes cosas con usted, pero le aseguro que hay muchas otras que no sabe de él.

La joven se puso en pie.

—La reunión ha terminado.

—De eso nada —afirmó Tench al tiempo que sacaba el resto de los papeles del sobre y los extendía sobre la mesa—. La reunión no ha hecho sino empezar.

Capítulo 44

En el *camerino* de la habisfera, Rachel Sexton se sintió como un astronauta al enfundarse uno de los trajes de última generación para temperaturas extremas de la NASA. El mono negro enterizo con capucha de Mark IX parecía un traje de submarinismo hinchable. El tejido, aislante de doble capa con memoria, incorporaba conductos huecos por los que se introducía un denso gel que servía para regular la temperatura corporal del usuario en entornos tanto de frío como de calor.

Mientras se subía la ceñida capucha, los ojos de Rachel repararon en el administrador de la NASA, que ejercía de mudo centinela a la puerta, a todas luces contrariado por la necesidad de llevar a cabo esa pequeña misión.

Norah Mangor maldecía entre dientes mientras equipaba al resto.

—Otro gordinflón —espetó al tiempo que le lanzaba el traje a Corky.

Tolland ya estaba medio vestido.

Cuando Rachel estuvo completamente equipada, Norah dio con la válvula del costado y la conectó a un tubo de infusión que salía en espiral de una bombona plateada similar a una botella de buceo de gran tamaño.

—Respire —ordenó al tiempo que abría la válvula.

Rachel oyó un silbido y notó que el gel entraba en el traje. El aislante se expandió, y el traje se estrechó en torno a ella, oprimiendo las prendas que llevaba dentro. Fue como meter la mano bajo el agua con un guante de goma. Cuando la capucha se infló, le presionó los oídos, haciendo que todos los sonidos quedaran amortiguados. «Estoy en una crisálida.»

—Lo mejor del Mark IX es el acolchado —explicaba Norah—. Puede caerse de culo y no notará nada.

Rachel lo creía: se sentía como atrapada en un colchón.

La científica le entregó una serie de instrumentos —un piolet, maillones y mosquetones— que afianzó al arnés que Rachel llevaba a la cintura.

—¿Todo esto? —preguntó ella mientras miraba el equipo—. ¿Para recorrer doscientos metros?

Norah entornó los ojos.

—¿Quiere venir o no?

Tolland le hizo un gesto tranquilizador a Rachel.

—Norah sólo está siendo precavida.

Corky se conectó al tanque de infusión e hinchó su traje con expresión divertida.

—Es como si llevara un condón gigante.

Norah refunfuñó, asqueada.

—Como si el doncel supiera lo que es eso.

Tolland se sentó junto a Rachel y le dirigió una débil sonrisa mientras ella se ponía las pesadas botas y los crampones.

—¿Está segura de que quiere venir? —Su mirada tenía una expresión protectora y de preocupación que a ella le llegó al alma.

Rachel esperó que la seguridad con que asintió disimulase su creciente agitación. «Doscientos metros..., no es nada.»

—Y usted que pensaba que sólo había emoción en alta mar.

Tolland soltó una risilla y dijo mientras se afianzaba los crampones:

—He decidido que me gusta mucho más el agua líquida que la congelada.

—A mí nunca me ha hecho mucha gracia ninguna de las dos —afirmó ella—. De pequeña me hundí en el hielo, y desde entonces el agua me pone nerviosa.

Él le dedicó una mirada compasiva.

—Lo siento. Cuando esto haya terminado, tiene que venir a verme al *Goya*. Haré que cambie de opinión con respecto al agua, se lo prometo.

La invitación sorprendió a Rachel. El *Goya* era el barco de investigación de Tolland, bien conocido tanto por su papel en «El increíble mundo de los mares» como por su reputación de ser uno de los barcos más raros del océano. Aunque visitar el *Goya* le resultaría inquietante, sabía que no debía desperdiciar la ocasión.

—Ahora mismo está anclado a unos veinte kilómetros frente a las costas de Nueva Jersey —explicó él mientras forcejeaba con las fijaciones de los crampones.

—Un sitio un tanto extraño.

—En absoluto. El litoral atlántico es un lugar increíble. Nos estábamos preparando para rodar un nuevo documental cuando el presidente tuvo la poca delicadeza de interrumpirme.

Rachel rompió a reír.

—Un documental, ¿sobre qué?

—*Sphyrna mokarran* y megaplumas.

—Menos mal que he preguntado —repuso Rachel, ceñuda.

Tolland terminó de ponerse los crampones y levantó la cabeza.

—En serio, pasaré allí unas semanas rodando. Washington no está tan lejos de la costa de Jersey. Vaya cuando regrese a casa. No hay motivo para pasarse la vida temiendo el agua. Mi tripulación la recibirá por todo lo alto.

—¿Salimos ya u os traigo unas velas y champán? —vociferó Norah Mangor.

Capítulo 45

Gabrielle Ashe no sabía qué hacer con los documentos que tenía delante, extendidos sobre la mesa de Marjorie Tench. Allí había cartas fotocopiadas, copias de faxes, transcripciones de conversaciones telefónicas, y todo ello parecía respaldar la acusación de que el senador Sexton trataba encubiertamente con compañías espaciales privadas.

Tench le acercó un par de fotografías granuladas en blanco y negro.

—Supongo que no sabe nada de esto, ¿no?

Gabrielle miró las fotos. En la primera, tomada con una cámara indiscreta, se veía al senador Sexton saliendo de un taxi en una especie de garaje subterráneo. «Sexton nunca coge un taxi.» Luego observó la segunda: una instantánea tomada con teleobjetivo de Sexton subiendo a un monovolumen blanco estacionado. Dentro parecía esperarlo un anciano.

—¿Quién es? —inquirió Gabrielle, recelando que las fotos pudiesen haber sido trucadas.

—Un pez gordo de la SFF.

Gabrielle tenía sus dudas.

—¿La Fundación de la Frontera del Espacio?

La SFF era como un *sindicato* de empresas espaciales privadas. Reunía a contratistas, empresarios y capitalistas emprendedores aeroespaciales, a cualquier entidad privada que quisiera ir al espacio. Tendían a ser críticos con la NASA, arguyendo que el programa espacial de Estados

Unidos empleaba prácticas empresariales desleales para impedir que las empresas privadas lanzaran misiones al espacio.

—En la actualidad, la SFF representa a más de un centenar de grandes empresas —contó Tench—, algunas de ellas compañías muy adineradas que esperan impacientes a que se ratifique la Ley de Fomento de la Comercialización del Espacio.

Gabrielle se paró a pensar en todo aquello. Por razones obvias, la SFF era partidaria reconocida de la campaña de Sexton, aunque éste había puesto buen cuidado en no acercarse mucho a ellos, debido a sus controvertidas tácticas de presión. No hacía mucho, la SFF había publicado una explosiva invectiva en la que acusaba a la NASA de ser un «monopolio ilegal» cuya capacidad de funcionar con pérdidas y así y todo seguir en el negocio constituía competencia desleal con respecto a las empresas privadas. Según la SFF, siempre que la compañía de telecomunicaciones norteamericana AT&T necesitaba lanzar un satélite de telecomunicaciones, varias empresas espaciales privadas se ofrecían para realizar dicho cometido por la razonable cantidad de cincuenta millones de dólares. Por desgracia la NASA siempre se interponía y ofrecía lanzar los satélites de la AT&T por tan sólo veinticinco millones, aun cuando a la agencia le costaba cinco veces más realizar ese trabajo. «Operar con déficit es una de las formas que tiene la NASA de dominar el espacio —acusaron los abogados de la SFF—. Y luego corren con los gastos los contribuyentes.»

—Esta foto revela que su candidato está celebrando reuniones clandestinas con una organización que representa a empresas espaciales privadas —aseveró Tench. Acto seguido señaló otros documentos de la mesa—. También tenemos memorandos internos de la SFF que exigen que se recauden cantidades ingentes de dinero de empresas pertenecientes a la fundación (en sumas proporcionales a su valor neto) y sean transferidas a cuentas controladas por el senador Sexton. A decir verdad, estas agencias espaciales privadas están apoquinando para que Sexton se haga con el poder. Me figuro que él habrá accedido a aprobar el proyecto de ley sobre la comercialización y privatizar la NASA si es elegido.

Gabrielle miró el montón de papeles poco convencida.

—¿Espera que me crea que la Casa Blanca posee pruebas de que su rival está financiando su campaña de forma ilegal y, por algún motivo, lo está manteniendo en secreto?

—¿Qué creería usted?

Gabrielle la fulminó con la mirada.

—Francamente, teniendo en cuenta sus dotes de manipulación, una solución más lógica podría ser que me está acosando con documentos y fotos falsos fabricados por algún miembro emprendedor de la Casa Blanca y un programa de edición por ordenador.

—He de admitir que es posible, aunque no cierto.

—¿No? Entonces, ¿cómo ha conseguido todos esos documentos internos de las empresas? Estoy segura de que los recursos necesarios para robar todas esas pruebas de tantas empresas no están al alcance de la Casa Blanca.

—Tiene razón. Esta información llegó aquí a modo de regalo que nadie pidió.

Gabrielle estaba perdida.

—Ah, sí —añadió Tench—. Nos llegan un montón de cosas. El presidente cuenta con muchos aliados políticos poderosos a los que les gustaría seguir viéndolo en el cargo. No olvide que su candidato está sugiriendo recortes por todas partes, muchos de ellos aquí mismo, en Washington. El senador Sexton no duda en citar el presupuesto excesivo del FBI como ejemplo del gasto excesivo del gobierno. También ha arremetido contra el Servicio de Rentas Internas. Puede que alguien de la agencia o del IRS esté un tanto molesto.

Gabrielle captó las implicaciones del comentario: en el FBI y el IRS habría gente capaz de conseguir esa clase de información. Luego tal vez la enviaran a la Casa Blanca a modo de favor no pedido para contribuir a que saliera elegido el presidente. Pero lo que Gabrielle se negaba a creer era que el senador Sexton se trajera tejemanejes con la financiación de la campaña.

—Si estos datos no mienten —espetó—, cosa que dudo mucho, ¿por qué no los han sacado a la luz?

—¿Por qué cree usted?

—Porque han sido recabados de manera ilegal.

—Cómo los hemos recabado carece de importancia.

—Naturalmente que no: resultarían inadmisibles en una vista.

—¿Qué vista? No tendríamos más que filtrarlos a un periódico y ellos se encargarían de publicarlos como una historia de una «fuente fidedigna» con fotos y documentos. Sexton sería culpable hasta que se demostrara lo contrario, y su abierta postura anti NASA constituiría prácticamente una prueba de que está aceptando sobornos.

Gabrielle sabía que era cierto.

—Bien —respondió desafiante—, entonces, ¿por qué no han filtrado la información?

—Porque es una respuesta negativa. El presidente prometió no dar respuestas negativas en la campaña y quiere mantener la promesa todo lo que pueda.

«Sí, claro.»

—¿Me está diciendo que el presidente es tan recto que se niega a hacer esto público porque la gente podría considerarlo una respuesta negativa?

—Es algo negativo para el país. Implica a multitud de empresas privadas, muchas de las cuales están constituidas por gente honrada. Mancilla al Senado norteamericano y es malo para la moral del país. Los políticos deshonestos perjudican a todos los políticos. Los estadounidenses necesitan confiar en sus líderes. Esto abriría una investigación desagradable y, casi con toda probabilidad, enviaría a la cárcel a un senador norteamericano y a un buen número de altos ejecutivos de la industria aeroespacial.

Aunque la lógica tenía sentido, Gabrielle seguía dudando de las acusaciones.

—¿Qué tiene esto que ver conmigo?

—Sencillamente, señorita Ashe: si publicamos estos documentos, su candidato será condenado por financiación ilegal, perderá su asiento en el Senado y, casi seguro, irá a la cárcel. —Tench hizo una pausa—. A menos que...

Gabrielle vio un brillo serpentino en los ojos de la asesora.

—¿A menos que...?

Tench dio una profunda calada al cigarrillo.

—A menos que decida usted ayudarnos para impedirlo.

Un silencio denso se extendió por la habitación.

Tench tosió con fuerza.

—Gabrielle, escuche, he decidido compartir esta lamentable información con usted por tres motivos. El primero: para demostrarle que Zach Herney es un hombre decente que antepone el bienestar del gobierno al beneficio personal. El segundo: para hacerle saber que su candidato no es tan digno de confianza como cabría pensar. Y el tercero: para convencerla de que acepte la oferta que estoy a punto de hacerle.

—¿Cuál es esa oferta?

—Me gustaría ofrecerle la oportunidad de hacer las cosas bien, de ser patriótica. Tanto si lo sabe como si no, se encuentra en una posición única para evitar a Washington un escándalo desagradable. Si es capaz de hacer lo que estoy a punto de pedirle, tal vez incluso pueda ganarse un puesto en el equipo del presidente.

«¿Un puesto en el equipo del presidente?» Gabrielle no podía creer lo que estaba oyendo.

—Señorita Tench, sea lo que sea lo que tiene usted en mente, no me gusta que me chantajeen, que me coaccionen ni que sean condescendientes conmigo. Trabajo en la campaña del senador porque creo en su política. Y si esto es indicativo del modo en que Zach Herney ejerce su influencia política, no tengo el menor interés en relacionarme con él. Si tiene algo contra el senador Sexton, le sugiero que lo filtre a la prensa. Sinceramente, creo que todo esto es una farsa.

Tench exhaló un suspiro aburrido.

—Gabrielle, la financiación ilegal de su candidato es una realidad. Lo siento. Sé que confía en él. —Bajó la voz—. Mire, ésta es la cuestión: el presidente y yo daremos a conocer el asunto de la financiación si es preciso, pero las cosas se pondrán feas a gran escala. En este escándalo están involucradas varias empresas norteamericanas importantes que están infringiendo la ley. Un montón de inocentes pagarán el pato. —Dio una larga calada y luego exhaló el humo—. Lo que el presidente y yo esperamos es... hallar otra forma de desacreditar la ética del senador. Una forma más contenida... en la que no salgan perjudicados inocentes. —La asesora dejó el cigarrillo y unió las manos—. Hablando claro, nos gustaría que admitiera usted públicamente que tuvo una aventura con el senador.

Gabrielle se puso rígida. La seguridad de Tench parecía aplastante. «Imposible —se dijo ella. No había pruebas. Aquello había sucedido sólo una vez, tras las puertas, cerradas a cal y canto, del despacho de Sexton—. Tench no tiene nada, está dando palos de ciego.» Gabrielle hizo un esfuerzo para que su voz sonara tranquila.

—Eso es mucho suponer, señorita Tench.

—¿Qué? ¿Que tuvo una aventura? ¿O que abandonaría a su candidato?

—Ambas cosas.

La asesora esbozó una breve sonrisa y se levantó.

—Bien, enterremos uno de esos datos ahora mismo, ¿quiere? —Se dirigió hacia la caja fuerte de nuevo y volvió con un sobre rojo en el que se veía estampado el sello de la Casa Blanca. Lo abrió, le dio la vuelta y volcó su contenido en la mesa, delante de Gabrielle.

Sobre el escritorio cayeron multitud de fotografías en color, y Gabrielle vio que su carrera entera se desplomaba ante sus ojos.

Capítulo 46

En el exterior de la habisfera el viento catabático que aullaba glaciar abajo no se parecía en nada a los vientos oceánicos a los que Tolland estaba acostumbrado. En el océano, el viento dependía de las mareas y los frentes de presiones y soplaba racheado. Sin embargo, el catabático era esclavo de la física más sencilla: aire frío pesado que descendía por la pendiente de un glaciar como una ola gigantesca. Era el viento huracanado más firme que había visto en su vida. De haber sido de veinte nudos, el viento catabático habría sido el sueño de todo marinero, pero con sus ochenta nudos podía convertirse sin tardanza en una pesadilla incluso estando en tierra firme. Tolland descubrió que, si se detenía y se inclinaba hacia atrás, las fuertes ráfagas podían erguirlo fácilmente.

Lo que a Tolland le resultaba más inquietante aún de aquel enfurecido río de aire era la leve inclinación a favor del viento de la plataforma de hielo. El hielo presentaba un ligero desnivel hacia el océano, a unos tres kilómetros de distancia. A pesar de las puntiagudas púas de los crampones Pitbull Rapido que llevaba afianzados a las botas, tenía la desagradable sensación de que cualquier paso en falso lo dejaría a merced del vendaval y lo haría rodar por la infinita ladera de hielo. El curso de dos minutos sobre seguridad en el glaciar de Norah Mangor ahora parecía peligrosamente insuficiente.

«Piolet Piranha —dijo ella mientras sujetaba un ligero

dispositivo en forma de T a cada uno de sus arneses cuando se vestían en la habisfera—. Con hoja normal, de tipo banana o semitubular, martillo y aztar. Lo único que tenéis que recordar es que si alguien resbala o se ve atrapado en una ráfaga, debéis coger el piolet con una mano en la cabeza y la otra en el mango, clavar la hoja tipo banana en el hielo y echaros encima hundiendo los crampones.»

Con tan tranquilizadoras palabras, Norah Mangor los aseguró con sendos arneses YAK, y después todos se pusieron sus gafas y salieron a la oscuridad de la tarde.

Las cuatro figuras bajaban por el glaciar en fila india con diez metros de cuerda de escalada entre cada uno de ellos. Norah iba en cabeza, seguida de Corky y Rachel y Tolland a modo de ancla.

A medida que se alejaban de la habisfera, la inquietud de Tolland iba en aumento. En su traje hinchado, aunque caliente, se sentía como una especie de viajero del espacio descoordinado que caminara por un planeta lejano. La luna había desaparecido tras unos densos nubarrones, sumiendo el manto de hielo en una negrura impenetrable. El viento catabático parecía cobrar fuerza con cada minuto, ejerciendo una presión constante en la espalda de Tolland. Mientras sus ojos se esforzaban por distinguir el extenso vacío que los rodeaba a través de las gafas, comenzó a ser consciente del peligro real que entrañaba ese sitio. Con independencia de que las precauciones de seguridad de la NASA estuvieran o no de más, a Tolland le sorprendió que el administrador se hubiese mostrado dispuesto a arriesgar cuatro vidas en lugar de dos, sobre todo cuando las dos adicionales eran las de la hija de un senador y un famoso astrofísico. A Tolland no le extrañó sentir una preocupación protectora por Rachel y Corky. Al haber capitaneado un barco, estaba acostumbrado a sentirse responsable de quienes se hallaban a su lado.

—Quedaos detrás de mí —gritó Norah con la voz engullida por el viento—. Que el trineo abra brecha.

El vehículo de aluminio en el que Norah transportaba su equipo de comprobación parecía un trineo infantil enorme. Incorporaba equipo de diagnóstico y accesorios de seguridad que ella había estado utilizando en el glaciar los últimos días. Todo el equipamiento —incluidas unas baterías, bengalas de seguridad y un potente foco instalado en la parte frontal— iba afianzado bajo una lona de plástico asegurada. A pesar de la pesada carga, el trineo se deslizaba fácilmente sobre unos largos patines rectos. Incluso en una inclinación prácticamente imperceptible, el vehículo bajaba por sí solo, y Norah lo frenaba con suavidad, casi como si dejase que el trineo dirigiera la marcha.

Al notar que aumentaba la distancia entre el grupo y la habisfera, Tolland volvió la cabeza. A tan sólo cincuenta metros, la tenue curvatura de la cúpula prácticamente había desaparecido en la tempestuosa negrura.

—¿No te preocupa que no podamos encontrar el camino de vuelta? —chilló Tolland—. La habisfera casi no se...

Sus palabras se vieron interrumpidas por el ruidoso silbido de una bengala. El repentino brillo rojo y blanco en la mano de Norah iluminó la plataforma en un radio de diez metros a su alrededor. Norah se sirvió del tacón para dejar una pequeña huella en la nieve de la superficie, levantando una cresta protectora en el lado del orificio que quedaba contra el viento. A continuación clavó la bengala en él.

—Migas de pan de alta tecnología —vociferó.

—¿Migas de pan? —repitió Rachel mientras se resguardaba los ojos de la repentina luz.

—Hansel y Gretel —repuso Norah a voz en grito—. Estas bengalas duran una hora, tiempo más que suficiente para dar con el camino de vuelta.

Dicho eso, echó a andar otra vez conduciéndolos glaciar abajo, de nuevo hacia la oscuridad.

Capítulo 47

Gabrielle Ashe salió del despacho de Marjorie Tench como una exhalación y a punto estuvo de derribar a una secretaria al hacerlo. Mortificada, lo único que Gabrielle veía eran fotografías —imágenes— de brazos y piernas enredados, rostros extasiados.

No tenía idea de cómo habían sacado esas fotos, pero sabía perfectamente que eran auténticas. Las habían tomado en el despacho del senador Sexton, y daba la impresión que desde arriba, como con una cámara oculta. «Que Dios me ayude.» En una de ellas se veía a Gabrielle y a Sexton montándoselo en la mesa misma del senador, los cuerpos despatarrados sobre documentos de aspecto oficial desperdigados.

Marjorie Tench le dio alcance a la salida de la Sala de Mapas. En la mano llevaba el sobre rojo con las fotos.

—A juzgar por su reacción, cree que las fotos son auténticas, ¿no? —La asesora principal del presidente daba toda la impresión de estar pasándoselo en grande—. Espero que la convenzan de que los otros datos también lo son. Proceden de la misma fuente.

Gabrielle sintió que todo su cuerpo se sonrojaba mientras caminaba pasillo abajo. «¿Dónde demonios está la salida?»

A las larguiruchas piernas de Tench no les costó trabajo seguir su ritmo.

—El senador Sexton juró al mundo que ustedes dos

eran colegas y mantenían una relación platónica. A decir verdad, su aparición televisiva fue muy convincente. —Tench señaló hacia atrás con aire de suficiencia—. De hecho tengo una cinta en el despacho si quiere que le refresque la memoria.

A Gabrielle no le hacía falta. Se acordaba perfectamente de la rueda de prensa. El desmentido del senador fue tan categórico como sentido.

—Es una pena —añadió Tench sin que pareciera decepcionada—, pero el senador miró a los ojos al pueblo norteamericano y mintió descaradamente. La gente tiene derecho a saberlo. Y lo sabrá. Yo misma me encargaré. La única pregunta es cómo se va a enterar, y nosotros creemos que lo mejor es que sea por boca de usted.

Gabrielle estaba anonadada.

—¿De verdad cree que voy a ayudarle a linchar a mi propio candidato?

La expresión de la asesora se endureció.

—Estoy intentando ganar terreno, Gabrielle. Le estoy dando la oportunidad de ahorrarle a todo el mundo una situación de lo más violenta, sólo tiene que mantener la cabeza alta y decir la verdad. Lo único que necesito es una declaración firmada en la que admita su aventura.

Gabrielle frenó en seco.

—¿Qué?

—Naturalmente. Una declaración firmada nos proporciona el poder que necesitamos para tratar con el senador discretamente, evitándole al país algo tan feo. Mi oferta es sencilla: fírmeme una declaración y esas fotos jamás verán la luz.

—¿Quiere una declaración?

—Estrictamente hablando necesitaría una declaración jurada, pero aquí mismo hay un notario que podría...

—Está loca. —Gabrielle había echado a andar de nuevo.

Tench iba a su lado, ahora parecía más enfadada.

—El senador Sexton va a caer de una manera o de otra, Gabrielle, y le estoy ofreciendo la oportunidad de salir de esto sin que vea su culo al aire en el periódico de la mañana. El presidente es un hombre cabal y no quiere que se publiquen las fotos. Si me entrega una declaración jurada y confiesa la aventura con sus propias palabras, todos podremos conservar cierta dignidad.

—No estoy en venta.

—Pues está claro que su candidato sí lo está. Es un hombre peligroso, y está infringiendo la ley.

—¿Que él está infringiendo la ley? Son ustedes los que allanan despachos y sacan fotos ilegales. ¿Le suena el Watergate?

—Nosotros no tenemos nada que ver con ese material. Las fotos llegaron de la misma fuente que la información sobre la financiación de la SFF. Alguien los ha estado vigilando estrechamente.

Gabrielle pasó como una flecha por el punto de seguridad en el que le habían proporcionado la acreditación, que se arrancó de un tirón y arrojó al asombrado vigilante. Tench aún la seguía.

—Tendrá que decidirse pronto, señorita Ashe —dijo la asesora cuando se aproximaban a la salida—. O me trae una declaración jurada en la que admita que se acostó con el senador o a las ocho de esta tarde el presidente se verá obligado a sacarlo todo a la luz: los chanchullos financieros de Sexton, sus fotos, todo. Y créame, cuando la gente vea que permaneció usted de brazos cruzados y permitió que Sexton mintiera en lo de su relación, caerá con él.

Gabrielle vio la puerta y fue directa a ella.

—En mi mesa antes de las ocho de la tarde, Gabrielle. No sea tonta. —Tench le dio el sobre con las fotografías—. Quédeselas, encanto. Tenemos muchas más.

Capítulo 48

Rachel Sexton sentía un escalofrío que iba en aumento a medida que bajaba por el manto de hielo hacia una noche cada vez más profunda. Inquietantes imágenes poblaban su mente: el meteorito, el plancton fosforescente, las repercusiones en caso de que Norah Mangor hubiese cometido un error con las muestras de hielo.

«Una matriz de hielo dulce sólido», arguyó la científica, recordándoles a todos que había extraído muestras de toda la zona, tanto alrededor como directamente sobre el meteorito. Si el glaciar contenía intersticios de agua salada llena de plancton, ella los habría visto, ¿o acaso no? Así y todo, la intuición de Rachel seguía llevándola hasta la solución más sencilla.

«En el glaciar hay plancton congelado.»

Diez minutos y cuatro bengalas después, Rachel y el resto se hallaban a unos doscientos cincuenta metros de la habisfera. Norah paró en seco sin previo aviso.

—Éste es el sitio —aseguró, y sonó como una zahorí que hubiera sentido místicamente el lugar perfecto para abrir un pozo.

Rachel volvió la cabeza y miró la ladera que quedaba a sus espaldas. La habisfera había desaparecido hacía tiempo en la oscura noche de luna, pero la hilera de bengalas resultaba claramente visible, la más alejada emitía un brillo tranquilizador, como una estrella apagada. Las bengalas formaban una línea completamente recta, como una pasarela bien trazada. Rachel estaba impresionada con la habilidad de Norah.

—Otro motivo por el que el trineo va en cabeza —explicó ésta al ver que Rachel admiraba la ristra de bengalas—. Los patines son rectos. Si dejamos que la gravedad guíe al trineo y no interferimos, seguro que nos movemos en línea recta.

—Un buen truco —alabó Tolland a gritos—. Ojalá hubiera algo así en mar abierto.

«Esto *es* mar abierto», pensó Rachel, imaginando el océano bajo sus pies. Durante una décima de segundo la bengala más alejada llamó su atención: había desaparecido, como si la luz hubiese sido velada por un bulto al pasar. Sin embargo, volvió a surgir al momento. Rachel experimentó una repentina inquietud.

—Norah —chilló para hacerse oír con el viento—, ¿no dijo usted que aquí había osos polares?

La glacióloga estaba preparando una última bengala y, o bien no la oyó, o no le hizo caso.

—Los osos polares comen focas —repuso Tolland—. Sólo atacan a los seres humanos cuando invadimos su espacio.

—Pero éste es su territorio, ¿no? —Rachel nunca se acordaba de en qué polo había osos y en cuál pingüinos.

—Sí —contestó él—. A decir verdad, fueron los osos polares los que bautizaron el Ártico. *Arktos* es «oso» en griego.

«Estupendo.» Rachel escudriñó la oscuridad con nerviosismo.

—En la Antártida no hay osos polares —continuó Tolland—. De manera que la llamaron *Anti-arktos*.

—Gracias, Mike —chilló ella—. Pero dejemos de hablar de osos polares.

Él se echó a reír.

—Vale, lo siento.

Norah hundió una última bengala en la nieve. Al igual que las otras veces, los cuatro se vieron envueltos en un resplandor rojizo. Los trajes negros hacían que parecieran abotargados. Más allá del círculo de luz que dibujaba la bengala el mundo se volvía totalmente invisible, un velo circular de negrura que los engullía.

Mientras Rachel y el resto miraban, Norah plantó los pies y, con sumo cuidado, comenzó a tirar del trineo varios metros colina arriba, hasta donde se encontraban ellos. A continuación, manteniendo la cuerda tensa, se agachó y accionó a mano los frenos: cuatro púas curvas que se hundieron en el hielo para inmovilizar el vehículo. Una vez hecho eso se levantó y se sacudió la nieve. La cuerda que le rodeaba la cintura se aflojó.

—Bien —gritó—. Ha llegado el momento de ponerse a trabajar.

La glacióloga rodeó el trineo por el extremo que quedaba a favor del viento y empezó a soltar los pulpos que mantenían sujeta la lona que protegía el equipo. Rachel, que sentía que había sido un tanto dura con ella, hizo ademán de ayudarla soltando la parte posterior de la tela.

—¡Por Dios, no! —exclamó la científica alzando la cabeza de súbito—. ¡No haga eso nunca!

Rachel retrocedió, confusa.

—Nunca la suelte por donde sopla el viento —advirtió Norah—, o creará una manga de viento. El trineo saldría volando como un paraguas en un túnel aerodinámico.

Rachel se apartó.

—Lo siento, sólo...

Norah le lanzó una mirada iracunda.

—Usted y el muchachito del espacio no deberían estar aquí.

«Ninguno de nosotros debería estar aquí», pensó ella.

«Aficionados —pensó furibunda Norah mientras maldecía la insistencia del administrador en que Corky y Sexton los acompañaran—. Estos payasos van a conseguir que muera alguien aquí.» A Norah no le apetecía lo más mínimo hacer de niñera.

—Mike —dijo—, necesito que me eches una mano con el GPR.

Tolland la ayudó a sacar el georradar del trineo y colocarlo en el suelo. El instrumento se parecía a tres palas de quitanieves en miniatura fijadas en paralelo a una estructura de aluminio. El dispositivo no medía más de un metro en total y se conectaba mediante unos cables a un atenuador de corriente y una batería marina situada en el trineo.

—¿Eso es un radar? —preguntó a gritos Corky.

Norah asintió en silencio. El georradar estaba mucho más preparado para detectar hielo salado que el PODS. El transmisor del GPR enviaba impulsos electromagnéticos a través del hielo, y los impulsos rebotaban de manera distinta en sustancias cuya estructura cristalina era diferente. El agua dulce pura se congelaba formando una retícula plana y fina, mientras que el agua de mar lo hacía formando más bien una red cristalina entrelazada o ahorquillada debido a su contenido en sodio, lo que hacía que los impulsos del GPR rebotaran de forma irregular, disminuyendo en gran medida el número de reflexiones. Norah conectó la máquina.

—Voy a tomar una especie de imagen transversal por ecolocación del manto de hielo alrededor del pozo de extracción —informó a grito limpio—. El software interno del aparato nos proporcionará un corte transversal del glaciar y a continuación lo imprimirá. Si hay hielo marino, aparecerá sombreado.

—¿Lo imprimirá? —Tolland parecía sorprendido—. ¿Puedes imprimir aquí?

Norah le señaló un cable que unía el GPR con un dispositivo que aún seguía bajo la lona.

—No hay más remedio que imprimir. Las pantallas de ordenador consumen demasiada energía, una energía que es muy valiosa, así que los glaciólogos que desempeñan su labor sobre el terreno imprimen los datos en impresoras de transferencia térmica. Los colores no son vivos, pero el tóner láser se compacta por debajo de los veinte grados centígrados. Lo aprendí en Alaska, a base de cometer errores.

Norah pidió al grupo que se situase en la parte descendente del GPR mientras ella se disponía a alinear el transmisor de modo que escaneara la zona del orificio del meteorito, situado a una distancia de casi tres campos de fútbol americano. Pero cuando volvió la cabeza en la noche hacia el lugar por el que habían llegado hasta allí no vio absolutamente nada.

—Mike, tengo que alinear el transmisor con el emplazamiento del meteorito, pero esta bengala me ha cegado. Subiré la pendiente lo necesario para apartarme de la luz, luego levantaré los brazos de manera que tracen una línea recta con las bengalas y tú ajustarás la alineación del GPR.

Tolland asintió y se arrodilló junto al radar.

Por su parte, Norah clavó los crampones en el hielo y se echó hacia adelante contra el viento mientras iniciaba la subida hacia la habisfera. Ese día el viento catabático era mucho más fuerte de lo que pensaba, y presintió que se avecinaba una tormenta. Daba lo mismo: en cuestión de minutos habrían acabado allí. «Verán que tengo razón.» Retrocedió unos veinte metros en dirección a la habisfera y llegó al límite de la oscuridad justo cuando la cuerda de seguridad se tensó.

Norah miró el glaciar. Cuando sus ojos se hubieron adaptado a la oscuridad, fue distinguiendo poco a poco la hilera de bengalas varios grados a su izquierda. Cambió de posición hasta encontrarse perfectamente alineada con ellas y, acto seguido, extendió los brazos como un compás e hizo girar el cuerpo para indicar el vector exacto.

—¡Ya estoy en línea! —exclamó.

Tolland ajustó el georradar y le hizo una señal a la científica.

—¡Listo!

Norah echó una última mirada a la pendiente, agradecida por contar con un sendero iluminado para volver. Sin embargo, al hacerlo ocurrió algo extraño. Por un instante una de las bengalas más próximas desapareció por completo de su vista. Antes de que ella pudiera preocuparse por si se estaba apagando, reapareció. De no ser porque era imposible, Nora habría jurado que algo se había interpuesto entre la bengala y ella. Sin duda allí no había nadie más..., a menos, claro estaba, que el administrador hubiese empezado a sentirse culpable y hubiera enviado a un equipo de la NASA en su busca. Pero, de alguna manera, ella lo dudaba. Probablemente no fuese nada, decidió. Una racha de viento habría apagado la llama un instante.

Norah volvió junto al GPR.

—¿Todo alineado?

Tolland se encogió de hombros.

—Creo que sí.

La glacióloga se situó junto al dispositivo de control y pulsó un botón. El GPR emitió un zumbido agudo y se detuvo.

—Vale —dijo—. Listo.

—¿Ya está? —inquirió Corky.

—El trabajo se está configurando. La imagen en sí lleva sólo un segundo.

En el trineo, la impresora ya había empezado a dejarse oír. El aparato, que se hallaba dentro de una funda de plástico transparente, expulsaba poco a poco un grueso papel enrollado. Norah esperó hasta que hubo terminado de imprimir y después metió la mano bajo el plástico y sacó la copia impresa. «Ahora verán —pensó mientras la llevaba hasta la bengala para que todos pudieran verla—. No habrá ni rastro de agua salada.»

Todos se acercaron mientras Norah se situaba sobre la bengala, apretando el papel con fuerza entre los guantes. Respiró profundamente y desenrolló el papel para ver los datos. Lo que vio la hizo retroceder horrorizada.

—¡Dios mío! —Norah miraba el papel fijamente, incapaz de creer lo que tenía delante. Tal y como era de esperar, el papel revelaba un claro corte transversal del pozo del meteorito, inundado de agua. Pero lo que jamás habría esperado ver era la vaga silueta grisácea de un ser humano flotando a medio camino del foso. La sangre se le heló—. ¡Dios mío..., en el pozo hay un cadáver!

Todos clavaron la vista en silencio, aturdidos.

El espectral cuerpo flotaba cabeza abajo en el angosto pozo. Rodeándolo, como una especie de capa, se distinguía un inquietante halo similar a un sudario. Norah cayó en lo que era el halo. El GPR había captado un leve rastro del pesado abrigo de la víctima, una prenda familiar larga, de denso pelo de camello.

—Es... Ming —musitó—. Debió de resbalar...

Norah Mangor nunca imaginó que ver el cuerpo de Ming en el pozo de extracción fuese la menor de las dos conmociones que desvelaría el papel, pero cuando sus ojos siguieron bajando por el pozo reparó en algo más.

«El hielo que hay bajo el pozo de extracción...»

Clavó la vista en él. Lo primero que pensó fue que en el escáner había salido algo mal, pero después, al estudiar la imagen con mayor atención, comenzó a adquirir una inquietante certeza, como la tormenta que se aproximaba. El viento hacía que el papel aletease con fuerza mientras ella lo observaba con detenimiento.

«Pero... ¡es imposible!».

De pronto la verdad la asaltó y estuvo a punto de enterrarla. Se olvidó por completo de Ming.

Ahora lo entendía. «¡El agua salada del pozo!» Cayó de rodillas en la nieve, junto a la bengala. Apenas podía respirar. Con el papel aún en las manos, empezó a temblar.

«Dios mío..., ¿cómo no se me pudo ocurrir?»

Entonces, con un repentino arrebato de ira, volvió la cabeza en dirección a la habisfera de la NASA.

—¡Cabrones! —gritó, la voz perdiéndose en el viento—. ¡Malditos cabrones!

En la oscuridad, a tan sólo cincuenta metros de distancia, Delta Uno se llevó el CrypTalk a la boca y dijo únicamente dos palabras al mando:

—Lo saben.

Capítulo 49

Norah Mangor seguía arrodillada en el hielo cuando un perplejo Michael Tolland le quitó de las temblorosas manos la imagen que había generado el georradar. Desconcertado al ver el cadáver flotante de Ming, trató de ordenar sus ideas y descifrar lo que tenía delante.

Vio la sección transversal del pozo del meteorito, que se hundía sesenta metros en el hielo desde la superficie. Vio el cadáver de Ming flotando en él. Luego sus ojos bajaron más y presintió que algo iba mal. Justo debajo del pozo de extracción se distinguía una oscura columna de hielo marino que descendía hasta el océano abierto. La columna vertical de hielo salado era inmensa, del mismo diámetro que el pozo.

—¡Dios mío! —exclamó Rachel, que miraba la imagen por detrás de Tolland—. Da la impresión de que el pozo atraviesa la plataforma y va a parar al océano.

Tolland estaba paralizado, su cerebro era incapaz de aceptar la que sabía era la única explicación lógica. Corky parecía igual de sobresaltado.

Norah anunció a voz en grito:

—Alguien ha horadado la plataforma por debajo. —Su mirada era furibunda—. Alguien ha introducido a propósito esa roca desde debajo.

Aunque el idealista que había en Tolland quería rechazar las palabras de la glacióloga, el científico sabía que bien podía tener razón. La plataforma Milne flotaba sobre el océano, y bajo ella había espacio más que de sobra para alojar un sumergible. Dado que todo pesaba mucho menos bajo el agua, incluso un submarino pequeño no mucho mayor que el Triton —el sumergible individual que Tolland utilizaba en sus investigaciones— podría haber transportado fácilmente el meteorito en sus brazos de carga. El aparato pudo aproximarse desde el océano, sumergirse bajo la plataforma y perforar el hielo en dirección ascendente. Después pudo utilizar un brazo de carga extensible o globos inflables para introducir el meteorito por el pozo. Una vez en su sitio, el agua del océano que hubiera ascendido por el pozo detrás del meteorito empezaría a congelarse. En cuanto el pozo se cerrara lo bastante para mantener la roca en su sitio, el submarino podría retraer el brazo y esfumarse, dejando que la madre naturaleza sellara lo que quedaba del túnel y borrase todo rastro del engaño.

—Pero ¿por qué? —se preguntó Rachel al tiempo que cogía la imagen y la examinaba—. ¿Por qué iba nadie a hacer eso? ¿Está segura de que el GPR funciona?

—¡Pues claro que estoy segura! Y la imagen explica a la perfección la presencia de bacterias fosforescentes en el agua.

Tolland hubo de admitir que la lógica de Norah, aunque aterradora, era aplastante. Los dinoflagelados fosforescentes debían de haberse guiado por su instinto y subido por el pozo, luego habrían quedado atrapados justo debajo del meteorito y se habrían congelado en el hielo. Después, cuando Norah calentó la roca, el hielo que había justo debajo se fundió y liberó el plancton. Nuevamente, éste ascendió, esta vez llegando a la superficie del interior de la habisfera, donde acabó muriendo por falta de agua salada.

—¡Es una locura! —chilló Corky—. La NASA tiene un meteorito con fósiles extraterrestres. ¿Por qué iba a importarle dónde se encontrara? ¿Por qué tomarse la molestia de enterrarlo bajo una plataforma de hielo?

—Quién diablos lo sabe —escupió Norah—. Pero las imágenes del GPR no mienten. Nos han engañado. Ese meteorito no forma parte del *Jungersol*. Fue introducido en el hielo no hace mucho, el año pasado, de lo contrario el plancton habría muerto. —Ya estaba colocando el georradar en el trineo y afianzándolo—. Hemos de volver para contárselo a alguien. El presidente está a punto de anunciar al mundo unos datos falsos. La NASA lo ha engañado.

—Un minuto —intervino Rachel—. Deberíamos hacer al menos otro escáner para asegurarnos. Nada de esto tiene sentido. ¿Quién va a creerlo?

—Todo el mundo —respondió la glacióloga mientras preparaba el trineo—. Cuando entre en la habisfera y extraiga otra muestra del fondo del pozo, que será de hielo salado, le garantizo que todo el mundo lo creerá.

Norah retiró los frenos del vehículo, lo situó de cara a la habisfera y empezó a ascender la ladera clavando los crampones en el hielo y tirando del trineo con una facilidad asombrosa. La mujer tenía una misión.

—¡Vamos! —gritó al tiempo que remolcaba al encordado grupo hacia el perímetro del círculo iluminado—. No sé qué está tramando aquí la NASA, pero no me hace ni pizca de gracia ser un peón en su...

El cuello de Norah Mangor se dobló hacia atrás como si una fuerza invisible le hubiese golpeado en la frente. La mujer profirió un grito ahogado, gutural, se tambaleó y cayó de espaldas en el hielo. Casi en el acto Corky chilló y dio media vuelta como si le hubiesen tirado del hombro. Cayó en el hielo, retorciéndose de dolor.

Rachel se olvidó por completo en el acto del papel que sostenía en la mano, de Ming, del meteorito y del extraño túnel excavado bajo el hielo. Acababa de notar que un pequeño proyectil le había pasado rozando la oreja y había estado a punto de acertarle en la sien. Se puso de rodillas instintivamente, arrastrando a Tolland consigo.

—¿Qué está pasando? —inquirió él.

Lo único que se imaginaba Rachel era una granizada —bolas de hielo desprendiéndose del glaciar— y, sin embargo, a juzgar por la fuerza con que acababan de golpear a Corky y a Norah, supo que el granizo debería haberse movido a cientos de kilómetros por hora. Lo inquietante era que el repentino aluvión de bolas del tamaño de canicas parecía ahora centrarse en ella y en Tolland, llovían a su alrededor, levantando fragmentos de hielo. Rachel se tumbó boca abajo, clavó las puntas de los crampones y avanzó hacia el único lugar a cubierto posible: el trineo. Tolland llegó poco después, gateando, y se agachó a su lado.

El oceanógrafo miró a Norah y a Corky, que yacían desprotegidos en el hielo.

—¡Acérquelos tirando de la cuerda! —exclamó al tiempo que agarraba ésta e intentaba tirar.

Pero la cuerda se había enredado en el trineo.

Rachel se metió la copia impresa en el bolsillo con cierre de velcro del traje Mark IX y se deslizó a cuatro patas hacia el vehículo para tratar de soltar la cuerda de los patines. Tolland estaba justo detrás.

De pronto el granizo acribilló el trineo, como si la madre naturaleza hubiese abandonado a Corky y a Norah y apuntase directamente a Rachel y a Tolland. Uno de los proyectiles impactó en la parte superior de la lona, atravesándola un tanto, y rebotó, yendo a parar a la manga del traje de Rachel.

Cuando ésta lo vio, se quedó helada. En un instante el desconcierto que había sentido antes se convirtió en terror: la granizada era artificial. La bola de hielo que tenía en la manga era una esfera perfecta del tamaño de una cereza grande, la superficie pulida y lisa, afeada únicamente por una costura lineal que se dibujaba en torno a la circunferencia, como una antigua bola de mosquete de plomo fabricada en una prensa. Los perdigones eran, sin lugar a dudas, obra del hombre.

«Balas de hielo...»

Poseedora de una autorización militar, Rachel estaba más que familiarizada con el nuevo armamento experimental MI (Munición Improvisada): fusiles para la nieve que la compactaban en proyectiles de hielo, fusiles para el desierto que fundían la arena y la convertían en balas de vidrio, armas de fuego que disparaban impulsos de agua con tal fuerza que podían romper huesos. El armamento con Munición Improvisada poseía una gran ventaja con respecto al convencional, ya que utilizaba recursos disponibles y, literalmente, fabricaba munición en el acto, proporcionando a los soldados un número ilimitado de disparos sin que éstos tuvieran que cargar con los pesados proyectiles convencionales. Rachel sabía que la lluvia de balas de hielo que les estaba cayendo encima estaba siendo comprimida «sobre la marcha», era nieve introducida por la culata del rifle.

Como solía suceder en el mundillo de la inteligencia, cuanto más sabía uno, más aterrador se tornaba el panorama. Y ese momento no constituía ninguna excepción. Rachel habría preferido la bendita ignorancia, pero sus conocimientos del armamento MI hicieron que llegara en el acto a una escalofriante conclusión: los estaba atacando algún cuerpo de operaciones especiales estadounidense, las únicas unidades del país que en ese momento contaban con autorización para utilizar el armamento experimental sobre el terreno.

La presencia de una unidad militar de operaciones encubiertas trajo consigo una segunda certeza, más aterradora incluso: las probabilidades de sobrevivir al ataque eran prácticamente nulas.

Tan malsanas cavilaciones cesaron cuando uno de los proyectiles de hielo se abrió camino ruidosamente entre la barrera de equipamiento que descansaba sobre el trineo y fue a parar a su estómago. Incluso con el acolchado Mark IX, fue como si un boxeador invisible acabara de propinarle un puñetazo en la barriga. Empezó a ver estrellas bailoteando a su alrededor y, al notar que caía hacia atrás, se agarró al equipo del trineo para no perder el equilibrio. Michael Tolland dejó la cuerda que lo unía a Norah y corrió a sujetarla, pero llegó demasiado tarde. Rachel cayó de espaldas, arrastrando consigo parte del equipo. Ella y Tolland fueron a parar al hielo en medio de un montón de aparatos electrónicos.

—Son... balas... —logró decir Rachel, por un momento sin aire en los pulmones—. ¡Corre!

Capítulo 50

El tren del Metrorail, el metro de Washington, que salía de la estación Federal Triangle no se alejaba de la Casa Blanca todo lo de prisa que le habría gustado a Gabrielle Ashe, que estaba sentada, muy rígida, en un rincón desierto del vagón mientras en el exterior se deslizaban veloces borrones oscurecidos. En el regazo tenía el gran sobre rojo que le había entregado Marjorie Tench, oprimiéndola como si pesase diez toneladas.

«Tengo que hablar con Sexton —pensó mientras el tren aceleraba en dirección al edificio de oficinas del senador—. De inmediato.»

Bajo la débil luz titilante del vagón, Gabrielle se sentía como si estuviese sufriendo los efectos de algún alucinógeno. Sobre su cabeza giraban tenues luces intermitentes a cámara lenta, como las de una discoteca. El pesado túnel se erguía por ambos lados como un cañón cada vez más profundo.

«Dime que esto no está pasando.»

Miró el sobre allí, en sus rodillas. Tras abrirlo, introdujo la mano y sacó una de las fotos. Las luces del interior del tren parpadearon un instante y el crudo resplandor iluminó una imagen escandalosa: Sedgewick Sexton tumbado desnudo en su despacho, el satisfecho rostro vuelto perfectamente hacia la cámara mientras la oscura figura de Gabrielle yacía desnuda a su lado.

Sintió un escalofrío, metió la foto en el sobre y trató de cerrarlo.

«Se acabó.»

En cuanto el tren salió del túnel y enfiló la vía a cielo abierto próxima a la estación L'Enfant Plaza, Gabrielle sacó el móvil y marcó el número privado del senador. Le saltó el buzón de voz. Perpleja, llamó a su despacho. Lo cogió su secretaria.

—Soy Gabrielle, ¿está el senador?

La secretaria sonó irritada.

—¿Dónde se ha metido? Ha estado buscándola.

—En una reunión que se alargó demasiado. Tengo que hablar con él urgentemente.

—Tendrá que esperar a mañana. Está en Westbrooke.

El edificio de apartamentos Westbrooke Place Luxury era la residencia de Sexton en Washington.

—No coge el privado —respondió Gabrielle.

—Se cogió la tarde para A. P. —le recordó la secretaria—. Se fue temprano.

Gabrielle frunció el entrecejo.

«Asuntos propios.» Con todo el jaleo había olvidado que Sexton se había reservado esa tarde en su casa. Insistía mucho en que nadie lo molestara en esas ocasiones. «Venga sólo si el edificio está en llamas —decía—. De lo contrario, que lo que sea espere hasta mañana.» Gabrielle decidió que, sin duda, el edificio de Sexton estaba en llamas.

—Necesito que lo localice.

—Imposible.

—Esto es grave, tengo que...

—No, me refiero a que es literalmente imposible. Me dejó el busca en la mesa al salir y me ordenó que nadie lo molestara en toda la noche. Fue categórico. —La chica hizo una pausa—. Más que de costumbre.

«Mierda.»

—Bien, gracias. —Gabrielle colgó.

«L'Enfant Plaza —anunció una grabación en el tren—. Correspondencia con todas las líneas.»

Gabrielle cerró los ojos e intentó aclarar las ideas, pero en su cabeza se agolparon imágenes demoledoras: las morbosas fotos de ella con el senador..., el montón de documentos según los cuales Sexton estaba aceptando sobornos. Gabrielle aún escuchaba las exigencias en la rasposa voz de Tench: «Haga las cosas bien. Firme la declaración jurada. Admita su aventura.»

Mientras el tren entraba chirriando en la estación, se obligó a imaginar lo que haría el senador si las fotos llegaran a los rotativos. Lo primero que le vino a la cabeza la asustó y la avergonzó a un tiempo.

«Sexton mentiría.»

¿De verdad era ésa su primera reacción con respecto a su candidato?

«Sí. Mentiría... la mar de bien.»

Si esas fotos acababan en los medios sin que Gabrielle hubiese admitido la aventura, el senador se limitaría a afirmar que eran una falsificación cruel. Vivían en la era de la fotografía digital, cualquiera que hubiese navegado por la red había visto las fotos trucadas, retocadas a la perfección, de cabezas de famosos pegadas digitalmente a otros cuerpos, a menudo de estrellas del porno entregadas al desenfreno. Gabrielle ya había sido testigo de la capacidad del senador para mirar a una cámara de televisión y soltar una convincente mentira sobre su aventura; no le cabía la menor duda de que Sexton podría convencer al mundo de que las fotos no eran más que un pobre intento de hacer descarrilar su carrera. El senador atacaría indignado, iracundo, tal vez insinuaría que había sido el mismísimo presidente el que había ordenado falsificar las instantáneas.

«No me extraña que la Casa Blanca no las haya hecho públicas.» Gabrielle cayó en la cuenta de que las fotos podían volverse contra ellos, igual que había sucedido en la intentona inicial. Por gráficas que resultaran las imágenes, no eran en absoluto concluyentes.

De repente concibió esperanzas.

«La Casa Blanca no puede demostrar que nada de esto sea cierto.»

La estrategia de Tench había sido de una simplicidad implacable: admita su aventura o quédese mirando cómo Sexton va a la cárcel. De repente todo tenía sentido. La Casa Blanca necesitaba que Gabrielle reconociera la aventura, de lo contrario, las fotos no tenían valor. De pronto un atisbo de confianza le infundió ánimos.

Cuando el tren se detuvo y las puertas se abrieron, otra puerta lejana pareció abrirse en la cabeza de la joven, descubriendo una súbita y alentadora posibilidad.

«Puede que todo lo que Tench me contó sobre los sobornos sea mentira.»

Al fin y al cabo, ¿qué había visto realmente? De nuevo, nada concluyente: unos extractos bancarios fotocopiados, una foto granulada de Sexton en un garaje. Todo ello, una posible falsificación. La astuta Tench bien podría haberle enseñado datos financieros falsos junto con las fotos subidas de tono, auténticas, con la esperanza de que ella considerase todo el paquete genuino. Se llamaba corroboración por asociación, y los políticos la utilizaban todo el tiempo para vender ideas turbias.

«Sexton es inocente», se dijo. La Casa Blanca estaba desesperada y había decidido jugarse el todo por el todo asustando a Gabrielle con anunciar la aventura. Necesitaba que abandonara a Sexton pública, escandalosamente. «Salga de ahí mientras pueda —le había dicho la asesora—. Tiene hasta las ocho de la tarde.» El no va más en táctica de ventas agresiva. «Todo encaja», pensó ella.

«Salvo una cosa...»

La única pieza confusa del rompecabezas era que Tench había estado enviándole a Gabrielle correos en los que se mostraba contraria a la NASA, lo que sin duda indicaba que la agencia espacial quería que Sexton reforzara su postura anti NASA para que ésta pudiera utilizarla en contra de él. ¿O tal vez no? Gabrielle cayó en la cuenta de que hasta los correos electrónicos tenían una explicación de lo más lógica.

«¿Y si los correos no los mandaba Tench?»

Era posible que ésta hubiera pillado a un traidor en el equipo que le enviaba datos a Gabrielle, lo hubiese despedido y después ella hubiera intervenido enviando el último mensaje para citarse con Gabrielle. Tench podría haber fingido que filtraba los datos sobre la NASA a propósito, para tenderle a ella una trampa.

El sistema hidráulico del metro silbó en L'Enfant Plaza, las puertas estaban a punto de cerrarse.

Gabrielle miró fijamente el andén con el cerebro en ebullición. No sabía si sus sospechas tenían sentido o si no eran más que ilusiones, pero, con independencia de lo que estuviera pasando, sabía que tenía que hablar con el senador de inmediato, fuera ésa su noche o no.

Cogió el sobre con las fotos y salió del vagón justo cuando las puertas comenzaban a cerrarse. Había decidido cambiar de destino.

Los apartamentos Westbrooke Place.

Capítulo 51

Escapar o luchar.

Tolland, biólogo, sabía que cuando un organismo presentía peligro en él se operaban importantes cambios fisiológicos. La adrenalina inundaba la corteza cerebral, acelerando el ritmo cardíaco y ordenando al cerebro que tomara la más antigua e intuitiva de todas las decisiones biológicas: presentar batalla o huir.

El instinto de Tolland le decía que echara a correr, pero el sentido común le recordaba que seguía encordado a Norah Mangor. Y, de todas formas, no había ningún lugar adonde huir. El único refugio en kilómetros a la redonda era la habisfera, y sus agresores, quienesquiera que fuesen, habían tomado posiciones en la cumbre del glaciar, eliminando esa opción. A sus espaldas, el manto de hielo abierto se extendía en una planicie de más de tres kilómetros de longitud que moría en un mar gélido tras una escarpada caída. Huir en esa dirección implicaba morir de frío. Con independencia de los impedimentos prácticos para la huida, Tolland sabía que no podía dejar al resto. Norah y Corky seguían al descubierto, encordados a Rachel y a él.

Tolland permaneció junto a Rachel mientras las balas de hielo seguían acribillando el lateral del trineo volcado. Registró el reguero de objetos en busca de una arma, una pistola de bengalas, una radio..., cualquier cosa.

—¡Corre! —gritó Rachel con la respiración aún entrecortada.

Luego, curiosamente, la lluvia de balas de hielo cesó de repente. Incluso en medio del embate del viento, de pronto la noche recobró la calma..., como si una tormenta hubiese amainado inesperadamente.

Fue entonces cuando, tras asomarse con cautela, Tolland presenció uno de los espectáculos más aterradores de su vida.

Del perímetro oscurecido salieron a la luz tres figuras espectrales que se deslizaban en silencio sobre sendos esquís, ataviadas con trajes térmicos blancos. No llevaban bastones, sino grandes fusiles que no se parecían a ninguna arma que Tolland hubiera visto antes. Los esquís también eran distintos, futuristas y cortos, más similares a patines alargados.

Con toda la tranquilidad del mundo, como si supieran que ya habían ganado esa batalla, las figuras continuaron avanzando hasta detenerse junto a la víctima más próxima: la inconsciente Norah Mangor. Tolland se puso de rodillas, tembloroso, y miró por encima del trineo a los atacantes, que le devolvieron la mirada a través de unas extrañas gafas electrónicas. Con absoluto desinterés, al parecer.

Al menos por el momento.

Delta Uno no sintió el menor remordimiento al clavar la vista en la mujer que tenía delante, tendida inconsciente en el hielo. Había sido adiestrado para cumplir órdenes, no para cuestionar los motivos.

La mujer llevaba un grueso traje térmico negro y tenía un moratón en un lado del rostro. Su respiración era superficial y laboriosa. Uno de los fusiles de MI había dado en el blanco y ella había perdido el conocimiento.

Ahora había que rematar el trabajo.

Mientras Delta Uno se arrodillaba junto a ella, sus compañeros apuntaban con el fusil a los otros objetivos: uno al hombre menudo, también inconsciente y tendido en el hielo no muy lejos, y el otro al trineo volcado, donde se escondían las otras dos víctimas. Aunque sus hombres podrían haber acabado fácilmente con las tres personas restantes, éstas no iban armadas y no podían ir a ninguna parte. Darles el tiro de gracia de prisa y corriendo resultaba imprudente. «No pierdan nunca el centro de atención a menos que sea absolutamente necesario. Enfréntense a los adversarios de uno en uno.» Justo como les habían enseñado, la Delta Force los mataría uno por uno. Lo bueno, sin embargo, era que no dejarían ninguna huella que diese a entender cómo habían muerto.

Agachado junto a la mujer inconsciente, Delta Uno se quitó los guantes térmicos y cogió un puñado de nieve. Tras compactarla, le abrió la boca a la mujer y empezó a metérsela por la garganta. Le llenó la boca entera, introduciendo tanta nieve como podía en la tráquea. Al cabo de tres minutos habría muerto.

La técnica, ideada por la mafia rusa, se conocía como *byelaya smert*, «muerte blanca». La víctima se ahogaría mucho antes de que se derritiese la nieve en su garganta. Sin embargo, una vez muerta, el cuerpo permanecería caliente lo bastante para fundir la obstrucción. Aunque se sospechara que había sido un asesinato, nadie vería el arma homicida o señales de violencia. Tal vez alguien acabara averiguándolo, pero ellos ganarían tiempo. Las balas de hielo se fundirían con el entorno, enterradas en la nieve, y el moratón de la cabeza de la mujer sugeriría que había sufrido una mala caída en el hielo, nada de extrañar teniendo en cuenta los vientos huracanados que soplaban.

Los otros tres serían incapacitados y eliminados del mismo modo. Después, Delta Uno los subiría a todos al trineo, los apartaría varios centenares de metros del rumbo, volvería a encordarlos y dispondría debidamente los cuerpos. Unas horas más tarde los cuatro se congelarían en la nieve, darían la impresión de haber muerto de hipotermia. Quienes los descubrieran se preguntarían qué hacían allí, tan apartados del rumbo, pero a nadie le extrañaría que hubieran muerto. Al fin y al cabo, las bengalas se habían apagado y hacía mal tiempo, y perderse en la plataforma Milne podía causar la muerte en un abrir y cerrar de ojos.

Delta Uno acababa de terminar de introducirle nieve a la mujer por la boca. Antes de centrar su atención en los otros, le soltó el arnés. Más tarde volvería a colocárselo, pero en ese momento no quería que a los dos que se parapetaban tras el trineo se les ocurriera poner a la víctima a salvo tirando de la cuerda.

Michael Tolland acababa de ser testigo del asesinato más retorcido que jamás podría haber imaginado, ni en sus más sádicos sueños. Tras retirarle la cuerda a Norah, los tres atacantes se disponían a ocuparse de Corky.

«Tengo que hacer algo.»

Corky había recobrado el conocimiento y gemía. Intentó incorporarse, pero uno de los soldados lo empujó, se sentó sobre él a horcajadas y le sujetó los brazos contra el hielo con las rodillas. Corky profirió un grito de dolor que fue engullido en el acto por el furibundo viento.

Presa de una suerte de terror demente, Tolland comenzó a hurgar en los objetos del trineo volcado. «Tiene que haber algo aquí. Una arma. Algo.» Lo único que vio fue aparatos de diagnóstico, la mayoría tan destrozados por las balas de hielo que resultaban irreconocibles. A su lado Rachel, medio atontada, trataba de sentarse, utilizando el piolet como punto de apoyo.

—Corre..., Mike...

Tolland observó la herramienta que Rachel llevaba afianzada a la muñeca. Podría ser una arma. Más o menos.

Se preguntó si tendría alguna posibilidad atacando a tres hombres armados con un pequeño piolet.

Sería un suicidio.

Cuando Rachel consiguió volverse e incorporarse, Tolland vio algo tras ella: una abultada bolsa de vinilo. Rezando para que su suerte cambiara y allí hubiese una pistola de bengalas o una radio, se acercó gateando y cogió la bolsa. Dentro había un plástico reflectante Mylar de gran tamaño cuidadosamente doblado. Inútil. Tolland llevaba algo parecido en su barco de investigación: se trataba de un pequeño globo sonda, diseñado para transportar instrumentos de observación meteorológica no mucho más pesados que un ordenador personal. El globo de Norah no serviría de nada allí, sobre todo sin un depósito de helio.

Al oír el creciente forcejeo de Corky, lo invadió una sensación de impotencia que no sentía desde hacía años. Desesperación absoluta. Pérdida absoluta. Como el tópico de ver pasar la vida por delante de los ojos antes de morir. De repente, a su cabeza acudieron imágenes de su infancia olvidadas hacía mucho. Durante un instante se vio navegando en San Pedro, aprendiendo el antiquísimo pasatiempo marinero de volar en vela globo: agarrarse a una cuerda anudada, suspendida sobre el océano, lanzarse al agua entre risas, subir y caer como un niño que colgase de la cuerda de un campanario, el destino determinado por una vela globo henchida y los caprichos de la brisa marina.

La mirada de Tolland volvió a fijarse en el acto en el globo sonda de Mylar que sostenía en la mano, y se dio cuenta de que su cerebro no se estaba rindiendo, sino que más bien había estado tratando de recordarle una solución. «Volar en vela globo.»

Corky seguía forcejeando con su captor cuando Tolland abrió la bolsa que protegía el globo. Éste no se hacía ilusiones de que su plan fuera a resultar, pero sabía que quedarse allí equivalía a una muerte segura para todos ellos. Agarró el plástico doblado y vio que en la abrazadera de carga se advertía: «PRECAUCIÓN: NO UTILIZAR CON VIENTOS SUPERIORES A DIEZ NUDOS.»

«Al diablo.» Apretándolo con fuerza para impedir que se desplegara, Tolland volvió con Rachel, que estaba sentada de lado. Vio la confusión reflejada en sus ojos cuando se pegó a ella y le gritó:

—¡Coge esto!

Le tendió la almohadilla doblada y, con las manos libres, pasó la abrazadera de carga del globo por uno de los mosquetones de su arnés. A continuación se colocó de costado y asimismo introdujo la abrazadera en uno de los mosquetones de Rachel.

Ahora él y Rachel eran uno.

«Unidos por la cadera.»

Del medio de ambos salía una cuerda floja que serpenteaba por la nieve hasta el combativo Corky y, unos diez metros más allá, hasta el mosquetón suelto de Norah Mangor.

«Norah ha muerto —se dijo Tolland—. Ya no hay nada que hacer.»

Los atacantes ahora estaban agachados junto a un Corky que se retorcía, cogiendo un puñado de nieve y disponiéndose a introducírselo en la boca. Tolland supo que no tenían mucho tiempo.

Cogió el globo doblado, del material tan ligero como el papel de seda y prácticamente indestructible. «Que sea lo que Dios quiera.»

—¡Agárrate!

—¿Mike? —dijo Rachel—. ¿Qué...?

Tolland lanzó la almohadilla de acolchado Mylar al aire, y el rugiente viento se apoderó de ella y la abrió como un paracaídas en medio de un huracán. El globo

listo para emitirse era tosco —más un anuncio que un comunicado—, pero el presidente había ordenado al Despacho de Comunicaciones que tocara todos los resortes, y así lo había hecho éste. El texto era perfecto: rico en palabras clave y ligero en contenido, una combinación mortífera. Hasta las agencias de noticias que utilizaban programas automatizados para rastrear palabras clave con el objeto de clasificar el correo entrante verían un sinfín de marcas en ése:

De: Despacho de Comunicaciones de la Casa Blanca
Asunto: Comunicado presidencial urgente

El presidente de Estados Unidos dará una rueda de prensa urgente hoy a las 20.00 horas (horario del Este) desde la Sala de Prensa de la Casa Blanca. El asunto de dicho comunicado es, en este momento, secreto. Se facilitará material audiovisual en directo por medio de los canales habituales.

Tras dejar el papel sobre la mesa, Marjorie Tench echó un vistazo a la estancia, miró al personal y asintió, impresionada. Los empleados parecían impacientes.

A continuación se encendió un cigarrillo y expulsó el humo con parsimonia para crear expectación. Finalmente sonrió y dijo:

—Señoras y caballeros, pongan en marcha los motores.

Capítulo 53

Rachel Sexton era incapaz de razonar con lógica. De su cabeza habían desaparecido el meteorito, la misteriosa imagen del GPR que guardaba en un bolsillo, Ming y el espantoso ataque en el manto de hielo. Una única cosa dominaba sus pensamientos: «Sobrevivir.»

El hielo se deslizaba bajo sus pies desdibujado, como una refulgente carretera interminable. Rachel no sabía si tenía el cuerpo paralizado por el miedo o si simplemente el traje lo protegía, pero no sentía dolor alguno. No sentía nada.

«Todavía.»

De lado, unida a Tolland por la cintura, se hallaba de cara a él, fundidos en un violento abrazo. Delante, en alguna parte, el globo avanzaba henchido por el viento, como un paracaídas suspendido de un coche de carreras. Corky iba detrás, dando bruscas sacudidas como el remolque de un camión descontrolado. La bengala que señalaba en lugar donde habían sido atacados se había perdido en la distancia.

El silbido que producían los trajes de nailon Mark IX al rozar en el hielo era cada vez más intenso a medida que seguían acelerando. Rachel no sabía a qué velocidad se movían, pero el viento soplaba al menos a cien kilómetros por hora, y la pista que se extendía bajo sus pies, que no ofrecía resistencia, parecía acelerar más y más con cada segundo que pasaba. El globo de Mylar, impermeable, no daba la impresión de ir a rasgarse o soltar su presa.

«Tenemos que soltarnos —pensó. Se alejaban de una fuerza mortal e iban directos a otra—. Es probable que el océano esté a menos de un kilómetro y medio.» Las heladas aguas le trajeron recuerdos aterradores.

El viento soplaba con más fuerza, y su velocidad iba en aumento. Tras ellos, Corky profirió un alarido de terror. A esa velocidad, Rachel sabía que sólo disponían de unos minutos antes de ser arrastrados más allá del acantilado al frío océano.

Tolland debía de estar pensando lo mismo, ya que ahora forcejeaba con la abrazadera que sujetaba sus cuerpos.

—¡No puedo abrirla! —gritó—. Hay demasiada tensión.

Rachel esperó que el viento amainara un instante y le diera un respiro a Tolland, pero el catabático soplaba con implacable uniformidad. Tratando de ayudar, Rachel giró el cuerpo y clavó en el suelo la puntera de uno de los crampones, lanzando al aire un abanico de fragmentos de hielo. La velocidad aminoró un tanto.

—¡Ahora! —chilló al tiempo que levantaba el pie.

Durante un instante la cuerda que afianzaba la carga del globo se destensó ligeramente. Tolland dio un tirón con la idea de aprovechar el momento para soltar la abrazadera de sus mosquetones, pero no hubo manera.

—¡Vuelve a hacerlo! —pidió.

Esa vez los dos giraron e hincaron los crampones en el hielo, enviando una doble estela de hielo al aire. El movimiento frenó el artilugio considerablemente.

—¡Ahora!

A instancias de Tolland, ambos alzaron el pie. Mientras el globo volvía a cobrar ímpetu, él introdujo el pulgar en el mosquetón e hizo girar la anilla para tratar de soltar la abrazadera. Aunque en esa ocasión estuvo más cerca de lograrlo, necesitaba que la tensión se redujera aún más. Los mosquetones, como se había jactado Norah, eran de primera: cierres de seguridad Joker, fabricados específicamente con una anilla doble en la parte metálica para que no se soltaran en caso de sufrir la menor tensión.

«Vamos a morir por culpa de unos cierres de seguridad», pensó Rachel, y la ironía no le hizo la menor gracia.

—¡Otra vez! —le chilló Tolland.

Reuniendo todas sus energías y esperanzas, Rachel giró el cuerpo cuanto pudo y clavó ambas punteras en el hielo, arqueó la espalda e intentó apoyar todo su peso en los pies. Él siguió su ejemplo, y ambos se doblaron en dos por la cintura. El punto de unión en los cinturones tensaba los arneses. Tolland hundió los crampones y Rachel se arqueó aún más. Las vibraciones le enviaron sacudidas a las piernas, y a ella le dio la sensación de que se le iban a romper los tobillos.

—¡Aguanta..., aguanta! —Tolland se retorció para soltar el Joker cuando la velocidad disminuyó—. Ya casi está...

Los crampones de Rachel se partieron. Los cierres metálicos se separaron de sus botas y quedaron atrás en la noche, rebotando por encima de Corky. El globo cobró impulso en el acto, haciendo que Rachel y Tolland se ladearan. Al oceanógrafo se le escapó el mosquetón.

—¡Mierda!

El globo sonda, como si estuviera furioso por haber sido frenado momentáneamente, continuó dando bandazos, tirando con mayor fuerza incluso y arrastrándolos por el glaciar en dirección al océano. Rachel sabía que se acercaban de prisa al acantilado, aunque antes de afrontar la caída de treinta metros al Ártico debían enfrentarse a otro peligro: en su camino se interponían tres enormes paredes de nieve. Aun protegidos por el acolchado de los Mark IX, la idea de abalanzarse a gran velocidad hacia los muros de nieve y salvarlos se le antojó aterradora.

Mientras pugnaban desesperadamente por abrir los arneses, Rachel trató de hallar la manera de soltar el globo. Entonces oyó un rítmico sonido en el hielo, el trepidante *staccato* de un metal ligero al golpear el desnudo hielo: el piolet.

Con el miedo había olvidado por completo que llevaba el piolet afianzado a la cuerda elástica del cinturón. La liviana herramienta de aluminio iba dando saltos junto a su pierna. Rachel alzó la cabeza y observó el cable que unía la carga al globo: nailon trenzado, grueso y resistente. A continuación bajó la mano en busca del piolet, agarró el mango y tiró de él hacia sí, estirando la cuerda elástica. Aún de lado, hizo un esfuerzo para levantar los brazos por encima de la cabeza y situar el borde dentado del piolet contra el grueso cable. Acto seguido comenzó a serrar la tensa cuerda.

—¡Sí! —exclamó Tolland, que asimismo echó mano de su piolet.

Rachel avanzaba de costado, tumbada con los brazos por encima de la cabeza, serrando el tirante cable. Éste era fuerte, y las hebras de nailon se deshilachaban lentamente. Tolland cogió el piolet, se retorció y, tras levantar asimismo los brazos, trató de cortar por el mismo sitio desde abajo. Las hojas tipo banana se dejaban oír al unísono mientras trabajaban a la par cual leñadores. La cuerda comenzó a romperse por ambos lados.

«Lo vamos a conseguir —se dijo ella—. La cuerda se va a romper.»

De pronto el globo plateado se elevó como si hubiese entrado en una corriente ascendente. Horrorizada, Rachel cayó en la cuenta de que sencillamente seguía el contorno del terreno.

Habían llegado.

Las paredes de nieve.

El blanco muro surgió sólo un instante antes de que se vieran en él. A Rachel el golpe en el costado le cortó la respiración y le arrebató el piolet de la mano. Como un practicante de esquí acuático enredado que saliese despedido en una rampa, Rachel sintió que su cuerpo era impulsado montículo arriba y empujado hacia adelante. De repente Tolland y ella se vieron catapultados en un vertiginoso bucle. La depresión que se abría entre los muros de nieve se extendía a lo lejos, bajo sus pies, pero el deshilachado cable aguantaba, elevando los acelerados cuerpos y alejándolos de la primera depresión. Durante un instante, Rachel entrevió lo que se avecinaba: dos paredes más, una breve llanura y la caída al mar.

Como poniendo voz al terror mudo de ella, el agudo chillido de Corky Marlinson hendió el aire. Tras ellos, en alguna parte, el científico acababa de salvar el primer montículo. Los tres iban por los aires, y el globo ascendía como un animal salvaje que intentara romper las cadenas de su captor.

De pronto, como un disparo en la noche, se oyó un chasquido. La desgastada cuerda cedió, y el extremo roto retrocedió ante la mirada de Rachel. Acto seguido estaban cayendo. Sobre sus cabezas, el globo de Mylar avanzaba sin control, describiendo una espiral hacia el océano.

En medio de una maraña de mosquetones y arneses, Tolland y ella descendían hacia el suelo. Cuando vieron el segundo muro de nieve, Rachel se preparó para el impacto. Salvando por los pelos la parte superior del segundo montículo, se estrellaron contra el extremo más alejado. El golpe fue un tanto amortiguado por los trajes y la bajada del muro. Cuando a su alrededor el mundo se convirtió en un revoltijo de brazos, piernas y hielo, Rachel se vio rodando por la pendiente hacia la depresión central de hielo. Extendió instintivamente los brazos y las piernas para frenar la caída antes de que chocaran contra el siguiente montículo. Notó que la marcha se ralentizaba, pero tan sólo ligeramente, y se le antojó que sólo habían tardado unos segundos en verse remontando una inclinación. En la cima experimentaron otro instante de ingravidez al dejar atrás la cresta. Después, aterrada, notó que iniciaban el letal descenso por la otra cara y se dirigían a la llanura final..., los últimos veinticinco metros del glaciar Milne.

Mientras descendían hacia el acantilado sintió el tirón de Corky en la cuerda y supo que estaban frenando. También supo que era demasiado tarde: el final del glaciar se aproximaba veloz, y Rachel lanzó un grito de impotencia.

Entonces sucedió.

El borde del hielo desapareció bajo sus pies. Lo último que Rachel recordó fue que caía.

Capítulo 54

El bloque de apartamentos Westbrooke Place se encuentra en el número 2201 de N Street NW y se publicitan como una de las pocas direcciones de Washington de incuestionable corrección. Gabrielle atravesó a la carrera la puerta giratoria dorada y entró en el vestíbulo de mármol, donde resonaba una ensordecedora cascada.

El conserje pareció sorprenderse al verla.

—Señorita Ashe, no sabía que iba a venir usted esta tarde.

—Voy con retraso —observó ella mientras firmaba de prisa. El reloj de la pared marcaba las 18.22.

El portero se rascó la cabeza.

—El senador me dio una lista, pero usted no...

—La gente siempre se olvida de quienes más la ayudan.

Esbozó una sonrisa de preocupación y se dirigió al ascensor.

El conserje parecía intranquilo.

—Será mejor que llame arriba.

—Gracias —dijo Gabrielle mientras subía al ascensor e iniciaba el ascenso. «Sexton tiene el teléfono desconectado.»

Al llegar a la novena planta, Gabrielle bajó y enfiló el elegante pasillo. Al fondo, a la puerta del senador Sexton, reconoció a uno de sus corpulentos escoltas personales —guardaespaldas con pretensiones— sentado en el pasillo con cara de aburrimiento. A Gabrielle le extrañó encontrar personal de seguridad allí, aunque al parecer no tanto como le extrañó al hombre verla a ella. Se puso en pie de un salto cuando ella se aproximó.

—Lo sé —se adelantó Gabrielle, aún a medio camino del pasillo—. Es una velada privada y no quiere que nadie lo moleste.

El escolta asintió con vehemencia.

—Me ha dado órdenes estrictas de que no deje pasar a...

—Es una emergencia.

El hombre bloqueó la entrada con su cuerpo.

—Es una reunión privada.

—¿Ah, sí? —Gabrielle sacó el sobre rojo de debajo del brazo y le puso delante de las narices el sello de la Casa Blanca—. Vengo del Despacho Oval y tengo que darle esta información al senador. Esté con quienes esté de cháchara esta tarde van a tener que pasar sin él unos minutos. Y ahora déjeme entrar.

La firmeza del hombre flaqueó un instante al ver el sello de la Casa Blanca en el sobre.

«No me hagas abrirlo», pensó Gabrielle.

—Deje el sobre, yo se lo daré —repuso el guardaespaldas.

—De eso nada. Tengo órdenes directas de la Casa Blanca de entregarlo en mano. Si no hablo con él de inmediato, mañana por la mañana estaremos buscando empleo, ¿lo ha entendido?

El hombre pareció debatirse en la duda, y Gabrielle presintió que el senador se había mostrado inusitadamente inflexible esa tarde en cuanto a no dejar pasar a nadie. Se dispuso a entrar a matar. Sosteniendo el sobre de la Casa Blanca ante sus ojos, bajó la voz y pronunció entre susurros las cinco palabras más temidas por el personal de seguridad de Washington:

—No entiende usted la situación.

El personal de seguridad de los políticos nunca entendía la situación, un hecho que detestaba. Eran asalariados, permanecían en la sombra, nunca estaban seguros de si cumplir a rajatabla las órdenes o arriesgarse a perder el empleo por pasar por alto tercamente una crisis obvia.

El escolta tragó saliva y miró de nuevo el sobre.

—De acuerdo, pero le diré al senador que exigió usted que la dejara pasar.

Abrió la puerta y Gabrielle se apresuró a entrar antes de que el gorila cambiara de opinión. Entró en el apartamento y cerró a cal y canto sin hacer ruido.

Ya en el recibidor, oyó voces amortiguadas procedentes del estudio del senador, al final del pasillo; voces de hombres. A todas luces, la de esa tarde no era la reunión de A. P. que Sexton había insinuado cuando había recibido la misteriosa llamada.

Al dirigirse al estudio, Gabrielle pasó por delante de un armario abierto en el que se veían media docena de caros abrigos masculinos: lana y tweed, sin lugar a dudas. En el suelo descansaban varios maletines. Al parecer, esa tarde el trabajo quedaba en el pasillo. Gabrielle habría seguido adelante de no ser porque uno de los maletines llamó su atención. Junto al nombre se exhibía un peculiar logotipo corporativo, un cohete espacial de color rojo vivo.

Se detuvo y se arrodilló para leerlo:

«Space America, Inc.»

Perpleja, examinó los otros maletines.

«Beal Aerospace. Microcosm, Inc. Rotary Rocket Company. Kistler Aerospace.»

La rasposa voz de Marjorie Tench resonó en su cabeza: «¿Sabía usted que Sexton está aceptando sobornos de compañías aeroespaciales privadas?»

A Gabrielle se le aceleró el pulso al mirar por el oscuro pasillo hacia el arco que conducía al estudio del senador. Sabía que debía decir algo, anunciar su presencia, y sin embargo se sorprendió avanzando lentamente, en silencio. Se situó a escasa distancia del arco, parapetada en las sombras sin hacer el menor ruido, y se dispuso a escuchar la conversación que se estaba desarrollando al otro lado.

Capítulo 55

Mientras Delta Tres permanecía atrás para hacerse cargo del cadáver de Norah Mangor y del trineo, los otros dos soldados echaron a correr glaciar abajo para dar alcance a sus presas.

Se deslizaban sobre esquís impulsados por Elektro-Tread. Inspirados en los esquís motorizados de Fast Trax, los secretos ElektroTreads básicamente eran esquís de nieve con orugas en miniatura incorporadas: como llevar motonieves en los pies. La velocidad se controlaba uniendo los dedos índice y pulgar, presionando dos placas que se hallaban en el interior del guante de la mano derecha. Moldeada alrededor del pie, una potente batería de gel ejercía de aislamiento térmico y permitía que los esquís se desplazaran en silencio. Ingeniosamente, la energía cinética que generaban la gravedad y el movimiento de las orugas cuando el usuario bajaba una pendiente se almacenaba automáticamente para recargar las baterías y así poder hacer frente a la siguiente inclinación.

Con el viento de espaldas, Delta Uno se mantenía bajo, deslizándose hacia el mar mientras inspeccionaba el glaciar de delante. Su sistema de visión nocturna poco tenía que ver con el modelo Patriot que utilizaban los marines. Delta Uno miraba a través de una máscara manos libres dotada de una lente de seis elementos de 40 × 90 mm, un duplicador Magnification Doubler de tres elementos y un infrarrojo de gran alcance. El mundo exterior se veía teñido de un azul frío traslúcido, en lugar del habitual verde, el color diseñado ex profeso para terrenos altamente reflectantes como el Ártico.

Al aproximarse al primer montículo de nieve, las gafas de Delta Uno revelaron varias franjas brillantes de nieve recién hollada que subían por el muro y lo salvaban como una flecha de neón en mitad de la noche. Al parecer, a los tres fugitivos no se les había ocurrido soltar la improvisada vela o les había sido imposible. Sea como fuere, si no se habían soltado antes de llegar a la última pared de hielo, a esas alturas estarían en el océano. Delta Uno sabía que las prendas protectoras de sus presas los mantendrían con vida en el agua más de lo habitual, pero las implacables corrientes de la costa los arrastrarían mar adentro, donde se ahogarían sin remedio.

A pesar de su confianza, a Delta Uno lo habían adiestrado para no dar nunca nada por sentado: tenía que ver los cuerpos. Agachándose más, unió los dedos y subió la primera pendiente.

Michael Tolland yacía inmóvil, evaluando sus magulladuras. Estaba maltrecho, pero tenía la sensación de que no se había roto nada. Sospechaba que el relleno de gel del Mark IX le había ahorrado un traumatismo importante. Cuando abrió los ojos, tardó un tanto en pensar con claridad. Allí todo parecía más tranquilo..., más silencioso. El viento seguía aullando, pero con menos fiereza.

«Salimos despedidos por el borde, ¿no?»

Cuando se hubo centrado, descubrió que estaba tendido en el hielo, atravesado sobre Rachel Sexton, formando casi un ángulo recto. Los mosquetones estaban cerrados y retorcidos. La sentía respirar bajo él, pero no le veía el rostro. Se quitó de encima, los músculos apenas le respondían.

—¿Rachel...? —Tolland no estaba seguro de si sus labios emitían sonido alguno o no.

Recordó los últimos segundos de la angustiosa experiencia que acababan de vivir: el repentino ascenso del globo, la rotura del cable, los cuerpos desplomándose por la cara más alejada del montículo de nieve, la subida y remontada del último muro, la proximidad del borde..., el final del hielo. Tolland y Rachel habían caído, pero la caída había sido extrañamente corta. En lugar de precipitarse al mar como esperaban, tan sólo habían caído unos tres metros antes de darse contra otro bloque de hielo y parar, con el peso muerto de Corky a remolque.

Ahora, tras levantar la cabeza, Tolland miró hacia el mar. No muy lejos, el hielo finalizaba en un acantilado cortado a pico, del otro lado del cual le llegaban los sonidos del océano. Después observó el glaciar, haciendo un esfuerzo por escudriñar la noche. A unos veinte metros se alzaba un alto muro de hielo que parecía suspendido sobre ellos. Entonces cayó en la cuenta de lo que había sucedido. De algún modo habían pasado del glaciar principal a una terraza de hielo situada en un nivel inferior. Se trataba de una sección llana, con la extensión de una pista de hockey, que se había hundido parcialmente... y podía caer al océano en cualquier momento.

«Desprendimientos de hielo», pensó mientras contemplaba la precaria plataforma en la que se hallaba, un amplio bloque cuadrado suspendido del glaciar como un descomunal balcón, rodeado por tres de sus lados de precipicios que descendían hasta el mar. El manto de hielo estaba unido al glaciar únicamente por la trasera, y Tolland vio que esa unión era de todo menos estable. La superficie por la que la terraza inferior se aferraba a la plataforma Milne se caracterizaba por una gran fisura de más de un metro de ancho. La gravedad iba camino de ganar la batalla.

Casi más aterrador que la fisura fue ver en el hielo el

cuerpo inmóvil de Corky Marlinson. Estaba a unos diez metros, al extremo de una cuerda tensa que los unía a ellos.

Tolland intentó ponerse de pie, pero seguía ligado a Rachel. Tras cambiar de posición, comenzó a soltar los entrelazados mosquetones.

Debilitada, Rachel trató de incorporarse.

—¿No hemos... caído? —Su voz sonaba desconcertada.

—Fuimos a parar a un bloque inferior de hielo —explicó él, soltándose finalmente—. Tengo que ayudar a Corky.

Tolland intentó levantarse haciendo un esfuerzo, pero las piernas no lo sostenían. Agarró a la cuerda y comenzó a tirar. Corky empezó a deslizarse por el hielo en dirección a ellos. Al poco se hallaba tendido en el hielo no muy lejos.

Tenía un aspecto terrible. Había perdido las gafas, presentaba un feo corte en la mejilla y le sangraba la nariz. La preocupación de Tolland de que su amigo hubiese muerto se disipó de prisa cuando éste se volvió y lo miró furioso.

—¡Por el amor de Dios! —balbució—. ¿Qué demonios fue ese truquito?

Tolland se sintió aliviado.

Rachel se incorporó e hizo una mueca de dolor. Acto seguido echó un vistazo.

—Tenemos que... salir de aquí. Este bloque de hielo parece a punto de desprenderse.

Tolland no podía estar más de acuerdo. La única cuestión era cómo hacerlo.

No tuvieron tiempo de pensar en una solución. Sobre ellos, en el glaciar, se oyó un familiar zumbido agudo. Tolland levantó la cabeza y vio que dos figuras vestidas de blanco se acercaban al borde esquiando como si nada y se detenían al unísono. Los dos hombres permanecieron allí un instante, contemplando a sus malparadas presas como expertos en ajedrez que disfrutaran del jaque mate antes de asestar el golpe de gracia.

A Delta Uno le sorprendió comprobar que los tres fugitivos seguían con vida. Sin embargo, sabía que esa situación no duraría mucho: habían caído sobre una sección del glaciar que ya había iniciado su inevitable desplome al mar. Podían inutilizarlos y matarlos del mismo modo que a la mujer, pero acababa de presentarse una solución mucho más limpia. Y de esa forma jamás se encontrarían los cuerpos.

Tras mirar por el reborde, Delta Uno se fijó en la gran grieta que había empezado a abrirse como una cuña entre la plataforma y el bloque de hielo suspendido. El saledizo en el que se hallaban los tres fugitivos se sostenía precariamente..., listo para desgajarse y caer al océano el día menos pensado.

«¿Por qué no hoy?...»

En la plataforma de hielo la noche se veía perturbada cada pocas horas por ensordecedores estruendos: el sonido de masas de hielo que se separaban del glaciar y se precipitaban al océano. ¿Quién iba a reparar en ello?

Sintiendo la cálida y familiar descarga de adrenalina que experimentaba cuando se disponía a matar, Delta Uno metió la mano en la mochila y sacó un objeto pesado similar a un limón. Dicho objeto, habitual entre las tropas de asalto, era una granada cegadora, un arma no letal que desorientaba temporalmente al enemigo generando un destello cegador y un sonido ensordecedor. Esa noche, no obstante, Delta Uno sabía que la granada sin duda sería mortal.

Se situó cerca del borde, preguntándose cuánta profundidad tendría la grieta hasta el fondo. ¿Seis metros? ¿Quince metros? Sabía que daba lo mismo: su plan sería eficaz de todas formas.

Con una calma que era el producto de haber llevado a cabo un sinfín de ejecuciones, Delta Uno programó el dispositivo para que estallara a los diez segundos, retiró la anilla y arrojó la granada al abismo. La bomba desapareció en la oscuridad.

A continuación, él y su compañero subieron a la cima del montículo, dispuestos a esperar. El espectáculo sin duda sería digno de ver.

A pesar de que sus facultades estaban mermadas, Rachel Sexton podía imaginarse perfectamente qué era lo que acababan de arrojar sus agresores a la grieta. No estaba segura de si Michael Tolland también lo sabía o si tan sólo estaba leyendo el miedo que reflejaban sus ojos, pero, sea como fuere, lo vio palidecer y mirar aterrado el colosal bloque de hielo en el que se encontraban, a todas luces comprendiendo lo inevitable.

Como un nubarrón iluminado por un relámpago interior, el hielo refulgió desde dentro, una inquietante blancura traslúcida que salió despedida en todas las direcciones. En un radio de cuatrocientos metros el glaciar se tornó un destello blanco. A continuación se produjo la sacudida, que no fue un retumbar como el de un terremoto, sino una onda expansiva ensordecedora de una fuerza brutal. Rachel sintió que el impacto subía desde el hielo y se le metía en el cuerpo.

En el acto, como si alguien hubiese introducido una cuña entre la plataforma y el bloque de hielo que los sostenía, el saledizo empezó a escindirse con un crujido espeluznante. Presa de un miedo paralizador, Rachel miró a Tolland. Corky chilló no muy lejos.

La parte inferior se desprendió.

Rachel se sintió ingrávida un instante, suspendida sobre las miles de toneladas de hielo, y a continuación iniciaron el descenso con el iceberg..., camino de las heladas aguas.

Capítulo 56

A Rachel le hirió los oídos el ensordecedor roce de hielo contra hielo provocado por el inmenso bloque al deslizarse por la plataforma Milne, lanzando al aire una rociada de escarcha. Cuando llegó abajo, frenó, y el cuerpo antes ingrávido de Rachel cayó con fuerza sobre el hielo. Tolland y Corky aterrizaron pesadamente no muy lejos.

Cuando, debido al impulso descendente, el bloque se sumergió más en el mar, Rachel vio que la espumosa superficie del océano se elevaba a toda velocidad con una especie de deceleración insultante, como el suelo cuando uno hace puenting y descubre que su cuerda mide algo más de lo debido. Se elevaba..., se elevaba..., y de pronto estaba ahí. La pesadilla de su infancia había regresado. «El hielo..., el agua..., la oscuridad.» Era un miedo casi primigenio.

La parte superior del bloque de hielo se hundió por debajo de la línea de flotación, y el glacial océano Ártico saltó los bordes en un torrente. Cuando el mar la rodeó por completo, Rachel sintió que se sumergía. La piel de su rostro se tensó y ardió en contacto con el agua salada. El hielo desapareció bajo sus pies mientras ella pugnaba por salir a la superficie, ayudada por el gel del traje. Tragó una buena cantidad de agua salada, que escupió al emerger. Vio que los otros luchaban para mantenerse a flote a su lado, enredados en las cuerdas. Justo cuando ella logró enderezarse, oyó gritar a Tolland:

—¡Ahí viene otra vez!

Con sus palabras haciéndose oír por encima del estruendo, Rachel notó que debajo se formaba un inquietante afloramiento. Como una locomotora inmensa que tratara de cambiar de sentido, el bloque de hielo se había detenido ruidosamente bajo el agua y ahora iniciaba su ascenso justo por donde se hallaban ellos. De las profundidades comenzó a emerger un rugido de una escalofriante frecuencia baja a medida que el gigante sumergido iniciaba el ascenso por el glaciar.

La subida fue rápida, cada vez más a medida que surgía de la oscuridad. Rachel notó que se elevaba. El océano se revolvió en derredor cuando el hielo tocó su cuerpo. Intentó mantenerse derecha en vano, procurando no perder el equilibrio mientras el hielo la impulsaba hacia el cielo junto con millones de litros de agua de mar. En su ascenso, el inmenso manto asomó por encima de la superficie, sacudiéndose y tambaleándose, buscando el centro de gravedad. Rachel se sorprendió luchando en la enorme planicie con el agua por la cintura. Cuando el agua empezó a retirarse, la corriente la engulló y la empujó hacia el borde. Resbalando, tendida boca abajo, vio que el borde se acercaba de prisa.

«¡Aguanta!» Oía la voz de su madre igual que cuando no era más que una niña y se debatía en las heladas aguas del estanque. «¡Aguanta, no te hundas!»

El violento tirón del arnés la privó del escaso aire que le quedaba en los pulmones. Rachel se detuvo en seco a escasos metros del borde, el movimiento haciéndola girar. A unos diez metros vio que el cuerpo laxo de Corky, aún unido a ella por la cuerda, también frenaba con fuerza. Se habían deslizado por el hielo en direcciones opuestas y el impulso de él había detenido su avance. Cuando el volumen de agua disminuyó, junto a Corky apareció otro bulto oscuro, a cuatro patas, aferrado a la cuerda de él y vomitando agua salada.

Michael Tolland.

Cuando hubo desaparecido todo rastro de agua del iceberg, Rachel permaneció tendida en un silencio aterrado, escuchando los sonidos del océano. Después, al empezar a sentir un frío mortal, se puso a gatas. El iceberg aún se movía adelante y atrás, como un cubito de hielo gigantesco. Delirando y dolorida, se acercó al resto.

Arriba, en el glaciar, Delta Uno observaba con sus gafas de visión nocturna el agua que se arremolinaba en torno al iceberg más reciente del océano Ártico. Aunque no vio ningún cuerpo en el agua, no le sorprendió. El océano estaba oscuro, y sus víctimas iban vestidas de negro.

Mientras escudriñaba la superficie del inmenso manto de hielo flotante, le costaba mantener la vista fija en él. Se alejaba rápidamente, hacia mar abierto, debido a las fuertes corrientes. Estaba a punto de centrarse en el océano cuando descubrió algo inesperado: tres puntos negros en el hielo. «¿Serán cuerpos?» Delta Uno trató de enfocarlos.

—¿Ves algo? —inquirió Delta Dos.

Delta Uno no respondió, siguió observando con la lente de aumento. Se quedó atónito al distinguir, en medio de la blancura del iceberg, tres formas humanas inmóviles en la isla de hielo. No sabía si estaban vivos o muertos. Tampoco es que importara: si seguían con vida, aun enfundados en los trajes térmicos, morirían en menos de una hora. Estaban mojados, se aproximaba una tormenta y se adentraban en uno de los océanos más letales del planeta. Nunca encontrarían los cadáveres.

—Sólo sombras —contestó Delta Uno al tiempo que se apartaba del acantilado—. Volvamos a la base.

Capítulo 57

El senador Sedgewick Sexton dejó su balón de Courvoisier en la repisa de la chimenea de su apartamento de Westbrooke Place y avivó el fuego unos instantes mientras ordenaba sus ideas. Los seis hombres que lo acompañaban en el estudio guardaban silencio..., a la espera. La conversación sobre temas triviales había concluido. Había llegado el momento de que el senador soltara su discurso. Ellos lo sabían; él lo sabía.

La política era cuestión de ventas.

«Expón las verdades. Que sepan que comprendes sus problemas.»

—Como tal vez sepan ustedes —comenzó al tiempo que se volvía hacia ellos—, a lo largo de los últimos meses me he reunido con muchos hombres que disfrutan de su misma posición. —Sonrió y tomó asiento para situarse a su mismo nivel—. Ustedes son los únicos a los que he traído a mi casa. Son hombres extraordinarios, y es un honor para mí recibirlos. —Sexton unió las manos y dejó que sus ojos se paseasen por la estancia mirando a cada uno de sus invitados. Acto seguido se centró en el primer objetivo, el hombre corpulento con el sombrero vaquero—. Space Industries, Houston —dijo—. Me alegro de que haya venido.

—Odio esta ciudad —refunfuñó el texano.

—Y con razón: Washington ha sido injusta con usted.

El otro clavó la vista en él por debajo del ala del sombrero pero no dijo nada.

—Hace doce años presentó una oferta al gobierno norteamericano —prosiguió el senador—. Les propuso construirles una estación espacial por tan sólo cinco mil millones de dólares.

—Así fue. Aún tengo los planos.

—Sin embargo, la NASA convenció al gobierno de que una estación espacial norteamericana debía ser un proyecto de la NASA.

—Cierto. La agencia inició la construcción hace casi una década.

—Una década. Y no sólo la estación todavía no se halla en pleno funcionamiento, sino que hasta la fecha el proyecto ha costado veinte veces más de lo que propuso usted. Como contribuyente que soy, eso me indigna.

Se oyeron muestras de aquiescencia en la sala, y Sexton volvió a establecer contacto visual con todo el grupo.

—Soy perfectamente consciente de que varias de sus empresas han ofrecido lanzar transbordadores espaciales privados por la ridícula suma de cincuenta millones de dólares por vuelo —afirmó el senador, ahora dirigiéndose a todos ellos.

Más inclinaciones de cabeza.

—Y, sin embargo, la NASA se interpone cobrando tan sólo treinta y ocho millones..., aunque los costes reales por vuelo ascienden a más de ciento cincuenta millones de dólares.

—Así es como nos mantienen alejados del espacio —aseveró uno de los presentes—. El sector privado no puede competir con una empresa que puede permitirse ofrecer vuelos con pérdidas del cuatrocientos por ciento y así y todo seguir en el negocio.

—Ni tampoco tendría por qué hacerlo —afirmó Sexton.

Más movimientos afirmativos.

Acto seguido el senador se dirigió al severo empresario que tenía al lado, un hombre cuyo historial había leído con interés. Al igual que muchos de los empresarios que financiaban la campaña de Sexton, el tipo era un ingeniero militar que, desilusionado con los exiguos sueldos y la burocracia gubernamental, había abandonado el ejército para buscar fortuna en la industria aeroespacial.

—Kistler Aerospace —dijo al tiempo que sacudía la cabeza con aire de desesperación—. Su empresa ha diseñado y fabricado un cohete capaz de lanzar material científico por tan sólo dos mil dólares por medio kilo, en comparación con los diez mil dólares por medio kilo de la NASA. —Hizo una pausa teatral—. Y, sin embargo, no tiene clientes.

—¿Cómo voy a tenerlos? —repuso el hombre—. La semana pasada la agencia nos la volvió a jugar cobrándole a Motorola ochocientos doce dólares por medio kilo para lanzar un satélite de telecomunicaciones. El gobierno lanzó ese satélite con unas pérdidas del novecientos por ciento.

Sexton asintió. Sin saberlo, los contribuyentes estaban subvencionando a una agencia que era diez veces menos eficiente que la competencia.

—Es más que evidente —dijo con la voz ensombreciéndose— que la NASA está haciendo todo lo posible por eliminar la competencia en el espacio. Desplaza empresas aeroespaciales privadas ofreciendo unos precios que se sitúan por debajo del valor del mercado.

—Es la *waltmartización* del espacio —afirmó el texano.

«Excelente analogía —pensó Sexton—. A ver si no se me olvida.» Walt-Mart era una multinacional famosa por instalarse en un territorio nuevo, vender productos por debajo del valor del mercado y quitarse de encima a la competencia local.

—Maldita sea, estoy hasta la mismísima coronilla de tener que pagar millones en impuestos para que el tío Sam utilice ese dinero para robarme a los clientes —espetó el texano.

—Sí, lo comprendo —contestó el senador.

—Lo que está matando a Rotary Rocket es la falta de financiación procedente de las empresas —apuntó un hombre bien vestido—. Las leyes que prohíben la financiación son vergonzosas.

—No podría estar más de acuerdo. —Sexton se había llevado las manos a la cabeza al enterarse de que otro de los métodos mediante los que la NASA afianzaba su monopolio en el espacio era la aprobación de mandatos federales que prohibían la publicidad en los vehículos espaciales. En lugar de permitir que las empresas privadas garantizaran la financiación mediante el auspicio y la publicidad (como era el caso, por ejemplo, de los pilotos de coches de carreras profesionales), los vehículos espaciales sólo podían exhibir las siglas USA y el nombre de la empresa. En un país que gastaba ciento ochenta y cinco mil millones de dólares al año en publicidad, ni uno solo de esos dólares iba a parar a las arcas de empresas aeroespaciales privadas.

—Es un atraco —espetó uno de los hombres—. Mi empresa espera permanecer lo bastante en el sector para lanzar el primer prototipo de transbordador turístico del país en mayo del año que viene. Imaginamos que contaremos con una cobertura periodística amplia. La Nike Corporation acaba de ofrecernos siete millones de dólares por pintar el logo de Nike y *«Just do it!»* en el lateral de la lanzadera. Y Pepsi nos ofreció el doble por poner: «Pepsi: el refresco de una nueva generación.» Pero, según las leyes federales, si nuestro transbordador exhibe publicidad, no podremos lanzarlo.

—Muy cierto —repuso el senador Sexton—. Y, si salgo elegido, me ocuparé de derogar esa legislación. Se lo prometo. El espacio debería estar abierto a la publicidad igual que lo está cada centímetro cuadrado de la Tierra.

—Sexton miró a su público fijamente. Su voz iba cobrando solemnidad—. Sin embargo, hemos de ser conscientes de que el mayor obstáculo para la privatización de la NASA no es la legislación, sino más bien la percepción del público. La mayoría de los norteamericanos aún tienen una visión idealizada del programa aeroespacial estadounidense: siguen creyendo que la NASA es una agencia gubernamental necesaria.

—La culpa es de esas puñeteras películas de Hollywood —se quejó otro hombre—. Por el amor de Dios, ¿cuántas películas sobre «la NASA salva al mundo de un asteroide asesino» puede hacer Hollywood? ¡Menuda propaganda!

Sexton sabía que la avalancha de películas sobre la NASA que salían de Hollywood no era más que una cuestión de cifras. Después de la exitosa *Top gun* —un taquillazo con Tom Cruise en el papel de piloto de reactor que era como un anuncio de dos horas sobre la Marina estadounidense—, la NASA comprendió el verdadero potencial de Hollywood como relaciones públicas de primer orden y empezó a ofrecer discretamente a las productoras cinematográficas acceso gratuito para filmar en las teatrales instalaciones de la agencia: rampas de lanzamiento, centro de control, centros de entrenamiento. Los productores, que estaban acostumbrados a pagar sumas astronómicas cuando rodaban en otros lugares, aprovecharon la oportunidad de ahorrar millones en los presupuestos filmando películas de suspense sobre la NASA en platós gratuitos. Como es natural, Hollywood sólo podía acceder a ellos si la agencia aprobaba el guión.

—Un lavado de cerebro público —comentó un hispano—. Las películas no son ni la mitad de malas que los trucos publicitarios. ¿Enviar a un anciano al espacio? Y ahora la NASA se plantea reunir una tripulación formada exclusivamente por mujeres. ¡Y todo por la publicidad!

Sexton suspiró. Su tono de voz se volvió trágico.

—Cierto, y sé que no hace falta que les recuerde lo que sucedió en los ochenta cuando el Departamento de Educación se declaró en quiebra y acusó a la NASA de derrochar unos millones que podían destinarse a la educación. La NASA ideó una campaña publicitaria para demostrar que apoyaba la educación. Enviaron al espacio a la profesora de un colegio público. —Sexton hizo una pausa—. Todos se acordarán de Christa McAuliffe.

En el estudio se hizo el silencio.

—Caballeros —continuó el senador mientras se detenía con muchas alharacas ante la chimenea—, creo que es hora de que los norteamericanos sepan la verdad, por el bien de nuestro futuro. Es hora de que los norteamericanos entiendan que la NASA no nos está llevando hacia el cielo, sino que más bien está frenando la exploración del espacio. El espacio es como cualquier otro sector, y mantener la industria privada en tierra roza en lo delictivo. Pensemos en el sector de la informática, donde se puede ver que los avances se han disparado de tal forma que apenas podemos seguirle el ritmo de semana en semana. ¿Por qué? Porque el sector informático es un sistema de libre mercado: premia la eficiencia y la visión con beneficios. ¿Se imaginan lo que pasaría si estuviese dirigido por el gobierno? Que seguiríamos en la prehistoria. En el espacio nos estamos estancando. Deberíamos poner la exploración del espacio en manos del sector privado, como corresponde. Los norteamericanos se quedarían anonadados al ver el crecimiento, los empleos y los sueños cumplidos. Creo que deberíamos permitir que el sistema de libre mercado nos sirva de estímulo para alcanzar nuevas cotas en el espacio. Si resulto elegido, me ocuparé personalmente de abrir las puertas de la última frontera y de que permanezcan abiertas de par en par.

Sexton levantó su copa de coñac.

—Amigos míos, están aquí esta noche para decidir si soy merecedor de su confianza. Espero poder ganármela.

Del mismo modo que hacen falta inversores para crear una empresa, hacen falta inversores para construir una presidencia. Del mismo modo que los accionistas de una empresa esperan obtener beneficios, ustedes, como inversores políticos, esperan obtener beneficios. El mensaje que quiero lanzarles esta tarde es sencillo: inviertan en mí y yo nunca me olvidaré de ustedes. Jamás. Compartimos una única misión.

El senador alzó su copa para brindar con ellos.

—Con su ayuda, amigos míos, yo estaré pronto en la Casa Blanca..., y ustedes, cumpliendo sus sueños.

A menos de cinco metros de distancia, Gabrielle Ashe permanecía sumida en las sombras, rígida. Del estudio le llegó el armonioso tintineo de los balones de cristal y el crepitar del fuego.

Capítulo 58

Presa del pánico, el joven técnico de la NASA echó a correr por la habisfera. «¡Ha sucedido algo terrible!» Encontró al administrador solo en la zona de prensa.

—Señor, se ha producido un accidente —informó al aproximarse.

Ekstrom se volvió. Parecía distante, como si ya le preocuparan otras cosas.

—¿Qué ha dicho? ¿Un accidente? ¿Dónde?

—En el pozo de extracción. Acaba de aparecer un cuerpo flotando, el del doctor Wailee Ming.

Ekstrom lo miró con el rostro inexpresivo.

—¿El doctor Ming? Pero...

—Lo hemos sacado, pero hemos llegado demasiado tarde. Está muerto.

—Por el amor de Dios, ¿cuánto tiempo llevaba ahí?

—Creemos que alrededor de una hora. Da la impresión de que cayó dentro y se hundió hasta el fondo, pero cuando el cuerpo se hinchó subió a la superficie.

La rubicunda tez del administrador se volvió carmesí.

—¡Maldita sea! ¿Quién más lo sabe?

—Nadie, señor. Sólo dos personas. Lo sacamos, pero pensamos que sería mejor decírselo a usted antes de...

—Han hecho bien. —Ekstrom exhaló un suspiro cargado de gravedad—. Quiten el cuerpo de en medio inmediatamente. Y no digan nada.

El técnico se quedó perplejo.

—Pero, señor...

El administrador le puso una de sus grandes manos en el hombro.

—Escuche con atención: es un trágico accidente, y lo lamento profundamente. Claro está que nos ocuparemos de él como es debido cuando corresponda, pero éste no es el momento.

—¿Quiere que esconda el cadáver?

Los fríos ojos nórdicos de Ekstrom lo atravesaron.

—Párese a pensarlo. Podríamos contárselo a todo el mundo, pero ¿qué sacaríamos con ello? Falta tan sólo una hora para la rueda de prensa. Anunciar que se ha producido un accidente fatal eclipsaría el descubrimiento y tendría un efecto demoledor en la moral. El doctor Ming fue descuidado y cometió un error; no voy a consentir que la NASA pague por él. Esos científicos civiles ya han acaparado suficiente atención como para que además yo permita que una de sus distracciones ensombrezca nuestro momento de gloria público. El accidente del doctor Ming se mantendrá en secreto hasta que haya finalizado la rueda de prensa. ¿Lo ha entendido?

El hombre asintió, pálido.

—Me haré cargo del cuerpo.

Capítulo 59

Michael Tolland había estado en el mar lo suficiente para saber que el océano se cobraba víctimas sin remordimientos o vacilación. Mientras yacía exhausto en el amplio manto de hielo apenas lograba distinguir la espectral silueta de la imponente plataforma Milne a lo lejos. Sabía que la fuerte corriente del Ártico que se originaba en las islas Elizabeth formaba una enorme espiral alrededor del casquete polar que acababa bordeando el territorio del norte de Rusia. No es que importara: para ello harían falta meses.

«Tenemos unos treinta minutos..., cuarenta y cinco a lo sumo.»

Sin el aislamiento protector de los trajes rellenos de gel, Tolland sabía que ya habrían muerto. Gracias a Dios, los Mark IX los habían mantenido secos, el aspecto más importante a la hora de sobrevivir en un clima frío. El gel térmico que envolvía sus cuerpos no sólo había amortiguado la caída, sino que en ese momento estaba ayudando a que los cuerpos conservaran el escaso calor que les quedaba.

La hipotermia no tardaría en manifestarse. Comenzaría con un ligero entumecimiento en las extremidades cuando la sangre se retirara al centro del cuerpo para proteger los órganos vitales. Después, cuando el pulso y la respiración se ralentizaran, privando de oxígeno al cerebro, sobrevendrían el delirio y las alucinaciones. A continuación, el cuerpo haría un último esfuerzo por conservar el calor que aún tuviera anulando todas las funciones salvo el ritmo cardíaco y la respiración. Perderían el conocimiento y, finalmente, el corazón dejaría de latir y la respiración cesaría.

Tolland miró a Rachel y deseó poder hacer algo para salvarla.

El entumecimiento que empezaba a sentir Rachel Sexton era menos doloroso de lo que habría creído, casi un grato anestésico. «La morfina de la naturaleza.» Al caer había perdido las gafas, y ahora apenas podía abrir los ojos debido al frío.

Veía a Tolland y a Corky en el hielo, no muy lejos de ella. Tolland la miraba con los ojos inundados de pesar; Corky se movía, pero era evidente que estaba dolorido. Tenía el pómulo derecho roto y ensangrentado.

Rachel tiritaba con fuerza mientras su cerebro buscaba respuestas. «¿Quién? ¿Por qué?» Una creciente pesadez la ofuscaba. Nada tenía sentido. Era como si su cuerpo se apagara poco a poco, arrullado por una fuerza invisible que la incitaba a dormir. Luchó contra ella. Ahora sentía una ira sorda, abrasadora, y ella trataba de avivar las llamas.

«¡Han intentado matarnos! —Escudriñó el mar amenazador y tuvo la sensación de que los agresores se habían salido con la suya—. Ya estamos muertos.» Incluso entonces, a sabiendas de que probablemente no viviese para averiguar la verdad sobre el mortífero juego que se estaba desarrollando en la plataforma Milne, Rachel sospechaba que ya sabía a quién culpar.

Ekstrom, el administrador, era quien más tenía que ganar. Él era quien los había hecho salir al hielo, y tenía vínculos con el Pentágono y con Operaciones Especiales. Pero ¿qué sacaba Ekstrom introduciendo el meteorito bajo el hielo? ¿Qué sacaba nadie?

A Rachel se le pasó por la cabeza Zach Herney, y se preguntó si el presidente formaría parte de la conspiración o sería un peón ajeno a las intrigas. «Herney no sabe nada. Es inocente.» A todas luces, la NASA lo había engañado, y él estaba a una hora de anunciar el descubrimiento de la agencia. Y lo haría armado con un documental que contaba con el respaldo de cuatro científicos civiles.

Cuatro científicos civiles muertos.

Rachel no podía hacer nada para impedir que se celebrara la rueda de prensa, pero se juró que quienquiera que fuese el responsable del ataque pagaría por ello.

Reuniendo todas sus fuerzas, trató de incorporarse. Las extremidades eran como de granito, las articulaciones lanzaron un grito de dolor cuando dobló las piernas y los brazos. Se puso de rodillas despacio, afianzándose en el liso hielo. La cabeza le daba vueltas. Notó a su alrededor el azote del océano. No muy lejos, Tolland le dirigió una mirada inquisitiva, y ella supuso que probablemente él pensara que se había arrodillado para rezar. Pero no, no era así, aunque posiblemente con la oración consiguiera más o menos lo mismo que con lo que estaba a punto de hacer.

Su mano derecha tanteó la cintura en busca del piolet, que aún llevaba unido al cinturón, y los agarrotados dedos asieron el mango. Tras darle la vuelta al instrumento, dejándolo en forma de T invertida, lo hundió en el hielo con todas sus fuerzas. ¡Pum! De nuevo. ¡Pum! La sangre que corría por sus venas era como melaza fría. ¡Pum! Tolland la miraba, a todas luces confuso. Rachel volvió a clavar el piolet. ¡Pum!

Tolland trató de acodarse.

—¿Ra...chel?

Ella no respondió. Necesitaba todas sus energías. ¡Pum! ¡Pum!

—No creo que... —dijo él— tan al norte... la RAS... pueda oír...

310

Ella se volvió, sorprendida. Había olvidado que Tolland era oceanógrafo y tal vez se imaginara lo que ella intentaba hacer. «La idea es buena... pero no estoy llamando a la RAS.»

Siguió con los golpes.

La RAS era la Red Acústica Suboceánica, una reliquia de la guerra fría que utilizaban los oceanógrafos del mundo entero para localizar ballenas. Dado que bajo el agua el sonido se propagaba cientos de kilómetros, los cincuenta y nueve micrófonos submarinos que la RAS había instalado alrededor del mundo podían escuchar un porcentaje sorprendentemente elevado de los océanos del planeta. Por desgracia esa remota región del Ártico no formaba parte de ese porcentaje, pero Rachel sabía que allí debajo había otros escuchando el lecho oceánico, otros de cuya existencia pocos sabían. Continuó aporreando el hielo. Su mensaje era simple y claro.

Pum. Pum. Pum.

Pum... Pum... Pum...

Pum. Pum. Pum.

Rachel no se engañaba pensando que lo que hacía iba a salvarles la vida; ya empezaba a sentir que una opresión glacial le atenazaba el cuerpo. Dudaba que le quedase media hora de vida. Era absolutamente imposible que los rescataran, pero no era un rescate lo que ella tenía en mente.

Pum. Pum. Pum.

Pum... Pum... Pum...

Pum. Pum. Pum.

—No hay... tiempo... —afirmó Tolland.

«Esto no tiene que ver con nosotros —pensó ella—, sino con la información que guardo en el bolsillo. —Rachel visualizó la comprometedora imagen del GPR en el bolsillo con cierre de velcro de su traje—. Tengo que ponerla en manos de la NRO... y pronto.»

Aunque deliraba, Rachel estaba segura de que recibirían su mensaje. A mediados de la década de los ochenta, la NRO sustituyó la RAS por una red treinta veces más poderosa. Cobertura global absoluta: la Classic Wizard, el oído de la NRO en el lecho oceánico, cuyo coste había ascendido a doce millones de dólares. A lo largo de las horas siguientes los superordenadores Cray del centro de interceptación de la NRO/NSA en la base de Menwith Hill, Inglaterra, señalarían una secuencia anómala en uno de los hidrófonos del Ártico, la descifrarían, descubrirían que se trataba de un SOS, triangularían las coordenadas y enviarían un avión de salvamento desde la base aérea de Thule, en Groenlandia. El aparato encontraría tres cuerpos en un iceberg. Congelados. Muertos. Uno de ellos, un empleado de la NRO... con una extraña hoja de papel térmico en el bolsillo.

«Una imagen de un GPR. El legado de Norah Mangor.»

Cuando el personal de salvamento estudiara el papel vería el misterioso túnel bajo el meteorito. A partir de ahí Rachel desconocía lo que iba a pasar, pero al menos el secreto no moriría con ellos en el hielo.

Capítulo 60

Toda transición presidencial a la Casa Blanca entraña un recorrido privado por tres almacenes fuertemente custodiados que contienen infinidad de muebles de un valor incalculable: escritorios, cuberterías de plata, burós, camas y otros objetos utilizados por antiguos presidentes que se remontan nada menos que hasta George Washington. En dicho recorrido, el nuevo presidente es invitado a elegir cualquier reliquia que le guste para utilizarla en la Casa Blanca durante su mandato. El único mueble permanente es la cama del Dormitorio Lincoln. Irónicamente, Lincoln no durmió nunca en ella.

La mesa ante la que se hallaba sentado Zach Herney en el Despacho Oval había pertenecido a su ídolo, Harry Truman. El escritorio, aunque pequeño desde el punto de vista moderno, le servía para recordarle a diario sus obligaciones, el hecho de que en último término él era responsable de cualquier deficiencia en su administración. Para Herney, esa responsabilidad era un honor, y hacía cuanto podía por inculcar a su equipo la motivación necesaria para hacer lo que fuese preciso para desempeñar su cometido.

—¿Señor presidente? —dijo su secretaria asomando la cabeza por el despacho—. Ya tiene la llamada que pidió.

Herney hizo un gesto con la mano y repuso:

—Gracias.

Acto seguido cogió el teléfono. Habría preferido hablar en privado, pero en ese preciso momento la privacidad era algo imposible. Dos maquilladores profesionales revoloteaban como moscones, tocando y acicalando su rostro y su cabello. Justo enfrente de la mesa bregaba un equipo de televisión, y un enjambre de asesores y relaciones públicas pululaban por el despacho discutiendo nerviosamente la estrategia.

«Una hora para el directo...»

Herney pulsó el botón iluminado de la línea privada.

—¿Lawrence? ¿Está ahí?

—Sí. —La voz del administrador de la NASA sonó cansada, distante.

—¿Va todo bien ahí arriba?

—Se avecina una tormenta, pero los míos me dicen que la conexión vía satélite no se verá afectada. Estamos preparados. Ya sólo falta una hora.

—Estupendo. Espero que con la moral alta.

—Mucho. El equipo está entusiasmado. A decir verdad, hemos estado tomando unas cervezas.

Herney se echó a reír.

—Me alegro de oírlo. Escuche, quería llamar para darle las gracias antes de que hagamos esto. Ésta va a ser una tarde bestial.

El administrador tardó en responder y cuando lo hizo pareció indeciso, algo en absoluto propio de él.

—Muy cierto, señor. Llevamos mucho tiempo esperando esto.

Herney vaciló.

—Parece exhausto.

—Necesito algo de sol y una cama de verdad.

—Una hora más. Sonría a las cámaras, disfrute del momento y después le enviaremos un avión para que lo traiga de vuelta aquí.

—Lo estoy deseando. —El hombre volvió a guardar silencio.

Hábil negociador, el presidente había aprendido a escuchar, a leer entre líneas. Y el tono del administrador le decía que algo no marchaba bien.

—¿Está seguro de que va todo bien?

—Claro. Todos los sistemas están a punto. —Ekstrom parecía impaciente por cambiar de tema—. ¿Ha visto usted el montaje definitivo del documental de Michael Tolland?

—Acabo de verlo —respondió Herney—. Ha hecho un trabajo estupendo.

—Sí. Hizo usted bien llamándolo.

—¿Aún está enfadado conmigo por haber involucrado a civiles?

—Pues sí, la verdad —refunfuñó el administrador con cordialidad con su fuerza habitual, lo que hizo que Herney se sintiera mejor.

«Ekstrom está bien —pensó—. Sólo anda un poco cansado.»

—Bien, lo veré dentro de una hora vía satélite. Les daremos algo de que hablar.

—De acuerdo.

—Por cierto, Lawrence. —El presidente bajó la voz y adoptó un tono solemne—. Ha hecho usted un trabajo increíble ahí arriba. Nunca lo olvidaré.

En el exterior de la habisfera, zarandeado por el viento, Delta Tres pugnaba por enderezar el trineo de Norah Mangor y volver a cargarlo. Una vez subido el equipo, afianzó la lona, colocó encima el cadáver de la científica y lo sujetó. Cuando se disponía a desviar el trineo de su rumbo, vio que sus dos compañeros subían hacia él por el glaciar.

—Cambio de planes —chilló Delta Uno para hacerse oír con el viento—. Los otros tres cayeron por el acantilado.

A Delta Tres no le extrañó. También sabía lo que significaba eso: el plan de la Delta Force de simular un accidente dejando los cuatro cuerpos en la plataforma ya no era viable. Abandonar un único cadáver plantearía más preguntas que respuestas.

—¿Barrido? —quiso saber.

Delta Uno asintió.

—Yo iré por las bengalas, vosotros dos deshaceos del trineo.

Mientras Delta Uno desandaba cuidadosamente el camino recorrido por los científicos y recogía cualquier indicio que revelara su presencia allí, Delta Tres y su compañero se deslizaron glaciar abajo con el trineo. Tras salvar a duras penas los montículos de nieve, llegaron al precipicio que señalaba el final de la plataforma de hielo Milne. Una vez allí, bastó un empujón para despeñar silenciosamente a Norah Mangor y su trineo, que cayeron al océano Ártico.

«Un buen barrido», pensó Delta Tres.

De regreso a la base comprobó satisfecho que el viento borraba las huellas de sus esquís.

Capítulo 61

El submarino nuclear *Charlotte* llevaba ya cinco días detenido en el océano Ártico. Su presencia en la zona era alto secreto.

El *Charlotte*, un submarino de la clase Los Ángeles, había sido diseñado para oír sin ser oído. Sus turbinas, de treinta y ocho toneladas, se asentaban en resortes para apagar cualquier vibración que pudiesen generar. A pesar del exigido secreto, el Los Ángeles era uno de los submarinos de reconocimiento que mayores estelas dejaba en el agua. Con sus casi ciento diez metros del codaste a la roda, el casco, de colocarse en un campo de fútbol de la Liga Nacional, aplastaría ambas porterías. Siete veces mayor que el primer submarino de la Armada norteamericana de la clase Holland, el *Charlotte* desplazaba 6.234 toneladas de agua cuando se sumergía por completo y podía alcanzar una velocidad de crucero de nada menos que treinta y cinco nudos.

La profundidad de inmersión normal se situaba justo por debajo de la termoclina, un gradiente de temperatura natural que distorsionaba las reflexiones del sónar que quedaban por encima y hacía que el submarino fuese invisible a los radares de superficie. Con una dotación de ciento cincuenta y ocho hombres y una profundidad de inmersión máxima de cuatrocientos cincuenta metros, era el submarino más puntero del mundo y la bestia de carga oceánica de la Marina de Estados Unidos. Su sistema de generación de oxígeno por electrólisis, sus dos reactores nucleares y sus prestaciones tecnológicas hacían que fuera capaz de circunnavegar el globo veintiuna veces sin necesidad de emerger. Al igual que en la mayoría de las embarcaciones, los excrementos de la dotación eran comprimidos en bloques de treinta kilos y expulsados al océano, unas enormes masas de heces que recibían el jocoso nombre de «mojones de ballena».

El operador que vigilaba la pantalla del oscilador de la sala de sónar era uno de los mejores del mundo, y su cerebro, un diccionario de sonidos y formas de ondas. Podía diferenciar los sonidos de varias docenas de hélices de submarinos rusos, cientos de animales marinos, e incluso determinar volcanes submarinos situados nada menos que en Japón.

Sin embargo, en ese momento oía un eco sordo, repetitivo. El sonido, aunque fácilmente distinguible, resultaba de lo más inesperado.

—No te vas a creer lo que estoy oyendo —le dijo a su ayudante al tiempo que le pasaba los cascos.

El aludido se puso los auriculares y a sus ojos asomó una expresión de incredulidad.

—Dios mío. Claro como la luz del día. ¿Qué hacemos?

El operador de sónar ya estaba hablando con el comandante.

Cuando éste llegó a la sala, el operador emitió una muestra de los sonidos detectados en directo por unos pequeños altavoces. El comandante aguzó el oído, inexpresivo.

Pum. Pum. Pum.

Pum... Pum... Pum...

Más y más lento, las señales cada vez más imprecisas. Cada vez más débiles.

—¿Cuáles son las coordenadas? —preguntó el comandante.

El operador se aclaró la garganta.

—A decir verdad, señor, procede de la superficie, a poco más de cinco millas a estribor.

Capítulo 62

Gabrielle Ashe seguía en el oscuro pasillo que comunicaba con el estudio del senador Sexton, con las piernas temblorosas no tanto de cansancio por haber permanecido inmóvil como de desilusión por lo que estaba oyendo. La reunión continuaba, pero Gabrielle no necesitaba oír más. La verdad parecía evidente y dolorosa.

«El senador Sexton está aceptando sobornos de agencias aeroespaciales privadas.» Marjorie Tench le había dicho la verdad.

La repugnancia que sentía Gabrielle venía motivada por la traición. Ella creía en Sexton, lo había defendido. «¿Cómo puede estar haciendo esto?» Gabrielle había visto mentir públicamente al senador de vez en cuando para proteger su vida privada, pero eso era política. Esto otro era infringir la ley.

«Aún no lo han elegido y ya está vendiendo la Casa Blanca.»

Gabrielle sabía que no podía seguir respaldando al senador. La promesa de aprobar el proyecto de ley de privatización de la NASA sólo podía cumplirse pasando por alto desdeñosamente tanto la legislación como el sistema democrático. Aunque el senador creyera que ello beneficiaría a todo el mundo, vender la decisión así sin más, por adelantado, implicaba obviar las cuentas y los balances del gobierno, desoyendo argumentos que tal vez resultaran convincentes del Congreso, asesores, votantes y grupos de presión. Y, lo más importante, al garantizar la privatización de la NASA, Sexton allanaba el terreno para que se multiplicaran esa clase de abusos —los relativos a la información privilegiada eran los más habituales—, favoreciendo abiertamente a un grupo privilegiado de ricos a costa de inversores públicos honrados.

Con el estómago revuelto, Gabrielle se preguntó qué podía hacer.

De repente sonó un teléfono a sus espaldas, rompiendo el silencio del pasillo. Se volvió, sobresaltada. El sonido procedía del armario del recibidor: un móvil en el bolsillo de uno de los abrigos de los invitados.

—Discúlpenme, amigos —dijo el texano en el estudio—. Es el mío.

Gabrielle oyó que el hombre se levantaba. «¡Va a venir por aquí!» Tras girar sobre sus talones, echó a correr por donde había venido. A medio camino del pasillo torció a la izquierda y se metió en la oscura cocina justo cuando el texano salía del estudio y aparecía en el pasillo. Gabrielle se quedó inmóvil, refugiándose en las sombras.

El texano pasó por delante sin verla.

Aunque el corazón le latía ruidosamente, oyó al hombre rebuscar en el armario y después coger el teléfono.

—¿Sí? ¿Cuándo? ¿En serio? Ahora lo encendemos. Gracias.

El hombre colgó y volvió al estudio mientras pedía a voz en grito:

—¡Eh! Pongan la televisión. Por lo visto Zach Herney va a celebrar una rueda de prensa urgente a las ocho. En todos los canales. O vamos a declararle la guerra a China o la Estación Espacial Internacional acaba de caer al océano.

—Eso sí que merecería un brindis —comentó alguien.

Todos se echaron a reír.

Gabrielle tenía la sensación de que la cocina daba vueltas. «¿Una rueda de prensa a las ocho?» Al parecer, Tench no iba de farol: le había dado a Gabrielle de plazo hasta las ocho de esa tarde para que le entregase una declaración jurada en la que admitiera su aventura. «Distánciese del senador antes de que sea demasiado tarde», le había advertido la asesora. Gabrielle supuso que dicho plazo tenía por objeto que la Casa Blanca pudiera filtrar la información a los periódicos del día siguiente, pero por lo visto el presidente tenía intención de dar a conocer personalmente las acusaciones.

«¿Una rueda de prensa urgente? —Sin embargo, cuantas más vueltas le daba, más raro se le antojaba—. ¿Herney va a anunciar esta historia en directo? ¿En persona?»

En el estudio se oyó el televisor. A todo volumen. La voz del presentador del telediario sonaba exultante.

«La Casa Blanca no ha facilitado información alguna sobre el sorprendente comunicado presidencial de esta tarde, de manera que las especulaciones están a la orden del día. Algunos analistas políticos opinan que, tras la reciente ausencia del presidente de la campaña electoral, es posible que éste se disponga a anunciar que no va a presentarse a la reelección.»

En el estudio se oyó una ovación esperanzada.

«Absurdo —pensó Gabrielle. Con todos los trapos sucios que la Casa Blanca podía sacarle a Sexton, ¿cómo iba a tirar la toalla el presidente esa tarde? No, de ningún modo—. Esta rueda de prensa no va por ahí.» Gabrielle tenía la desagradable sensación de que ya le habían avisado de por dónde iban los tiros.

Consultó su reloj con creciente apremio: faltaba menos de una hora. Debía tomar una decisión, y sabía exactamente con quién tenía que hablar. Tras meterse el sobre con las fotos bajo el brazo, salió del apartamento sin hacer ruido.

Una vez fuera, el guardaespaldas pareció aliviado.

Capítulo 63

Michael Tolland yacía de costado en el hielo con la cabeza apoyada en un brazo extendido que ya no sentía. Aunque notaba que le pesaban los párpados, hizo un esfuerzo por mantener los ojos abiertos. Desde aquella extraña atalaya contemplaba las últimas imágenes de su mundo —que ahora se reducía a mar y hielo—, ladeado, desde una singular postura. Daba la impresión de ser un final apropiado para un día en el que nada había sido lo que parecía.

Por la balsa de hielo flotante había empezado a extenderse una inquietante calma. Rachel y Corky habían enmudecido, y los golpeteos habían cesado. Cuanto más se alejaban del glaciar, más amainaba el viento. Tolland oyó que su cuerpo también se aquietaba. Con la capucha tapándole los oídos, podía oír su propia respiración amplificada en la cabeza. Cada vez más lenta..., más superficial. Su cuerpo ya no era capaz de combatir la sensación de compresión que le provocaba la sangre a medida que se apartaba de las extremidades, como la tripulación que abandona el barco, para dirigirse instintivamente a los órganos vitales en un intento desesperado de mantenerlo consciente.

Sabía que era una batalla perdida.

Curiosamente ya no sentía dolor alguno, ya había dejado atrás esa fase. Ahora la sensación era de abotargamiento. Aturdimiento. Flotación. Cuando el primero de sus actos reflejos —el parpadeo— comenzó a desvanecerse, a

Tolland se le nubló la vista. El humor acuoso que circulaba entre la córnea y el cristalino se congelaba una y otra vez. Volvió la cabeza hacia la borrosa plataforma Milne, ahora tan sólo un bulto blanco apenas visible con la brumosa luz de la luna.

Notó que su espíritu aceptaba la derrota. En el límite entre la presencia y la ausencia, clavó la vista en las lejanas olas del océano. A su alrededor oía el aullido del viento.

Entonces comenzaron las alucinaciones. Por extraño que pudiera parecer, en los segundos que precedieron a la pérdida del conocimiento no vio visiones de un rescate. Tampoco albergó pensamientos cálidos y reconfortantes. Su última visión fue aterradora.

De las aguas, junto al iceberg, surgió un leviatán que salía a la superficie profiriendo un silbido ominoso. Emergió como un monstruo marino mítico: lustroso, negro y letal, con el agua espumeando a su alrededor. Tolland se obligó a pestañear, y la visión se le aclaró un tanto. La bestia estaba cerca y golpeaba el hielo como un enorme tiburón que embistiera una barca. La mole se elevó ante sus ojos. Su piel era reluciente y húmeda.

Cuando la confusa imagen se tornó negra sólo quedaron los sonidos: metal contra metal, un rechinar de dientes contra el hielo. Aproximándose cada vez más. Llevándose los cuerpos.

«Rachel...»

Tolland notó que lo cogían con brusquedad.

Después todo se volvió negro.

Capítulo 64

Gabrielle Ashe entró a la carrera en el control de realización de ABC News, en la tercera planta del edificio. Así y todo, se movía más despacio que el resto de quienes ocupaban la estancia. Allí se vivía una intensidad febril durante las veinticuatro horas del día, pero en ese momento los cubículos que tenía delante parecían la Bolsa bajo los efectos del *speed*. Redactores con ojos desorbitados se chillaban para hacerse oír de un puesto a otro, reporteros con faxes en la mano iban de acá para allá cotejando notas, mientras becarios frenéticos engullían Snickers y Mountain Dew entre recado y recado.

Gabrielle había ido a la ABC en busca de Yolanda Cole.

Por regla general a la mujer se la podía encontrar en las altas esferas de realización: los despachos personales con paredes de cristal reservados para los jefes, que necesitaban su dosis de tranquilidad para pensar. Sin embargo, esa tarde Yolanda se encontraba donde estaba la acción. Cuando vio a Gabrielle, lanzó su habitual grito de euforia.

—¡Gabs! —Yolanda llevaba un vestido de batik y unas gafas con montura de carey. Como de costumbre iba envuelta en varios kilos de llamativa bisutería, como si de espumillón se tratase. Corrió a su encuentro agitando los brazos—. Dame un abrazo.

Yolanda Cole llevaba dieciséis años trabajando en Washington como editora en la ABC y era una polaca pecosa y achaparrada de cabello ralo a la que todo el mundo llamaba cariñosamente *Mamá*. Su pinta de matrona y su buen humor disimulaban un olfato implacable para conseguir la noticia. Gabrielle la había conocido en un congreso, «Las mujeres en la política», al que había asistido poco después de llegar a Washington. Estuvieron charlando sobre los orígenes de Gabrielle, el desafío que suponía ser mujer en la capital y, finalmente, sobre Elvis Presley, una pasión que les sorprendió descubrir que compartían. Yolanda tomó a Gabrielle bajo su tutela y la ayudó a establecer contactos, y ésta seguía pasándose a saludarla prácticamente todos los meses.

Gabrielle le dio un fuerte abrazo, y el entusiasmo de Yolanda por sí solo le levantó la moral.

La mujer dio un paso atrás y la miró de arriba abajo.

—Pareces cien años más vieja, niña. ¿Qué te ha pasado?

Gabrielle bajó la voz.

—Estoy en un aprieto, Yolanda.

—No es eso lo que se dice por ahí. Parece que tu hombre está subiendo como la espuma.

—¿Podemos hablar en privado?

—Es un mal momento, cielo. El presidente va a dar una rueda de prensa dentro de una media hora y todavía no tenemos ni idea de qué va. Necesito recabar opiniones de expertos y voy a ciegas.

—Yo sé sobre qué va a versar la rueda de prensa.

Yolanda se bajó las gafas y puso cara de escepticismo.

—Gabrielle, nuestro corresponsal en la Casa Blanca no tiene ni la menor idea. ¿Me estás diciendo que el equipo de Sexton posee esa información?

—No, te estoy diciendo que *yo* poseo esa información. Dame cinco minutos, te lo contaré todo.

Yolanda vio el sobre rojo que Gabrielle llevaba en la mano.

—Eso es para uso interno de la Casa Blanca, ¿de dónde lo has sacado?

—Marjorie Tench me lo dio esta tarde, durante una reunión privada.

Yolanda clavó la vista en ella largo rato.

—Sígueme.

En la intimidad que brindaba el despacho acristalado de Yolanda, Gabrielle confió en su leal amiga, le confesó la aventura de una noche que había tenido con Sexton y que Tench disponía de unas fotografías que lo demostraban.

Yolanda esbozó una ancha sonrisa y sacudió la cabeza entre risas. Por lo visto llevaba tanto tiempo dentro del mundillo periodístico de Washington que ya nada la escandalizaba.

—Vamos, Gabs, yo ya me olía que tú y Sexton os habíais liado. No es de extrañar: él tiene fama de mujeriego y tú eres un bombón. Es una lástima lo de las fotos, aunque yo no me preocuparía mucho.

«¿Que no te preocuparías?»

Gabrielle le explicó que Tench había acusado a Sexton de aceptar sobornos ilegales de compañías aeroespaciales y que ella misma acababa de presenciar por casualidad una reunión secreta de la SFF que lo confirmaba. Nuevamente Yolanda no se sorprendió ni se inquietó mucho..., hasta que ella le contó lo que pensaba hacer al respecto.

Ahora su amiga sí parecía preocupada.

—Gabrielle, si quieres entregar un documento legal en el que afirmas que te acostaste con un senador de Estados Unidos y lo respaldaste cuando él mintió y lo negó es cosa tuya. Pero, si quieres mi opinión, no creo que te convenga. Tienes que pararte a pensar detenidamente en lo que podría significar para ti.

—No me estás escuchando: ¡no dispongo de ese tiempo!

—Claro que te estoy escuchando y, cariño, tanto si el tiempo apremia como si no, hay ciertas cosas que no se hacen. No se vende a un senador de Estados Unidos por un escándalo sexual. Es un suicidio. Niña, en mi opinión, si te cargas a un candidato a la presidencia, lo mejor será que te subas a un coche y te alejes todo lo que puedas de Washington. Serás una mujer marcada. Un montón de gente destina grandes cantidades de dinero a impulsar a sus candidatos. Estamos hablando de finanzas de altos vuelos y de poder..., la clase de poder por el que la gente mata.

Gabrielle no dijo nada.

—Personalmente creo que Tench te ha presionado con la esperanza de que te dejes llevar por el pánico y cometas una estupidez, como echarle un cable a ella y confesar la aventura —añadió su amiga al tiempo que señalaba el sobre rojo—. Esas fotos de Sexton y tú no significan absolutamente nada a menos que tú o él admitáis que son auténticas. La Casa Blanca sabe que, si las filtra, Sexton se limitará a asegurar que son falsas y se las tirará al presidente a la cara.

—Yo pensé lo mismo pero, así y todo, lo de la financiación ilegal de la campaña...

—Cielo, párate a pensarlo. Si la Casa Blanca no ha acusado ya a Sexton de aceptar sobornos, lo más probable es que no vaya a hacerlo. El presidente va en serio cuando dice que no quiere una campaña negativa. Me atrevería a afirmar que ha decidido ahorrarle un escándalo al sector aeroespacial y te ha echado a ti encima a Tench con un farol con la esperanza de asustarte y que admitas la aventura. Que le des una puñalada trapera a tu candidato.

Gabrielle sopesó sus palabras. Yolanda tenía razón y, sin embargo, seguía habiendo algo raro. Gabrielle señaló la animada redacción a través del cristal.

—Yolanda, os estáis preparando para hacer frente a una rueda de prensa de envergadura. Si el presidente no va a denunciar los sobornos o la aventura, ¿de qué va a hablar?

Su amiga se quedó anonadada.

—Espera un momento. ¿Tú crees que esa rueda de prensa gira en torno a Sexton y a ti?

—O a los sobornos. O a ambas cosas. Tench me dijo que tenía hasta las ocho de esta tarde para firmar una confesión o el presidente anunciaría...

La risotada de la periodista hizo estremecer el lugar.

—¡Venga ya! No me hagas reír.

Gabrielle no estaba para bromas.

—¿Qué?

—Gabs, escucha —consiguió decir su amiga mientras seguía riendo—. Hazme caso: llevo dieciséis años tratando con la Casa Blanca y estoy completamente segura de que Zach Herney no ha convocado a todos los medios para decirles que sospecha que el senador Sexton está aceptando fondos de procedencia dudosa para su campaña o que se acuesta contigo. Esa clase de información se filtra. Los presidentes no ganan popularidad interrumpiendo la programación prevista para refunfuñar y quejarse de un escándalo sexual o de supuestas violaciones de leyes poco claras sobre la financiación fraudulenta.

—¿Poco claras? —repitió Gabrielle—. No creo que vender descaradamente la decisión que se va a tomar sobre un proyecto de ley a cambio de millones en propaganda electoral sea un asunto poco claro.

—¿Estás segura de que es eso lo que está haciendo? —El tono de voz de Yolanda de endureció—. ¿Estás lo bastante segura para bajarte los pantalones en la televisión nacional? Piénsalo bien. En los tiempos que corren, para hacer cualquier cosa es preciso contar con un montón de alianzas, y la financiación de una campaña es un tema complicado. Puede que la reunión de Sexton fuese perfectamente legal.

—Está infringiendo la ley —insistió Gabrielle. «¿O no?»

—O eso es lo que quiere hacerte creer Marjorie Tench. Los candidatos siempre aceptan donativos bajo cuerda de grandes empresas. Tal vez no esté bien, pero no es necesariamente ilegal. De hecho, la mayoría de los aspectos legales no tiene que ver con la procedencia del dinero, sino con el uso que decide darle el candidato a ese dinero.

Gabrielle vaciló, ya no estaba segura de nada.

—Gabs, la Casa Blanca te ha tomado el pelo esta tarde. Ha intentado ponerte en contra de tu candidato, y por el momento te has tragado el farol. Si yo buscara alguien en quien depositar mi confianza, creo que me quedaría con Sexton antes de abandonar el barco por alguien como Marjorie Tench.

El teléfono de Yolanda sonó, y ella lo cogió, asintió y dijo varias veces «ajá» mientras tomaba notas.

—Interesante —afirmó al cabo—. Ahora mismo voy. Gracias.

Al colgar se volvió hacia Gabrielle enarcando las cejas.

—Gabs, me da la impresión de que te vas a librar, tal y como pensaba.

—¿Qué pasa?

—Aún no tengo nada concreto, pero lo que sí puedo asegurarte es que la rueda de prensa del presidente no tiene nada que ver con escándalos sexuales o financiación fraudulenta.

Gabrielle sintió un rayo de esperanza y quiso creerla a toda costa.

—¿Cómo lo sabes?

—Alguien de dentro acaba de soplarnos que la rueda de prensa tiene que ver con la NASA.

Gabrielle se irguió de súbito.

—¿La NASA?

Su amiga le guiñó un ojo.

—Ésta podría ser tu tarde de suerte. Apuesto a que el presidente se siente tan presionado por el senador Sexton que ha decidido que la Casa Blanca no tiene más remedio que cortarle el grifo a la Estación Espacial Internacional. Eso explica que la cobertura mediática sea global.

«¿Una rueda de prensa para cargarse la estación espacial?» Gabrielle no podía imaginar tal cosa.

Su amiga se levantó.

—Es probable que el ataque de Tench de esta tarde no fuera más que una última intentona de frenar a Sexton antes de que el presidente tuviera que dar la mala noticia. Nada como un escándalo sexual para apartar la atención de otro fracaso presidencial. Bueno, Gabs, sintiéndolo mucho, tengo trabajo. Te aconsejo que vayas por un café, te sientes ahí, enciendas el televisor y capees esto como los demás. Quedan veinte minutos para el directo, e insisto: estoy segura de que el presidente no va a remover la mierda esta tarde. Todo el mundo lo observa. Sea lo que sea lo que va a decir, ha de tener su peso. —Le guiñó un ojo en ademán tranquilizador—. Y ahora dame el sobre.

—¿Qué?

Yolanda tendió la mano exigiéndoselo.

—Esas fotos se quedan en mi mesa hasta que esto termine. Quiero asegurarme de que no cometes ninguna estupidez.

Gabrielle le entregó el sobre de mala gana, y su amiga lo introdujo en un cajón, lo cerró y se metió las llaves en el bolsillo.

—Me lo vas a agradecer, Gabs, te lo prometo. —Le alborotó el cabello con aire juguetón al salir—. Quédate ahí tranquila, creo que vamos a recibir buenas noticias.

Gabrielle se quedó sola en el despacho acristalado e intentó que el optimismo de Yolanda le subiera la moral. Sin embargo, lo único en lo que podía pensar era la sonrisa de satisfacción de Marjorie Tench esa tarde. Gabrielle no acertaba a imaginar qué iba a decirle al mundo el presidente, pero sin duda no sería nada bueno para el senador Sexton.

Capítulo 65

Rachel Sexton tenía la sensación de que la estaban quemando viva.

«¡Está lloviendo fuego!»

Trató de abrir los ojos, pero lo único que logró distinguir fueron bultos borrosos y luces cegadoras. Llovía a su alrededor, una lluvia hirviente que le laceraba la piel. Estaba tendida de lado y notaba unas baldosas calientes bajo el cuerpo. Se aovilló en posición fetal, intentando protegerse del líquido abrasador que le caía encima. Le olía a química, a cloro, quizá. Intentó apartarse, pero no pudo. Unas manos poderosas se apoyaron en sus hombros y la clavaron al suelo.

«¡Suéltenme! ¡Me quema!»

El instinto hizo que tratara de escapar de nuevo, y otra vez se lo impidieron las fuertes manos, reteniéndola.

—Quédese donde está —ordenó una voz de hombre con acento norteamericano. Profesional—. Ya no queda nada.

«¿Para qué no queda nada? —se preguntó Rachel—. ¿Para que acabe el dolor? ¿La vida?» Trató de fijar la vista. Las luces del lugar eran intensas, y le dio la impresión de que la habitación era pequeña, estaba abarrotada y tenía el techo bajo.

—¡Me quema! —El grito de Rachel no fue más que un susurro.

—Se encuentra bien —aseguró la voz—. El agua está templada, confíe en mí.

Rachel cayó en la cuenta de que estaba prácticamente desnuda; tan sólo llevaba la ropa interior, empapada. Pero no sintió vergüenza: en su cerebro bullían muchas otras preguntas.

Un aluvión de recuerdos empezaba a asaltarla. La plataforma de hielo. El GPR. El ataque. «¿Quién? ¿Dónde estoy?» Intentó reunir las piezas del rompecabezas, pero se sentía aletargada, con el cerebro como ralentizado. De todo aquel lío y confusión emergió un único pensamiento: «Michael y Corky..., ¿dónde están?»

Procuró centrar la empañada visión, pero tan sólo vio a algunos hombres inclinados sobre ella, todos ellos vestidos con el mismo mono azul. Quería hablar, pero su boca se negaba a pronunciar palabra alguna. La sensación de quemazón en la piel empezaba a dar paso a repentinas y profundas oleadas de dolor que sacudían sus músculos como temblores sísmicos.

—Tenga paciencia —le recomendó el hombre—. La sangre tiene que volver a irrigar su musculatura. —Hablaba como un médico—. Procure mover las articulaciones todo lo que pueda.

Era doloroso, como si le estuvieran golpeando cada uno de los músculos con un martillo. Tumbada allí, en las baldosas, con el pecho contraído, apenas podía respirar.

—Mueva las piernas y los brazos —insistió el hombre—. Aunque le duela.

Rachel intentó obedecer, y a cada movimiento era como si un cuchillo le atravesara las articulaciones. La temperatura de los chorros de agua volvió a subir, era abrasadora, y el terrible dolor continuaba. Justo cuando creyó que no podría resistir un segundo más, notó que alguien le ponía una inyección. El dolor pareció calmarse rápidamente, cada vez menos intenso, dando tregua; los temblores se ralentizaron, y Rachel sintió que respiraba de nuevo.

Ahora, una nueva sensación se iba apoderando de su

cuerpo, unos pinchazos inquietantes. Por todas partes, punzadas más y más lacerantes. Millones de diminutos alfilerazos que se agudizaban cada vez que se movía. Intentó quedarse quieta, pero los chorros seguían acribillándola. El hombre le sujetaba los brazos, se los movía.

«¡Dios mío, qué dolor!» Rachel estaba demasiado débil para oponer resistencia. Por su rostro rodaron lágrimas de cansancio y sufrimiento. Cerró con fuerza los ojos, no quería saber nada del mundo.

Finalmente, los pinchazos comenzaron a remitir y la lluvia cesó. Cuando abrió los ojos, veía con más claridad.

Entonces los vio.

Corky y Tolland estaban a su lado, tiritando, medio desnudos y mojados. A juzgar por la angustia que se leía en sus ojos, Rachel dedujo que acababan de pasar por una experiencia similar a la suya. Tolland tenía los castaños ojos enrojecidos y vidriosos. Al verla a ella, logró esbozar una débil sonrisa, los labios azules, temblorosos.

Rachel trató de incorporarse para asimilar el extraño entorno. Los tres se hallaban tumbados en el suelo de una minúscula ducha, medio desnudos, contorsionados.

Capítulo 66

Unos brazos fuertes la levantaron.

Rachel notó que los fornidos extraños la secaban y la envolvían en unas mantas. A continuación la colocaron en una especie de cama de hospital y le masajearon con energía los brazos, las piernas y los pies. Luego le pusieron otra inyección en el brazo.

—Adrenalina —dijo alguien.

Ella sintió que el medicamento corría por sus venas como una fuerza vital, tonificando sus músculos. Aunque seguía notando en el estómago una vacuidad glacial, tensa, la sangre poco a poco iba volviendo a sus extremidades.

«He resucitado.»

Intentó fijar la vista. Tolland y Corky se encontraban a su lado, tiritando y envueltos en mantas mientras los hombres los masajeaban y les ponían inyecciones. A Rachel no le cupo ninguna duda de que aquel misterioso grupo de hombres acababa de salvarles la vida. Muchos de ellos estaban empapados, daban la impresión de haberse metido en las duchas vestidos para echar una mano. Quiénes eran o cómo habían llegado hasta Rachel y sus compañeros a tiempo era algo que se le escapaba. Aunque en ese momento carecía de importancia. «Estamos vivos.»

—¿Dónde... estamos? —consiguió decir, y el sencillo acto de intentar hablar le provocó un tremendo dolor de cabeza.

—En la enfermería de un submarino de la clase Los Ángeles...

—¡Atención! —exclamó alguien.

Rachel notó un repentino revuelo a su alrededor y procuró incorporarse. Uno de los hombres vestidos de azul la ayudó, sosteniéndola y arrebujándola en las mantas. Ella se frotó los ojos y vio que alguien entraba en la habitación.

El recién llegado era un fornido afroamericano, apuesto y autoritario, con uniforme de color caqui.

—Descansen —dijo mientras se acercaba a Rachel, se inclinaba sobre ella y la miraba con unos intensos ojos negros—. Harold Brown —se presentó con voz grave e imperiosa—. Comandante del *Charlotte*. ¿Y usted es...?

«El *Charlotte*», pensó ella. El nombre le resultaba vagamente familiar.

—Sexton... —contestó—. Rachel Sexton.

El hombre pareció perplejo. Se aproximó más, mirándola con mayor atención.

—No me lo puedo creer. Es usted.

Rachel estaba perdida. «¿Me conoce?» Ella estaba segura de que no sabía quién era el comandante, aunque cuando sus ojos pasaron del rostro a la insignia que lucía en el pecho, vio el familiar emblema de un águila aferrada a una ancla y las palabras «Marina estadounidense».

Entonces supo por qué le sonaba el nombre del submarino.

—Bienvenida a bordo, señorita Sexton —dijo el hombre—. Se ha ocupado usted de un buen número de los partes de reconocimiento de esta embarcación. Sé quién es usted.

—Pero ¿qué están haciendo en estas aguas? —balbució ella.

El rostro del comandante se endureció un tanto.

—Francamente, señorita Sexton, eso mismo iba a preguntarle yo.

Justo entonces Tolland se incorporó, despacio, y abrió la boca para responder, pero ella lo hizo callar con un firme movimiento de la cabeza. «No es el lugar ni el momento.» Estaba segura de que Tolland y Corky querrían hablar sin dilación del meteorito y el ataque, dos temas que no era prudente tratar delante de la dotación de un submarino de la Armada. En el mundillo de la inteligencia, fuera cual fuese la crisis, la palabra clave era «autorización», y todo lo relativo al meteorito seguía siendo alto secreto.

—Tengo que hablar con el director de la NRO, William Pickering —le dijo al comandante—. En privado e inmediatamente.

El hombre enarcó las cejas; al parecer, no estaba acostumbrado a recibir órdenes en su propio barco.

—Poseo información clasificada que debo transmitir.

El comandante la escudriñó largo rato.

—Primero entre en calor, después la pondré en contacto con el director.

—Es urgente, señor. Necesito... —Rachel calló de pronto: acababa de ver un reloj sobre el botiquín.

Las 19.51.

Parpadeó y se quedó mirando con fijeza la hora.

—¿Va... va bien el reloj?

—Está usted en un submarino de la Armada, señora. Nuestros relojes son precisos.

—¿La hora... es del Este?

—Las 19.51 horario del Este. Salimos de Norfolk.

«¡Dios mío! —pensó ella—. ¿Sólo son las 19.51? —Le daba la impresión de que habían pasado horas desde que había perdido el conocimiento, y ni siquiera eran las ocho—. El presidente aún no ha hablado del meteorito. Aún estoy a tiempo de detenerlo.» Se bajó de la cama de prisa, envuelta en la manta. Las piernas le temblaban.

—Tengo que hablar con el presidente de inmediato.

El comandante la miró con cara de perplejidad.

—El presidente, ¿de qué?

—¡De Estados Unidos!

—Creía que quería hablar con William Pickering.

—No hay tiempo. Tengo que hablar con el presidente.

El comandante no se movió, y su corpachón le impedía el paso.

—Tengo entendido que el presidente está a punto de dar una importante rueda de prensa en directo. Dudo que acepte llamadas personales.

Rachel se irguió cuanto pudo sobre las débiles piernas y clavó la vista en el hombre.

—Señor, no estoy autorizada a explicarle la situación, pero el presidente está a punto de cometer un terrible error. Poseo una información que ha de conocer cueste lo que cueste. De inmediato. Confíe en mí.

El comandante la miró fijamente largo rato. A continuación frunció el ceño y consultó el reloj de nuevo.

—¿Nueve minutos? Con tan poco tiempo no puedo conseguirle una línea segura con la Casa Blanca. Lo único que puedo ofrecerle es un radioteléfono. Sin protección. Y tendríamos que ascender a profundidad de antena, lo que nos llevará...

—¡Hágalo! ¡Ya!

Capítulo 67

La centralita de la Casa Blanca se hallaba en el nivel inferior del Ala Este, y a su cargo había siempre tres operadores. En ese momento sólo había dos a los mandos; el tercero, una mujer, corría a toda velocidad hacia la Sala de Prensa con un inalámbrico en la mano. Había intentado transferir la llamada al Despacho Oval, pero el presidente ya había salido para dar la rueda de prensa. Había intentado llamar a sus asistentes a los respectivos teléfonos móviles, pero antes de celebrar reuniones informativas televisadas todos los teléfonos de la Sala de Prensa y las habitaciones contiguas se apagaban para evitar interrupciones.

Llevarle un inalámbrico al presidente en un momento así era, cuando menos, cuestionable, pero cuando el enlace de la NRO con la Casa Blanca llamó afirmando que poseía información urgente que debía llegar a manos del presidente antes de que entrara en directo, la operadora supo a ciencia cierta que tenía que salir disparada. Ahora la cuestión era si lograría llegar a tiempo.

En una pequeña enfermería a bordo del *Charlotte*, Rachel Sexton esperaba para hablar con el presidente con un teléfono pegado a la oreja. Tolland y Corky, que se encontraban con ella, aún parecían impresionados. A Corky le habían dado cinco puntos en el pómulo, que además presentaba una gran magulladura. Los habían ayudado a ponerse ropa interior térmica de Thinsulate, pesados monos de vuelo de la Armada, unos calcetines de lana enormes y unas botas. Con una taza de café rancio caliente en la mano, Rachel comenzaba a sentirse humana de nuevo.

—¿A qué viene el retraso? —inquirió Tolland—. ¡Son las siete y cincuenta y seis!

Rachel lo ignoraba. Había logrado hablar con uno de los operadores de la Casa Blanca, le había explicado quién era y que se trataba de una emergencia. La mujer, que a Rachel le dio la impresión de que la había escuchado, le dijo que se mantuviese a la espera, y se suponía que ahora había dado máxima prioridad a ponerla en contacto con el presidente.

«Cuatro minutos —pensó ella—. Date prisa.»

Cerró los ojos e intentó ordenar sus ideas. Había sido un día movidito. «Estoy en un submarino nuclear», se dijo, a sabiendas de que tenía una suerte loca de estar, sin más. Según el comandante de la embarcación, cuando efectuaban una ronda rutinaria en el mar de Bering dos días antes, el *Charlotte* había captado sonidos anómalos bajo el agua procedentes de la plataforma de hielo Milne: perforación, aviones reactores, multitud de mensajes por radio cifrados. De manera que a ellos los habían desviado y habían recibido órdenes de permanecer a la escucha en silencio. Hacía alrededor de una hora habían oído una explosión en la plataforma y se habían aproximado para echar un vistazo. Entonces fue cuando oyeron el SOS de Rachel.

—¡Quedan tres minutos! —exclamó Tolland, crispado, sin perder de vista el reloj.

Rachel se estaba poniendo nerviosa. ¿Por qué tardaban tanto? ¿Por qué no había recibido el presidente su llamada? Si Zach Herney daba a conocer los datos de que disponía...

Rachel se obligó a desechar semejante pensamiento y sacudió el aparato. «¡Cógelo!»

Cuando la operadora de la Casa Blanca se abalanzó hacia la entrada trasera de la Sala de Prensa, se topó con una multitud de miembros del equipo presidencial. Todo el mundo hablaba atropelladamente, se hallaban inmersos en los últimos preparativos. Vio al presidente a unos veinte metros, esperando a la puerta. Seguía en manos de los maquilladores.

—Abran paso —pidió la mujer mientras trataba de sortear el gentío—. Una llamada para el presidente. Perdón. Abran paso.

—¡Entramos en dos minutos! —anunció un ayudante de realización.

Asiendo con fuerza el teléfono, la operadora se iba abriendo camino a codazos.

—Una llamada para el presidente —repitió jadeante—. Abran paso.

Su avance se vio impedido por un imponente control: Marjorie Tench. El alargado rostro de la asesora hizo una mueca de desaprobación.

—¿Qué ocurre?

—Tengo una llamada... urgente para el presidente —explicó, sin aliento, la operadora.

Tench no daba crédito.

—No, ahora no.

—Es de Rachel Sexton, dice que es urgente.

El rostro de Tench se ensombreció, el ceño fruncido más por asombro que por enfado. La asesora miró el inalámbrico.

—Es una línea interna, no es segura.

—No, señora, pero de todas formas la llamada tampoco lo es. La señorita Sexton llama desde un radioteléfono, y dice que tiene que hablar ahora mismo con el presidente.

—¡Entramos en noventa segundos!

Tench clavó en ella sus fríos ojos y a continuación extendió una mano como de araña.

—Deme el teléfono.

La operadora tenía el corazón desbocado.

—La señorita Sexton quiere hablar directamente con el presidente. Me dijo que aplazara la rueda de prensa hasta que hubiese hablado con él y yo le aseguré...

La asesora dio un paso hacia la mujer y susurró con furia:

—Deje que le diga cómo funciona esto. Usted no recibe órdenes de la hija del rival del presidente, sino de mí. Y le aseguro que esto es todo cuanto va a poder acercarse al presidente hasta que averigüe qué está pasando.

La operadora miró a Zach Herney, que estaba ahora rodeado de técnicos de sonido, estilistas y varios miembros del equipo que le explicaban las últimas correcciones del discurso.

—¡Sesenta segundos! —gritó el ayudante de realización.

A bordo del *Charlotte*, Rachel Sexton corría arriba y abajo en el reducido espacio cuando por fin oyó un clic en la línea.

Al aparato se puso una voz rasposa.

—¿Hola?

—¿Presidente? —repuso Rachel.

—Marjorie Tench —corrigió la voz—, asesora principal del presidente. No sé quién es usted, pero le advierto que gastar bromas a la Casa Blanca supone una infracción de...

—¡Por el amor de Dios, esto no es ninguna broma! Soy Rachel Sexton, su enlace en la NRO, y...

—Sé quién es Rachel Sexton, señora, y tengo mis dudas de que sea usted. Llama usted a la Casa Blanca por una línea no segura pidiendo que interrumpa una importante emisión presidencial. No me parece el modus operandi de alguien que...

—Escuche —la interrumpió una iracunda Rachel—, hace unas horas informé a todo su equipo del descubrimiento de un meteorito, usted estaba en primera fila. Me vio en un televisor que se encontraba sobre la mesa del presidente. ¿Alguna pregunta?

Tench guardó silencio un instante.

—Señorita Sexton, ¿a qué viene todo esto?

—Todo esto viene a que tiene que detener al presidente. Los datos que posee sobre el meteorito no son correctos. Acabamos de averiguar que el meteorito fue introducido por debajo de la plataforma. No sé quién lo hizo ni por qué, pero ahí arriba las cosas no son lo que parecen. El presidente está a punto de respaldar unos datos que presentan graves errores, y le recomiendo encarecidamente...

—¡Espere un maldito minuto! —Tench bajó la voz—. ¿Se da cuenta de lo que está diciendo?

—¡Sí! Sospecho que el administrador de la NASA ha orquestado un fraude a gran escala, y el presidente va a verse atrapado en el medio. Por lo menos retrase la conferencia diez minutos para que pueda explicarle lo sucedido. ¡Alguien ha intentado matarme, por el amor de Dios!

La voz de Tench se tornó glacial.

—Señorita Sexton, deje que le advierta una cosa: si tiene sus dudas por haber ayudado a la Casa Blanca en la campaña, debería haberlo pensado mucho antes de respaldar personalmente esos datos para el presidente.

—¿Qué?

«¿Acaso me está escuchando?»

—Ésta es una maniobra repugnante. Utilizar una línea no segura es un truco barato. Dar a entender que los datos del meteorito han sido falseados... ¿Qué clase de persona que trabaje en inteligencia utiliza un radioteléfono para llamar a la Casa Blanca y hablar de información clasificada? Es evidente que espera usted que alguien intercepte este mensaje.

—Norah Mangor ha muerto por culpa de esto. Y el doctor Ming también. Tiene que avisar...

—¡Basta! No sé a qué está jugando, pero permítame que le recuerde a usted (y a quienquiera que pueda estar interceptando esta llamada) que la Casa Blanca posee grabaciones en vídeo que recogen declaraciones de científicos de primer orden de la NASA, de varios científicos civiles de renombre y de usted misma, señorita Sexton, y en todas ellas se corrobora que los datos del meteorito son precisos. No sé a qué viene este repentino cambio, pero, sea cual sea el motivo, considérese destituida de su cargo en la Casa Blanca a partir de este mismo instante, y si trata usted de empañar este descubrimiento con más acusaciones absurdas de juego sucio, le garantizo que la Casa Blanca y la NASA la demandarán por difamación tan de prisa que ni siquiera podrá hacer usted la maleta antes de ir a la cárcel.

Rachel fue a decir algo, pero de su boca no salió palabra alguna.

—Zach Herney ha sido generoso con usted —añadió Tench—, y, francamente, todo esto huele a truco barato del senador Sexton. Déjelo estar ahora mismo o presentaremos cargos, se lo aseguro.

La comunicación se cortó.

Rachel tenía aún la boca abierta cuando el comandante llamó a la puerta.

—¿Señorita Sexton? —dijo al tiempo que asomaba la cabeza—. Estamos recibiendo una señal débil de la Radio Nacional de Canadá. La rueda de prensa del presidente Zach Herney acaba de empezar.

Capítulo 68

Ante el estrado de la Sala de Prensa de la Casa Blanca, Zach Herney sintió el calor de los proyectores y supo que el mundo lo estaba observando. El bombardeo selectivo lanzado por la oficina de prensa de la Casa Blanca había generado toda suerte de rumores contagiosos entre los medios de comunicación. Los que no se enteraron del comunicado por la televisión, la radio o Internet lo supieron por sus vecinos, compañeros de trabajo y familiares. A las ocho de la tarde todo el que no viviera en una cueva hacía conjeturas sobre el asunto que trataría el presidente. En bares y salones de todo el mundo millones de personas clavaban la vista en el televisor mientras hacían cábalas con aprensión.

En momentos así —cuando hacía frente al mundo— era cuando Zach Herney sentía realmente el peso de su cargo. Todo el que decía que el poder no creaba adicción lo hacía porque nunca lo había experimentado. Sin embargo, cuando dio comienzo el discurso, Herney presintió que algo iba mal. No solía sentir miedo escénico, de manera que el cosquilleo que lo atenazaba ahora lo asustó.

«Es la magnitud de la audiencia», se dijo. Y, sin embargo, instintivamente sabía que había algo más. Algo que había visto.

Una menudencia, pero...

Se obligó a olvidarlo. No era nada. Pero no se le iba de la cabeza.

«Tench.»

Hacía unos instantes, cuando se preparaba para salir a escena, Herney había visto a Marjorie Tench en el pasillo amarillo, hablando por un teléfono inalámbrico, algo extraño en sí mismo, pero más aún teniendo en cuenta que a su lado se hallaba una operadora de la Casa Blanca con el rostro blanco, atemorizado. Herney no pudo escuchar la conversación telefónica que mantuvo Tench, pero vio que era conflictiva. Su asesora discutía con una vehemencia y una ira que él rara vez había visto, ni siquiera en ella. Se detuvo un momento y reparó en la mirada inquisitiva de Tench.

Ella levantó un pulgar para indicarle que todo iba bien, un gesto que él nunca le había visto. Fue la última imagen que se le pasó por la cabeza cuando le dijeron que había llegado el momento.

En la alfombra azul de la zona de prensa que se había habilitado en la habisfera de la NASA, en la isla Ellesmere, el administrador, Lawrence Ekstrom, estaba sentado en el centro de la larga mesa, flanqueado por funcionarios de la agencia y científicos de primer orden. En un gran monitor situado enfrente se emitía en directo el comunicado presidencial. Los demás empleados de la NASA se encontraban apiñados en torno a otras pantallas, rebosantes de entusiasmo al ver que su jefe daba comienzo a la rueda de prensa.

—Buenas tardes —decía Herney con una frialdad impropia de él—, compatriotas y amigos del mundo entero...

Ekstrom miró con fijeza la enorme roca carbonizada, que ocupaba un lugar destacado ante él. Sus ojos vagaron hasta un monitor cercano, donde se vio a sí mismo, flanqueado por los miembros de su equipo más austeros, y como telón de fondo, una enorme bandera estadounidense y el logotipo de la NASA. La teatral iluminación hacía que el escenario pareciera una especie de lienzo neomoderno: los doce apóstoles en la Última cena. Zach Herney había convertido todo aquello en una feria política. «Herney no tenía elección.» Así y todo, Ekstrom se sentía como un telepredicador que acercase a Dios a las masas.

Dentro de unos cinco minutos el presidente presentaría a Ekstrom y a su equipo. A continuación, gracias a una espectacular conexión vía satélite desde la cima del mundo, la NASA se uniría al presidente para compartir la gran noticia con el mundo. Después de informar brevemente de cómo se había efectuado el descubrimiento y de lo que éste significaba para la ciencia aeroespacial, así como de darse unas palmaditas mutuas en la espalda, la agencia y el presidente pasarían el testigo al famoso científico Michael Tolland, cuyo documental duraría quince minutos escasos. Acto seguido, cuando la credibilidad y el entusiasmo hubiesen alcanzado las cotas más altas, Ekstrom y el presidente darían las buenas noches y prometerían que en días venideros ampliarían la información continuamente en ruedas de prensa de la NASA.

Allí sentado, a la espera de su intervención, Ekstrom sintió que en su alma anidaba una profunda vergüenza. Sabía de antemano que la sentiría. La estaba esperando.

Había mentido..., había respaldado falsedades.

Sin embargo, por algún motivo, ahora daba la impresión de que esas mentiras carecían de trascendencia. Sobre Ekstrom pesaba una carga mayor.

En medio del caos que reinaba en el control de realización de la ABC, Gabrielle Ashe se hallaba junto a docenas de desconocidos, todas las cabezas vueltas hacia la serie de monitores suspendidos del techo. Cuando llegó el momento se hizo el silencio. Gabrielle cerró los ojos y rezó para que cuando los abriera no estuviese viendo imágenes de su propio cuerpo desnudo.

En el estudio del senador Sexton se respiraba un ambiente de agitación. Ahora todos los presentes se hallaban de pie, los ojos pegados al gran televisor.

Zach Herney se encontraba frente al mundo y, por increíble que pudiera parecer, su saludo había resultado forzado. Por un momento había dado la impresión de vacilar.

«Parece inseguro —pensó Sexton—. Y él nunca parece inseguro.»

—Menuda cara —musitó alguien—. Tiene que tratarse de una mala noticia.

«¿La estación espacial?», se preguntó el senador.

Herney miró a la cámara y respiró profundamente.

—Amigos míos, llevo muchos días cavilando cuál sería la mejor forma de anunciar esto...

«Es muy sencillo, basta con tres palabras —deseó el senador que dijese—: "La hemos fastidiado."»

Herney comentó brevemente que era lamentable que la NASA se hubiera convertido en moneda de cambio en las elecciones y que, dado que había sido así, él sentía la necesidad de disculparse antes de dar comienzo al comunicado.

—Habría preferido cualquier otro momento de la historia para comunicar esto —aseguró—. La tensión política que se respira actualmente tiende a convertir en escépticos a los creyentes y, sin embargo, dado que soy su presidente, no tengo más remedio que compartir con ustedes lo que acabo de saber no hace mucho. Al parecer, la magia del cosmos es algo que no funciona conforme al programa de los seres humanos..., ni siquiera conforme al programa de un presidente.

En el estudio de Sexton, todos parecieron retroceder al unísono. «¿Qué?»

—Hace dos semanas —continuó Herney—, el nuevo Escáner de Densidad Orbitante Polar pasó sobre la plataforma de hielo Milne, en la isla Ellesmere, una remota masa continental situada por encima del paralelo ochenta, en el Alto Ártico.

Sexton y el resto intercambiaron miradas de perplejidad.

—Este satélite de la NASA —prosiguió el presidente— detectó una roca de gran tamaño y elevada densidad enterrada a sesenta metros bajo el hielo. —Herney sonrió por primera vez, volvía a ser el de siempre—. Cuando recibió los datos, la NASA sospechó de inmediato que el PODS había encontrado un meteorito.

—¿Un meteorito? —farfulló Sexton, poniéndose en pie—. ¿Ésa es la noticia?

—La NASA envió a un equipo a la plataforma para que tomara muestras. Fue entonces cuando la agencia efectuó... —Hizo una pausa—. Francamente, han efectuado el descubrimiento científico del siglo.

Sin dar crédito, el senador dio un paso hacia el televisor. «No...» Sus invitados se revolvieron en los respectivos asientos con nerviosismo.

—Señoras y caballeros —anunció Herney—, hace unas horas la NASA ha extraído del Ártico un meteorito de más de siete toneladas de peso que contiene... —El presidente se detuvo de nuevo, dando tiempo a que todo el mundo se inclinara hacia adelante—. Un meteorito que contiene fósiles de una forma de vida. Docenas. Que constituyen una prueba inequívoca de la existencia de vida extraterrestre.

En el momento justo una imagen brillante se iluminó en la pantalla que había tras el presidente: un fósil perfectamente trazado de una enorme criatura similar a un insecto incrustada en una roca carbonizada.

En el estudio de Sexton seis empresarios se levantaron de un salto, con los ojos muy abiertos, aterrorizados. El senador estaba de piedra.

—Amigos míos —dijo el presidente—, el fósil que ven a mis espaldas tiene ciento noventa millones de años y fue descubierto en un fragmento de un meteorito llamado *Jungersol Fall*, que cayó en el océano Ártico hace casi tres siglos. El nuevo y fascinante satélite de la NASA, el PODS, descubrió este fragmento enterrado en una plataforma de hielo. A lo largo de las últimas dos semanas, la agencia y esta administración han hecho cuanto estaba en su mano para confirmar cada detalle de tan trascendental descubrimiento antes de darlo a conocer. Dentro de la siguiente media hora podrán oír el testimonio de numerosos científicos, tanto de la NASA como civiles, y ver un breve documental que ha sido elaborado por un rostro familiar que estoy seguro que todos reconocerán. Sin embargo, antes de continuar, me gustaría darle la más cordial bienvenida, en directo vía satélite desde más allá del círculo polar ártico, al hombre cuyo liderazgo, visión y duro trabajo ha hecho posible este momento histórico. Tengo el honor de presentarles al administrador de la NASA, el señor Lawrence Ekstrom.

Herney se volvió hacia la pantalla en el instante preciso.

La imagen del meteorito desapareció teatralmente para dar paso a un regio grupo de científicos de la NASA sentados ante una mesa alargada entre los que descollaba el corpachón de Ekstrom.

—Gracias, señor presidente. —El administrador se levantó con aire severo y orgulloso y miró directamente a la cámara—. Es para mí un gran orgullo compartir con todos ustedes el momento más glorioso de la NASA.

Ekstrom habló apasionadamente de la agencia espacial y el descubrimiento y, a continuación, con aire de patriotismo y triunfo, dio paso sin dilación a un documental presentado por un científico civil que además era toda una celebridad: Michael Tolland.

Sin perder de vista las imágenes, el senador Sexton cayó de rodillas ante el televisor mientras se mesaba el plateado cabello. «No, Dios mío, no.»

Capítulo 69

Mientras se alejaba del caos jovial que reinaba fuera de la Sala de Prensa y se dirigía a su rincón privado en el Ala Oeste, Marjorie Tench estaba que echaba chispas. No estaba de humor para celebraciones. La llamada de Rachel Sexton había sido de lo más inesperada.

Toda una decepción.

La asesora cerró de un portazo, se acercó a su mesa con paso airado y llamó a la centralita de la Casa Blanca.

—William Pickering. NRO.

Tench se encendió un cigarrillo y comenzó a dar vueltas por la habitación mientras esperaba a que el operador localizara a Pickering. Por regla general, el director de la NRO ya se habría marchado a casa, pero, con la rueda de prensa de la Casa Blanca a punto de concluir, Tench supuso que aún seguiría en su despacho, sin despegar los ojos del televisor, preguntándose qué podría estar pasando en el mundo que el director de la NRO no supiera de antemano.

Tench se maldijo por no haberse fiado de su intuición cuando el presidente dijo que quería enviar a Rachel Sexton a Milne. Ella receló, presentía que era un riesgo innecesario, pero el presidente se mostró persuasivo, convenció a Tench de que a lo largo de las últimas semanas el equipo de la Casa Blanca se había vuelto cínico y sospecharía del descubrimiento de la NASA si recibía la noticia de alguien de dentro. Tal y como Herney había prometido, la ratificación de Rachel Sexton acalló las sospechas, impidió que en la Casa Blanca se desataran el debate y el escepticismo, y obligó al equipo a avanzar como un frente unido. Una ayuda inestimable, hubo de reconocer Tench. Pero ahora la chica había cambiado de parecer.

«La muy zorra, mira que llamarme por una línea no segura.»

Era evidente que Rachel Sexton pretendía echar por tierra la credibilidad del descubrimiento, y el único consuelo de Tench era saber que el presidente había grabado en vídeo el anterior comunicado de la joven. «Gracias a Dios.» Al menos a Herney se le había ocurrido cubrirse las espaldas. Tench empezaba a temer que fueran a necesitarlo.

En ese instante, sin embargo, la asesora intentaba restañar las heridas de otras maneras. Rachel Sexton era una mujer lista, y si de verdad pretendía enfrentarse a la Casa Blanca y a la NASA, tendría que reclutar a algunos aliados poderosos. Lógicamente, su primera elección sería William Pickering. Tench ya sabía lo que opinaba éste de la NASA. Tenía que hablar con él antes que Rachel.

—¿Señorita Tench? —dijo una voz clara en el auricular del teléfono—. Soy William Pickering. ¿A qué debo este honor?

Tench oía la televisión de fondo, los comentarios de la NASA. Por el tono de voz del hombre, presintió que aún se estaba recuperando de la rueda de prensa.

—¿Tiene un minuto, director?

—Suponía que estaría en plena celebración. Ésta es una gran noche para usted. Da la impresión de que la NASA y el presidente han vuelto dispuestos a presentar batalla.

Tench notó en su voz una mezcla de profundo asombro y un dejo de acritud, esta última, sin lugar a dudas, debida a su legendaria aversión a enterarse de una noticia de última hora al mismo tiempo que el resto del mundo.

—Lamento que la Casa Blanca y la NASA se hayan visto obligadas a mantenerlo al margen —se disculpó Tench con la idea de tender un puente en el acto.

—¿Está usted al tanto de que hace unas semanas la NRO detectó actividad de la NASA ahí arriba y abrió una investigación? —respondió Pickering.

Ella frunció el ceño. «Está cabreado.»

—Lo estoy, sí. Y, sin embargo...

—La NASA nos dijo que no era nada, que estaba realizando no sé qué maniobras de adiestramiento en medios extremos. Probando equipo, esa clase de cosas. —Pickering hizo una pausa—. Nos tragamos la bola.

—Yo no lo llamaría bola —corrigió Tench—, sino más bien un despiste necesario. Teniendo en cuenta la magnitud del descubrimiento, confío en que entenderá que la NASA tenía que guardar el secreto.

—Ante los ciudadanos tal vez.

Hacer mohínes no era propio de hombres como William Pickering, y Tench intuyó que eso sería lo más parecido a ello que haría el director.

—Sólo dispongo de un minuto —aseguró ella en un esfuerzo por mantener su dominio de la situación—, pero he creído que debía llamar para prevenirlo.

—¿Prevenirme? —Pickering se permitió un toque de sarcasmo—. ¿Es que Zach Herney ha decidido nombrar a un nuevo director de la NRO más afín a la NASA?

—Naturalmente que no. El presidente entiende que sus críticas a la agencia no son más que cuestiones relativas a la seguridad y está tomando medidas para tapar esos agujeros. A decir verdad, llamo por uno de sus empleados. —Hizo una pausa—. Rachel Sexton. ¿Ha hablado con ella esta tarde?

—No. La envié a la Casa Blanca esta mañana a instancias del presidente. A todas luces, la han mantenido ocupada. Aún no ha vuelto.

A Tench le alivió saber que se había adelantado a Rachel. Dio una calada a su cigarrillo y habló con toda la tranquilidad que pudo.

—Sospecho que no tardará en recibir una llamada de la señorita Sexton.

—Bien, porque la estoy esperando. Debo decirle que cuando dio comienzo la rueda de prensa del presidente me preocupó que Zach Herney pudiera haberla convencido de que tomara parte en ella públicamente. Me alegro de ver que resistió la tentación.

—Zach Herney es un buen hombre —replicó Tench—, que es más de lo que puedo decir de Rachel Sexton.

En la línea se produjo una larga pausa.

—Espero haber oído mal.

Tench profirió un hondo suspiro.

—No, señor, me temo que ha oído usted bien. Preferiría no entrar en detalles por teléfono, pero al parecer Rachel Sexton ha decidido que quiere socavar la credibilidad del comunicado de la NASA. No sé cuál es el motivo, pero después de revisar y ratificar los datos de la agencia esta misma tarde, de repente ha cambiado radicalmente de postura y está largando acusaciones inverosímiles de traición y fraude por parte de la NASA.

—¿Cómo dice? —contestó Pickering con vehemencia.

—Es inquietante, sí. Odio ser la que le diga esto, pero la señorita Sexton se puso en contacto conmigo dos minutos antes de que comenzara la rueda de prensa y me aconsejó que la suspendiera.

—¿Alegando qué?

—Alegando motivos absurdos, francamente. Dijo que había descubierto graves errores en los datos.

El largo silencio de Pickering fue más cauteloso de lo que a Tench le habría gustado.

—¿Errores? —repitió él al cabo.

—Todo esto es ridículo, la verdad, después de dos semanas de experimentos por parte de la NASA y...

—Me cuesta mucho creer que alguien como Rachel Sexton le haya pedido que aplace la rueda de prensa del presidente a menos que tenga una muy buena razón. —El director parecía preocupado—. Quizá debería haberla escuchado.

—¡Por favor! —exclamó Tench entre toses—. Ya ha visto la rueda de prensa. Los datos relativos al meteorito han sido confirmados y reconfirmados por un sinfín de especialistas. Incluidos varios civiles. ¿No le resulta sospechoso que Rachel Sexton, la hija del único hombre al que perjudica este comunicado, de pronto haya cambiado de parecer?

—Resulta sospechoso, señorita Tench, porque da la casualidad de que sé que la señorita Sexton y su padre no se llevan lo que se dice bien. No acierto a imaginar por qué Rachel Sexton, tras años al servicio del presidente, de repente iba a decidir cambiar de bando y mentir para apoyar a su padre.

—¿Ambición, tal vez? Lo cierto es que no lo sé. Puede que la oportunidad de convertirse en la hija del presidente... —Tench lo dejó ahí.

El tono de Pickering se endureció en el acto.

—Está pisando terreno resbaladizo, señorita Tench. Muy resbaladizo.

Ella frunció el ceño. ¿Qué demonios esperaba? Estaba acusando a un destacado miembro del equipo de Pickering de traicionar al presidente. ¿Cómo no iba a ponerse el hombre a la defensiva?

—Pásemela —exigió él—. Me gustaría hablar con ella personalmente.

—Me temo que es imposible —replicó la asesora—. No está en la Casa Blanca.

—¿Dónde está?

—El presidente la envió esta mañana a Milne para que examinara los datos de primera mano y todavía no ha regresado.

El director montó en cólera.

—No se me informó de que...

—No tengo tiempo para ocuparme de orgullos heridos, director. Ésta ha sido una llamada de cortesía. Quería advertirle que Rachel Sexton ha decidido obrar por su cuenta y riesgo con respecto al comunicado de esta tarde y andará a la busca de aliados. Si se pone en contacto con usted, más le vale que sepa que la Casa Blanca se encuentra en posesión de un vídeo grabado hoy mismo en el que ella respalda los datos relativos al meteorito en su totalidad delante del presidente, su gabinete y todo su equipo. Si ahora, por la razón que sea, Rachel Sexton intenta ensuciar el buen nombre de Zach Herney o de la NASA, le juro que la Casa Blanca se encargará de que su caída sea dura, muy dura. —Aguardó un instante para asegurarse de que sus palabras calaban—. Espero que tenga usted la gentileza de informarme de inmediato si la señorita Sexton se pone en contacto con usted. Está atacando al presidente directamente, y la Casa Blanca tiene intención de detenerla para interrogarla antes de que cause algún daño grave. Estaré esperando su llamada, director. Es todo. Buenas noches.

Marjorie Tench colgó, segura de que a William Pickering no le habían hablado así en toda su vida. Al menos ahora sabía que ella iba en serio.

En la última planta de la NRO, William Pickering se acercó a la ventana a contemplar la noche de Virginia. La llamada de Marjorie Tench le había resultado sumamente inquietante. Se mordió el labio mientras trataba de ordenar mentalmente las piezas del rompecabezas.

—¿Director? —dijo su secretaria tras llamar con suavidad a la puerta—. Tiene otra llamada.

—Ahora no —respondió él con aire distraído.

—Es Rachel Sexton.

El director giró sobre sus talones. Por lo visto, Tench era adivina.

—Bien. Pásemela de inmediato.

—A decir verdad, señor, se trata de una videoconferencia cifrada. ¿Quiere recibirla en la sala de juntas?

«¿Una videoconferencia?»

—¿Desde dónde llama?

La secretaria se lo dijo.

Pickering la miró con fijeza y, perplejo, echó a correr por el pasillo hacia la sala de juntas. Aquello había que verlo.

Capítulo 70

La *sala muerta* del *Charlotte* —diseñada a imagen y semejanza de una estructura similar de Bell Laboratories— era lo que se conocía formalmente como cámara anecoica: una habitación acústicamente limpia, sin superficies paralelas ni reflectantes, que absorbía el sonido con una eficacia del 99,4 por ciento. Dado que el metal y el agua son conductores acústicos por naturaleza, las conversaciones a bordo de los submarinos siempre eran susceptibles de ser interceptadas por escuchas cercanas o micrófonos subacuáticos adheridos al exterior del casco. La sala muerta era, en efecto, una minúscula cámara del submarino de la que no escapaba sonido alguno. Todas las conversaciones que se desarrollaban en dicha habitación aislada eran completamente seguras.

La cámara parecía un armario empotrado cuyo techo, paredes y suelo se hallaban revestidos en su totalidad por pirámides de espuma que se clavaban hacia adentro en todas las direcciones. A Rachel le recordó a una cueva submarina abarrotada en la que las estalagmitas se hubiesen vuelto locas y se formaran en todas las superficies. Sin embargo, lo más inquietante era la falta aparente de suelo.

El piso era una tensa alambrera de gallinero tendida horizontalmente en la habitación como una red de pesca, lo que daba la sensación al que se hallaba dentro de que estaba suspendido a medio camino de la pared. La malla estaba revestida de goma y resultaba dura al pisarla. Al mirar por el suelo enrejado, Rachel sintió que cruzaba un puente de cuerda tendido sobre un surrealista paisaje de fractales. Un metro por debajo, más o menos, se erguía ominoso un bosque de agujas de espuma.

Nada más entrar, Rachel notó la desorientadora cualidad inerte del aire, como si de la estancia hubiese desaparecido todo atisbo de energía. Era como si tuviera los oídos taponados con algodón. Tan sólo oía el sonido de su respiración en su cabeza. Dio una voz y fue como si le hubieran tapado la boca con una almohada. Las paredes absorbían cualquier eco, haciendo que las únicas vibraciones que se percibían fueran las de su cabeza.

El comandante se había ido, cerrando la acolchada puerta al salir. Rachel, Corky y Tolland se habían sentado en el centro de la habitación, a una mesita con forma de U apoyada sobre largos pilotes metálicos que atravesaban la malla. En la mesa había varios micrófonos de cuello de cisne, auriculares y una videoconsola con una cámara de ojo de pez incorporada. Parecía un simposio de Naciones Unidas en miniatura.

Por su trabajo en el mundillo de la inteligencia de Estados Unidos —los líderes mundiales en fabricación de micrófonos láser, escuchas parabólicas submarinas y otros dispositivos espía hipersensibles—, Rachel sabía de sobra que había pocos lugares de la Tierra donde se podía mantener una conversación realmente segura. Al parecer, la sala muerta era uno de esos lugares. Los micrófonos y auriculares de la mesa permitían celebrar una videoconferencia cara a cara en la que la gente podía hablar con libertad, a sabiendas de que las vibraciones de sus palabras no saldrían de la habitación. Una vez pasaran a los micrófonos, sus voces sufrirían un complejo proceso de encriptado antes de emprender el largo viaje por la atmósfera.

—Comprobación de sonido. —La voz se oyó de pronto por los auriculares, haciendo que Rachel, Tolland y

Corky dieran un respingo—. ¿Me escucha, señorita Sexton?

La aludida se inclinó hacia el micrófono.

—Sí. Gracias.

«Sea quien sea.»

—Tengo al director Pickering en la línea. Acepta la videoconferencia. Me dispongo a cerrar esta transmisión. Recibirá los datos dentro de un momento.

Rachel oyó que la comunicación se cortaba. Después se oyeron unas interferencias distantes seguidas de una rápida sucesión de pitidos y clics en los auriculares. Con una nitidez asombrosa, la pantalla de vídeo que tenían delante cobró vida y Rachel vio al director Pickering en la sala de juntas de la NRO. A solas. Levantó la cabeza y clavó la vista en ella.

Por extraño que pudiera parecer, Rachel se sintió aliviada al verlo.

—Señorita Sexton —dijo él con expresión de perplejidad y preocupación—, ¿qué demonios está pasando?

—El meteorito, señor —repuso ella—. Creo que tenemos un grave problema.

Capítulo 71

En el interior de la sala muerta del *Charlotte,* Rachel Sexton presentó a Michael Tolland y a Corky Marlinson a Pickering y, acto seguido, se hizo cargo de la situación y procedió a referir rápidamente la increíble serie de acontecimientos que había vivido ese día.

El director de la NRO escuchaba sin moverse.

Rachel le habló de la presencia de plancton bioluminiscente en el pozo de extracción, del recorrido por la plataforma de hielo y el descubrimiento de un orificio bajo el meteorito y, por último, del repentino ataque que habían sufrido a manos de una unidad militar que sospechaba era de Operaciones Especiales.

William Pickering tenía fama de ser capaz de escuchar información inquietante sin tan siquiera pestañear, y sin embargo su mirada iba reflejando cada vez mayor preocupación a medida que la historia avanzaba. Rachel presintió incredulidad y después ira cuando le habló del asesinato de Norah Mangor y de la huida de ellos tres, que a punto había estado de costarles la vida. Aunque Rachel quería manifestar sus sospechas con respecto a la implicación del administrador de la NASA, conocía lo bastante a su jefe para saber que no debía señalar a nadie sin tener pruebas. De manera que refirió lo sucedido limitándose a ofrecerle los datos de que disponía. Cuando hubo terminado, Pickering tardó varios segundos en responder.

—Señorita Sexton —dijo al cabo—, todos ustedes... —Los fue mirando uno por uno—. Si lo que afirman es cierto, y no acierto a imaginar por qué tres personas iban a mentir sobre esto, tienen mucha suerte de seguir con vida.

Ellos asintieron en silencio. El presidente había llamado a cuatro científicos civiles... y dos de ellos habían muerto.

Desconsolado, Pickering exhaló un suspiro, como si no supiera qué decir. Era evidente que lo que había pasado no tenía mucho sentido.

—¿Existe alguna posibilidad de que ese orificio que se ve en la imagen del GPR se deba a un fenómeno natural? —quiso saber.

Rachel negó con la cabeza.

—Es demasiado perfecto. —Abrió el mojado papel y lo situó ante la cámara—. Impecable.

El director escudriñó la imagen y frunció el entrecejo en señal de aquiescencia.

—Póngalo a buen recaudo.

—Llamé a Marjorie Tench para advertirla y pedirle que detuviera al presidente —continuó ella—, pero me colgó el teléfono.

—Lo sé, me lo ha dicho.

Rachel alzó la vista, pasmada.

—¿Marjorie Tench lo ha llamado?

«No ha perdido el tiempo.»

—Hace tan sólo unos instantes. Está muy preocupada. Cree que esto es una especie de estratagema para desacreditar al presidente y a la NASA. Tal vez para ayudar a su padre.

Rachel se puso en pie, agitó la imagen del GPR y señaló a sus dos compañeros.

—¡Han estado a punto de matarnos! ¿Tiene esto pinta de ser una estratagema? Y ¿por qué iba yo a...?

Pickering levantó las manos.

—Tranquila. Lo que la señorita Tench no me dijo es que eran tres.

Rachel no recordaba si la asesora le había dado tiempo para mencionar a Corky y a Tolland.

—Ni tampoco que tenían pruebas materiales —añadió el director—. A mí ya me sonaba raro lo que decía antes de hablar con usted, y ahora estoy convencido de que se equivoca. No pongo en duda lo que me está contando usted. La cuestión llegados a este punto es qué significa todo esto.

Se produjo un largo silencio.

William Pickering rara vez parecía perplejo, pero en ese momento sacudió la cabeza, daba la impresión de estar perdido.

—Supongamos por un instante que alguien introdujo el meteorito bajo el hielo, lo que pide a gritos que nos preguntemos por qué. Si la NASA posee un meteorito con fósiles, ¿qué más le daba a la agencia, o a quienquiera que haya sido, dónde se encontrara?

—Por lo visto, la inserción se llevó a cabo para que el PODS efectuara el descubrimiento y el meteorito pareciese un fragmento de un impacto conocido —respondió Rachel.

—El *Jungersol Fall* —terció Corky.

—Pero ¿qué importancia tiene relacionar ese meteorito con un impacto conocido? —planteó el director, y casi sonó furioso—. ¿Acaso no constituyen esos fósiles un descubrimiento asombroso siempre y en todo lugar? ¿Independientemente del acontecimiento con el que se asocien?

Los tres asintieron.

Pickering vaciló, disgustado.

—A menos..., claro está...

Rachel vio que el cerebro de su jefe bullía tras sus ojos. Había dado con la explicación más sencilla para relacionar la roca con el meteorito *Jungersol*, pero la explicación más sencilla también era la más alarmante.

—A menos —prosiguió Pickering— que tan cuidadosa maniobra tuviera por objeto dar credibilidad a unos datos completamente falsos. —Suspiró y se dirigió a Corky—. Doctor Marlinson, ¿qué posibilidad hay de que el meteorito sea falso?

—¿Falso, señor?

—Sí. De pega, artificial.

—¿Un meteorito de pega? —Corky rió con incomodidad—. ¡Eso es absolutamente imposible! El meteorito fue examinado por un montón de profesionales, incluido yo. Escáneres químicos, espectrogramas, datación por rubidio-estroncio. Es distinto de cualquier roca encontrada nunca en la Tierra. El meteorito es auténtico, cualquier geólogo planetario opinaría lo mismo.

Pickering pareció sopesar largo rato esa afirmación mientras se tocaba delicadamente la corbata.

—Y, sin embargo, teniendo en cuenta lo mucho que tiene que ganar la NASA con ese descubrimiento en este momento, las señales aparentes de que se han falseado las pruebas y el ataque que han sufrido ustedes..., la primera conclusión que saco, la más lógica, es que el meteorito es un fraude bien orquestado.

—¡Imposible! —exclamó un Corky enfadado—. Con todos mis respetos, señor, los meteoritos no forman parte de los efectos especiales de Hollywood que se pueden producir en un laboratorio para engañar a un grupo de astrofísicos ingenuos. Son objetos químicamente complejos con estructuras cristalinas y proporciones de elementos únicos.

—No lo estoy poniendo a usted en entredicho, doctor Marlinson. Simplemente estoy llevando a cabo un análisis lógico. Teniendo en cuenta que alguien ha intentado matarlo para impedir que revelara que la roca fue introducida bajo el hielo, me inclino a contemplar todo tipo de escenarios, incluso los más inverosímiles. ¿Qué es concretamente lo que lo hace estar seguro de que la roca es un meteorito?

—¿Concretamente? —La voz del científico retumbó en los auriculares—. Una corteza de fusión perfecta, la presencia de cóndrulos, una proporción de níquel como la que nunca se ha encontrado en nuestro planeta. Si está sugiriendo que alguien nos la ha jugado fabricando esa roca en un laboratorio, lo único que puedo decir es que el laboratorio en cuestión tenía alrededor de ciento noventa millones de años. —Corky se metió la mano en el bolsillo y sacó una piedra con forma de CD que sostuvo delante de la cámara—. Datamos químicamente muestras como ésta empleando numerosos métodos. La datación por rubidio-estroncio no se puede falsear.

Pickering pareció sorprendido.

—¿Tiene una muestra?

Corky se encogió de hombros.

—La NASA posee docenas rodando por ahí.

—¿Me está diciendo que la NASA ha descubierto un meteorito que cree que contiene vida y deja que la gente se lleve muestras? —inquirió el director, ahora mirando a Rachel.

—La cuestión es que la muestra que tengo en la mano es auténtica —respondió Corky al tiempo que acercaba la roca a la cámara—. Podría darle esto a cualquier petrólogo, geólogo o astrónomo del mundo, todos ellos realizarían pruebas y le dirían dos cosas: una, que tiene ciento noventa millones de años de antigüedad, y dos, que es químicamente distinto de las rocas que tenemos aquí.

Pickering se inclinó hacia adelante para escudriñar el fósil. Por un momento pareció paralizado. Finalmente suspiró.

—Yo no soy científico. Lo único que puedo decir es que si el meteorito es auténtico, y todo indica que lo es, me gustaría saber por qué la NASA no lo presentó al mundo sin más. Por qué alguien se tomó las molestias de introducirlo bajo el hielo como si hiciera falta convencernos de su autenticidad.

En ese instante, en la Casa Blanca, un miembro del equipo de seguridad estaba llamando a Marjorie Tench.

La asesora cogió el teléfono a la primera.

—¿Sí?

—Señorita Tench, tengo la información que solicitó antes —afirmó el hombre—. El radioteléfono desde el que la llamó Rachel Sexton. Lo hemos localizado.

—Hable.

—El servicio secreto dice que la señal se originó en el submarino *Charlotte*.

—¿Qué?

—No tienen las coordenadas, señora, pero están seguros del código de la embarcación.

—Por el amor de Dios... —Tench colgó con furia, sin añadir nada más.

Capítulo 72

La acústica de la sala muerta del *Charlotte* estaba empezando a hacer que Rachel sintiera ligeras náuseas. En la pantalla, los preocupados ojos de William Pickering se centraron en Michael Tolland.

—Está usted muy callado, señor Tolland.

Éste levantó la cabeza como el estudiante que oye pronunciar su nombre inesperadamente.

—¿Señor?

—Acaban de emitir por televisión un documental suyo bastante convincente —afirmó el director—. ¿Qué opina del meteorito ahora?

—Bueno, señor —contestó Tolland con evidente incomodidad—, estoy de acuerdo con el doctor Marlinson. Creo que los fósiles y el meteorito son auténticos. Estoy bastante familiarizado con las técnicas de datación, y la antigüedad de esa roca fue confirmada mediante infinidad de pruebas. Al igual que el contenido de níquel. Esos datos no se pueden falsear. No cabe la menor duda de que la roca, que se formó hace ciento noventa millones de años, presenta unas proporciones de níquel que no se dan en la Tierra y contiene docenas de fósiles confirmados cuya formación también se remonta a ciento noventa millones de años. La única explicación que se me ocurre es que la NASA ha encontrado un meteorito auténtico.

Pickering no dijo nada, parecía encontrarse ante un

dilema, y en el rostro tenía una expresión que Rachel nunca le había visto a su jefe.

—¿Qué podemos hacer, señor? —quiso saber ella—. Es evidente que tenemos que avisar al presidente de que los datos plantean problemas.

Pickering frunció la frente.

—Esperemos que el presidente no lo sepa ya.

A Rachel se le hizo un nudo en la garganta. Lo que insinuaba su jefe estaba claro: el presidente Herney podría estar involucrado. Ella albergaba serias dudas, pero tanto el presidente como la NASA tenían mucho que ganar con ello.

—Por desgracia —añadió Pickering—, con la excepción de esa imagen del GPR en la que se ve el pozo de inserción, todos los datos científicos apuntan a un descubrimiento verosímil por parte de la NASA. —Hizo una pausa. Su mirada era grave—. Y el asunto del ataque... —Miró a Rachel—. Antes se ha referido usted a Operaciones Especiales.

—Sí, señor. —Volvió a mencionar la Munición Improvisada y la táctica.

Su jefe parecía cada vez más disgustado, y Rachel intuyó que sopesaba el número de personas que podían tener autoridad para ordenar la actuación de una pequeña unidad de élite. Sin duda el presidente era una de ellas. Y Marjorie Tench, su asesora principal, probablemente también. Y muy posiblemente el administrador de la NASA, Lawrence Ekstrom, que mantenía lazos con el Pentágono. Por desgracia, al contemplar el sinfín de posibilidades, Rachel cayó en la cuenta de que tras el ataque podía hallarse casi cualquier peso pesado de la política que tuviera los contactos adecuados.

—Podría llamar al presidente ahora mismo —afirmó Pickering—, pero no creo que sea prudente, al menos hasta que sepamos quién está involucrado. Una vez impliquemos a la Casa Blanca, la protección que podré ofrecerles se verá limitada. Además, no sabría qué decirle. Si el meteorito es real, y todos ustedes lo creen así, ni la inserción ni el ataque tienen sentido. El presidente estaría en su derecho de cuestionar la validez de mi afirmación. —Hizo una pausa como para calcular las opciones—. Así y todo..., sea cual sea la verdad o quién esté involucrado, hay gente muy poderosa a la que no le hará ninguna gracia que esto se dé a conocer. Sugiero que se pongan ustedes a salvo inmediatamente, antes de que empecemos a hacer ruido.

«¿Ponernos a salvo?» El comentario sorprendió a Rachel.

—Creo que estamos bastante a salvo en un submarino nuclear, señor.

Pickering puso cara de escepticismo.

—Su presencia en ese submarino no tardará en conocerse. Voy a sacarlos de ahí ahora mismo. Francamente, me sentiré mejor cuando ustedes tres estén sentados en mi despacho.

Capítulo 73

El senador Sexton estaba aovillado en el sofá, solo, sintiéndose como un refugiado. Su apartamento de Westbrooke Place, hacía tan sólo una hora lleno de nuevos amigos y partidarios, parecía ahora abandonado, con copas y tarjetas de visita desparramadas, dejadas por unos hombres que prácticamente habían salido pitando.

Ahora Sexton estaba tumbado a solas frente al televisor y, aunque nada le apetecía más que apagarlo, era incapaz de apartar la mirada del aluvión de análisis que estaban realizando los medios de comunicación. Eso era Washington, y los analistas no tardaron mucho en manifestar sus hiperbólicas opiniones pseudocientíficas y filosóficas y sacar a colación la parte desagradable: el politiqueo. Como maestros en el arte de la tortura que echaran ácido a las heridas de Sexton, los presentadores repetían una y otra vez lo obvio.

—Hace escasas horas, la campaña del senador Sexton iba viento en popa —decía un analista—. Ahora, con el descubrimiento de la NASA, dicha campaña ha sufrido un duro revés.

Sexton hizo una mueca de dolor al tiempo que echaba mano del Courvoisier y bebía un trago directamente de la botella. Sabía que esa noche sería la más larga y solitaria de su vida. Despreciaba a Marjorie Tench por haberle tendido una trampa. Despreciaba a Gabrielle Ashe por haberle mencionado la NASA. Despreciaba al presidente

371

por tener tanta puñetera suerte. Y despreciaba al resto del mundo por reírse de él.

—Está claro que esto es terrible para el senador —decía el comentarista—. El presidente y la NASA se han apuntado un tanto de un valor incalculable con este descubrimiento. Una noticia así revitalizaría la campaña presidencial con independencia de la postura de Sexton con respecto a la NASA, pero dado que el senador declaró hoy mismo que estaría dispuesto a suprimir la financiación de la agencia si fuera preciso..., en fin, este comunicado presidencial es un golpe maestro del que el senador no se recuperará.

«Me han engañado —dijo Sexton—. La maldita Casa Blanca me ha tomado el pelo.»

El analista ahora sonreía.

—La NASA acaba de recuperar de golpe y porrazo toda la credibilidad que había perdido recientemente. Ahora mismo en las calles se respira un verdadero sentimiento de orgullo nacional.

»Y es natural. La gente quiere a Zach Herney, y había empezado a perder la fe. Hay que admitir que de un tiempo a esta parte el presidente ha estado encajando algunos golpes importantes sin rechistar, pero ha salido airoso de la situación.

Sexton recordó el debate de esa misma tarde en la CNN y bajó la cabeza, pensando que le entraban ganas de vomitar. Toda la inercia sobre la NASA que con tanto cuidado había estado fomentando a lo largo de los últimos meses no sólo se había detenido ruidosamente, sino que se había convertido en un lastre. Había quedado como un tonto. La Casa Blanca le había tomado el pelo descaradamente. Ya se estaba temiendo las viñetas en los periódicos del día siguiente. Su nombre sería objeto de mofa en todos los chistes del país. A todas luces, ya podía ir despidiéndose de los fondos bajo mano de la SFF. Todo había cambiado. Los hombres que habían estado en su apartamento acababan de ver cómo sus sueños se frustraban. La privatización del espacio acababa de estrellarse contra un muro de ladrillos.

Tras beber otro trago de coñac, se levantó y se acercó a la mesa con paso vacilante. Acto seguido clavó la vista en el teléfono, que había descolgado. A sabiendas de que era un acto de autoflagelación masoquista, colgó el aparato y empezó a contar los segundos.

«Uno..., dos...» El teléfono sonó, y él dejó que saltara el contestador.

«Senador Sexton, soy Judy Oliver, de la CNN. Me gustaría darle la oportunidad de comentar el descubrimiento de la NASA. Por favor, llámeme.» Colgó.

Sexton se puso a contar de nuevo.

«Uno...» El teléfono comenzó a sonar. Hizo caso omiso y nuevamente dejó que se ocupara el contestador. Otro periodista.

Con la botella de Courvoisier en la mano, Sexton se dirigió hacia la puerta corredera del balcón, la abrió y salió al frío aire. Tras apoyarse en la barandilla, contempló la fachada iluminada de la Casa Blanca, que se alzaba a lo lejos. Las luces parecían titilar alegremente con el viento.

«Cabrones —pensó—. Llevamos siglos buscando pruebas de que existe vida en el firmamento y la encontramos precisamente ahora, el mismo año en que me presento a las elecciones. No es que haya sido propicio, es que ha sido jodida clarividencia.» Hasta donde le alcanzaba la vista, en todas las ventanas de los apartamentos había un televisor encendido. Sexton se preguntó dónde debía de estar Gabrielle Ashe esa noche. Todo aquello era culpa suya. Había sido ella quien le había calentado la cabeza con los fracasos de la NASA.

Levantó la botella para dar otro sorbo.

«Maldita Gabrielle..., ella tiene la culpa de que me haya metido en esto hasta el cuello.»

Al otro lado de la ciudad, entre el caos del control de realización de la ABC, Gabrielle Ashe estaba aturdida. El comunicado del presidente la había pillado desprevenida, sumiéndola en un estado cercano a la catatonia. Se hallaba de pie en medio de la sala, haciendo un esfuerzo por que no le fallaran las rodillas y mirando fijamente uno de los monitores mientras a su alrededor se vivía un auténtico desmadre.

Los segundos iniciales de la rueda de prensa habían impuesto un silencio sepulcral en la redacción, pero escasos momentos después el lugar entero se convirtió en un carnaval ensordecedor de reporteros que iban de un lado a otro. Esa gente era profesional. No tenía tiempo de lanzarse a rumiar reflexiones personales, eso vendría después, cuando el trabajo estuviese hecho. En ese instante, el mundo quería saber más, y la ABC tenía que ofrecérselo. La noticia lo tenía todo —ciencia, historia, tensión política—, era un filón conmovedor. Esa noche, los medios de comunicación no dormían.

—¿Gabs? —dijo afectuosamente Yolanda—. Vamos a mi despacho antes de que alguien se dé cuenta de quién eres y empiece a preguntarte lo que significa esto para la campaña del senador.

En su aturdimiento, Gabrielle se dejó llevar hasta el despacho acristalado de su amiga, que la hizo sentar y le dio un vaso de agua. Después intentó esbozar una sonrisa.

—Míralo por el lado bueno, Gabs. La campaña de tu candidato se ha ido a la mierda, pero al menos tú no.

—Gracias. Es un consuelo.

Yolanda se puso seria.

—Gabrielle, sé que te sientes fatal. A tu candidato acaba de arrollarlo un camión, y en mi opinión no se va a levantar. Por lo menos no a tiempo de darle la vuelta a la tortilla. Pero al menos tu imagen no está en las televisiones. Te lo digo en serio, es una buena noticia. A Herney ya no le hace falta un escándalo sexual. Ahora mismo está demasiado orgulloso en su papel de presidente para hablar de sexo.

A Gabrielle le parecía un pobre consuelo.

—En cuanto a las acusaciones de Tench sobre la financiación ilegal... —Yolanda sacudió la cabeza—. Tengo mis dudas. Es cierto que Herney va en serio con lo de no querer negatividad en la campaña, como también que una investigación por soborno no le vendría nada bien al país. Pero ¿de verdad es tan patriótico el presidente como para dejar pasar la oportunidad de aplastar a la oposición sólo para proteger la moral de la nación? Me atrevería a decir que Tench distorsionó la verdad sobre los fondos de Sexton con la idea de sembrar el miedo. Jugó sus cartas esperando que tú abandonaras al senador y le proporcionaras al presidente un escándalo sexual gratuito. Y habrás de reconocer que esta noche habría sido más que perfecta para poner en duda la moralidad de Sexton.

Gabrielle asintió distraídamente. Un escándalo sexual habría sido un golpe certero del que la carrera de Sexton no se habría recuperado... jamás.

—Has sobrevivido a ella, Gabs. Marjorie Tench salió a pescar, pero tú no te tragaste el anzuelo. Te has librado. Habrá otras elecciones.

Gabrielle asintió con aire ausente, ya no sabía qué creer.

—Has de admitir que la Casa Blanca se la jugó bien jugada a Sexton —observó Yolanda—. Hizo que mordiera el cebo de la NASA, lo incitó a comprometerse, a jugárselo todo a la carta de la NASA.

«Por culpa mía», pensó Gabrielle.

—Y la rueda de prensa que acabamos de ver, santo cielo, ¡ha sido genial! Dejando a un lado la importancia del descubrimiento, todo lo relativo a la realización ha sido increíble. ¿Conexiones en directo desde el Ártico? ¿Un documental de Michael Tolland? Dios mío, ¿cómo competir con eso? Zach Herney ha dado en el clavo esta noche. Si es presidente, será por algo.

«Y lo será durante otros cuatro años...»

—Tengo que volver al trabajo, Gabs —dijo Yolanda—. Quédate aquí el tiempo que quieras. Serénate. —Echó a andar hacia la puerta—. Cielo, vuelvo dentro de unos minutos.

Una vez a solas, Gabrielle bebió unos sorbos de agua, pero le supo infecta. Todo le sabía infecto. «Todo ha sido culpa mía», pensó mientras intentaba descargar la conciencia recordando las sombrías ruedas de prensa que había dado la NASA el año anterior: los reveses de la estación espacial, el aplazamiento del X-33, todas las sondas espaciales fallidas enviadas a Marte, los continuos excesos presupuestarios. Gabrielle se preguntó qué podría haber hecho de otra manera.

«Nada —se dijo—. Lo has hecho bien.»

Simplemente, la cosa se había torcido.

Capítulo 74

El atronador helicóptero Seahawk de la Marina despegó de inmediato de la base aérea de Thule, en el norte de Groenlandia, en misión secreta. Recorrió los más de cien kilómetros de mar abierto volando bajo con el objeto de permanecer fuera del alcance de los radares, haciendo frente a los fuertes vientos. Después, cumpliendo las extrañas órdenes que habían recibido, los pilotos se mantuvieron en el aire sobre el desierto océano obedeciendo a unas coordenadas preestablecidas, desafiando el vendaval.

—¿Dónde es la cita? —preguntó el copiloto, confuso. Les habían ordenado tomar un helicóptero que contase con un cabrestante de salvamento, de manera que se esperaba una operación de búsqueda y rescate—. ¿Estás seguro de que las coordenadas son éstas? —Escudriñó las agitadas aguas con un reflector, pero allí abajo no había nada salvo...

—¡Madre de Dios! —El piloto tiró de la palanca y ascendió dando una sacudida.

La negra mole de acero emergió bajo ellos de las olas sin previo aviso. Un colosal submarino sin distintivo alguno soltó lastre y surgió del océano en medio de una nube de burbujas.

Los pilotos soltaron una risilla nerviosa.

—Supongo que son ellos.

Tal y como les había sido ordenado, procedieron a realizar la operación en silencio de radio absoluto. La abertura doble de la parte superior de la vela se abrió y un señalero les hizo señales con una luz estroboscópica. Acto seguido el helicóptero se situó sobre el submarino y soltó un arnés de salvamento triple, básicamente tres lazos de goma suspendidos de un cable retráctil. En menos de un minuto los tres desconocidos se balanceaban bajo el aparato mientras ascendían lentamente debido a la corriente de aire descendente provocada por los rotores.

Cuando el copiloto los hubo subido a bordo —dos hombres y una mujer—, el piloto le indicó al submarino que habían terminado y en cuestión de segundos la enorme embarcación desapareció bajo el revuelto mar sin dejar rastro alguno de su presencia allí.

Con los pasajeros a bordo fuera de peligro, el helicóptero puso rumbo al frente, bajó el morro y aceleró en dirección sur para finalizar la misión. Se avecinaba una tormenta, y los tres desconocidos debían llegar sanos y salvos a la base de Thule para proseguir viaje desde allí. El piloto no sabía adónde, lo único que sabía era que las órdenes venían de arriba y que transportaba una carga muy valiosa.

Capítulo 75

Cuando finalmente estalló la tormenta en la plataforma Milne, desatando toda su furia sobre la habisfera de la NASA, la cúpula se estremeció como si fuera a desprenderse del hielo y salir disparada al mar. Los cables estabilizadores de acero tiraban con fuerza de las estacas, vibrando como enormes cuerdas de guitarra y dejando escapar un zumbido lúgubre. Los generadores externos tartamudeaban, haciendo que las luces parpadeasen y amenazando con sumir el enorme espacio en la negrura más absoluta.

Lawrence Ekstrom, el administrador de la NASA, recorría el interior de la cúpula. Le habría gustado largarse de ese lugar esa misma noche, pero no podía ser. Se quedaría un día más para ofrecer ruedas de prensa adicionales in situ por la mañana y supervisar los preparativos para llevar el meteorito a Washington. En ese momento nada le habría gustado más que dormir un poco; los problemas inesperados que se habían presentado a lo largo del día lo habían dejado rendido.

A su pensamiento acudieron de nuevo Wailee Ming, Rachel Sexton, Norah Mangor, Michael Tolland y Corky Marlinson. Algunos integrantes de la NASA habían empezado a darse cuenta de que los civiles no estaban.

«Relájate —se dijo—. Todo está bajo control.»

Respiró profundamente y se recordó que en ese mismo instante el planeta entero estaba entusiasmado con la NASA y el espacio. La vida extraterrestre no había vuelto a despertar pasiones desde el famoso incidente Roswell, en 1947: el supuesto choque de una nave espacial alienígena en Roswell, Nuevo México, que seguía siendo un centro de peregrinación de millones de teóricos de la conspiración de los ovnis.

A lo largo de los años que trabajó en el Pentágono, Ekstrom averiguó que el incidente Roswell no había sido más que un accidente militar acaecido durante una operación clasificada llamada Proyecto Mogul: la prueba de vuelo de un globo espía que había sido diseñado para escuchar ensayos atómicos rusos. Mientras estaba siendo sometido a prueba, un prototipo se desvió de su rumbo y se estrelló en el desierto de Nuevo México. Por desgracia fue un civil quien encontró los restos antes que el ejército.

El inocente ranchero William Brazel tropezó con un campo de restos de neopreno radical sintetizado y metales ligeros que no había visto en su vida y llamó inmediatamente al sheriff. Los periódicos se hicieron eco de la extraña noticia y el interés del público no tardó en aumentar. Aguijoneados por el desmentido del ejército de que los restos fueran suyos, los periodistas se lanzaron a investigar, poniendo en serio peligro el secreto Proyecto Mogul. Justo cuando todo apuntaba a que el delicado asunto del globo espía se iba a desvelar, ocurrió algo extraordinario.

Los medios de comunicación llegaron a una conclusión inesperada: decidieron que el origen de los futuristas fragmentos sólo podía ser extraterrestre, dado que los alienígenas eran unas criaturas científicamente más avanzadas que los humanos. Estaba claro que si el ejército negaba el incidente era por un único motivo: encubrir el contacto con los habitantes de otros planetas. Aunque la nueva hipótesis resultaba desconcertante, las Fuerzas Aéreas no iban a mirarle el diente al caballo regalado, de manera que no pusieron objeciones. La sospecha de que los alienígenas habían visitado Nuevo México constituía una amenaza mucho menor para la seguridad nacional que el hecho de que los rusos supieran de la existencia del Proyecto Mogul.

Con el objeto de alimentar la tapadera extraterrestre, el servicio de inteligencia envolvió en un velo de secretismo el incidente Roswell y comenzó a orquestar filtraciones de información clasificada: discretos rumores de contactos con alienígenas e incluso un misterioso Hangar 18 en la base aérea de Wright-Patterson, en Dayton, donde el gobierno conservaba alienígenas congelados. El mundo se tragó la historia, y la fiebre de Roswell se extendió por todo el planeta. A partir de ese instante, siempre que un civil avistaba por error un avión militar avanzado, el servicio secreto no tenía más que desempolvar la vieja teoría de la conspiración.

«No es un avión, es una nave alienígena.»

Ekstrom no entendía que un engaño tan simple siguieran vigente en la actualidad. Cada vez que los medios de comunicación informaban de una oleada repentina de avistamientos de ovnis, él no podía por menos de echarse a reír. Lo más probable era que algún civil afortunado hubiese visto alguno de los cincuenta y siete veloces aparatos de reconocimiento no tripulados de la NRO conocidos como Global Hawks: aviones oblongos dirigidos por control remoto que no se parecían a nada de lo que surcaba el firmamento.

Al administrador le daba verdadera lástima que un sinfín de turistas siguiera peregrinando al desierto de Nuevo México para otear los nocturnos cielos con sus cámaras de vídeo. De cuando en cuando alguno tenía suerte y captaba pruebas fidedignas de la presencia de un ovni: luces brillantes que revoloteaban en el cielo con mayor maniobrabilidad y velocidad que cualquier aparato construido por los humanos. Lo que esas personas no sabían, claro estaba, era que existía un lapso de doce años entre lo que el gobierno podía construir y lo que sabía la gente. Quienes avistaban esos ovnis sencillamente habían vislumbrado la siguiente generación de aeronaves estadounidenses que se estaba desarrollando en el Área 51, gran parte de las cuales eran producto de las cavilaciones de ingenieros de la NASA. Naturalmente, el servicio de inteligencia nunca se molestaba en corregir el error: a todas luces era preferible que el mundo leyera la noticia de otro avistamiento a que la gente averiguara hasta dónde podía llegar el ejército norteamericano en el campo de la aeronáutica.

«Pero ahora todo ha cambiado», pensó Ekstrom. En el plazo de unas horas el mito extraterrestre pasaría a ser una realidad confirmada para siempre.

—¿Administrador? —Un técnico de la NASA se aproximó a él corriendo—. Tiene una llamada segura urgente en la CPS.

Ekstrom suspiró y dio media vuelta. «¿Y ahora qué tripa se les ha roto?» Se dirigió a la cabina de comunicaciones.

El técnico iba a su lado.

—Los muchachos que se ocupan del radar en la CPS sentían curiosidad, señor...

—¿Ah, sí? —Ekstrom seguía con la cabeza en otra parte.

—Ese submarino enorme detenido frente a estas costas. Nos preguntábamos por qué no nos lo había mencionado usted.

Ekstrom levantó la cabeza.

—¿Cómo dice?

—El submarino, señor. Al menos se lo podría haber dicho a los del radar. Es comprensible que se tomen medidas de seguridad adicionales en el litoral, pero ha pillado desprevenido al equipo de radar.

El administrador frenó en seco.

—¿Qué submarino?

El técnico también se detuvo, era evidente que no esperaba esa reacción del administrador.

—¿No forma parte de la operación?

—¡No! ¿Dónde está?

El hombre tragó saliva.

—A unos cinco kilómetros de aquí. El radar lo detectó por casualidad, tan sólo emergió unos minutos. La señal era bastante intensa, tenía que tratarse de un aparato enorme. Supusimos que usted había pedido a la Armada que vigilase la operación sin avisarnos.

Ekstrom clavó la vista en él.

—Pues supusieron mal.

—Bien, señor —repuso el técnico con voz temblorosa—, en ese caso creo que debería informarle de que un submarino acaba de establecer contacto con una aeronave frente a estas costas. Todo apunta a un intercambio de personal. A decir verdad nos llamó bastante la atención que alguien intentara una maniobra vertical de esas características con este viento.

Ekstrom se puso rígido. «¿Qué demonios está haciendo un submarino frente a las costas de la isla Ellesmere sin mi conocimiento?»

—¿Vieron hacia adónde se dirigía el aparato después del encuentro?

—Hacia la base aérea de Thule. Para seguir viaje a tierra firme, me figuro.

El administrador no dijo nada más de camino a la CPS. Cuando entró en la estrecha cabina a oscuras, percibió una aspereza familiar en la ronca voz que oyó.

—Tenemos un problema —afirmó Tench entre toses—. Se trata de Rachel Sexton.

Capítulo 76

Cuando oyó los golpes, el senador Sexton no sabía a ciencia cierta cuánto tiempo había estado mirando a las musarañas. Al caer en la cuenta de que las palpitaciones que notaba en los oídos no eran producto del alcohol, sino más bien de que alguien estaba llamando a la puerta, se levantó del sofá, escondió la botella de Courvoisier y se dirigió al recibidor.

—¿Quién es? —preguntó. No estaba de humor para ver a nadie.

La voz del guardaespaldas anunció la identidad de la inesperada visita. Sexton se despejó en el acto. «No ha perdido el tiempo.» Esperaba no tener que mantener esa conversación hasta el día siguiente.

Respiró profundamente, se atusó el pelo y abrió. El rostro que vio le resultaba más que familiar: duro y curtido a pesar de que el hombre tenía setenta y tantos años. Sexton lo había visto esa misma mañana, cuando se reunió con él en el monovolumen blanco, un Ford Windstar, en el aparcamiento de un hotel. «¿De verdad ha sido esta mañana?», se preguntó. Santo cielo, cómo habían cambiado las cosas desde entonces.

—¿Puedo pasar? —preguntó el hombre de cabello oscuro.

Sexton se hizo a un lado para que entrase el director de la Fundación de la Frontera del Espacio.

—¿Ha ido bien la reunión? —inquirió cuando el senador hubo cerrado la puerta.

«¿Que si ha ido bien?» Sexton se preguntó si el tipo vivía en otro mundo.

—Todo iba de maravilla hasta que el presidente apareció en televisión.

El anciano asintió, parecía contrariado.

—Ya. Una victoria increíble. Hará mucho daño a nuestra causa.

«¿Que le hará daño a la causa?» Eso sí que era optimismo. Con el triunfo de esa noche de la NASA, el tipo estaría a dos metros bajo tierra antes de que la fundación consiguiera la tan ansiada privatización del espacio.

—Intuía desde hace años que encontrarían pruebas —aseguró el anciano—. No sabía cómo ni cuándo, pero antes o después teníamos que saberlo a ciencia cierta.

Sexton estaba aturdido.

—Entonces, ¿no le sorprende?

—Las matemáticas del cosmos prácticamente exigen que existan otras formas de vida —contestó el hombre mientras se dirigía al estudio del senador—. No me sorprende que se haya efectuado este descubrimiento. Desde el punto de vista intelectual estoy emocionado; desde el espiritual, atemorizado; desde el político, muy preocupado. El momento no podía ser peor.

El senador se preguntó por qué habría ido a verlo el anciano. Seguro que no era para animarlo.

—Como bien sabe, las empresas que forman parte de la SFF han destinado millones de dólares a intentar abrir la frontera del espacio al sector privado. Recientemente, gran parte de ese dinero ha ido a parar a su campaña —observó el director.

Sexton se puso a la defensiva en el acto.

—El desastre de esta noche escapaba por completo a mi control. La Casa Blanca me tendió una trampa para que atacara a la NASA.

—Sí. El presidente jugó bien sus cartas. Y, sin embargo, es posible que no esté todo perdido. —A los ojos del anciano asomó un curioso destello de esperanza.

«Chochea», decidió Sexton. Vaya si estaba todo perdido. En ese preciso instante todas las cadenas de televisión hablaban del fin de su campaña.

El anciano pasó directamente al estudio, se sentó en el sofá y clavó los cansados ojos en el senador.

—¿Recuerda los problemas que tuvo la NASA al principio con los fallos de software del satélite PODS? —le preguntó.

Sexton no tenía ni la menor idea de adónde quería llegar. «¿Qué leches importa ahora? El PODS ha encontrado un maldito meteorito con fósiles.»

—Supongo que se acordará de que el software de a bordo no funcionaba bien al principio —continuó el hombre—. Usted armó un buen revuelo en la prensa.

—Como para no armarlo —contestó él mientras tomaba asiento frente al anciano—. Fue otro fallo de la NASA.

El hombre asintió.

—Estoy de acuerdo. Pero poco después la agencia celebró una rueda de prensa para anunciar que habían dado con una solución, una suerte de parche para los programas.

A decir verdad, Sexton no había visto la rueda de prensa, pero sí llegó a sus oídos que había sido breve, floja y carente de interés periodístico: el director de proyecto del PODS proporcionando una aburrida descripción técnica de cómo había superado la NASA un fallo técnico sin importancia en el software de detección de irregularidades del satélite y había puesto el sistema en funcionamiento.

—He seguido el PODS atentamente desde que se detectó el fallo —aseguró su invitado al tiempo que sacaba una cinta y se acercaba al televisor para introducirla en el vídeo—. Puede que esto le interese.

La cinta arrancó y en la pantalla apareció la sala de

prensa de la NASA en el cuartel general de Washington. Un hombre bien vestido subió al estrado y saludó a la audiencia. Debajo, un subtítulo rezaba:

CHRIS HARPER, jefe de sector
Escáner de Densidad Orbitante Polar (PODS)

Chris Harper era alto y elegante y hablaba con la serena dignidad de un norteamericano de origen europeo que seguía aferrado con orgullo a sus raíces. Su acento era erudito y refinado, y se dirigía a la prensa con seguridad para informar de una mala noticia sobre el PODS.

—Aunque el satélite está en órbita y funciona debidamente, hemos sufrido un pequeño revés en los ordenadores de a bordo, un error de programación sin importancia del que asumo toda la responsabilidad. Concretamente se trata de un fallo en el índice de vóxel del filtro RIF, lo que significa que el software de detección de irregularidades del PODS no funciona como es debido. Estamos tratando de subsanarlo.

El gentío exhaló un suspiro, al parecer acostumbrado a los chascos de la NASA.

—¿En qué afecta eso a la eficacia actual del satélite? —preguntó alguien.

Harper abordó la pregunta de manera profesional: con seguridad y restándole importancia.

—Imagínese unos ojos perfectos con un cerebro defectuoso. Básicamente, la visión del satélite es de veinte sobre veinte, pero no sabe lo que está viendo. La misión del PODS tiene por objeto buscar bolsas de hielo fundido en el casquete polar, pero sin un ordenador que analice los datos relativos a la densidad que recibe el PODS de los escáneres, éste no puede discernir dónde se encuentran los puntos de interés. Creemos que el problema será solventado después de que la próxima misión del transbordador pueda efectuar los correspondientes ajustes en el ordenador de a bordo.

La decepción se dejó oír en la sala.

El anciano miró a Sexton.

—Sabe cómo dar una mala noticia, ¿eh?

—Es de la NASA —refunfuñó el senador—. Son expertos en eso.

La imagen se fue un instante y a continuación apareció otra rueda de prensa de la NASA.

—Esta segunda conferencia se celebró hace tan sólo unas semanas —informó el anciano—. A una hora bastante intempestiva. No la vieron muchos. En esta ocasión, las noticias del doctor Harper son buenas.

La cinta avanzó, y esta vez Chris Harper parecía desaliñado y nervioso.

—Me satisface comunicarles —comenzó, sonando de todo menos satisfecho— que la NASA ha dado con una solución al problema de software del satélite. —Se enarzó en una explicación del arreglo, algo relacionado con remitir los datos sin procesar del PODS a ordenadores ubicados en la Tierra en lugar de depender del ordenador de a bordo del PODS. Todo el mundo parecía impresionado, todo sonaba factible y apasionante. Cuando Harper hubo terminado, la habitación le tributó una entusiasta salva de aplausos.

—¿Significa eso que no tardaremos en disponer de datos? —quiso saber alguien.

Harper asintió, sudoroso.

—Los tendremos dentro de un par de semanas.

Más aplausos. En la sala se alzaron algunas manos.

—Esto es todo cuanto puedo decirles por ahora —aseguró Harper con mala cara mientras recogía sus papeles—. El PODS se encuentra en funcionamiento. Pronto dispondremos de datos.

Y prácticamente salió corriendo.

Sexton frunció el entrecejo. Había de admitir que todo aquello era raro. ¿Por qué Harper parecía sentirse tan a gusto cuando daba una mala noticia y tan a disgusto cuando la noticia era buena? Debería ser al contrario. El senador no había visto esa rueda de prensa cuando se emitió, aunque sí sabía que habían arreglado el software por la prensa. En su momento el apaño pareció un rescate intrascendente de la NASA, la gente no estaba impresionada: el PODS tan sólo era otro proyecto fallido de la agencia que se estaba subsanando torpemente mediante una solución que era de todo menos ideal.

El anciano apagó el televisor.

—La NASA declaró que el doctor Harper se sentía mal esa noche. —Hizo una pausa—. Yo me inclino a pensar que mentía.

«¿Que mentía?» Sexton lo miró con fijeza. Sus confusos pensamientos eran incapaces de aducir una razón lógica por la que Harper hubiera mentido sobre el software. Así y todo, el senador había contado bastantes mentiras en su vida para reconocer a un mal mentiroso en cuanto lo veía. Y había de admitir que sin duda alguna el doctor Harper parecía sospechoso.

—¿Es que no lo ve? —añadió el hombre—. La pequeña explicación que acaba de escuchar de boca de Chris Harper es la rueda de prensa más importante de la historia de la NASA. —Se detuvo—. Ese oportuno parche en el software es lo que permitió que el PODS encontrara el meteorito.

Sexton estaba desconcertado. «¿Y cree que mintió al respecto?»

—Pero, si Harper mentía y el software del PODS no funciona, ¿cómo demonios dio la NASA con el meteorito?

El anciano sonrió.

—Ésa es exactamente la cuestión.

Capítulo 77

La flota de aparatos del ejército norteamericano recuperados en detenciones relacionadas con el narcotráfico constaba de más de una docena de jets privados, entre la que se incluían tres G4 reacondicionados que se utilizaban para el transporte de militares vips. Hacía media hora que uno de esos G4 había despegado de la pista de Thule y, tras situarse por encima de la tormenta a duras penas, volaba rumbo al sur en mitad de la noche canadiense, camino de Washington. A bordo, Rachel Sexton, Michael Tolland y Corky Marlinson disponían de los ocho asientos del avión para ellos solos. Con sus monos y sus gorras azules del *Charlotte,* parecían una especie de equipo deportivo desaliñado.

A pesar del rugido de los motores Grumman, Corky Marlinson dormía en la parte de atrás. Tolland iba sentado delante y contemplaba el mar por la ventanilla con cara de agotamiento. Rachel ocupaba el asiento de al lado, a sabiendas de que no podría dormir aunque la hubiesen sedado. Rumiaba el misterio del meteorito y, más recientemente, la conversación mantenida con Pickering en la sala muerta. Antes de despedirse, el director de la NRO le había facilitado una inquietante información adicional.

En primer lugar, Marjorie Tench afirmaba hallarse en poder de un vídeo en el que se recogía la declaración que Rachel había hecho en privado al equipo de la Casa Blanca. Ahora Tench amenazaba con utilizar la cinta como prueba si la joven intentaba retractarse de la confirmación de los datos del meteorito. La noticia resultaba especialmente alarmante dado que Rachel había pedido expresamente a Zach Herney que su alocución al personal fuese tan sólo para uso interno. Por lo visto, el presidente había desoído su petición.

La segunda noticia intranquilizadora tenía que ver con un debate en la CNN en el que había participado su padre esa misma tarde. Al parecer, Marjorie Tench había efectuado una de sus poquísimas intervenciones en televisión y conseguido hábilmente que el padre de Rachel concretara su postura contra la NASA. Concretamente, Tench lo había empujado a anunciar a los cuatro vientos su escepticismo con respecto a que fuera a encontrarse alguna vez vida extraterrestre.

«¿Que se comería sus palabras?» Eso es lo que, según Pickering, el padre de Rachel había dicho que haría si la NASA encontraba vida extraterrestre. Rachel se preguntó cómo se las habría ingeniado Tench para sacarle una cita tan jugosa y propicia. Era evidente que la Casa Blanca lo había preparado todo con sumo cuidado: alineando implacablemente las fichas del dominó, preparándose para la gran caída de Sexton. El presidente y Marjorie Tench, como una suerte de dúo de luchadores profesionales políticos, lo habían organizado todo para entrar a matar. Mientras Zach Herney permanecía circunspecto fuera del cuadrilátero, Tench había entrado, había dado unas cuantas vueltas y se las había ingeniado para que el senador recibiera el golpe de gracia presidencial.

El presidente le había dicho a Rachel que le había pedido a la NASA que retrasara el anuncio del descubrimiento para darle tiempo a confirmar la corrección de los datos. Rachel ahora se daba cuenta de que esa espera tenía otras ventajas. El margen le había dado a la Casa Blanca tiempo de preparar la soga con la que se ahorcaría el propio senador.

Rachel no sentía en absoluto pena por su padre y, sin embargo, ahora era consciente de que tras la fachada de cordialidad y atolondramiento del presidente Herney acechaba un sagaz tiburón. Uno no se convertía en el hombre más poderoso del mundo si no tenía un instinto asesino. Ahora la cuestión era si ese tiburón era un espectador inocente... o un participante.

Rachel se levantó para estirar las piernas. Mientras recorría el pasillo del avión se sintió frustrada al ver lo sumamente contradictorias que parecían las piezas del rompecabezas. Pickering, con la sobria lógica que lo caracterizaba, había concluido que el meteorito debía de ser falso. Corky y Tolland, con convicción científica, insistían en que el meteorito era auténtico. Y Rachel sólo sabía lo que había visto: una roca con fósiles carbonizada que era extraída del hielo.

Al pasar al lado de Corky miró al astrofísico, magullado tras la terrible experiencia sufrida. La hinchazón de la mejilla estaba bajando, y los puntos tenían buena pinta. Dormía y roncaba, y sus regordetas manos asían el meteorito con forma de CD como si fuera un objeto preciado que le daba seguridad.

Rachel alargó el brazo y le quitó la muestra con delicadeza. A continuación la sostuvo en alto y volvió a escrutar los fósiles. «Desecha las suposiciones —se dijo mientras se obligaba a reorganizar las ideas—. Restablece la cadena de certezas.» Se trataba de un viejo truco de la NRO. Reconstruir una prueba desde el principio era un proceso conocido como empezar de cero, algo que todos los analistas de datos ponían en práctica cuando las piezas no acababan de encajar.

«Ensambla de nuevo las pruebas.»

Volvió a ponerse en movimiento.

«¿Constituye esta roca una prueba de que existe vida extraterrestre?»

Ella sabía que una prueba era una conclusión basada en una pirámide de datos, una amplia base de información reconocida a partir de la cual se iban efectuando aseveraciones más específicas.

«Elimina todas las suposiciones iniciales. Vuelve a empezar.»

«¿Qué es lo que tenemos?»

Una roca.

Sopesó ese hecho un instante. «Una roca. Una roca con criaturas fosilizadas.» Se dirigió hacia la parte delantera del aparato y se sentó junto a Michael Tolland.

—Mike, te propongo un juego.

Él apartó la vista de la ventanilla. Parecía distante, al parecer estaba absorto en sus propios pensamientos.

—¿Un juego?

Le entregó la muestra.

—Vamos a fingir que es la primera vez que ves esta roca fosilizada. Yo no te he dicho ni de dónde es ni cómo se encontró. ¿Qué me dirías que es?

Tolland profirió un suspiro desconsolado.

—Qué curioso que me preguntes eso. Precisamente se me acaba de ocurrir algo muy extraño...

Cientos de kilómetros por detrás de Rachel y Tolland, un avión de extraña apariencia volaba bajo hacia el sur sobre un océano desierto. A bordo, la Delta Force guardaba silencio. No era la primera vez que recibían órdenes de abandonar las posiciones de prisa y corriendo, pero sí de esa manera.

El mando estaba hecho una furia.

Antes Delta Uno había informado de que, debido a una inesperada serie de acontecimientos en la plataforma de hielo, su equipo no había tenido más remedio que emplear la fuerza: se habían visto obligados a matar a cuatro civiles, entre ellos Rachel Sexton y Michael Tolland.

El mando se quedó consternado. Aunque matar era un último recurso autorizado, a todas luces nunca había entrado en sus planes.

Más tarde, el disgusto que le había acarreado la matanza se tornó en abierta ira cuando averiguó que los asesinatos no habían salido según lo previsto.

—¡Su equipo ha fallado! —bramó el mando. El andrógino tono disimulaba a duras penas su furia—. Tres de los cuatro objetivos siguen con vida

«Imposible», pensó Delta Uno.

—Pero si vimos con nuestros propios ojos...

—Establecieron contacto con un submarino y ahora van camino de Washington.

—¿Qué?

—Escuche con atención —repuso el mando con voz venenosa—. Van a recibir nuevas órdenes, y esta vez espero que no fallen.

Capítulo 78

El senador Sexton se sentía un tanto esperanzado cuando acompañó a su inesperado visitante hasta el ascensor. Por lo visto, el director de la SFF no había ido a verlo para mortificarlo, sino más bien para levantarle la moral y decirle que la batalla aún no había terminado.

Un posible talón de Aquiles en la NASA.

La cinta que recogía la grabación de la extraña rueda de prensa de la agencia había convencido a Sexton de que el anciano tenía razón: Chris Harper, el director de la misión del PODS, mentía. «Pero ¿por qué? Y si la NASA no llegó a arreglar el software del satélite, ¿cómo dio con el meteorito?»

De camino al ascensor, el anciano observó:

—A veces, para desenmarañar algo no hay más que tirar de un hilo. Puede que demos con la forma de minar la victoria de la NASA desde dentro. Arrojar una sombra de desconfianza. ¿Quién sabe adónde nos llevará? —El hombre clavó la cansada vista en Sexton—. Aún no estoy listo para abandonar la lucha, senador, y confío en que usted tampoco lo esté.

—Desde luego que no —repuso él, procurando sonar decidido—. Hemos llegado demasiado lejos.

—Chris Harper mintió en lo de la reparación del PODS —aseguró el hombre al subir al ascensor—. Y tenemos que averiguar por qué.

—Conseguiré esa información cuanto antes —prometió el senador. «Tengo a la persona indicada.»

—Bien, porque su futuro depende de ello.

Cuando volvía a su apartamento, su paso era algo más ligero y su mente algo más lúcida. «La NASA mintió en lo del PODS.» Ahora la cuestión era cómo demostrarlo.

El pensamiento de Sexton ya lo ocupaba Gabrielle Ashe. Estuviera donde estuviese en ese momento, debía de sentirse fatal. Seguro que había visto la rueda de prensa y ahora se hallaba en la repisa de alguna ventana, dispuesta a saltar. Su propuesta de convertir la NASA en el caballo de batalla de la campaña había resultado ser el mayor error de la carrera de Sexton.

«Me debe una —pensó el senador—. Y lo sabe.»

Gabrielle había demostrado ser capaz de arrancarle secretos a la agencia. «Tiene a alguien», pensó él. Su asistente llevaba semanas recabando información privilegiada, tenía contactos que no estaba compartiendo, contactos a los que podía recurrir para averiguar cosas del PODS. Además, esa noche Gabrielle estaría motivada: tenía una deuda que saldar, y Sexton sospechaba que haría cualquier cosa para recuperar su favor.

Cuando llegó a la puerta de su apartamento, el guardaespaldas lo saludó con un movimiento de la cabeza.

—Buenas noches, senador. Espero haber hecho lo correcto dejando pasar antes a Gabrielle. Dijo que era de vital importancia que hablara con usted.

Sexton se detuvo.

—¿Cómo dice?

—La señorita Ashe tenía que comunicarle algo importante. Por eso la dejé entrar.

Sexton se puso tenso y miró la puerta de su piso. «¿De qué diablos me está hablando este tipo?»

El guardaespaldas puso cara de confusión y perplejidad.

—Senador, ¿se encuentra bien? Lo recuerda usted, ¿verdad? Gabrielle llegó durante la reunión y habló con usted, ¿no? Me figuro que fue así, porque estuvo ahí dentro un buen rato.

Sexton clavó la vista en él y sintió que el pulso se le aceleraba. «¿Que este imbécil dejó entrar a Gabrielle en mi apartamento durante una reunión privada de la SFF?» Así que la chica se había colado dentro y se había ido sin decir palabra. Se hacía una idea de lo que podía haber oído su asistente. Se tragó la furia y se obligó a sonreír.

—Ah, ya. Lo siento. Estoy hecho polvo. Además, me he tomado unas copas. La señorita Ashe y yo estuvimos hablando, sí. Hizo usted lo correcto.

El hombre pareció aliviado.

—¿Dijo adónde iba cuando salió?

El guardaespaldas negó con la cabeza.

—Tenía mucha prisa.

—Bien, gracias.

Sexton entró en su apartamento echando humo. «¿Tan complicadas eran mis puñeteras instrucciones? ¡Nada de visitas!» No tenía más remedio que suponer que, si Gabrielle había estado dentro algún tiempo y luego se había marchado sin decir esta boca es mía, debía de haber oído cosas que no tenía que oír. «Precisamente esta noche.»

El senador sabía, sobre todo, que no podía permitirse perder la confianza de Gabrielle. Las mujeres podían comportarse de un modo vengativo y estúpido cuando se sentían engañadas. Y él tenía que recuperarla. Esa noche más que nunca la necesitaba en su bando.

Capítulo 79

En la tercera planta de los estudios de la ABC, Gabrielle Ashe estaba sentada a solas en el despacho acristalado de Yolanda, mirando la desgastada moqueta. Siempre se había sentido orgullosa de su instinto y de saber en quién podía confiar, pero ahora, por vez primera en años, se sentía sola, perdida.

El sonido del móvil la hizo alzar la vista de la moqueta. Lo cogió de mala gana.

—Gabrielle Ashe.

—Gabrielle, soy yo.

Reconoció el timbre de voz del senador en el acto, aunque sonaba sorprendentemente tranquilo, teniendo en cuenta lo que acababa de suceder.

—Esta noche ha sido de infarto —empezó—, así que déjeme hablar. Estoy seguro de que ha visto la rueda de prensa del presidente. No hemos jugado bien nuestras cartas, y eso es algo que me revienta, la verdad. Probablemente se esté echando la culpa. Pues no lo haga. ¿Quién demonios iba a saberlo? No es culpa suya. En cualquier caso, preste atención. Creo que podría haber un modo de recuperarnos.

Gabrielle se puso de pie, incapaz de imaginar de qué podría estar hablando Sexton. Ésa no era la reacción que esperaba.

—Esta noche he celebrado aquí una reunión con representantes de industrias aeroespaciales privadas —contó él— y...

—¿Qué? —espetó ella, pasmada al oírselo admitir—. Es decir..., no lo sabía.

—Sí, nada del otro jueves. Le habría pedido que tomara parte en ella, pero esos tipos son quisquillosos con lo de la privacidad. Algunos están aportando fondos para la campaña y prefieren que no se sepa.

La confesión la pilló completamente desarmada.

—Pero... ¿acaso no es ilegal?

—¿Ilegal? Pues claro que no. Todas las donaciones son inferiores a dos mil dólares, una minucia. Esos tipos no son nadie, pero escucho sus quejas. Llámelo una inversión de futuro. Francamente, no lo voy aireando por guardar las apariencias. Si la Casa Blanca se enterase, seguro que le sacarían el jugo. En cualquier caso, ésa no es la cuestión. Llamaba para decirle que después de la reunión de esta noche estuve hablando con el director de la SFF...

Durante unos instantes, aunque Sexton seguía hablando, lo único que Gabrielle oía era la sangre que se agolpaba en su rostro y la cubría de vergüenza. Sin que ella hubiese dicho nada, el senador había admitido como si tal cosa la reunión de esa noche con empresas aeroespaciales privadas. «Completamente legal.» ¡Y pensar lo que ella se había planteado hacer! Menos mal que Yolanda se lo había impedido. «He estado a punto de aliarme con Marjorie Tench.»

—... así que le dije al director de la SFF —proseguía el senador— que tal vez usted pudiera conseguir la información que necesitamos.

Gabrielle volvió a la conversación.

—De acuerdo.

—El contacto que ha estado pasándole toda esa información privilegiada sobre la NASA estos últimos meses, supongo que aún lo tiene, ¿no?

«Marjorie Tench.» Gabrielle se encogió, sabedora de

que nunca podría contarle al senador que el informador había estado manipulándola todo el tiempo.

—Eh..., creo que sí —mintió ella.

—Bien. Necesito que consiga cierta información. Inmediatamente.

Mientras escuchaba, Gabrielle se dio cuenta de lo mucho que había estado subestimando últimamente al senador Sedgewick Sexton. Parte de su brillo se había desvanecido desde que ella empezó a seguir su carrera, pero esa noche lo había recuperado. En medio de lo que parecía ser el golpe mortal definitivo a su campaña, Sexton planeaba el contraataque. Y aunque había sido Gabrielle quien lo había instado a tomar ese camino tan poco propicio, él no la castigaba, sino que le daba la oportunidad de reparar su error.

Y eso era lo que pensaba hacer.

Costara lo que costase.

Capítulo 80

William Pickering observaba por la ventana de su despacho la lejana hilera de faros de Leesburg Highway. Solía pensar en ella cuando estaba solo allí arriba, en la cima del mundo.

«Todo este poder... y no pude salvarla.»

Diana, la hija de Pickering, había muerto en el mar Rojo cuando se hallaba a bordo de un pequeño buque escolta de la Marina formándose para oficial de derrota. Una tarde soleada su barco estaba anclado en un puerto seguro cuando una arenera artesanal cargada con explosivos y dirigida por dos terroristas suicidas avanzó lentamente por el puerto y saltó por los aires al colisionar con el casco del buque. Diana y otros trece jóvenes soldados norteamericanos fallecieron ese día.

William Pickering se quedó desolado, la angustia lo atenazó durante semanas. Cuando averiguaron que la responsable del ataque terrorista era una conocida célula a la que la CIA llevaba años intentando localizar en vano. La tristeza de Pickering se tornó en ira y entró como una exhalación en la sede de la agencia exigiendo respuestas.

Las respuestas que obtuvo eran difíciles de digerir.

Al parecer, la CIA estaba preparada para combatir dicha célula desde hacía meses y tan sólo esperaba a tener las fotografías de alta resolución vía satélite para poder planear un ataque preciso contra la guarida de los terroristas en las montañas de Afganistán. Se suponía que las imágenes iban a ser captadas por un satélite de la NRO que había costado mil doscientos millones de dólares y cuyo nombre en clave era Vortex 2, el mismo que había estallado en la rampa de lanzamiento junto con la lanzadora de la NASA. Debido al accidente de la agencia, el ataque de la CIA se pospuso y Diana Pickering murió.

La cabeza de Pickering le decía que la NASA no había sido responsable directamente, pero a su corazón le costaba perdonar. La investigación de la explosión del cohete reveló que los ingenieros de la NASA responsables del sistema de inyección del combustible se habían visto obligados a utilizar materiales de segunda fila para no sobrepasar el presupuesto. «Para los vuelos no tripulados —explicó Lawrence Ekstrom en una rueda de prensa— el primer objetivo de la NASA es la rentabilidad. Hay que reconocer que en este caso los resultados no han sido óptimos y vamos a abrir una investigación.»

«No fueron en absoluto óptimos.» Diana Pickering había muerto.

Además, como el satélite espía era secreto, la gente nunca llegó a saber que la NASA hizo añicos un proyecto de la NRO de mil doscientos millones de dólares y, con él, indirectamente, numerosas vidas norteamericanas.

—¿Señor? —dijo la voz de su secretaria por el intercomunicador, sobresaltándolo—. Línea uno. Es Marjorie Tench.

El director se sacudió el embotamiento y miró el teléfono. «¿Otra vez?» La luz que parpadeaba en la línea uno parecía latir con furiosa urgencia. Pickering frunció el ceño y cogió la llamada.

—Pickering.

—¿Qué le ha dicho? —Tench parecía furiosa.

—¿Disculpe?

—Rachel Sexton se ha puesto en contacto con usted. ¿Qué le ha dicho? Estaba en un submarino, por el amor de Dios. A ver cómo explica eso.

El director intuyó en el acto que negar la evidencia no era buena idea. Tench había estado haciendo sus deberes. Le sorprendía que hubiese averiguado lo del *Charlotte*, pero al parecer se había servido de su influencia para obtener algunas respuestas.

—La señorita Sexton se ha puesto en contacto conmigo, es cierto.

—Y usted ha organizado una recogida y no me ha avisado.

—He dispuesto un transporte, sí. —Según lo previsto, faltaban dos horas para que Rachel Sexton, Michael Tolland y Corky Marlinson llegaran a la base aérea de Bollings, un aeródromo próximo.

—Y, sin embargo, ha preferido no informarme.

—Rachel Sexton ha formulado unas acusaciones muy inquietantes.

—Con respecto a la autenticidad del meteorito... y a no sé qué ataque del que ha sido objeto.

—Entre otras cosas.

—Está claro que miente.

—¿Sabía usted que con ella hay dos personas que confirman su historia?

La asesora hizo una pausa.

—Sí. Y es extremadamente preocupante. A la Casa Blanca le intranquilizan sobremanera esas afirmaciones.

—¿A la Casa Blanca o a usted personalmente?

El tono de la mujer se tornó cortante.

—Por lo que a usted respecta, director, esta noche eso da igual.

Pickering no se dejó impresionar. Estaba acostumbrado a tratar con políticos fanfarrones y personajes secundarios que intentaban sentar bases en el mundillo de la inteligencia. Pocos constituían un frente tan poderoso como Marjorie Tench.

—¿Sabe el presidente que me está llamando?

—Francamente, director, me sorprende que haya dado crédito a los desvaríos de esos chiflados.

«No ha respondido a mi pregunta.»

—No veo ningún motivo lógico para que esa gente mienta, de manera que he de suponer que o bien dicen la verdad o han cometido un error sin querer.

—¿Un error? ¿Afirmar que han sido atacados? ¿Que en los datos relativos al meteorito hay errores que la NASA ha pasado por alto? Por favor. Es evidente que estamos ante una estratagema política.

—Si es así, no acierto a ver los motivos.

Tench profirió un hondo suspiro y bajó la voz.

—Director, en este asunto hay factores que usted desconoce. Ya hablaremos de ello con detenimiento más tarde, pero en este momento necesito saber dónde están la señorita Sexton y los demás. Debo llegar al fondo de esta cuestión antes de que causen daños irreparables. ¿Dónde están?

—Preferiría no compartir esa información. Me pondré en contacto con usted cuando hayan llegado.

—De eso nada. Estaré presente para darles la bienvenida cuando lleguen.

«¿Usted y cuántos agentes del servicio secreto?», se preguntó él.

—Si le informo de la hora y el lugar de llegada, ¿tendremos ocasión de charlar como amigos o pretende hacer que los detenga un ejército privado?

—Esa gente constituye una amenaza directa para el presidente. La Casa Blanca tiene todo el derecho del mundo a detenerlos e interrogarlos.

Pickering sabía que era cierto. A tenor del título 18, artículo 3.056 del Código de Estados Unidos, los agentes del servicio secreto norteamericano pueden llevar armas, abrir fuego y efectuar detenciones sin una orden si sospechan que una persona ha cometido o tiene intención de cometer un delito grave o una agresión contra el presidente. El servicio tenía carta blanca. Entre los detenidos habituales se encontraban indeseables que merodeaban por la Casa Blanca y colegiales que enviaban correos electrónicos amenazadores de broma.

A Pickering no le cabía duda de que el servicio secreto podía justificar que se llevaran a Rachel Sexton y al resto al sótano de la Casa Blanca y los retuvieran allí indefinidamente. Sería una maniobra peligrosa, pero estaba claro que Tench era consciente de que había mucho en juego. La cuestión era qué pasaría si Pickering permitía que la asesora se hiciera con el control, y no tenía la menor intención de averiguarlo.

—Haré cuanto sea preciso para proteger al presidente de acusaciones falsas —espetó la mujer—. La mera insinuación de que ha habido juego sucio ensombrecerá a la Casa Blanca y a la NASA. Rachel Sexton ha abusado de la confianza del presidente, y no voy a permitir que sea él quien pague el pato.

—¿Y si solicito que a la señorita Sexton se le permita exponer su caso ante una comisión de investigación oficial?

—En ese caso estaría usted incumpliendo una orden presidencial directa y proporcionándole una plataforma desde la que organizar un buen lío político. Se lo voy a preguntar por última vez, director: ¿dónde van a aterrizar?

El hombre dejó escapar un largo suspiro. Le dijera o no a Marjorie Tench que el avión se dirigía a la base área de Bollings, sabía que ella disponía de los medios necesarios para averiguarlo. La cuestión era si la asesora lo haría o no, aunque la determinación que destilaba su voz le decía que no lo dejaría estar. Marjorie Tench tenía miedo.

—Marjorie —repuso el director con una claridad inequívoca—, alguien me está mintiendo, de eso no me cabe la menor duda. O Rachel Sexton y dos científicos civiles o usted. Y yo creo que es usted.

La mujer estalló.

—¿Cómo se atreve...?

—Su orgullo herido me importa un comino, así que guárdeselo para sí. Será mejor que sepa que poseo pruebas irrefutables de que la NASA y la Casa Blanca han mentido esta tarde.

Tench guardó silencio de pronto, y él dejó que rumiara la afirmación un instante.

—Yo tampoco tengo el menor interés en ocasionar un cataclismo político, pero se han dicho mentiras, unas mentiras que no se sostienen. Si quiere que la ayude, tendrá que empezar por ser sincera conmigo.

Ella pareció tentada a hacerlo, si bien se mostró cautelosa.

—Si tan seguro está de que se han dicho mentiras, ¿por qué no ha adoptado las correspondientes medidas?

—No me meto en asuntos políticos.

Tench farfulló algo que le sonó a «y una mierda».

—Marjorie, ¿está intentando decirme que el comunicado presidencial de esta tarde ha sido totalmente veraz?

En la línea se produjo un largo silencio.

Pickering sabía que la había pillado.

—Escuche, los dos sabemos que esto es una bomba de relojería a punto de estallar, pero aún tenemos tiempo, podemos llegar a un arreglo.

Tench tardó algunos segundos en responder. Finalmente suspiró.

—Deberíamos vernos.

«¡Bingo!», pensó Pickering.

—Tengo algo que enseñarle —afirmó ella—, y creo que arrojará alguna luz sobre este asunto.

—Iré a su despacho.

—No —se apresuró a contestar ella—. Es tarde, su presencia aquí levantaría sospechas. Preferiría que esto quedara entre nosotros.

Pickering leyó entre líneas: «El presidente no sabe nada de esto.»

—Puede venir aquí si lo desea —propuso él.

Tench pareció recelar.

—Quedemos en algún lugar discreto.

Él se esperaba algo así.

—El Monumento a Roosevelt no está lejos de la Casa Blanca —observó la mujer—. A esta hora estará desierto.

Pickering sopesó la propuesta. El Monumento a Roosevelt se encontraba a medio camino entre los de Jefferson y Lincoln, en una zona de la ciudad muy segura. Tras un largo silencio, accedió.

—Dentro de una hora —zanjó ella—. Y venga solo.

Nada más colgar, Marjorie Tench llamó al administrador de la NASA. Su voz sonaba tensa cuando le dio la mala noticia.

—Pickering podría ser un problema.

Capítulo 81

Ante la mesa de Yolanda Cole, en su despacho del control de realización de la ABC, Gabrielle Ashe volvía a estar rebosante de esperanza mientras llamaba a información.

De confirmarse, las acusaciones de las que acababa de hablarle Sexton podían promover un escándalo. «¿La NASA ha mentido sobre el PODS?» Gabrielle había visto la rueda de prensa en cuestión y recordaba haber pensado que le resultó extraña, aunque la había olvidado por completo. Hacía unas semanas, el PODS no era una cuestión candente; esa noche, sin embargo, no se hablaba de otra cosa.

Ahora Sexton necesitaba información privilegiada, y de prisa. Confiaba en el informador de Gabrielle para obtenerla, y ella le había asegurado al senador que haría todo cuanto estuviese en su mano. El problema, naturalmente, era que ese informador se llamaba Marjorie Tench, y no sería de ninguna ayuda. Así que Gabrielle tendría que agenciársela de otra manera.

—Información —repuso la voz al teléfono.

Gabrielle le dijo lo que necesitaba, y la operadora le proporcionó el número de tres Chris Harper en Washington. Gabrielle probó con cada uno de ellos.

El primero era un bufete de abogados, el segundo no respondió, y el tercero estaba sonando.

Lo cogió una mujer a la primera.

—Residencia Harper.

—¿Señora Harper? —dijo Gabrielle procurando ser cortés—. Espero no haberla despertado.

—Cielos, no. No creo que esta noche duerma nadie. —Sonaba nerviosa, y Gabrielle oía el televisor de fondo. Hablaban del meteorito—. Supongo que querrá hablar con Chris, ¿no?

El pulso de Gabrielle se aceleró.

—Sí, señora.

—Pues me temo que no está. Salió corriendo al trabajo en cuanto terminó el comunicado del presidente. —La mujer soltó una risita—. Claro que dudo que allí trabaje nadie, lo más seguro es que estén celebrando una fiesta. El comunicado le pilló por sorpresa, ¿sabe? Como a todo el mundo. El teléfono no ha parado de sonar en toda la noche. Apuesto a que a estas alturas la NASA en pleno estará allí.

—¿En el complejo de E Street? —inquirió Gabrielle, suponiendo que la mujer se refería al cuartel general de la agencia.

—Ahí, sí. Lleve un sombrerito de fiesta.

—Gracias. Lo buscaré allí.

Y colgó. Acto seguido salió a la carrera al control de realización en busca de Yolanda, que estaba terminando de preparar a un grupo de expertos en el espacio que iba a hablar con entusiasmo del meteorito.

Su amiga sonrió al verla llegar.

—Tienes mejor aspecto —afirmó—. ¿Empiezas a ver la luz?

—Acabo de hablar con el senador, y la reunión de esta tarde no era lo que yo pensaba.

—Ya te dije que Tench te la estaba jugando. ¿Cómo se ha tomado el senador la noticia del meteorito?

—Mejor de lo que esperaba.

Yolanda pareció sorprendida.

—Pensaba que a estas horas se habría tirado bajo las ruedas de un autobús.

—Cree que podría haber un problema en los datos de la NASA.

Yolanda manifestó sus dudas con un resoplido.

—¿Ha visto la misma rueda de prensa que he visto yo? ¿Qué más confirmación y reconfirmación hace falta?

—Me voy a la NASA a comprobar una cosa.

Las perfiladas cejas de su amiga se enarcaron con cautela.

—¿La mano derecha del senador Sexton se va a meter en el cuartel general de la NASA? ¿Esta noche? ¿Sabes lo que es un linchamiento público?

Gabrielle le contó a su amiga que Sexton sospechaba que Chris Harper, el jefe de sector del PODS, había mentido al decir que habían reparado el software de detección de irregularidades.

Pero Yolanda no se tragó la píldora.

—Estuvimos en esa rueda de prensa, Gabs, y he de admitir que Harper no era él mismo esa noche, pero la NASA declaró que estaba pachucho.

—El senador está convencido de que mintió, y no es el único. Hay gente poderosa que opina lo mismo.

—Si ese software no se arregló, ¿cómo encontró el PODS el meteorito?

«Eso mismo se pregunta Sexton», pensó Gabrielle.

—No lo sé, pero el senador quiere que le dé respuestas.

Su amiga sacudió la cabeza.

—Sexton te ha enviado a un avispero por una quimera desesperada. No vayas, no le debes nada.

—Me he cargado la campaña entera.

—Lo que se ha cargado esa campaña ha sido la mala suerte.

—Pero si el senador tiene razón y resulta que el jefe de sector del PODS mintió...

—Cielo, si el jefe de sector del PODS mintió al mundo, ¿qué te hace pensar que va a contarte a ti la verdad?

Gabrielle también había sopesado esa posibilidad y ya estaba tramando un plan.

—Si descubro algo allí, te llamo.

Yolanda rió con escepticismo.

—Si descubres algo allí, me comeré mis palabras.

Capítulo 82

«Borra todo cuanto sabes de esa muestra.»

Michael Tolland había estado luchando contra las inquietantes ideas que lo asaltaban sobre el meteorito, pero ahora, con las sagaces preguntas de Rachel, el asunto le provocaba un malestar añadido. Miró el fragmento de roca que sostenía en la mano.

«Supón que alguien te la dio sin decirte dónde la encontró ni lo que era. ¿Cuál sería tu análisis?»

Tolland sabía que la pregunta estaba llena de implicaciones y, sin embargo, como ejercicio analítico, había resultado ser esclarecedor. Al descartar todos los datos que le habían proporcionado al llegar a la habisfera, Tolland hubo de admitir que su análisis de los fósiles se hallaba influido en gran medida por una premisa singular: que la roca en la que se habían encontrado los fósiles era un meteorito.

«¿Y si *no* me hubieran dicho lo del meteorito?», se preguntó. Aunque seguía siendo incapaz de dar con otra explicación, se permitió la libertad de desechar la presuposición del meteorito, y al hacerlo los resultados fueron un tanto preocupantes. Ahora él y Rachel, a los que se había unido un atontado Corky Marlinson, discutían las ideas.

—Así que, Mike, dices que si alguien te diese esta roca fosilizada sin ninguna explicación, tendrías que concluir que era de la Tierra —repitió Rachel con voz intensa.

—Desde luego —repuso él—. ¿Qué otra cosa podría concluir? Afirmar que se ha encontrado vida extraterrestre constituye un paso mucho mayor que afirmar que se ha encontrado un fósil de una especie terrestre cuya existencia se desconocía. Los científicos descubren docenas de especies nuevas todos los años.

—¿Piojos de más de medio metro? —terció Corky con incredulidad—. ¿Supondrías que un bicho de ese tamaño es de este planeta?

—Puede que ahora no —contestó Tolland—, pero la especie no tiene por qué seguir viviendo en la actualidad. Es un fósil. De ciento noventa millones de años, más o menos como de nuestro jurásico. Muchos fósiles prehistóricos son criaturas enormes que nos dejan boquiabiertos cuando descubrimos los restos fosilizados: inmensos reptiles alados, dinosaurios, aves.

—No quiero dármelas de físico listillo, Mike —respondió Corky—, pero en ese argumento hay un fallo importante: todas las criaturas prehistóricas que has mencionado (dinosaurios, reptiles, aves) poseen un esqueleto interno, lo que hace que puedan alcanzar un gran tamaño a pesar de la gravedad de la Tierra. Pero este fósil... —Cogió la muestra y la sostuvo en alto—. Estos amiguitos tienen exoesqueleto, son artrópodos. Invertebrados. Tú mismo has dicho que un artrópodo de este tamaño sólo podría haber evolucionado en un medio de poca gravedad, ya que, de lo contrario, el esqueleto externo se habría hundido bajo su propio peso.

—Cierto —convino Tolland—. Si esta especie viviera en nuestro planeta, se habría hundido bajo su propio peso.

Corky frunció el ceño, irritado.

—Bueno, pues a no ser que un cavernícola tuviera una granja de piojos donde no existiera la gravedad, no entiendo cómo puedes deducir que un bicho de más de medio metro es terrestre.

Tolland se sonrió al ver que Corky estaba pasando por alto algo sumamente simple.

413

—Lo cierto es que existe otra posibilidad. —Miró fijamente a su amigo—. Corky, tú estás acostumbrado a mirar hacia arriba. Mira hacia abajo. Aquí, en la Tierra, hay un abundante medio carente de gravedad. Y lleva aquí desde la época prehistórica.

Corky le devolvió la mirada.

—¿De qué demonios estás hablando?

Rachel también parecía sorprendida.

Tolland señaló por la ventanilla el océano, que se extendía bajo el avión bañado por la luz de la luna.

—El mar.

Rachel dejó escapar un suave silbido.

—Claro.

—El agua es un medio en el que la gravedad es baja —explicó él—. Bajo el agua todo pesa menos. En el océano se dan las condiciones necesarias para que existan enormes estructuras frágiles que jamás podrían vivir fuera de él: medusas, calamares gigantes, morenas cinta.

Corky se mostró conforme, pero con reservas.

—Vale, pero en el océano prehistórico no vivían invertebrados gigantes.

—Pues claro que sí. Y, a decir verdad, aún viven. La gente los come a diario, son un manjar en la mayoría de los países.

—Mike, ¿quién demonios come invertebrados marinos gigantes?

—Todo el que come langostas, cangrejos y gambas.

Corky lo miró embobado.

—Los crustáceos son básicamente invertebrados marinos gigantes —aclaró Tolland—. Son un suborden del filo artrópodos. Piojos, cangrejos, arañas, insectos, saltamontes, escorpiones, langostas: todos están emparentados, todos ellos son especies poseedoras de apéndices articulados y esqueletos externos.

De pronto, a Corky le cambió la cara.

414

—Desde el punto de vista de la clasificación, se parecen mucho a los insectos —continuó Tolland—. Los cangrejos herradura parecen trilobites gigantes, y las pinzas de una langosta se asemejan a las de un gran escorpión.

Corky se puso blanco.

—No pienso volver a probar los panecillos con langosta.

Rachel estaba fascinada.

—Así que los artrópodos terrestres son pequeños porque la gravedad se ocupa naturalmente de que así sea, pero en el agua flotan y pueden llegar a alcanzar un gran tamaño.

—Eso es —aprobó Tolland—. Si los fósiles de que disponemos fuesen limitados, un cangrejo real de Alaska podría ser clasificado erróneamente como una araña gigante.

El entusiasmo de Rachel pareció dar paso a la preocupación.

—Mike, dejando de nuevo a un lado la cuestión de la aparente autenticidad del meteorito, dime una cosa: ¿crees que los fósiles que vimos en Milne podrían ser oceánicos? ¿De los océanos terrestres?

Tolland captó la franqueza de su mirada y presintió el verdadero peso de la pregunta.

—Hipotéticamente tendría que decir que sí. En el lecho oceánico hay zonas que tienen ciento noventa millones de años, los mismos que los fósiles. Y en teoría, en los océanos podrían haber vivido formas de vida parecidas a ésta.

—Venga ya —se burló Corky—. No me puedo creer lo que estoy oyendo. ¿Cómo que dejando a un lado la cuestión de la autenticidad del meteorito? El meteorito es irrefutable. Aunque en nuestro planeta haya lecho oceánico de la misma edad que el meteorito, te garantizo que no hay ningún lecho que tenga una corteza de fusión, un contenido de níquel anómalo y cóndrulos. Eso es agarrarse a un clavo ardiendo.

Tolland sabía que su amigo estaba en lo cierto y, sin embargo, al imaginar que los fósiles eran criaturas marinas, Tolland había perdido parte del respeto que le infundían. En cierta manera, ahora parecían más familiares.

—Mike —intervino Rachel—, ¿por qué ningún científico de la NASA se planteó que los fósiles pudieran ser criaturas oceánicas? ¿O de un océano de otro planeta?

—Por dos motivos. Las muestras de fósiles pelágicos, los del lecho oceánico, tienden a presentar multitud de especies mezcladas. Todo cuanto vive en los millones de metros cúbicos de agua que hay sobre el lecho acaba muriendo y yendo a parar al fondo, lo que significa que el lecho oceánico es un cementerio de especies de todas las profundidades, presiones y temperaturas. Sin embargo, la muestra de Milne era limpia, una única especie. Parecía más algo que podría encontrarse en el desierto, una camada de animales similares enterrados por una tormenta de arena, por ejemplo.

Ella asintió.

—¿Y la segunda razón por la que optasteis por la tierra y no el mar?

Tolland se encogió de hombros.

—El instinto. Los científicos siempre han creído que, de estar habitado, en el espacio habría insectos. Y a juzgar por lo que hemos visto del espacio, ahí arriba hay mucha más tierra y piedras que agua.

Rachel guardó silencio.

—Aunque... —añadió él. Rachel lo había obligado a pensar—. Debo admitir que en el lecho oceánico hay partes muy profundas que los oceanógrafos denominan zonas muertas. No las comprendemos del todo, pero se trata de áreas en las que debido a las corrientes y los alimentos apenas hay vida, tan sólo un puñado de especies de carroñeros que habitan en el fondo. Así que, desde ese punto de vista, supongo que no es totalmente imposible encontrar un fósil constituido por una sola especie.

—¡Por favor! —rezongó Corky—. ¿Y la corteza de fusión? ¿Y el contenido medio de níquel? ¿Y los cóndrulos? ¿Por qué ni siquiera los mencionamos?

Tolland no contestó.

—A propósito del contenido de níquel, vuelva a explicármelo —pidió Rachel a Corky—. La proporción de níquel en las rocas terrestres es o muy alta o muy baja, pero en los meteoritos el contenido de níquel se sitúa en unos valores medios concretos, ¿no?

Corky asintió.

—Sí.

—Y el contenido de níquel de esta muestra se sitúa exactamente dentro de los valores en cuestión, ¿no?

—Muy cerca, sí.

Rachel lo miró sorprendida.

—Un momento. ¿Cerca? ¿Qué se supone que significa eso?

Corky estaba exasperado.

—Tal y como ya he explicado antes, todos los meteoritos son distintos. A medida que los científicos van encontrando nuevos meteoritos es preciso actualizar constantemente los cálculos con respecto a lo que consideramos un contenido de níquel aceptable para los mismos.

Rachel se quedó pasmada mientras sostenía en alto la muestra.

—Así que este meteorito los obligó a reevaluar lo que consideraban un contenido de níquel aceptable en un meteorito. No entraba dentro de los valores medios de níquel establecidos, ¿no?

—Por poco —espetó Corky.

—¿Por qué no mencionó nadie esto?

—Porque no es relevante. La astrofísica es una ciencia dinámica que se actualiza constantemente.

—¿Durante un análisis de suma importancia?

—Mire —contestó un ofendido Corky—, puedo asegurarle que el contenido de níquel de esta muestra se acerca muchísimo más al de otros meteoritos que al de cualquier roca terrestre.

Rachel se dirigió a Tolland.

—¿Tú sabías esto?

Él asintió de mala gana. En su momento no parecía una cuestión trascendente.

—Me dijeron que presentaba un contenido de níquel ligeramente superior al que se ve en otros meteoritos, pero a los especialistas de la NASA no parecía preocuparles.

—¡Y con razón! —exclamó Corky—. En este caso la prueba mineralógica no es que el contenido de níquel permita concluir que es como el de un meteorito, sino más bien que permite concluir que no es como el de las rocas terrestres.

Rachel sacudió la cabeza.

—Lo siento, pero en mi trabajo ésa es la clase de lógica fallida que hace que muera gente. Decir que una roca no es como las terrestres no demuestra que sea un meteorito. Tan sólo demuestra que no es como lo que se ve en la Tierra.

—¿Y qué diferencia hay?

—Ninguna, si se han visto todas las rocas de la Tierra —replicó ella.

Corky guardó silencio un instante.

—De acuerdo —dijo al cabo—, pasemos por alto el contenido de níquel si no le gusta. Aún tenemos una corteza de fusión perfecta y los cóndrulos.

—Claro —contestó ella poco convencida—. Dos de tres no está mal.

Capítulo 83

La estructura que albergaba el cuartel general de la NASA era un gigantesco rectángulo de cristal situado en el número 300 de E Street, en Washington. El edificio contaba con una red de más de trescientos kilómetros de cableado de datos y miles de toneladas de procesadores informáticos y acogía a 1.134 funcionarios que supervisaban los quince mil millones de presupuesto anual de la agencia y las operaciones cotidianas de las doce bases que la NASA tenía repartidas por todo el país.

A pesar de que era tarde, a Gabrielle no le extrañó ver que el vestíbulo estaba lleno de gente, al parecer una mezcla de agitados equipos de distintos medios de comunicación y miembros de la agencia espacial más agitados aún. Gabrielle se apresuró a pasar. La entrada parecía un museo, dominada por teatrales réplicas de tamaño natural de famosas cápsulas espaciales y satélites suspendidos del techo. Equipos de televisión se disputaban el costoso suelo de mármol, abordando a los asombrados empleados que cruzaban la puerta.

Gabrielle escudriñó a la multitud, pero no vio a nadie que pareciera el director de la misión del PODS, Chris Harper. La mitad de los que estaban en el vestíbulo tenían pase de prensa, y la otra mitad, acreditación de la agencia con fotografía colgada del cuello. Gabrielle no contaba ni con la una ni con la otra. Al ver a una joven de la NASA corrió hacia ella.

—Hola. Estoy buscando a Chris Harper.

La mujer la miró con extrañeza, como si la conociera de algo pero no fuera capaz de ubicarla.

—Lo vi pasar hace un rato. Creo que iba arriba. ¿Nos conocemos?

—No lo creo —respondió Gabrielle al tiempo que daba media vuelta—. ¿Cómo se sube?

—¿Trabaja para la NASA?

—No.

—Entonces no puede subir.

—Ah. ¿Hay algún teléfono que pueda utilizar para...?

—Anda —contestó la mujer, que de pronto parecía enfadada—, ya sé quién es usted. La he visto en televisión con el senador Sexton. No puedo creer que haya tenido la caradura de...

Pero Gabrielle ya se estaba alejando, mezclándose entre la multitud. Oyó que la mujer les contaba a otros con tono airado que ella estaba allí.

«Genial. Acabo de entrar y ya estoy en la lista negra.»

Echó a andar a buen paso, con la cabeza gacha, hacia el otro extremo del vestíbulo. En la pared había un directorio del edificio. Lo examinó en busca de Chris Harper. Nada. En el panel no se mencionaban nombres, estaba organizado por departamentos.

«¿PODS?», se preguntó mientras buscaba en el listado algo relacionado con el escáner. No vio nada. Tenía miedo de volver la cabeza, pues casi esperaba ver a un grupo de furibundos empleados de la NASA dispuestos a apedrearla. Lo único que vio en el listado que parecía mínimamente prometedor se encontraba en la cuarta planta:

EMPRESA DE CIENCIAS DE LA TIERRA, FASE II
Sistema de Observación de la Tierra (EOS)

Procurando no mirar al gentío, se dirigió hacia un recoveco que albergaba una hilera de ascensores y un surtidor. Buscó algún botón para llamar los ascensores, pero sólo vio ranuras. «Mierda.» Por motivos de seguridad, a ellos sólo podían acceder empleados con una tarjeta electrónica de control.

Un grupo de hombres jóvenes se acercó de prisa a los aparatos, hablando con entusiasmo. Al cuello llevaban acreditaciones de la NASA. Gabrielle se inclinó sobre la fuente sin perderlos de vista. Un tipo con la cara llena de granos introdujo su tarjeta en la ranura y el ascensor se abrió. Reía y sacudía la cabeza asombrado.

—Los del SETI deben de estar volviéndose locos —afirmó mientras el resto subían al ascensor—. Sus antenas llevan veinte años buscando campos de visión por debajo de doscientos milijanskys y la prueba material ha estado enterrada en el hielo aquí, en la Tierra, todo el tiempo.

Cuando las puertas del ascensor se hubieron cerrado y los hombres desaparecieron, Gabrielle levantó la cabeza, se limpió la boca y se preguntó qué podía hacer. Echó un vistazo a su alrededor en busca de un intercomunicador, pero nada. Se planteó robar de alguna manera una tarjeta, pero algo le dijo que probablemente no fuese una buena idea. Hiciera lo que hiciese, sabía que tenía que darse prisa. En ese momento se percató de que la mujer con la que había hablado en el vestíbulo se abría paso entre la gente con un responsable de seguridad de la NASA.

Un hombre calvo bien vestido dobló la esquina y fue directo a los ascensores. Gabrielle volvió a inclinarse sobre el surtidor. El hombre pareció no reparar en ella, y la chica observó en silencio que se echaba hacia adelante e introducía la tarjeta en la ranura. La puerta de otro ascensor se abrió y el hombre se dispuso a entrar.

«A la mierda —pensó ella al tiempo que tomaba una decisión—. Ahora o nunca.»

Cuando las puertas se cerraban, se apartó del surtidor, echó a correr y extendió el brazo para impedir que se cerraran por completo. De inmediato volvieron a abrirse y Gabrielle entró con el rostro resplandeciente de entusiasmo.

—¿Había visto alguna vez nada igual? —le dijo con efusividad al sobresaltado hombre—. Dios mío, qué locura.

Él la miró con cara rara.

—Los del SETI deben de estar volviéndose locos —dijo ella—. Sus antenas llevan veinte años buscando campos de visión por debajo de doscientos milijanskys y la prueba material ha estado enterrada en el hielo aquí, en la Tierra, todo el tiempo.

El hombre la miró sorprendido.

—Sí..., bueno, es... —Echó una ojeada a su cuello, al parecer intranquilo al no verle identificación alguna—. Lo siento, ¿trabaja...?

—Al cuarto, por favor. He venido tan de prisa que casi se me olvida ponerme ropa interior. —Rompió a reír al tiempo que miraba de soslayo su acreditación: «James Theisen. Administración financiera.»

—¿Trabaja aquí? —El hombre parecía incómodo—. ¿Señorita...?

Gabrielle puso cara de circunstancias.

—¡Jim! La duda ofende. No hay nada peor que hacer sentir a una mujer ninguneada.

Él palideció un instante, violento, y se pasó una mano por la cabeza con embarazo.

—Lo siento. Con todo este jaleo, ya sabe. La verdad es que sí que me suena su cara. ¿En qué programa trabaja?

«Mierda.» Gabrielle esbozó una sonrisa rebosante de seguridad.

—En el EOS.

El hombre señaló el botón iluminado de la cuarta planta.

—Es evidente. Me refería a qué proyecto en concreto.

Ella sintió que el pulso se le aceleraba. Sólo se le ocurrió uno:

—En el PODS.

Él pareció sorprenderse.

—¿Ah, sí? Creía que conocía a todo el equipo del doctor Harper.

Gabrielle asintió azorada.

—Chris no deja que se me vea. Soy la programadora imbécil que la fastidió con el índice de vóxel del software de detección de irregularidades.

El hombre se quedó boquiabierto.

—¿Fue usted?

Ella frunció el ceño.

—Llevo semanas sin pegar ojo.

—Pero fue el doctor Harper quien apechugó.

—Lo sé. Chris es así. Al menos pudo salir del paso. Menudo comunicado el de esta tarde, ¿eh? El meteorito. Aún estoy pasmada.

El ascensor se detuvo en la cuarta planta y Gabrielle salió como una exhalación.

—Me alegro de haberte visto, Jim. Dales recuerdos de mi parte a los de administración.

—Claro —balbució él mientras se cerraban las puertas—. Ha sido un placer.

Capítulo 84

Al igual que a la mayoría de los presidentes antes que él, a Zach Herney le bastaba con dormir cuatro o cinco horas al día, pero a lo largo de las últimas semanas había tenido que conformarse con muchas menos. Cuando la agitación provocada por los acontecimientos de la tarde empezó a aflojar, Herney sintió que sus extremidades acusaban la tardía hora.

Él y algunos de los principales miembros de su equipo se hallaban en el Salón Roosevelt disfrutando de una copa de champán para celebrar el éxito mientras veían la infinita serie de repeticiones de la rueda de prensa, fragmentos del documental de Tolland y resúmenes de expertos en la televisión por cable. En ese momento, en pantalla aparecía una exuberante corresponsal, micrófono en mano, delante de la Casa Blanca.

—Más allá de las pasmosas repercusiones que tendrá para la humanidad como especie —decía—, las resonancias políticas de este descubrimiento de la NASA ya se dejan sentir aquí, en Washington. La aparición de esos fósiles no podría haber sido más oportuna para un presidente al que acucian los problemas. —Su voz se tornó más sombría—. Ni menos propicia para el senador Sexton.

La emisión pasó a repetir el ya infame debate de la CNN de ese mismo día.

—Después de treinta y cinco años, creo que es bastante evidente que no vamos a encontrar vida en otro planeta.

—¿Y si se equivoca?

Sexton revolvió los ojos.

—Ah, por el amor de Dios, señorita Tench. Si me equivoco, me comeré mis palabras.

En el Salón Roosevelt todo el mundo se echó a reír. Al volver la vista atrás, el modo en que Tench arrinconó al senador podría haber resultado cruel y torpe y, sin embargo, ellos no parecieron darse cuenta. El tono altanero de Sexton al responder era tal que daba la impresión de que el senador estaba recibiendo su merecido.

El presidente buscó a Tench entre los presentes. No había vuelto a verla desde antes de que se celebrara la rueda de prensa, y tampoco estaba allí en ese momento. «Qué extraño —pensó—. Esta celebración es tan suya como mía.»

El reportaje televisivo estaba terminando, no sin esbozar una vez más el espectacular salto político de la Casa Blanca y el desastroso patinazo del senador Sexton.

«Cómo pueden cambiar las cosas de un día para otro —pensó el presidente—. En política, el mundo de uno puede dar un giro de ciento ochenta grados en el acto.»

Antes de que rayara el alba sabría cuánta verdad encerraban esas palabras.

Capítulo 85

«Pickering podría ser un problema», había dicho Tench.

El administrador Ekstrom estaba demasiado preocupado con esa información de última hora para percatarse de que fuera la tormenta había arreciado. El aullido de los cables se había vuelto más intenso, y el personal de la NASA daba vueltas y charlaba nerviosamente en lugar de irse a dormir. Los pensamientos de Ekstrom eran azotados por una tormenta distinta, una tempestad explosiva que se estaba desatando en Washington. Las últimas horas habían acarreado un sinfín de problemas, y Ekstrom estaba intentando lidiar con todos ellos. Sin embargo, uno en concreto resultaba más amenazador que todos los demás juntos.

«Pickering podría ser un problema.»

William Pickering era la última persona del mundo con quien el administrador querría enfrentarse. Llevaba años siendo el azote de Ekstrom y la NASA, tratando de controlar la política de privacidad, presionando con la prioridad de las misiones y quejándose del creciente número de fracasos de la agencia.

Ekstrom sabía que las raíces de la aversión que Pickering sentía por la NASA eran mucho más profundas que la reciente pérdida del satélite de más de mil millones de dólares de la NRO, el SIGINT, en la explosión de una rampa de lanzamiento de la NASA o los fallos en la seguridad de la agencia o la batalla por contratar personal aeroespacial adecuado. Las quejas de Pickering eran un drama continuo de desilusiones y resentimientos.

El avión cohete X-33 de la NASA, que se suponía debía reemplazar al transbordador espacial, llevaba cinco años de retraso, lo que significaba que docenas de programas de lanzamiento y mantenimiento de satélites de la NRO eran descartados o aplazados. No hacía mucho, la ira de Pickering por el X-33 llegó al paroxismo cuando el hombre se enteró de que la NASA había dado carpetazo al proyecto, lo que suponía unos novecientos millones de dólares en pérdidas.

Ekstrom llegó a su despacho, apartó la cortina y entró. Tras sentarse a la mesa, enterró la cabeza entre las manos. Debía tomar algunas decisiones. Lo que había dado comienzo como un día maravilloso se estaba convirtiendo en una pesadilla. Trató de ponerse en el lugar de William Pickering. ¿Qué haría a continuación? Alguien con su inteligencia por fuerza comprendería la importancia de ese descubrimiento. Perdonaría ciertas decisiones tomadas a la desesperada. Vería el daño irreversible que causaría contaminar ese momento de gloria.

¿Qué haría Pickering con la información que poseía? ¿Dejaría correr las cosas o haría pagar a la NASA por sus deficiencias?

Ekstrom frunció el entrecejo, no abrigaba muchas dudas al respecto.

Después de todo, el enfrentamiento de William Pickering con la NASA iba más allá..., tenía su origen en un viejo rencor personal que iba mucho más allá de la política.

Capítulo 86

Rachel guardaba silencio y miraba fijamente, inexpresiva, la cabina del G4 mientras el avión se dirigía al sur bordeando el litoral canadiense del golfo de San Lorenzo. A su lado, Tolland hablaba con Corky. Pese a que la mayoría de las pruebas apuntaban a que el meteorito era auténtico, el hecho de que Corky hubiese admitido que el contenido de níquel «no se situaba exactamente dentro de los valores medios preestablecidos» había reavivado las sospechas iniciales de Rachel. Introducir un meteorito en el hielo de tapadillo sólo tenía sentido si formaba parte de un fraude brillantemente concebido.

Así y todo, las pruebas científicas restantes parecían corroborar la validez del meteorito.

Rachel dejó de mirar por la ventanilla y se centró en la muestra con forma de disco que tenía en la mano. Los minúsculos cóndrulos refulgían. Tolland y Corky ya llevaban algún tiempo hablando de esos cóndrulos metálicos, expresándose en términos científicos que a ella se le escapaban: niveles de olivino equilibrados, matrices de cristales metaestables y rehomogeneización metamórfica. Con todo, el resultado estaba claro: Corky y Tolland coincidían en que los cóndrulos sin duda eran meteóricos. Esos datos no habían sido amañados.

Rachel le dio vueltas en la mano a la muestra y le pasó un dedo por el borde, donde resultaba visible parte de la corteza de fusión. La carbonización parecía relativamente reciente —a buen seguro no daba la impresión de tener trescientos años—, aunque Corky había explicado que la roca había estado encerrada herméticamente en el hielo y, por tanto, no se había visto expuesta a la erosión atmosférica. Parecía lógico. Rachel había visto programas en televisión en los que se extraían del hielo restos humanos tras cuatro mil años y la piel de las personas se conservaba en un estado casi perfecto.

Mientras escrutaba la corteza de fusión se le pasó por la cabeza una idea extraña: se había suprimido un dato importante. Se preguntó si no habría sido más que un descuido dentro del mar de datos que le habían proporcionado o si sencillamente alguien había olvidado mencionarlo.

Se volvió de súbito hacia Corky.

—¿Fechó alguien la corteza de fusión?

El aludido la miró con perplejidad.

—¿Qué?

—Que si alguien fechó la carbonización. Es decir, ¿sabemos a ciencia cierta que la carbonización de la roca se produjo al mismo tiempo exactamente que la del *Jungersol Fall*?

—Me temo que es imposible ponerle fecha —respondió el científico—. La oxidación resetea todos los marcadores isotópicos necesarios. Además, la tasa de desintegración radioisotópica es demasiado lenta para medir nada que se sitúe por debajo de los quinientos años.

Tras sopesar la información un instante, Rachel comprendió por qué la fecha de carbonización no formaba parte de los datos.

—Entonces, que nosotros sepamos, esta roca podría haberse carbonizado en la Edad Media o el fin de semana pasado, ¿no?

Tolland se rió.

—Nadie dijo que la ciencia tuviera todas las respuestas.

Rachel se puso a pensar en voz alta.

—Una corteza de fusión, básicamente, es una quemadura grave. Técnicamente, la quemadura podría haberse producido en cualquier momento de los últimos cincuenta años y de distintas maneras.

—De eso nada —corrigió Corky—. ¿Cómo que de distintas maneras? No. De una sola manera: atravesando la atmósfera.

—¿No cabe ninguna otra posibilidad? ¿Como, por ejemplo, un horno?

—¿Un horno? —repitió Corky—. Esas muestras fueron examinadas con un microscopio electrónico. Hasta el horno más limpio del planeta habría dejado residuos de combustible en la roca: combustible nuclear, químico, fósil. Olvídelo. Además, ¿qué hay de la estriación producida al salvar la atmósfera? Eso no se conseguiría en un horno.

Rachel se había olvidado de la orientación que presentaba la estriación en el meteorito: ciertamente parecía haber caído del cielo.

—¿Y un volcán? —conjeturó—. ¿Eyecciones arrojadas violentamente en una erupción?

Corky negó con la cabeza.

—La carbonización es demasiado limpia.

Ella miró a Tolland, que asintió.

—Lo siento, pero sé algo de volcanes, tanto terrestres como submarinos, y Corky está en lo cierto. Las eyecciones volcánicas presentan docenas de toxinas (dióxido de carbono, dióxido de azufre, ácido sulfhídrico, ácido clorhídrico), y todas ellas habrían sido detectadas en los escáneres electrónicos. Esa corteza de fusión, nos guste o no, es el resultado de una quemadura limpia producida al entrar en contacto con la atmósfera.

Rachel suspiró y volvió a mirar por la ventanilla. «Una quemadura limpia.» La frase no se le iba de la cabeza, de manera que le preguntó a Tolland:

—¿Qué quieres decir con eso de «quemadura limpia»?

Él se encogió de hombros.

—Sencillamente, que con un microscopio electrónico no vemos restos de combustible, de modo que sabemos que el calentamiento fue originado por la energía cinética y la fricción, en lugar de por elementos químicos o nucleares.

—Si no encontrasteis restos de combustible, ¿qué fue lo que encontrasteis? Concretamente, ¿de qué se componía la corteza de fusión?

—Encontramos exactamente lo que esperábamos encontrar —respondió Corky—. Elementos atmosféricos puros: nitrógeno, oxígeno, hidrógeno. Ni hidrocarburos ni sulfuros ni ácidos volcánicos. Nada extraño. Todo lo que vemos cuando los meteoritos atraviesan la atmósfera.

Rachel se retrepó en su asiento, ahora concentrada.

Corky se echó hacia adelante para mirarla.

—No irá a decirme ahora que cree que la NASA subió una roca fosilizada a la lanzadera espacial y la lanzó hacia la Tierra con la esperanza de que nadie reparara en la bola de fuego, el enorme cráter o la explosión, ¿no?

A Rachel no se le había ocurrido esa posibilidad, aunque constituía una premisa interesante. No factible, pero así y todo interesante. Las ideas que barajaba se hallaban más cerca de la Tierra. «Elementos atmosféricos naturales. Quemadura limpia. Estriación causada al atravesar el aire...» En un rincón lejano de su cerebro se había encendido una débil luz.

—Las proporciones de los elementos atmosféricos que visteis, ¿eran exactamente las mismas que se ven en los demás meteoritos que presentan una corteza de fusión? —quiso saber.

Corky pareció acobardarse un tanto con la pregunta.

—¿Por qué lo dice?

Rachel lo vio vacilar y sintió que el pulso se le aceleraba.

431

—Las proporciones no casaban, ¿no?

—Existe una explicación científica.

De pronto, el corazón de Rachel latía desbocado.

—¿Por casualidad se vio un contenido más alto de lo habitual de un elemento en concreto?

Tolland y Corky se miraron con cara de susto.

—Sí —admitió el segundo—, pero...

—¿No sería hidrógeno ionizado?

Los ojos del astrofísico se abrieron como platos.

—¿Cómo es que sabe usted eso?

Tolland también estaba asombrado.

Rachel los miró con fijeza a ambos.

—¿Por qué nadie me lo mencionó?

—Porque existe una explicación científica perfectamente sólida —repuso Corky.

—Soy toda oídos —contestó ella.

—Había un exceso de hidrógeno ionizado porque el meteorito atravesó la atmósfera cerca del Polo Norte, donde debido al campo magnético de la Tierra la concentración de iones de hidrógeno es más alta de lo normal.

Rachel frunció el ceño.

—Por desgracia, yo tengo otra explicación.

Capítulo 87

La cuarta planta del cuartel general de la NASA era menos impresionante que el vestíbulo: pasillos largos y asépticos en cuyas paredes se abrían puertas de despachos a intervalos regulares. El lugar estaba desierto, y unos letreros plastificados apuntaban hacia todas las direcciones.

←LANDSAT 7
TERRA→
←ACRIMSAT
←JASON 1
AQUA→
PODS→

Gabrielle puso rumbo al PODS y, tras recorrer una serie de pasillos largos y sinuosos y salvar algunos cruces, llegó hasta unas gruesas puertas de acero en las que se leía:

ESCÁNER DE DENSIDAD ORBITANTE POLAR (PODS)
Jefe de sector, Chris Harper

Las puertas estaban cerradas a cal y canto, y el acceso era únicamente posible mediante tarjeta y código numérico. Gabrielle pegó la oreja al frío metal y por un instante creyó oír voces. Una discusión. O tal vez no. Se preguntó si sería buena idea aporrear la puerta hasta que alguien la dejara pasar, pero por desgracia su plan de abordar a Chris

Harper requería un poco más de sutileza que ponerse a dar golpes. Echó un vistazo en busca de otra entrada pero no vio ninguna. Al lado había un cuarto, y Gabrielle entró y buscó en el poco iluminado espacio el llavero o la tarjeta del conserje. Nada. Tan sólo escobas y fregonas.

Volvió a la puerta y pegó una vez más la oreja al metal. Esa vez, sin lugar a dudas, oyó voces. Cada vez más ruidosas. Y pasos. La puerta se abrió desde dentro.

Gabrielle no tuvo tiempo de esconderse. Se hizo a un lado rápidamente y se fundió con la pared, tras la puerta, cuando un grupo de personas salieron de prisa hablando a voz en grito. Parecían enfadadas.

—¿Qué tripa se le ha roto a Harper? Creía que estaría en el séptimo cielo.

—Mira que querer estar solo en una noche como ésta —observó otro al pasar—. Tendría que estar celebrándolo.

Cuando el grupo se alejó de Gabrielle, la pesada puerta comenzó a cerrarse sobre sus goznes neumáticos, dejándola al descubierto. Permaneció inmóvil mientras los hombres continuaban caminando pasillo abajo y, después de esperar todo lo que pudo, cuando sólo faltaban unos centímetros para que la puerta se cerrase, se lanzó hacia adelante y agarró el tirador justo a tiempo. Se quedó quieta mientras los hombres doblaban la esquina, demasiado absortos en la conversación para volver la cabeza.

Con el corazón a punto de salírsele por la boca, Gabrielle abrió la puerta, pasó a un espacio escasamente iluminado y cerró sin hacer ruido.

El lugar era una zona de trabajo amplia y diáfana que le recordó al laboratorio de física de una facultad: ordenadores, estaciones de trabajo, aparatos electrónicos. Cuando sus ojos se hubieron acostumbrado a la oscuridad, Gabrielle vio cianotipos y hojas de cálculo desperdigados. La zona entera estaba a oscuras a excepción de un despacho situado al fondo del laboratorio, donde se veía luz bajo la puerta. Se dirigió hacia allí en silencio. La puerta estaba cerrada, pero por la ventana vio a un hombre sentado delante de un ordenador. Lo reconoció por la rueda de prensa de la NASA. En la puerta, una placa decía:

Chris Harper
Jefe de sector, PODS

Después de haber llegado hasta allí, de pronto Gabrielle sintió aprensión y se preguntó si podría llevar aquello a cabo. Se recordó lo seguro que estaba Sexton de que Chris Harper había mentido. «Apostaría mi campaña a que ha sido así», afirmó. Por lo visto había otros que pensaban lo mismo, otros que estaban esperando a que Gabrielle descubriera la verdad para poder ponerle cerco a la NASA, tratando de hacerse con un punto de apoyo por pequeño que fuese tras los devastadores acontecimientos de la noche. Teniendo en cuenta cómo se la habían jugado esa tarde Tench y la administración Herney, Gabrielle estaba deseosa de echar una mano.

Levantó la mano para llamar, pero se detuvo al recordar la voz de Yolanda: «Si Chris Harper mintió al mundo sobre el PODS, ¿qué te hace pensar que va a contarte a ti la verdad?»

«El miedo», se dijo Gabrielle, que a punto había estado ese día de ser víctima de él. Tenía un plan. Entrañaba emplear una táctica que le había visto utilizar al senador de vez en cuando para sonsacar información a rivales políticos. Gabrielle había aprendido muchas cosas estando bajo la tutela de Sexton, y no todas eran agradables o éticas. Pero esa noche necesitaba la máxima ventaja posible. Si lograba convencer a Chris Harper de que admitiera que había mentido —por el motivo que fuera—, conseguiría que la campaña del senador tuviera una pequeña oportunidad. A partir de ahí, Sexton era un hombre que, con un pequeño margen para maniobrar, podía salir airoso de casi cualquier aprieto.

El plan de Gabrielle era algo que Sexton llamaba «extralimitarse»: una técnica de interrogatorio inventada por los primeros romanos para arrancar confesiones a delincuentes que sospechaban que mentían. El método era de una sencillez engañosa.

Exponer la información que uno quiere que se confiese.

Después alegar algo peor.

El objetivo era darle al oponente la oportunidad de elegir el mal menor, en ese caso la verdad.

El truco consistía en irradiar seguridad, algo que Gabrielle no sentía en ese instante. Tras respirar profundamente, repasó el guión en su cabeza y llamó con fuerza a la puerta.

—Os he dicho que estoy ocupado —respondió Harper con su acento inglés familiar.

Ella volvió a llamar, con mayor firmeza esta vez.

—Os he dicho que no tengo la menor intención de bajar.

Gabrielle aporreó la puerta con el puño.

Chris Harper se levantó a abrir.

—Maldita sea, ¿es que...? —Se detuvo en seco, a todas luces sorprendido de verla.

—Doctor Harper —saludó ella con resolución.

—¿Cómo ha llegado aquí?

El rostro de Gabrielle era grave.

—¿Sabe quién soy?

—Naturalmente. Su jefe lleva meses criticando mi proyecto. ¿Cómo ha conseguido entrar?

—Me envía el senador Sexton.

Los ojos del hombre escudriñaron el espacio que quedaba detrás de Gabrielle.

—¿Dónde está su escolta?

—Eso no es asunto suyo. El senador tiene contactos influyentes.

—¿En este edificio? —Harper albergaba sus dudas.

—No ha sido usted honesto, doctor Harper. Y me temo que el senador ha convocado una comisión especial para investigar sus mentiras.

El rostro del hombre se ensombreció.

—¿De qué está hablando?

—Alguien tan inteligente como usted no puede permitirse el lujo de hacerse el tonto, doctor Harper. Está en un apuro, y el senador me ha enviado a ofrecerle un trato. Su campaña ha encajado un gran golpe hoy, el senador ya no tiene nada que perder y está dispuesto a arrastrarlo a usted en su caída si es preciso.

—¿De qué demonios me está hablando?

Gabrielle respiró profundamente y se lió la manta a la cabeza.

—Mintió en la rueda de prensa sobre el software de detección de irregularidades del PODS. Lo sabemos. Mucha gente lo sabe. Pero ésa no es la cuestión. —Antes de que Harper pudiera abrir la boca para defenderse, ella continuó—: El senador podría dar la voz de alarma ahora mismo, pero no le interesa. Lo que le interesa es lo otro, creo que sabe usted a qué me refiero.

—Pues no, y...

—Ésta es la oferta del senador: mantendrá la boca cerrada sobre las mentiras si le proporciona usted el nombre del alto ejecutivo de la NASA con el que está malversando fondos.

Chris Harper pareció bizquear momentáneamente.

—¿Qué? ¡Yo no estoy malversando fondos!

—Le sugiero que tenga cuidado con lo que dice, señor. La comisión del Senado lleva meses recabando información. ¿De verdad pensaba que ustedes dos se saldrían con la suya?

¿Manipular documentos sobre el PODS y desviar fondos asignados a la NASA a cuentas privadas? La mentira y la malversación podrían llevarlo a la cárcel, doctor Harper.

—¡Yo no he hecho nada!

—¿Está diciendo que no mintió sobre el PODS?

—No, estoy diciendo que no he malversado ni un puñetero centavo.

—Luego afirma que mintió sobre el PODS.

Harper la miró con fijeza, a todas luces sin saber qué decir.

—Olvídese de las mentiras —dijo Gabrielle, restándole importancia con un gesto—. Al senador Sexton no le interesa que mintiera usted en la rueda de prensa. A eso estamos acostumbrados. Han encontrado un meteorito y a nadie le importa cómo lo han hecho. Lo que sí le importa es el asunto de la malversación. Necesita hacer caer a algún pez gordo de la NASA. Usted dígale con quién trabaja y él se encargará de que salga usted bien librado en la investigación. Puede facilitar las cosas diciéndonos quién es esa otra persona o el senador se pondrá desagradable y empezará a hablar del software de detección de irregularidades y de chanchullos.

—Es un farol. No existe tal malversación.

—Es usted un pésimo mentiroso, doctor Harper. He visto la documentación, y su nombre figura en todos los papeles comprometedores. Repetidas veces.

—Juro que no sé nada de ninguna malversación.

Gabrielle profirió un suspiro, decepcionada.

—Póngase usted en mi lugar, doctor Harper. Sólo puedo sacar dos conclusiones: o me está mintiendo a mí, como mintió en la rueda de prensa, o está diciendo la verdad y alguien poderoso de la agencia lo está utilizando de cabeza de turco para sus propios enredos.

Al hombre, esa observación le dio que pensar.

Gabrielle consultó su reloj.

—Tiene una hora para acogerse a la oferta del senador. Puede salvarse facilitándole el nombre del ejecutivo de la NASA con el que está malversando fondos de los contribuyentes. No es a usted a quien quiere, sino al pez gordo. A todas luces el individuo en cuestión posee cierto poder aquí, en la agencia, puesto que ha logrado mantener su identidad al margen de las pruebas, convirtiéndolo a usted en el chivo expiatorio.

Harper negó con la cabeza.

—Está mintiendo.

—¿Le gustaría decir eso mismo ante un tribunal?

—Sin duda. Lo negaré todo.

—¿Bajo juramento? —Asqueada, Gabrielle soltó un gruñido—. Supongamos que también niega que mintió cuando afirmó que se había reparado el software del PODS. —Miró al hombre a los ojos con el corazón desbocado—. Párese a pensar en las opciones que tiene, doctor Harper. Las cárceles estadounidenses pueden ser sumamente desagradables.

El hombre le dirigió una mirada fulminante, y Gabrielle deseó que se doblegara. Por un momento creyó ver que el científico estaba a punto de rendirse, pero cuando Harper habló, su voz era como el acero.

—Señorita Ashe —empezó, con la ira reflejada en sus ojos—, está dando palos de ciego. Usted y yo sabemos que en la NASA no hay malversación alguna. La única que miente aquí es usted.

Gabrielle notó que se tensaba. La mirada del hombre era furiosa y penetrante, y le entraron ganas de dar media vuelta y echar a correr. «Has intentado engañar a una lumbrera, ¿qué demonios esperabas?» Se obligó a mantener la cabeza alta.

—Yo lo único que sé es que he visto documentos comprometedores: pruebas concluyentes de que usted y otra persona están malversando fondos de la NASA —repuso fingiendo absoluta seguridad e indiferencia con respecto a la postura del hombre—. El senador simplemente me pidió que viniera aquí a ofrecerle la posibilidad de entregar a su socio en lugar de enfrentarse solo a la comisión de investigación. Le diré al senador que prefiere comparecer ante un juez, y usted podrá decir en el tribunal lo que me ha dicho a mí: que no está malversando fondos y que no mintió con respecto al software del PODS. —Gabrielle esbozó una sonrisa siniestra—. Pero después de la patética rueda de prensa que dio hace dos semanas, lo dudo mucho. —Giró sobre sus talones y echó a andar por el oscurecido laboratorio. Se preguntó si no sería ella quien daría con sus huesos en la cárcel y no Harper.

Se alejó con la cabeza erguida, esperando que Harper la llamara. Nada. Empujó las puertas metálicas y salió al pasillo con la esperanza de que, a diferencia del vestíbulo, allí arriba no hiciese falta una tarjeta para subir a los ascensores. Había perdido. A pesar de haber hecho cuanto había podido, Harper no había picado. «Puede que dijera la verdad en la rueda de prensa», pensó.

En el pasillo se oyó un estrépito cuando las puertas metálicas se abrieron de golpe.

—Señorita Ashe —dijo Harper—. Juro que no sé nada de ninguna malversación. Soy un hombre honrado.

A Gabrielle le dio un vuelco el corazón. Se obligó a seguir andando y, tras encogerse de hombros como si tal cosa, respondió sin volverse:

—Pero mintió en la rueda de prensa.

Silencio. Ella continuó pasillo abajo.

—¡Espere! —exclamó el hombre, que corrió a su encuentro con el semblante pálido—. Lo de la malversación —dijo bajando la voz—, creo que sé quién me ha tendido la trampa.

Gabrielle frenó en seco, preguntándose si no habría oído mal. Se volvió con toda la parsimonia y la naturalidad de que fue capaz.

—¿Espera que me crea que alguien le ha tendido una trampa?

Harper suspiró.

—Juro que no sé nada de esa malversación. Pero si existen pruebas contra mí...

—Toneladas de ellas.

Harper lanzó un nuevo suspiro.

—En tal caso, alguien pretende inculparme. Para desacreditarme, si fuera preciso. Y eso sólo ha podido hacerlo una persona.

—¿Quién?

Harper la miró a los ojos.

—Lawrence Ekstrom me odia.

Gabrielle se quedó helada.

—¿El administrador de la NASA?

El hombre asintió con pesadumbre.

—Fue él quien me obligó a mentir en esa rueda de prensa.

Capítulo 88

Incluso con el sistema de propulsión de metano vaporizado del Aurora a medio gas, la Delta Force atravesaba la noche a una velocidad tres veces superior a la del sonido: a más de tres mil kilómetros por hora. Tras ellos, la repetitiva vibración de los motores de detonación por pulsos dotaba el viaje de un ritmo hipnótico. Unos treinta metros más abajo, el océano se revolvía con furia, espoleado por la aspiración en vacío creada por el aparato, que levantaba estelas de quince metros en paralelo detrás del avión.

«Éste es el motivo de que jubilaran el SR-71 Blackbird», pensó Delta Uno.

El Aurora era uno de esos aviones secretos de cuya existencia supuestamente nadie sabía, aunque no era así. Hasta el Discovery Channel se había hecho eco del aparato y sus pruebas en el lago Groom, Nevada. Nunca se sabría si las filtraciones de información clasificada se debían a los reiterados *cielomotos* que se habían oído hasta en Los Ángeles, al testimonio de un afortunado testigo ocular de una plataforma petrolífera en el mar del Norte o al error administrativo que permitió que una descripción del Aurora acabara en una copia pública del presupuesto del Pentágono. Lo mismo daba, había salido a la luz: el ejército de Estados Unidos tenía un avión capaz de volar a una velocidad de Mach 6, y ya no estaba en la mesa de dibujo, sino arriba, en los cielos.

Construido por Lockheed, el Aurora parecía un balón

de rugby aplastado. Medía unos treinta metros de largo por unos veinte de ancho y estaba recubierto de una pátina cristalina de losetas térmicas muy similares a las de las lanzaderas espaciales. La velocidad era principalmente el resultado de un nuevo y exótico sistema de propulsión conocido como motor de detonación por pulsos, que utilizaba hidrógeno líquido limpio, vaporizado, y dejaba en el firmamento una reveladora estela de condensación. Por este motivo el avión sólo volaba de noche.

Esa noche, gracias al lujo que suponía la enorme velocidad, la Delta Force volvía a casa por el camino más largo: a través del océano. Así y todo estaba adelantando a su presa. A esa velocidad la Delta Force llegaría a la costa Este en menos de una hora, dos horas antes que su presa. Se habían planteado localizar y derribar el aparato en cuestión, pero el mando temía, y con razón, que algún radar detectase el incidente o que los carbonizados restos pudieran ser objeto de una investigación a gran escala. De manera que el mando había decidido que lo mejor era dejar que el avión aterrizara según lo previsto. Cuando tuvieran claro dónde tenía intención de tomar tierra su presa, la Delta Force entraría en acción.

Ahora, cuando el Aurora sobrevolaba el desolado mar de Labrador, el CrypTalk de Delta Uno les indicó que entraba una llamada. La cogió.

—La situación ha cambiado —les informó la voz electrónica—. Tienen otro objetivo antes de que aterricen Rachel Sexton y los científicos.

«Otro objetivo.» Delta Uno se lo olía. Las cosas se estaban torciendo. El barco del mando empezaba a hacer aguas, y el mando los necesitaba para que pusieran un parche cuanto antes. «El barco no haría aguas si hubiésemos cumplido nuestros objetivos en la plataforma Milne», se recordó Delta Uno. Sabía de sobra que estaba limpiando su propia mierda.

—Hay un cuarto elemento involucrado —afirmó el mando.

—¿Quién?

Tras un breve silencio al otro lado de la línea, el mando les dio un nombre.

Los tres hombres se miraron sorprendidos. Se trataba de un nombre que conocían bien.

«No me extraña que el mando se mostrara reacio a dárnoslo», pensó Delta Uno. Teniendo en cuenta que era una operación concebida para que no hubiese bajas, el número de víctimas y el nivel de los blancos aumentaba de prisa. Notó que sus músculos se tensaban cuando el mando se dispuso a informarles exactamente de cómo y cuándo eliminarían al nuevo objetivo.

—Las apuestas son cada vez más altas —observó el mando—. Escuchen con atención. Les daré estas instrucciones una sola vez.

Capítulo 89

Sobrevolando el norte de Maine, un G4 se dirigía a toda velocidad a Washington. A bordo del aparato, Michael Tolland y Corky Marlinson miraban pasmados mientras Rachel les explicaba su teoría de por qué podía haber una cantidad superior de iones de hidrógeno en la corteza de fusión del meteorito.

—La NASA cuenta con un centro de pruebas privado llamado Plum Brook Station —explicó Rachel, que apenas podía creer que fuese a hablar de ello. Compartir información clasificada saltándose el protocolo era algo que jamás había hecho, pero, dadas las circunstancias, Tolland y Corky tenían derecho a saberlo—. Básicamente, Plum Brook es una cámara de pruebas de los sistemas de motores más novedosos de la NASA. Hace dos años elaboré un informe sobre un nuevo diseño que la agencia estaba poniendo a prueba allí, algo denominado ECE, un motor de ciclo expansor.

Corky la miró con recelo.

—Esos motores no han pasado de la fase teórica; siguen aún sobre el papel. Nadie los está probando, para eso faltan décadas.

Rachel negó con la cabeza.

—Lo siento, Corky, pero la NASA posee prototipos y los están sometiendo a pruebas.

—¿Qué? —El astrofísico parecía escéptico—. Los ECE funcionan con oxígeno-hidrógeno líquido, que se congela en el espacio, lo que hace que el motor no le sirva de nada a la NASA. Dijeron que ni siquiera iban a intentar construir un ECE hasta que solucionaran el problema de la congelación del combustible.

—Lo solucionaron. Se deshicieron del oxígeno e idearon una mezcla de hidrógeno semisólido, una especie de combustible criogénico compuesto por hidrógeno puro en estado de semicongelación, muy potente y muy limpio. También aspira a ser el sistema propulsor elegido si la NASA envía misiones a Marte.

Corky estaba atónito.

—No puede ser.

—Más vale que sí —repuso ella—. Redacté un informe al respecto para el presidente. Mi jefe puso el grito en el cielo porque la agencia quería anunciar a bombo y platillo el gran éxito del hidrógeno semisólido y él quería que la Casa Blanca obligara a la NASA a mantenerlo en secreto.

—¿Por qué?

—Eso carece de importancia —replicó Rachel, que no tenía intención de revelar más secretos de los necesarios.

Lo cierto era que el deseo de discreción de Pickering se debía a que quería combatir una creciente preocupación para la seguridad nacional que pocos sabían que existía: la inquietante expansión de la tecnología aeroespacial de China. En la actualidad, los chinos estaban desarrollando una mortífera plataforma de lanzamiento de alquiler que pretendían arrendar al mejor postor, en su mayor parte enemigos de Norteamérica. Las repercusiones para la seguridad nacional eran devastadoras. Por suerte la NRO sabía que, para esa plataforma de lanzamiento, China estaba investigando un modelo de propulsión condenado al fracaso, y Pickering no entendía por qué tenían que ponerlos sobre la pista del combustible de hidrógeno semisólido más prometedor de la NASA.

—Así que estás diciendo que la NASA cuenta con un sistema de propulsión limpio que funciona con hidrógeno puro, ¿es eso? —terció Tolland con cara de inquietud.

Rachel asintió.

—No dispongo de las cifras, pero las temperaturas de los gases de escape de esos motores al parecer son bastante más elevadas que todo cuanto se ha inventado antes, y ello requiere que la NASA desarrolle toda clase de nuevos materiales para las toberas. —Hizo una pausa—. Una roca de gran tamaño colocada detrás de uno de esos motores de hidrógeno semisólido sería quemada por una llamarada rica en hidrógeno procedente de unos gases de escape que saldrían a una temperatura nunca antes alcanzada. Y se obtendría una corteza de fusión.

—¡Venga ya! —exclamó Corky—. ¿Ya estamos otra vez con lo del meteorito de pega?

De pronto, Tolland parecía intrigado.

—A decir verdad, es una idea. La cosa vendría a ser como dejar una roca en la rampa de lanzamiento bajo el transbordador espacial durante el despegue.

—Que Dios nos asista —farfulló Corky—. Estoy encerrado en un avión con dos idiotas.

—Corky —dijo Tolland—. Hipotéticamente hablando, una roca situada dentro del radio de acción de unos gases de escape presentaría unos rasgos similares a una que hubiese atravesado la atmósfera, ¿no? Tendríamos la misma estriación y el mismo flujo de retorno del material fundido.

—Supongo que sí —rezongó el científico.

—Y el combustible de hidrógeno limpio de Rachel no dejaría residuos químicos, tan sólo hidrógeno. Unos niveles de iones de hidrógeno superiores en las señales de fusión.

Corky revolvió los ojos.

—A ver, si de verdad existe un motor ECE y funciona con hidrógeno semisólido, supongo que lo que decís es posible. Pero es muy rocambolesco.

—¿Por qué? —inquirió su amigo—. El proceso parece bastante sencillo.

Rachel asintió.

—Sólo hace falta contar con una roca fosilizada de ciento noventa millones de años, incendiarla con el escape de un motor de hidrógeno semisólido y enterrarla en el hielo. Y tenemos un meteorito en el acto.

—Para un turista tal vez —porfió Corky—, pero no para un científico de la NASA. Todavía no habéis explicado lo de los cóndrulos.

Rachel trató de recordar la explicación de Corky sobre la formación de los cóndrulos.

—Usted dijo que los cóndrulos se originan debido a un calentamiento y un enfriamiento rápidos en el espacio, ¿no?

Corky profirió un suspiro.

—Los cóndrulos se forman cuando una roca congelada en el espacio de pronto es sobrecalentada hasta fundirse parcialmente; estamos hablando de una temperatura próxima a los 1.550 grados centígrados. Luego la roca ha de enfriarse de nuevo, muy de prisa, lo que hace que las gotas se solidifiquen y se formen los cóndrulos.

Tolland lo escrutó.

—¿Y ese proceso no puede darse en la Tierra?

—Imposible —aseguró su amigo—. En este planeta no existe la variación de temperatura necesaria para ocasionar un cambio tan rápido. Estamos hablando de calor nuclear y del cero absoluto en el espacio, unos extremos que sencillamente no se dan aquí.

Rachel sopesó la información.

—Al menos no de forma natural.

Corky se volvió hacia ella.

—¿Qué se supone que significa eso?

—¿Por qué no pudieron generarse artificialmente aquí, en la Tierra, ese calentamiento y ese enfriamiento? —preguntó Rachel—. La roca pudo exponerse a un motor de hidrógeno semisólido y luego ser enfriada a toda velocidad en un congelador criogénico.

El científico la miró atentamente.

—¿Cóndrulos fabricados?

—Es una idea.

—Ridícula —espetó Corky al tiempo que le enseñaba la muestra del meteorito—. Creo que se le ha olvidado que estos cóndrulos fueron fechados de manera irrefutable en ciento noventa millones de años. —Su tono se volvió condescendiente—. Que yo sepa, señorita Sexton, hace ciento noventa millones de años no había motores de hidrógeno semisólido ni congeladores criogénicos.

«Con o sin cóndrulos —pensó Tolland—, las pruebas se acumulan.» Llevaba ya varios minutos sin decir nada, le preocupaba sobremanera la última revelación de Rachel sobre la corteza de fusión. Su hipótesis, aunque era tremendamente osada, había abierto toda clase de puertas nuevas y lo había obligado a pensar de otra manera. «Si la corteza de fusión se puede explicar..., ¿qué otras posibilidades se nos ofrecen?»

—Estás muy callado —observó, a su lado, Rachel.

Tolland se volvió para mirarla y, por un instante, a la mortecina luz del avión, vio una dulzura en sus ojos que le recordó a Celia. Tras sacudirse los recuerdos, lanzó un suspiro que revelaba cansancio.

—Sólo estaba pensando...

Ella sonrió.

—¿En meteoritos?

—¿En qué otra cosa podría pensar?

—¿Repasando las pruebas, intentando averiguar qué queda?

—Algo por el estilo.

—¿Alguna idea?

—La verdad es que no. Me preocupa la cantidad de datos que se han venido abajo después de descubrir ese pozo de inserción bajo el hielo.

—Las pruebas jerárquicas son como un castillo de naipes —replicó ella—. Si cae la primera suposición, todo se tambalea. Y la ubicación del meteorito era la primera suposición.

«Y que lo digas.»

—Cuando llegué a Milne, el administrador me dijo que habían encontrado el meteorito en una matriz prístina de un hielo que tenía trescientos años y que era más denso que cualquier roca hallada en la zona, y yo llegué a la lógica conclusión de que la roca debía de venir del espacio.

—Tú y todos nosotros.

—El contenido de níquel, aunque convincente, por lo visto no es concluyente.

—Se acerca a lo que debería ser —apuntó Corky, que estaba sentado no muy lejos y al parecer escuchaba.

—Pero no es exacto.

Su amigo asintió de mala gana.

—Y esta especie nunca vista de bichejo espacial, aunque es sumamente rara, podría ser perfectamente un crustáceo muy viejo de aguas profundas.

Rachel asintió con la cabeza.

—Y ahora la corteza de fusión...

—Detesto decirlo —aseguró Tolland mientras miraba a Corky—, pero empieza a dar la sensación de que son más las pruebas negativas que las positivas.

—La ciencia no se basa en presentimientos —apuntó Corky—, sino en pruebas. Los cóndrulos de esta roca son meteóricos, sin lugar a dudas. Estoy de acuerdo con vosotros en que todo lo que hemos visto resulta muy inquietante, pero no podemos pasar por alto esos cóndrulos. La prueba a favor es concluyente, mientras que las pruebas en contra son circunstanciales.

Rachel frunció el ceño.

—¿Adónde nos lleva todo esto?

—A ninguna parte —sentenció Corky—. Los cóndrulos demuestran que lo que tenemos entre manos es un meteorito. La única cuestión es por qué lo introdujeron bajo el hielo.

Tolland quería creer la firme lógica de su amigo, pero algo no encajaba.

—No pareces muy convencido, Mike —observó Corky.

El oceanógrafo, perplejo, suspiró.

—No lo sé. Dos de tres no estaba mal, Corky, pero ahora nos hemos quedado en uno de tres. Y tengo la sensación de que se nos escapa algo.

Capítulo 90

«Me han pillado —pensó Chris Harper, y le entró un escalofrío al imaginar cómo sería la celda de una prisión estadounidense—. El senador Sexton sabe que mentí en lo del software del PODS.»

Mientras acompañaba a Gabrielle Ashe a su despacho y cerraba la puerta, el jefe de sector del PODS sintió que su odio hacia el administrador de la NASA aumentaba por momentos. Esa noche Harper había aprendido hasta adónde llegaban las mentiras del administrador. Además de obligarlo a él a mentir sobre la reparación del software, por lo visto se había guardado las espaldas en caso de que Harper se asustara y decidiera recular.

«Pruebas de malversación —pensó—. Chantaje. Muy astuto.» Después de todo, ¿quién iba a creer a un malversador que tratase de poner en duda el momento más estelar de la historia espacial norteamericana? Harper ya había sido testigo de hasta adónde podía llegar el administrador de la NASA para salvar a la agencia, y ahora, al hacer público el descubrimiento de un meteorito con fósiles, las apuestas se habían disparado.

El científico estuvo unos segundos dando vueltas a la gran mesa sobre la que había una maqueta a escala del satélite PODS: un prisma cilíndrico con múltiples antenas y lentes tras escudos reflectores. Gabrielle se sentó, observando con sus oscuros ojos, a la espera. Las náuseas que sentía Harper le recordaron la infame rueda de prensa.

Esa noche había representado una farsa patética, y todo el mundo lo había cuestionado por ello. Luego tuvo que volver a mentir y decir que no se encontraba bien, que no era él mismo. Sus colegas y la prensa no hicieron caso de la deslucida pantomima y la olvidaron pronto.

Ahora la mentira había vuelto para perseguirlo.

La expresión de Gabrielle Ashe se suavizó.

—Señor Harper, con el administrador como enemigo, necesitará a un aliado poderoso. El senador Sexton bien podría ser su único amigo llegados a este punto. Empecemos por la mentira sobre el software del PODS. Dígame qué sucedió.

Harper lanzó un suspiro. Sabía que había llegado el momento de decir la verdad. «Tendría que haberlo hecho desde un principio.»

—El lanzamiento del PODS fue como la seda —comenzó—. El satélite se situó en una órbita polar perfecta, tal y como estaba previsto.

Gabrielle Ashe puso cara de aburrimiento. Por lo visto, eso ya lo sabía.

—Continúe.

—Entonces se produjo el problema. Cuando nos disponíamos a iniciar la búsqueda de irregularidades en la densidad del hielo, el software de detección de a bordo falló.

—Ajá.

Harper hablaba ahora más de prisa.

—Se suponía que el software tenía que ser capaz de analizar rápidamente miles de datos y hallar zonas en el hielo que se situaran fuera de los niveles de densidad normales. Principalmente, el software buscaba puntos blandos (indicadores del calentamiento global), pero si se topaba con otras incongruencias en la densidad, estaba programado para señalarlas también. El plan era que el PODS explorara el círculo polar ártico durante varias semanas e identificara cualquier irregularidad que pudiésemos utilizar para medir el calentamiento global.

—Pero con el software estropeado, el PODS no servía de nada —concluyó ella—. La NASA habría tenido que examinar a mano imágenes de cada centímetro cuadrado del ártico en busca de zonas problemáticas.

El científico asintió, reviviendo la pesadilla de su error de programación.

—Tardaría décadas. La situación era horrible. Debido a un fallo en la programación, el PODS básicamente era inservible. Con las elecciones a la vuelta de la esquina y el senador Sexton criticando a la NASA... —suspiró.

—Su error fue devastador para la agencia y el presidente.

—No podría haberse producido en un momento peor. El administrador estaba furioso. Le prometí que podría repararlo durante la siguiente misión del transbordador espacial; tan sólo era cuestión de sustituir el chip que almacenaba el sistema de software del PODS. Pero era demasiado tarde. Me mandó a casa de permiso, pero básicamente estaba despedido. De eso hace un mes.

—Y, sin embargo, hace dos semanas apareció usted en televisión anunciando que habían podido solventar el problema.

Harper se desmoronó.

—Fue un terrible error. Ése fue el día que recibí una llamada desesperada del administrador. Me dijo que había surgido algo, que tal vez pudiera salvarme. Fui al despacho en el acto y me reuní con él. Me pidió que diera una rueda de prensa y le dijese al mundo entero que había encontrado una solución para el software del PODS y que dispondríamos de datos en el plazo de unas semanas. Me dijo que ya me lo explicaría más tarde.

—Y usted accedió.

—No, me negué. Pero una hora después el administrador volvió a mi despacho... con la asesora principal de la Casa Blanca.

—¿Qué? —Gabrielle se quedó de piedra al oír eso—. ¿Marjorie Tench?

«Un ser abominable», pensó él al tiempo que asentía.

—Ella y el administrador me sentaron y me dijeron que mi error había estado a punto de hundir literalmente a la NASA y al presidente. La señorita Tench me habló de los planes del senador de privatizar la agencia. Me dijo que tenía que arreglar el desaguisado, que se lo debía al presidente y a la agencia. A continuación me dijo cómo hacerlo.

Gabrielle se echó hacia adelante.

—Continúe.

—Marjorie Tench me informó de que la Casa Blanca había tenido la grandísima suerte de interceptar unas pruebas geológicas sólidas, según las cuales en la plataforma de hielo Milne había un meteorito enorme, uno de los mayores que se habían encontrado hasta la fecha. Un meteorito de ese tamaño constituiría un importante descubrimiento para la NASA.

Gabrielle estaba estupefacta.

—Un momento, ¿está diciendo que ya se sabía que el meteorito se encontraba en ese lugar antes de que el PODS lo descubriera?

—Sí. El PODS no tuvo nada que ver con ese descubrimiento. El administrador sabía de la existencia del meteorito. Simplemente me facilitó las coordenadas y me dijo que situara el PODS sobre la plataforma y fingiera que el satélite efectuaba el hallazgo.

—Me está tomando el pelo...

—Ésa fue mi reacción cuando me pidieron que tomara parte en la farsa. Se negaron a revelarme cómo habían sabido que el meteorito estaba allí, pero la señorita Tench insistió en que ese detalle carecía de importancia y ésa era la oportunidad ideal para enmendar el error del PODS. Si fingía que el satélite había localizado el meteorito, la NASA podría encomiar el PODS, justo el éxito que necesitaba, y darle un empujón al presidente antes de las elecciones.

Gabrielle estaba pasmada.

—Y, naturalmente, usted no podía afirmar que el PODS había detectado un meteorito hasta que anunciara que el software de detección de irregularidades del PODS funcionaba a la perfección.

Harper asintió.

—De ahí la mentira de la rueda de prensa. Me obligaron a contarla. Tench y el administrador se mostraron inflexibles. Me recordaron que había defraudado a todo el mundo: el presidente había financiado ese proyecto, la NASA le había dedicado años y yo me lo había cargado todo con un error de programación.

—Así que accedió a colaborar.

—No tenía elección. Si no lo hacía, mi carrera habría terminado. Y lo cierto era que si yo no hubiese metido la pata con el software, el PODS habría encontrado ese meteorito por su cuenta. De manera que en su momento me pareció una mentira de poca importancia. La racionalicé diciéndome que el software estaría reparado en cuestión de meses, cuando lanzaran el transbordador espacial, de manera que yo sólo estaría anunciando con algo de antelación que había sido arreglado.

Gabrielle dejó escapar un silbido.

—Una mentirijilla para aprovechar la oportunidad que ofrecía el meteorito.

Harper se sentía mal con sólo hablar de ello.

—De modo que... lo hice. Obedeciendo las órdenes del administrador, di una rueda de prensa en la que anuncié que había encontrado una solución para el software de detección de irregularidades, esperé unos días y después situé el PODS en las coordenadas del meteorito que me había facilitado el administrador. A continuación, siguiendo la debida cadena de mando, llamé al director del EOS e informé de que el PODS había detectado una irregularidad en la densidad del hielo de la plataforma Milne. Le di las coordenadas y le dije que la irregularidad parecía lo bastante densa para ser un meteorito. La NASA se entusiasmó y envió a un pequeño equipo a Milne para que tomase unas muestras. Ahí fue cuando la operación pasó a ser secreta.

—Entonces usted no ha sabido que el meteorito contenía fósiles hasta esta tarde.

—Nadie de aquí lo sabía. Estamos todos impresionados. Y ahora todo el mundo dice que soy un héroe por haber encontrado la prueba de que existen formas de vida extraterrestres y yo no sé qué decir.

Gabrielle permaneció en silencio largo rato mientras estudiaba a Harper con sus resueltos ojos negros.

—Pero si el PODS no localizó el meteorito en el hielo, ¿cómo sabía el administrador que estaba allí?

—Lo encontró otro.

—¿Otro? ¿Quién?

Harper suspiró.

—Un geólogo canadiense llamado Charles Brophy, un investigador que trabajaba en la isla Ellesmere. Por lo visto estaba realizando sondeos geológicos en el hielo de la plataforma Milne cuando descubrió por casualidad lo que parecía ser un enorme meteorito. Informó del hallazgo por radio y la NASA interceptó la transmisión por azar.

Gabrielle lo miró con fijeza.

—¿Y el canadiense no está furioso al ver que la NASA se está llevando todo el mérito del hallazgo?

—No —respondió el hombre, y sintió un escalofrío—. Da la casualidad de que ha muerto.

Capítulo 91

Michael Tolland cerró los ojos y escuchó el zumbido del reactor del G4. Había decidido no darle más vueltas al meteorito hasta que estuviesen de vuelta en Washington. Los cóndrulos, según Corky, eran concluyentes; la roca de la plataforma Milne tenía que ser por fuerza un meteorito. Rachel albergaba la esperanza de poder darle una respuesta decisiva a William Pickering cuando aterrizaran, pero sus hipótesis habían llegado a un punto muerto con los cóndrulos. Por sospechosas que resultaran las pruebas, por lo visto el meteorito era auténtico.

«Qué se le va a hacer.»

A todas luces, la traumática experiencia vivida en el océano había afectado a Rachel, aunque Tolland estaba impresionado con su resistencia. Ahora ella se centraba en lo esencial: tratar de dar con la forma de echar por tierra o autenticar el meteorito y tratar de dilucidar quién había intentado matarlos.

Durante la mayor parte del viaje, Rachel había ido sentada junto a Tolland, que había disfrutado hablando con ella a pesar de que las circunstancias no eran precisamente las mejores. Hacía unos minutos ella había ido al cuarto de baño, y, para su sorpresa, ahora Tolland la echaba de menos a su lado. Se preguntó cuánto hacía que no echaba de menos a una mujer; a una mujer que no fuera Celia.

—¿Señor Tolland?

Él levantó la vista.

El piloto había asomado la cabeza.

—Me pidió que lo avisara cuando pudiésemos establecer contacto telefónico con su barco. Si lo desea, puedo realizar esa conexión.

—Gracias. —Tolland echó a andar por el pasillo.

Ya en la carlinga, el científico llamó a su equipo. Quería que supieran que tardaría uno o dos días en unirse a ellos. Naturalmente no tenía intención de contarles el lío en el que se había metido.

El teléfono sonó varias veces, y a Tolland le sorprendió comprobar que respondía el sistema de comunicaciones del barco, el SHINCOM 2100. El mensaje grabado no era el saludo profesional que solía utilizarse, sino la escandalosa voz de uno de los miembros de la tripulación de Tolland, el bromista del barco.

«Hola, hola, éste es el *Goya* —informó la voz—. Sentimos que no haya nadie en este momento, pero es que hemos sido abducidos por unos piojos enormes. Bueno, la verdad es que hemos bajado a tierra de permiso para celebrar la gran noche de Mike. ¡Estamos muy orgullosos de él! Deja tu nombre y tu número de teléfono y puede que mañana nos pongamos en contacto contigo cuando estemos sobrios. *Ciao*. ¡Vivan los extraterrestres!»

Tolland se echó a reír; ya echaba de menos a los suyos. Era evidente que habían visto la rueda de prensa, y él se alegraba de que hubiesen bajado a tierra. Los había abandonado de manera un tanto brusca cuando recibió la llamada del presidente, y que permanecieran en el mar de brazos cruzados no tenía sentido. Aunque según el mensaje todo el mundo había desembarcado, Tolland supuso que no habrían dejado el barco desatendido, sobre todo teniendo en cuenta las fuertes corrientes en las que estaba anclado.

Introdujo un código numérico para comprobar si le habían dejado algún mensaje de voz interno. Se oyó un pitido. Un mensaje. La misma voz escandalosa.

«Hola, Mike. ¡Lo de esta noche ha sido la leche! Si escuchas esto, probablemente estés comprobando tus mensajes en una fiesta pija de la Casa Blanca y te estés preguntando dónde leches andamos. Siento que hayamos abandonado el barco, amigo, pero ésta no era una noche para celebrarla a palo seco. No te preocupes, lo hemos dejado bien anclado y con la luz del porche encendida. En el fondo tenemos la esperanza de que lo aborden los piratas para que dejes que la NBC te compre ese barco nuevo. Es una broma, tío. No te preocupes, Xavia accedió a quedarse a bordo y hacerse cargo. Dijo que prefería estar sola a ir de fiesta con un puñado de pescaderos borrachos. ¿Te lo puedes creer?»

Tolland soltó una risilla, aliviado al oír que alguien seguía a bordo para cuidar del barco. Xavia era una mujer responsable, no muy dada a las fiestas. Respetada geóloga marina, tenía fama de decir lo que pensaba con una sinceridad cáustica.

«En cualquier caso, Mike —seguía el mensaje—, esta noche ha sido increíble. De esas que te hacen sentir orgulloso de ser científico, ¿no? Todo el mundo comenta lo bien que pinta esto para la NASA. Aunque, por lo que a mí respecta, pueden darle por saco a la NASA. Esto pinta aún mejor para nosotros. Esta noche el índice de audiencia de "El increíble mundo de los mares" debe de haber subido una millonada de puntos. Eres una estrella, tío. Toda una estrella. Enhorabuena. Buen trabajo.»

En la línea se oyó un murmullo y luego volvió la voz.

«Ah, sí, hablando de Xavia, para que no se te suba el humo a la cabeza, quiere tomarte el pelo con una cosa. Te la paso.»

A continuación se oyó la cortante voz de Xavia.

«Mike, soy Xavia, eres un dios, blablablá. Y, como te adoro, he accedido a hacer de canguro de este cascarón antediluviano tuyo. Francamente, será un placer estar le-

460

jos de estos gorilas a los que llamas científicos. En cualquier caso, además de hacer de niñera del barco, la tripulación me ha pedido que, cumpliendo con mi papel de zorra de a bordo, haga cuanto esté en mi mano para evitar que te vuelvas un capullo engreído, cosa que, después de esta noche, soy consciente de que va a ser difícil, pero tenía que ser la primera en decirte que metiste la gamba en el docu. Sí, lo que oyes. Una cagada nada habitual tratándose de Michael Tolland. No te preocupes, sólo hay tres personas en el planeta que se darán cuenta, y los tres son geólogos marinos quisquillosos que no tienen el menor sentido del humor. Muy parecidos a mí. Pero ya sabes lo que dicen de los geólogos: que siempre andamos buscando fallas. —Rompió a reír—. De todas formas, no es nada, tan sólo una menudencia sobre la petrología del meteorito. Únicamente lo menciono para chafarte la noche. Podrías recibir una o dos llamadas al respecto, así que pensé que sería mejor advertirte para que no termines pareciendo el tarado que todos sabemos que eres. —Rió de nuevo—. En fin, que no me van mucho las fiestas, así que me quedo a bordo. No te molestes en llamar: he tenido que poner el contestador porque la puñetera prensa ha estado llamando toda la noche. Hoy eres toda una estrella, a pesar de la cagada. Bueno, ya te diré lo que es cuando vuelvas. *Ciao*.»

La línea quedó muda.

Michael Tolland frunció el entrecejo. «¿Un error en el documental?»

Rachel Sexton se hallaba en el servicio del G4, mirándose al espejo. Estaba pálida, pensó, y más débil de lo que suponía. El susto de esa noche la había afectado sobremanera. Se preguntó cuánto tardaría en dejar de temblar o en volver a acercarse al mar. Acto seguido se quitó la gorra del *Charlotte* y se soltó el pelo. «Mejor», pensó, y se sintió más ella misma.

Al mirarse los ojos se dio cuenta del profundo cansancio que arrastraba. Sin embargo, bajo éste vio resolución. Sabía que era algo que había heredado de su madre. «Que nadie te diga nunca lo que puedes o no hacer.» Rachel se preguntó si su madre habría visto lo que había sucedido esa noche. «Alguien ha intentado matarme, mamá. Alguien ha intentado matarnos a todos...»

Su cerebro repasó la lista de nombres, algo que ya llevaba haciendo durante varias horas.

«Lawrence Ekstrom..., Marjorie Tench..., el presidente Zach Herney.» Todos tenían motivos. Y, lo que era más escalofriante, todos tenían medios. «El presidente no está implicado», se dijo Rachel, aferrándose a la esperanza de que Herney, a quien respetaba mucho más que a su propio padre, era un espectador inocente en tan misterioso episodio.

«Seguimos sin saber nada.»

«Ni quién..., ni si..., ni por qué.»

A Rachel le habría gustado tener respuestas para William Pickering, pero por el momento lo único que había conseguido era suscitar más preguntas.

Cuando salió del cuarto de baño le sorprendió ver que Tolland no estaba en su sitio. Corky dormitaba no muy lejos. Echó un vistazo y vio que Mike salía de la carlinga y el piloto colgaba un radioteléfono. Sus ojos reflejaban preocupación.

—¿Qué ocurre? —preguntó ella.

La voz de Tolland sonó pesarosa cuando le contó lo del mensaje telefónico.

«¿Un error en la presentación?» Rachel pensó que la reacción de Tolland era exagerada.

—Probablemente no sea nada. ¿No te dijo cuál era el error?

—Tenía que ver con la petrología del meteorito.

—¿Con la estructura de la roca?

—Sí. Dijo que las únicas personas que se darían cuenta eran un puñado de geólogos. Da la impresión de que, sea cual sea el error que cometí, guarda relación con la composición del meteorito.

Rachel exhaló un suspiro, ahora lo entendía.

—¿Los cóndrulos?

—No lo sé, pero parece mucha coincidencia.

Ella opinaba lo mismo. Los cóndrulos eran la única prueba que quedaba que confirmaba de modo terminante la afirmación de la NASA de que la roca era efectivamente un meteorito.

Corky se acercó frotándose los ojos.

—¿Qué sucede?

Su amigo le informó.

Corky frunció el entrecejo y sacudió la cabeza.

—No son los cóndrulos, Mike. Ni hablar. Todos los datos te los proporcionó la NASA. Y yo. Eran impecables.

—¿Qué otro error petrológico he podido cometer?

—¿Quién rayos lo sabe? Además, ¿qué saben los geólogos marinos de los cóndrulos?

—No tengo ni idea, pero Xavia es muy avispada.

—Dadas las circunstancias, creo que deberíamos hablar con esa mujer antes de ver a Pickering —observó Rachel.

Tolland se encogió de hombros.

—La he llamado cuatro veces y me ha saltado el contestador. Probablemente esté en el hidrolaboratorio y no oiga nada. No escuchará mis mensajes hasta mañana como pronto. —Hizo una pausa y consultó su reloj—. Aunque...

—Aunque ¿qué?

Tolland le dirigió una mirada intensa.

—¿Crees que es muy importante que hablemos con Xavia antes de hacerlo con tu jefe?

—Si tiene algo que decir de los cóndrulos, yo diría que es fundamental —respondió ella—. Mike, ahora mismo disponemos de toda clase de datos contradictorios. William Pickering es un hombre acostumbrado a tener respuestas claras. Cuando lo veamos, me gustaría darle algo de peso para que pueda actuar.

—En ese caso deberíamos hacer una parada.

Rachel no daba crédito.

—¿En tu barco?

—Está frente a las costas de Nueva Jersey, casi nos pilla de camino a Washington. Podemos hablar con Xavia y averiguar qué sabe. Corky tiene la muestra del meteorito, y si Xavia quiere realizar alguna prueba geológica, el barco cuenta con un laboratorio bastante bien equipado. No creo que nos lleve más de una hora obtener algunas respuestas concluyentes.

Rachel se puso nerviosa. La idea de tener que enfrentarse de nuevo al océano tan pronto se le antojaba inquietante. «Respuestas concluyentes —se dijo, tentada por la posibilidad—. Y Pickering querrá respuestas a toda costa.»

Capítulo 92

Delta Uno se alegraba de volver a estar en tierra firme.

El Aurora, a pesar de haber volado sólo a medio gas y tomado una tortuosa ruta oceánica, había finalizado el recorrido en menos de dos horas, concediendo a la Delta Force una sustanciosa ventaja para tomar posiciones y prepararse para eliminar al blanco adicional, tal y como había solicitado el mando.

Ahora, en una pista de aterrizaje militar privada situada a las afueras de Washington, la Delta Force dejó atrás el Aurora y subió a bordo de un nuevo transporte: un helicóptero OH-58D Kiowa Warrior que aguardaba.

«El mando ha vuelto a ocuparse de que tengamos lo mejor a nuestra disposición», pensó Delta Uno.

El Kiowa Warrior, concebido en un principio como helicóptero de observación y reconocimiento ligero, había sido «ampliado y mejorado» para conformar la última generación de helicópteros de ataque del ejército. El aparato podía presumir de un sistema de captación de imágenes térmicas que permitía al designador láser dirigir de forma autónoma armas de precisión guiadas por láser como misiles aire-aire Stinger y el sistema de misiles Hellfire AGM-1148. Un procesador digital de señales de alta velocidad hacía posible el seguimiento simultáneo de hasta seis objetivos. Eran pocos los enemigos que habían visto de cerca un Kiowa y habían vivido para contarlo.

Delta Uno experimentó una familiar sensación de poder al ocupar el asiento del piloto y ponerse los arneses. Se había adiestrado en ese aparato y había llevado a cabo tres operaciones secretas con él. Naturalmente, nunca antes había tenido en el punto de mira a un importante funcionario norteamericano. Había de admitir que el Kiowa era el aparato perfecto para desempeñar ese trabajo. Su motor Rolls-Royce Allison y sus dos palas semirrígidas eran silenciosos, lo que básicamente quería decir que los objetivos en tierra no oían el helicóptero hasta que lo tenían encima. Y como el aparato era capaz de volar a ciegas, sin luces, y estaba pintado de camuflaje de baja visibilidad, era invisible a menos que el objetivo dispusiera de radar.

«Helicópteros negros silenciosos.»

A los defensores de la teoría de la conspiración los estaban volviendo locos. Algunos afirmaban que la invasión de helicópteros negros silenciosos era la prueba de que existían «tropas de asalto del Nuevo Orden Mundial» amparadas por Naciones Unidas. Otros sostenían que los helicópteros eran sondas alienígenas silenciosas. Y quienes habían visto los Kiowas de noche en perfecta formación pensaron equivocadamente que se trataba de las luces de posición fijas de un aparato mucho mayor: un único platillo volante que al parecer era capaz de volar en vertical.

Craso error. Pero al ejército le encantaba la diversión.

Durante una reciente misión encubierta, Delta Uno había pilotado un Kiowa armado con la tecnología militar norteamericana puntera más secreta: una ingeniosa arma holográfica apodada S&M. Pese a sus connotaciones sadomasoquistas, S&M significaba «*smoke and mirrors*» o, lo que era lo mismo, «humo y espejos»: imágenes holográficas proyectadas en el cielo en territorio enemigo. El Kiowa se había servido de la tecnología S&M para proyectar hologramas de aviones norteamericanos sobre un centro de fuego antiaéreo enemigo. Los aterrorizados artilleros comenzaron a disparar como locos a unos fantasmas que volaban en círculo. Cuando hubieron gastado toda la munición, Estados Unidos envió los aparatos auténticos.

Cuando Delta Uno y sus hombres despegaron en la pista, a la mente de Delta Uno acudieron las palabras del mando: «Tienen otro objetivo.» Lo que era quedarse muy corto teniendo en cuenta la identidad de esa nueva víctima. Sin embargo, Delta Uno se recordó que él no era quién para cuestionar nada. A su equipo le habían dado una orden, y ellos la cumplirían utilizando exactamente el método que les había sido impuesto, por llamativo que fuera.

«Sinceramente, espero que el mando esté seguro de que es lo que hay que hacer.»

Cuando el Kiowa se elevó, Delta Uno se dirigió al suroeste. Había visto el Monumento a Roosevelt en dos ocasiones, pero esa noche sería la primera que lo divisara desde el aire.

Capítulo 93

—¿Que el meteorito fue descubierto por un geólogo canadiense? —Gabrielle Ashe miraba asombrada al joven programador—. ¿Y ahora está muerto?

Harper asintió con semblante adusto.

—¿Cuánto hace que lo sabe? —exigió saber ella.

—Un par de semanas. Después de que el administrador y Marjorie Tench me obligaron a mentir en la rueda de prensa, sabían que no podría retractarme, así que me contaron cómo se había descubierto el meteorito en realidad.

«¡El PODS no es el responsable del hallazgo!» Gabrielle ignoraba adónde conduciría esa información, pero estaba claro que era un escándalo. Malas noticias para Tench; excelentes para el senador.

—Tal y como he mencionado antes —añadió Harper, ahora sombrío—, en realidad el meteorito se descubrió porque se interceptó una transmisión de radio. ¿Le suena un programa llamado INSPIRE? ¿El Interactive NASA Space Physics Ionosphere Radio Experiment?

A Gabrielle le sonaba vagamente.

—Básicamente se trata de un conjunto de receptores de radio de muy baja frecuencia instalados cerca del Polo Norte con el que pueden oírse los sonidos naturales de la Tierra: emisiones de ondas de plasma de las auroras boreales, pulsos de banda ancha de tormentas, esa clase de cosas.

—De acuerdo.

—Hace unas semanas, uno de los radiorreceptores del INSPIRE captó una transmisión aislada procedente de la isla Ellesmere. Un geólogo canadiense llamaba pidiendo ayuda en una frecuencia excepcionalmente baja. —Harper tomó aliento—. De hecho, la frecuencia era tan baja que nadie salvo los receptores de VLF de la NASA pudo oírla. Supusimos que el hombre estaba transmitiendo en onda larga.

—¿Cómo dice?

—Emitía a la frecuencia más baja posible para lograr la máxima distancia en la transmisión. Se hallaba en el quinto pino, no lo olvide, y si la transmisión se hubiese realizado en una frecuencia estándar probablemente no habría llegado lo bastante lejos para que se oyera.

—¿Qué decía el mensaje?

—La transmisión fue corta. El canadiense decía que había estado haciendo sondeos en la plataforma Milne y había detectado una irregularidad ultradensa enterrada en el hielo. Al sospechar que se trataba de un meteorito gigantesco, se puso a tomar medidas, y entretanto se vio atrapado en una tormenta. Facilitó sus coordenadas, pidió que lo salvaran de la tormenta y cortó. El centro de interceptación de la NASA envió un avión desde Thule para rescatarlo. Tras una búsqueda de horas lo encontraron, desviado varios kilómetros de su rumbo, muerto en el fondo de una grieta con el trineo y los perros. Por lo visto intentó dejar atrás la tormenta, se cegó, se desvió del rumbo y cayó en la grieta.

Gabrielle sopesó la información, intrigada.

—Así que de pronto la NASA era la única que sabía de la existencia de ese meteorito.

—Exacto. E, irónicamente, si mi software hubiese funcionado como era debido, el PODS habría dado con ese mismo meteorito... una semana antes que el canadiense.

La coincidencia hizo vacilar a Gabrielle.

—¿Un meteorito que llevaba trescientos años enterrado en el hielo estuvo a punto de ser descubierto dos veces en la misma semana?

—Lo sé. Un tanto rocambolesco, pero la ciencia puede ser así: no hay término medio. La cuestión es que, según el administrador, el descubrimiento deberíamos haberlo realizado nosotros... si yo hubiera hecho bien mi trabajo. Me dijo que, como el canadiense había muerto, nadie se daría cuenta si situaba el PODS sobre las coordenadas que había transmitido el canadiense en su SOS. Luego podía fingir que descubría el meteorito, y así quedaríamos lucidos después de un fallo vergonzoso.

—Y eso fue lo que hizo usted.

—Como ya le he dicho, no tenía elección. Había metido la pata. —Hizo una pausa—. Pero esta tarde, cuando vi la rueda de prensa del presidente y me enteré de que el meteorito que yo había fingido encontrar contenía fósiles...

—Se quedó de piedra.

—Yo diría que completamente helado.

—¿Cree usted que el administrador sabía que el meteorito contenía fósiles antes de pedirle a usted que fingiese que lo había encontrado el PODS?

—No veo cómo. Ese meteorito estuvo enterrado e intacto hasta que llegó el primer equipo de la NASA. A mi juicio, la agencia no tenía ni idea de lo que había encontrado en realidad hasta que mandaron a un equipo para extraer muestras y analizarlas con rayos X. Me pidieron que mintiera sobre el PODS creyendo que habían conseguido una victoria moderada con un meteorito de gran tamaño, y cuando llegaron allí se dieron cuenta de la verdadera magnitud del hallazgo.

Gabrielle respiraba agitadamente debido al nerviosismo.

—Doctor Harper, ¿declararía usted que la NASA y la Casa Blanca lo obligaron a mentir sobre el software del PODS?

—No lo sé. —El hombre parecía asustado—. No acierto a imaginar en qué medida perjudicaría a la agencia..., al descubrimiento.

—Doctor Harper, tanto usted como yo sabemos que el meteorito seguirá siendo todo un hallazgo, independientemente de cómo se produjera éste. La cuestión es que mintió usted al pueblo norteamericano, y éste tiene derecho a saber que el PODS no es todo lo que la NASA asegura.

—No lo sé. Desprecio al administrador, pero mis colaboradores... son buena gente.

—Y merecen saber que los han engañado.

—¿Qué hay de esas pruebas de malversación que pesan contra mí?

—Puede quitárselas de la cabeza —aseguró ella, que casi había olvidado el bulo—. Le diré al senador que no sabe usted nada de la malversación, que no es más que un montaje, un seguro que se buscó el administrador para que usted mantuviera la boca cerrada sobre el PODS.

—¿Puede protegerme el senador?

—Plenamente. Usted no ha hecho nada malo. Sólo obedecía órdenes. Además, con la información que acaba de darme sobre ese geólogo canadiense, creo que el senador ni siquiera tendrá necesidad de sacar a relucir el asunto de la malversación. Podemos centrarnos exclusivamente en las patrañas sobre el PODS y el meteorito. En cuanto el senador dé a conocer la información relativa al canadiense, el administrador no podrá correr el riesgo de intentar desacreditarlo a usted con mentiras.

Harper aún parecía preocupado. Guardaba silencio con aire sombrío mientras sopesaba sus opciones. Gabrielle le concedió un instante. Antes se había percatado de que en esa historia había otra coincidencia alarmante. No pensaba mencionarla, pero vio que el científico necesitaba un último empujón.

—¿Tiene usted perros, doctor Harper?

El aludido alzó la vista.

—¿Cómo dice?

—Es que hay algo que me ha llamado la atención. Me ha dicho usted que poco después de que el geólogo canadiense facilitara las coordenadas del meteorito, sus perros echaron a correr a ciegas y acabaron en la grieta, ¿no es así?

—Había una tormenta. Se desorientaron.

Ella se encogió de hombros, dejando traslucir su escepticismo.

—Ya..., claro.

A todas luces, Harper notó su indecisión.

—¿Qué es lo que quiere decir?

—No lo sé, pero en torno a este descubrimiento hay muchas coincidencias. Un geólogo canadiense transmite las coordenadas de un meteorito en una frecuencia que sólo la NASA puede escuchar y acto seguido sus perros se despeñan. —Hizo una pausa—. Estoy segura de que es usted consciente de que la muerte de ese hombre allanó el camino para que la agencia se alzara con el triunfo.

Harper se quedó blanco.

—¿Cree usted que el administrador mataría por ese meteorito?

«Política de altos vuelos, mucho dinero en juego», pensó Gabrielle.

—Deje que hable con el senador. Estaremos en contacto. ¿Es posible salir de aquí sin que nadie me vea?

Gabrielle Ashe dejó atrás a un Chris Harper blanco como la cera y bajó por una escalera de incendios que desembocaba en un callejón desierto en la trasera de la NASA. A continuación paró un taxi que acababa de dejar a más personas que se disponían a celebrar el triunfo de la agencia.

—Apartamentos Westbrooke Place —le indicó al taxista. Estaba a punto de alegrarle la vida al senador Sexton.

Capítulo 94

Mientras se preguntaba a qué había accedido, Rachel permanecía cerca de la entrada a la carlinga del G4, extendiendo el cable de un transceptor de radio a la cabina para poder efectuar la llamada sin que la oyera el piloto. Corky y Tolland miraban. Aunque Rachel y el director de la NRO pensaban mantener silencio de radio hasta que llegaran a la base aérea de Bollings, a las afueras de Washington, Rachel ahora estaba en poder de una información que estaba segura de que Pickering querría oír de inmediato. Lo había llamado al móvil, un aparato seguro del que no se separaba nunca.

Cuando William Pickering lo cogió, fue al grano.

—Tenga cuidado con lo que dice. No puedo garantizar esta conexión.

Rachel lo entendió. El móvil de su jefe, al igual que el de la mayoría de los agentes de la NRO, contaba con un indicador que detectaba llamadas entrantes no seguras. Dado que Rachel llamaba desde un radioteléfono, una de las formas de comunicación más inseguras, el teléfono de Pickering lo había advertido. La conversación tendría que ser vaga. Sin nombres, sin lugares.

—Mi voz es mi identidad —dijo ella, utilizando el saludo habitual en esas situaciones. Esperaba que al director no le hiciera gracia que hubiese corrido el riesgo de ponerse en contacto con él, pero Pickering reaccionó bien.

—Sí, yo estaba a punto de contactar con usted. Hay que modificar la ruta: me preocupa que pueda haber un comité de bienvenida esperándolos.

De pronto, Rachel se asustó. «Nos están vigilando.» Percibió el peligro en el tono de su jefe. «Modificar la ruta.» Le gustaría saber que había llamado para pedir exactamente eso, aunque por motivos completamente distintos.

—La cuestión de la autenticidad —comentó ella—. Hemos estado hablando del tema y es posible que tengamos la manera de confirmarla o negarla de manera categórica.

—Estupendo. Hay novedades, y al menos así tendré algo firme a lo que agarrarme.

—Para ello tendremos que hacer una parada breve. Uno de nosotros tiene acceso a un laboratorio...

—Nada de lugares concretos. Por su propia seguridad.

Rachel no tenía la menor intención de anunciar sus planes.

—¿Puede autorizar un aterrizaje en GAS-AC?

Pickering enmudeció un instante, y ella intuyó que su jefe trataba de procesar el mensaje. GAS-AC era una designación taquigráfica en los informes de la NRO de difícil comprensión: el aeródromo del servicio de guardacostas de Atlantic City. Rachel esperaba que el director lo supiera.

—Sí —contestó él al cabo—. Puedo ocuparme. ¿Es ése su destino final?

—No. Para llegar hasta él necesitaremos un helicóptero.

—Estará esperándolos un aparato.

—Gracias.

—Le recomiendo que extreme las precauciones hasta que sepamos más. No hable con nadie. Sus sospechas han suscitado un profundo revuelo en gente poderosa.

«Tench», pensó ella, y deseó haber conseguido hablar directamente con el presidente.

—Ahora mismo voy en mi coche a ver a la mujer en cuestión. Ha solicitado una reunión privada en un lugar neutro. Espero que el encuentro sea revelador.

«¿Que Pickering va a reunirse con Tench?» Fuera lo que fuese lo que la asesora quería contarle, tenía que ser importante si se había negado a decírselo por teléfono.

—No le dé las coordenadas finales a nadie —aconsejó el director—. Y no vuelva a establecer contacto por radio. ¿Está claro?

—Sí, señor. Llegaremos a GAS-AC dentro de una hora.

—El transporte estará listo. Cuando llegue al destino definitivo, llámeme utilizando canales más seguros. —Pickering hizo una pausa—. No exagero si le digo lo importante que es que mantenga esto en secreto para su seguridad. Esta noche se ha granjeado unos enemigos poderosos. Tenga cuidado.

Y colgó.

Rachel estaba tensa cuando puso fin a la llamada y se volvió hacia Tolland y Corky.

—¿Cambio de destino? —inquirió Tolland. Parecía impaciente por obtener respuestas.

Ella asintió de mala gana.

—El *Goya*.

Corky exhaló un suspiro y observó el meteorito que sostenía en la mano.

—No me cabe en la cabeza que la NASA haya podido... —Calló. Su preocupación aumentaba con cada minuto que pasaba.

«Muy pronto lo sabremos», pensó Rachel.

Y entró en la carlinga a devolver el transceptor. Tras contemplar por el cristal la ondulada meseta de nubes iluminadas por la luna que se deslizaba veloz bajo ellos, tuvo la inquietante sensación de que no les iba a gustar lo que averiguaran a bordo del barco de Tolland.

Capítulo 95

A William Pickering lo asaltó una extraña sensación de soledad mientras conducía su sedán por Leesburg Highway. Eran casi las dos de la mañana y la carretera estaba desierta. Hacía años que no conducía tan tarde.

Aún podía oír la rasposa voz de Marjorie Tench: «Reúnase conmigo en el Monumento a Roosevelt.»

Pickering trató de recordar cuándo había sido la última vez que había visto a Marjorie Tench cara a cara, algo que nunca era una experiencia agradable. Había sido hacía dos meses. En la Casa Blanca. Tench estaba sentada frente a él a una larga mesa de roble que compartían con miembros del Consejo de Seguridad Nacional, el Estado Mayor Central, la CIA, el presidente Herney y el administrador de la NASA.

—Caballeros —dijo el director de la CIA mirando directamente a Marjorie Tench—, me dirijo nuevamente a ustedes para instar a esta administración a que haga frente a la continua crisis en materia de seguridad de la NASA.

La declaración no pilló a nadie por sorpresa. Los problemas de seguridad de la agencia eran ya un tema manido dentro del mundo de la inteligencia. Dos días antes, unos piratas informáticos habían robado de una base de datos de la agencia más de trescientas fotografías en alta resolución tomadas por uno de los satélites de observación terrestre de la NASA. Las fotos en cuestión —que revelaban sin querer un centro de adiestramiento secreto del ejército norteamericano situado en África del norte— habían aparecido en el mercado negro, donde habían sido adquiridas por agencias de inteligencia hostiles de Oriente Próximo.

—Pese a que las intenciones no podrían ser mejores —prosiguió el director de la CIA con voz de hastío—, la NASA sigue siendo una amenaza para la seguridad nacional. Hablando claro, nuestra agencia espacial no está equipada para proteger los datos y la tecnología que desarrolla.

—Soy consciente de que se han producido indiscreciones —contestó el presidente—. Filtraciones dañinas. Y me preocupa enormemente. —Señaló, al otro lado de la mesa, al administrador de la NASA, Lawrence Ekstrom, que miraba con rostro grave—. Y estamos estudiando las formas de reforzar la seguridad de la agencia.

—Con el debido respeto —replicó el director de la CIA—, sean cuales sean los cambios en materia de seguridad que implante la NASA, no surtirán efecto mientras las operaciones de la agencia espacial sigan al margen de la comunidad de inteligencia de Estados Unidos.

La afirmación hizo que los allí reunidos se remejieran con inquietud en sus asientos. Todos sabían adónde iba a llegar aquello.

—Como bien saben —prosiguió el director de la CIA, el tono ahora más cortante—, todos los organismos gubernamentales norteamericanos que manejan información confidencial (el ejército, la CIA, la NSA, la NRO) han de acatar estrictas leyes relativas a la protección de la información que recaban y la tecnología que desarrollan. Mi pregunta, nuevamente, es: ¿por qué la NASA, la agencia que genera el porcentaje más elevado de tecnología punta en los sectores aeroespacial, de formación de imágenes, aeronáutico, de software, de reconocimiento y telecomunicaciones que utilizan las comunidades militar y de inteligencia, opera al margen de dichas normas?

El presidente lanzó un fuerte suspiro. La propuesta era clara: «reestructurar la agencia para que pasara a formar parte de la comunidad de inteligencia del ejército de Estados Unidos.» Aunque en el pasado se habían dado reestructuraciones similares con otras agencias, Herney se negaba a contemplar la idea de colocar la NASA bajo los auspicios del Pentágono, la CIA, la NRO o cualquier otro organismo militar. El Consejo de Seguridad Nacional estaba empezando a dividirse a ese respecto, con muchos de sus miembros poniéndose del lado del mundillo de la inteligencia.

Lawrence Ekstrom nunca parecía satisfecho en esas reuniones, y esa vez no era ninguna excepción. Fulminó con la mirada al director de la CIA.

—Aun a riesgo de repetirme, señor, la tecnología que desarrolla la NASA va dirigida a aplicaciones académicas, no militares. Si inteligencia quiere darle la vuelta a uno de nuestros telescopios espaciales para que apunte a China, es cosa suya.

El director de la CIA daba la impresión de estar a punto de perder los estribos.

Pickering lo vio e intervino.

—Larry —dijo poniendo cuidado de no alterarse—, todos los años la NASA se arrodilla ante el Congreso suplicando dinero. Dirigen operaciones con escasez de fondos y lo están pagando con misiones fallidas. Si la incorporamos a la comunidad de inteligencia, la NASA no tendrá necesidad de pedir ayuda al Congreso. Recibirían una financiación mucho más sustanciosa procedente de los fondos reservados. Todos saldríamos ganando: la agencia tendría el dinero que precisa para funcionar como es debido y la comunidad de inteligencia descansaría sabiendo que la tecnología de la NASA está protegida.

Ekstrom negó con la cabeza.

—Por principios no puedo aprobar esa solución. La

NASA se ocupa de la ciencia aeroespacial, no tenemos nada que ver con la seguridad nacional.

El director de la CIA se levantó, algo que nunca se hacía cuando el presidente estaba sentado. Nadie se lo impidió. Miró furibundo al administrador de la NASA.

—¿Me está diciendo que opina que la ciencia no tiene nada que ver con la seguridad nacional? Larry, ¡si son sinónimos, por el amor de Dios! Las ventajas científica y tecnológica de este país es lo único que nos mantiene a salvo, y tanto si nos gusta como si no, la NASA cada vez desempeña un papel más importante en el desarrollo de esa tecnología. Por desgracia, su agencia es como un colador y ha demostrado en repetidas ocasiones que su seguridad es una carga.

La habitación entera guardó silencio.

El administrador de la NASA se puso en pie a su vez y miró a los ojos a su rival.

—Y usted sugiere que encerremos a veinte mil científicos de la NASA en laboratorios militares herméticos y los hagamos trabajar para ustedes, ¿no? ¿De verdad cree que se habrían concebido los últimos telescopios espaciales de no ser por el deseo personal de nuestros científicos de profundizar en el espacio? Los increíbles avances de la NASA se deben a un único motivo: nuestros empleados quieren entender mejor el cosmos. Constituyen una comunidad de soñadores que creció mirando los cielos estrellados y preguntándose qué habría allí arriba. La pasión y la curiosidad son los motores impulsores de la innovación en la agencia, no la promesa de superioridad militar.

Pickering se aclaró la garganta y habló en voz queda, tratando de relajar la tensión que se respiraba en la mesa.

—Larry, estoy seguro de que el director no está hablando de reclutar a científicos de la NASA para que construyan satélites militares. Los objetivos de la agencia no cambiarían. La NASA continuaría funcionando como de costumbre, pero se incrementarían los fondos y la seguridad. —Pickering se dirigió al presidente—. La seguridad es cara. Todos los aquí reunidos sin duda somos conscientes de que los fallos de seguridad de la agencia son el resultado de una falta de fondos. La NASA se ve obligada a sacar pecho, reducir costes en materia de seguridad y forjar proyectos conjuntos con otros países para compartir gastos. Propongo que la NASA siga siendo el magnífico organismo científico y no militar que es ahora, pero con un presupuesto mayor y cierta dosis de discreción.

Varios miembros del Consejo de Seguridad asintieron.

El presidente Herney se levantó despacio y clavó la vista en William Pickering, a todas luces nada contento con el modo en que éste se había hecho con el control.

—Bill, deje que le haga una pregunta. La NASA espera ir a Marte a lo largo de la próxima década. ¿Cómo se tomará la comunidad de inteligencia que se destine una considerable parte de los fondos reservados a esa misión? Una misión que no reportará beneficios inmediatos a la seguridad nacional.

—La NASA podrá hacer lo que le plazca.

—Y una mierda —espetó Herney.

Todos alzaron la mirada. El presidente rara vez empleaba un lenguaje procaz.

—Si hay algo que he aprendido desde que soy presidente es que quienes controlan los dólares controlan las riendas —aseguró—. Me niego a poner el dinero de la NASA en manos de quienes no comparten los objetivos por los que se fundó la agencia. Puedo hacerme una idea de cuánta ciencia pura quedaría si el ejército decidiera qué misiones de la NASA son viables. —Sus ojos recorrieron la estancia y después, lentamente, con determinación, se centraron de nuevo en William Pickering—. Bill —suspiró—, el hecho de que le desagrade que la NASA participe en proyectos conjuntos con agencias espaciales extranjeras denota una escasa visión de futuro. Al menos alguien está desempeñando una labor constructiva con los chinos y los rusos. La paz en este planeta no se alcanzará mediante la fuerza militar; la forjarán aquellos que se unan a pesar de las diferencias de sus respectivos gobiernos. A mi juicio, las misiones conjuntas de la NASA hacen más en pro de la seguridad nacional que cualquier satélite espía de mil millones de dólares, y con una esperanza mucho mayor para el futuro.

Pickering sintió que la ira lo iba invadiendo. «¿Cómo se atreve a hablarme así un político?» El idealismo del presidente quedaba bien en una sala de juntas, pero en el mundo real hacía que muriera gente.

—Bill —intervino Marjorie Tench como si presintiera que el hombre estaba a punto de estallar—, sabemos que ha perdido a su hija. Sabemos que, en su caso, éste es un tema personal.

Pickering sólo percibió condescendencia en el tono de la asesora.

—Pero no olvide —prosiguió ella— que en la actualidad la Casa Blanca está conteniendo un aluvión de inversores que quieren que abramos el espacio al sector privado. En mi opinión, a pesar de todos los errores que ha cometido, la NASA ha sido una excelente amiga de la comunidad de inteligencia. Todos ustedes deberían estar agradecidos.

Un badén en la calzada hizo que Pickering volviera al presente. La salida se aproximaba. Cuando se acercaba a la salida de Washington, dejó atrás un ciervo muerto, ensangrentado, junto a la carretera. Sintió una extraña vacilación... pero siguió conduciendo.

Tenía una cita ineludible.

Capítulo 96

El Monumento a Franklin Delano Roosevelt es uno de los mayores de la nación. Con su parque, sus cascadas, sus estatuas, sus recovecos y su estanque, el monumento se divide en cuatro galerías al aire libre, una por cada uno de los mandatos de Roosevelt.

A un kilómetro y medio de allí sobrevolaba la ciudad un solitario Kiowa Warrior con luces mortecinas. En una ciudad con tantos vips y medios de comunicación como Washington, ver helicópteros en el cielo era algo tan habitual como ver aves volando al sur. Delta Uno sabía que, mientras se mantuviera bien alejado de lo que se conocía como la cúpula —una burbuja de espacio aéreo protegido en torno a la Casa Blanca—, no llamaría la atención. No se quedarían mucho allí.

El Kiowa se hallaba a unos seiscientos metros de altitud cuando redujo la velocidad cerca, pero no justo encima, del oscurecido monumento. Delta Uno comprobó la posición con el aparato planeando, y miró a su izquierda, donde Delta Dos manejaba el sistema de visión telescópica nocturna. El vídeo mostraba una imagen verdusca de toda la entrada al monumento. En la zona no había una alma.

Ahora se mantendrían a la espera.

Ésa no sería una muerte discreta. Había ciertas personas a las que no se mataba discretamente. Con independencia del método empleado, aquello traería cola. Investigaciones. Averiguaciones. En esos casos lo mejor era meter mucho ruido: las explosiones, el fuego y el humo harían que el crimen pareciera un alegato, y lo primero en que se pensaría sería en el terrorismo exterior. Sobre todo cuando el objetivo era un funcionario de alto rango.

Delta Uno examinó las imágenes del monumento, envuelto en árboles. El aparcamiento y el camino de entrada estaban desiertos. «No falta mucho», pensó. El lugar en el que iba a celebrarse esa reunión privada, pese a hallarse en un espacio urbano, por suerte estaba vacío a esas horas. Delta Uno apartó los ojos de la pantalla y se centró en los controles de las armas.

Esa noche utilizarían el sistema Hellfire: un misil anticarro guiado por láser del que uno se olvidaba una vez disparado. El proyectil podía dirigirse hacia un punto señalado por un láser operado desde tierra, desde otro avión o desde el propio aparato desde el que se realizaba el lanzamiento. Esa noche el misil sería guiado de forma autónoma por medio del designador láser instalado en una mira MMS situada en el mástil del rotor. Una vez el designador del Kiowa hubiese señalado el objetivo con el haz de luz láser, el misil Hellfire se dirigiría hacia él de manera autónoma. Como el Hellfire se podía disparar tanto desde el aire como desde tierra, su uso esa noche no apuntaría necesariamente a la participación de una aeronave. Además, ésa era una arma que gozaba de popularidad entre los traficantes del mercado negro, de manera que podían achacar la responsabilidad del incidente a los terroristas.

—Se acerca un sedán —observó Delta Dos.

Delta Uno miró la pantalla: un anodino sedán de lujo negro se aproximaba por la carretera de entrada a la hora prevista. Era el típico coche del parque móvil de las grandes agencias gubernamentales. El conductor apagó los faros al entrar en el monumento y a continuación dio varias vueltas hasta detenerse cerca de un bosquecillo. Delta

Uno no perdía de vista la pantalla mientras su compañero dirigía el sistema de visión nocturna hacia la ventanilla del asiento del conductor. Al poco se vio el rostro del ocupante del vehículo.

Delta Uno lanzó un suspiro.

—Objetivo confirmado —dijo su compañero.

Delta Uno, con los ojos clavados en la pantalla del dispositivo de visión nocturna —con su letal crucifijo reticular—, se sintió como un francotirador que apuntara a un miembro de la realeza. «Objetivo confirmado.»

Delta Dos se volvió hacia los sistemas de aviónica, a la izquierda, y activó el designador láser. Apuntó y, seiscientos metros más abajo, apareció un punto de luz en el techo del sedán que resultaba invisible a su ocupante.

—Objetivo fijado —afirmó.

Delta Uno respiró profundamente y disparó.

Bajo el fuselaje se oyó un silbido agudo, seguido de una estela luminosa sumamente débil que se dirigía al suelo. Un segundo después, el coche saltó en pedazos en el aparcamiento, envuelto en una cegadora erupción de llamas. Salieron volando fragmentos de metal retorcido y hacia el bosque rodaron neumáticos ardiendo.

—Misión cumplida —observó Delta Uno al tiempo que aceleraba para alejarse del lugar—. Llama al mando.

A poco más de tres kilómetros de allí, el presidente Zach Herney se disponía a acostarse. Las ventanas a prueba de balas Lexan de la residencia tenían un grosor de dos centímetros y medio. Herney no oyó la explosión.

Capítulo 97

El aeródromo del servicio de guardacostas de Atlantic City se encuentra en una sección segura del Centro de Investigación de la Agencia Federal de Aviación William J. Hughes, en el aeropuerto internacional de Atlantic City. El servicio es responsable del litoral Atlántico desde Asbury Park hasta el cabo May.

Rachel Sexton despertó de súbito cuando el tren de aterrizaje del avión rozó ruidosamente el asfalto de la desierta pista, que discurría entre dos enormes edificios de carga. Sorprendida al descubrir que se había quedado dormida, consultó su reloj medio atontada.

«Las 2.13.» Era como si hubiese estado días durmiendo.

La habían cubierto cuidadosamente con una cálida manta, y a su lado Michael Tolland también estaba despertando. Le dedicó una sonrisa cansada.

Corky, que venía tambaleándose por el pasillo, frunció el ceño al verlos.

—Mierda, ¿todavía estáis aquí? Me desperté con la esperanza de que esta noche hubiese sido un mal sueño.

Rachel sabía exactamente cómo se sentía. «Voy a volver al mar.»

El avión se detuvo y ella y el resto bajaron a la desierta pista. El cielo estaba cubierto, pero el aire costero era denso y caluroso. En comparación con Ellesmere, Nueva Jersey parecía el trópico.

—¡Por aquí! —se oyó una voz.

Rachel y los demás dieron media vuelta y vieron que no muy lejos aguardaba un HH-65 Dolphin, uno de los helicópteros carmesí típicos del servicio de guardacostas. Enmarcado por la brillante franja blanca de la cola, un piloto completamente equipado les indicó que fuesen hasta allí.

Tolland miró a Rachel y asintió, impresionado.

—Tu jefe es un hombre de acción.

«No sabes hasta qué punto», pensó ella.

Corky se desmoralizó.

—¿Ya? ¿Sin cenar?

El piloto les dio la bienvenida y los ayudó a subir. Sin preguntar en ningún momento cómo se llamaban, intercambió con ellos las fórmulas de cortesía de rigor y les dio algunas explicaciones en materia de seguridad. Al parecer Pickering había dejado claro al servicio de guardacostas que ese vuelo era una misión confidencial. Así y todo, pese a la discreción del director de la NRO, Rachel comprobó que su identidad salía a la luz en cuestión de segundos: el piloto no pudo evitar abrir unos ojos como platos al ver a la televisiva estrella Michael Tolland.

Rachel ya estaba tensa cuando se puso los arneses junto a Tolland. Sobre sus cabezas, el motor Aerospatiale cobró vida, y los hundidos rotores de doce metros del Dolphin empezaron a tornarse un borrón plateado. El silbido pasó a ser un rugido y el aparato alzó el vuelo hacia el nocturno cielo.

En la carlinga, el piloto volvió la cabeza y dijo a voz en grito:

—Me han informado de que me comunicarían su destino cuando estuviésemos en el aire.

Tolland le facilitó las coordenadas de un lugar cercano a la costa, a unos cincuenta kilómetros al sureste de donde se encontraban.

«El barco está a casi veinte kilómetros de la costa», pensó Rachel, y le entró un escalofrío.

El piloto introdujo las coordenadas en el sistema de navegación y, acto seguido, se puso cómodo y aceleró. El helicóptero inclinó el morro hacia adelante y puso rumbo al sureste.

Cuando las oscuras dunas de la costa de Nueva Jersey desaparecieron bajo el aparato, Rachel apartó los ojos de la negrura del océano que se extendía debajo de ella. A pesar de la desconfianza que le suscitaba volver a estar sobre el agua, procuró consolarse diciéndose que iba acompañada de un hombre para el que el océano era un amigo de toda la vida. Tolland iba pegado a ella en el angosto espacio, con sus caderas y sus hombros tocándose. Ninguno de los dos intentó cambiar de postura.

—Sé que no debería decir esto —espetó de pronto el piloto, como si estuviese a punto de reventar de entusiasmo—, pero está claro que es usted Michael Tolland, y debo decir, bueno, que lo hemos estado viendo en televisión toda la noche. ¡El meteorito! Es increíble. Estará usted alucinado.

Tolland asintió pacientemente.

—No tengo palabras.

—Ese documental es estupendo. Las cadenas no paran de emitirlo, ¿sabe? Ninguno de los pilotos que estaban de servicio esta noche quería hacer este trabajo porque todo el mundo quería seguir viendo la tele, pero me tocó a mí la china. ¿No es increíble? ¡Me tocó a mí! Mire usted por dónde. Si los chicos supieran que llevo a bordo ni más ni menos que al...

—Le estamos agradecidos —lo cortó Rachel—, y es preciso que no revele a nadie nuestra presencia. Se supone que nadie ha de saber que estamos aquí.

—Por supuesto, señora. Mis órdenes son muy claras. —Tras una vacilación, al hombre se le iluminó el rostro—. Oiga, no estaremos yendo al *Goya*, ¿no?

Tolland asintió a regañadientes.

—Pues sí.

—¡Joder! —exclamó el piloto—. Discúlpenme. Lo siento, pero es que lo he visto en la tele. El catamarán, ¿no? Es algo raro. Nunca he estado en un SWATH, y jamás pensé que el suyo sería el primero.

Rachel se desentendió de la conversación, sintiendo una creciente inquietud conforme se adentraban en el mar.

Tolland se volvió hacia ella.

—¿Te encuentras bien? Podrías haberte quedado en tierra, ya te lo dije.

«Debería haberme quedado en tierra», pensó ella, a sabiendas de que su orgullo no se lo habría permitido.

—No, gracias. Estoy bien.

Él sonrió.

—Te tendré vigilada.

—Gracias.

A Rachel le sorprendió comprobar que la calidez de su voz la hizo sentir más segura.

—Has visto el *Goya* en televisión, ¿no?

Ella asintió.

—Parece..., bueno..., parece un barco interesante.

Tolland se echó a reír.

—Ya. En su día era un prototipo de lo más avanzado, pero el diseño no llegó a cuajar.

—Pues no sé por qué —bromeó Rachel al tiempo que recordaba el extraño perfil de la embarcación.

—Ahora la NBC me está presionando para que utilice un barco más moderno. Algo..., no sé, más vistoso, más atractivo. Una temporada o dos más y me obligarán a deshacerme de él. —La sola idea le produjo melancolía.

—¿No te gustaría tener un flamante barco nuevo?

—No lo sé..., guardo muchos recuerdos a bordo del *Goya*.

Rachel sonrió con dulzura.

—Bueno, como solía decir mi madre, antes o después todos hemos de dejar atrás el pasado.

Los ojos de Tolland se clavaron un buen rato en los de ella.

—Sí, lo sé.

Capítulo 98

—Mierda —dijo el taxista al tiempo que volvía la cabeza—. Me da que ha habido un accidente ahí delante. Vamos a estar parados un buen rato.

Gabrielle miró por la ventanilla y vio las luces giratorias de los vehículos de emergencia hendiendo la noche. En la carretera, más adelante, varios policías impedían el paso alrededor del Mall.

—Debe de haber sido un accidente de cuidado —observó el hombre mientras señalaba unas llamas no muy lejos del Monumento a Roosevelt.

Gabrielle frunció el entrecejo al ver el titilante resplandor. «Precisamente ahora.» Tenía que ver al senador Sexton para darle la nueva información sobre el PODS y el geólogo canadiense. Se preguntó si las mentiras de la NASA sobre cómo habían descubierto el meteorito promoverían un escándalo lo bastante aparatoso como para volver a insuflar vida a la campaña de Sexton. «Tal vez no para la mayoría de los políticos», se dijo, pero estaban hablando de Sedgewick Sexton, un hombre que había vertebrado su campaña agrandando los errores de los demás.

Gabrielle no siempre estaba orgullosa de la capacidad del senador para dar un sesgo ético negativo a las desgracias políticas de sus rivales, pero el sistema era eficaz. El dominio de las insinuaciones y la humillación de que hacía gala Sexton probablemente pudiera convertir la mentirijilla aislada de la NASA en una dramática cuestión de integridad que contaminara toda la agencia y, por asociación, al presidente.

Al otro lado de la ventanilla, las llamas en el Monumento a Roosevelt parecían cada vez más altas. Algunos árboles próximos se habían prendido, y los bomberos estaban haciendo uso de las mangueras. El taxista encendió la radio y comenzó a buscar emisoras.

Profiriendo un suspiro, Gabrielle cerró los ojos y notó que el cansancio se iba apoderando de ella. Cuando había llegado a Washington soñaba con trabajar siempre en política, quizá algún día en la Casa Blanca. En ese momento, sin embargo, se sentía más que harta de tanto politiqueo: el duelo con Marjorie Tench, las fotografías subidas de tono de ella con el senador, las mentiras de la NASA...

Un locutor hablaba de un coche bomba y un posible acto terrorista.

«Tengo que salir de esta ciudad», pensó Gabrielle por vez primera desde que había llegado a la capital de la nación.

Capítulo 99

El mando rara vez se sentía cansado, pero ese día le había pasado factura. Nada había salido según lo previsto: el trágico descubrimiento de la inserción en el hielo, las dificultades a la hora de mantener en secreto la información y ahora la creciente lista de víctimas.

«Se suponía que no tenía que morir nadie... salvo el canadiense.»

Parecía irónico que la parte más difícil del plan desde el punto de vista técnico hubiera resultado ser la menos problemática. La inserción, completada hacía meses, había ido como una seda. Una vez introducida la irregularidad en su sitio, no había más que esperar a que se produjera el lanzamiento del satélite portador del Escáner de Densidad Orbitante Polar, el PODS. Se había anunciado que el PODS exploraría amplias secciones del círculo ártico, y antes o después el software de a bordo detectaría el meteorito y haría que la NASA se apuntara un tanto con mayúsculas.

Pero el maldito software falló.

Cuando el mando se enteró de que el software no funcionaba y no podía ser reparado hasta después de las elecciones, el plan entero peligró. Sin el PODS no se encontraría el meteorito. Se vio obligado entonces a dar con la forma de poner sobre aviso subrepticiamente a alguien de la NASA de la existencia del meteorito. La solución implicaba orquestar una transmisión de radio de emergencia por parte de un geólogo canadiense que se hallaba en las proximidades de la inserción. Por motivos evidentes, era preciso matar de inmediato al geólogo y hacer que su muerte pareciese un accidente. Arrojar a un hombre inocente desde un helicóptero había sido el comienzo. Ahora todo se estaba complicando. Y de prisa.

Wailee Ming y Norah Mangor. Ambos muertos.

El audaz asesinato que acababa de perpetrarse en el Monumento a Franklin Delano Roosevelt.

Y no tardarían en engrosar esa lista Rachel Sexton, Michael Tolland y el doctor Marlinson.

«Es la única manera —pensó el mando mientras luchaba con los crecientes remordimientos—. Hay demasiado en juego.»

Capítulo 100

El Dolphin del servicio de guardacostas aún se hallaba a más de tres kilómetros de las coordenadas del *Goya* y volaba a novecientos metros de altitud cuando Tolland gritó al piloto:

—¿Lleva NightSight a bordo de este chisme?

El hombre asintió.

—Es una unidad de salvamento.

Tolland se lo esperaba. NightSight era el sistema de captación de imágenes térmicas marino de la empresa Raytheon, capaz de localizar a supervivientes de un naufragio en la oscuridad. El calor que despedía la cabeza de una víctima aparecía como una mancha roja en medio de un océano negro.

—Enciéndalo —pidió Tolland.

El piloto pareció perplejo.

—¿Por qué? ¿Ha perdido a alguien?

—No. Quiero que todo el mundo vea algo.

—Desde esta altura no veremos nada, a menos que se trate de una marea negra en llamas.

—Usted enciéndalo —insistió él.

El piloto lo miró con cara rara, pero efectuó unos ajustes y dio orden a la lente térmica, situada en la parte inferior del aparato, de que inspeccionara una zona de unos cinco kilómetros frente a ellos. En el salpicadero se iluminó una pantalla de LCD y acto seguido apareció una imagen.

—¡Joder!

El helicóptero dio una sacudida cuando el piloto, sorprendido, se echó hacia atrás. Una vez recuperado, clavó la vista en la pantalla.

Rachel y Corky se inclinaron hacia adelante y miraron la imagen con idéntica sorpresa. El fondo negro del océano se veía iluminado por una enorme espiral giratoria de un rojo palpitante.

Inquieta, Rachel se dirigió a Tolland.

—Parece un ciclón.

—Lo es —confirmó él—. Un ciclón de corrientes cálidas. De casi un kilómetro de diámetro.

El asombrado piloto soltó una risita.

—Es de los gordos. Los vemos de cuando en cuando, pero aún no había tenido noticia de éste.

—Apareció la semana pasada —explicó Tolland—. Probablemente no dure más que unos días.

—¿Qué lo origina? —quiso saber Rachel, a quien, como era comprensible, desconcertaba el enorme vórtice de agua arremolinada en mitad del océano.

—Una cámara magmática —repuso el piloto.

Rachel miró a Tolland con recelo.

—¿Un volcán?

—No —negó él—. En la costa Este no hay volcanes activos, pero de vez en cuando surgen bolsas de magma algo traviesas que brotan desde el lecho marino y dan lugar a puntos calientes. El punto caliente ocasiona un gradiente de temperatura inverso: agua caliente en el fondo y más fría en la parte superior. El resultado son esas corrientes espirales gigantes, llamadas megaplumas, que giran durante un par de semanas y luego desaparecen.

El piloto observaba la espiral palpitante en la pantalla.

—Da la impresión de que ésta aún tiene fuerza. —Tomó aliento y, tras comprobar las coordenadas del barco de Tolland, volvió la cabeza sorprendido—. Señor Tolland, me parece que ha aparcado usted muy cerca del centro.

El científico asintió.

—Las corrientes son ligeramente más lentas cerca del ojo. Dieciocho nudos. Es como echar el ancla en un río de aguas rápidas. La cadena ha estado sometida a un gran esfuerzo esta semana.

—¡Santo Dios! —exclamó el piloto—. ¿Una corriente de dieciocho nudos? ¡Cuidado con caerse al agua! —añadió, y rompió a reír.

Rachel no se rió.

—Mike, no dijiste nada de la megapluma, ni de la cámara magmática ni de la corriente.

Él le puso una mano tranquilizadora en la rodilla.

—Es completamente seguro, confía en mí.

Ella lo miró ceñuda.

—Así que el documental que estás grabando aquí trata de este fenómeno, la cámara magmática, ¿no?

—Megaplumas y *Sphyrna mokarran*.

—Ah, sí, ya lo habías mencionado.

Tolland esbozó una tímida sonrisa.

—A los *Sphyrna mokarran* les gustan las aguas cálidas, y ahora mismo todos los que hay en un radio de ciento cincuenta kilómetros se concentran en este círculo de kilómetro y medio de océano caliente.

—Genial —Rachel asintió con incomodidad—. Y, si se puede saber, ¿qué son los *Sphyrna mokarran*?

—Los peces más feos del mar.

—¿Las platijas?

Tolland se rió.

—Tiburones martillo gigantes.

A su lado Rachel se puso rígida.

—¿Hay tiburones martillo alrededor del barco?

Él le guiñó un ojo.

—Tranquila, no son peligrosos.

—No dirías eso si no lo fueran.

Tolland soltó una risita.

—Supongo que tienes razón —repuso. A continuación se dirigió alegremente al piloto—: Oiga, ¿cuánto hace que no salvan a alguien del ataque de un tiburón martillo?

El piloto se encogió de hombros.

—Caramba, hace décadas de eso.

Tolland se volvió hacia Rachel.

—¿Lo ves? Décadas. No te preocupes.

—Precisamente el mes pasado se produjo un ataque cuando un submarinista idiota estaba dando de comer a...

—¡Un momento! —terció ella—. Acaba de decir que hacía décadas que no salvaban a nadie.

—Sí —respondió el piloto—. Salvar. Lo normal es que lleguemos demasiado tarde. Esos cabrones matan en un abrir y cerrar de ojos.

Capítulo 101

Desde el aire, la silueta parpadeante del *Goya* se recortaba contra el horizonte. A menos de un kilómetro, Tolland distinguió las vivas luces de cubierta, que Xavia había tenido la prudencia de dejar encendidas. Al verlas se sintió como el viajero fatigado que llega a su casa.

—Creía que habías dicho que a bordo sólo había una persona —comentó Rachel con cara de sorpresa al ver las luces.

—¿Tú no dejas una luz encendida cuando estás sola en casa?

—Una luz, no todas las de la casa.

Tolland sonrió. Pese a los intentos de Rachel de fingir despreocupación, él vio que estaba atemorizada. Le entraron ganas de pasarle un brazo por los hombros para tranquilizarla, pero sabía que no había nada que pudiera decir.

—Las luces están encendidas por motivos de seguridad. Hacen que el barco parezca activo.

Corky soltó una risita.

—¿Temes a los piratas, Mike?

—No. Aquí el mayor peligro son los idiotas que no saben leer el radar. La mejor defensa para que no te embistan es asegurarte de que todo el mundo te ve.

Corky entornó los ojos al mirar la resplandeciente embarcación.

—¿Verte? Si parece un crucero de Carnival el día de

Nochevieja. Está claro que la NBC os paga las facturas de la luz.

El helicóptero del servicio de guardacostas aminoró la velocidad y viró hacia el enorme barco iluminado, y el piloto se dispuso a aterrizar en la pista de la cubierta de popa. Incluso desde el aire Tolland vio cómo acometía la enfurecida corriente contra los travesaños del casco. Anclado por la proa, el *Goya* plantaba cara a la corriente, tirando de la enorme cadena del ancla como un animal atado.

—Muy bonito —observó el piloto entre risas.

Tolland comprendió que el comentario era sarcástico. El *Goya* era feo. «Más feo que Picio», según un crítico de televisión. Uno de los tan sólo diecisiete SWATH que existían, el catamarán de dos cascos era de todo menos bonito.

Básicamente, la embarcación era una inmensa plataforma horizontal que flotaba a casi diez metros sobre el océano sostenida por cuatro grandes travesaños unidos mediante pontones. Desde lejos el barco parecía una plataforma petrolífera suspendida cerca del mar; de cerca, una chalana sobre pilotes. Los camarotes, los laboratorios y el puente de mando se alojaban en una serie de estructuras escalonadas en la parte superior, lo que daba al catamarán la vaga apariencia de una gigantesca mesa flotante sobre la que se alzara un batiburrillo de edificios de varias plantas.

A pesar de que su aspecto no era en absoluto aerodinámico, el diseño del *Goya* disfrutaba de un área del plano de flotación considerablemente más reducida, lo que se traducía en una mayor estabilidad. La plataforma suspendida facilitaba tanto las labores de filmación como el trabajo de laboratorio, y además permitía que hubiera menos científicos mareados. Aunque la NBC estaba presionando a Tolland para que aceptara una embarcación más moderna, él se había negado. Cierto que ahora había barcos mejores, incluso más estables, pero el *Goya* había sido su hogar durante casi una década, era el barco en el que había luchado para recuperarse tras la muerte de Celia. Algunas noches aún oía su voz en el viento cuando se hallaba en cubierta. Cuando desaparecieran los fantasmas, si es que llegaban a hacerlo, Tolland se plantearía cambiar de barco.

Antes, no.

Cuando el helicóptero finalmente aterrizó en la cubierta de popa del *Goya*, Rachel Sexton experimentó cierto alivio. La buena noticia era que ya no estaba sobrevolando el océano; la mala, que ahora estaba en él. Trató de sacudirse el tembleque de las piernas cuando bajó a cubierta y echó un vistazo alrededor. Para su sorpresa, el lugar estaba abarrotado, sobre todo con el aparato en el helipuerto. Al mirar hacia proa distinguió la desgarbada pila que constituía el grueso de la embarcación.

Tolland se situó a su lado.

—Lo sé —aseguró a gritos para hacerse oír con la furiosa corriente—, en televisión parece más grande.

Ella asintió.

—Y más estable.

—Éste es uno de los barcos más seguros del mar, te lo prometo.

Le puso una mano en el hombro y la condujo por cubierta.

La calidez de esa mano hizo más para calmar el nerviosismo de Rachel que cualquier cosa que él pudiera haber dicho. Así y todo, al mirar hacia la parte posterior de la embarcación, Rachel vio que la turbulenta corriente los perseguía como si el barco fuese a toda marcha. «Estamos sobre una megapluma», pensó.

Centrado en la parte principal de la cubierta trasera, Rachel vio un Triton, un familiar sumergible individual, suspendido de un gigantesco cabrestante. El Triton, cuyo nombre debía al dios griego del mar, no se parecía en nada a su predecesor, el Alvin, revestido de acero. El Triton contaba con una cúpula semiesférica de fibra acrílica delante, lo que hacía que se asemejara más a una enorme pecera que a un submarino. A Rachel no se le ocurrían muchas cosas más aterradoras que sumergirse a cientos de metros en el océano sin nada más entre su rostro y el agua que una lámina de fibra acrílica transparente. Claro que, según Tolland, lo único desagradable de ir en el Triton era la parte inicial: ser bajado lentamente por la trampilla de cubierta del *Goya*, colgando como un péndulo a casi diez metros sobre el mar.

—Lo más probable es que Xavia esté en el hidrolaboratorio —comentó Tolland mientras avanzaba por la cubierta—. Por aquí.

Rachel y Corky lo siguieron por la cubierta de popa. El piloto se había quedado en el helicóptero con órdenes estrictas de no usar la radio.

—Mirad esto —dijo Tolland al tiempo que se detenía en la barandilla de popa.

Rachel se acercó vacilante a la barandilla. Se hallaban a una altura considerable. El agua estaba a unos diez metros bajo ellos, y así y todo Rachel notaba el calor que despedía.

—Tiene más o menos la temperatura de una bañera de agua caliente —explicó él a voz en grito. Acto seguido extendió el brazo hacia un panel de interruptores que se veía en la barandilla—. Mirad. —Pulsó un botón.

Tras el barco se encendió un amplio arco de luz que iluminaba el agua desde dentro como si fuese una piscina encendida. Rachel y Corky abrieron la boca al unísono.

Alrededor de la embarcación distinguieron docenas de sombras espectrales. Rondando muy cerca de la superficie iluminada, multitud de esbeltos bultos oscuros nadaban en paralelo contra la corriente; la inconfundible cabeza con forma de martillo se movía a un lado y a otro como si bailase al son de un ritmo prehistórico.

—Dios mío, Mike —balbució Corky—. Me alegro de que nos lo hayas enseñado.

Rachel se puso rígida. Quería apartarse de la barandilla pero no podía moverse: estaba paralizada por el aterrador espectáculo.

—¿No son increíbles? —dijo Tolland. Su mano volvía a descansar en el hombro de Rachel, reconfortándola—. Pasan semanas en los puntos calientes de agua. Estos animales poseen la mejor nariz del mar: lóbulos olfativos telencefálicos incrementados. Pueden oler sangre incluso a un kilómetro y medio de distancia.

Corky puso cara de escepticismo.

—¿Lóbulos olfativos telencefálicos incrementados?

—¿No me crees? —Tolland comenzó a buscar en una cámara frigorífica de aluminio contigua a donde se encontraban y, al poco, sacó un pequeño pescado—. Perfecto. —Sacó un cuchillo de la cámara y le hizo varios cortes al pescado, que comenzó a sangrar.

—Mike, por el amor de Dios —dijo Corky—. Es asqueroso.

Tolland lanzó el pescado al agua, diez metros más abajo. Nada más entrar en contacto con ella, seis o siete tiburones se abalanzaron sobre el animal, disputándoselo con ferocidad, las hileras de dientes plateados rechinando furiosamente al dar cuenta del sanguinolento pescado, que desapareció en un instante.

Horrorizada, Rachel volvió la cabeza y miró a Tolland, que ya tenía en la mano otro pescado de la misma especie y tamaño.

—Esta vez sin sangre —propuso él. Y, sin practicarle corte alguno, lo tiró al agua.

El pescado cayó, pero no pasó nada. Los tiburones no

parecían percatarse de su presencia. El cebo se alejó en la corriente, sin atraer el menor interés.

—Sólo atacan guiándose por el olfato —explicó Tolland mientras los alejaba de la barandilla—. De hecho se podría nadar entre ellos sin problema: siempre y cuando no se tenga ninguna herida abierta.

Corky señaló los puntos que lucía en la mejilla, y Tolland frunció el entrecejo.

—Sí, a ti ni se te ocurra.

Capítulo 102

El taxi de Gabrielle Ashe no se movía.

Parada ante un control de carretera cerca del Monumento a Roosevelt, Gabrielle observaba los vehículos de emergencia a lo lejos. Era como si un banco de niebla surrealista hubiese caído sobre la ciudad. La radio decía que se barajaba la hipótesis de que en el vehículo siniestrado viajara un funcionario de alto rango.

Gabrielle sacó el móvil y llamó al senador, que sin duda ya se estaría preguntando por qué tardaba tanto.

Comunicaba.

La joven miró el taxímetro y frunció el ceño. Algunos de los otros coches empezaban a subirse a las aceras para dar media vuelta en busca de una ruta alternativa.

El taxista volvió la cabeza.

—¿Quiere esperar? Es su dinero.

Gabrielle vio que llegaban más vehículos oficiales.

—No. Dé media vuelta.

El hombre soltó un gruñido a modo de respuesta e inició la complicada maniobra. Mientras salvaban las aceras, Gabrielle probó a llamar al senador de nuevo.

Seguía comunicando.

Varios minutos después, tras describir una amplia curva, el taxi subía por C Street. Al fondo, Gabrielle vio el edificio de oficinas Philip A. Hart. Pensaba ir directa al apartamento del senador, pero con el despacho tan cerca...

—Pare ahí —pidió al taxista—. Gracias. —Señaló el lugar.

El vehículo se detuvo.

Gabrielle pagó lo que marcaba el taxímetro y añadió diez dólares.

—¿Puede esperar diez minutos?

El hombre miró el dinero y luego el reloj.

—Pero ni un minuto más.

Ella salió corriendo. «Sólo me harán falta cinco.»

Los desiertos pasillos de mármol del edificio de oficinas del Senado tenían un aire casi sepulcral a esa hora. Gabrielle, con los músculos tensos, dejó atrás a toda prisa las austeras estatuas que recorrían la entrada de la tercera planta. Los pétreos ojos daban la impresión de seguirla cual centinelas silentes.

Al llegar a la puerta principal de la oficina del senador, que constaba de cinco habitaciones, Gabrielle abrió con su tarjeta. La zona de secretaría estaba tenuemente iluminada. Tras atravesar el recibidor, enfiló un pasillo para llegar a su despacho. Una vez dentro, encendió los fluorescentes y fue directa a los archivadores.

Tenía toda una carpeta sobre el presupuesto del Sistema de Observación de la Tierra de la NASA, incluida abundante información sobre el PODS. En cuanto le hablara de Harper a Sexton, éste sin duda querría todos los datos que pudiera reunir sobre el PODS.

«La agencia mintió sobre el PODS.»

Mientras recorría las carpetas, sonó su móvil.

—¿Senador? —dijo.

—No, Gabs. Soy Yolanda. —La voz de su amiga tenía un tono de crispación poco habitual—. ¿Sigues en la NASA?

—No, estoy en el despacho.

—¿Descubriste algo en la NASA?

«Si tú supieras...» Gabrielle era consciente de que no podía contarle nada a Yolanda hasta que hubiese hablado con el senador. Éste desarrollaría planes muy concretos en cuanto al uso que había que darle a dicha información.

—Te lo contaré todo cuando haya hablado con Sexton. Voy a su piso ahora mismo.

Yolanda tomó aire.

—Gabs, eso que me comentaste de la financiación de la campaña de Sexton y la SFF...

—Ya te dije que me equivocaba y...

—Acabo de averiguar que dos de los nuestros que cubren el sector aeroespacial han estado trabajando en un reportaje similar.

Gabrielle se sorprendió.

—¿Y?

—No lo sé, pero esos chicos son buenos y parecen bastante convencidos de que Sexton está aceptando sobornos de la Fundación de la Frontera del Espacio. Pensé que debía llamarte. Sé que antes te dije que la idea era descabellada. Marjorie Tench no era una fuente fiable, pero esos muchachos... No sé, quizá quieras hablar con ellos antes de ver al senador.

—Si están tan convencidos, ¿por qué no han publicado el reportaje? —Gabrielle sonó más a la defensiva de lo que quería.

—No tienen pruebas sólidas. Por lo visto, al senador se le da bien borrar las huellas.

«Como a casi todos los políticos.»

—Ahí no hay nada, Yolanda. Ya te dije que el senador admitió haber aceptado donativos de la SFF, pero las cantidades se sitúan por debajo del límite permitido.

—Sé lo que te dijo, Gabs, y no pretendo afirmar que sé qué hay de verdad o de falsedad en esto. Sólo me he sentido en la obligación de llamarte porque te dije que no confiaras en Marjorie Tench y ahora me entero de que otras personas aparte de ella piensan que tal vez estén untando al senador. Eso es todo.

—¿Quiénes son esos periodistas? —Gabrielle notó una oleada inesperada de ira.

—No puedo darte los nombres, pero sí organizar una reunión. Son tipos listos. Se saben al dedillo la ley que rige la financiación de las campañas... —Yolanda titubeó—. La verdad es que creen que Sexton anda falto de dinero..., que prácticamente está sin blanca, ¿sabes?

En el silencio del despacho, Gabrielle oyó las rasposas acusaciones de Tench: «Cuando Katherine murió, el senador dilapidó la mayor parte del legado de su esposa en inversiones desafortunadas, en lujos personales y en la compra de lo que parece ser una victoria segura en las primarias. Hace tan sólo seis meses su candidato estaba sin blanca.»

—A nuestros chicos les encantaría hablar contigo —aseguró su amiga.

«Apuesto a que sí», pensó Gabrielle.

—Te llamo luego.

—Pareces mosqueada.

—Pero no contigo, Yolanda. Contigo nunca. Gracias.

Y colgó.

Adormilado en una silla en el pasillo, a la puerta del apartamento de Westbrooke Place del senador, el guardaespaldas despertó sobresaltado al oír el móvil. Tras erguirse a toda prisa en la silla, se frotó los ojos y se sacó el teléfono del bolsillo de la chaqueta.

—¿Sí?

—Owen, soy Gabrielle.

El hombre reconoció su voz.

—Ah, hola.

—Tengo que hablar con el senador. ¿Le importaría llamar a la puerta? Su teléfono comunica.

—Es algo tarde.

—Está despierto, seguro. —Sonaba nerviosa—. Se trata de una emergencia.

—¿Otra?

—La misma. Usted haga que se ponga al teléfono, Owen. Tengo que preguntarle algo urgentemente.

El hombre suspiró y se puso en pie.

—Vale, vale. Ya llamo. —Se estiró y echó a andar hacia el apartamento—. Pero sólo lo hago porque se alegró de que antes yo la dejara pasar. —Levantó la mano para llamar de mala gana.

—¿Qué es lo que ha dicho? —preguntó ella.

El puño del guardaespaldas se detuvo a medio camino en el aire.

—Decía que el senador se alegró de que antes yo la dejara pasar. Tenía usted razón. No hubo ningún problema.

—¿Usted y el senador hablaron de eso? —Gabrielle parecía sorprendida.

—Sí, ¿qué ocurre?

—Nada, es que no creía que...

—La verdad es que fue algo raro. El senador tardó unos segundos en recordar que había estado usted en su casa. Creo que los muchachos estuvieron pimplando.

—¿Cuándo lo comentaron, Owen?

—Poco después de marcharse usted. ¿Pasa algo?

Un momento de silencio.

—No..., no, nada. Escuche, ahora que lo pienso, creo que es mejor que no moleste al senador. Volveré a llamarlo a casa y, si no consigo dar con él, lo llamaré a usted de nuevo para que lo avise.

El hombre revolvió los ojos.

—Lo que usted diga, señorita Ashe.

—Gracias, Owen. Siento las molestias.

—No importa. —El guardaespaldas colgó, se dejó caer de nuevo en la silla y volvió a dormirse.

Sola en su despacho, Gabrielle permaneció unos segundos inmóvil antes de colgar. «Sexton sabe que entré en su apartamento..., ¿y no me lo mencionó?»

La extrañeza etérea de esa noche se estaba enturbiando cada vez más. Gabrielle recordó la llamada que le había hecho el senador cuando ella estaba en la ABC. Sexton la dejó pasmada al admitir motu proprio que se reunía con empresas aeroespaciales y aceptaba dinero. Su sinceridad hizo que se acercara a él de nuevo. Incluso la hizo sentir avergonzada. Ahora esa confesión adquiría unos tintes mucho menos nobles.

«Una minucia —aseguró él—. Algo completamente legal.»

De repente todas las dudas vagas que Gabrielle había albergado sobre el senador Sexton parecieron resurgir a un tiempo.

Fuera, el taxi tocaba el claxon.

Capítulo 103

El puente del *Goya* era un cubo de plexiglás situado dos niveles por encima de la cubierta principal. Desde allí, Rachel disfrutaba de unas vistas de trescientos sesenta grados del oscurecido mar que los rodeaba, un espectáculo desconcertante que sólo contempló una vez antes de apartarlo de su mente y centrar su atención en el asunto que los ocupaba.

Después de mandar a Tolland y a Corky a buscar a Xavia, Rachel se dispuso a ponerse en contacto con Pickering. Había prometido al director que lo llamaría cuando llegaran y tenía ganas de saber lo que había averiguado su jefe en la reunión con Marjorie Tench.

El sistema digital de comunicaciones del *Goya*, el SHIN-COM 2100, era una plataforma con la que Rachel estaba lo suficientemente familiarizada. Sabía que si la llamada era breve la comunicación sería segura.

Marcó el número privado de Pickering y se mantuvo a la espera con el auricular del SHINCOM 2100 pegado a la oreja. Esperaba que su jefe lo cogiese a la primera, pero el teléfono no paraba de sonar.

Seis, siete, ocho veces...

Rachel miró el tenebroso océano, y el hecho de no poder dar con el director fue aumentando la intranquilidad que le producía hallarse en medio del mar.

Nueve, diez veces. «¡Cógelo!»

Echó a andar arriba y abajo mientras esperaba. ¿Qué

estaba ocurriendo? Pickering no se separaba del móvil, y además le había pedido expresamente que lo llamara.

A la decimoquinta vez que sonaba, colgó.

Con creciente nerviosismo, cogió el aparato y probó de nuevo.

Cuatro, cinco veces.

«¿Dónde está?»

Al cabo cogieron la llamada y Rachel sintió alivio, si bien fue por poco tiempo. Al otro lado no había nadie. Tan sólo silencio.

—¿Hola? —dijo ella—. ¿Director?

Tres rápidos clics.

—¿Hola? —repitió ella.

En la línea se oyó una explosión de estática que le sacudió el oído. Dolorida, Rachel apartó el auricular. La estática cesó de súbito. Ahora se oían una serie de tonos que oscilaban de prisa a intervalos de medio segundo. La confusión de Rachel no tardó en dar paso a la certidumbre. Y después al miedo.

—¡Mierda!

Volvió a centrarse en los controles del puente y estampó el auricular en su sitio, interrumpiendo así la conexión. Permaneció aterrorizada unos instantes, preguntándose si habría colgado a tiempo.

En el centro del barco, dos cubiertas más abajo, el hidrolaboratorio del *Goya* era un amplio espacio de trabajo compartimentado mediante largas encimeras e islas abarrotadas de equipos electrónicos: batímetros, analizadores de corrientes, módulos de lavado, campanas de extracción, cámara frigorífica para especímenes, ordenadores personales y un montón de clasificadores para almacenar los datos de las investigaciones y los repuestos electrónicos para que todo se mantuviera en funcionamiento.

Cuando entraron Tolland y Corky, Xavia, la geóloga de a bordo, se hallaba recostada delante de un televisor a todo volumen. Ni siquiera volvió la cabeza.

—¿Es que os habéis quedado sin dinero para seguir bebiendo cerveza? —preguntó sin volverse, al parecer creyendo que habían vuelto algunos miembros de la tripulación.

—Xavia —repuso Tolland—, soy Mike.

La geóloga se volvió, tragándose parte de un sándwich industrial que estaba comiendo. Se levantó, bajó el televisor y se acercó a ellos, aún masticando.

—Pensaba que había vuelto alguno de los chicos de su ronda por los bares. ¿Qué haces aquí? —La mujer era fornida y de piel morena, y tenía la voz aguda y cierto aire de hosquedad. Señaló el televisor, que volvía a emitir el documental sobre el meteorito que Tolland había grabado in situ—. No te has quedado mucho en la plataforma, ¿eh?

«Surgió algo», pensó él.

—Xavia, seguro que sabes quién es Corky Marlinson.

Ella asintió.

—Es un honor, señor.

El aludido no perdía de vista el sándwich que la mujer tenía en la mano.

—Tiene buena pinta.

Xavia lo miró con cara rara.

—Recibí tu mensaje —aseguró Tolland—. Decías que había cometido un error en la presentación, y me gustaría que habláramos de ello.

La geóloga clavó la vista en él y soltó una risotada estridente.

—¿Por eso has vuelto? Ay, Mike, por el amor de Dios, te dije que no era nada. Sólo te estaba pinchando. Es evidente que la NASA te proporcionó algunos datos obsoletos. Nada importante. En serio, seguro que sólo tres o cuatro geólogos marinos del mundo se han percatado del descuido.

Tolland contuvo el aliento.

—Ese descuido, ¿por casualidad tiene algo que ver con los cóndrulos?

Impresionada, Xavia se quedó atónita.

—Dios mío, ¿te ha llamado ya alguno de esos geólogos?

El desaliento se apoderó de Tolland. «Los cóndrulos.» Miró a Corky y a continuación a la geóloga.

—Xavia, necesito saber todo cuanto puedas contarme de esos cóndrulos. ¿Cuál es el error que cometí?

Ella lo miró con fijeza, por lo visto intuyendo que la cosa iba muy en serio.

—Mike, de verdad que no es nada. Hace algún tiempo leí un pequeño artículo en una revista especializada, pero no entiendo por qué te preocupa tanto esto.

Él dejó escapar un suspiro.

—Xavia, por extraño que pueda parecer, cuanto menos sepas esta noche, tanto mejor. Sólo te pido que nos cuentes lo que sepas de los cóndrulos y que después analices una muestra.

La mujer sintió desconcierto y cierta inquietud al saberse excluida.

—Vale, iré a buscar el artículo. Está en mi despacho. —Dejó el sándwich y fue hacia la puerta.

—¿Me lo puedo terminar? —le preguntó Corky.

Ella se detuvo y repuso con incredulidad:

—¿Quiere terminarse mi sándwich?

—Bueno, es que he pensado que si usted...

—Vaya usted por uno.

Y se fue.

Tolland rió para sí y señaló una cámara refrigeradora situada al otro lado del laboratorio.

—En el estante de abajo, Corky. Entre la sambuca y las bolsas de tinta de calamar.

Fuera, en cubierta, Rachel bajó la empinada escalera del puente y se dirigió hacia la plataforma donde aguardaba el helicóptero. El piloto del servicio de guardacostas dormitaba, pero se incorporó cuando ella dio unos golpecitos en la cabina.

—¿Ya han terminado? —inquirió—. Menuda velocidad.

Ella negó con la cabeza. Tenía los nervios de punta.

—¿Puede poner en funcionamiento el radar de superficie y el aéreo?

—Claro. Para un radio de quince kilómetros.

—Enciéndalo, por favor.

Perplejo, el hombre accionó algunos interruptores y la pantalla del radar se iluminó. El haz de barrido describía lentos círculos.

—¿Ve algo?

El piloto dejó que el haz completara varias vueltas y, acto seguido, ajustó algunos controles y prestó atención. Nada.

—Un par de barcos pequeños en la periferia, pero se alejan de nosotros. Esto está despejado. Kilómetros y kilómetros de mar abierto en todas las direcciones.

Rachel Sexton profirió un suspiro, aunque no se sentía muy aliviada.

—Hágame un favor, si ve que se aproxima algo (embarcaciones, aviones, cualquier cosa), ¿le importaría avisarme inmediatamente?

—Claro. ¿Va todo bien?

—Sí. Sólo querría saber si tenemos visita.

El piloto se encogió de hombros.

—Vigilaré el radar, señora. Si aparece algo, será la primera en saberlo.

Ella sintió un cosquilleo mientras se dirigía al laboratorio. Cuando entró, Corky y Tolland estaban solos delante de un ordenador comiendo sendos sándwiches.

—¿Qué va a ser? —le dijo Corky con la boca llena—. ¿Pollo con sabor a pescado, salchicha con sabor a pescado o huevo duro con sabor a pescado?

Ella apenas si oyó la pregunta.

—Mike, ¿cuánto vamos a tardar en conseguir la información que necesitamos y abandonar este barco?

Capítulo 104

Tolland daba vueltas por el laboratorio, esperando con Rachel y Corky a que volviera Xavia. La noticia de los cóndrulos era casi tan alarmante como la de Rachel sobre su intentona de ponerse en contacto con Pickering.

«El director no ha cogido el teléfono.»

«Y alguien ha intentado averiguar la posición del *Goya*.»

—Tranquilidad —pidió Tolland—. Estamos a salvo. El piloto está observando el radar, así que puede avisarnos si se aproxima alguien.

Rachel asintió, aunque seguía estando nerviosa.

—Mike, ¿qué rayos es eso? —preguntó Corky al tiempo que señalaba una pantalla de ordenador Sparc que exhibía una siniestra imagen psicodélica que latía y se revolvía como si estuviese viva.

—Un perfilador acústico de corrientes Doppler —replicó él—. Es una sección transversal de las corrientes y los gradientes de temperatura del océano que hay debajo del barco.

Rachel clavó la vista en él.

—¿Sobre eso estamos anclados?

Tolland había de admitir que la imagen parecía aterradora. En la superficie el agua parecía un remolino de un verde azulado, pero a medida que descendía los colores cambiaban lentamente hasta alcanzar un amenazador rojo anaranjado conforme aumentaban las temperaturas. Cerca del fondo, a más de un kilómetro y medio y suspendido sobre el lecho oceánico, se distinguía el vórtice rojo sangre del ciclón.

—Eso es la megapluma —explicó Tolland.

Corky gruñó.

—Parece un tornado submarino.

—El principio es el mismo. Los océanos suelen ser más fríos y densos cerca del fondo, pero en este caso se ha invertido la dinámica: las aguas profundas se calientan y son más ligeras, de manera que ascienden hacia la superficie. Entretanto, el agua de la superficie es más pesada, de manera que baja en una enorme espiral para llenar el vacío. Estas corrientes, parecidas a un desagüe, se dan en el océano. Son enormes remolinos.

—¿Qué es ese bollo enorme del lecho? —Corky señaló la planicie del fondo oceánico, donde un gran montículo con forma de cúpula se alzaba como una burbuja. Justo encima giraba el vórtice.

—Ese montículo es una cámara magmática —contestó su amigo—. Por donde sube la lava bajo el lecho oceánico.

Corky asintió.

—Como un grano enorme.

—Por así decirlo.

—¿Y si revienta?

Tolland frunció el ceño al recordar el famoso incidente de la megapluma de 1986 frente a la cadena montañosa Juan de Fuca, donde miles de toneladas de magma a mil doscientos grados centígrados salieron despedidas al océano de pronto, incrementando la intensidad de la pluma casi en el acto. Las corrientes superficiales aumentaron cuando el vórtice se extendió rápidamente hacia arriba. Lo que sucedió a continuación fue algo que Tolland no tenía intención de compartir con Corky y Rachel esa noche.

—Las cámaras magmáticas del Atlántico no revientan —respondió él—. El agua fría que circula sobre el montículo enfría y endurece continuamente la corteza terrestre, manteniendo el magma a buen recaudo bajo una gruesa capa de roca. Al final la lava que hay debajo se enfría y la espiral desaparece. Por regla general, las megaplumas no son peligrosas.

Corky señaló una sobada revista que había cerca del ordenador.

—Así que, según tú, lo que publica *Scientific American* es una ficción.

Tolland vio la portada y se estremeció. Al parecer, alguien la había rescatado del archivo de viejas revistas científicas del *Goya*. *Scientific American*, febrero de 1999. En la portada se veía la interpretación de un artista de un superpetrolero que giraba descontrolado en un inmenso embudo de océano. El encabezamiento rezaba así: «Megaplumas: ¿asesinas gigantes de las profundidades?»

Tolland rió para quitarle hierro al asunto.

—Es totalmente irrelevante. Ese artículo habla de megaplumas en zonas sísmicas. Hace unos años era una hipótesis sobre el triángulo de las Bermudas que gozaba de popularidad para explicar la desaparición de barcos. Estrictamente hablando, si se diese algún cataclismo geológico en el lecho oceánico, lo cual es algo inaudito aquí, la cámara podría romperse y el vórtice podría aumentar lo bastante para..., en fin, ya sabéis...

—No, no sabemos —porfió Corky.

Tolland se encogió de hombros.

—Subir a la superficie.

—Estupendo. Me alegro de que nos hayas traído a bordo.

Xavia entró entonces con algunos papeles.

—¿Admirando la megapluma?

—Sí, claro —replicó un sarcástico Corky—. Mike nos

estaba contando que si el montículo ese se rompe acabaremos dando vueltas en un desagüe gigante.

—¿Desagüe? —Xavia rió con frialdad—. Más bien sería como si alguien tirara de la cadena del mayor retrete del mundo.

En la cubierta del *Goya,* el piloto del servicio de guardacostas vigilaba el radar de EMS. Al trabajar en salvamento había visto a menudo el miedo en los ojos de la gente, y estaba claro que Rachel Sexton se sentía atemorizada cuando le había pedido que mirara la pantalla por si se acercaba al *Goya* algún visitante inesperado.

«¿Qué clase de visitantes espera?», se preguntó.

Por lo que veía el piloto, en un radio de quince kilómetros a la redonda no había nada fuera de lo común ni en el mar ni en el aire. Un barco pesquero a unos trece kilómetros de distancia. Algún que otro avión que atravesaba marginalmente el campo del radar y después desaparecía rumbo a un destino desconocido.

El hombre suspiró y observó de nuevo el océano, que arremetía con fuerza contra el barco. La sensación era fantasmal: como de navegar a toda velocidad pese a estar anclados.

Volvió a centrarse en la pantalla del radar en actitud vigilante. Alerta.

Capítulo 105

A bordo del *Goya*, Tolland efectuó las presentaciones entre Xavia y Rachel. La geóloga parecía cada vez más desconcertada con el distinguido séquito que ocupaba el laboratorio. Además, era evidente que la impaciencia de Rachel por realizar las pruebas y abandonar el barco cuanto antes la estaba poniendo nerviosa.

«Tómate tu tiempo, Xavia —se dijo Tolland—. Tenemos que saberlo todo.»

Xavia decía con rigidez:

—Mike, en el documental afirmabas que esas pequeñas inclusiones metálicas de la roca sólo podían formarse en el espacio.

A Tolland el temor lo hizo estremecer. «Los cóndrulos sólo se forman en el espacio. Eso es lo que me dijo la NASA.»

—Pero según estas notas —continuó la geóloga mientras sostenía en alto los papeles—, eso no es del todo cierto.

Corky la fulminó con la mirada.

—¡Pues claro que lo es!

Xavia miró ceñuda al científico y blandió las páginas.

—El año pasado un joven geólogo llamado Lee Pollock, de la Universidad Drew, estaba utilizando una nueva generación de robots marinos para tomar muestras de corteza en aguas profundas del Pacífico, en la fosa de las Marianas, cuando extrajo una roca suelta que poseía unas características geológicas que no había visto en su vida. Dichas características eran bastante similares en apariencia a los cóndrulos. Él las llamó «inclusiones de plagioclasas por presión»: minúsculas burbujas de metal que al parecer se habían rehomogeneizado durante condiciones de presión en las profundidades del océano. Al doctor Pollock le sorprendió encontrar burbujas metálicas en una roca oceánica, de manera que formuló una teoría única para explicar su presencia allí.

—Supongo que no tendría más remedio —refunfuñó Corky.

Xavia no le prestó atención.

—Según el doctor Pollock, la roca se formaba en un entorno oceánico muy profundo, donde una presión extrema modificaba una roca ya existente, permitiendo que se fundieran parte de los dispares metales.

Tolland sopesó la información. La fosa de las Marianas tenía once kilómetros de profundidad y era una de las últimas regiones no exploradas del planeta. Tan sólo un puñado de sondas robóticas se habían aventurado a bajar tanto, y la mayoría se habían estropeado mucho antes de alcanzar el fondo. La presión del agua en la fosa era enorme: nada menos que de 1.260 kilopondios por centímetro cuadrado frente a los 1,68 de la superficie del océano. Los oceanógrafos seguían sin saber gran cosa de las fuerzas geológicas que operaban en las profundidades abisales.

—Así que ese tal Pollock cree que en la fosa de las Marianas se pueden formar rocas con cóndrulos.

—Se trata de una teoría muy poco conocida —respondió Xavia—. De hecho no se ha publicado formalmente. Yo me topé con los apuntes personales de Pollock en la red por pura casualidad el mes pasado, cuando investigaba las interacciones entre los fluidos y las rocas para el próximo trabajo, el de las megaplumas. De lo contrario, nunca habría sabido nada de ella.

—La teoría no se ha publicado porque es ridícula —sentenció Corky—. Para que se formen cóndrulos hace falta calor, y es imposible que la presión del agua pueda modificar la estructura cristalina de una roca.

—Resulta que la presión es la fuerza que más ha contribuido a los cambios geológicos en nuestro planeta —espetó Xavia—. ¿Sabe lo que es una roca metamórfica? ¿*Geology 101*?

Corky la miró con cara de pocos amigos, y Tolland se dio cuenta de que Xavia tenía razón. Aunque ciertamente el calor desempeñaba un papel en parte de la geología metamórfica de la Tierra, la mayoría de las rocas metamórficas se formaban debido a una presión extrema. Por increíble que pudiera parecer, las rocas que se hallaban a gran profundidad en la corteza terrestre estaban sometidas a tanta presión que actuaban más como melaza espesa que como una roca sólida, tornándose elásticas y sufriendo modificaciones químicas al hacerlo. Así y todo, la teoría del doctor Pollock parecía ir demasiado lejos.

—Xavia, nunca había oído que la presión del agua por sí sola pudiera alterar químicamente una roca —observó Tolland—. Tú eres la geóloga, ¿qué opinas?

—Bien —respondió ella mientras hojeaba las notas—, por lo visto la presión del agua no es el único factor. —Dio con un pasaje y leyó textualmente las notas de Pollock—: «La corteza oceánica de la fosa de las Marianas, que ya de por sí se halla sometida a una gran presión hidrostática, se puede ver más comprimida si cabe por fuerzas tectónicas procedentes de las zonas de subducción del lugar.»

«Claro», pensó él. La fosa de las Marianas, además de estar aplastada por once kilómetros de agua, era una zona de subducción: la línea de compresión donde las placas del Pacífico y el Índico avanzaban la una hacia la otra y colisionaban. La combinación de presiones en la fosa podía ser enorme, y como la zona era tan remota y su estudio podía resultar peligroso, si allí abajo había cóndrulos, las probabilidades de que alguien lo supiera eran muy escasas.

Xavia siguió leyendo:

—«La combinación de las presiones hidrostática y tectónica podría obligar a la corteza a adoptar un estado elástico o semilíquido, lo que permitiría que elementos más ligeros se fundieran en estructuras similares a cóndrulos que se pensaba que sólo se daban en el espacio.»

Corky revolvió los ojos.

—Imposible.

Tolland miró a su amigo.

—¿Existe alguna explicación alternativa para los cóndrulos que encontró el doctor Pollock en su roca?

—Muy fácil —replicó Corky—. Pollock encontró un meteorito. Los meteoritos caen al océano todo el tiempo. Pollock no sospechó que se trataba de un meteorito porque la corteza de fusión se habría erosionado al haber pasado tantos años bajo el agua y la haría parecer una roca normal y corriente. —A continuación se dirigió a la geóloga—: Supongo que a Pollock no se le ocurrió medir el contenido de níquel, ¿a que no?

—Pues sí —replicó ella al tiempo que pasaba de nuevo las páginas—. Pollock dice: «Me sorprendió comprobar que el contenido de níquel de la muestra se situaba en un valor medio que no acostumbra a asociarse a las rocas terrestres.»

Tolland y Rachel se miraron asustados.

Xavia continuó leyendo:

—«Aunque la cantidad de níquel no se sitúa entre los valores medios que suelen considerarse aceptables para determinar un origen meteórico, se aproxima mucho.»

Rachel parecía preocupada.

—¿Cuánto se aproxima? ¿Podría confundirse esta roca oceánica con un meteorito?

La mujer negó con la cabeza.

—No soy petróloga ni química pero, que yo sepa, existen numerosas diferencias desde el punto de vista químico entre la roca que encontró Pollock y los meteoritos.

—¿Cuáles son esas diferencias? —se interesó Tolland.

Xavia centró su atención en un gráfico de las notas.

—Según esto, una de ellas estriba en la estructura química de los propios cóndrulos. Por lo visto, la proporción de titanio y zirconio difiere. En el caso de los cóndrulos de la muestra oceánica, esa proporción presentaba muy poco zirconio. —Levantó la vista—. Tan sólo dos partes por millón.

—¿Dos ppm? —repitió Corky—. ¡Los meteoritos tienen miles de veces más!

—Exacto —contestó ella—. Razón por la cual Pollock cree que los cóndrulos de esa muestra no proceden del espacio.

Tolland se echó hacia adelante y le susurró a Corky:

—¿Por casualidad midió la NASA la proporción de titanio y zirconio de la roca de Milne?

—Naturalmente que no —farfulló su amigo—. Nadie mediría nunca eso. Es como ver un coche y medir el contenido de caucho de los neumáticos para confirmar que se está viendo un coche.

Tolland profirió un suspiro y miró de nuevo a Xavia.

—Si te damos una muestra de roca con cóndrulos, ¿podrías analizarla para determinar si esas inclusiones son cóndrulos meteóricos o... una de esas rocas de las que habla Pollock?

Ella se encogió de hombros.

—Supongo que sí. La precisión de la microsonda electrónica debería bastar. Pero ¿a qué viene todo esto?

Tolland se volvió hacia Corky.

—Dásela.

El aludido se sacó la muestra del bolsillo a regañadientes y se la ofreció a la geóloga, que frunció la frente al cogerla. Observó la corteza de fusión y el fósil.

—¡Dios mío! —exclamó al alzar la cabeza—. ¿No será parte del...?

—Sí —afirmó Tolland—. Por desgracia lo es.

Capítulo 106

A solas en su despacho, Gabrielle Ashe estaba de pie junto a la ventana, preguntándose qué hacer a continuación. Hacía menos de una hora había salido del edificio de la NASA con unas ganas locas de compartir con el senador el fraude del PODS que le había revelado Chris Harper.

Ahora, sin embargo, ya no estaba tan segura.

Según Yolanda, dos periodistas independientes de la ABC sospechaban que Sexton aceptaba sobornos de la SFF. Además, acababa de enterarse de que el senador sabía que se había colado en su apartamento durante la reunión con la SFF y no le había dicho nada.

Suspiró. El taxi se había marchado hacía tiempo, y aunque iba a llamar otro dentro de unos minutos, sabía que primero tenía que hacer una cosa.

«¿De verdad voy a hacer esto?»

Gabrielle frunció el ceño, a sabiendas de que no tenía elección. Ya no sabía en quién confiar.

Al salir del despacho volvió a la zona de secretaría y salió a un ancho corredor del lado opuesto. Al fondo vio las macizas puertas de roble del despacho del senador, flanqueadas por dos banderas: la de Estados Unidos, la Old Glory, a la derecha, y la de Delaware a la izquierda. Las puertas, al igual que las de la mayoría de los despachos de senadores del edificio, estaban reforzadas con acero y protegidas mediante llaves convencionales, un código numérico electrónico y un sistema de alarma.

Sabía que si lograba entrar, aunque sólo fuese unos minutos, tendría todas las respuestas. Mientras avanzaba hacia las seguras puertas no se hacía ilusiones de poder franquearlas. El plan era otro.

A unos tres metros del despacho de Sexton, dobló a la derecha y entró en el servicio de señoras. Los fluorescentes se encendieron de forma automática, reverberando con dureza en los azulejos blancos. Cuando sus ojos se hubieron acostumbrado a la claridad, Gabrielle se detuvo al verse en el espejo. Como de costumbre, sus rasgos parecían más dulces de lo que esperaba, casi delicados. Ella siempre se sentía más fuerte de lo que parecía.

«¿Seguro que estás dispuesta a hacer esto?»

Sabía que el senador aguardaba con impaciencia su llegada para que lo pusiera al corriente del PODS. Por desgracia, ahora ella también era consciente de que esa noche Sexton la había manipulado hábilmente. Y a Gabrielle Ashe no le gustaba que la mangonearan. Esa noche el senador le había ocultado cosas. La cuestión era cuántas. Y sabía que las respuestas se hallaban en su despacho, al otro lado de la pared del baño.

—Cinco minutos —dijo en voz alta mientras hacía acopio de valor.

Junto al armario de artículos de aseo y limpieza, alargó el brazo y pasó la mano por encima de la puerta. Al suelo cayó una llave tintineando. El personal de limpieza del Philip A. Hart trabajaba para el Estado y parecía desvanecerse cada vez que se declaraba cualquier huelga, dejando el baño sin papel ni tampones durante semanas. Las mujeres de la oficina de Sexton, hartas de que las pillaran desprevenidas, habían tomado cartas en el asunto y se habían hecho con una llave del armario para emergencias.

«Y esta noche es una emergencia», pensó.

Abrió el armario.

Éste estaba abarrotado, lleno de detergentes, fregonas y estantes con papel higiénico. Hacía un mes, mientras buscaba toallitas de papel, Gabrielle había hecho un descubrimiento excepcional. Incapaz de llegar a la balda más alta, se había servido de una escoba para hacer caer un rollo. Al realizar dicha operación tiró un panel del techo. Cuando se disponía a colocarlo, se sorprendió al oír la voz de Sexton.

Clara como la luz del día.

Por el eco dedujo que el senador estaba hablando solo mientras se hallaba en el cuarto de baño privado de su despacho, que al parecer estaba separado de ese armario por tan sólo unos paneles de fibra de quita y pon.

Ahora, de nuevo en el armario en busca de algo más que papel higiénico, Gabrielle se quitó los zapatos, trepó por los estantes, retiró el panel del techo y subió a pulso. «Para que luego hablen de la seguridad nacional», pensó, y se preguntó cuántas leyes estatales y federales estaría a punto de infringir.

Tras descolgarse por el techo del baño privado del senador, Gabrielle apoyó los pies, enfundados en un par de medias, en el frío lavabo de porcelana y después bajó al suelo. Contuvo la respiración y salió al despacho privado de Sexton.

Las alfombras orientales eran mullidas y cálidas.

Capítulo 107

A unos cincuenta kilómetros de allí, un helicóptero de combate Kiowa negro sobrevolaba a toda velocidad las copas de los pinos del norte de Delaware. Delta Uno comprobó las coordenadas en el sistema de navegación automático.

Aunque el dispositivo de transmisión del barco de Rachel y el teléfono móvil de Pickering estaban encriptados para proteger el contenido de la comunicación, interceptar dicho contenido no era el objetivo cuando la Delta Force captó la llamada que efectuó Rachel desde el mar. El objetivo era interceptar la posición, y los sistemas de posicionamiento global y la triangulación informatizada hacían que determinar las coordenadas de una transmisión fuese una tarea mucho más sencilla que descifrar el contenido de la llamada.

A Delta Uno siempre le divertía pensar que la mayoría de los usuarios de móviles no tenían ni idea de que cada vez que efectuaban una llamada un centro de interceptación gubernamental, si así lo quería, podía detectar su posición con un margen de error de tres metros en cualquier lugar del planeta, una ligera pega que las compañías de telefonía móvil no anunciaban. Esa noche, una vez la Delta Force logró acceder a las frecuencias de recepción del móvil de William Pickering, pudo localizar fácilmente las coordenadas de las llamadas entrantes.

Ahora, cuando volaban directos al objetivo, Delta Uno se hallaba a poco más de treinta kilómetros.

—¿Sombrilla protectora lista? —preguntó a Delta Dos, que manejaba el radar y el sistema de armas.

—Afirmativo. A la espera de situarnos en un radio de ocho kilómetros.

«Ocho kilómetros», pensó Delta Uno. Tenía que situar el aparato dentro del alcance del radar del objetivo con el fin de aproximarse lo bastante para poder utilizar los sistemas de armamento del Kiowa. No le cabía la menor duda de que alguien a bordo del *Goya* estaría vigilando nerviosamente el cielo, y como el cometido actual de la Delta Force era eliminar a los objetivos sin darles ocasión de pedir ayuda por radio, Delta Uno tenía que aproximarse a sus víctimas sin alarmarlas.

A unos veinticuatro kilómetros, aún fuera del alcance del radar, Delta Uno se desvió bruscamente treinta y cinco grados al oeste. Ascendió a casi novecientos metros, el radio de acción de un avión pequeño, y ajustó la velocidad a ciento diez nudos.

En la cubierta del *Goya,* el radar del helicóptero del servicio de guardacostas emitió un pitido cuando un nuevo contacto entró en el perímetro de los dieciséis kilómetros. El piloto se incorporó para escrutar la pantalla. El contacto parecía ser un pequeño avión de carga que se dirigía al oeste por la costa.

Probablemente a Newark.

Aunque la trayectoria del avión lo situaría a unos seis kilómetros del *Goya*, estaba claro que dicha trayectoria era casual. Así y todo, el piloto se mantuvo alerta y vio que la parpadeante mota describía una lenta línea a ciento diez nudos por la derecha de su campo de acción. En el punto más próximo, el aparato se hallaba a unos seis kilómetros al oeste. Tal y como era de esperar, el avión siguió avanzando y ahora se alejaba de ellos.

«Seis kilómetros y medio. Seis kilómetros y setecientos metros.»

El piloto respiró y se relajó.

Y entonces ocurrió algo de lo más extraño.

—Sombrilla protectora activada —anunció Delta Dos al tiempo que indicaba por señas que todo iba bien desde el control de armas, en el asiento de babor del Kiowa—. Cortina de fuego, ruido modulado y cobertura activados y sincronizados.

Delta Uno entró en acción y desplazó el aparato con fuerza a la derecha, situándolo en el mismo rumbo que el *Goya*. El radar del barco no detectaría dicha maniobra.

—Sin duda es mejor que las balas de papel de plata —afirmó Delta Dos.

Delta Uno coincidía con él. Las interferencias intencionadas se habían inventado en la segunda guerra mundial, cuando un avispado piloto británico comenzó a lanzar desde su avión balas de heno envueltas en papel de aluminio mientras llevaba a cabo misiones de bombardeo. El radar detectaba tantos contactos reflectantes que los alemanes no sabían a qué disparar. Desde entonces, las técnicas habían mejorado sustancialmente.

El sistema de interferencias —la sombrilla protectora— de a bordo del Kiowa era una de las armas electrónicas de combate más letales del ejército. Mediante el lanzamiento a la atmósfera de una sombrilla protectora de ruido de fondo sobre unas coordenadas de superficie determinadas, el Kiowa podía suprimir los ojos, los oídos y la voz de su objetivo. Hacía unos instantes, todas las pantallas de radar a bordo del *Goya* sin duda se habrían quedado en blanco. Cuando la tripulación se diera cuenta de que necesitaba pedir ayuda ya no podría transmitir. En un barco todas las comunicaciones se realizaban por radio o por microondas, no había líneas de teléfono. Si el Kiowa se acercaba lo suficiente, todos los sistemas de comunicaciones del *Goya* dejarían de funcionar, las señales de portadora anuladas por la nube invisible de ruido térmico que el Kiowa lanzaba como si fuese un faro cegador.

«Un aislamiento perfecto —pensó Delta Uno—. No tienen defensas.»

Los objetivos habían logrado escapar fortuita y astutamente de la plataforma de hielo Milne, pero eso no volvería a pasar. Al decidir abandonar tierra firme, Rachel Sexton y Michael Tolland habían elegido mal. Sería la última decisión equivocada que tomaran.

En la Casa Blanca, Zach Herney se sentía aturdido cuando se incorporó en la cama teléfono en mano.

—¿Ahora? ¿Que Ekstrom quiere hablar conmigo ahora? —Herney volvió a mirar de reojo el reloj de la mesilla: «Las 3.17.»

—Sí, señor presidente —repuso el oficial de comunicaciones—. Dice que es una emergencia.

Capítulo 108

Mientras Corky y Xavia se ocupaban de la microsonda electrónica para medir el contenido de zirconio de los cóndrulos, Rachel siguió a Tolland por el laboratorio hasta llegar a un cuarto contiguo. Una vez allí, Tolland encendió otro ordenador. Por lo visto el oceanógrafo quería comprobar una cosa más.

Mientras se encendía el aparato, Tolland se volvió hacia Rachel como si quisiera decirle algo. Se detuvo.

—¿De qué se trata? —inquirió ella, y se sorprendió al darse cuenta de lo mucho que la atraía físicamente, incluso en medio de todo ese caos. Deseó poder dejarlo todo de lado y estar con él... sólo un minuto.

—Te debo una disculpa —afirmó Tolland con gesto de arrepentimiento.

—¿Por qué?

—En cubierta. Los tiburones martillo. Estaba entusiasmado. A veces olvido lo intimidatorio que puede resultarles el océano a muchas personas.

Allí, frente a él, Rachel se sentía como una adolescente remoloneando a la puerta de casa con un novio nuevo.

—Gracias. No pasa nada. De veras. —Algo en ella le decía que Tolland quería besarla.

Al cabo de un instante él se apartó tímidamente.

—Lo sé. Quieres llegar a tierra firme. Deberíamos ponernos manos a la obra.

—Por el momento. —Rachel sonrió con dulzura.

—Por el momento —repitió él al tiempo que se sentaba delante del ordenador.

Rachel soltó el aire, estaba tras él, muy cerca, saboreando la intimidad del pequeño laboratorio. Vio que Tolland se desplazaba por unos archivos.

—¿Qué estamos haciendo?

—Comprobando la base de datos en busca de piojos oceánicos de gran tamaño. Quiero ver si podemos encontrar fósiles marinos prehistóricos que se parezcan a lo que vimos en el meteorito de la NASA.

Abrió un motor de búsqueda en cuya parte superior se podía leer en negrita: «PROYECTO DIVERSITAS.»

Mientras recorría los menús, Tolland explicó:

—El Diversitas básicamente es un índice de datos biológicos oceánicos que se actualiza constantemente. Cuando un biólogo marino descubre una especie o fósil oceánico nuevo puede anunciar y compartir el hallazgo subiendo datos y fotos a una base de datos central. Dada la cantidad de datos nuevos que se descubren todas las semanas, ésta es la única forma de mantener al día la investigación.

Rachel vio que Tolland se desplazaba por los menús.

—Así que ahora te estás conectando a la red, ¿no?

—No, el acceso a Internet es complicado en el mar. Almacenamos todos estos datos a bordo en un montón de unidades ópticas que están en la otra habitación. Cada vez que llegamos a un puerto entramos en Proyecto Diversitas y actualizamos nuestra base de datos con los últimos hallazgos. De esta forma podemos acceder a los datos en el mar sin necesidad de conectarnos a la red, y siempre actualizamos los datos en el plazo de uno o dos meses como mucho. —Tolland soltó una risita mientras comenzaba a teclear palabras clave para iniciar la búsqueda en el ordenador—. Seguro que has oído hablar del Napster, el polémico programa de distribución de archivos de música.

Ella asintió.

—El Diversitas se considera la versión del Napster del biólogo marino. Nosotros lo llamamos BICHO: Biólogos que Comparten Hazañas Oceánicas.

Rachel rompió a reír. Incluso en una situación tan tensa como ésa, Michael Tolland hacía gala de un humor irónico que aplacaba sus temores. Empezaba a darse cuenta de que últimamente se había reído muy poco.

—Nuestra base de datos es enorme —afirmó él mientras terminaba de introducir las palabras necesarias—. Más de diez terabites de descripciones y fotos. Aquí hay información que no se ha visto nunca... ni se verá. Las especies oceánicas son sencillamente demasiado numerosas. —Le dio al botón de «Buscar»—. Bien, veamos si alguien ha visto alguna vez un fósil oceánico similar a nuestro bichejo espacial.

Al cabo de unos segundos la pantalla cambió y mostró cuatro entradas de animales fosilizados. Tolland las fue abriendo una por una y examinó las fotos. Ninguna era ni remotamente parecida a los fósiles del meteorito de Milne.

Frunció el entrecejo.

—Vamos a probar otra cosa. —Suprimió la palabra «fósil» de la cadena e inició la búsqueda—. Lo intentaremos con todas las especies vivas. Puede que encontremos a un descendiente vivo que comparta alguna de las características fisiológicas con el fósil de Milne.

La pantalla cambió.

Y Tolland volvió a mirar ceñudo. El ordenador mostraba cientos de entradas. Permaneció un instante acariciándose el mentón, ahora oscurecido por una barba incipiente.

—Bien, esto es demasiado. Habrá que pulir la búsqueda.

Rachel lo vio entrar en un menú desplegable llamado «Hábitat». La lista de opciones parecía interminable: charca residual de marea, marisma, laguna, arrecife, dorsal del centro del océano, chimeneas sulfurosas. Tolland fue bajando por la lista y se decidió por una opción que decía: «Márgenes de placa destructivos/Fosas oceánicas.»

«Muy listo», pensó ella. Estaba restringiendo la búsqueda a especies que vivían cerca del hábitat donde hipotéticamente se formaban esas características similares a los cóndrulos.

Se abrió una nueva página, y Tolland sonrió.

—Estupendo. Sólo hay tres entradas.

Rachel entornó los ojos al ver el primer nombre de la lista. «*Limulus poly...* algo.»

Cuando Tolland hizo clic en él, apareció una foto. La criatura parecía un cangrejo herradura descomunal desprovisto de cola.

—Nada —afirmó Tolland mientras volvía a la página anterior.

Rachel vio el segundo nombre del listado: «*Gambus feus del infiernus.*» Se quedó desconcertada.

—¿Ese nombre es real?

Él soltó una risita.

—No. Se trata de una especie nueva que aún no ha sido clasificada. El tipo que la descubrió tiene sentido del humor. Sugiere *Gambus feus* como clasificación taxonómica oficial. —Abrió la foto, que era de una criatura extraordinariamente fea semejante a una gamba, con bigotes y antenas rosadas fluorescentes—. El nombre es bueno —aprobó—, pero no es nuestro bicho del espacio. —Volvió al índice—. La última opción es... —Hizo clic en la tercera entrada y se abrió la página—. *Bathynomous giganteus...* —comenzó a leer en voz alta a medida que iba surgiendo el texto. La fotografía se cargó, un primer plano a todo color.

Rachel dio un respingo.

—¡Dios mío!

La criatura que le devolvía la mirada le produjo escalofríos.

Tolland respiró profundamente.

—Madre mía. Este amiguito me suena.

Rachel asintió, sin palabras. *Bathynomous giganteus*. La criatura, similar a un piojo nadador enorme, era muy parecida a la especie fosilizada del meteorito de la NASA.

—Hay algunas diferencias sutiles —apuntó él mientras pasaba a ver algunos esquemas y dibujos anatómicos—. Pero se parece un montón, sobre todo teniendo en cuenta que ha tenido ciento noventa millones de años para evolucionar.

«Se parece un montón, sí —pensó ella—. Se parece demasiado.»

Tolland leyó la descripción que se presentaba en pantalla:

—«Considerada una de las especies más antiguas del océano, el *Bathynomous giganteus*, una especie poco común de reciente clasificación, es un isópodo carroñero que habita en aguas profundas y se asemeja a una cochinilla de gran tamaño. Con una longitud que puede llegar a superar el medio metro, dicha especie presenta un exoesqueleto armado quitinoso segmentado en cabeza, tórax y abdomen, posee apéndices pareados, antenas y ojos compuestos como los de los insectos terrestres. A este carroñero no se le conocen depredadores y vive en el lecho marino, en áridas regiones pelágicas que anteriormente se creían inhabitables.» —Tolland alzó la vista—. Lo que podría explicar la ausencia de otros fósiles en la muestra.

Rachel clavó la vista en la criatura de la pantalla, nerviosa y sin embargo sin terminar de saber si entendía bien lo que significaba todo aquello.

—Imagina que hace ciento noventa millones de años unas crías de estos *Bathynomous* acabaron enterradas en un corrimiento de barro en las profundidades oceánicas

—aventuró un alterado Tolland—. Cuando el barro se torna roca, los isópodos quedan fosilizados en ella. Al mismo tiempo el lecho oceánico, que se mueve continuamente como una lenta cinta transportadora hacia las fosas marinas, lleva los fósiles a una zona de alta presión donde la roca forma cóndrulos. —Ahora hablaba más de prisa—. Y si parte de la corteza fosilizada y con cóndrulos se desprendió y fue a parar al prisma de acreción de la fosa, lo que no es nada del otro jueves, se encontraría en una posición perfecta para ser descubierta.

—Pero si la NASA... —balbució Rachel—. Es decir, si todo esto es una mentira, la NASA debía de saber que antes o después alguien averiguaría que este fósil se parece a una criatura marina, ¿no? Me refiero a que nosotros acabamos de averiguarlo.

Tolland se puso a imprimir las fotos del *Bathynomous* en una impresora láser.

—No lo sé. Aunque alguien se atreviera a señalar las similitudes existentes entre los fósiles y un piojo marino vivo, la fisiología no es idéntica. Casi pone más de manifiesto los argumentos de la NASA.

De pronto ella lo comprendió.

—La panspermia.

«La vida en la Tierra se originó gracias a semillas procedentes del espacio.»

—Exacto. Las semejanzas entre organismos espaciales y terrestres tienen pleno sentido desde el punto de vista científico. A decir verdad, este piojo marino refuerza los argumentos de la agencia.

—A no ser que se cuestione la autenticidad del meteorito.

Tolland asintió.

—Una vez se pone en duda esa autenticidad, todo se viene abajo. Nuestro piojo marino pasa de ser el amigo de la NASA a ser el ancla de la NASA.

Rachel guardó silencio mientras las páginas del *Bathynomous* salían por la impresora. Intentó convencerse de que todo aquello era un error no intencionado de la agencia, pero sabía que no era así. Quienes cometían errores no intencionados no trataban de matar a la gente.

De pronto en el laboratorio resonó la voz nasal de Corky.

—¡Imposible!

Tanto Tolland como Rachel se volvieron.

—¡Vuelva a medir la maldita cantidad! ¡No tiene sentido!

Xavia llegó corriendo con una copia impresa de ordenador en la mano, pálida.

—Mike, no sé cómo decir esto... —La voz se le quebró—. Las proporciones de titanio y zirconio que estamos analizando en la muestra... —Se aclaró la garganta—. Está bastante claro que la NASA cometió un tremendo error. El meteorito es una roca oceánica.

Tolland y Rachel se miraron, pero ninguno dijo nada. Lo sabían. De pronto todas las sospechas y las dudas habían alcanzado su punto más alto, como la cresta de una ola que no tardará en romper.

Tolland asintió con la tristeza reflejada en sus ojos.

—Ya. Gracias, Xavia.

—Pero no lo entiendo —respondió ésta—. La corteza de fusión..., el hecho de que se encontrara en el hielo...

—Te lo explicaremos camino de tierra firme —contestó él—. Nos vamos.

Rachel cogió a toda prisa los papeles y las pruebas que tenían. Las pruebas eran sumamente concluyentes: la copia del GPR que mostraba el pozo de inserción en la plataforma Milne, las fotos de un piojo marino vivo semejante al fósil de la NASA, el artículo del doctor Pollock sobre los cóndrulos oceánicos y los datos de la microsonda que reflejaban la escasez de zirconio en el meteorito.

La conclusión era innegable: «Es un fraude.»

Tolland miró el montón de papeles que llevaba Rachel y exhaló un suspiro melancólico.

—Bueno, yo diría que William Pickering ya tiene las pruebas que quería.

Ella asintió y se preguntó de nuevo por qué su jefe no le había cogido el móvil.

Tolland levantó el auricular de un teléfono cercano y se lo ofreció.

—¿Quieres probar de nuevo desde aquí?

—No. Vámonos. Intentaré localizarlo desde el helicóptero.

Ya había decidido que si no podía ponerse en contacto con Pickering, le pediría al servicio de guardacostas que los llevara directamente a la NRO, que se encontraba a menos de trescientos kilómetros de allí.

Tolland se disponía a colgar, pero se detuvo. Perplejo, se llevó el auricular a la oreja y frunció el ceño.

—Qué raro. No da tono.

—¿A qué te refieres? —preguntó una recelosa Rachel.

—Es extraño —contestó él—. Las líneas directas de Comsat nunca...

—¿Señor Tolland? —El piloto del servicio de guardacostas entró en el laboratorio a la carrera, blanco como el papel.

—¿Qué sucede? —espetó Rachel—. ¿Viene alguien?

—Ése es el problema —contestó el hombre—. No lo sé. Tanto el radar como los sistemas de comunicaciones de a bordo han dejado de funcionar.

Rachel se metió los papeles por dentro de la camisa.

—¡Todo el mundo al helicóptero! Nos vamos. ¡Ahora mismo!

Capítulo 109

El corazón de Gabrielle latía a toda velocidad cuando atravesó a oscuras el despacho del senador Sexton. La habitación era tan grande como elegante: paneles de madera ornamentada en las paredes, óleos, alfombras persas, sillas de piel con remaches y un inmenso escritorio de caoba. La estancia únicamente estaba iluminada por el inquietante brillo de neón que despedía la pantalla del ordenador de Sexton.

Gabrielle se dirigió a la mesa.

El entusiasmo que la oficina digital había despertado en el senador Sexton había adquirido unas proporciones descomunales, renunciando éste al exceso de archivadores en favor de la simplicidad compacta y fácil de consultar de su ordenador personal, en el que guardaba cantidades ingentes de información: apuntes de reuniones digitalizados, artículos escaneados, discursos, tormentas de ideas. El ordenador era sagrado para el senador, que mantenía el despacho cerrado a cal y canto en todo momento para protegerlo. Incluso se negaba a conectarse a Internet por miedo a que los piratas informáticos pudieran violar su sagrada cámara acorazada digital.

Hacía un año, Gabrielle jamás habría creído que ningún político fuera lo bastante tonto como para almacenar copias de documentos autoincriminatorios, pero Washington le había enseñado muchas cosas. «La información es poder.» La joven se quedó asombrada al saber que una práctica habitual entre los políticos que aceptaban contribuciones cuestionables para sus campañas consistía en conservar pruebas fehacientes de dichos donativos —cartas, extractos bancarios, diarios— ocultas en un lugar seguro. La táctica del contrachantaje, que en Washington se conocía con el eufemismo de «seguro siamés», protegía a los candidatos de donantes que sentían que su generosidad de algún modo los autorizaba a presionar políticamente en exceso a un candidato. Si un donante se volvía demasiado exigente, el candidato sencillamente podía presentar las pruebas de la donación ilegal y recordarle al donante que ambas partes habían infringido la ley. Dichas pruebas garantizaban que candidatos y donantes estuvieran unidos para siempre por la cadera: como siameses.

Gabrielle se deslizó tras el escritorio del senador y se sentó. Luego respiró profundamente y miró el ordenador. «Si el senador está aceptando sobornos de la SFF, cualquier prueba estará aquí.»

El salvapantallas del ordenador de Sexton era una proyección continua de diapositivas de la Casa Blanca y sus jardines creada para él por uno de sus incondicionales, forofo de la visualización y el pensamiento positivo. Alrededor de las imágenes se veía una banda por la que se deslizaba siempre la misma leyenda: «Presidente de Estados Unidos Sedgewick Sexton... Presidente de Estados Unidos Sedgewick Sexton... Presidente de...»

Gabrielle movió el ratón y apareció un recuadro de seguridad.

INTRODUCIR CONTRASEÑA

Era algo que esperaba, pero no sería un problema. La semana anterior Gabrielle había entrado en el despacho de Sexton justo cuando éste se estaba sentando y encendiendo el ordenador, de forma que lo vio pulsar tres teclas rápidamente.

—¿Eso es una contraseña? —cuestionó desde la puerta al entrar.

El senador levantó la vista.

—¿Qué?

—Y yo que pensaba que le preocupaba la seguridad —lo reprendió Gabrielle con afabilidad—. ¿Su contraseña sólo tiene tres letras? Creía que los técnicos nos habían dicho que utilizáramos al menos seis.

—Esos chicos son adolescentes. Deberían intentar acordarse de seis letras al azar cuando superen la cuarentena. Además, la puerta tiene alarma. No puede entrar nadie.

Gabrielle se dirigió hacia él sonriendo.

—¿Y si se cuela alguien mientras usted está en el servicio?

—¿Y probar con todas las combinaciones posibles? —Rió con escepticismo—. Soy lento en el cuarto de baño, pero no tanto.

—Una cena en Davide a que adivino su contraseña en diez segundos.

A Sexton le intrigó y le divirtió la apuesta.

—Usted no puede permitirse una cena en Davide, Gabrielle.

—Así que es usted un gallina.

Sexton casi pareció sentirlo por ella cuando aceptó el desafío.

—¿Diez segundos? —Salió del sistema y le indicó a Gabrielle que se sentara y lo intentara—. Sabe que en Davide sólo pido *saltimbocca*. Y no es barato.

Ella se encogió de hombros al sentarse.

—Es su dinero.

Introducir contraseña

544

—Diez segundos —le recordó él.

Gabrielle no pudo evitar reírse: sólo le harían falta dos. Incluso desde la puerta había visto que Sexton había introducido la contraseña rápidamente, utilizando sólo el dedo índice. «Está claro que es la misma letra. Nada sensato.» También reparó en que tenía la mano en el extremo izquierdo del teclado, lo que reducía el alfabeto a unas nueve letras. Escoger la letra fue fácil: a Sexton siempre le había gustado la triple aliteración de su nombre: senador Sedgewick Sexton.

«No subestimes nunca el ego de un político.»

Tecleó «SSS» y el salvapantallas se esfumó.

El senador se quedó boquiabierto.

Eso había sido la semana anterior. Ahora, de nuevo ante el ordenador, Gabrielle estaba segura de que Sexton no se habría molestado aún en averiguar cómo se cambiaba la contraseña. «¿Por qué iba a hacerlo? Confía en mí sin reservas.»

Tecleó «SSS».

ERROR DE CONTRASEÑA. ACCESO DENEGADO

Gabrielle se quedó de piedra.

Por lo visto había sobrestimado la confianza que el senador había depositado en ella.

Capítulo 110

El ataque se produjo sin previo aviso. Volando bajo por el suroeste, sobre el *Goya*, la letal silueta de un helicóptero de ataque se les echó encima como si fuese una avispa gigante. Rachel no tenía ninguna duda de lo que era ni de por qué se encontraba allí.

Atravesando la oscuridad, una ráfaga rápida procedente del morro del aparato lanzó una lluvia de balas a la cubierta de fibra de vidrio del *Goya*, dibujando una línea de puntos en la popa. Rachel se puso a cubierto demasiado tarde y notó el roce abrasador de una bala en el brazo. Se tiró al suelo con decisión, rodó sobre su cuerpo y pugnó por situarse tras la bulbosa cúpula transparente del Triton.

Sobre su cabeza se oyó un rugido de motores cuando el helicóptero se abatió sobre el barco. El ruido cesó con un espeluznante silbido cuando el aparato se elevó hasta el cielo sobre el océano e inició la maniobra para efectuar una segunda pasada.

Temblando en cubierta, Rachel se agarró el brazo y miró a Tolland y a Corky. Ambos hombres, que al parecer se habían protegido tras una estructura de almacenaje, se estaban levantando, tambaleándose con los ojos escrutando el cielo con pavor. Rachel se puso de rodillas. De pronto el mundo entero parecía estar moviéndose a cámara lenta.

Agazapada detrás de la curvatura transparente del sumergible, Rachel miró atemorizada su único medio de escape, el helicóptero del servicio de guardacostas. Xavia, que ya estaba subiendo a él, agitaba los brazos con vehemencia para que acudiera el resto. Rachel vio que el piloto se lanzaba hacia la cabina y accionaba interruptores y palancas como un loco. Las palas comenzaron a girar... lentamente.

Muy lentamente.

«¡De prisa!»

Rachel notó que se ponía de pie, dispuesta a salir corriendo, preguntándose si podría cruzar la cubierta antes de que sus atacantes efectuaran otra pasada. A su espalda oyó que Corky y Tolland salían disparados hacia ella y el helicóptero que esperaba. «¡Sí! ¡De prisa!»

Entonces lo vio.

A unos cien metros, en lo alto del cielo y surgido como de la oscura nada, un haz de luz roja fino como un lápiz hendió la noche en busca de la cubierta del *Goya*. Cuando hubo encontrado su objetivo el haz se detuvo en un lateral del helicóptero del servicio de guardacostas.

Rachel sólo tardó un instante en comprender lo que estaba viendo. En ese horrible momento sintió que toda la acción que se estaba desarrollando en la cubierta del *Goya* se desdibujaba en un *collage* de formas y sonidos. Tolland y Corky corriendo hacia ella, Xavia agitando los brazos en el helicóptero, el despiadado láser rojo atravesando el cielo nocturno.

Era demasiado tarde.

Se volvió hacia Corky y Tolland, que ahora se dirigían a toda velocidad hacia el aparato, y se interpuso en su camino con los brazos extendidos con la intención de detenerlos. El choque fue como si descarrilara un tren: los tres cayeron al suelo en una maraña de brazos y piernas.

A lo lejos apareció un destello de luz blanca. Sin dar crédito, horrorizada, Rachel vio que una línea completamente recta de fuego seguía la trayectoria del haz de láser hasta el helicóptero.

Cuando el misil Hellfire alcanzó el fuselaje, el helicóptero estalló en mil pedazos como si fuera de juguete. El calor y el ruido generados por la onda expansiva recorrieron estruendosamente la cubierta mientras caía una lluvia de metralla llameante. El esqueleto en llamas del helicóptero se desplomó sobre la destrozada cola, se tambaleó un momento y acto seguido cayó por la parte trasera del barco, yendo a parar al océano en una silbante nube de vapor.

Rachel cerró los ojos, incapaz de respirar. Oía el borboteo y el chisporroteo de los restos en llamas al hundirse, apartados del *Goya* por las fuertes corrientes. En medio del caos reinante se oyó la voz de Michael Tolland. Rachel sintió que sus poderosas manos intentaban ponerla en pie. Pero no podía moverse.

«El piloto del servicio de guardacostas y Xavia han muerto.

»Nosotros somos los siguientes.»

Capítulo 111

El tiempo en la plataforma de hielo Milne se había estabilizado, y la habisfera estaba tranquila. Así y todo, el administrador Lawrence Ekstrom ni siquiera había intentado dormir. Había pasado las horas a solas, recorriendo la cúpula, observando el pozo de extracción y pasando las manos por las estrías de la enorme roca carbonizada.

Finalmente había tomado una decisión.

Ahora se hallaba sentado ante el videoteléfono de la CPS de la habisfera, mirando los cansados ojos del presidente de Estados Unidos. Zach Herney, en albornoz, no estaba lo que se dice contento. Ekstrom era consciente de que lo estaría mucho menos cuando se enterase de lo que él tenía que contarle.

Cuando el administrador terminó de hablar, Herney parecía incómodo. Como si pensara que aún debía de estar demasiado dormido para haber entendido bien.

—Espere un momento —pidió el presidente—. Seguro que la conexión es mala. ¿Acaba de decirme que la NASA obtuvo las coordenadas del meteorito interceptando una llamada de radio de emergencia... y luego fingió que el PODS lo había encontrado?

A solas en la oscuridad, Ekstrom enmudeció, deseando poder despertar de esa pesadilla.

A todas luces el silencio no le sentó bien al presidente.

—Por el amor de Dios, Larry, ¡dígame que no es cierto!

Ekstrom tenía la boca seca.

—El meteorito se encontró, señor presidente. Eso es lo único que importa.

—Le he pedido que me dijera que eso no es cierto.

El silencio se tornó un sordo estruendo en los oídos de Ekstrom. «Tenía que contárselo —se dijo—. La cosa irá a peor antes de que se arregle.»

—El fallo del PODS lo estaba machacando en los sondeos, señor. Cuando interceptamos una transmisión de radio en la que se mencionaba un meteorito de gran tamaño alojado en el hielo, vimos la oportunidad de volver a la carga.

Herney parecía anonadado.

—¿Simulando un hallazgo del PODS?

—El PODS estaría en funcionamiento pronto, pero no lo bastante para ganar las elecciones. Los sondeos iban mal y Sexton estaba vapuleando a la NASA, así que...

—¿Se ha vuelto loco? Me ha mentido, Larry.

—Era una oportunidad única, señor, y decidí aprovecharla. Interceptamos la transmisión de radio del canadiense que descubrió el meteorito. El hombre murió en una tormenta. Nadie más sabía que el meteorito se encontraba allí. El PODS se hallaba orbitando en la zona. La NASA necesitaba una victoria. Teníamos las coordenadas.

—¿Por qué me cuenta esto ahora?

—Creo que debía saberlo.

—¿Sabe lo que haría Sexton con esta información si llegara a sus manos?

Ekstrom prefería no pensar en ello.

—Le diría al mundo que la NASA y la Casa Blanca mintieron al pueblo norteamericano. Y ¿sabe qué? Que tendría razón.

—Usted no mintió, señor, fui yo quien lo hizo. Y presentaré mi dimisión si...

—Larry, ésa no es la cuestión. He intentado basar este mandato en la verdad y la decencia, ¡maldita sea! Esta noche era limpia. Digna. Y ahora me entero de que he mentido al mundo.

—Sólo ha sido una mentirijilla, señor.

—No me venga con ésas, Larry —espetó Herney, furioso.

Ekstrom sintió que el pequeño espacio se estrechaba. Tenía muchas más cosas que contarle al presidente, pero entendió que sería mejor dejarlo para por la mañana.

—Siento haberlo despertado, señor. Sólo he pensado que debía saberlo.

Al otro lado de la ciudad, Sedgewick Sexton bebió otro trago de coñac y comenzó a dar vueltas por el apartamento con creciente irritación.

«¿Dónde demonios está Gabrielle?»

Capítulo 112

Sentada a oscuras al escritorio del senador Sexton, Gabrielle Ashe miró el ordenador con el ceño fruncido, abatida.

ERROR DE CONTRASEÑA. ACCESO DENEGADO

Había probado con otras contraseñas que se le antojaban probables, pero ninguna había funcionado. Tras registrar el despacho en busca de algún cajón sin cerrar o alguna pista, Gabrielle se había dado por vencida. Estaba a punto de marcharse cuando reparó en algo extraño que brillaba en el almanaque de Sexton. Alguien había trazado un círculo alrededor de la fecha de las elecciones con rotulador rojo, blanco y azul. Sin duda no el senador. Gabrielle acercó el calendario. Atravesada sobre la fecha se leía una palabra con ringorrangos entre exclamaciones: «¡POTUS!»

Por lo visto, la entusiasta secretaria del senador le había proporcionado una dosis adicional de pensamiento positivo fluorescente para el día de las elecciones. El acrónimo POTUS era el nombre en clave que daba el servicio secreto al presidente de Estados Unidos. El día de las elecciones, si todo iba bien, Sexton se convertiría en el nuevo POTUS.

Cuando se disponía a marcharse, Gabrielle dejó el almanaque en su sitio y se levantó. De pronto se detuvo y miró la pantalla.

Observó de nuevo el almanaque.

«POTUS.»

Y sintió un repentino rayo de esperanza. Algo en esa palabra le decía que era una contraseña perfecta para Sexton. «Sencilla, positiva, referida a sí mismo.»

Tecleó de prisa las letras.

«POTUS.»

Conteniendo la respiración, pulsó «Intro». El ordenador emitió un pitido.

Error de contraseña. Acceso denegado

Desanimada, Gabrielle se dio por vencida. Se dirigió hacia la puerta del cuarto de baño para salir por donde había entrado. Estaba a medio camino cuando sonó su móvil. Con los nervios ya de punta, el sonido la sobresaltó. Frenó en seco, sacó el teléfono y levantó la cabeza para ver qué hora era en el preciado reloj de pie de Jourdain del senador. «Casi las cuatro de la mañana.» A esa hora Gabrielle sabía que sólo podía tratarse de Sexton, que a todas luces estaría preguntándose dónde demonios se había metido. «¿Lo cojo o lo dejo sonar?» Si lo cogía, tendría que mentir. Pero si no lo cogía, el senador empezaría a desconfiar.

Descolgó.

—¿Diga?

—¿Gabrielle? —Sexton sonaba impaciente—. ¿Por qué está tardando tanto?

—El Monumento a Roosevelt —respondió ella—. El taxi se metió en un atasco y ahora...

—No parece que esté usted en un taxi.

—No —corroboró ella con el corazón latiéndole con fuerza—, no estoy en un taxi. Decidí pasarme por el despacho a coger unos documentos de la NASA que podrían ser relevantes para el PODS. Me está costando dar con ellos.

—Pues dese prisa. Quiero fijar una rueda de prensa para esta misma mañana y tenemos que discutir los pormenores.

—Iré lo antes posible —afirmó ella.

En la línea se hizo una pausa.

—¿Está en su despacho? —De repente Sexton parecía perplejo.

—Sí. Salgo dentro de diez minutos.

Otra pausa.

—Muy bien. Hasta luego.

Gabrielle colgó, demasiado preocupada para reparar en el ruidoso e inconfundible triple tic del preciado reloj de pie de Jourdain del senador, que se hallaba a escasos metros.

Capítulo 113

Michael Tolland no se dio cuenta de que Rachel estaba herida hasta que vio la sangre del brazo cuando tiró de ella para refugiarse detrás del Triton. De su mirada catatónica dedujo que no sentía ningún dolor. Sin dejar de sujetarla, giró sobre sus talones para buscar a Corky. El astrofísico cruzó como pudo la cubierta para unirse a ellos con la mirada despavorida.

«Tenemos que ponernos a cubierto», pensó Tolland, aún sin ser plenamente consciente del horror de lo ocurrido. Instintivamente, sus ojos recorrieron las otras cubiertas. Todas las escaleras que conducían al puente eran exteriores, y el puente en sí, un cubo de cristal: un blanco transparente desde el cielo. Subir equivalía al suicidio, de manera que sólo quedaba una opción.

Durante un breve instante Tolland miró esperanzado el Triton, preguntándose si podrían refugiarse todos bajo el agua, lejos de las balas.

«Qué absurdo.» En el sumergible sólo cabía una persona y se tardaba diez minutos largos en bajar con el cabrestante el sumergible por la trampilla de la cubierta al océano, que quedaba casi diez metros más abajo. Además, sin las baterías y los compresores debidamente cargados, el Triton resultaría inservible en el agua.

—¡Ahí vienen! —chilló Corky con voz estridente, horrorizado mientras apuntaba al cielo.

Tolland ni siquiera se molestó en mirar. Señaló un

mamparo cercano, donde una rampa de aluminio descendía bajo las cubiertas. Por lo visto a Corky no hacía falta animarlo: salió corriendo con la cabeza baja hacia la abertura y desapareció por la rampa. Tolland rodeó con firmeza la cintura de Rachel y siguió su ejemplo. Ambos se desvanecieron bajo cubierta justo cuando el helicóptero regresó para coser el barco a balas.

Tolland ayudó a Rachel a bajar por la rampa enrejada hasta la plataforma suspendida del fondo. Cuando llegaron, notó que de pronto ella se ponía rígida. Se volvió, temiendo que hubiese sido alcanzada por una bala al rebotar.

Al verle el rostro supo que era otra cosa. Tolland siguió su aterrorizada mirada hacia abajo y comprendió en el acto.

Rachel permanecía inmóvil, sus piernas se negaban a avanzar. Tenía la vista clavada en el extraño mundo que tenía debajo.

Al ser un SWATH, el *Goya* no tenía casco, sino más bien travesaños, como un catamarán gigante. Acababan de bajar desde cubierta a una pasarela de rejilla suspendida sobre un abismo abierto a diez metros del enfurecido mar. El ruido era ensordecedor, resonaba en la parte inferior de la cubierta. El terror que Rachel sentía se veía acrecentado por el hecho de que los reflectores submarinos del barco seguían encendidos, arrojando una refulgencia verdusca que iluminaba las profundidades del océano justo debajo de ella. Se sorprendió observando seis o siete siluetas espectrales en el agua. Enormes tiburones martillo, las alargadas sombras nadando en el sitio contra la corriente: unos cuerpos gomosos que se doblaban a un lado y a otro.

Oyó la voz de Tolland.

—Rachel, estás bien. Mira al frente, yo estoy detrás de ti.

Tolland extendió los brazos desde atrás para hacerle soltar las manos, que se aferraban a la barandilla. Entonces, Rachel vio la gota de sangre carmesí que se deslizaba por su brazo y caía a través de la rejilla. Sus ojos la siguieron en su descenso al mar. Aunque no la vio entrar en contacto con el agua, supo cuándo había ocurrido exactamente, ya que de súbito los tiburones se volvieron al unísono sacudiendo la poderosa cola, chocando en un frenesí febril de dientes y aletas.

«Lóbulos olfativos telencefálicos incrementados... Pueden oler sangre incluso a un kilómetro y medio de distancia.»

—Mira al frente —repitió Tolland, la voz fuerte y tranquilizadora—. Yo estoy justo detrás.

Rachel notó sus manos en las caderas, instándola a avanzar. Apartando de su cabeza el vacío que se abría debajo, empezó a bajar por la pasarela. Arriba, en alguna parte, oyó de nuevo los rotores del helicóptero. Corky iba delante, tambaleándose en la pasarela como si fuera presa de un pánico etílico.

Su amigo le indicó a gritos:

—¡Ve hasta el travesaño del fondo, Corky! ¡Y baja la escalera!

Rachel vio adónde se dirigían. Delante había una serie de rampas zigzagueantes descendentes. A la altura del agua, una estrecha cubierta similar a un voladizo recorría el *Goya* a lo largo. De ella sobresalían varios muelles pequeños, suspendidos, que conformaban una especie de puerto deportivo en miniatura bajo el barco. Un letrero de gran tamaño decía:

ÁREA DE INMERSIÓN
Pueden emerger nadadores sin previo aviso
Embarcaciones: procedan con precaución

Rachel se figuró que Michael no pretendía que se zambulleran. Su miedo aumentó cuando él se detuvo junto a una hilera de contenedores de tela metálica que flanqueaba la pasarela. Al abrir las puertas quedaron a la vista trajes de buzo colgando, tubos, aletas, chalecos salvavidas y arpones. Antes de que ella pudiera protestar, Tolland metió la mano y cogió una pistola de bengalas.

—Vamos.

Volvían a moverse.

Más adelante Corky había llegado a las rampas e iniciado el descenso.

—¡Ya la veo! —gritó para hacerse oír con las embravecidas aguas, casi con alegría.

«¿Qué es lo que ve?», se preguntó Rachel mientras Corky recorría el estrecho puente. Lo único que ella veía era un océano infestado de tiburones que se hallaba peligrosamente cerca. Tolland la instó a continuar, y de pronto ella reparó en lo que tanto entusiasmaba a Corky. Al otro extremo de la plataforma había una pequeña motora amarrada. Corky echó a correr.

Rachel clavó la vista en ella. «¿Vamos a dejar atrás a un helicóptero en una motora?»

—Tiene una radio —explicó Tolland—. Y si podemos alejarnos lo bastante de las interferencias del helicóptero...

Rachel no oyó nada más. Acababa de ver algo que le había helado la sangre.

—Demasiado tarde —aseguró con voz bronca al tiempo que extendía un tembloroso índice.

«Se acabó...»

Cuando Tolland volvió la cabeza, supo en el acto que todo había terminado.

Al otro extremo del barco, como un dragón al acecho en

la boca de una cueva, el negro aparato había descendido y estaba frente a ellos. Por un instante pensó que iba a ir directo hacia ellos atravesando el centro del barco, pero el helicóptero comenzó a dibujar un ángulo, listo para apuntar.

Tolland siguió la dirección de los cañones. «¡No!»

Agachado junto a la motora para desatar las amarras, Corky levantó la cabeza justo cuando las ametralladoras, situadas en la parte inferior, abrieron un fuego atronador. Corky se tambaleó como si hubiese sido alcanzado y, a continuación, saltó la borda sin pensarlo dos veces y se refugió en la lancha, tendiéndose en el suelo para protegerse. Las armas enmudecieron, y Tolland vio que su amigo avanzaba hacia el interior de la motora. Tenía la parte inferior de la pierna derecha ensangrentada. Agazapado bajo el salpicadero, Corky extendió un brazo y fue palpando los mandos hasta dar con la llave. El motor Mercury de 250 CV cobró vida.

Un instante después, en el morro del helicóptero apareció un láser rojo que apuntaba a la motora con un misil.

Tolland reaccionó instintivamente, utilizando la única arma de que disponía.

La pistola de señales que tenía en la mano emitió un silbido cuando apretó el gatillo, y un rayo cegador salió disparado hacia el aparato trazando una trayectoria horizontal bajo el barco. Así y todo, Tolland intuyó que había actuado demasiado tarde. Cuando la veloz bengala se aproximaba a la parte frontal del helicóptero, el lanzamisiles de la parte inferior del aparato emitió su propio destello de luz. En el mismo instante en que salió despedido el misil, el helicóptero giró bruscamente y desapareció en el aire para esquivar la bengala.

—¡Cuidado! —chilló Tolland al tiempo que obligaba a Rachel a pegarse a la pasarela.

El misil erró el blanco, pasó rozando a Corky y recorrió el *Goya* cuan largo era hasta estrellarse contra la base

559

del travesaño, a diez metros por debajo de donde se encontraban Rachel y Tolland.

El sonido fue apocalíptico. De las aguas surgieron lenguas de llamas, fragmentos de metal retorcido salieron volando por los aires y cayeron a la pasarela. Metal contra metal mientras el barco se balanceaba y se equilibraba de nuevo, ligeramente ladeado.

Cuando el humo se hubo disipado, Tolland vio que uno de los cuatro travesaños principales del *Goya* había sufrido graves daños. Fuertes corrientes arrollaban el pontón, amenazando con partirlo. La escalera de caracol que descendía hasta la cubierta inferior parecía pender de un hilo.

—¡De prisa! —exclamó, instando a Rachel a que fuese hacia ella.

«Tenemos que bajar.»

Pero llegaron demasiado tarde: con un chasquido de rendición, la escalera se separó de la dañada estructura y cayó estrepitosamente al mar.

Sobrevolando el barco, Delta Uno forcejeó con los mandos del Kiowa y logró recuperar el control. Cegado momentáneamente por la bengala, se elevó por acto reflejo, haciendo que el misil Hellfire no diera en el blanco. Profiriendo una maldición, se situó sobre la proa del barco y se dispuso a bajar de nuevo para rematar el trabajo.

«Eliminen a todos los pasajeros.» Las órdenes del mando habían sido claras.

—¡Mierda! ¡Mira! —gritó Delta Dos desde el asiento posterior al tiempo que señalaba por la ventanilla—. ¡La lancha!

Delta Uno se volvió y vio que una acribillada lancha Crestliner se alejaba a toda velocidad del *Goya* y desaparecía en la oscuridad.

Tenía que tomar una decisión.

Capítulo 114

Las ensangrentadas manos de Corky asían el volante de la Crestliner Phantom 2100 mientras ésta volaba por el mar. Empujó la palanca a tope con la idea de alcanzar la mayor velocidad posible. Fue entonces cuando sintió el abrasador dolor. Bajó la cabeza y vio que la pierna derecha le sangraba a borbotones. Se mareó en el acto.

Apoyado en el volante, se volvió para mirar el *Goya*, deseando que el helicóptero lo siguiera. Con Tolland y Rachel atrapados en la pasarela, Corky no había podido llegar hasta ellos, y se había visto obligado a decidir rápidamente.

«Divide y vencerás.»

Corky sabía que si podía alejar el helicóptero lo suficiente del *Goya*, tal vez Tolland y Rachel lograran pedir ayuda por radio. Por desgracia, al volver la cabeza y ver el iluminado barco, Corky comprobó que el aparato seguía cernido allí, como si vacilara.

«Venga, cabrones, ¡seguidme!»

Pero el helicóptero no fue tras él, sino que viró sobre la popa del *Goya*, se alineó y descendió hasta posarse en la cubierta. «¡No!» Corky, que observaba horrorizado, se dio cuenta de que había dejado atrás a Tolland y a Rachel e iban a morir.

A sabiendas de que ahora tenía que ser él quien pidiera ayuda, buscó a tientas la radio en el salpicadero. La encendió. Nada. Ni luces ni estática. Subió el volumen al máximo. Nada. «¡Vamos!» A continuación soltó el volante y se agachó para echar un vistazo. Al hacerlo, sintió un dolor atroz en la pierna. Sus ojos se centraron en la radio: no podía creer lo que estaba viendo. Las balas habían hecho trizas el salpicadero y el dial estaba destrozado. De la parte delantera colgaban cables sueltos. Clavó la vista en ellos sin dar crédito.

«Maldita sea mi suerte...»

Debilitado, Corky se irguió, preguntándose si las cosas podrían ir peor. Al volver a mirar el *Goya* obtuvo la respuesta: dos soldados armados saltaban a la cubierta desde el aparato. Después el helicóptero despegó de nuevo y se dirigió hacia Corky a toda velocidad.

Éste se vino abajo. «Divide y vencerás.» Por lo visto no era el único al que se le había ocurrido la brillante idea esa noche.

Cuando Delta Tres echó a andar y se aproximó a la rampa de rejilla que llevaba a las áreas situadas bajo cubierta, oyó gritar a una mujer más abajo. Se volvió y le indicó a Delta Dos por señas que iba a bajar a echar un vistazo. Su compañero asintió y permaneció donde estaba para tener cubierto el nivel superior. Los dos hombres podían seguir en contacto mediante el CrypTalk; el sistema de interferencias del Kiowa dejaba abierto ingeniosamente un pequeño ancho de banda para que pudieran establecer sus propias comunicaciones.

Sin separarse del subfusil corto, Delta Tres avanzó sin hacer ruido hacia la rampa que llevaba a la zona inferior. Con la actitud vigilante propia de un asesino adiestrado, comenzó a bajar lentamente con el arma en ristre.

Debido a la inclinación la visibilidad era limitada, y Delta Tres se puso en cuclillas para ver mejor. Ahora oía los gritos con más nitidez. Continuó el descenso. Cuando iba por la mitad distinguió el retorcido laberinto de pasarelas que sobresalía de la parte inferior del *Goya*. Los gritos cobraron intensidad.

Entonces la vio. En medio de la pasarela, Rachel Sexton, asomada a la barandilla, llamaba desesperadamente a Michael Tolland mirando al agua.

«¿Tolland ha caído al agua? Tal vez durante el ataque.»

De ser así, el trabajo de Delta Tres sería más fácil incluso de lo que esperaba. Sólo tenía que bajar medio metro más y tendría el campo libre para abrir fuego. Sería coser y cantar. Lo único que le preocupaba vagamente era que Rachel se hallaba cerca de un contenedor de equipo abierto, lo que significaba que quizá tuviese una arma —un arpón o un fusil para tiburones—, aunque no tendría nada que hacer frente a su subfusil. Seguro de controlar la situación, Delta Tres dio un paso más con el arma en posición. Ahora casi veía perfectamente a Rachel Sexton. Levantó el subfusil.

«Un paso más.»

El movimiento vino de debajo, de la escalera. Delta Tres se quedó más perplejo que asustado al mirar y ver que Michael Tolland introducía una pértiga de aluminio entre sus pies. Aunque lo habían engañado, Delta Tres casi se rió del pobre intento de hacerlo tropezar.

Entonces notó que la punta de la barra le tocaba el talón.

Una oleada de dolor abrasador le recorrió el cuerpo cuando un impacto lacerante le reventó el pie derecho. Al perder el equilibrio, Delta Tres agitó los brazos y rodó por la escalera. El subfusil fue a parar ruidosamente a la rampa y cayó al agua cuando él se desplomó en la pasarela. Transido de dolor, se hizo un ovillo para tocarse el pie derecho, pero éste había desaparecido.

Tolland se situó en el acto sobre su agresor, en las manos aún sostenía la humeante lupara: un dispositivo de un metro y medio de longitud para abatir tiburones. La barra de aluminio contaba en la punta con un cartucho del calibre doce sensible a la presión, y servía para defenderse en caso de sufrir el ataque de un escualo. Tolland había vuelto a cargar la lupara y ahora apoyaba la dentada punta al rojo en la nuez del agresor. Éste yacía de espaldas como si estuviese paralizado y miraba a Tolland con una mezcla de ira, pasmo y sufrimiento.

Rachel subió por la pasarela a toda velocidad. El plan era que ella cogiese el arma del hombre, pero por desgracia el subfusil había ido a parar al océano.

El dispositivo de comunicación que llevaba el soldado al cinto crepitó. La voz que salía por él era robótica.

—¿Delta Tres? Responde. He oído un disparo.

El hombre no hizo ademán alguno de cogerlo.

Volvieron a oírse interferencias.

—¿Delta Tres? Confirma. ¿Necesitas apoyo?

Casi en el acto se oyó otra voz. También era robótica, pero se podía distinguir por el sonido de fondo, de un helicóptero.

—Aquí Delta Uno —dijo el piloto—. Voy tras la embarcación. Delta Tres, confirma. ¿Estás abajo? ¿Necesitas apoyo?

Tolland hundió la lupara en la garganta del hombre.

—Dígale al helicóptero que se aleje la lancha. Si mi amigo muere, usted muere.

El soldado hizo una mueca de dolor al llevarse a la boca el dispositivo. Luego miró directamente a Tolland cuando pulsó el botón y dijo:

—Aquí Delta Tres. Estoy bien. Acaba con la embarcación.

Capítulo 115

Gabrielle Ashe volvió al cuarto de baño privado del senador con la intención de regresar a su despacho. La llamada de Sexton la había puesto nerviosa. No cabía duda de que el senador había titubeado cuando ella le había dicho que estaba en su despacho, como si supiera de alguna forma que mentía. Fuera como fuese, no había podido acceder al ordenador de su jefe y ahora no sabía qué hacer.

«Sexton me espera.»

Cuando se encaramó al lavabo para alcanzar el techo, oyó que algo caía ruidosamente al suelo de baldosas. Al mirar le irritó descubrir que había tirado unos gemelos de Sexton que al parecer descansaban en el borde del lavabo.

«Déjalo todo tal y como estaba.»

Se bajó, cogió los gemelos y los puso sobre el lavabo. Cuando se disponía a subir de nuevo, se detuvo a mirarlos otra vez. Cualquier otra noche, Gabrielle los habría pasado por alto, pero esa noche el monograma llamó su atención. Como la mayoría de las cosas que llevaban grabadas las iniciales de Sexton, en los gemelos se distinguían dos letras entrelazadas: «SS.» Gabrielle recordó la contraseña inicial del ordenador: «SSS», luego el almanaque..., POTUS... y el salvapantallas de la Casa Blanca con su optimista banda eterna.

«Presidente de Estados Unidos Sedgewick Sexton... Presidente de Estados Unidos Sedgewick Sexton... Presidente de...»

Gabrielle se paró a pensar un momento. «¿Será posible que esté tan seguro de sí mismo?»

Con la certeza de que sólo le llevaría un segundo averiguarlo, volvió de prisa al despacho de Sexton, se situó tras el ordenador y tecleó una contraseña de siete letras.

«POTUSSS.»

El salvapantallas se desvaneció en el acto.

Ella clavó la vista en el monitor sin dar crédito.

«No subestimes nunca el ego de un político.»

Capítulo 116

Corky Marlinson ya no estaba al timón de la Crestliner Phantom mientras ésta hendía la noche. Sabía que la motora avanzaría en línea recta con o sin él al volante. «La trayectoria que ofrece menos resistencia...»

Corky se encontraba en la parte posterior de la lancha, que iba dando tumbos, tratando de evaluar los daños de la pierna. Una bala le había entrado por la parte anterior de la misma, rozándole la tibia. No había orificio de salida en la pantorrilla, de modo que dedujo que el proyectil debía de seguir alojado en la pierna. Revolvió en busca de algo para restañar la herida, pero no encontró nada: unas aletas, un tubo y un par de chalecos salvavidas. Ningún botiquín de primeros auxilios. Desesperado, Corky abrió un pequeño arcón y encontró algunas herramientas, trapos, cinta americana, gasolina y otros artículos de mantenimiento. Tras echar un vistazo a la ensangrentada pierna, se preguntó cuánto tendría que alejarse para salir del territorio de los tiburones.

«Muchísimo más que esto.»

Delta Uno volaba bajo sobre el océano mientras escrutaba la oscuridad en busca de la Crestliner. Tras suponer que la embarcación huida se dirigiría hacia la costa e intentaría poner la mayor distancia posible entre ella y el *Goya*, Delta Uno había seguido la trayectoria original que la motora había tomado al alejarse del barco.

«A estas alturas ya debería haberla dejado atrás.»

Por regla general, localizar la embarcación sólo sería cuestión de utilizar el radar, pero con los sistemas de interferencias del Kiowa generando una sombrilla de ruido térmico en varios kilómetros a la redonda, el radar no servía de nada, y no era buena idea desactivar el sistema de interferencias hasta que supiera que todos los que estaban a bordo del *Goya* habían muerto. Esa noche no se efectuaría ninguna llamada de emergencia desde ese barco.

«El secreto del meteorito morirá aquí.»

Por suerte Delta Uno contaba con otros medios de localización. Incluso con el extraño telón de fondo de aquel océano recalentado, rastrear la huella térmica de la motora era sencillo. Encendió el escáner térmico. A su alrededor el océano registraba una temperatura de treinta y cinco grados centígrados y, afortunadamente, las emisiones de un motor fueraborda de 250 CV a toda potencia alcanzaban una temperatura mucho mayor.

Corky Marlinson sentía la pierna y el pie entumecidos.

Sin saber qué más podía hacer, se había limpiado la herida con un trapo y la había vendado con numerosas vueltas de cinta americana. Cuando se quedó sin cinta, la pierna, del tobillo a la rodilla, estaba recubierta por un apretado envoltorio plateado. La hemorragia había cesado, aunque, así y todo, él tenía la ropa y las manos llenas de sangre.

Sentado en la Crestliner fugitiva, a Corky lo desconcertaba el hecho de que el helicóptero no lo hubiese encontrado todavía. Volvió la cabeza y escrutó el horizonte, esperando divisar el *Goya* a lo lejos y al helicóptero, pero, por extraño que pudiera parecer, no vio ninguno de los dos. Las luces del barco habían desaparecido. Estaba claro que no se había alejado tanto, ¿o sí?

De pronto albergó la esperanza de poder escapar. Tal vez lo hubieran perdido en la oscuridad. Tal vez pudiera alcanzar la costa.

Fue entonces cuando descubrió que la estela que dejaba la embarcación no era recta. Parecía curvarse poco a poco desde la trasera de la lancha, como si estuviese describiendo un arco en lugar de una línea recta. Perplejo, volvió la cabeza para seguir el arco que dibujaba la estela y concluyó que había trazado una curva gigantesca en el océano. Poco después lo vio.

Tenía el *Goya* a babor, a menos de un kilómetro. Horrorizado, Corky comprendió demasiado tarde cuál había sido su error. Sin nadie al timón, la proa de la lancha se había alineado una y otra vez con la dirección de la poderosa corriente: el flujo circular de la megapluma. «¡Me estoy moviendo en un puñetero círculo!»

Había vuelto al punto de partida.

Sabedor de que seguía dentro de la megapluma infestada de tiburones, recordó las desalentadoras palabras de Tolland: «Lóbulos olfativos telencefálicos incrementados. Los tiburones martillo pueden oler una gota de sangre incluso a un kilómetro y medio de distancia.» Se miró las ensangrentadas manos y la pierna envuelta en cinta americana.

El helicóptero no tardaría en dar con él.

Tras despojarse de la ropa ensangrentada, avanzó desnudo hacia la popa. A sabiendas de que ningún tiburón podría seguir el ritmo de la motora, se lavó lo mejor que pudo con el poderoso chorro de la estela.

«Una única gota de agua...»

Al incorporarse, expuesto por completo a la noche, supo que sólo podía hacer una cosa. En una ocasión había leído que los animales marcaban el territorio con orina porque el ácido úrico era el fluido con el olor más fuerte de todos cuantos excretaba el cuerpo humano.

«Más fuerte que la sangre», esperaba. Deseando haber tomado unas cervezas más esa noche, Corky apoyó la pierna herida en la borda e intentó orinar sobre la cinta americana. «¡Vamos! —Aguardó—. Nada como la presión de tener que mearte encima con un helicóptero pisándote los talones.»

Finalmente lo consiguió y orinó sobre la cinta, empapándola por completo. Utilizó el poco líquido que le quedaba en la vejiga para embeber un trapo, que acto seguido se pasó por todo el cuerpo. «Muy agradable.»

En el oscuro cielo apareció un haz rojo que pendía sobre él como la reluciente hoja de una guillotina enorme. El helicóptero surgió desde un ángulo oblicuo. El piloto parecía confuso al ver que había vuelto al *Goya*.

Después de ponerse a toda prisa un chaleco salvavidas de gran flotabilidad, Corky se situó en la parte posterior de la veloz embarcación. En el ensangrentado piso de la lancha, a metro y medio escaso de donde se hallaba él, se dibujó un brillante punto rojo.

Había llegado el momento.

A bordo del *Goya*, Michael Tolland no vio que su Crestliner Phantom 2100 se incendiaba y daba vueltas por los aires envuelta en fuego y humo.

Pero sí oyó la explosión.

Capítulo 117

El Ala Oeste solía estar en silencio a esas horas, pero la inesperada aparición del presidente en albornoz y zapatillas había sacado a los asesores y al personal residente de sus casas y de sus habitaciones respectivamente.

—No soy capaz de dar con ella, señor presidente —aseguró un joven asistente que corría tras él hacia el Despacho Oval. Había mirado por todas partes—. La señorita Tench no coge ni el busca ni el móvil.

El presidente parecía exasperado.

—¿Ha mirado en...?

—No está en el edificio, señor —informó otro asistente que entró a la carrera—. Firmó la salida hace alrededor de una hora. Creemos que podría haber ido a la NRO. Uno de los operadores afirma que Pickering y ella estuvieron hablando esta noche.

—¿William Pickering? —El presidente parecía perplejo. Tench y Pickering no congeniaban—. ¿Lo han llamado?

—Tampoco lo coge, señor. La centralita de la NRO no lo localiza. Dicen que el móvil del director ni siquiera suena. Es como si hubiese desaparecido de la faz de la Tierra.

Herney clavó la vista un instante en sus asistentes y después se dirigió al bar y se sirvió un bourbon. Cuando se llevaba el vaso a los labios entró un agente del servicio secreto.

—¿Señor presidente? No pensaba despertarlo, pero debería saber que esta noche ha hecho explosión un coche bomba en el Monumento a Roosevelt.

—¿Qué? —A Herney casi se le cayó el vaso—. ¿Cuándo?

—Hace una hora —informó el hombre con gesto adusto—. Y el FBI acaba de identificar a la víctima...

Capítulo 118

Delta Tres sentía un dolor intenso en el pie, era como si flotara en una conciencia confusa. «¿Será la muerte?» Intentó moverse pero estaba paralizado, apenas si podía respirar. Sólo veía bultos borrosos. A su cabeza acudieron recuerdos de la explosión de la Crestliner en el mar y la ira en los ojos del oceanógrafo, que estaba inclinado sobre él, clavándole la barra en la garganta.

«Sin duda Tolland me ha matado...»

Y, sin embargo, el dolor desgarrador que sentía en el pie derecho le decía que seguía con vida. Poco a poco iba recordando. Al oír la explosión de la lancha, Tolland dejó escapar un grito de dolor y rabia por el amigo que había perdido. Entonces, volviendo los atormentados ojos hacia Delta Tres, se dobló como si fuera a atravesarle la garganta con la lupara. Pero al hacerlo pareció dudar, como si su moralidad se lo impidiera. Con una frustración y una ira brutales, Tolland apartó la barra y pisó con fuerza el destrozado pie de Delta Tres.

Lo último de lo que éste se acordaba era de vomitar de puro dolor mientras su mundo vagaba hacia un delirio negro. Ahora estaba volviendo en sí y no sabía cuánto tiempo había estado inconsciente. Notó que tenía los brazos atados a la espalda con un nudo tan prieto que sólo podía haberlo hecho un marinero. También tenía las piernas aprisionadas, dobladas hacia atrás y unidas a las muñecas: estaba arqueado e inmovilizado. Quiso gritar, pero de sus labios no salió ningún sonido. Le habían metido algo en la boca.

Delta Tres era incapaz de imaginar qué estaba pasando. Fue entonces cuando sintió la fresca brisa y vio las brillantes luces. Comprendió que se hallaba en la cubierta principal del *Goya*. Cuando giró el cuerpo para buscar ayuda, se topó con una imagen aterradora: su propio reflejo, bulboso y deforme, en la burbuja reflectante del sumergible del barco. El Triton colgaba justo delante de él, y Delta Tres se dio cuenta de que estaba tendido en una gigantesca trampilla de cubierta, hecho este que no se le antojó ni la mitad de inquietante que la pregunta más obvia: «Si yo estoy en cubierta... ¿dónde está Delta Dos?»

Delta Dos se había puesto nervioso.

A pesar de que su compañero había afirmado estar bien por el CrypTalk, el único disparo que se había oído no procedía de un subfusil. Era evidente que Tolland o Rachel Sexton habían abierto fuego con una arma. Delta Dos fue a echar un vistazo a la rampa por la que había bajado su compañero y vio sangre.

Con el arma en alto, fue bajo cubierta y siguió el rastro de sangre por una pasarela que conducía hasta la proa. Allí la sangre lo había llevado hasta otra rampa que subía a la cubierta principal, que estaba desierta. Con creciente recelo, Delta Dos fue en pos de la larga huella carmesí por el costado hasta la parte posterior del barco, donde descendía por la abertura hasta la primera rampa por la que él había bajado.

«¿Qué diablos está pasando?» El rastro parecía dibujar un gran círculo.

Avanzando con cautela, con el arma en ristre, Delta Dos pasó por delante de la entrada a la zona de laboratorios de la embarcación. La mancha continuaba hacia la cubierta de popa. Dobló la esquina describiendo un amplio arco y localizó la mancha.

Entonces lo vio.

«¡Dios mío!»

Delta Tres estaba en el suelo, maniatado y amordazado, tirado sin miramientos delante del pequeño sumergible del *Goya*. Incluso desde lejos, Delta Dos vio que a su compañero le faltaba una buena parte del pie derecho.

Temeroso de que le hubieran tendido una trampa, Delta Dos levantó el arma y avanzó. Delta Tres se retorcía, intentaba hablar. Irónicamente, el modo en que lo habían inmovilizado —con las rodillas dobladas hacia atrás— probablemente le estuviera salvando la vida: la hemorragia del pie parecía haber disminuido.

Cuando Delta Dos se acercó al sumergible apreció el poco habitual lujo de poder verse la espalda: toda la cubierta del barco se reflejaba en la cúpula redondeada del aparato. Delta Dos llegó junto a su inquieto compañero. Vio la advertencia en sus ojos demasiado tarde.

El destello plateado llegó como de la nada.

Una de las pinzas articuladas del Triton salió disparada de repente y rodeó con una fuerza desmedida el muslo izquierdo de Delta Dos. Éste intentó zafarse, pero la garra se lo impidió. Gritó de dolor, sintiendo que se le rompía un hueso. Los ojos del soldado se clavaron en la cabina del sumergible. Al mirar de cerca para evitar el reflejo de cubierta, Delta Dos lo vio, cómodamente instalado en las sombras del interior del Triton.

Michael Tolland estaba dentro del submarino, a los mandos.

«Mala idea», pensó Delta Dos furioso al tiempo que desoía el dolor y lo encañonaba con el subfusil. Apuntó arriba y a la izquierda, al pecho de Tolland, que se hallaba a menos de un metro al otro lado de la cúpula de plexiglás del sumergible. Apretó el gatillo y se oyó un estruendo.

Ciego de ira por haber sido engañado, Delta Dos no levantó el dedo hasta que cayó al suelo el último casquillo y vació el cargador. Sin aliento, bajó el arma y fulminó con la mirada la maltrecha cúpula que tenía delante.

—¡Muerto! —silbó el soldado mientras pugnaba por liberar la pierna de la abrazadera. Al retorcerse, la pinza metálica le rasgó la piel, haciéndole un gran tajo—. ¡Mierda!

A continuación echó mano al cinto en busca del Cryp-Talk, pero cuando iba a llevárselo a los labios, un segundo brazo robótico se accionó y se adelantó, cerrándose alrededor de su brazo derecho. El CrypTalk cayó al suelo.

Fue entonces cuando Delta Dos vio al fantasma en la ventana que tenía delante. Un semblante pálido ladeado que observaba por un trozo de plexiglás intacto. Atónito, Delta Dos miró al centro de la cúpula y se dio cuenta de que los proyectiles no habían atravesado la gruesa estructura ni por asomo. La cúpula estaba llena de marcas.

Un instante después la portezuela de la parte superior del submarino se abrió y Michael Tolland salió. Estaba tembloroso, pero ileso. Tras bajar por la escalerilla de aluminio a cubierta, examinó la dañada cúpula.

—Setecientos kilopondios por centímetro cuadrado —afirmó—. Se ve que le hace falta una arma más potente.

En el hidrolaboratorio, Rachel sabía que se le estaba acabando el tiempo. Había oído los disparos en cubierta y rezaba para que todo hubiera salido como Tolland había planeado. Ya no le importaba quién estaba detrás del fraude del meteorito —la NASA, el administrador, Marjorie Tench o el mismísimo presidente—, el asunto entero había dejado de tener importancia.

«No se saldrán con la suya. Sea quien sea, la verdad se sabrá.»

La herida del brazo había dejado de sangrar, y la adrenalina que le corría por el cuerpo había acallado el dolor y le había aguzado los sentidos. Buscó lápiz y papel y escribió un mensaje de dos líneas. Las palabras eran directas y torpes, pero la elocuencia era un lujo que no podía permitirse en ese momento. Añadió la nota al montón de papeles incriminatorios que sostenía en la mano: la copia del GPR, las imágenes del *Bathynomous giganteus*, fotos y artículos relativos a los cóndrulos oceánicos, una copia impresa del microescáner electrónico. El meteorito era falso, y ésas eran las pruebas.

Rachel introdujo el montón entero en el fax del laboratorio. Dado que de memoria sólo se sabía un puñado de números de fax, las opciones eran limitadas, pero ya había decidido a quién enviaría esas páginas junto con la nota. Conteniendo la respiración, marcó con cuidado el número.

A continuación pulsó «Enviar», rezando para que hubiera elegido bien al destinatario.

El fax emitió un pitido.

ERROR: NO HAY SEÑAL

Rachel se lo esperaba. Las comunicaciones del *Goya* aún estaban interferidas. Se mantuvo a la espera sin perder de vista el aparato, deseando que funcionara como el de su casa.

«¡Vamos!»

Al cabo de cinco segundos el fax pitó de nuevo.

RELLAMADA...

«¡Sí!» Rachel vio que el aparato entraba en un círculo vicioso.

Capítulo 119

A unos doscientos cincuenta kilómetros del *Goya*, Gabrielle Ashe miraba fijamente la pantalla del ordenador del senador Sexton con mudo asombro. Sus sospechas se habían visto confirmadas.

Lo que no se imaginaba era hasta qué punto.

Delante tenía páginas escaneadas de docenas de cheques extendidos a nombre de Sexton por compañías aeroespaciales privadas e ingresados en cuentas numeradas de las islas Caimán. El cheque por menor valor que vio era de quince mil dólares, y había varios que superaban el medio millón.

«Una minucia —le había asegurado el senador—. Todas las donaciones son inferiores a dos mil dólares.»

A todas luces, Sexton había estado mintiendo desde el principio. La campaña había sido financiada de forma ilegal a gran escala. La traición y la desilusión hicieron mella en su espíritu. «Mintió.»

Se sentía estúpida. Sucia. Pero, sobre todo, se sentía furiosa.

Sentada sola en la oscuridad, Gabrielle cayó en la cuenta de que no sabía qué hacer.

Capítulo 120

Cuando el Kiowa viró sobre la cubierta de popa del *Goya*, Delta Uno miró hacia abajo y vio algo de lo más inesperado.

Michael Tolland estaba en cubierta junto a un pequeño sumergible. De los brazos robóticos del aparato, como si se hallara en las garras de un insecto gigante, colgaba Delta Dos, que forcejeaba en vano para liberarse de dos enormes pinzas.

«Pero ¿qué diablos...?»

Igualmente impactante era la imagen de Rachel Sexton, que acababa de llegar a cubierta y se había situado junto a un hombre que sangraba maniatado al pie del sumergible. Sólo podía tratarse de Delta Tres. La mujer lo apuntaba con uno de los subfusiles de la Delta Force y miraba al helicóptero como si lo desafiase a atacar.

Delta Uno se sintió desorientado un instante, incapaz de comprender cómo había sucedido todo aquello. Los errores cometidos por la Delta Force antes, en la plataforma de hielo, habían sido algo poco frecuente, pero explicable. Eso, sin embargo, resultaba inconcebible.

La humillación que sufría Delta Uno habría sido insoportable de por sí en circunstancias normales, pero esa noche la vergüenza se veía acrecentada por la presencia en el helicóptero de otro individuo, alguien cuya presencia allí no era nada convencional.

«El mando.»

Después de que la Delta Force hubo eliminado al objetivo en el Monumento a Roosevelt, el mando había ordenado a Delta Uno que fuera hasta un parque público desierto que se encontraba no muy lejos de la Casa Blanca. Por orden del mando, Delta Uno había aterrizado en un montículo herboso, entre un grupo de árboles. Allí, el mando, que había aparcado cerca, salió de la oscuridad y se subió al Kiowa. Volvieron a ponerse en marcha en cuestión de segundos.

Aunque no era muy habitual que un mando tomara parte directamente en una misión, Delta Uno difícilmente podía poner objeciones. Preocupado por el modo en que la Delta Force había llevado a cabo los asesinatos en la plataforma de hielo Milne y temeroso de que aumentaran las sospechas y el escrutinio por parte de algunas personas, el mando había informado a Delta Uno de que la fase final de la operación sería supervisada personalmente.

Ahora iba a su lado, armado, y estaba siendo testigo en persona de un fracaso como la Delta Force no había sufrido jamás.

«Esto tiene que terminar. Ya.»

El mando miró desde el Kiowa la cubierta del *Goya* y se preguntó cómo podía haber sucedido aquello. Nada había salido bien: las sospechas levantadas por el meteorito, los asesinatos fallidos de la Delta Force en la plataforma de hielo, la necesidad de eliminar a un pez gordo en el Monumento a Roosevelt.

—No sé cómo... —balbució Delta Uno con el tono de pasmo y vergüenza mientras contemplaba la situación en el barco.

«Ni yo tampoco», pensó el mando. Era evidente que habían subestimado a sus presas. Y mucho.

El mando miró a Rachel Sexton, que clavaba unos ojos

inexpresivos en el cristal reflectante del helicóptero y se llevaba a la boca un CrypTalk. Cuando la sintetizada voz se oyó en el Kiowa, el mando supuso que la mujer le exigiría la retirada del aparato o la desactivación del sistema de interferencias para que Tolland pudiese pedir ayuda. Sin embargo las palabras que pronunció fueron mucho más escalofriantes.

—Llegan demasiado tarde —aseguró—. No somos los únicos que lo sabemos.

Las palabras resonaron un instante en el helicóptero. Aunque la afirmación parecía exagerada, la más mínima posibilidad de que fuese cierta hizo vacilar al mando. El éxito del proyecto exigía la supresión de todos aquellos que conocieran la verdad, y aunque el ejercicio de contención había acabado siendo muy cruento, el mando había de asegurarse de que allí terminaba todo.

«Lo sabe alguien más...»

Teniendo en cuenta la fama que tenía Rachel Sexton de seguir estrictamente el protocolo en lo tocante a información clasificada, al mando le costaba mucho creer que hubiera optado por compartir los datos de que disponía con una fuente externa.

Rachel volvió a hablar por el CrypTalk.

—Retírense y les perdonaremos la vida a sus hombres. Si se acercan, ellos morirán. En cualquier caso, la verdad saldrá a la luz. Minimicen sus pérdidas. Retírense.

—Es un farol —afirmó el mando, que sabía que la voz que oía Rachel Sexton era un andrógino tono robótico—. No se lo ha dicho a nadie.

—¿Están dispuestos a correr el riesgo? —soltó ella—. No pude hablar con William Pickering antes, así que me asusté y decidí guardarme las espaldas.

El mando frunció el ceño. Era plausible.

—No se lo han tragado —aseguró Rachel al tiempo que miraba a Tolland.

El soldado que estaba aprisionado en las garras esbozó una dolorida sonrisa de satisfacción.

—El arma está vacía y el helicóptero va a mandarlos al infierno. Van a morir. Su única esperanza es que nos suelten.

«¡Y un cuerno!», pensó ella mientras trataba de calcular el próximo movimiento. Observó al hombre maniatado y amordazado que tenía a los pies, justo delante del submarino; parecía delirar debido a la pérdida de sangre. Se agachó a su lado y lo miró a los duros ojos:

—Le voy a quitar la mordaza, le voy a poner el Cryp-Talk en la boca y usted convencerá al helicóptero de que se retire. ¿Está claro?

El soldado asintió con gravedad.

Rachel le quitó la mordaza, y el soldado le escupió a la cara un salivazo sanguinolento.

—Zorra —silbó entre toses—. Voy a verla morir. Van a matarla como a un cerdo y voy a disfrutar cada minuto.

Rachel se limpió la saliva caliente del rostro y notó que las manos de Tolland se la llevaban de allí, tiraban de ella y la sujetaban mientras él se hacía cargo del subfusil. Rachel supo por el modo en que temblaba que algo había hecho clic en su cerebro. Se dirigió hasta un panel de control situado a unos metros de distancia, apoyó la mano en una palanca y miró a los ojos al soldado que yacía en cubierta.

—¡*Strike* dos! —exclamó Tolland—. Y en mi barco, así son las cosas.

Airado y resuelto, accionó la palanca y una enorme trampilla que se distinguía en cubierta bajo el Triton se abrió como el piso de un cadalso. El soldado maniatado lanzó un grito de terror y desapareció por la abertura, yendo a parar diez metros más abajo, al mar. El agua se tiñó de carmesí. Los tiburones se abalanzaron sobre él en el acto.

El mando se estremeció de rabia mientras contemplaba desde el Kiowa lo que quedaba del cuerpo de Delta Tres, a la deriva bajo el barco en la fuerte corriente. El agua, iluminada, era rosa. Varios peces se disputaban algo que parecía un brazo.

«Dios mío.»

El mando volvió a centrarse en la cubierta. Delta Dos aún estaba colgando de las garras del Triton, pero ahora el sumergible se hallaba suspendido sobre la abertura de cubierta. Los pies del soldado pendían sobre el vacío. Tolland no tenía más que abrir las abrazaderas y Delta Dos sería el siguiente.

—De acuerdo —concedió el mando por el CrypTalk—. Espere un momento. No se precipite.

Abajo, en cubierta, Rachel miraba el Kiowa. Incluso desde aquella altura el mando podía leer la determinación en su mirada.

Rachel se llevó el aparato a la boca.

—¿Aún creen que es un farol? —preguntó—. Llamen a la centralita principal de la NRO y pregunten por Jim Samiljan. Trabaja en Planificación y Análisis, en el turno de noche. Le he contado todo lo del meteorito, él se lo confirmará.

«¿Me da un nombre?» Aquello no pintaba bien. Rachel Sexton no era tonta, y ése era un farol que el mando podría comprobar en cuestión de segundos. Aunque no conocía a nadie en la NRO llamado Jim Samiljan, la organización era enorme. Cabía la posibilidad de que Rachel no estuviera mintiendo. Antes de ordenar las últimas muertes, el mando tenía que confirmar si aquello era un farol... o no.

Delta Uno volvió la cabeza.

—¿Quiere que desactive el sistema de interferencias para que pueda llamar y comprobarlo?

El mando observó a Rachel y a Tolland, ambos bien a la vista. Si alguno de ellos hacía ademán de utilizar un móvil o una radio, él sabía que Delta Uno podría activar de nuevo el sistema y cortar las comunicaciones. El riesgo era mínimo.

—Apague el sistema —ordenó al tiempo que sacaba un móvil—. Confirmaré que Rachel miente y después daremos con la forma de salvar a Delta Dos y poner fin a esto.

En Fairfax, la operadora de la centralita principal de la NRO empezaba a impacientarse.

—Como ya le he dicho, en Planificación y Análisis no hay ningún Jim Samiljan.

La voz al otro lado de la línea era insistente.

—¿Lo ha intentado modificando el nombre? ¿Ha probado en otros departamentos?

La operadora ya lo había hecho, pero volvió a comprobarlo. Al cabo de unos segundos contestó:

—En la plantilla no hay nadie llamado Jim Samiljan. Lo escriba como lo escriba.

Aunque era extraño, su interlocutor pareció satisfecho al oír aquello.

—Entonces está usted segura de que en la NRO no hay ningún Jim Samil...

De repente, en la línea se oyó una actividad frenética. Alguien dio un grito, y el mando soltó una imprecación y colgó de inmediato.

A bordo del Kiowa, Delta Uno chillaba furioso mientras pugnaba por reactivar el sistema de interferencias. Se había dado cuenta demasiado tarde. En el gran panel de mandos iluminados de la cabina, un minúsculo led indicaba que desde el *Goya* se estaba transmitiendo una señal de datos vía satélite. «Pero ¿cómo? ¡Si nadie se ha movido de cubierta!» Antes de que Delta Uno pudiera activar el sistema, la conexión cesó por sí sola.

En el hidrolaboratorio, el fax emitió un pitido satisfecho.

FAX ENVIADO

Capítulo 121

«Matar o morir.» Rachel había descubierto una parte de sí misma cuya existencia desconocía. La supervivencia: un valor brutal alimentado por el miedo.

—¿Qué era ese fax? —exigió saber la voz del CrypTalk.

Rachel se sintió aliviada al oír la confirmación de que el fax se había enviado según lo previsto.

—Abandonen la zona —ordenó ella por el aparato mientras dirigía una mirada fulminante al helicóptero—. Todo ha terminado, el secreto ha dejado de serlo. —Rachel puso en conocimiento de sus atacantes la información que acababa de mandar: media docena de páginas con imágenes y texto. Pruebas irrefutables de que el meteorito era un montaje—. Hacernos daño sólo empeorará la situación.

Se produjo una pausa onerosa.

—¿A quién le ha enviado el fax?

Rachel no tenía la menor intención de responder a esa pregunta. Tolland y ella necesitaban ganar el mayor tiempo posible. Se habían situado cerca de la abertura de cubierta, en línea directa con el Triton, de manera que el helicóptero no podía abrir fuego sin darle al soldado que colgaba de las garras del sumergible.

—William Pickering —aventuró la voz, sonando extrañamente esperanzada—. Le envió el fax a Pickering.

«Error», pensó Rachel. Pickering habría sido su primera opción, pero se había visto obligada a escoger a otra persona por miedo a que sus agresores ya hubieran eliminado a su jefe, un movimiento cuya osadía constituiría una prueba escalofriante de la determinación del enemigo. Desesperada, sabiendo que tenía que tomar una decisión, Rachel había enviado los datos al único otro número de fax que se sabía de memoria.

El del despacho de su padre.

El número de fax del despacho del senador Sexton se le había grabado dolorosamente en la memoria cuando su madre murió y su padre decidió resolver algunos detalles de la herencia sin tener que rendir cuentas en persona ante Rachel. Ésta jamás imaginó que recurriría a su padre en un momento de apuro, pero esa noche su progenitor poseía dos cualidades vitales: todas las motivaciones políticas adecuadas para dar a conocer los datos sobre el meteorito sin pensarlo dos veces y el peso suficiente para llamar a la Casa Blanca para chantajearla y conseguir que cesaran las muertes.

Aunque sin duda su padre no estaría en el despacho a esa hora, Rachel sabía que el lugar estaba cerrado a cal y canto. A decir verdad, había enviado los datos a una caja fuerte con temporizador. Aun en el caso de que sus atacantes supieran adónde los había mandado, las probabilidades de que pudieran burlar la fuerte seguridad federal del edificio Philip A. Hart y allanar el despacho de un senador sin que nadie se diese cuenta eran escasas.

—Sea quiere sea la persona a quien le ha enviado ese fax —dijo la voz—, la ha puesto en peligro.

Rachel sabía que tenía que hablar desde una posición de poder pese al miedo que sentía. Señaló al soldado atrapado en las garras del Triton, cuyas piernas colgaban sobre el abismo, goteando sangre al agua desde una altura de diez metros.

—La única persona que corre peligro aquí es su hombre —aseguró por el CrypTalk—. Todo ha terminado.

Retírense. La información se ha difundido, han perdido. Abandonen la zona o este hombre morirá.

—Señorita Sexton, usted no entiende la importancia... —empezó a decir la voz por el aparato.

—¿Que no entiendo? —estalló ella—. Entiendo que han matado a gente inocente. Entiendo que han mentido sobre el meteorito. Y entiendo que no se saldrán con la suya. Aunque nos maten a todos, esto ha terminado.

Se produjo una larga pausa y, al cabo, la voz anunció:

—Voy a bajar.

Rachel notó que se ponía tensa. «¿A bajar?»

—No llevo armas —aseguró la voz—. No cometa ninguna imprudencia. Usted y yo tenemos que hablar cara a cara.

Antes de que Rachel pudiera reaccionar, el helicóptero se posó en la cubierta del *Goya*. En el fuselaje, la portezuela del pasajero se abrió y alguien se bajó. Se trataba de un hombre de aspecto corriente con un abrigo negro y corbata. Por un instante la mente de Rachel se quedó en blanco.

Allí delante tenía a William Pickering.

Pickering se hallaba en la cubierta del *Goya* y miraba a Rachel Sexton con pesar. Jamás habría imaginado que ese día las cosas llegarían a ese punto. Mientras avanzaba hacia ella vio en sus ojos una peligrosa mezcla de emociones.

Sorpresa, traición, perplejidad, rabia.

«Todo ello comprensible —pensó—. Hay tantas cosas que no entiende.»

Durante un momento, Pickering recordó a su hija, Diana, y se preguntó qué emociones debía de haber sentido antes de morir. Tanto Diana como Rachel eran víctimas de la misma guerra, una guerra que Pickering había jurado combatir hasta el final. A veces, las bajas podían ser muy crueles.

—Rachel —empezó él—, aún podemos resolver esto. Hay mucho que explicar.

Rachel Sexton estaba horrorizada, asqueada casi. Tolland empuñaba el subfusil, con el que apuntaba al pecho de Pickering. También él parecía desconcertado.

—¡No se acerque! —le advirtió.

Pickering paró a unos cinco metros, la mirada fija en Rachel.

—Su padre está aceptando sobornos, Rachel. Pagos procedentes de compañías aeroespaciales privadas. Pretende desmantelar la NASA y abrir el espacio al sector privado. Había que detenerlo, por una cuestión de seguridad nacional.

Rachel lo miraba con semblante inexpresivo.

Su jefe suspiró.

—La NASA, a pesar de sus errores, ha de seguir siendo un organismo gubernamental.

«Seguro que entiende los peligros.» La privatización haría que los cerebros más privilegiados y las mejores ideas de la agencia fueran a parar al sector privado. El grupo de expertos se disolvería, el ejército no podría acceder a ella, las compañías espaciales privadas que quisieran movilizar capital comenzarían a vender patentes e ideas de la NASA a los mejores postores del mundo entero.

Rachel respondió con voz trémula:

—Urdió la trama del meteorito y mató a gente inocente..., ¿en nombre de la seguridad nacional?

—Nada de esto tendría que haber ocurrido —se justificó Pickering—. El plan era salvar a una importante agencia gubernamental. Matar no formaba parte de él.

Pickering sabía que el engaño del meteorito, como la mayoría de las propuestas de inteligencia, había sido producto del miedo. Hacía tres años, con la idea de ampliar la red de hidrófonos de la NRO en aguas profundas, donde no pudiera ser tocada por saboteadores enemigos, había puesto en marcha un programa que utilizaba un material de construcción recién desarrollado por la NASA para diseñar en secreto un submarino extremadamente duradero capaz de transportar a seres humanos hasta las zonas más profundas del planeta, incluido el fondo de la fosa de las Marianas.

Realizado en un material cerámico revolucionario, el submarino biplaza se había diseñado a partir de cianotipos pirateados del ordenador de un ingeniero californiano llamado Graham Hawkes, un genio cuyo mayor sueño era construir un sumergible para aguas abisales al que bautizó Deep Flight II. A Hawkes le estaba costando encontrar financiación para crear un prototipo; Pickering, por su parte, disponía de un presupuesto ilimitado.

Sirviéndose del submarino cerámico secreto, Pickering envió de manera encubierta a un equipo a las Marianas para que instalase nuevos hidrófonos en las paredes de la fosa, a una profundidad mayor de la que pudiera alcanzar cualquier enemigo. Sin embargo, mientras realizaban las perforaciones descubrieron estructuras geológicas distintas de las que los científicos habían visto hasta el momento. Entre los descubrimientos había cóndrulos y fósiles de varias especies desconocidas. Naturalmente, dado que se mantenía en secreto que la NRO pudiera sumergirse a esa profundidad, la información obtenida no podría compartirse.

No hacía mucho, de nuevo empujados por el miedo, Pickering y su discreto equipo de asesores científicos de la NRO habían decidido poner sus conocimientos sobre las excepcionales características geológicas de las Marianas al servicio de la NASA con el objeto de salvarla. Convertir una roca de la fosa en un meteorito resultó ser una tarea aparentemente simple. Con ayuda de un motor ECE de hidrógeno semisólido, el equipo de la NRO carbonizó la roca, creando una convincente corteza de fusión. Después, por medio de un pequeño submarino de carga, descendieron bajo la plataforma Milne e introdujeron la roca carbonizada en el hielo desde debajo. Cuando el pozo de inserción se congeló, la roca daba la impresión de llevar allí más de trescientos años.

Por desgracia, como solía ocurrir en el mundo de las operaciones secretas, los planes más ambiciosos podían venirse abajo por el menor de los problemas. El día anterior, las ilusiones se habían truncado debido a una pequeña cantidad de plancton bioluminiscente...

Desde la cabina del parado Kiowa, Delta Uno observaba el drama que se estaba desarrollando ante él. Rachel y Tolland daban la impresión de tener el control, aunque el soldado casi se rió de la quimera. El subfusil que empuñaba el oceanógrafo no valía para nada. Incluso estando donde estaba, Delta Uno veía que el cerrojo estaba hacia atrás, lo que indicaba que el cargador estaba vacío.

Cuando vio forcejear a su compañero entre las garras del Triton, supo que tenía que darse prisa. En cubierta toda la atención se había centrado en Pickering, de manera que Delta Uno podía actuar. Con los rotores en marcha, se escabulló por la parte trasera del fuselaje y, ocultándose tras el helicóptero, se dirigió hacia la pasarela de estribor sin que nadie lo viera. Con su propio subfusil en la mano, avanzó hacia proa. Antes de aterrizar en cubierta, Pickering le había dado órdenes explícitas, y Delta Uno no tenía intención de fallar en algo tan sencillo.

«Dentro de unos minutos —se dijo—, todo esto habrá terminado.»

Capítulo 122

Aún en albornoz, Zach Herney se sentó ante su mesa en el Despacho Oval con la cabeza a punto de estallarle. Acababa de aparecer la última pieza del rompecabezas.

«Marjorie Tench ha muerto.»

Los asistentes de Herney afirmaron que, según la información que obraba en su poder, Tench había ido en coche hasta el Monumento a Roosevelt para reunirse en privado con William Pickering. Como a éste no había forma de localizarlo, el equipo se temía que también hubiera muerto.

Últimamente, el presidente y Pickering habían librado algunas batallas. Hacía meses, Herney había averiguado que Pickering se había visto implicado en actividades ilegales para ayudar a Herney, con el objeto de intentar salvar una campaña presidencial que hacía aguas.

Valiéndose de la NRO, Pickering había obtenido discretamente la suficiente información escandalosa sobre el senador Sexton para hundir su campaña: fotos subidas de tono del senador con Gabrielle Ashe, su asistente; documentos bancarios incriminatorios que demostraban que Sexton estaba aceptando sobornos de compañías aeroespaciales privadas. Pickering envió todas las pruebas de forma anónima a Marjorie Tench, suponiendo que la Casa Blanca sabría hacer buen uso de ellas. Sin embargo, nada más ver los datos, Herney le prohibió a Tench que los utilizara. Los escándalos sexuales y los sobornos eran los cánceres de Washington, y airear un nuevo caso no haría sino aumentar la desconfianza en el gobierno.

«El cinismo está matando a este país.»

Aunque el presidente sabía que podía aniquilar a Sexton valiéndose del escándalo, el precio sería mancillar la dignidad del Senado norteamericano, algo que Herney se negaba a hacer.

«No más negatividad.» Vencería al senador Sexton limpiamente.

Pickering, enfurecido por la negativa de la Casa Blanca a utilizar las pruebas que le había proporcionado, trató de dar pábulo al escándalo filtrando el rumor de que Sexton se había acostado con Gabrielle Ashe. Por desgracia, el senador declaró su inocencia con una indignación tan convincente que Herney hubo de disculparse personalmente por la filtración. Al final William Pickering hizo más mal que bien. Herney advirtió al director que, si volvía a inmiscuirse en la campaña, comparecería ante un tribunal. La gran ironía, naturalmente, era que a Pickering ni siquiera le caía bien el presidente Herney. Las tentativas del director de la NRO por contribuir a la campaña de Herney se debían únicamente al temor que le inspiraba la suerte que podía correr la NASA. Zach Herney era el menor de dos males.

«¿Habrán matado a Pickering?»

Herney no tenía la menor idea.

—¿Señor presidente? —dijo un asistente—. Tal y como solicitó, he llamado a Lawrence Ekstrom y le he comunicado la muerte de Marjorie Tench.

—Gracias.

—Le gustaría hablar con usted, señor.

Herney seguía furioso con Ekstrom por haberle mentido sobre el PODS.

—Dígale que hablaré con él por la mañana.

—El señor Ekstrom quiere hablar con usted ahora

mismo, señor. —El hombre parecía nervioso—. Está muy afectado.

«¿Que *él* está afectado?» Herney notó que estaba a punto de perder los estribos. Mientras salía con paso airado para atender la llamada del administrador de la NASA, el presidente se preguntó qué más cosas podían ir mal esa noche.

Capítulo 123

A bordo del *Goya*, Rachel estaba mareada. El misterio que la había envuelto como una densa niebla empezaba a despejarse. La cruda realidad que quedó al descubierto la dejó sintiéndose desnuda y asqueada. Miró al extraño que tenía delante y apenas oyó su voz.

—Teníamos que reconstruir la imagen de la NASA —decía su jefe—. La pérdida de popularidad y de financiación se había vuelto peligrosa en muchos sentidos. —Pickering tomó aliento, los grises ojos clavados en los suyos—. Rachel, la NASA necesitaba desesperadamente un triunfo, y alguien tenía que proporcionárselo.

«Había que hacer algo», pensó Pickering.

El meteorito constituyó un último acto de desesperación. El director y otros habían intentado salvar la agencia ejerciendo presión para incorporarla a la comunidad de inteligencia, donde disfrutaría de más fondos y mejor seguridad, pero la Casa Blanca siempre rechazaba la idea por considerarla un asalto a la ciencia pura. «Idealismo de miras cortas.» Con la creciente popularidad del discurso anti NASA de Sexton, Pickering y su grupo de peces gordos del ejército sabían que el tiempo se estaba agotando, y decidieron que lo único que quedaba por hacer para sanear la imagen de la NASA e impedir que fuera subastada era cautivar a los contribuyentes y al Congreso. Para que la agencia aeroespacial sobreviviera, le haría falta una inyección de grandeza: algo que recordara a los contribuyentes los gloriosos días del *Apolo*. Y para que Zach Herney derrotara al senador Sexton, tendría que contar con ayuda.

«Traté de ayudarlo», se dijo Pickering mientras recordaba las dañinas pruebas que le había enviado a Marjorie Tench. Por desgracia, Herney había prohibido su uso, y Pickering no había tenido más remedio que adoptar medidas drásticas.

—Rachel —continuó el director—, la información que acaba de mandar por fax desde este barco es peligrosa, entiéndalo. Si ve la luz, la Casa Blanca y la NASA parecerán cómplices. La reacción en contra del presidente y la agencia será desmedida. Y ni el presidente ni la NASA saben nada, Rachel. Son inocentes. Creen que el meteorito es auténtico.

Pickering ni siquiera intentó atraer al redil a Herney o a Ekstrom, ya que ambos eran demasiado idealistas para acceder a un engaño, con independencia del potencial que tuviera éste para salvar la presidencia o la agencia aeroespacial. El único delito del administrador Ekstrom había sido convencer al supervisor de la misión del PODS de que mintiera con respecto al software de detección de irregularidades, algo que sin duda lamentó en el mismo instante en que cayó en la cuenta del escrutinio al que sería sometido ese meteorito en particular.

Marjorie Tench, frustrada por la insistencia de Herney en llevar con limpieza la campaña, se confabuló con Ekstrom en la mentira sobre el PODS con la esperanza de que un pequeño éxito del satélite pudiera ayudar al presidente a rechazar los crecientes ataques de Sexton.

«Si Tench hubiera utilizado las fotos y los datos sobre los sobornos que le di, nada de esto habría sucedido.»

El asesinato de Tench, aunque profundamente lamentable, estuvo cantado en cuanto Rachel llamó a la asesora para verter las acusaciones de fraude. Pickering sabía que Tench no dejaría piedra por mover hasta llegar al fondo de los motivos que tenía Rachel para lanzar tan injuriosas afirmaciones, y, evidentemente, Pickering no podía permitir que se abriera dicha investigación. La ironía era que Tench serviría mejor a su presidente muerta, pues su violento final contribuiría a cimentar un voto de compasión para la Casa Blanca e infundiría vagas sospechas de juego sucio en la pésima campaña de Sexton, que había sido objeto de humillación públicamente por parte de Marjorie Tench en la CNN.

Rachel se mantenía firme, fulminando a su jefe con la mirada.

—Entiéndalo —insistió él—, si llegara a conocerse la noticia del fraude del meteorito, acabaría usted con un presidente inocente y con un organismo inocente. Y, además, pondría a un hombre muy peligroso en el Despacho Oval. Necesito saber a quién ha enviado esos datos.

Mientras Pickering pronunciaba esas palabras, Rachel se demudó. Era la expresión de dolor y espanto de alguien que acababa de caer en la cuenta de que tal vez hubiera cometido un grave error.

Tras rodear la popa y bajar por babor, Delta Uno se encontraba en el laboratorio del que había visto salir a Rachel cuando el helicóptero se aproximó. En un ordenador del laboratorio vio algo inquietante: la imagen policroma del palpitante vórtice submarino que al parecer se cernía sobre el lecho oceánico en algún lugar por debajo del *Goya*.

«Un motivo más para salir pitando de aquí», pensó al tiempo que se dirigía a su objetivo.

El fax descansaba en una mesa del fondo, y en la bandeja había un montón de papeles, exactamente como había supuesto Pickering. Delta Uno los cogió. El primero era una nota de Rachel. Tan sólo dos líneas. La leyó.

«A eso se le llama ir al grano», se dijo.

Al hojear los papeles se sintió sorprendido y consternado a un tiempo al comprobar hasta qué punto habían desenmarañado Tolland y Rachel el enredo del meteorito. Por suerte, a Delta Uno ni siquiera le haría falta pulsar el botón de rellamada para averiguar adónde había ido a parar la información. En la pantalla de LCD aún se veía el último número marcado.

«El prefijo es de Washington.»

Anotó con cuidado el número, cogió los papeles y salió de la habitación.

A Tolland le sudaban las manos mientras asía el subfusil, que apuntaba al pecho de William Pickering. El director de la NRO seguía presionando a Rachel para que le revelara dónde había enviado los datos, y Tolland empezaba a tener la desagradable sensación de que Pickering sólo intentaba ganar tiempo. «¿Para qué?»

—La Casa Blanca y la NASA son inocentes —repitió el director—. Únase a mí. No permita que mis errores echen por tierra la escasa credibilidad que le queda a la NASA. Si esto llega a saberse, la agencia parecerá culpable. Usted y yo podemos llegar a un arreglo. El país necesita ese meteorito. Dígame adónde ha enviado la información antes de que sea demasiado tarde.

—¿Para que pueda matar a alguien más? —replicó ella—. Me da asco.

A Tolland le sorprendió el valor de Rachel. Despreciaba a su padre, pero estaba claro que no tenía intención de poner al senador en peligro. Por desgracia, el plan de Rachel de enviarle la información a su padre para que la ayudara no había salido bien. Aunque el senador entrara en su despacho, viera el fax y llamara al presidente para informarle sobre el fraude del meteorito y pedirle que suspendiera el ataque, nadie en la Casa Blanca sabría de qué hablaba Sexton ni dónde se encontraban ellos.

—Sólo se lo repetiré una vez más —advirtió Pickering al tiempo que lanzaba a Rachel una mirada amenazadora—. La situación es demasiado compleja para que la comprenda en su totalidad. Ha cometido un gran error enviando la información desde este barco. Ha puesto en peligro a su país.

Tolland se dio cuenta de que no se equivocaba: William Pickering estaba ganando tiempo. Y el motivo caminaba hacia ellos con parsimonia por estribor. A Tolland lo atenazó el miedo cuando vio al soldado que se aproximaba con un montón de papeles y un subfusil.

Tolland reaccionó con una decisión que le sorprendió incluso a sí mismo. Arma en mano, dio media vuelta, apuntó al soldado y apretó el gatillo.

El arma hizo un inofensivo clic.

—He averiguado el número de fax —aseguró el soldado mientras le entregaba un papel a Pickering—. Y al señor Tolland no le queda munición.

Capítulo 124

Sedgewick Sexton enfiló hecho una furia el pasillo del edificio de oficinas Philip A. Hart. No sabía cómo lo había hecho Gabrielle, pero era evidente que la chica se había colado en su despacho. Mientras hablaban por teléfono, Sexton había oído de fondo con toda claridad el característico triple clic de su reloj de Jourdain. Lo único que se le ocurrió fue que la reunión con la SFF de la que había sido testigo Gabrielle había minado su confianza en él y había ido en busca de pruebas.

«¿Cómo demonios ha entrado en mi despacho?»

Sexton se alegraba de haber cambiado la contraseña del ordenador.

Cuando llegó al despacho, tecleó el código para desactivar la alarma. Después buscó las llaves, abrió las pesadas puertas y entró como una exhalación para pillar a Gabrielle in fraganti.

Sin embargo, la oficina estaba desierta y a oscuras, iluminada únicamente por el brillo que despedía el salvapantallas del ordenador. Encendió las luces y sus ojos escudriñaron la estancia. Todo parecía en su sitio. El silencio era absoluto a excepción del triple tic del reloj.

«¿Dónde rayos está?»

Oyó un ruido en el cuarto de baño y corrió hacia allí. Encendió la luz y comprobó que estaba vacío. Miró detrás de la puerta. Nada.

Confuso, Sexton se miró al espejo, preguntándose si no

habría bebido demasiado esa noche. «He oído algo.» Sintiéndose desorientado y perplejo, volvió a su despacho.

—¿Gabrielle? —llamó, y salió al pasillo para ir al despacho de la joven. No estaba allí. La habitación se hallaba a oscuras.

En el servicio de señoras alguien tiró de la cadena, y Sexton se volvió y echó a andar hacia los aseos. Llegó justo cuando Gabrielle salía, secándose las manos. Dio un respingo al verlo.

—¡Dios mío! ¡Menudo susto! —exclamó, y realmente parecía asustada—. ¿Qué está haciendo aquí?

—Dijo que había venido al despacho a buscar unos documentos de la NASA —espetó él al tiempo que le miraba las vacías manos—. ¿Dónde están?

—No he sido capaz de dar con ellos. He mirado por todas partes. Por eso he tardado tanto.

El senador la miró a los ojos.

—¿Ha entrado en mi despacho?

«Le debo la vida a ese fax», pensó Gabrielle.

Hacía tan sólo unos minutos estaba sentada ante el ordenador de Sexton, intentando imprimir las páginas de los cheques ilegales. Los archivos se hallaban protegidos, y le iba a hacer falta más tiempo para averiguar cómo imprimirlos. Probablemente habría estado intentándolo aún en ese mismo instante de no haber saltado el fax del senador, que la sobresaltó y la trajo de vuelta a la realidad. Ello le indicó que era hora de salir de allí. Sin pararse a ver lo que entraba, apagó el ordenador de Sexton, lo dejó todo como estaba y salió por donde había entrado. Estaba descolgándose por el cuarto de baño de Sexton cuando lo oyó entrar.

Ahora, con el senador delante mirándola fijamente, intuyó que él la escudriñaba para saber si mentía. Sedgewick

Sexton podía oler la mentira como ninguna otra persona a la que Gabrielle conociera. Si le mentía, Sexton se daría cuenta.

—Ha estado bebiendo —observó ella, apartándose.

«¿Cómo sabe que he estado en su despacho?»

Sexton le puso las manos en los hombros y la obligó a volverse. La cogió con fuerza.

—¿Ha estado en mi despacho?

Gabrielle sintió un creciente miedo. En efecto, Sexton había estado bebiendo. Se conducía con brusquedad.

—¿En su despacho? —repitió ella, confusa, soltando una risa forzada—. ¿Cómo? ¿Por qué?

—Oí el Jourdain de fondo cuando la llamé.

Gabrielle se acobardó. «¿El reloj?» Ni siquiera se le había pasado por la cabeza.

—¿Sabe lo ridículo que suena eso?

—Me paso todo el día en ese despacho. Sé cómo suena mi reloj.

Gabrielle presintió que tenía que poner fin a aquello de inmediato. «La mejor defensa es un buen ataque.» Al menos, eso era lo que siempre decía Yolanda Cole. Así que se puso en jarras y fue por él con toda la artillería. Avanzó hacia Sexton y se detuvo a un palmo del hombre, fulminándolo con la mirada.

—A ver si lo he entendido, senador. Son las cuatro de la mañana, ha estado bebiendo, ha oído un tictac por teléfono y ¿por eso está aquí? —Indignada, apuntó con un dedo a la puerta del despacho—. Sólo para que conste, ¿me está acusando de desactivar un sistema de alarma federal, forzar dos cerraduras, allanar su despacho, ser lo bastante estúpida para coger el teléfono mientras cometía un grave delito, reactivar el sistema de alarma al salir e ir con toda tranquilidad al servicio antes de salir corriendo con las manos vacías? ¿Es eso?

Sexton parpadeó. Tenía los ojos abiertos como platos.

—No es bueno beber solo —apuntilló Gabrielle—. Y ahora, ¿quiere hablar de la NASA o no?

Sexton se sintió confundido mientras volvía a su despacho. Fue directo a la barra de bar y se sirvió una Pepsi. No creía que estuviese borracho. ¿De verdad se equivocaba con todo aquello? Al otro lado de la habitación, el Jourdain se dejó oír burlonamente. El senador apuró la Pepsi y sirvió dos más, una para él y otra para la chica.

—¿Quiere, Gabrielle? —preguntó al tiempo que volvía a la estancia. Ella no había entrado. Seguía en el umbral, dándole al senador en las narices—. ¡Ah, por el amor de Dios! Pase y dígame lo que ha averiguado en la NASA.

—Creo que por esta noche basta —respondió ella, distante—. Hablaremos mañana.

Sexton no estaba para juegos. Necesitaba la información inmediatamente y no tenía intención de suplicarla. Profirió un suspiro cansado. «Estrecha los lazos de confianza. Todo es cuestión de confianza.»

—La he cagado —afirmó—. Lo siento. Ha sido un día infernal. No sé en qué estaba pensando.

Ella seguía en la puerta.

Sexton se dirigió hacia el escritorio y dejó la Pepsi de Gabrielle en el cartapacio. A continuación señaló su silla de piel, la posición de poder.

—Siéntese, disfrute del refresco. Yo iré a mojarme la cabeza. —Fue al cuarto de baño.

Gabrielle no se movía.

—Creo haber visto que ha entrado un fax —dijo el senador desde el servicio. «Demuéstrale que confías en ella»—. ¿Le importaría echarle un vistazo?

Después de cerrar la puerta, Sexton llenó el lavabo de agua fría y se lavó la cara, aunque eso no lo hizo sentir más despejado. Aquello no le había pasado nunca: estar tan seguro y equivocarse de tal modo. Sexton era de los que se fiaban de su instinto, y su instinto le decía que Gabrielle Ashe había estado en su despacho.

Pero ¿cómo? Era imposible.

Se dijo que debía olvidarse del tema y centrarse en lo que lo había llevado hasta allí: «La NASA.» En ese instante necesitaba a Gabrielle, no era el momento de ofenderla. Tenía que saber lo que sabía ella. «Deja a un lado el instinto. Te has equivocado.»

Mientras se secaba el rostro, Sexton echó la cabeza hacia atrás y respiró profundamente. «Relájate —se dijo—. No seas quisquilloso.» Cerró los ojos y volvió a tomar aire profundamente, sintiéndose mejor.

Cuando salió del cuarto de baño, lo alivió ver que Gabrielle se había avenido a razones y había entrado en el despacho. «Bien —pensó—. Ya podemos ponernos manos a la obra.» Ella se hallaba junto al fax, hojeando las páginas que habían entrado. Sin embargo, cuando vio la expresión de su rostro, Sexton se sintió confuso: era la viva imagen de la desorientación y el miedo.

—¿Qué ocurre? —inquirió al tiempo que avanzaba hacia ella.

Gabrielle se tambaleó, como si estuviera a punto de desmayarse.

—¿Qué?

—El meteorito... —repuso con voz ahogada y quebradiza mientras la temblorosa mano le ofrecía el montón de papeles—. Y su hija... está en peligro.

Perplejo, el senador se acercó a ella y cogió las hojas. La primera era una nota manuscrita. Sexton reconoció en el acto la letra. El comunicado era torpe y alarmante en su simplicidad.

El meteorito es un montaje. Éstas son las pruebas.
La NASA/Casa Blanca intentan matarme. ¡Ayuda! R. S.

El senador rara vez tenía la sensación de no entender nada en absoluto, pero al releer las palabras de Rachel no supo qué pensar.

«¿El meteorito es un montaje? ¿La NASA y la Casa Blanca intentan matarla?»

Cada vez más aturdido, comenzó a examinar la media docena de papeles. La primera hoja era una imagen por ordenador cuyo encabezamiento decía: «Georradar (GPR).» Daba la impresión de ser una especie de sondeo en el hielo. Sexton vio el pozo de extracción del que se había hablado en televisión y sus ojos se vieron atraídos por lo que parecía la tenue silueta de un cuerpo que flotaba en el túnel. Después reparó en algo más inquietante incluso: las claras líneas de un segundo pozo justo debajo de donde se encontraba alojado el meteorito; como si hubiesen introducido la roca en el hielo por debajo.

«Pero ¿qué demonios...?»

En la siguiente página se topó con una fotografía de una especie oceánica viva llamada *Bathynomous giganteus*. Clavó la vista en ella asombrado. «Pero ¡si es el animal de los fósiles del meteorito!»

Siguió pasando páginas, ahora más a prisa, y vio un gráfico que recogía el contenido de hidrógeno ionizado de la corteza del meteorito más unas palabras escritas a mano: «¿Carbonización por hidrógeno semisólido? ¿Motor de ciclo expansor de la NASA?»

Sexton no daba crédito. Cuando la habitación empezaba a darle vueltas, llegó a la última hoja: la fotografía de una roca que contenía unas burbujas metálicas que parecían exactamente iguales a las del meteorito. Lo más impactante era que la descripción que la acompañaba decía que la roca era producto del vulcanismo oceánico. «¿Una roca procedente del océano? —se preguntó Sexton—. La NASA dijo que los cóndrulos sólo se forman en el espacio.»

El senador dejó los papeles en el escritorio y se dejó caer en su silla. Sólo había tardado quince segundos en relacionar lo que tenía delante. El significado de las imágenes estaba más claro que el agua. Cualquiera que tuviera dos dedos de frente sabría qué demostraban esas fotos.

«¡El meteorito de la NASA es un fraude!»

En toda su carrera había vivido un día con unos altibajos tan extremos. Esa jornada había sido una montaña rusa de esperanza y desesperación. El desconcierto que le provocó la pregunta de cómo se podía haber llevado a cabo una estafa de semejantes dimensiones pasó a un segundo plano cuando cayó en la cuenta de lo que dicha estafa significaba para él desde el punto de vista político.

«Cuando dé a conocer esta información, la presidencia será mía.»

En su festivo ánimo, el senador Sedgewick Sexton olvidó por un instante la afirmación de su hija de hallarse en peligro.

—Rachel está en peligro —le recordó Gabrielle—. Su nota dice que la NASA y la Casa Blanca intentan...

El fax de Sexton volvió a sonar de pronto. Gabrielle giró sobre sus talones y clavó la vista en él. El senador se sorprendió haciendo otro tanto. No era capaz de imaginar qué más podía estar enviándole Rachel. ¿Más pruebas? ¿Qué más podía haber? «¡Esto es más que suficiente!»

Sin embargo, cuando saltó el fax, del aparato no salió papel alguno. Al detectar que la señal no era de datos, el aparato activó el contestador automático.

«Hola —decía el mensaje grabado del senador—. Éste es el despacho del senador Sedgewick Sexton. Si desea enviar un fax, puede hacerlo en cualquier momento. En caso contrario, deje su mensaje al oír la señal.»

Antes de que Sexton pudiera coger la llamada, el fax emitió un pitido.

—¿Senador Sexton? —La voz, de hombre, era lúcida y cruda—. Soy William Pickering, director de la Oficina Nacional de Reconocimiento. Supongo que no estará en el despacho a esta hora, pero tengo que hablar con usted inmediatamente. —Hizo una pausa como si esperara a que alguien cogiera el teléfono.

Gabrielle hizo ademán de levantar el auricular, pero Sexton le cogió la mano y se la apartó con fuerza.

Ella se quedó anonadada.

—Pero si es el director de...

—Senador —continuó Pickering, que casi parecía aliviado al comprobar que nadie respondía—, me temo que llamo para darle una noticia inquietante. Acabo de enterarme de que su hija Rachel se encuentra en grave peligro. En este mismo instante tengo a un equipo intentando ayudarla. No puedo hablar de los particulares por teléfono, pero me acaban de informar de que es posible que le haya enviado a usted cierta información relativa al meteorito de la NASA. No he visto esos datos ni sé cuál es su contenido, pero quienes amenazan a su hija me han advertido que si usted u otra persona hace pública dicha información, su hija morirá. Lamento ser tan directo, señor, pero quiero ser claro. La vida de su hija corre peligro. Si le ha enviado algo por fax, no se lo enseñe a nadie. Espere. La vida de su hija depende de ello. Quédese donde está, no tardaré en llegar. —Tomó aliento—. Con suerte, senador, todo esto se habrá resuelto antes de que despierte usted. Si por casualidad escucha este mensaje antes de que yo llegue a su despacho, no se mueva de ahí y no llame a nadie. Estoy haciendo cuanto está en mi mano para que su hija regrese sana y salva.

Pickering colgó.

Gabrielle temblaba.

—¿Rachel es un rehén?

Sexton intuyó que, aunque estaba desencantada con él, a Gabrielle le dolía pensar que una joven brillante corría peligro. Por extraño que pudiera parecer, Sexton no acababa de sentir esas mismas emociones. Se veía como el niño al que acaban de entregar el regalo de Navidad más deseado, y se negaba a permitir que nadie se lo arrebatara de las manos.

«¿Pickering quiere que guarde silencio?»

Se puso en pie un momento para tratar de decidir qué significaba todo aquello. En una parte de su mente fría y calculadora el engranaje empezó a girar: un ordenador político que calibraba todos los escenarios y analizaba los resultados. Miró las páginas que sostenía en la mano y empezó a intuir el poder de las imágenes. Ese meteorito de la NASA había dado al traste con su sueño de alcanzar la presidencia, pero todo era una mentira. Un montaje. Ahora, quienes fueran sus responsables pagarían por ello. Ahora, el meteorito que habían creado sus enemigos para terminar con él le daría un poder inimaginable. Y todo gracias a su hija.

«Sólo existe un resultado aceptable —dedujo—. Un verdadero líder sólo puede actuar de una manera.»

Hipnotizado por las resplandecientes imágenes de su propia resurrección, Sexton cruzó la habitación como atontado. Se acercó a la fotocopiadora y la encendió con la intención de sacar copias de los papeles que su hija le había enviado.

—¿Qué hace? —inquirió Gabrielle con perplejidad.

—No matarán a Rachel —aseguró él. Aunque algo saliera mal, Sexton sabía que perder a su hija a manos del enemigo no haría sino aumentar su poder. Saldría ganando de todas formas. Había que correr el riesgo.

—¿Para quién son las fotocopias? —quiso saber ella—. William Pickering ha dicho que no debía hablar con nadie.

Capítulo 125

«Se acabó», pensó Rachel.

Ella y Tolland estaban sentados juntos en cubierta, encañonados por el soldado de la Delta. Por desgracia, Pickering ya sabía adónde había enviado Rachel el fax: al despacho del senador Sedgewick Sexton.

Rachel dudaba que su padre llegara a recibir el mensaje que le había dejado Pickering. Probablemente éste lograría entrar en el despacho de Sexton antes que nadie esa mañana. Si conseguía entrar, coger el fax sin que nadie lo viera y borrar el mensaje antes de que llegara Sexton, no sería preciso hacerle daño al senador. William Pickering posiblemente fuera una de las pocas personas en Washington que podría arreglárselas para entrar en el despacho de un senador de Estados Unidos sin llamar la atención. A Rachel siempre la había asombrado lo que podía conseguirse «en nombre de la seguridad nacional».

«Claro que si eso falla —pensó—, Pickering siempre puede acercarse en helicóptero y lanzar un misil Hellfire a la ventana para volar el fax.» Algo le decía que no sería necesario.

Sentada junto a Tolland, a Rachel la sorprendió sentir que la mano de él asía suavemente la suya. La apretó con fuerza y delicadeza a un tiempo, y sus dedos se entrelazaron con tanta naturalidad que a ella le dio la impresión de que llevaban toda la vida haciéndolo. Lo único que a Rachel le apetecía en ese instante era refugiarse en sus brazos, al amparo del opresivo estruendo del mar nocturno que los envolvía.

«No sucederá —cayó en la cuenta—. Nunca.»

Michael Tolland se sentía como un hombre que hubiera concebido esperanzas camino de la horca.

«La vida se burla de mí.»

Durante años, después de la muerte de Celia, Tolland había soportado noches en las que había deseado morir, horas de dolor y soledad cuya única escapatoria parecía ponerle fin a todo. Y, sin embargo, había decidido vivir, se había dicho que podía valerse solo. Ese día, por primera vez, había empezado a entender lo que sus amigos llevaban todo el tiempo diciéndole: «Mike, no tienes por qué valerte solo. Volverás a encontrar el amor.»

La mano de Rachel en la suya hacía que resultase mucho más duro digerir la ironía. El destino era inoportuno y cruel. Le daba la sensación de que de su corazón se iban desprendiendo capas de blindaje. Por un instante, en las gastadas cubiertas del *Goya*, Tolland sintió que el fantasma de Celia lo observaba, como solía hacer. Su voz se oía en las embravecidas aguas, pronunciando las últimas palabras que le había dicho en vida.

—Eres un superviviente —musitó la voz—. Prométeme que volverás a enamorarte.

—No quiero volver a enamorarme —respondió él.

La sonrisa de Celia rebosaba sabiduría.

—Tendrás que aprender a hacerlo.

Ahora, en la cubierta del *Goya*, Tolland cayó en la cuenta de que estaba aprendiendo. De repente una profunda emoción le inundó el alma. Supo que era felicidad.

Y con ella llegó un irresistible deseo de vivir.

Pickering sintió una extraña indiferencia mientras avanzaba hacia los dos prisioneros. Se detuvo delante de Rachel, vagamente sorprendido de que aquello no le costara más.

—A veces las circunstancias obligan a tomar decisiones imposibles —aseveró.

La mirada de Rachel era implacable.

—Usted ha creado esas circunstancias.

—En la guerra siempre hay bajas —respondió él, esta vez con mayor firmeza. «Pregunta a Diana Pickering o a cualquiera de los que mueren cada año defendiendo esta nación»—. Usted más que ningún otro debería entenderlo, Rachel. —Sus ojos se fijaron en ella—. *Iactura paucorum serva multos.*

Vio que ella sabía lo que significaban las palabras, casi un cliché en los círculos de la seguridad nacional: «Sacrificar a una minoría para salvar a la mayoría.»

Rachel lo miró con un asco indisimulado.

—Y ahora Michael y yo formamos parte de su minoría, ¿no?

Pickering se paró a pensar. No había otra elección. Se volvió hacia Delta Uno:

—Suelte a su compañero y ponga fin a esto.

El soldado asintió.

Pickering miró largamente a Rachel y se dirigió hacia la cercana barandilla de babor del barco para contemplar el furibundo mar. Aquello era algo que prefería no ver.

Delta Uno se sintió poderoso al empuñar el arma y mirar a su compañero, que seguía suspendido de las abrazaderas. Sólo tenía que cerrar la trampilla de debajo, soltarlo de las garras y eliminar a Rachel Sexton y a Michael Tolland.

Por desgracia, Delta Uno había reparado en la complejidad del panel de control contiguo a la trampilla: una serie de palancas y cuadrantes mondos y lirondos que al parecer controlaban la trampilla, el motor del cabrestante y otros muchos mandos. No tenía intención de accionar la palanca que no era y poner en peligro la vida de Delta Dos lanzando el sumergible al mar por error.

«Minimicen los riesgos. No se apresuren.»

Obligaría a Tolland a que liberase a su compañero y, para asegurarse de que no intentaba ninguna maniobra, Delta Uno se guardaría las espaldas con lo que en su profesión se conocía como una «garantía biológica».

«Enfrenten a sus adversarios.»

Delta Uno apuntó con el arma a Rachel, deteniéndose a escasos centímetros de su frente. Ella cerró los ojos, y el soldado vio que Tolland apretaba los puños con furia en ademán protector.

—Señorita Sexton, levántese —ordenó Delta Uno.

Ella obedeció.

Con el arma clavada en su espalda, el soldado la condujo hasta una escalera de aluminio portátil que llevaba a la parte superior del sumergible por detrás.

—Suba y colóquese sobre el submarino.

Rachel lo miró, asustada y confusa.

—Obedezca —dijo Delta Uno.

A Rachel le dio la sensación de estar viviendo una pesadilla mientras subía por la escalera de aluminio que había tras el Triton. Al llegar arriba se detuvo, no tenía ninguna gana de quedar suspendida sobre el abismo subiéndose al sumergible.

—Suba—repitió el soldado al tiempo que se volvía hacia Tolland y le hundía el subfusil en la cabeza.

Delante de ella, el soldado al que retenían las pinzas la

observaba, revolviéndose de dolor, a todas luces deseoso de liberarse. Rachel miró a Tolland, el arma apuntándole a la cabeza. «Sube.» No tenía elección.

Sintiendo como si caminara hasta el borde del saledizo de un cañón, Rachel se encaramó a la cubierta del motor, una pequeña parte plana situada tras la redondeada cúpula. El sumergible entero pendía como un enorme plomo sobre la trampilla abierta. Incluso colgando del cabrestante, el aparato de ocho toneladas apenas acusó su peso, moviéndose tan sólo unos milímetros mientras ella se acomodaba.

—Bien, muévase —ordenó el soldado a Tolland—. Vaya al panel y cierre la trampilla.

A punta de pistola, Tolland comenzó a avanzar hacia el tablero, con Delta Uno detrás. Mientras iba hacia ella, Tolland caminaba despacio, y Rachel notó que sus ojos se clavaban con fuerza en ella, como si intentara mandarle un mensaje. La miró a los ojos y luego bajó la vista a la escotilla que se abría en la parte superior del Triton.

Rachel siguió su mirada: a sus pies tenía la escotilla, la pesada portezuela circular abierta. Vio la cabina unipersonal. «¿Quiere que me meta ahí dentro?» Presintiendo que se equivocaba, volvió a mirar a Tolland, que casi había llegado al panel de control. Sus ojos se clavaron en ella, esa vez con menos sutileza.

Rachel le leyó los labios: «Métete dentro. ¡Ahora!»

Delta Uno vio por el rabillo del ojo el movimiento de Rachel y se volvió instintivamente al tiempo que abría fuego cuando ella se descolgaba por la escotilla, esquivando por poco el aluvión de balas. La portezuela de la escotilla dejó escapar un quejido cuando las balas rebotaron en ella levantando una lluvia de chispas, y acto seguido se cerró de golpe.

En cuanto notó que el arma se separaba de su espalda, Tolland pasó a la acción. Se abalanzó hacia la izquierda, lejos de la trampilla, se pegó al suelo y rodó por cubierta justo cuando el soldado se volvía hacia él con el arma escupiendo proyectiles. Las balas lo persiguieron mientras corría a refugiarse detrás del molinete de ancla de popa: un enorme cilindro motorizado alrededor del cual se enrollaban cientos de metros de cable de acero unidos al ancla del barco.

Tolland tenía un plan y habría de actuar de prisa. Cuando el soldado salió tras él, levantó los brazos, cogió el bloqueador del ancla con ambas manos y tiró de él hacia abajo. El molinete comenzó a soltar cable en el acto, y el *Goya* se bamboleó en la fuerte corriente. El repentino movimiento hizo que todo y todos los que se encontraban en cubierta salieran despedidos hacia un lado. Mientras la embarcación aceleraba contra corriente, el molinete desenrollaba cable cada vez más a prisa.

«Venga, pequeño», urgió Tolland.

El soldado recuperó el equilibrio y fue hacia él. Esperando hasta el último momento, Tolland se sujetó y subió la palanca con fuerza, bloqueando el molinete. La cadena se tensó de sopetón, haciendo que el barco se detuviera en seco y se estremeciera. Todo lo que había en cubierta salió volando. El soldado cayó de rodillas junto a Tolland, Pickering se separó de la barandilla y cayó de espaldas, y el Triton se bamboleó con vehemencia en el cable.

Un chirriar de metal debilitado ascendió desde la parte inferior del barco como un terremoto cuando el travesaño dañado finalmente cedió. El extremo derecho de popa del *Goya* empezó a hundirse bajo su propio peso. El barco vaciló y se escoró en diagonal como una gran mesa que perdiera una de sus cuatro patas. El ruido fue ensordecedor: un gemido de metal retorciéndose y rechinando y de olas batiendo.

Dentro del Triton, blanca, Rachel se agarró con fuerza cuando el aparato de ocho toneladas se balanceó sobre la trampilla de cubierta, que ahora presentaba una pronunciada inclinación. Por la base de la cúpula de cristal veía el embravecido océano. Al alzar la vista, con los ojos escudriñando la cubierta en busca de Tolland, fue testigo de un extraño drama que se desarrolló en cubierta en cuestión de segundos.

A tan sólo un metro de distancia, atrapado entre las garras del sumergible, el inmovilizado soldado de la Delta aullaba de dolor al sacudirse como un títere en una cruceta. William Pickering se interpuso en el campo visual de Rachel y se aferró a una cornamusa. Cerca de la palanca del ancla, Tolland también intentaba no caer por la borda. Cuando Rachel vio que el soldado del subfusil recuperaba el equilibrio no muy lejos, gritó dentro del submarino:

—¡Mike, cuidado!

Pero Delta Uno se desentendió por completo de Tolland: el hombre miraba el helicóptero con la boca abierta, horrorizado. Rachel volvió la cabeza y siguió su mirada. El Kiowa, con los enormes rotores aún girando, había empezado a deslizarse despacio por la inclinada cubierta. Los largos patines metálicos eran como esquís en una pendiente. Fue entonces cuando Rachel cayó en la cuenta de que el enorme aparato iba directo al Triton.

Tras subir a duras penas por la cubierta en pendiente hacia el helicóptero, Delta Uno se acomodó en la cabina. No tenía intención de permitir que su único medio de escape cayera al agua. El soldado se hizo con los mandos del Kiowa y tiró con fuerza de la palanca. «¡Arriba!» Las palas aceleraron con un rugido ensordecedor y pugnaron por elevar el pesado aparato de combate. «¡Arriba, maldita sea!» El helicóptero iba directo al Triton y a Delta Dos, que colgaba de él.

Con el morro inclinado hacia adelante, las palas del Kiowa también estaban inclinadas, y el aparato, que daba sacudidas por cubierta y más que subir se impulsaba hacia adelante, aceleraba hacia el Triton como una inmensa sierra circular. «¡Levanta!» Delta Uno tiró de la palanca, deseando poder desprenderse de la media tonelada de ojivas de los Hellfire que dificultaba el ascenso. Faltó poco para que las palas rozaran la coronilla de Delta Dos y la parte superior del submarino, pero el helicóptero se movía demasiado de prisa: no salvaría el cabrestante del Triton.

Cuando las palas de acero del Kiowa, que giraban a 300 r.p.m., chocaron contra el cable trenzado que sustentaba el sumergible, cuya capacidad de carga era de catorce toneladas, la noche estalló en un chirrido de metal contra metal. Los sonidos evocaron imágenes de una batalla épica. Desde la cabina blindada del aparato, Delta Uno vio que los rotores arremetían contra el cable del submarino como un cortacésped gigante que pasara sobre una cadena de acero. Cayó una lluvia de chispas cegadora, y las palas del Kiowa reventaron. Delta Uno notó que el helicóptero tocaba fondo, los montantes golpeando con fuerza la cubierta. Trató de controlar el aparato, pero éste carecía de capacidad propulsora. Dio dos botes en la pendiente, continuó el descenso y se estrelló contra la barandilla del barco.

Por un instante, el soldado creyó que la barra aguantaría.

Después oyó el crac. El Kiowa y su pesada carga salvaron el borde y cayeron al mar.

Dentro del Triton, Rachel Sexton estaba paralizada, tenía el cuerpo pegado al asiento. El minisubmarino había sido zarandeado violentamente cuando el rotor del helicóptero se enredó en el cable, pero ella consiguió sujetarse. Por suerte, las palas no habían golpeado el casco, pero sabía que el cable debía de haber sufrido daños importantes. A esas alturas su única idea era escapar cuanto antes del sumergible. El soldado que permanecía atrapado en las pinzas la miraba con fijeza, delirando, sangrando y quemado por la metralla. Detrás de él, Rachel vio que William Pickering seguía aferrado a una cornamusa de la inclinada cubierta.

«¿Dónde está Michael?» No lo veía. El pánico duró sólo un instante, ya que otro miedo se apoderó de ella. El destrozado cabrestante del Triton dejó escapar un gemido ominoso cuando las trenzas se deshicieron. A continuación se oyó un ruidoso chasquido y Rachel sintió que el cable cedía.

Experimentando una momentánea ingravidez, quedó suspendida sobre el asiento de la cabina cuando el submarino cayó a plomo. La cubierta desapareció, y las pasarelas que se entrecruzaban bajo el *Goya* se deslizaron veloces. El soldado atrapado palideció de miedo, los ojos clavados en Rachel mientras el sumergible aceleraba.

La caída pareció interminable.

Cuando el Triton entró en contacto con el mar, bajo el *Goya*, se sumergió pesadamente, lanzando a Rachel contra el asiento. Su espalda se pegó a él mientras el océano iluminado rebasaba la cúpula. Rachel sintió un tirón asfixiante cuando la embarcación fue reduciendo la velocidad hasta detenerse bajo el agua y después volvió a la superficie, emergiendo como un corcho.

Los tiburones atacaron en el acto. Desde su asiento de

primera fila, Rachel se quedó helada mientras el espectáculo se desarrollaba a escasos metros de ella.

Delta Dos sintió que la oblonga cabeza del tiburón lo golpeaba con una fuerza inconcebible. Una pinza sumamente afilada se tensó en la parte superior del brazo, rajándoselo hasta el hueso sin soltarlo. Un dolor candente lo sacudió cuando el animal retorció el poderoso cuerpo y sacudió la cabeza con violencia, separando el brazo de Delta Dos del cuerpo. Otros tiburones se unieron al festín. Cuchillos clavándosele en las piernas, en el torso, en el cuello. Delta Dos no tenía aire para gritar de dolor mientras los escualos le arrancaban grandes pedazos del cuerpo. Lo último que vio fue una boca con forma de media luna ladeada, una garganta llena de dientes que se abalanzaba sobre su rostro.

El mundo se tornó negro.

En el Triton, los ruidos sordos producidos por las pesadas cabezas cartilaginosas al estrellarse contra la cúpula finalmente cesaron. Rachel abrió los ojos: el hombre había desaparecido, y el agua que lamía la ventana estaba teñida de rojo.

Maltrecha, se acurrucó en el asiento con las rodillas contra el pecho. Notaba que el sumergible se movía, vagando a la deriva en la corriente, rozando la cubierta inferior de inmersiones del *Goya*. Notaba que también avanzaba en otra dirección: hacia abajo.

Fuera, el característico gorgoteo del agua en los tanques de lastre cobraba mayor intensidad. El océano iba engullendo centímetro a centímetro el cristal que tenía delante.

«¡Me estoy hundiendo!»

El terror se apoderó de ella, que de pronto se puso de pie. Extendió el brazo y asió el mecanismo de la escotilla. Si podía subirse encima del aparato aún tendría tiempo de saltar a la cubierta del *Goya*, que se hallaba a escasa distancia.

«¡Tengo que salir de aquí!»

En el mecanismo estaba claramente indicado hacia qué lado había que girar para abrirlo. Tiró de él, pero la escotilla no se movió. Lo intentó de nuevo. Nada. Estaba cerrada a cal y canto. Doblada. Cuando el miedo fue invadiéndola como el mar que la rodeaba, Rachel probó suerte una última vez.

La escotilla no cedió.

El Triton se hundió unos centímetros más, golpeando por última vez el *Goya* antes de apartarse del malparado casco... y salir a mar abierto.

Capítulo 126

—¡No lo haga! —pidió Gabrielle al senador cuando éste hubo terminado con la fotocopiadora—. Está poniendo en peligro la vida de su hija.

Sexton hizo caso omiso y volvió a la mesa con diez montones idénticos de fotocopias, cada uno de los cuales contenía una copia de las páginas que Rachel le había enviado, incluida la nota manuscrita en la que afirmaba que el meteorito era falso y acusaba a la NASA y la Casa Blanca de intentar matarla.

«El material informativo más impactante jamás reunido para los medios», pensó Sexton mientras comenzaba a introducir con cuidado cada montón en sendos sobres blancos grandes y gruesos, todos los cuales exhibían su nombre, su dirección oficial y su sello de senador. No cabría la menor duda de cuál era la procedencia de tan increíble información. «El escándalo político del siglo —pensó—. Y seré yo quien lo dé a conocer.»

Gabrielle seguía suplicando por la seguridad de Rachel, pero Sexton sólo oía silencio. Mientras organizaba los sobres se hallaba en su propio mundo privado. «Toda carrera política tiene un momento determinante. Éste es el mío.»

El mensaje telefónico de William Pickering advertía que si Sexton revelaba la información, la vida de Rachel peligraría. Por desgracia para ella, Sexton también sabía que si desvelaba las pruebas del fraude de la NASA, ese único acto de audacia lo llevaría a la Casa Blanca con una contundencia y un dramatismo político nunca vistos en la política norteamericana.

«La vida está llena de decisiones difíciles —pensó—. Y ganan quienes las toman.»

Gabrielle Ashe ya había visto esa mirada en los ojos del senador. «Ambición ciega.» La temía, y con razón, cayó en la cuenta. Era evidente que Sexton estaba dispuesto a sacrificar a su hija para ser el primero en anunciar el fraude de la NASA.

—¿Es que no ve que ya ha ganado? —apuntó—. Zach Herney y la NASA no sobrevivirán a este escándalo, independientemente de quién lo dé a conocer; independientemente de cuándo se dé a conocer. Espere hasta saber que Rachel se encuentra a salvo. Espere hasta haber hablado con Pickering.

Estaba claro que Sexton ya no la escuchaba. Tras abrir el cajón de su mesa, sacó una lámina metalizada en la que se distinguían docenas de sellos autoadhesivos del tamaño de una moneda de cinco centavos con sus iniciales. Gabrielle sabía que Sexton solía utilizarlos en invitaciones formales, pero por lo visto el senador creía que un lacre carmesí daría a los sobres un toque adicional de dramatismo. Tras despegar los sellos circulares de la hoja, Sexton los fue pegando en el doblez de los sobres, sellándolos como si fuesen epístolas con monograma.

Ahora el corazón de Gabrielle latía con renovada furia. Recordó las imágenes escaneadas de cheques ilegales del ordenador. Si decía algo, sabía que el senador eliminaría las pruebas sin más.

—Si lo hace, daré a conocer nuestra aventura —amenazó.

Sexton soltó una carcajada mientras seguía pegando los sellos.

—¿De veras? ¿Y cree que la gente la creerá a usted, una asistente ávida de poder a la que se ha negado un cargo en mi administración y que quiere vengarse a toda costa? Ya negué esa historia una vez y el mundo me creyó. Volveré a negarla.

—La Casa Blanca tiene fotos —espetó ella.

Sexton ni siquiera levantó la cabeza.

—No las tiene, y aunque las tuviera no significan nada. —Pegó el último sello—. Poseo inmunidad. Estos sobres neutralizan cualquier cosa de la que se me pudiera acusar.

Gabrielle sabía que tenía razón. Sentía una gran impotencia mientras él admiraba su obra. En el escritorio había diez elegantes sobres blancos, cada uno de los cuales lucía su nombre y su dirección y contaba con un lacre rojo que exhibía sus iniciales. Parecían cartas de una casa real. Sin duda, gracias a información menos explosiva se había coronado a reyes.

Sexton cogió los sobres y se dispuso a marcharse, pero ella se adelantó y se interpuso en su camino.

—Está cometiendo un error. Esto puede esperar.

Los ojos del senador la atravesaron.

—Usted es mi creación, Gabrielle, y ahora la destruyo.

—El fax de Rachel le dará la presidencia. Está en deuda con ella.

—Le he dado muchas cosas.

—¿Y si le pasa algo?

—Eso me asegurará votos por compasión.

Gabrielle no podía creer que a Sexton se le hubiese pasado algo semejante por la cabeza, mucho menos que lo hubiese expresado en voz alta. Asqueada, cogió el teléfono.

—Voy a llamar a la Casa...

Sexton se volvió en redondo y le propinó un tremendo bofetón.

Gabrielle se tambaleó y notó que tenía el labio partido. Se contuvo y se agarró a la mesa, alzando la vista estupefacta hacia el hombre al que un día había idolatrado.

Él la miró largamente, con dureza.

—Como se le ocurra jugármela, haré que se arrepienta el resto de su vida —aseguró resuelto, con los sobres sellados bajo el brazo. Sus ojos exudaban crudeza y peligro.

Cuando la joven salió del edificio de oficinas a la fría noche, el labio aún le sangraba. Paró un taxi y se subió a él. A continuación, por primera vez desde que había llegado a Washington, Gabrielle Ashe se vino abajo y rompió a llorar.

Capítulo 127

«El Triton ha caído...»

Michael Tolland se puso de pie como pudo en la inclinada cubierta y miró por encima del molinete el destrozado cabrestante del que antes colgaba el sumergible. Acto seguido se volvió hacia popa y escudriñó el agua: el Triton estaba emergiendo de debajo del *Goya*, en la corriente. Aliviado al ver que al menos el aparato se hallaba intacto, observó la escotilla y no deseó otra cosa que ver que se abría y Rachel salía sana y salva. Pero la escotilla no se abrió, y él se preguntó si Rachel no habría perdido el conocimiento debido a la violenta caída.

Incluso desde cubierta Tolland veía que el Triton se hallaba muy bajo en el agua, muy por debajo de su línea habitual de flotación. «Se está hundiendo.» No acertaba a saber por qué, pero en ese momento el motivo era irrelevante.

«Tengo que sacar a Rachel. Inmediatamente.»

Cuando se levantó, dispuesto a salir disparado hacia el borde, a su alrededor cayó una lluvia de proyectiles que arrancó chispas al pesado molinete de ancla. Se arrodilló de nuevo. «¡Mierda!» Asomó la cabeza por el molinete lo bastante para ver a Pickering en la cubierta superior, apuntando como un francotirador. El hombre de la Delta había soltado el subfusil al subir al aciago helicóptero, y al parecer Pickering se había hecho con él y se había situado en una posición elevada.

Atrapado tras el molinete, Tolland volvió la cabeza hacia el sumergible. «¡Vamos, Rachel! ¡Sal de ahí!» Esperó a que se abriera la escotilla. Nada.

Centrándose de nuevo en la cubierta del *Goya*, sus ojos calcularon la distancia que mediaba entre él y la barandilla de popa: unos cinco o seis metros. Demasiada, teniendo en cuenta que no había dónde protegerse.

Tolland respiró profundamente y tomó una decisión: se quitó la camisa y la lanzó a la derecha. Mientras Pickering la agujereaba, él corrió hacia la izquierda por la cubierta en pendiente, hacia popa. A continuación, dando un gran salto, salvó la barandilla de la parte posterior del barco. Cuando describía un amplio arco en el aire, oyó las balas a su alrededor, a sabiendas de que un solo rasguño haría que los tiburones se diesen un festín con él en cuanto tocara el agua.

Rachel Sexton se sentía como un animal salvaje atrapado en una jaula. Había tratado de abrir la escotilla una y otra vez, en vano. Debajo, en alguna parte, oía que un tanque se llenaba de agua y notaba que el submarino ganaba peso. La oscuridad del océano aumentaba centímetro a centímetro ante la cúpula transparente, como una cortina negra alzándose al revés.

A través de la mitad inferior del cristal, veía que el vacío del océano empezaba a engullirla como si fuese una tumba. La desolada inmensidad de debajo amenazaba con envolverla por completo. Asió el mecanismo de la escotilla e intentó hacerlo girar por última vez, pero no se movió. Le costaba respirar, notaba el punzante hedor frío y húmedo del exceso de anhídrido carbónico. Y, entremezclándose con todo aquello, una idea recurrente la atormentaba.

«Voy a morir sola bajo el agua.»

Examinó los paneles de control y las palancas del Triton en busca de algo que pudiera servirle de ayuda, pero los indicadores no funcionaban. No había electricidad. Se hallaba encerrada en una cripta de acero sin corriente que avanzaba hacia el fondo del mar.

El gorgoteo de los tanques parecía acelerar, y no faltaba mucho para que el océano sobrepasara el cristal. A lo lejos, al otro lado de la interminable planicie, una franja carmesí iniciaba su ascenso en el horizonte. Estaba amaneciendo. Rachel temió que ésa fuese la última luz que viera. Tras cerrar los ojos para apartar de su cabeza el inminente destino que la aguardaba, la asaltaron las aterradoras imágenes de su infancia.

Atravesar el hielo. Sumergirse en el agua.

Sin poder respirar. Sin poder salir. Hundiéndose.

Su madre llamándola. «¡Rachel! ¡Rachel!»

Unos golpes en el submarino la arrancaron del delirio. Abrió los ojos de sopetón.

—¡Rachel!

La voz se oía apagada, y contra el cristal, boca abajo, con el oscuro cabello ondeando, apareció un rostro espectral. Ella apenas logró distinguirlo en medio de la oscuridad reinante.

—¡Michael!

Tolland salió a la superficie y suspiró aliviado al ver que Rachel se movía en el interior del sumergible. «Está viva.» Dando poderosas brazadas, se dirigió a la parte posterior del aparato y se subió a la plataforma del motor, que quedaba sumergida. Notaba las corrientes oceánicas calientes y plúmbeas a su alrededor mientras se situaba para agarrar el volante de la escotilla, permaneciendo agachado y abrigando la esperanza de hallarse fuera del alcance de Pickering.

Ahora el casco del submarino se encontraba casi por

completo bajo el agua, y Tolland sabía que si quería abrir la escotilla y sacar a Rachel tendría que darse prisa. Contaba con unos veinticinco centímetros de un margen que se reducía de prisa. Si la escotilla se sumergía, al abrirla un torrente de agua inundaría el Triton, atrapando a Rachel dentro y haciendo que el submarino bajara a plomo hasta el fondo.

—Ahora o nunca —dijo mientras asía el volante y lo hacía girar en sentido contrario a las agujas del reloj. Nada. Probó de nuevo con todas sus fuerzas, pero la escotilla no cedía.

Oyó a Rachel al otro lado. Su voz era ahogada, pero él percibió el terror.

—¡Lo he intentado! —exclamó—. Pero no he podido abrirla.

Ahora el agua lamía la escotilla.

—¡Probemos los dos a la vez! —le gritó él—. Tú en el sentido de las agujas del reloj. —Sabía que la dirección estaba indicada con claridad—. Muy bien, ¡ahora!

Se apoyó en los tanques de lastre e hizo fuerza. Oyó que Rachel lo imitaba. La rosca se movió unos centímetros antes de detenerse.

Entonces Tolland lo vio: la escotilla no se había cerrado bien. Al igual que la tapa de un tarro mal puesta y enroscada a lo bruto, se había atascado. Aunque la junta de caucho se encontraba en su sitio, los cierres hidráulicos estaban doblados, lo que significaba que la escotilla sólo podría abrirse con un soplete.

Cuando el submarino entero desapareció bajo la superficie, a Tolland lo asaltó un terror repentino, abrumador: Rachel Sexton no podría salir del Triton.

Seiscientos metros más abajo, el abollado fuselaje del Kiowa cargado de misiles se hundía rápidamente, prisionero de la gravedad y de la gran capacidad de succión del vórtice submarino. En la carlinga, el cuerpo sin vida de Delta Uno estaba irreconocible, deformado por la aplastante presión del agua.

Mientras el aparato descendía en espiral, con los Hellfire aún unidos a él, el resplandeciente magma aguardaba en el lecho oceánico como un helipuerto al rojo. Bajo los tres metros de corteza bullía un montículo de lava a más de mil grados centígrados, un volcán pugnando por entrar en erupción.

Capítulo 128

Con el agua por la rodilla sobre la cubierta del motor de un sumergible que se iba a pique, Tolland se devanaba los sesos para dar con la forma de salvar a Rachel.

«¡No dejes que se hunda el submarino!»

Volvió la cabeza para echar un vistazo al *Goya*, preguntándose si habría manera de afianzar el Triton con un cabrestante para mantenerlo cerca de la superficie. Imposible. Ahora el barco se hallaba a unos cincuenta metros de distancia, con Pickering en lo alto del puente como un emperador romano con un asiento de primera para presenciar un sangriento espectáculo en el Coliseo.

«Piensa —se dijo Tolland—. ¿Por qué se hunde el submarino?»

La mecánica de la flotabilidad del aparato era de lo más sencilla: los tanques de lastre llenos de aire o agua se ocupaban de que el sumergible ascendiera o descendiera en el mar.

A todas luces, esos tanques se estaban inundando.

«Pero no debería ser así.»

Los tanques de los submarinos contaban con orificios tanto en la parte superior como en la inferior. Las aberturas de abajo, llamadas válvulas de inundación, siempre permanecían abiertas, mientras que las de arriba, las válvulas de achique, podían abrirse y cerrarse para permitir que saliera aire y pudiera entrar agua.

¿Y si las válvulas de achique estaban abiertas por algún

motivo? Tolland no acertaba a imaginar la razón. Recorrió la sumergida plataforma del motor, palpando en busca de uno de los tanques de lastre del Triton. Las válvulas de achique estaban cerradas, pero, al ir tentándolas, sus dedos dieron con otra cosa.

Orificios de bala.

«¡Mierda!» El Triton había sido acribillado cuando Rachel se metió en él. Tolland se sumergió en el acto por debajo del submarino y pasó la mano con cuidado por el tanque de lastre principal: el negativo, el mismo que los británicos denominaban «de inmersión rápida» y al que los alemanes se referían como «ponerse zapatos de plomo». En cualquier caso, el significado estaba claro: el tanque en cuestión, cuando se llenaba, hacía descender el aparato.

Al palpar los costados del tanque, notó docenas de orificios de bala. Sentía cómo entraba el agua. El Triton estaba a punto de hundirse, tanto si él lo quería como si no.

El sumergible se hallaba ahora casi a un metro bajo la superficie. Tras situarse en proa, Tolland pegó el rostro al cristal y echó un vistazo por la cúpula: Rachel lo golpeaba y gritaba. El miedo que destilaba su voz lo hizo sentir impotente. Por un instante se vio otra vez en un frío hospital, viendo morir a la mujer a la que amaba con la certeza de que no había nada que él pudiera hacer. Suspendido en el agua frente al submarino en descenso, Tolland se dijo que no podía volver a pasar por eso. «Eres un superviviente», le dijo su esposa, pero él no quería sobrevivir solo..., no por segunda vez.

Sus pulmones pedían aire a gritos, y sin embargo Tolland seguía allí, con ella. Cada vez que Rachel aporreaba el cristal, él oía que subían burbujas de aire y el aparato se hundía más y más. Rachel le decía algo sobre el agua que se colaba por la ventana.

La ventana de observación tenía una fuga.

«¿Un agujero de bala en la ventana?» Parecía poco probable. Con los pulmones a punto de estallar, Tolland se dispuso a emerger. Mientras sus manos iban subiendo por la enorme ventana acrílica, sus dedos rozaron un trozo suelto de caucho del calafateado. Al parecer, con la caída se había visto afectada una junta periférica: ése era el motivo de que la cabina hiciera aguas. «Otra mala noticia.»

Una vez en la superficie, Tolland respiró profundamente tres veces, tratando de pensar con claridad. El agua que entraba en la cabina aceleraría el descenso del Triton. Éste ya se encontraba a metro y medio bajo el agua, y Tolland apenas podía tocarlo con los pies. Notaba que Rachel aporreaba el casco desesperadamente.

A Tolland sólo se le ocurrió una cosa. Si llegaba hasta la cubierta del motor y daba con el cilindro de aire de alta presión, podría servirse de él para volar el tanque de lastre negativo. Aunque hacer saltar por los aires el dañado tanque sería inútil, tal vez mantuviera el sumergible cerca de la superficie un minuto más antes de que los perforados tanques volvieran a inundarse.

«Y luego, ¿qué?»

Sin ninguna otra opción inmediata, Tolland se dispuso a zambullirse. Tomando una buena cantidad de aire, ensanchó los pulmones mucho más allá de lo que era natural, casi hasta sentir dolor. «Mayor capacidad pulmonar, más oxígeno y más tiempo bajo el agua.» Sin embargo, mientras notaba esa expansión que le comprimía la caja torácica, abrigó una idea peregrina.

¿Y si aumentaba la presión en el interior del submarino? La cúpula tenía una junta dañada. Si él pudiera incrementar la presión en la cabina, tal vez lograra volar la cúpula entera y sacar a Rachel.

Soltó aire, permaneciendo en la superficie un instante e intentando imaginar si aquello resultaría factible. La lógica era aplastante, ¿no? Al fin y al cabo, un submarino se construía para ser fuerte en una única dirección. Debía soportar una gran presión procedente del exterior, pero prácticamente ninguna del interior.

Además, el Triton se servía de válvulas reguladoras idénticas para reducir el número de piezas de repuesto que tenía que llevar el *Goya*. Tolland podía sacar sin más la manguera de carga del cilindro de alta presión y desviarla a un regulador de ventilación de emergencia situado a babor del submarino. Presurizar la cabina ocasionaría un considerable dolor físico a Rachel, pero tal vez le proporcionase una vía de escape.

Tomó aire y se sumergió.

El submarino ya se hallaba a casi dos metros y medio, y las corrientes y la oscuridad hacían que a Tolland le costara orientarse. Cuando dio con el tanque presurizado, desvió rápidamente la manguera y se dispuso a bombear aire a la cabina. Al agarrar la llave de paso, la pintura amarilla reflectora del lateral del tanque le recordó lo peligrosa que era dicha maniobra:

PRECAUCIÓN: AIRE COMPRIMIDO A 210 KP/CM^2

«Doscientos diez kilopondios por centímetro cuadrado», pensó. Esperaba que la cúpula del Triton se desprendiera del submarino antes de que la presión de la cabina le aplastara los pulmones a Rachel. Básicamente, Tolland estaba introduciendo una potente manguera contra incendios en un globo de agua y rezando para que éste reventara de prisa.

Agarró la llave de paso y se decidió. Suspendido allí, en la parte posterior del Triton, giró la llave y abrió la válvula. La manguera se puso tirante en el acto, y Tolland oyó que el aire inundaba la cabina con gran fuerza.

En el interior del sumergible, Rachel sintió un repentino dolor punzante que le atravesaba la cabeza. Abrió la boca para gritar, pero el aire se le coló en los pulmones con tal presión que creyó que el pecho le iba a estallar. Tuvo la sensación de que los ojos se le clavaban en el cráneo, y un estruendo ensordecedor le taladró los oídos, empujándola hacia la inconsciencia. Instintivamente, apretó los ojos y se tapó las orejas con las manos. El dolor iba en aumento.

Rachel oyó un golpeteo justo delante. Se obligó a abrir los ojos lo bastante para ver la tenue silueta de Michael Tolland en la oscuridad, el rostro pegado al cristal. Le indicaba por señas que hiciera algo.

«Pero ¿qué?»

Ella apenas lo distinguía en la negrura; veía borroso, tenía los ojos deformes debido a la presión. Así y todo, se percató de que el sumergible había bajado más allá de los últimos centímetros titilantes de luces submarinas del *Goya*. A su alrededor no había más que un abismo impenetrable e infinito.

Tolland se arrimó a la ventana del Triton y siguió dando golpes. El pecho le ardía por la falta de aire, y sabía que tendría que salir a la superficie en cuestión de segundos.

«Empuja el cristal», le pidió a Rachel. Oía que el aire a presión escapaba por el mismo, formando burbujas emergentes. En algún lugar la junta estaba floja. Tolland buscó a tientas un punto débil, algún lugar por el que introducir los dedos. Nada.

Cuando se quedó sin oxígeno, su campo visual se redujo, y golpeó el cristal por última vez. Ya ni siquiera veía a Rachel. Aquello estaba demasiado oscuro. Con el aire que le quedaba en los pulmones gritó bajo el agua:

—¡Rachel..., empuja... el... cristal!

Las palabras salieron en forma de mudas burbujas.

Capítulo 129

Dentro del Triton, Rachel tenía la cabeza como si se la estuvieran estrujando en una especie de torno de tortura medieval. Medio de pie, agachada junto al asiento de la cabina, sentía que la muerte iba estrechando el cerco a su alrededor. Justo delante, la cúpula semiesférica se hallaba desierta, oscura. El golpeteo había cesado.

Tolland se había ido, la había abandonado.

El silbido del aire a presión que irrumpía por arriba le recordó el ensordecedor viento catabático de Milne. En el piso del submarino ya casi había medio metro de agua. «¡Quiero salir!» Miles de pensamientos y recuerdos comenzaron a desfilar por su cabeza como destellos de luz violeta.

En la oscuridad, el sumergible empezó a escorarse, y Rachel se tambaleó y perdió el equilibrio. Al tropezar con el asiento, cayó hacia adelante y se dio un fuerte golpe contra la cúpula. Sintió un dolor agudo en el hombro. Acto seguido se desplomó contra la ventana y, al hacerlo, experimentó una sensación inesperada: un repentino descenso de la presión que había en el interior del sumergible. El intenso zumbido que sentía en los oídos se redujo considerablemente, y pudo oír un borboteo de aire que salía del aparato.

Tardó un instante en darse cuenta de lo que acababa de ocurrir. Al caer contra la cúpula, de algún modo su peso había empujado hacia afuera la bulbosa lámina lo bastante para que parte de la presión del interior escapara por la junta. ¡Estaba claro que el cristal estaba flojo! De pronto Rachel comprendió lo que intentaba hacer Tolland al aumentar la presión de dentro.

«¡Trata de reventar la ventana!»

Sobre su cabeza, el cilindro de presión del Triton seguía bombeando. Incluso allí tendida Rachel notó que la presión volvía a aumentar, y en esa ocasión casi lo agradeció, aunque sentía que la asfixiante opresión la situaba peligrosamente cerca de la inconsciencia. Se levantó como pudo y empujó el cristal con todas sus fuerzas.

Esa vez no oyó borboteo alguno: el cristal apenas se movió.

Volvió a arrojar su peso contra la ventana. Nada. La herida del hombro le dolía, y le echó una ojeada: la sangre estaba seca. Se dispuso a probar suerte de nuevo, pero no tuvo tiempo. Sin previo aviso, el inutilizado sumergible comenzó a inclinarse... hacia atrás. Cuando la pesada cubierta del motor sobrepasó los inundados tanques de lastre, el Triton se puso boca arriba y continuó hundiéndose al revés.

Rachel cayó de espaldas contra la pared posterior de la cabina. Medio sumergida en la revuelta agua, clavó la vista en aquella cúpula que había dejado de ser estanca y se cernía sobre ella como un enorme tragaluz.

Al otro lado sólo estaban la noche... y miles de toneladas de un océano que la empujaba hacia abajo.

Quería ponerse de pie, pero sentía el cuerpo exhausto y pesado. Volvió a retrotraerse al instante en que se vio entre las frías garras de un estanque congelado.

—¡Aguanta, Rachel! —le gritaba su madre al tiempo que extendía el brazo para sacarla del agua—. ¡Cógete a mi mano!

Ella cerró los ojos. «Me hundo.» Los patines eran como plomos que tiraban de ella hacia abajo. Vio a su madre tendida en el hielo para distribuir mejor su propio peso mientras le tendía la mano.

—¡Da pies, Rachel! ¡Mueve los pies!

La obedeció lo mejor que pudo, y su cuerpo se elevó ligeramente en el helado boquete. Un rayo de esperanza. Su madre la agarró.

—¡Sí! —exclamó—. Ayúdame a sacarte de ahí, da pies.

Con su madre tirando de ella desde arriba, Rachel sacudió los pies con las últimas fuerzas que le quedaban, lo bastante para que su madre lograra izarla. A continuación arrastró a la empapada Rachel hasta la nevada orilla antes de romper a llorar.

Ahora, en la creciente humedad y el calor del sumergible, Rachel abrió los ojos a la negrura que la envolvía y oyó a su madre musitar desde su tumba, con la voz clara incluso allí, en el submarino que se hundía.

«Da pies.»

Rachel alzó la vista a la cúpula. Haciendo acopio de todo su valor, se subió al asiento de la cabina, que ahora estaba casi en posición horizontal, como el sillón de un dentista. Tendida boca arriba, dobló las piernas cuanto pudo, apuntó hacia arriba y las estiró. Lanzando un grito desaforado de desesperación y fuerza, estampó los pies contra el centro de la cúpula. Una oleada de dolor le recorrió las espinillas, haciendo que la cabeza le diera vueltas. De pronto, los oídos le silbaron, y notó que la presión se estabilizaba violentamente. La junta del lado izquierdo de la cúpula cedió, y una parte del enorme cristal se desplazó, abriéndose como la puerta de un granero.

Un torrente de agua entró en el submarino y empujó a Rachel contra el asiento. El océano la engulló estruendosamente, arremolinándosele por detrás, levantándola de la silla, dándole la vuelta como un calcetín en una lavadora. Rachel buscó a tientas algo a lo que agarrarse, pero no paraba de girar. Cuando la cabina se hubo llenado de agua, notó que el sumergible empezaba a caer en picado hacia el fondo. Su cuerpo se impulsó hacia arriba en la cabina y ella notó que algo la retenía. A su alrededor se formó un sinfín de burbujas que le dio un revolcón y la arrastró hacia la izquierda y hacia arriba. Algo acrílico y duro le golpeó en la cadera.

De repente estaba libre.

Describiendo vueltas y giros en la infinita negrura cálida y acuosa, Rachel supo que sus pulmones necesitaban aire. «¡Sube a la superficie!» Buscó la luz, pero no vio nada. Su mundo era igual mirara donde mirase. Negror. Ingravidez. Nada que le indicase si subía o bajaba.

En ese aterrador instante cayó en la cuenta de que no sabía hacia adónde tenía que nadar.

Centenares de metros más abajo, el Kiowa era aplastado por una presión cuyo incremento era implacable. Los quince misiles AGM-114 Hellfire anticarro de alto poder explosivo que seguían a bordo luchaban contra la compresión, los conos de cobre y las cabezas accionadas por resorte desplazándose peligrosamente hacia el interior.

Unos treinta metros por encima del lecho oceánico, el poderoso eje de la megapluma atrapó los restos del helicóptero y los engulló, lanzándolos contra la corteza candente de la cámara magmática. Como una caja de cerillas que se fuese prendiendo a intervalos, los misiles Hellfire explotaron, abriendo un enorme boquete en la parte superior de la cámara.

Tras subir a la superficie para tomar aire y volver a sumergirse desesperado, Michael Tolland se hallaba suspendido a cuatro metros y medio bajo el agua, escudriñando la negrura, cuando estallaron los misiles. En su ascenso, el destello blanco iluminó una imagen asombrosa, un fotograma congelado que él recordaría siempre.

Rachel Sexton flotaba tres metros por debajo de él como una marioneta enredada bajo el agua. Más abajo el Triton descendía de prisa con la cúpula colgando. Los tiburones de la zona se dispersaron por mar abierto, presintiendo con claridad el peligro que estaba a punto de desatarse.

La alegría que sintió Tolland al ver a Rachel fuera del submarino se desvaneció en el acto al caer en la cuenta de lo que estaba a punto de suceder. Tras memorizar su posición mientras aún había luz, Tolland se zambulló directo a ella.

Cientos de metros más abajo, la corteza hecha añicos de la cámara magmática saltó por los aires y el volcán submarino entró en erupción, escupiendo al mar magma a mil doscientos grados centígrados. La abrasadora lava vaporizó cuanta agua tocó, arrojando una enorme columna de vapor hacia la superficie por el eje central de la megapluma. Empujada por las mismas propiedades cinemáticas de la dinámica de fluidos que impulsaban los tornados, la transmisión vertical de energía del vapor se vio compensada por una espiral de vorticidad anticiclónica que giraba alrededor del eje, desplazando energía en dirección opuesta.

Dando vueltas en torno a esa columna de gas ascendente, las corrientes oceánicas se intensificaron y avanzaron en sentido descendente. El vapor desprendido creó un enorme vacío que absorbió millones de litros de agua de mar y los lanzó contra el magma. Cuando esta agua tocó el fondo, se convirtió también en vapor y, en busca de una vía de escape, se unió a la creciente columna de vapor expulsado y salió disparada hacia arriba, atrayendo más agua hacia abajo. A medida que irrumpía más agua para ocupar su lugar, el vórtice se recrudeció. La pluma hidrotermal se alargó, y el imponente remolino cobraba fuerza con cada segundo que pasaba. El reborde superior avanzaba sin parar hacia la superficie.

Acababa de nacer un agujero negro oceánico.

Rachel se sentía como un niño en el útero materno: la envolvía una oscuridad caliente y húmeda, los pensamientos confusos en medio de la oscura calidez. «Respira.» Combatió el acto reflejo. El destello de luz que había visto sólo podía proceder de la superficie, y sin embargo ésta parecía muy lejana. «Es un espejismo. Ve hacia la superficie.» Debilitada, empezó a nadar hacia el lugar donde había visto la luz. Ahora veía más luz..., un inquietante brillo rojo a lo lejos. «¿La luz del día?» Nadó con mayor fuerza.

Una mano le agarró el tobillo.

Rachel lanzó un grito a medias bajo el agua, soltando casi todo el aire que le quedaba.

La mano tiró de ella hacia atrás, haciéndola girar, obligándola a moverse en dirección contraria. Notó entonces que una mano conocida asía la suya. Michael Tolland estaba allí, llevándola consigo en sentido opuesto.

El cerebro le decía que iban hacia abajo; el corazón, que él sabía lo que hacía.

«Da pies», musitó la voz de su madre.

Rachel movió los pies con todas sus fuerzas.

Capítulo 130

En el mismo instante en que Tolland y Rachel salieron a la superficie, él supo que todo había terminado. «La cámara magmática ha entrado en erupción.» En cuanto la parte superior del vórtice alcanzara la superficie, el gigantesco tornado submarino empezaría a engullirlo todo. Curiosamente, allí arriba se había esfumado el sereno amanecer que acababa de dejar hacía tan sólo unos instantes. El ruido era ensordecedor, y el viento lo azotó como si hubiese estallado una especie de tormenta mientras él se hallaba bajo el agua.

Tolland se sentía delirar por la falta de oxígeno. Intentó sostener a Rachel en el agua, pero algo la apartaba de sus brazos. «¡La corriente!» Intentó aguantar, pero aquella fuerza invisible podía más, amenazando con arrancársela. De repente, ella se le escurrió y su cuerpo escapó de sus brazos... pero ¡hacia arriba!

Perplejo, Tolland vio que Rachel abandonaba la superficie.

Desde las alturas, planeando, el convertiplano Osprey de rotores basculantes del servicio de guardacostas se hizo cargo de Rachel. Hacía veinte minutos, el servicio de guardacostas había sido informado de una explosión en el mar. Dado que le habían perdido la pista al helicóptero Dolphin que se suponía debía de encontrarse en la zona, temieron que se hubiese producido un accidente, de modo que introdujeron las últimas coordenadas conocidas del aparato en el sistema de navegación y cruzaron los dedos.

A poco menos de un kilómetro del iluminado *Goya* vieron los restos de una embarcación en llamas flotando a la deriva en la corriente. Parecía una motora. No muy lejos se veía a un hombre en el agua que agitaba los brazos como un loco. Lo izaron con ayuda de un cabrestante. Estaba completamente desnudo, a excepción de una pierna..., que llevaba cubierta de cinta americana.

Exhausto, Tolland miró la parte inferior del atronador aeroplano de rotores basculantes. Las hélices horizontales producían un ruido ensordecedor. Cuando Rachel ascendió colgada del cabrestante, un montón de manos la ayudaron a subir al aparato. Mientras observaba cómo la ponían a salvo, Tolland reparó en un hombre que estaba acuclillado medio desnudo junto a la portezuela y al que conocía.

«¿Corky? —Se le alegró el corazón—. ¡Estás vivo!»

El arnés volvió a caer del cielo en el acto y fue a parar a unos tres metros de él. Tolland quería alcanzarlo a nado, pero ya notaba la succión que ejercía la pluma. Lo rodeó el implacable abrazo del mar, negándose a soltarlo.

La corriente tiraba de él hacia abajo, y él luchaba por mantenerse en la superficie, pero el agotamiento era extremo. «Eres un superviviente», decía alguien. Movió los pies con fuerza para subir a la superficie. Cuando logró emerger, en medio del embate del viento, el arnés seguía estando fuera de su alcance. La corriente pugnaba por arrastrarlo. Alzó la vista hacia el viento arremolinado y ruidoso y vio a Rachel, que lo miraba, instándolo con los ojos a que se uniera a ella.

Tolland alcanzó el arnés con cuatro fuertes brazadas y, sacando fuerzas de flaqueza, introdujo un brazo y la cabeza por él y luego se desplomó.

De repente el océano comenzó a alejarse bajo sus pies. Tolland miró justo cuando se abría el enorme vórtice: la megapluma finalmente había llegado a la superficie.

William Pickering se encontraba en el puente del *Goya*, contemplando mudo de asombro el espectáculo que se desarrollaba a su alrededor. A estribor de la popa del barco se estaba formando una enorme depresión similar a una cuenca en la superficie del mar. El remolino medía cientos de metros y se extendía de prisa. El océano caía por él en espiral, salvando el borde con una facilidad inquietante. Ahora, a su alrededor reverberaba un gemido gutural salido de las profundidades. Pickering tenía la mente en blanco mientras observaba aquella abertura que avanzaba hacia él como si fuese la boca abierta de un dios épico sediento de sacrificio.

«Esto es un sueño», se dijo.

De súbito, con un silbido explosivo que hizo añicos las ventanas del puente del *Goya*, el vórtice escupió hacia el cielo una imponente columna de vapor, un géiser colosal, atronador, cuya cúspide desaparecía en el oscurecido cielo.

Las paredes de la chimenea se irguieron de inmediato, ahora el perímetro se ensanchaba más a prisa, ganando terreno al océano en dirección a él. La popa del *Goya* se balanceaba con furia hacia aquella cavidad cada vez mayor. Pickering perdió el equilibrio y cayó de rodillas. Como un niño ante Dios, bajó la cabeza hacia el creciente abismo.

Sus últimos pensamientos fueron para su hija Diana. Rezó para que ella no hubiese sentido un miedo así al morir.

La onda expansiva que generó el vapor que se desprendía zarandeó el Osprey. Tolland y Rachel se agarraron mientras los pilotos recuperaban el control y viraban, volando bajo, sobre el infortunado *Goya*. Al echar un vistazo, distinguieron a William Pickering, *el Cuáquero*, de rodillas con su abrigo negro y su corbata junto a la barandilla superior del desventurado barco.

Cuando la popa empezó a colear al borde del inmenso tornado, la cadena del ancla finalmente se partió. Con la proa orgullosamente enhiesta, el *Goya* resbaló hacia atrás por la cornisa de agua, atraído por la pronunciada espiral. Las luces aún brillaban cuando desapareció bajo el mar.

Capítulo 131

En Washington la mañana era despejada y fría.

Soplaba una brisa que levantaba remolinos de hojas alrededor de la base del Monumento a Washington. El obelisco más grande del mundo solía despertar con su apacible reflejo en el estanque, pero ese día la mañana había traído consigo a un enjambre de periodistas que se apiñaban a empujones, expectantes, en torno al mismo.

El senador Sedgewick Sexton sentía que su talla era mayor que la del propio Washington cuando se bajó de su limusina y avanzó como un león hacia la zona de prensa habilitada junto a la base del monumento. Había invitado a las diez cadenas de televisión más importantes del país con la promesa de desvelar el escándalo de la década.

«No hay nada que atraiga más a los buitres que el olor a muerte», se dijo Sexton.

En la mano llevaba el montón de gruesos sobres blancos, cada uno de ellos lacrado elegantemente con su sello con monograma. Si la información era poder, lo que Sexton portaba era una cabeza nuclear.

Cuando se acercó al atril se sentía ebrio, satisfecho al ver que en el improvisado escenario había dos *marcos de la fama*: dos grandes separadores independientes que flanqueaban el atril como si fuesen dos cortinas azul marino, un viejo truco de Ronald Reagan para asegurarse de que destacaba contra cualquier fondo.

Sexton entró por la derecha, saliendo con aire resuelto

de detrás del separador como un actor de bastidores. Los reporteros se apresuraron a tomar asiento en las hileras de sillas plegables, situadas de cara al atril. Hacia el este el sol empezaba a asomar por la cúpula del Capitolio, lanzando destellos rosas y dorados sobre el senador como si fuesen rayos celestiales.

«Un día perfecto para convertirme en el hombre más poderoso del mundo.»

—Buenos días, señoras y caballeros —saludó al tiempo que dejaba los sobres en el atril que tenía delante—. Procuraré que esto sea lo más breve y sencillo posible. La información que estoy a punto de compartir con todos ustedes es, para ser sincero, bastante inquietante. Estos sobres contienen las pruebas de un engaño fraguado en las altas esferas del gobierno. Me avergüenza decir que el presidente me ha llamado hace media hora para suplicarme (han oído bien, suplicarme) que no dé a conocer estas pruebas. —Sacudió la cabeza consternado—. Sin embargo, soy un hombre que cree en la verdad. Por dolorosa que sea.

Sexton hizo una pausa, sosteniendo en alto los sobres, tentando a la sentada multitud. Los ojos de los periodistas siguieron los sobres a un lado y a otro, como una manada de perros salivando al ver un manjar desconocido.

El presidente había llamado al senador media hora antes y se lo había explicado todo. Herney había hablado con Rachel, que estaba sana y salva a bordo de un avión no sabía dónde. Aunque resultaba increíble, al parecer la Casa Blanca y la NASA eran espectadores inocentes del montaje, una intriga tramada por William Pickering.

«No es que importe —pensó Sexton—. De todas formas, Zach Herney se hundirá.»

A Sexton le habría gustado poder estar en la Casa Blanca en ese mismo instante para ver el rostro del presidente cuando comprendiera que iba a dar a conocer la información. El senador había accedido a reunirse con Herney en la Casa Blanca en ese mismo instante para tratar cuál era la mejor forma de contarle a la nación la verdad sobre el meteorito. Probablemente Herney se encontrara delante de un televisor, atónito al caer en la cuenta de que no había nada que la Casa Blanca pudiera hacer para detener la mano del destino.

—Amigos míos —continuó el senador mientras establecía contacto visual con su público—, he estado dándole muchas vueltas a este asunto, me he planteado cumplir el deseo del presidente de mantener en secreto estos datos, pero debo seguir los dictados de mi corazón. —Profirió un suspiro y bajó la cabeza como si fuera un hombre atrapado por la historia—. La verdad es la verdad, y no seré yo quien tiña en modo alguno su interpretación de los hechos. Me limitaré a facilitarles los datos tal cual.

A lo lejos, Sexton oyó el batir de unos enormes rotores de helicóptero y por un momento se preguntó si no sería el presidente que abandonaba la Casa Blanca presa del pánico con la esperanza de detener la rueda de prensa. «Sería la guinda del pastel —pensó alegremente—. La culpabilidad de Herney alcanzaría cotas insospechadas.»

—No hago esto por gusto —prosiguió el senador, intuyendo que era el momento perfecto—, pero siento que es mi deber permitir que el pueblo norteamericano sepa que le han mentido.

El aparato se aproximó ruidosamente y aterrizó en la explanada de la derecha. Al echar un vistazo, a Sexton le sorprendió comprobar que no se trataba del helicóptero presidencial, sino de un gran convertiplano Osprey de rotores basculantes.

En el fuselaje se leía:

Servicio de guardacostas de Estados Unidos

Perplejo, vio que la portezuela de la cabina se abría y por ella salía una mujer. Llevaba un anorak anaranjado del servicio de guardacostas e iba desaliñada, como si viniese de la guerra. Avanzó dando zancadas hacia la zona de prensa. Sexton no la reconoció inmediatamente, pero luego cayó en la cuenta.

«¿Rachel? —La miró boquiabierto—. ¿Qué demonios está haciendo aquí?»

Del gentío se elevó un murmullo de confusión.

Esbozando una ancha sonrisa, Sexton se volvió hacia la prensa y levantó un dedo para disculparse.

—Si me perdonan un minuto. Lo siento mucho. —Exhaló un suspiro con aire cansado, afable—. La familia es lo primero.

Un puñado de reporteros se rieron.

Al ver que Rachel se le echaba encima a toda prisa por la derecha, a Sexton no le cupo la menor duda de que sería mejor celebrar esa reunión paternofilial en privado. Por desgracia, la privacidad era algo que escaseaba en ese momento. Los ojos del senador se clavaron en el gran separador de la derecha.

Sin dejar de sonreír con serenidad, Sexton le hizo una señal a su hija y se apartó del micrófono. Avanzó hacia ella dibujando un ángulo, de tal forma que Rachel se vio obligada a pasar tras el separador para unirse a él. Coincidieron a mitad de camino, lejos de los ojos y los oídos de la prensa.

—¿Cariño? —la saludó, sonriendo y abriendo los brazos al verla acercarse—. ¡Menuda sorpresa!

Cuando llegó hasta él, Rachel le dio un bofetón.

A solas con él, protegidos tras el separador, Rachel miró a su padre con odio. Le había propinado una buena bofetada, pero él casi ni se había inmutado. Haciendo gala de un control escalofriante, la falsa sonrisa se esfumó, y en su lugar apareció una mirada ceñuda, amonestadora.

Su voz se tornó un susurro demoníaco.

—No deberías estar aquí.

Rachel vio ira en sus ojos y, por primera vez en su vida, sintió que no tenía miedo.

—Recurrí a ti en busca de ayuda y me vendiste. ¡He estado a punto de morir!

—Es evidente que estás bien —afirmó él; casi parecía decepcionado.

—La NASA es inocente —repuso ella—. El presidente te lo ha dicho. ¿Qué estás haciendo aquí? —El breve vuelo a Washington a bordo del Osprey del servicio de guardacostas se había visto interrumpido por un aluvión de llamadas telefónicas entre ella, la Casa Blanca, su padre e incluso una afligida Gabrielle Ashe—. Le prometiste a Zach Herney que irías a la Casa Blanca.

—Y lo haré —contestó él con una sonrisa de satisfacción—. El día de las elecciones.

A Rachel le enfermó pensar que aquel hombre era su padre.

—Lo que estás a punto de hacer es una locura.

—¿Ah, sí? —Sexton soltó una risita, se volvió y señaló el atril, que podía verse al otro lado del separador, tras él. Encima había un montón de sobres blancos—. Esos sobres contienen la información que tú me enviaste, Rachel. *Tú*. Tienes manchadas las manos con la sangre del presidente.

—Te envié esa información cuando necesitaba tu ayuda. Cuando creía que el presidente y la NASA eran culpables.

—A tenor de las pruebas, está claro que la NASA parece culpable.

—¡Pero no lo es! Merece tener la oportunidad de reconocer sus errores. Estas elecciones son tuyas, Zach

Herney está acabado y lo sabes. Deja que conserve algo de dignidad.

Sexton refunfuñó.

—Eres tan ingenua. No se trata de ganar las elecciones, Rachel, sino de poder. De obtener una victoria determinante, actuar con grandeza, aplastar a la oposición y controlar a las fuerzas de Washington para poder hacer algo.

—¿A qué precio?

—No seas gazmoña. Yo sólo estoy presentando las pruebas, la gente puede sacar sus propias conclusiones con respecto a quiénes son los culpables.

—Sabes perfectamente la impresión que va a dar.

Él se encogió de hombros.

—Puede que a la NASA le haya llegado su hora.

El senador Sexton presintió que la prensa empezaba a ponerse nerviosa tras el separador y no tenía la menor intención de pasarse allí la santa mañana con su hija endilgándole un sermón. Su momento de gloria estaba esperándolo.

—Bueno, ya basta —espetó—. He de dar una rueda de prensa.

—Te lo pido como hija —suplicó Rachel—. No hagas esto. Piensa en la que estás a punto de armar. Existe una alternativa mejor.

—No para mí.

A sus espaldas el micrófono se acopló con el sistema de megafonía, y, al girar sobre sus talones, Sexton vio a una periodista que había llegado tarde e, inclinada sobre el atril, trataba de colocar un micrófono de su cadena en uno de los soportes de cuello de cisne.

«¿Por qué nunca llegan a tiempo esos idiotas?», pensó el senador, echando chispas.

Con las prisas la mujer tiró al suelo los sobres de Sexton.

«Maldita sea.» El senador fue hacia allá maldiciendo a su hija por distraerlo. Cuando llegó, la mujer estaba a gatas, recogiendo los sobres del suelo. Él no le veía la cara, pero era evidente que trabajaba en televisión: llevaba un abrigo largo de cachemir con la bufanda a juego y una boina de moer echada sobre el rostro en la que se veía un pase de prensa de la ABC.

«Zorra estúpida», pensó él.

—Ya los cojo yo —escupió al tiempo que extendía la mano para que ella le tendiera los sobres.

Tras coger el último, la mujer se los entregó al senador sin levantar la mirada.

—Lo siento... —musitó, a todas luces avergonzada. Y, con la cabeza gacha, se escabulló entre el gentío.

Sexton se apresuró a contar los sobres. «Diez. Bien.» Ese día nadie le robaría la primicia. Después de ordenarlos, ajustó los micrófonos y sonrió de buen humor a la multitud.

—Creo que será mejor que los reparta antes de que alguien salga herido.

La gente rompió a reír con cara de impaciencia.

Sexton barruntó que su hija estaba cerca, en el escenario, tras el separador.

—No hagas esto —le advirtió ella—. Te arrepentirás.

Sexton no le hizo caso.

—Te estoy pidiendo que confíes en mí —dijo Rachel, la voz cada vez más alta—. Es un error.

Él cogió los sobres y alisó los bordes.

—Papá —rogó Rachel con vehemencia—, ésta es tu última oportunidad para actuar como es debido.

«¿Actuar como es debido?» Sexton tapó el micrófono con la mano y se volvió como para aclararse la garganta. Miró de reojo a su hija.

—Eres igual que tu madre: idealista e insignificante. Las mujeres no comprenden la verdadera naturaleza del poder.

Cuando se volvió hacia la apretujada prensa, Sedgewick Sexton ya había olvidado a su hija. Con la cabeza bien alta, rodeó el atril y puso los sobres en las manos de los que esperaban. Vio que éstos desaparecían de prisa entre la multitud, oyó que los sellos se rompían y los sobres eran rasgados como regalos de Navidad.

De pronto se hizo el silencio.

En la quietud Sexton oyó el momento cumbre de su carrera.

«El meteorito es un fraude, y yo soy el hombre que lo desveló.»

Sabía que la prensa tardaría un instante en entender las verdaderas repercusiones de lo que tenía delante: imágenes del GPR de un pozo de inserción en el hielo, una especie oceánica viva casi idéntica a los fósiles de la NASA, pruebas de cóndrulos que se formaban en la Tierra. Todo ello permitía sacar una sobrecogedora conclusión.

—¿Señor? —balbució un periodista que parecía no dar crédito mientras miraba el sobre—. ¿Esto va en serio?

El senador suspiró con aire sombrío.

—Sí, me temo que sí.

Un murmullo de confusión se extendió entre los presentes.

—Les daré un instante para que echen un vistazo a las páginas —propuso Sexton— y después responderé a sus preguntas e intentaré arrojar alguna luz sobre lo que están viendo.

—¿Senador? Estas imágenes, ¿son auténticas? ¿No son un montaje? —quiso saber otro reportero, completamente perplejo.

—Lo son, sí —repuso él, ahora con mayor firmeza—. De lo contrario no se las enseñaría.

La confusión pareció aumentar, y Sexton creyó incluso oír alguna risa: ésa no era en modo alguno la reacción que esperaba. Comenzaba a temer que había sobrestimado las entendederas de los medios.

—Esto..., ¿senador? —dijo alguien, curiosamente, con

sorna—. Para que conste, ¿confirma usted la autenticidad de las imágenes?

Sexton se sentía frustrado.

—Amigos, se lo diré por última vez: las pruebas que tienen en las manos son fidedignas. Y si alguien demuestra lo contrario, me comeré mis palabras.

Sexton esperaba oír risas, pero no fue así.

El silencio era absoluto; las miradas, inexpresivas.

El periodista que acababa de hablar se acercó al senador, pasando las fotocopias sin dejar de andar.

—Tiene usted razón, senador. Esto es un escándalo. —Hizo una pausa y se rascó la cabeza—. Supongo que lo que no logramos entender es por qué ha decidido compartirlo con nosotros así, sobre todo después de haberlo negado en redondo antes.

Sexton no sabía de qué le hablaba aquel tipo. El periodista le entregó las fotocopias y él les echó un vistazo: por un instante su mente se quedó completamente en blanco.

Se quedó sin palabras.

Lo que tenía delante eran unas fotos desconocidas. En blanco y negro. De dos personas, desnudas, los brazos y las piernas entrelazados. En un principio no comprendió qué era aquello. Luego cayó en la cuenta. Un cañonazo directo a las tripas.

Horrorizado, Sexton levantó la cabeza. Ahora todos reían, y la mitad ya estaban informando a la redacción.

El senador notó que le daban unos golpecitos en la espalda.

Se volvió en medio de su aturdimiento.

Era Rachel.

—Intentamos detenerte —afirmó—. Te dimos varias oportunidades.

A su lado había una mujer.

Sexton temblaba mientras sus ojos se centraban en la mujer que acompañaba a su hija: la periodista del abrigo de cachemir y la boina de moer, la que le había tirado los sobres. Al verle el rostro, a Sexton se le heló la sangre.

Los oscuros ojos de Gabrielle parecieron atravesarlo cuando bajó la mano y se abrió el abrigo para dejar al descubierto un montón de sobres blancos bien metidos bajo el brazo.

Capítulo 132

El Despacho Oval estaba a oscuras, iluminado únicamente por el tenue resplandor de la lámpara de latón que descansaba en la mesa del presidente Herney. Delante de éste, Gabrielle Ashe mantenía la cabeza alta. Tras él, al otro lado de la ventana, la tarde caía sobre el jardín occidental.

—Tengo entendido que nos deja usted —observó Herney, y parecía decepcionado.

Ella asintió. Aunque el presidente había tenido la deferencia de ofrecerle asilo en la Casa Blanca, lejos de la prensa, durante el tiempo que necesitara, Gabrielle prefería capear ese temporal en concreto no ocultándose en el epicentro. Quería estar lo más lejos posible, al menos durante un tiempo.

Al otro lado de la mesa, Herney la miró impresionado.

—La decisión que tomó esta mañana, Gabrielle... —Se detuvo como si le faltaran las palabras, la mirada sencilla y clara, nada que ver con los ojos profundos, enigmáticos que un día atrajeron a Gabrielle hacia Sedgewick Sexton. Y, sin embargo, incluso con el telón de fondo de ese lugar poderoso, Gabrielle vio verdadera bondad en esa mirada, un honor y una dignidad que tardaría en olvidar.

—También lo hice por mí —aseguró ella al cabo.

Herney asintió.

—Sea como sea, me veo en la obligación de darle las gracias. —Se levantó y le indicó que lo siguiera al pasillo—. Lo cierto es que esperaba que se quedara lo bastante para poder ofrecerle un puesto en el departamento de presupuestos.

Ella lo miró vacilante.

—¿Dejar de gastar y empezar a mejorar?

Él soltó una risita.

—Algo por el estilo.

—Señor, creo que los dos sabemos que en este momento soy más un estorbo que una baza para usted.

Herney se encogió de hombros.

—Dentro de unos meses todo esto se habrá olvidado. Muchos hombres y mujeres grandes han padecido situaciones similares y así y todo han seguido caminando hacia la grandeza. —Le guiñó un ojo—. Algunos incluso fueron presidentes de Estados Unidos.

Gabrielle sabía que tenía razón. Aunque sólo llevaba unas horas en el paro, ya había rechazado otras dos ofertas de empleo ese día: una de Yolanda Cole, en la ABC, y la otra de St. Martin's Press, que le había prometido un jugoso adelanto si publicaba una biografía en la que lo contara todo. «No, gracias.»

Mientras caminaban por el pasillo, Gabrielle pensó en las imágenes de ella que ahora circulaban por las televisiones.

«El daño al país podría haber sido peor —se dijo—. Mucho peor.»

Después de ir a la ABC a recuperar las fotos y pedirle prestado a Yolanda su pase de prensa, Gabrielle volvió a colarse en el despacho del senador para preparar los otros sobres y, de paso, imprimir copias de los cheques que había recibido Sexton. Tras el enfrentamiento en el Monumento a Washington, Gabrielle le entregó copias de los cheques al estupefacto senador y le dijo lo que quería a cambio. «Dele al presidente la oportunidad de anunciar lo sucedido con el meteorito o daré a conocer toda la información.» El senador Sexton echó un vistazo a las pruebas, se subió a su limusina y se fue. No había vuelto a saber de él desde entonces.

Cuando llegaron a la puerta trasera de la Sala de Prensa, Gabrielle oyó a la multitud que aguardaba al otro lado. Por segunda vez en veinticuatro horas el mundo se había reunido para escuchar un comunicado presidencial extraordinario.

—¿Qué va a decirles? —inquirió ella.

Herney suspiró con la expresión sumamente serena.

—Con los años, si hay una cosa que he aprendido... —Le puso una mano en el hombro y sonrió—. Es que no hay nada como decir la verdad.

A Gabrielle la invadió una inesperada sensación de orgullo al verlo dirigirse al estrado. Zach Herney iba a admitir el mayor error de su vida y, por extraño que pudiera parecer, nunca había estado más a la altura del cargo.

Capítulo 133

Cuando Rachel despertó, la habitación estaba a oscuras.

Un reloj marcaba las 22.14. La cama no era la suya. Durante unos instantes permaneció allí inmóvil, preguntándose dónde estaba. Poco a poco empezó a recordarlo todo..., la megapluma..., esa mañana en el Monumento a Washington..., la invitación del presidente a pasar la noche en la Casa Blanca.

«Estoy en la Casa Blanca —cayó en la cuenta—. He estado durmiendo todo el día.»

Por orden del presidente el helicóptero del servicio de guardacostas había llevado a unos exhaustos Michael Tolland, Corky Marlinson y Rachel Sexton del Monumento a Washington a la Casa Blanca, donde les habían servido un desayuno espléndido, habían sido sometidos a un reconocimiento médico y habían puesto a su disposición cualquiera de los catorce dormitorios del edificio para recuperarse.

Los tres habían aceptado.

Rachel no podía creer que hubiese dormido tanto. Al encender el televisor le sorprendió ver que ya había terminado la rueda de prensa del presidente. Ella y el resto se habían ofrecido a acompañarlo cuando anunciara al mundo el fiasco del meteorito. «El error fue de todos.» Sin embargo, Herney insistió en arrostrar la carga en solitario.

—Lo triste, al fin y al cabo, es que al parecer la NASA no ha descubierto señales de vida procedentes del espacio

—decía un analista político en televisión—. Ésta es la segunda vez en esta década que la agencia se equivoca al afirmar que un meteorito presenta huellas de vida extraterrestre. Sin embargo, en esta ocasión, entre los engañados se hallaban civiles muy respetados.

—Por regla general me vería obligado a decir que un engaño como el que ha anunciado el presidente esta noche tendría un efecto devastador en su carrera —aseguró un segundo analista—. Y, sin embargo, a tenor de lo sucedido esta mañana en el Monumento a Washington, me atrevería a decir que las probabilidades de que Zach Herney se alce con la presidencia parecen mayores que nunca.

El primer analista asintió.

—Así pues, ni hay vida en el espacio ni tampoco en la campaña del senador Sexton. Y ahora, a medida que vamos conociendo datos adicionales que apuntan a los graves problemas económicos que acucian al senador...

La atención de Rachel se desvió hacia la puerta. Estaban llamando.

«Michael», se dijo esperanzada, y se apresuró a apagar el televisor. No lo había visto desde el desayuno. Cuando llegaron a la Casa Blanca, a ella lo único que le apetecía era quedarse dormida entre sus brazos, y, aunque habría jurado que Michael sentía lo mismo, Corky se interpuso entre ambos instalándose en la cama de Tolland para contar una y otra vez con todo lujo de detalles cómo se cubrió el cuerpo de orina y logró salvar la situación. Al final, completamente agotados, Rachel y Tolland se dieron por vencidos y se fueron a dormir cada uno a su habitación.

Ahora, cuando se dirigía a la puerta, Rachel se miró en el espejo y le divirtió ver lo ridícula que estaba con la ropa que lucía. Lo único que había encontrado en el armario para meterse en la cama había sido una vieja camiseta de fútbol americano del estado de Pensilvania que le llegaba hasta la rodilla, como si fuese un camisón.

Siguieron llamando.

Rachel abrió y le desilusionó ver a una agente del servicio secreto. Llevaba una americana azul, estaba en forma y era atractiva.

—Señorita Sexton, el caballero del Dormitorio Lincoln ha oído que ha encendido el televisor y me ha pedido que le diga que, puesto que ya está usted despierta...
—Tomó aliento y enarcó las cejas: a todas luces estaba familiarizada con los jueguecitos nocturnos que se practicaban en las plantas superiores de la Casa Blanca.

Rachel se sonrojó y notó un hormigueo en la piel.

—Gracias.

La agente acompañó a Rachel por el impecable pasillo hasta una sencilla puerta que se encontraba no muy lejos.

—El Dormitorio Lincoln —informó la mujer—. Y, como se supone que siempre he de decir al llegar aquí: «Dulces sueños y cuidado con los fantasmas.»

Rachel asintió: las leyendas de fantasmas en ese dormitorio eran tan viejas como la propia Casa Blanca. Se decía que Winston Churchill había visto en él al fantasma de Lincoln, al igual que otros muchos, incluidos Eleanor Roosevelt, Amy Carter, el actor Richard Dreyfuss e infinidad de camareras y mayordomos. Decían que el perro del presidente Reagan se pasaba horas ladrando delante de esa puerta.

Al pensar en los espectros históricos, Rachel se dio cuenta de pronto de cuán sagrado era el lugar. De repente, al verse con la camiseta larga y las piernas al aire, como una universitaria que intentara colarse en la habitación de un chico, se sintió abochornada.

—¿Esto es apropiado? —le susurró a la agente—. Me refiero a que es el Dormitorio Lincoln.

La mujer le guiñó un ojo.

—Nuestra política en esta planta es: «Ni preguntes ni cuentes.»

Ella sonrió.

—Gracias.

Extendió la mano para agarrar el pomo, imaginando lo que la esperaba al otro lado.

—¡Rachel!

La voz nasal de Corky recorrió el pasillo como una sierra circular.

Rachel y la agente se volvieron: Corky Marlinson avanzaba hacia ellas con muletas. La pierna estaba vendada debidamente.

—Yo tampoco podía dormir.

Rachel se desinfló, presintiendo que su romántica cita estaba a punto de irse al garete.

Corky escudriñó a la atractiva agente del servicio secreto y le dedicó una sonrisa radiante.

—Me encantan las mujeres de uniforme.

La aludida se abrió la chaqueta y dejó al descubierto una arma de aspecto letal.

Corky reculó.

—Ya lo pillo. —Se dirigió a Rachel—: ¿Michael también está despierto? ¿Vas a entrar? —Parecía deseoso de unirse a ellos.

—Pues la verdad es que... —refunfuñó ella.

—Doctor Marlinson —terció la agente al tiempo que se sacaba una nota de la americana—. Según esta nota, que me entregó el señor Tolland, tengo órdenes expresas de acompañarlo a la cocina, decirle al chef que le prepare lo que quiera y pedirle que me explique en detalle cómo se salvó de una muerte segura... —la mujer vaciló e hizo una mueca mientras releía el papel— ¿cubriendo su cuerpo de orina?

Por lo visto, la agente había pronunciado las palabras mágicas. Corky dejó las muletas en el acto, le pasó un brazo a la mujer por los hombros para sustentarse y repuso:

—A la cocina, guapa.

Mientras la poco dispuesta mujer ayudaba a Corky a enfilar el pasillo, a Rachel no le cupo la menor duda de que el científico se hallaba en el paraíso.

—La orina es la clave —lo oyó decir—, porque esos malditos lóbulos olfativos telencefálicos lo huelen todo.

El Dormitorio Lincoln estaba a oscuras cuando entró Rachel, a quien sorprendió descubrir la cama desierta e intacta. A Michael Tolland no se lo veía por ninguna parte.

Cerca de la cama había un quinqué antiguo encendido, y con la tenue luz Rachel distinguió a duras penas la alfombra de Bruselas..., la famosa cama de palo de rosa tallada..., el retrato de la esposa de Lincoln, Mary Todd..., hasta la mesa donde Lincoln había firmado la Declaración de Independencia.

Al cerrar la puerta tras ella, Rachel notó una corriente fría y húmeda en las desnudas piernas. «¿Dónde se habrá metido?» Al otro lado de la estancia había una ventana abierta, y las cortinas de organza blanca ondeaban al viento. Cuando iba hacia ella para cerrarla, oyó un inquietante susurro procedente del armario.

—Maaaarrrrrrrry...

Rachel giró en redondo.

—¿Maaaaaarrrrrrrry? —musitó de nuevo la voz—. ¿Eres tú? ¿Mary Todd Lincoln...?

Rachel cerró la ventana a toda prisa y se acercó al armario. Tenía el corazón a punto de salírsele por la boca, aunque sabía que era una estupidez.

—Mike, sé que eres tú.

—Noooooo... —negó la voz—. No soy Mike..., soy... Aaaaabe.

Ella se puso en jarras.

—¿Ah, sí? ¿El honesto Abe?

Se oyó una risa ahogada.

—El medianamente honesto Abe..., sí.

Ahora Rachel también se reía.

—Asústate —gimió la voz desde el armario—. Asústate muuuuuucho.

—No estoy asustada.

—Por favor, asústate... —pidió la voz—. En los humanos el miedo y la excitación sexual van estrechamente unidos.

Rachel soltó una carcajada.

—¿Así es como pretendes ponerme a cien?

—Perdóooooname... —suplicó la voz—. Hace aaaaaaaños que no estoy con una mujer.

—No hace falta que lo jures —repuso ella al tiempo que abría la puerta de golpe.

Allí estaba Michael Tolland, la sonrisa pícara y torcida, irresistible con su pijama de raso azul marino. Cuando Rachel vio el sello del presidente en el pecho no dio crédito.

—¿El pijama del presidente?

Él se encogió de hombros.

—Estaba en el cajón.

—¡Y pensar que lo único que encontré yo fue esta camiseta!

—Deberías haber escogido el Dormitorio Lincoln.

—Deberías habérmelo ofrecido.

—Me dijeron que el colchón era malo. Viejo, de crin de caballo. —Le guiñó un ojo al tiempo que señalaba un paquete envuelto en papel de regalo que descansaba sobre la mesa—. Eso es para compensarte.

A Rachel le pareció un gesto conmovedor.

—¿Para mí?

—Le pedí a uno de los asistentes del presidente que saliera a comprarlo y acaba de llegar. No lo sacudas.

Ella abrió con cuidado el paquete y sacó el pesado regalo: una gran pecera de cristal con dos feos pececillos anaranjados. Clavó la vista en ellos, confusa y decepcionada.

—Es una broma, ¿no?

—*Helostoma temmincki* —informó él con orgullo.

—¿Me has comprado unos peces?

—Besucones chinos, una especie muy poco común. Son muy románticos.

—Los peces no son románticos, Mike.

—Pues díselo a ésos: se pasan las horas muertas besándose.

—¿Se supone que esto también tiene que ponerme?

—Lo del romanticismo lo tengo olvidado. ¿Puedes ponerme nota basándote en la actitud?

—En adelante, Mike, recuerda que los peces no son en absoluto románticos. Prueba con flores.

Tolland sacó un ramo de azucenas que llevaba a la espalda.

—Intenté conseguir rosas rojas —se disculpó—, pero casi me pegan un tiro por colarme en la rosaleda.

Cuando atrajo a Rachel hacia sí y aspiró el suave perfume de su cabello, Tolland sintió que en su interior se disolvían años de serena soledad. Le dio un ardiente beso y notó que el cuerpo de ella se fundía con el suyo. Las azucenas cayeron al suelo, y las barreras que Tolland no era consciente de haber levantado se desplomaron de pronto.

«Los fantasmas han desaparecido.»

Notó que Rachel lo empujaba poco a poco hacia la cama, susurrándole al oído:

—No crees en serio que los peces sean románticos, ¿no?

—Sí que lo creo —contestó él, y volvió a besarla—. Deberías ver el ritual de apareamiento de las medusas. Es de lo más erótico.

Rachel lo tumbó boca arriba en el colchón de crin de caballo y a continuación deslizó su esbelto cuerpo encima.

—Y los caballitos de mar... —añadió él sin aliento mientras se dejaba acariciar por encima del fino raso del pijama—. Los caballitos de mar ejecutan... una danza amorosa extremadamente sensual.

—Basta de peces —musitó ella al tiempo que le desabrochaba el pijama—. ¿Qué me puedes contar de los rituales de apareamiento de los primates superiores?

Tolland exhaló un suspiro.

—Me temo que lo mío no son los primates.

Rachel se quitó la camiseta.

—Muy bien, hijo de la naturaleza, te sugiero que te pongas las pilas de prisa.

Epílogo

El reactor de transporte de la NASA viró a gran altura sobre el océano Atlántico.

A bordo de él, el administrador Lawrence Ekstrom echó un último vistazo a la enorme roca carbonizada de la bodega de carga. «De vuelta al mar —pensó—. Adonde te encontraron.»

Por orden de Ekstrom, el piloto abrió las compuertas de la bodega y dejó caer la roca. Vieron cómo la ingente piedra se precipitaba en picado tras el avión, describiendo un arco en el soleado cielo oceánico y desapareciendo luego bajo las olas en una columna de agua plateada.

La gigantesca piedra se hundió de prisa.

Bajo el agua, a casi cien metros, apenas había luz para distinguir el bulto en su bajada. A partir de los ciento cincuenta metros, la roca se sumió en una oscuridad absoluta.

Descendía.

Cada vez más.

La caída duró casi veinte minutos.

Después, como un meteorito que se estrellara contra la cara oculta de la Luna, la roca se hundió en una amplia extensión de fango en el lecho oceánico, levantando una nube de cieno. Cuando los sedimentos se asentaron, una de las miles de especies desconocidas del océano se acercó para inspeccionar al extraño recién llegado.

La criatura siguió su camino, como si tal cosa.

Agradecimientos

Mi más sincero agradecimiento a Jason Kaufman por sus extraordinarios consejos y su perspicaz labor editorial; a Blythe Brown, por su infatigable afán investigador y su creatividad; a Bill Scott-Kerr, por el entusiasmo que manifiesta por mi trabajo y por conducirlo con tanta pericia al otro lado del Atlántico; a mi buen amigo Jake Elwell, de Wieser & Wieser; al Archivo de Seguridad Nacional; a la Oficina de Asuntos Públicos de la NASA; a Stan Planton, que sigue siendo un pozo de información en todos los aspectos; a la Agencia de Seguridad Nacional; al glaciólogo Martin O. Jeffries, y al privilegiado cerebro de Brett Trotter, Thomas D. Nadeau y Jim Barrington. También me gustaría darles las gracias a Connie y Dick Brown, al Proyecto de Documentación sobre la Política de los Servicios de Inteligencia de Estados Unidos, a Suzanne O'Neill, Margie Wachtel, Morey Stettner, Owen King, Alison McKinnell, Mary y Stephen Gorman, Karl Singer, Michael I. Latz (Instituto de Oceanografía Scripps), April (Micron Electronics), Esther Sung, el Museo Nacional del Aire y el Espacio, Gene Allmendinger, a la incomparable Heide Lange (Sanford J. Greenburger Associates) y a John Pike (Federación de Científicos de Estados Unidos).